Martina Sahler

Die Zarin und der Spion

Der große Sankt-Petersburg-Roman

Der Roman ist zuvor unter dem Titel *Die Zarin und der Philosoph* erschienen.

Ullstein

Besuchen Sie uns im Internet:
www.ullstein.de

Wir verpflichten uns zu Nachhaltigkeit

- Klimaneutrales Produkt
- Papiere aus nachhaltiger Waldwirtschaft
- ullstein.de/nachhaltigkeit

MIX
Papier
FSC FSC® C083411

Ungekürzte Ausgabe im Ullstein Taschenbuch
1. Auflage Juli 2021

Umschlaggestaltung: Sabine Kwauka, München
Titelabbildung: Bridgeman Images / © Silvestr Feodosievitš Štšedrin (1751–1825) / Sinebrychoff Art Museum, Finnish National Gallery, Helsinki, Finland / (A view from St. Petersburg, 1817, oil on canvas); shutterstock / © Yaroslaff (Krone); shutterstock / © Rodina Olena (Ornament)
Karten: © Peter Palm, Berlin
Gesetzt aus Adobe Garamond Pro
Druck und Bindearbeiten: CPI books GmbH, Leck
ISBN 978-3-548-06263-1

»Eines Tages wird alles gut sein, das ist unsere Hoffnung.
Heute ist alles in Ordnung, das ist unsere Illusion.«

Voltaire, eigentlich François-Marie Arouet,
französischer Philosoph der Aufklärung

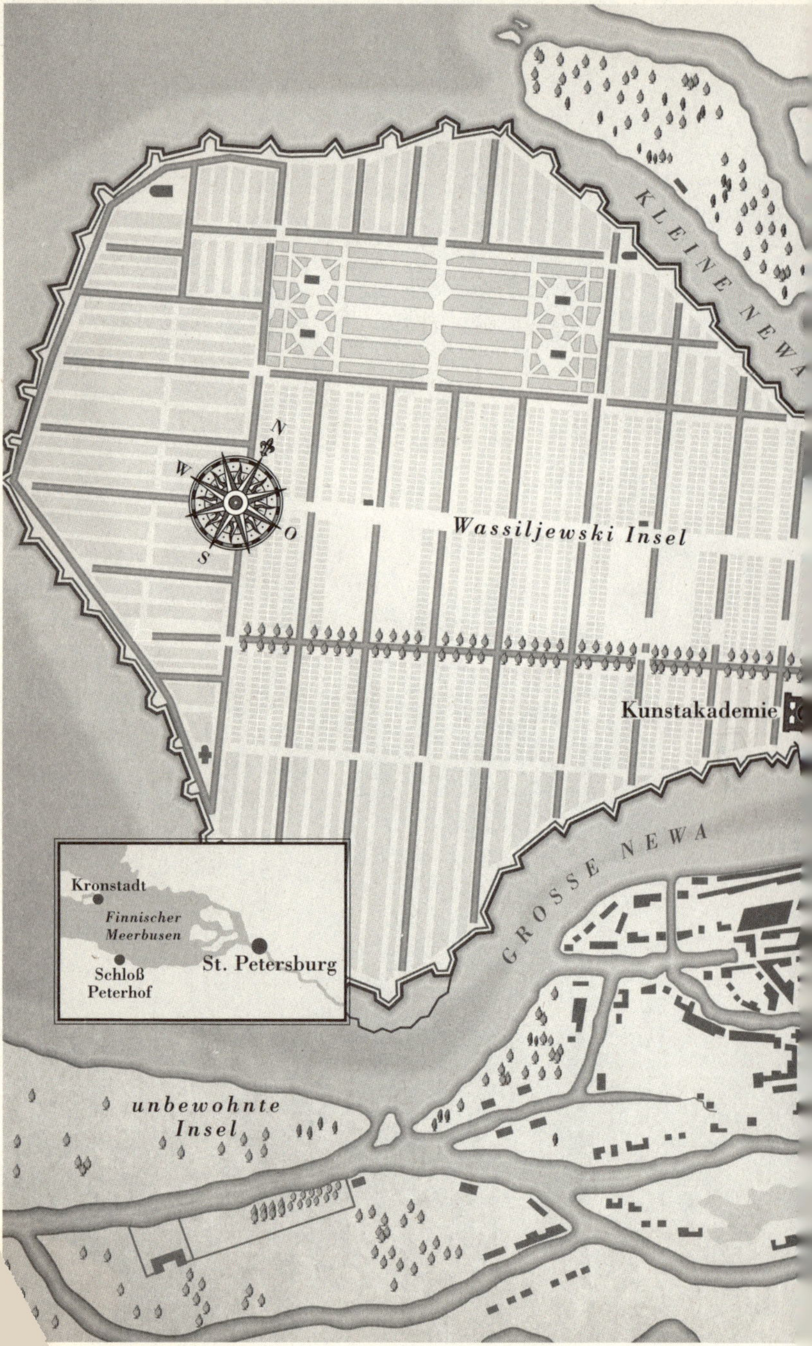

KLEINE NEWA
N
W
O
S
Wassiljewski Insel
Kunstakademie
GROSSE NEWA
Kronstadt
Finnischer
Meerbusen
St. Petersburg
Schloß
Peterhof
unbewohnte
Insel

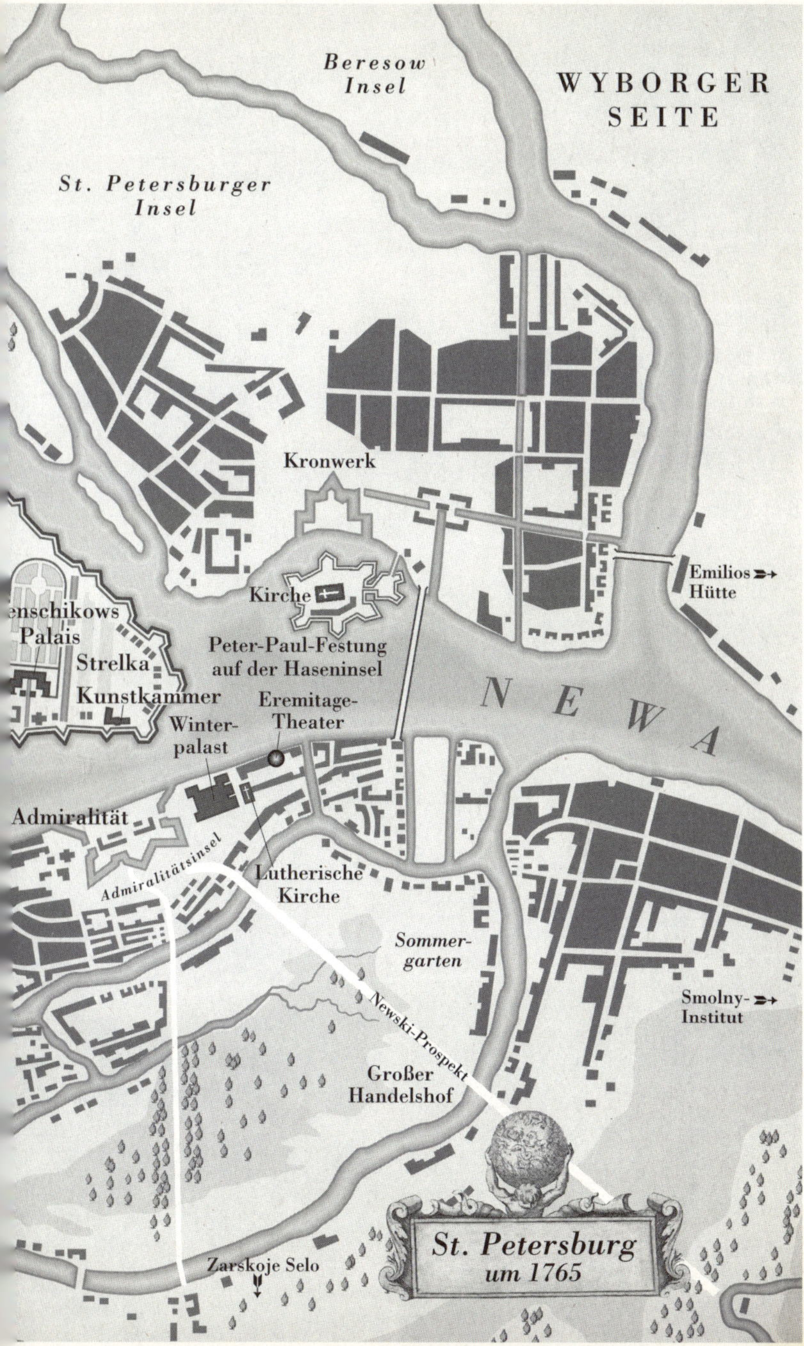
Beresow
Insel
WYBORGER
SEITE
St. Petersburger
Insel
Kronwerk
Kirche
enschikows
Palais
Strelka
Kunstkammer
Peter-Paul-Festung
auf der Haseninsel
Eremitage-
Theater
Winter-
palast
Emilios
Hütte
N E W A
Admiralität
Admiralitätsinsel
Lutherische
Kirche
Sommer-
garten
Newski-Prospekt
Smolny-
Institut
Großer
Handelshof
Zarskoje Selo
St. Petersburg
um 1765

NORD
Nord-see
NORWEGEN
Barent See
SCHWEDEN
Stockholm
Helsingfors
Berlin
Ostsee
Wyborg
PREUSSEN
Riga
St. Petersburg
Archangelsk
Cholmogory
Pskow
Ustjug
Warschau
Nowgorod
Wologda
POLEN
Smolensk
Mogilew
Wolga
Moskau
Wjatka
Wotjaken
Tschernigow
Kiew
Tschuwaschen
RUSSLAND
Perejaslawl
Kursk
Tambow
Kasan
Perm
Simbirsk
Woronesh
Belgorod
Saratow
Dnjepr
Tataren
Don
Ufa
Baschkiren
Wolga
Asow
Zarizyn
Orenburg
Konstantinopel
Tataren
Schwarzes Meer
Astrachan
KASACHSTA
Kaspisches Meer
Aralsee
OSMANISCHES REICH
0
600 k

POLARMEER
Nowaja Semlja
Karasee
N
O
W
S
Tungusen
Mansen
RUSSLAND
Ob
Jenisej
Lena
Tobolsk
Sibirsk
Tomsk
Omsk
Krasnojarsk
Baikalsee
Irkutsk
Irtysch
Balchaschsee
Russland, 1762
Katharina krönt sich zur Kaiserin

Personen im Jahr 1762

(Historische Persönlichkeiten sind mit einem * gekennzeichnet, Hauptfiguren sind fett gesetzt)

In Potsdam

Friedrich II.*, 50, König in Preußen, regt sich über die ›Weiberwirtschaft‹ in der Weltpolitik auf.

Stephan Mervier, 25, Philosoph, hat in Wien und Paris studiert.

Johanna Mervier, geborene Caselius, 25, Malerin und Stephans Frau, die um Anerkennung in der internationalen Künstlerszene ringt.

In St. Petersburg

Katharina II.*, 33, Kaiserin von Russland.

Peter III.*, Katharinas verstorbener Mann.

Graf Grigori Orlow*, 28, Katharinas Günstling und maßgeblich am Sturz des Zaren Peter III. beteiligt.

Graf Alexej Orlow*, 25, sein Bruder und Leibgardist der Kaiserin.

Grigori Potemkin*, 23, ebenfalls Leibgardist, der die Aufmerksamkeit der Zarin auf sich zieht.

Boris Albrecht, 21, Dichter, der seiner schriftstellerischen Leidenschaft nur im Verborgenen nachgehen kann.

Gustav Albrecht, 70, sein Großvater und geachtetes Oberhaupt einer Familie, die sich der Seefahrt verschrieben hat. Einer der letzten Zeitzeugen, die zur Gründergeneration von St. Petersburg gehören.

Karl und Ludmilla Albrecht, seine Eltern.

Jelena, 19, seine Schwester.

Gernot Albrecht, 20, sein Vetter.

Emilio, 58, Einsiedler im Wald auf der Wyborger Seite von St. Petersburg, aufgezogen von dem Zwerg Kostja. Sein treuer Gefährte ist der zahme Bär Petjenka.

Sonja, etwa 5, Emilios Findelkind, das von ihm Abschied nehmen muss.

Isabell, 48, Kammerzofe der Kaiserin, die den Klatsch und Tratsch am Hof am Leben hält.

Sergej, 49, ihr ehrgeiziger Mann, der als Schreiber für die Zarin arbeitet.

Inna, 20, ihre leichtlebige Tochter.

Dmitri Woronin, 21, Jurastudent mit großen Karriereplänen und Boris' Jugendfreund.

Lorenz Hermann, 31, deutscher Journalist bei der *Sankt Petersburgischen Zeitung*.

Dr. Pierre Lefevre, 32, Mediziner im ältesten Ärztehaus der Stadt, der in Paris studiert hat und seit drei Jahren in St. Petersburg lebt.

Marco Conti, 42, Lehrer für Latein an der Petrischule.

Dietrich Damm, 61, Professor für Astronomie an der Akademie der Wissenschaften.

Marija, heimatlose Bettlerin, die den Verstand verloren hat.

Lew, einer der Fischer in der Hüttensiedlung an der Newa.

Matilda Jetten, deutsche Schneiderin.

Jasper Kaminer, Biologe an der Akademie der Wissenschaften.

Hera Kaminer, 20, seine Tochter.

Friederike Bündner, Diplomatenwitwe und Vermieterin.

Hedwiga, Barbiersfrau und Vermieterin.

Pawel Jawlenski, Direktor am Smolny-Institut.

Dunja, Hausmädchen.

Sascha, Pferdepfleger.

Im Süden Russlands

Jemeljan Iwanowitsch Pugatschow*, Rebellenführer.

Andrej, 19, Leibeigener mit kühnen Fluchtplänen.

Iwan, 21, sein zögerlicher Bruder.

Darja, 19, Leibeigene, die gut mit dem Schwert umgehen kann.

In Frankreich

Voltaire*, 68 (eigentlich: François-Marie Arouet), französischer Philosoph und Vordenker der Aufklärung, der mit der russischen Kaiserin in engem Briefkontakt steht.

Denis Diderot*, 49, französischer Philosoph, Aufklärer und Herausgeber der großen Enzyklopädie.

Zeittafel

1725	Zar Peter der Große stirbt in St. Petersburg.
1725–1727	Regierungszeit von Katharina I., der Ehefrau Peters I.
1727–1730	Regierungszeit von Peter II., dem Enkel Peters I.
1729	Prinzessin Sophie von Anhalt-Zerbst, später Katharina II., wird in Stettin geboren.
1730–1740	Regierungszeit von Anna I.
1741–1762	Regierungszeit von Elisabeth I.
1744	Prinzessin Sophie kommt in St. Petersburg an und wird mit Großfürst Peter Fjodorowitsch verlobt. Sie konvertiert vom evangelisch-lutherischen zum orthodoxen Glauben und nimmt den Namen Jekaterina Alexejewna an.
1745	Katharina heiratet den Großfürsten Peter.
Ca. 1753	Katharina unterhält eine Liebesbeziehung zu Peters Kammerherrn Sergej Wassiljewitsch Saltykow.
1754	Katharinas Sohn Paul wird geboren und als legitim anerkannt, obwohl die Vaterschaft nicht eindeutig ist.
Ab ca. 1755	Katharina unterhält eine Liebesbeziehung zu Stanislaus August Poniatowski, dem späteren König von Polen.
1757	Katharinas Tochter Anna wird geboren. Sie stirbt mit zwei Jahren.

Ab ca. 1759	Katharina unterhält eine Liebesbeziehung zu Grigori Orlow.
Januar 1762	Katharinas Ehemann kommt als Zar Peter III. an die Macht.
Juli 1762	Staatsstreich gegen Zar Peter III. Katharina erklärt sich mit Unterstützung der Leibgarde zur Kaiserin. Der Zar kommt unter ungeklärten Umständen ums Leben.
	Erste Begegnung zwischen Katharina und Grigori Potemkin, den sie zu ihrem Kammerjunker ernennt.
Oktober 1762	In Moskau wird Katharina zur Zarin von Russland gekrönt.
Juli 1763	Katharina lädt in einem Manifest Tausende deutsche Bauern zur Besiedelung an der Wolga ein.
1764/65	Potemkin verliert bei einem Faustkampf ein Auge, verlässt den Zarenhof und zieht sich für eineinhalb Jahre in ein Kloster zurück.
1767	Katharina II. beruft die Gesetzgebende Kommission ein, die der Zarin den Titel »Katharina die Große« verleiht.
1768	Bei Ausbruch des türkisch-russischen Krieges wird die Gesetzgebende Kommission wieder aufgelöst.
1768–1774	Erster russisch-türkischer Krieg.
1771	Moskauer Pestrevolte, die unter Graf Orlow niedergeschlagen wird.
1772	Erste Teilung Polens durch Russland, Preußen und Österreich.
Ca. 1773	Katharina heiratet heimlich Grigori Potemkin.
1773	Denis Diderot hält sich für einige Monate am Zarenhof auf.
1773–1775	Pugatschow-Aufstand.
1775	Katharinas Verwaltungsreform verleiht dem Russischen Kaiserreich eine neue Struktur und führt zur Bildung von vierzig Gouvernements in Russland.

Prolog

*November 1761, in einem Birkenwald
südöstlich von St. Petersburg*

Das Kind brauchte mehr Licht. Und Wärme brauchte es, um zu wachsen. In der Erdhöhle würde es verkümmern wie ein Vergissmeinnicht im Keller. Die Haut zu blass, das Haar stumpf, die Augen gerötet.

Heute war der Tag, an dem er die Kleine fortbringen würde.

»Was machst du, Emilio?« Sonja rieb sich mit den Fingerknöcheln die Lider und richtete sich auf. Zottelhaare umrahmten ihr Gesicht. Sie blinzelte, zog die Nase kraus. Emilio hatte die Luke nach draußen verschoben. Pulverschnee fiel zusammen mit einem Schwall kalter Herbstluft in die Höhle, vertrieb den Geruch nach den gepökelten Weißlingen und Lachsforellen, die der Alte aus dem seichten Uferwasser der Newa gefischt und zum Trocknen aufgehängt hatte. Der Schnee würde schmelzen, sobald er die Feuerstelle wieder entzündet hatte.

Ihre Behausung war eine Grube im Wald, so hoch wie ein Mann, so breit wie zwei. Abgedeckt war der Bau mit Ästen und Gesträuch, innen ausgelegt mit Wolfsfellen. Es gab um die Feuerstelle herum einen grob gehauenen Tisch aus Birkenstämmen, eine Bank und die Schlafstätte für Emilio, das Kind und den Bären. Der Einsiedler hielt die Höhle penibel aufgeräumt mit dem Frischwasserfässchen unter der Bank, dem Holzgeschirr in der Kiste, der kleinen Harfe in der Truhe,

Schaufel und Axt an der Wand. Sie lag östlich von St. Petersburg, gleich an der Newa, die ein paar Werst entfernt in den Ladogasee mündete.

Das Land war von Hügeln durchzogen, mit vielen Morasten und stehenden Sümpfen. Dem Ackerbau hatten in den vergangenen Jahren einige Wälder weichen müssen. Verbrannte Flächen und Felder mit mickrigem Getreide fand Emilio überall bei seinen Streifzügen vor. Das Klima mit der feuchten Herbstwitterung, den strengen Wintern und den kurzen Sommern erschwerte den Russen und Finnen, die verstreut auf diesem Gebiet zwischen der Stadt und dem Ladogasee lebten, den Ackerbau und die Viehzucht. Was ein Jammer war, da sich in St. Petersburg alle Produkte der Landwirtschaft versilbern ließen.

Emilio hatte von seinem Ziehvater gelernt, wie man eine solche Erdhöhle errichtete, obwohl Kostja selbst das oberirdische Leben bevorzugte. »Er wird sich nicht wie eine Wühlmaus vergraben«, hatte der Zwerg grimmig erklärt, als er ihn vor vielen Jahren danach fragte.

Für Emilio stand fest, dass die Höhlen den Hütten bei Weitem überlegen waren. In der Semljanka zog die Kälte in den Wintermonaten nicht durch die Ritzen, und verborgen unter Gestrüpp waren sie sicher vor Räubern. Nicht dass Emilio marodierende Banden fürchtete. Die würden sich wohl eher an die Landhäuser halten, die mit dem Wachsen der Stadt in diesem Gebiet entstanden waren. Edelleute, die von Moskau nach St. Petersburg zogen, ließen hier ihre Sommerhäuser errichten, in denen sie die heißen Wochen fernab des städtischen Trubels genießen konnten. Emilios Hütte jedoch lag eine halbe Tagesreise vom nächsten bewohnten Gut und allen finnischen und russischen Dörfern entfernt. Er schätzte es, einen Ort zu haben, an dem er niemandem Rechenschaft schuldig war.

Petjenka, der Bär, brummte, während das Mädchen sich

aufrichtete, als wollte er sie überreden, sich noch ein bisschen an ihn zu kuscheln. Sonja streichelte das warme Fell an der Stelle, an der ihr Kopf geruht hatte, und legte ein letztes Mal die Wange daran. In seinem massigen Leib fand das Brummen ein Echo. Petjenka seufzte wie ein Mensch, bevor seine gleichmäßigen Atemzüge verrieten, dass er wieder eingeschlafen war.

Vor dem ersten Schnee hatte sich der Bär mit Mäusen und Erdhörnchen, Heidelbeeren und Äpfeln, Wurzeln und Insekten kräftig Winterspeck angefuttert, um während der kalten Monate in Emilios Semljanka zu überwintern. Er schlief nie so tief, dass er nicht bei plötzlicher Gefahr in Sekundenbruchteilen zum Angriff bereit wäre. Obwohl sich Emilio fragte, ob Petjenka solche Überlebensinstinkte noch besaß. Er hatte ihn als ziellos umherirrendes Junges vor zwei Jahren gefunden, klagend nach der Mutter rufend, die in einer Falle verendet war. Emilio hatte nicht lange gezögert und das Tier zu sich genommen.

Genau wie er nicht gezögert hatte, als er Sonja fand.

Mit dem Schnee und der Kaltluft drang das Licht in die Höhle. Emilio verengte die Augen, während er die Holzluke mit einem Ächzen zur Seite schob und sich den Schnee, der auf ihn gerieselt war, von den weiten Beinkleidern und dem über dem Leinenhemd gegurteten Rock wischte. Er spürte das Ziehen in Fingern und Knien, das sich in den letzten Monaten verstärkt hatte. Und seinen linken Knöchel, der schwarz und angeschwollen von dem Blut war, das nicht ins Bein zurückfloss. Für den heutigen Weg würde er es straff in Tücher wickeln müssen, wie es ihm der deutsche Arzt in der Stadt erklärt hatte. Mit seinen achtundfünfzig Jahren nahm er die Altersbeschwerden klaglos hin. Vielleicht blieben ihm noch drei oder vier Jahre.

»Du machst es kalt«, jammerte Sonja, zog die Knie an die Brust und schlang die Arme darum. Sie war mit ihren weiten Hosen und den mit Leinen umwickelten Füßen gekleidet wie eine Miniaturausgabe von ihm. Ihre Zähne schlugen aufeinander.

»Nimm deine Jacke und pack dich ein«, brummte er.

»Zünde doch lieber das Feuer an.«

Emilio fuhr herum. »Tu, was ich dir gesagt habe. Wir haben heute einen langen Marsch vor uns.« Alles stellte sie in Frage. Nie tat sie etwas nur deswegen, weil er es ihr befahl. Dabei lag in ihrer Miene ein Ausdruck, der es ihm unmöglich machte, ihr zu zürnen.

Ein wirklich bemerkenswertes Kind mit den Körpermaßen einer Vierjährigen und dem Verstand einer Zehnjährigen. Vom ersten Tag an, da er sie allein nicht weit von seiner Höhle mitten im Wald entdeckt hatte, war sie ihm seltsam erschienen. Mit den kugelrunden braunen Kinderaugen, dem ungekämmten Haar in der Farbe von stumpfem Silber und dem zu großen Kopf auf den schmalen Schultern. Wie sie dagesessen und sich mit der linken Hand die Himbeeren in das Mündchen gesteckt hatte, die derjenige, der sie ausgesetzt hatte, neben sie gelegt haben musste. In ihrem Leibchen aus geflicktem Leinen hatte sie ihm ohne Angst entgegengestarrt. Emilio verbrachte mehrere Stunden damit, nach Mutter oder Vater zu suchen, aber am Ende stand er wieder vor der Kleinen, und sie verzog das Gesicht, während ihr die Tränen hochstiegen.

Es war ein Tag im späten Herbst gewesen, die Luft hatte nach Schnee gerochen, das Tageslicht verschwand drüben hinter den Dächern der Stadt. Emilio wusste nicht, was er mit dem Kind anfangen sollte, aber er wusste, dass es die Nacht allein draußen nicht überleben würde. Wenn sie nicht im ersten Schnee des Jahres erfrieren würde, dann würde sie von Wölfen gerissen werden. Er hatte keine Wahl. Er klemmte sie sich unter den Arm und beförderte sie so in seine Höhle, mit dem festen Willen, am nächsten Tag nach einer Bleibe für sie zu suchen.

Aus dem einen Tag wurde eine Woche, ein Monat, ein Jahr,

und mittlerweile war es der dritte Winter, den Sonja in seiner Gesellschaft verbrachte. Sie war ihm lieb wie ein eigenes Kind geworden. Während er in der Zeit vor Sonja manchmal tagelang kein Wort gesagt hatte, zwang ihn das Mädchen zum Reden, und mit der Sprache wuchsen sein Denkvermögen und seine Wachheit. Es war, als hätte sie die Wärme zurück in sein Leben gebracht, seit sein Ziehvater Kostja gestorben war.

Emilio war davon überzeugt, dass es etwas Besonderes mit diesem Mädchen auf sich hatte. Wenn er in den weißen Nächten in St. Petersburg auf der Strelka mit Petjenka auftrat und die feiersüchtigen Menschen beklatschten, wie der Bär sich im Kreis drehte und von einem Bein aufs andere wippte, dann drängten sich manchmal Kinder nach vorn, kleine Wesen, die so groß wie Sonja waren und die im Gegensatz zu ihr nicht mehr als einzelne Wörter von sich gaben.

Sonja war anders, und dies nicht nur, weil sie für die alltäglichen Dinge des Lebens – beim Kämmen, Teetrinken, Hämmern – die linke Hand bevorzugte. Emilio spürte mehr, als dass er wusste, dass er ihr nicht genug bieten konnte. Sicher, er hatte ihr Lesen und Schreiben und Musizieren beigebracht. Aber sie hatte bereits alles aufgesogen, was er an Geistesgaben zu bieten hatte. Es war an der Zeit, sie loszulassen und in eine Obhut zu übergeben, in der ihr mehr geboten wurde als eine mit Fellen ausgelegte Höhle, eine Harfe und ein zahmer Bär.

»Ich habe Hunger«, erklang Sonjas Stimme, während sich Emilio aus dem Loch herausstemmte und die Hände in den pulverigen Schnee drückte.

»Zuerst die Tiere«, erwiderte er. »So habe ich es dir beigebracht, nicht wahr? Reich mir den Topf an.«

Emilio richtete sich auf und trat zu der zwei Schritt entfernten Höhle für die beiden grobwolligen Schafe und die Ziege, die bereits ungeduldig meckerte. Er hätte gern mehr Vieh gehalten, aber schon diese drei durch den langen Winter zu bringen war mangels Futter ein Meisterstück. Die Ziegenmilch und der weiche Käse, der entstand, wenn die saure Milch in der Wärme gerann, waren die wertvollsten Nahrungsquellen, die ihm zur Verfügung standen. Obwohl im Frühjahr und im Sommer der Wald mit all seinen Nüssen, Früchten und Beeren wie ein sich nie leerender Vorratsschrank für ihn war.

All sein Wissen darüber, welche Pflanzen man essen konnte, welche gegen Bauchweh und Beinbrüche wirkten und von welchen man besser die Finger ließ, hatte er an Sonja weitergegeben. Sie wusste, dass man die reifen Moos- und Maulbeeren im Herbst sammelte, sie im Schnee verscharrte, wo sie den Winter über hielten und ein mildes Aroma annahmen. Sie wusste, wie man aus Traubenkirschen Mus und kleine Kuchen bereitete, und mit welchen getrockneten Wurzeln man das Mehl verlängern konnte. Sie wusste von der Nützlichkeit der Weißbirken, die hier überall wuchsen: Mit der Rinde konnte man Gefäße herstellen, die belaubten Äste fanden in der Stadt als Badebesen reißenden Absatz, und mit den Blättern ließ sich eine herrlich gelbfärbende Brühe herstellen. Der Birkensaft wirkte Wunder bei Erkältungen, und bei Fieber half nichts besser, als eingedeckt mit Laub zu schwitzen.

Eine weitere wichtige Nahrungs- und Einkommensquelle waren für Emilio und das Mädchen die überall aus dem Boden sprießenden Pilze. Die schmackhaftesten und wertvollsten waren Pfifferlinge und Champignons, die man rösten oder in Essig einlegen konnte und die auf dem Markt eine gute Summe einbrachten. Er war überzeugt, dass das Mädchen inzwischen imstande war, allein in der Natur zu überleben. Aber das würde nicht nötig sein. Er hatte Besseres mit ihr vor.

Emilio begann die Ziege zu melken. Von drüben aus der Bärenhöhle ertönten die weichen Klänge der Harfe, die zu seinen kostbarsten Besitztümern gehörte. Darauf zu spielen war Sonjas liebster Zeitvertreib. Wenn er das Gute, das ihm selbst widerfahren war, an einen Menschen wie Sonja weitergegeben hatte, dann war sein Dasein nicht umsonst gewesen.

Wenig später hatte Emilio in der Bärenhöhle die Milch erhitzt. Sonja trank in kleinen Schlucken und nahm hin und wieder das getrocknete Rebhuhnfleisch, das Emilio in Stücke riss und ihr auf dem Handteller hinhielt. Sie kaute mit offenem Mund.

»Iss dich heute richtig satt. Der Weg in die Stadt ist lang. Ich werde dich nicht ständig tragen können.«

»Werde ich heute endlich einmal dabei sein können, wenn du Pilze und Birkenzweige auf der Strelka verkaufst? Gibt es ein Fest?«

»Ach woher denn.« Emilio machte eine wegwerfende Handbewegung. »Wer feiert im November schon draußen. Erst wenn der Fluss zufriert, wird es wieder Jahrmärkte geben. Vorher sehen alle zu, dass sie ihr Brennholz für den Winter stapeln und die Vorräte aufstocken.«

Kurz darauf kletterten sie aus der Höhle und deckten sie wieder sorgsam ab.

Emilio zog aus seiner Rocktasche die beiden gefütterten Mützen hervor und stülpte sich seine eigene über die Ohren. Er betrachtete Sonja für einen Moment, leckte sich über die Finger und glättete ihre widerborstigen Haare, die sich kringelten wie Schweineschwänze, bevor er ihr die Mütze aufsetzte. Schließlich griff er nach ihrer Hand und stiefelte los.

Die Stadt war einen halben Tagesmarsch entfernt. Emilio hatte damit gerechnet, dass er länger brauchen würde, weil Sonja neben ihm murrte, aber das Mädchen blieb an seiner Seite, trippelte im Tempo ihres Herzschlags, während er weit ausschritt.

»Zeigst du mir heute alles? Darf ich den Palast sehen? Die Festung mit den Kanonen? Gehen wir auf den Markt und kaufen ein?«

»Bald wirst du mehr als genug sehen. Du wirst dableiben.«

Emilio stockte, weil sich das Mädchen fallen ließ und wie ein Sack an ihm hing. Ihr Gesicht wurde noch blasser. »Ich will da nicht bleiben. Ich kenne dort keinen. Ich will bei dir und Petjenka sein.«

Emilio zerrte an ihr, bis sie wieder in einen Trott verfiel. Das linke Bein zog er nach, als es wieder zu schmerzen begann.

Plötzlich verharrte Emilio, weil er aus den Augenwinkeln eine Bewegung bemerkte. Etwas Dunkles, Schattenhaftes. Sein Griff ging zu dem Messer an seinem Gürtel.

»Was hast du, Emilio?« Sonja sah zu ihm auf.

»Da war etwas. Ich dachte, ich hätte einen Rock gesehen.«

Sonja schlug sich die Hand vor den Mund. »Die Baba Jaga?«, flüsterte sie.

»Ach, Unsinn«, gab er mürrisch zurück und ärgerte sich, dass er das Kind beunruhigt hatte. Es war in den vergangenen Jahren einige Male passiert, dass er sich verfolgt und beobachtet gefühlt hatte. Aber wenn er sich umdrehte, konnte er nie etwas entdecken. Er schob es darauf, dass seine Sinne ihm im Alter Streiche spielten. Vielleicht war er zu besorgt um das Kind. Umso besser die Entscheidung, die er heute getroffen hatte. Es war an der Zeit, die Ängste abzuschütteln und dem Kind Flügel wachsen zu lassen.

Sie passierten die Ruine der Hütte, in der er viele Jahre mit seinem Ziehvater Kostja gewohnt hatte. In den von Sträuchern überwucherten morschen Brettern hingen Fledermäuse. Bei ihren Streifzügen hatte er Sonja die Behausung gezeigt und ihr erzählt, dass er selbst als Kind von einem besonderen Menschen aufgenommen worden war, nachdem seine Mutter gestorben war.

Er hätte sich keinen Besseren als den Zwerg Kostja wünschen können, der ihm irgendwann von seinem leiblichen Vater erzählt hatte: einem italienischen Architekten, der zu den Pionieren der Stadtgründung gehört und eine russische Adelige geheiratet hatte.

Die Häuser, Kirchtürme und Paläste warfen im Wyborger Viertel, das Emilio noch als die finnische Seite kannte, bereits lange Schatten, als er mit dem Kind St. Petersburg erreichte. Die Wachen kannten ihn und ließen ihn passieren.

Überraschend hatten sich die Schneewolken an diesem Tag verzogen, und die Sonne strahlte vielleicht zum letzten Mal im Jahr mit dieser Kraft. Die vereinzelten bunten Blätter an den Bäumen der Alleen und im Sommergarten leuchteten wie die Spitze der Admiralität und der Turm der Peter-Paul-Kirche. Auf der Newa fuhren in beide Richtungen Schaluppen und Kähne zwischen den behäbigen Handelsschiffen, brachten die Menschen von einer Insel zur nächsten, lieferten Holz und Handelswaren, Steine und Getreide.

Zar Peters Vision von einem Welthafen war Wahrheit geworden. Hier trafen sich Händler aus allen Teilen Europas. Auf den gepflasterten Straßen herrschte Hochbetrieb, Kutschen ratterten vorbei, berittene Soldaten, Bauern mit Handkarren, und alle Fußgänger schienen in Eile zu sein.

Emilio schwirrte schon nach wenigen Minuten der Schädel, während sich Sonja neben ihm gar nicht sattsehen konnte und stehen blieb, um all diese Eindrücke in sich aufzunehmen. Emilio hatte befürchtet, dass es sie verschrecken könnte, aber das Gegenteil war der Fall: Sonja schien aufzublühen, während sie ihn zu einer mit einem schmiedeeisernen Geländer kunstvoll verzierten Brücke zog, um von ihrem Scheitelpunkt aus zu beiden Seiten der Newa die Stadt zu überblicken. Linker Hand dominierte der Winterpalast das Ufer, dahinter ragten die Admiralität und Prachtvillen der Adeligen auf. Rechter Hand stand die mit der russischen Flagge geschmückte Peter-Paul-Festung für die Streitkraft der Russen, die Zar Peter vor mehr als fünfzig Jahren erbaut hatte.

Bilder tauchten aus Emilios Erinnerung auf: von Barackensiedlungen und halb fertigen Rohbauten, von dem über die Ufer steigenden Fluss, der alles überflutete, von Leibeigenen und Kriegsgefangenen, die zu Tausenden für die Errichtung dieser Metropole starben.

Mit dem Tod Peters des Großen, so hatten manche gemutmaßt, würde St. Petersburg sterben. Zur Ruinenstadt verfallen, in der die Mauern unfertiger Paläste daran erinnerten, dass da einer ohne Rücksicht auf menschliche Verluste seine Idee hatte durchsetzen wollen. Doch all die Zweifler hatten sich getäuscht. Seit mehr als zwanzig Jahren regierte Zarin Elisabeth das Reich. Der Tochter von Zar Peter dem Großen ging es nicht gut, wusste Emilio. Man munkelte, Elisabeths Tage seien gezählt und es könne nicht mehr lange dauern, bis ihr Peter III. auf den Thron folgte. Das Beste, was man über diesen sagen konnte, war, dass er mit der gütigsten und klügsten Frau verheiratet war, die am Zarenhof jemals über Einfluss verfügt hatte.

Aus voller Seele fühlte Emilio sich als Diener der jungen Katharina, die vor fast zwanzig Jahren aus Anhalt-Zerbst nach Russland gereist war, um den Enkel Peters des Großen zu heiraten.

Er erinnerte sich an eine Begegnung mit Fürstin Katharina, drüben an der Strelka, als Petjenka für die Menschen getanzt hatte. Begleitet von ihrer Kammerzofe, hatte sie gestaunt, als Petjenka sich zu voller Größe auf die Hinterbeine gestellt und mit der Hüfte gewackelt hatte, während sein Kopf im Takt der Harfenklänge schwang. Eine zahme Bestie, die die Menschen verzauberte. Aber nach der Aufführung war die Fürstin nicht, wie all die anderen Festgäste, zur nächsten Attraktion weitergeschlendert, sondern hatte sich Emilio genähert und sich erkundigt, wo er schlafe und was mit seinem Bein geschehen sei, das an diesem Tag nässte und schmerzte. Emilio hatte sich nicht überreden lassen, in das neue Heim für Alte, Kranke und Schwache überzusiedeln, aber er hatte es zugelassen, dass der deutsche Arzt, den die Fürstin aus der Menge rasch heranrufen ließ, sich das Bein ansah. Emilio hatte abgelehnt, als sie ihm einen prall mit klimpernden Kopeken gefüllten Beutel überreichen wollte, aber er hatte dankbar gelächelt, als sie zum

Abschluss zu ihm sagte: »Wenn ich dir jemals helfen kann, lass es mich wissen.« Am Ende hatte er ihre Hand geküsst. Auf den Rückweg bemerkte er, dass sie ihm heimlich den Geldbeutel in die Rocktasche gesteckt hatte.

Mit Fürstin Katharina würde ein anderer Wind im Winterpalast wehen, selbst wenn sie nur die Gattin des künftigen Herrschers war. Ob sie ihren Einfluss geltend machen und für mehr Gerechtigkeit sorgen würde? Schulen für alle öffnen? Die Leibeigenschaft abschaffen?

Emilio berührte Sonjas Schulter. Ihre Augen leuchteten, als sie zu ihm aufsah. »Komm jetzt.«

»Wohin gehen wir?« Sonja lief wieder neben ihm.

»Ich bringe dich in den Sommerpalast. Wenn wir Glück haben, spaziert dort um diese Zeit noch die Fürstin. Das tut sie an jedem Nachmittag, weißt du?«

»Willst du die Fürstin fragen, wo ich hinsoll?« In Sonjas Stimme klangen die Tränen mit.

Emilio schüttelte den Kopf. Seine Miene verschloss sich. Er beschleunigte seine Schritte und führte Sonja über die gepflasterten Straßen bis zum Sommergarten, dessen verschnörkeltes Tor hoch vor ihnen aufragte. Davor standen zwei Wachen in Uniformen, die den Mann und das Kind mürrisch musterten, als sich die beiden näherten.

»Ich bringe ein Geschenk für Fürstin Katharina.« Emilio fixierte den Größeren der beiden.

»Pack dich, Alter. Mach, dass du wegkommst«, schnauzte ihn der Soldat an.

Emilio sah an ihm vorbei zwischen den eisernen Stäben des Tors hindurch. In den Beeten, die den Rasen und die Spazierwege begrenzten, waren die letzten Astern und Rosen verblüht, die marmornen Statuen bereits für den Winter mit hölzernen Kisten geschützt. Die Bäume reckten ihre kahlen Äste in den Novemberhimmel. Und da ging sie! Fürstin Katharina in einem dunkelblauen, mit Pelz verbrämten Mantel, die Hände in einem Muff vergraben. Neben ihr trippelte ihre Kammerzofe, mit der sie plauderte, während sie unter den Buchen spazierte.

»Die Fürstin empfängt keine Besucher, und schon gar keine wie euch. Mach, dass du fortkommst mit deiner Brut.«

Mit einer Behändigkeit, die niemand ihm zugetraut hätte, drückte sich Emilio an dem Soldaten vorbei und umfasste zwei Streben der Pforte. »Eure Durchlaucht, bitte, Ihr müsst mir zuhören!«, rief er.

So schnell konnte er sich nicht ducken, wie ihn die beiden Soldaten überwältigt und zu Boden geworfen hatten. Emilio fiel hart auf die Steine und kreuzte die Arme schützend über dem Kopf, als der größere Soldat sein Gewehr hob, um mit dem Kolben auf ihn einzuschlagen.

»Nein, nein, nein!« Mit einem Kreischen sprang Sonja dem Mann auf den Rücken und zerkratzte von hinten mit den Fingernägeln sein Gesicht. Er schrie auf, der zweite wollte das Kind herabreißen, aber da erklang aus dem Park die Stimme der Fürstin. »Aufhören! Was geht da vor sich?«

Die Soldaten standen sofort stramm, während Emilio sich aufrappelte und Sonja sich wieder an das Tor drängte.

»Öffnet!«, befahl die Fürstin, als sie mit ihrer Zofe den Ausgang erreichte. Die Soldaten schoben Sonja weg, die sich jedoch sofort wieder nach vorn zwängte und Katharina anstarrte, während sich der alte Mann erhob.

»Emilio!« Katharina war mit zwei Schritten bei ihm, als sie ihn erkannte. Sie ging in die Knie und half ihm beim Aufstehen. »Du lieber Himmel, was führt dich hierher?«

Sonja richtete sich vor der Fürstin auf. Die Mütze reichte ihr bis zu den dunklen Augen, die einen bemerkenswerten Kontrast zu den silbrigen Zottelhaaren bildeten, die an den Schläfen und am Hals hervorquollen. »Ich bin der Grund«, sagte sie mit ernster Miene.

Katharina musterte sie, hielt ihren hellwachen Blick. »Du scheinst mir ein guter Grund zu sein.« Während über das Gesicht ihrer Zofe ein Schatten fiel, wandte sich Katharina mit erhobenem Kopf an die Wachen. »Lasst die beiden durch.« Sie nahm Sonjas Hand und legte stützend den Arm auf Emilios Rücken, während sie auf eine steinerne, von der Sonne beschienene Bank unter einer Weide zusteuerte. »Erzählt mir eure Geschichte.«

Buch I

Versprechungen

KAPITEL 1

Juli 1762,
am Alexander-Newski-Kloster

Die Menschenschlange zog sich bis weit über den Newski-Prospekt. Die Petersburger trugen ihre besten Röcke an diesem Tag, da sie von Zar Peter III. Abschied nahmen. Die Kutsche der neuen Kaiserin Katharina II. bahnte sich ihren Weg an den Wartenden vorbei, rumpelte über das Pflaster hinweg, an den steinernen Villen vorbei, die die baumbestandene Hauptstraße säumten.

Katharina schob den Vorhang im Inneren des Gefährts ein wenig zur Seite und spähte hinaus. Die Mienen der Petersburger erschienen ihr finster, viele hielten die Köpfe gesenkt. »Die Menschen wirken besorgt«, murmelte sie.

Grigori Orlow neben ihr legte seine Hand auf ihren Ellbogen. »Mach dir keine Gedanken, Katschuscha. Wer tanzt bei einer Leichenschau schon auf dem Tisch? Tief in ihren Seelen sind sie erleichtert, dass die Angelegenheit geklärt ist und der Zar kein Unheil mehr anrichten kann. Peter hätte niemals nach Russland kommen sollen. Für das Volk wäre es besser gewesen, wenn er in Holstein geblieben wäre. Ein Schwächling, der dem König von Preußen die Stiefel geleckt hat.«

Er hatte ja recht. Niemand wusste besser als Katharina von der Unfähigkeit ihres verstorbenen Mannes, über dieses Land zu herrschen. Peter hatte kein Urteilsvermögen besessen, und er war nicht von der Nation verzaubert gewesen, die zu regieren ihm bestimmt war. Am russischen Hof hatte er sich an seine Vorliebe für alles Preußische geklammert und sogar das Luthertum dem russisch-orthodoxen Glauben vorgezogen. Mit seinem von den Pocken verunstalteten Gesicht und der spindeldürren Gestalt war er zudem ein auffallend unansehnlicher Mensch gewesen, und der Tod machte seine Erscheinung nicht attraktiver.

Nun, ihrem eigenen Volk würde sie vermitteln können, dass der Machtwechsel gottgewollt war, aber was war mit dem europäischen Ausland? Wie sollte es ihr gelingen, ihren angeschlagenen Ruf wiederherzustellen? Keine leichte Aufgabe, die in den nächsten Jahren vor ihr lag.

Vor der schmucklosen Verkündigungskirche, die zum Alexander-Newski-Kloster gehörte, brachte der Kutscher die sechs Pferde zum Stillstand. Die Entourage reihte sich dahinter wie Perlen auf eine Schnur. Als die Zarin in ihrem schwarzen Brokatkleid ausstieg, ging ein Raunen durch die Menge der Trauernden. Sie fielen auf die Knie.

An der Seite von Grigori schritt Katharina mit hoch erhobenem Haupt auf das Kirchenportal zu. Ihr folgten ihre Kammerzofe Isabell mit ihrem Gatten Sergej, an deren Händen Katharinas achtjähriger Sohn Paul und die fünfjährige Sonja. Katharina warf einen Blick zurück. Paul trug eine viel zu würdevolle Miene zur Schau. Bis zu seinem vierten Geburtstag hatte er, wie alle Kinder, Mädchenkleidung getragen, aber inzwischen besaß er eine Uniform, die ihn aussehen ließ wie einen zu klein geratenen Mann. Manchmal, wenn er gar zu aufsässig war, drohte Katharina ihm, ihn wieder in Röcke zu stecken, was seinen Hitzkopf kühlte. Er war sich jetzt schon bewusst, dass er der Thronfolger war und seine Mutter nur bis zu seiner Volljährigkeit die Regentschaft übernahm.

Sonja hingegen hatte die Stirn gerunzelt. Ihre Augen funkelten, während sie sich nach links und rechts umschaute und die Menschen betrachtete, die sich vor der Kaiserin in den

Staub warfen. Ihre Schultern zuckten, als kratze sie das mit Blüten bestickte Satinkleid, das in einem weiten Rock um ihre Seidenschuhe fiel. Ihre wilden Locken hatte die Kammerzofe mit Kämmen gebändigt. Einzelne Strähnen kringelten sich um ihr blasses Gesicht.

Seit neun Monaten stand das Kind unter ihrem Schutz. Damals im Sommergarten, als der alte Emilio auf sie zugekommen war, war sie einer Eingebung gefolgt, als sie ihm versprach, sich um das Mädchen zu kümmern. Vielleicht lag es an der Art, wie Sonja sie anschaute. Nicht die Spur von Unterwürfigkeit, kein Hauch von Angst. Einem solchen Kind war sie nie zuvor begegnet, aber möglicherweise hätte sich ihre Tochter Anna, die nur zwei Jahre alt geworden war, zu einem ähnlich aufgeweckten Mädchen entwickelt.

Die Zeit mit ihren eigenen Kindern hatte die alte Zarin Elisabeth ihr geraubt. Gleich nach der Geburt hatte sie Paul und Anna unter ihre Fittiche genommen. Aber auf Sonja würde sie neben allen Regierungsplänen achtgeben. Die Erziehung hatte sie Isabell anvertraut und ihr gleichzeitig aufgetragen, Sonja so oft wie möglich zu ihr zu bringen. Ein bisschen entschädigte sie das für all das, was ihr mit den eigenen Kindern entgangen war.

In der Kirche waberte der Geruch nach Weihrauch, Kerzenwachs und Minzöl, die Wände waren behangen mit rot-goldenen Ikonen. Die Bänke waren schlicht, der Altar aus Stein. Der Verkündigungskirche fehlte es an der glanzvollen Fülle, die die Peter-und-Paul-Kirche auszeichnete, in der die übrigen verstorbenen Mitglieder der Zarenfamilie lagen. Katharina fand es angemessen, den Leichnam in genau diesem Gotteshaus aufzubahren. Allein sein unschickliches Verhalten in der Trauerzeit um Zarin Elisabeth rechtfertigte diese Schmach.

Die Menschen ließen eine Gasse frei, sodass Katharina am Arm ihres Begleiters bis zum Sarg vorschreiten konnte. Es schnürte Katharina die Kehle zu, als sie ihren toten Gatten in der holsteinischen Uniform inmitten des mit Seide ausgeschlagenen Sargs liegen sah.

»Warum ist sein Gesicht blau?« Sonjas Mädchenstimme durchbrach die Stille im Kirchenraum. Ein Murmeln erhob sich in der Menge, als erkannten die Menschen erst jetzt, dass Peter trotz der Herrichtung durch den Bestatter nicht aussah wie einer, der friedlich entschlafen war.

»Er war sehr krank, Liebes.« Katharina drückte Sonjas Schulter, doch sie wand sich unter ihrem Arm hindurch. Manchmal erschien sie ihr wie ein Igel, der sich einrollte, wenn man ihm zu nah kam.

Katharinas Sohn Paul trat vor und sank vor dem Sarg auf die Knie. Ob er jemals erfahren würde, dass Peter nicht sein leiblicher Vater war? Wie hätte er es auch sein können … Katharina und Peter hatten die Ehe niemals vollzogen.

Mit gerade einmal vierzehn Jahren war sie nach Russland gereist und hatte in einer Geschwindigkeit, die andere nicht für möglich hielten, die russische Sprache erlernt und versucht, sich am Hof zurechtzufinden. Nachdem sie vom evangelisch-lutherischen zum orthodoxen Glauben konvertiert war und den Namen Katharina Alexejewna angenommen hatte, fand im Juli 1744 die Verlobung statt, im September die Hochzeit.

Schon in der Hochzeitsnacht erfuhr sie, dass der Großfürst nur wenig Zuneigung für sie empfand. Während sie im Schlafgemach auf ihn wartete, stolperte er spätnachts betrunken ins Bett. Und dies war nur der Auftakt zu weiteren jahrelangen Demütigungen gewesen. Sie hatte die Nächte nicht gezählt, in denen sie allein im Bett lag, während ihr Gatte mit Soldatenfiguren spielte oder auf seiner Geige kratzte.

Es war Zarin Elisabeths Gedanke gewesen, auf andere Art für einen Thronfolger zu sorgen, nachdem Katharina ihr gebeichtet hatte, dass zwischen ihr und ihrem Neffen keine eheliche Verbundenheit bestand. Aber vermutlich hatte die alte

Zarin nicht eingeplant, dass sich Katharina in den Mann verliebte, den sie auswählte.

Mit einem Ziehen im Leib erinnerte sie sich an die Zärtlichkeit, mit der Graf Saltykow, damals Peters Kammerherr und schön wie die Morgendämmerung, um sie geworben hatte. Sie hatte sich ihm mit der Leidenschaft der Jugend hingegeben und geglaubt, diese Liebe hielte ewig. Wie ernüchternd die Erkenntnis, dass Saltykow nichts anderes als ein Erfüllungsgehilfe der Zarin war, der seiner Pflicht nachkam und sie schwängerte. Zarin Elisabeth und Peter erkannten das aus dieser Beziehung entstandene Kind Paul von Anfang an als legitim an.

Saltykow hatte Katharinas Sehnsucht nach Leidenschaft geweckt. Seit damals hielt sie sich Liebhaber, die ihr die Nächte versüßten. Nach dem Kammerherrn gehörte Stanislaw Poniatowski über viele Jahre zu ihren bevorzugten Männern, ein Gesandter des polnischen Königs. Stanislaw hing mit Hingabe an ihr und gab auch keine Ruhe, nachdem sie ihm zu verstehen gegeben hatte, dass sie die Liaison als beendet betrachtete. Was nicht hieß, dass sie sich den eifrigen Polen nicht warmhalten würde. Vielleicht konnte ihr einer wie er bei späteren außenpolitischen Schachzügen noch von Vorteil sein.

Genau wie Grigori Orlow aus dem Ismailowski-Garderegiment ihr Nutzen brachte. Grigori war der neueste in der langen Reihe von willigen Männern. Und möglicherweise aufgrund seiner Herkunft der ehrgeizigste: Als Sohn eines Provinzgouverneurs gehörte er nicht zum vermögenden Hochadel. Ob er sich ausmalte, dass sie ihn heiraten würde? Katharina wünschte ihm ein realistisches Urteilsvermögen. Gemeinsame Freude in den einsamen Nächten – jederzeit. Aber eine Aufteilung der Macht an der Spitze des russischen Reiches? Niemals.

Bei ihrem Bestreben, Russland in ein goldenes Zeitalter zu führen, konnte ein starker Mann an ihrer Seite nur hinderlich sein. War es nicht schon unglückselig genug, dass sie ihre Regierung mit der Vertuschung eines Mordes beginnen musste?

In ihrem Ankleidezimmer im Winterpalast konnte Katharina zwei Stunden später nicht schnell genug aus der nachtschwarzen Robe steigen. »Jetzt beeil dich, Isabell«, drängte sie, als ein Haken im Mieder klemmte. Die dunkle Farbe schlug ihr aufs Gemüt. Trauer und zermürbende Gedanken würden sie nur von der Arbeit abhalten. Endlich streifte Isabell das Gewand ab und half ihr in das burgunderrote Seidenkleid, das sie am liebsten in ihren Arbeitsräumen trug.

»Das sieht hübsch aus«, meldete sich Sonja zu Wort, die die Kaiserin und ihre Bedienstete wortlos beobachtet hatte. Sie lehnte mit dem Rücken gegen das Fenster. Die einfallenden Sonnenstrahlen ließen das sorgfältig gebürstete Silberhaar des Mädchens schimmern. »Als Zarin Elisabeth gestorben ist, hast du immer nur schwarze Kleidung getragen, Maman.«

Es gefiel Katharina, dass die Kleine sie seit einigen Wochen mit der vertraulichen Anrede titulierte. Das am Hof allgemein übliche Französisch hatte sie sich in einem atemraubenden Tempo angeeignet. Katharina erfüllte dies mit Stolz, als trüge das Mädchen ihr eigenes Erbgut in sich.

»Sei nicht vorlaut, Sonja«, schimpfte Isabell und machte ein paar drohende Schritte auf sie zu. »Du hast nur zu reden, wenn du angesprochen wirst.«

Katharina hielt sie zurück. »Ist gut, Isabell. Sonja soll in diesem Raum sagen dürfen, was sie möchte.«

Isabell presste die Lippen aufeinander, knickste aber sofort ergeben. Mit einem Schmunzeln bemerkte Katharina den triumphierenden Blick, den die Kleine der Zofe zuwarf.

»Wie steht es um deine eigene Tochter?« Katharina nahm hinter dem Schreibtisch Platz und legte den Arm um Sonjas Taille, als diese sich auf ihren Schoß setzte. Mit hochgezogenen Brauen sah sie Isabell an, deren Bewegungen plötzlich fahrig wurden.

»Sie kennen Inna zu gut, Eure Majestät. Sie verhext mit ihren koketten Spielchen lieber die Kavaliere, anstatt sich festzulegen. Ich habe schlaflose Nächte, solange ich sie nicht verlobt weiß. Das Mädchen hat mit seinen zwanzig Jahren nichts als Flausen im Kopf.«

Sonja kicherte, und Katharina schürzte die Lippen. »Gib ihr Bescheid, dass ich mich um einen Ehemann für sie kümmern werde, wenn sie sich nicht bald entscheidet.«

»Das wird sie nicht erfreuen.«

»Davon war auch keine Rede.«

Isabell streckte die Hand in Richtung des Mädchens aus. »Komm, Sonja. Lass die Zarin jetzt arbeiten.«

»Kann ich nicht noch ein bisschen bleiben und zuschauen, Madame? Ach bitte.«

»Regierungsgeschäfte sind nichts für Kinderohren, und dein Lateinlehrer wartet schon.«

»Sie kann bleiben«, widersprach die Zarin und nickte Isabell zu, die untertänig knickste, bevor sie das Arbeitszimmer verließ. Als sie die Tür öffnete, stand dort bereits der Sekretär, der auf einem Tablett einen Stapel Briefe brachte.

»Danke, Wanja«, murmelte Katharina, ohne ihn anzusehen, bevor sie die versiegelten Umschläge entgegennahm und durchblätterte.

»Sind das alles Nachrichten von deinen Untertanen? Was wollen sie?« Sonja berührte die Kuverts mit den Fingern, streichelte über das Papier und die Siegel.

»Jeder will etwas anderes«, antwortete Katharina. »Weißt du, wie groß Russland ist? Und jeder einzelne Mensch in unserem Land verlässt sich auf die Entscheidungen der Herrscherin.«

»Antwortest du ihnen allen?«

»Ich versuche es. Aber manchmal ist es nicht zu schaffen. Dann muss ich entscheiden, was wichtig ist und was nicht.«

»Warum suchst du dir nicht jemanden, der mit dir regiert? Du hättest weniger Arbeit, und jeder bekäme eine Antwort.«

Katharina schmunzelte. »Ich habe meine Minister und Sekretäre, aber letztendlich ist es der Wille der Alleinherrscherin, der zählt. So ist es immer in Russland gewesen, und so wird es bleiben. Das Land würde es nicht vertragen, wenn mehrere Menschen das Sagen hätten. Es könnte passieren, dass es sich spaltet und dass die Bürger sich bekriegen. Mit nur einer Herrscherin jedoch gibt es keine Zwietracht. So hat es der Herrgott vorgesehen.«

»Genau wie er vorgesehen hat, dass es Menschen gibt, die mehr wert sind als andere?«

»Du sprichst von den Leibeigenen und den Gutsherren?«

Sonja nickte und musterte das Gesicht der Zarin, als wollte sie darin lesen.

Katharina spürte, wie die Hitze in ihr hochstieg, und ärgerte sich über ihre eigene Reaktion. Sonja war nur ein Kind, es war ihr gutes Recht, Fragen zu stellen, um die Welt zu erforschen. Aber dennoch ließ sie das Thema Leibeigenschaft nie kalt. Ihr war bewusst, dass das europäische Ausland sie in ihrem Bestreben, Russland in ein aufgeklärtes Zeitalter zu führen, an ihrer Meinung zur Leibeigenschaft messen würde. Aber Russlands Gesellschaftssystem basierte auf genau diesem Prinzip, dass es eine Herrenklasse mit Landbesitz und eine Arbeiterklasse ohne jede Ansprüche gab. Wie ein Kartenhaus würde das System zusammenbrechen, wenn sie versuchen sollte, daran etwas zu ändern. Abgesehen davon, dass sie sich den Missmut der einflussreichsten Russen zuziehen würde, wenn sie die Rechte der Gutsherren und des Adels beschnitt. Aller Wille zur Veränderung nutzte ihr nichts, wenn sich das Volk gegen sie stellte.

Bei den unteren Schichten entzündeten sich in letzter Zeit in verschiedenen Teilen des Landes Unruhen. Vor allem die Strenggläubigen erkannten sie nicht als die neue Monarchin an. Eine Deutsche auf dem Zarenthron? Das hielten sie so nicht für gottgewollt und trauerten dem verstorbenen rechtmäßigen Zaren Peter nach. Aber was sollten die Bauern schon ausrichten? Sie waren nicht organisiert, und ihre Auflehnung würde im großen Reich verpuffen. Schwerer wöge es, wenn sich der Adel gegen sie stellte, aber die Aristokraten waren zufrieden mit den weitreichenden Rechten, mit denen die Zarin sie ausgestattet hatte.

»Es geht nicht um den Wert des Menschen«, ging sie auf die Frage des Mädchens ein. »Aber jeder hat seinen Platz in der Gesellschaft. Nur auf diese Art kann das Zusammenleben funktionieren.« Sie seufzte unterdrückt, als sich Sonja mit dieser Antwort zufriedengab. Das Mädchen stützte die Ellbogen auf den Mahagonischreibtisch und das Kinn in die Hände, während Katharina die Umschläge weiter durchblätterte: Bittsteller aus den entlegenen Städten ihres Reichs, Mitteilungen über Überfälle auf Verwaltungszentralen im Südwesten des Landes, Berichte ihrer Generäle, Nachrichten aus dem Kreml … Vier Briefe sortierte sie aus. Den ersten öffnete sie sofort.

»Der hat das weißeste Papier und das dickste Siegel. Bestimmt kommt er von einem sehr wichtigen Mann?«

»Ja, von dem mächtigsten der Welt«, sagte sie und hielt den Finger auf die Unterschrift, damit Sonja sie vorlesen konnte.

»Friedrich«, buchstabierte sie. »Wo lebt er, und welches Reich beherrscht er?«

»Friedrich II. ist König in Preußen«, antwortete Katharina und überlegte einen Moment, wie sie ihre Meinung über den König in kindgerechte Worte verpacken konnte. »Er hat eine gewaltige Armee und keine Angst davor, Kriege zu führen. Wir müssen uns sehr geschickt verhalten, um uns nicht seinen Ärger zuzuziehen. Gleichzeitig muss er spüren, dass Russland ein ebenbürtiger Gegner ist.«

Katharina war Friedrich einmal begegnet, damals, als sie unter ihrem Mädchennamen Sophie Friederike Auguste von Anhalt-Zerbst nach St. Petersburg gereist war. Sie hatte ihn als knurrigen, von sich selbst überzeugten Herrscher in Erinnerung, der sich wenig Mühe gab, seine Verachtung Frauen gegenüber zu verbergen. Ein Mann ohne Herz. Ein Herrscher, der Zehntausende Soldaten in den Tod schickte. Ein eisernes Organisationsgenie. Sie griff nach dem Glas Wasser, das stets frisch gefüllt auf ihrem Sekretär stand. Nichts besänftigte sie mehr als ein kühler Schluck. Mit einem Lächeln nahm Sonja ihr das Glas ab und trank den Rest.

Mit Friedrich zu korrespondieren verlangte Katharinas volle Aufmerksamkeit. Wie dreist er vor mehr als zwanzig Jahren die wackelige Stellung der österreichischen Kaiserin Maria Theresia ausgenutzt hatte, um in Schlesien einzumarschieren. Die jahrelangen Kriege hatten Friedrich zermürbt. Gicht und Rheuma plagten seine Glieder, und ohne Krückstock sah man ihn nicht mehr, hieß es. Ein Schreckgespenst, krumm wie ein Fiedelbogen. Katharinas Mitleid für den alten Fritz hielt sich in engen Grenzen.

Sie würde dem starken Regenten im Westen mit einem Höchstmaß an Diplomatie begegnen. In seinem jetzigen Schreiben jedoch, das Sonja ihr fließend vorlas, fand er anteilnehmende Worte zum bedauernswerten Tod des Zaren, und er drückte seine Hoffnung aus, mit der neuen Zarin ähnlich harmonisch zusammenarbeiten zu können wie mit Peter III. Katharina erinnerte sich mit gemischten Gefühlen daran, wie besorgt der Preußenkönig sich um den Zaren gezeigt hatte. Er hatte sogar angeboten, ihm eine Abordnung seiner eigenen Leibgarde zu schicken.

»Er mochte den Zaren wohl sehr«, stellte Sonja fest.

Katharina nickte. Zar Peter III. war dem Preußenkönig geradezu hündisch ergeben gewesen. Kein Wunder, dass Friedrich voll der Anteilnahme war. Sie griff zu einem Bleistift und notierte sich ein paar Sätze für ihre Antwort, die sie später am Tag ihrem Sekretär diktieren würde: *Was den in letzter Zeit mit Seiner Majestät dem König in Preußen geschlossenen Frieden betrifft, so teilen Wir Ihnen Seiner Majestät feierlich mit, dass Wir denselben heilig halten werden, solange Uns Seine Majestät keine*

Veranlassung gibt, ihn zu brechen. Sie fügte noch an, wie sehr es sie freuen würde, wenn Friedrich eine Reise nach St. Petersburg einrichten könnte.

»Möchtest du wirklich, dass er hierherkommt?«

»Aber ja, mein Täubchen!«, erwiderte Katharina. »Die meisten Männer sind leichter mit Liebenswürdigkeit und einem Lächeln einzuwickeln als mit wohlgesetzten Worten.« Sonja stimmte in ihr Lachen ein.

Katharina wusste, dass sich ihre stärkste Wirkkraft in der persönlichen Begegnung entfaltete. Friedrich für sich einzunehmen erschien ihr wichtiger als alle Reformen, die auf ihre Ausarbeitung warteten. Vielleicht würde er diesmal einer Reise in die russische Hauptstadt zustimmen.

Auf eine Begegnung mit Maria Theresia hingegen legte sie nicht den geringsten Wert, obwohl diese in dem zweiten Brief, den Katharina beiseitegelegt hatte, ihre Freude über die Thronbesteigung der russischen Kaiserin wortreich zum Ausdruck brachte.

»Wer ist diese Frau?«, wollte Sonja wissen.

»Das ist die Kaiserin von Österreich. Auch mit ihr dürfen wir es uns nicht verderben.«

»Ist Österreich so groß wie Russland?«

Katharina lachte. »Aber nein. Das ist nicht zu vergleichen. Lass dir von deinem Lehrer später die europäische Karte zeigen. Dann kannst du dir selbst ein Bild machen.«

»Magst du die Kaiserin von Österreich?«

»Nun ja …« Sie räusperte sich. Seit Jahren mit Joseph verheiratet, gebar die alte Betschwester, wie Katharina sie insgeheim nannte, ein Kind nach dem anderen und hielt mit ihrer ehrsamen Hausfrauensorgfalt das Ansehen der Kaiserfamilie hoch. Nichts verband Maria Theresia mit der an allem Neuen interessierten Zarin. Katharina wusste, dass sie ihr gegenüber Verachtung empfand und über ihren Lebenswandel die Nase rümpfte. »Man muss sich nicht mögen, nur respektieren, wenn man die Geschicke Europas gemeinsam bestimmt.« Sie rückte vom Schreibtisch ab, packte Sonjas Taille und hob sie auf den Boden. »Lauf zu Madame und zu deinem Lehrer.« Sie nahm ihr Gesicht zwischen beide Hände und drückte ihr einen Kuss auf den Scheitel.

Sonja legte die Stirn in Falten. »Bei dir lerne ich viel mehr«, behauptete sie. »Und Madame ist froh, wenn sie mich nicht sieht.«

Katharina kniff die Lider zusammen und starrte Sonja an. »Behandeln sie dich nicht gut?«

Sonja zuckte die Schultern. »Sie schlagen mich nicht oft, und wenn, dann nicht sehr hart. Aber ich fühle mich wohler bei dir.« Sie schluckte, bevor es aus ihr herausplatzte: »Madame ist kalt wie ein Fisch, Monsieur schleimig wie eine Schnecke und Inna dumm wie ein Maultier!«

Katharina zuckte zusammen, bevor sie schallend lachte. »Lass sie das bloß nicht wissen! Und nein, mein Kind, man kann sich die Menschen, die zu dem eigenen Kreis gehören, nicht aussuchen wie das Vieh auf dem Markt. Die Kunst besteht darin, die Schwächen der anderen zu kennen und sich entsprechend zu verhalten, um entweder keinen Ärger zu bekommen oder sich einen Vorteil zu verschaffen. Du bist auf dem besten Weg, das zu lernen. Lass dich nicht unterkriegen.« Erstaunlich, mit welcher Schärfe das Mädchen seine Umwelt wahrnahm. Nachdem Emilio sie ihr gebracht hatte und bei der Frage nach ihrem Alter Kind und Einsiedler nur mit ratlosen Gesichtern die Schultern gezuckt hatten, hatte Katharina ihr, damit es für Sonja etwas zu feiern gab, nach der eingehenden Untersuchung ihrer Ärzte einen Geburtstag zugeschrieben: den 7. Januar 1757. Und es hatte auch gleich Geschenke gegeben – seidene Kleider mit Rüschen, Haarkämme, Puppen. Aber nur ein Präsent hatte ein Leuchten auf Sonjas Gesicht gebracht: eine Harfe. Nach der kaiserlichen Rechnung war Sonja nun fünfeinhalb Jahre alt. Doch trotz ihres kindlichen

Alters – so durfte sie nicht über ihre neue Familie reden. »Ich will so etwas nicht wieder hören, Sonja. Es ist undankbar und respektlos.«

Sonja knickste. »Ja, Maman.«

»Geh jetzt. Ich will die Post schnell durcharbeiten. Heute stehen noch mehrere Empfänge auf meinem Programm. Mir läuft die Zeit davon.«

Sie sah dem Kind hinterher, als es zur Tür lief. Die Schleife an ihrem Kleid wippte, die Haare flogen. Mit der Klinke in der Hand drehte sie sich noch einmal um und warf ihr eine Kusshand zu, bevor sie verschwand. Ihr Zauber wärmte Katharina, aber schwerer wog die Erkenntnis, die sie an diesem Nachmittag überkam: Das Denken würde sie diesem Kind nie verbieten können.

Der Brief von Denis Diderot, den sie als dritten öffnete, trübte ihre gute Stimmung, in die sie das Mädchen mit ihrer Zutraulichkeit und Neugier versetzt hatte. Es würde ein mühsames Stück Arbeit werden, den Philosophen davon zu überzeugen, dass sie sich den westlichen Idealen verschworen hatte, obwohl sie die Gewaltenteilung ablehnte. Wie sie es soeben dem Mädchen erklärt hatte: Das russische Kaiserreich war so weitläufig, dass jede andere Regierungsform als die Autokratie schädlich war und zur Zerstückelung der Macht führen würde. In einem solchen Land konnte nur die Kraft einer einzelnen Persönlichkeit etwas bewirken. Diderot vertrat eine andere Meinung und beharrte auf seinem Standpunkt, dass jede absolutistische Regierung von Übel sei, da das Volk um seine Freiheit betrogen werde.

Was dachte sich der bornierte Kerl! Mit all seinen hohen Prinzipien mochte er schöne Bücher schreiben, denn Papier ist geduldig, aber von Regierungsgeschäften hatte er keine Ahnung. Diderots Starrköpfigkeit ärgerte Katharina. Es war von immenser Bedeutung, dass sie die großen europäischen Philosophen von sich überzeugte, um ihr Ansehen im Ausland zu stärken, aber bei Diderot stieß sie mit ihren Argumenten auf Granit.

Wohingegen sie Voltaire, von dem der vierte Brief stammte, ohne eigene Anstrengung auf ihre Seite gezogen hatte. Ein Lächeln glitt über ihr Gesicht, als sie sich in seine Zeilen vertiefte. Er beteuerte einmal mehr, mit ihr sei der Stern des Nordens aufgegangen und Russland hätte sich keine weisere Herrscherin wünschen können.

Ach, wie sehr sie ihn schätzte, diesen Fürsten des Geistes. Während der qualvollen Jahre ihrer Ehe hatte sie nichts mehr getröstet als die Lektüre seiner Dramen, Romane und Satiren. Sie durfte nicht vergessen, Sonja beizeiten an diese Bücher heranzuführen! Nicht zuletzt durch seine Abhandlungen und Polemiken zu philosophischen und theologischen Themen hatte sie die Feinheiten der französischen Sprache erlernt.

Voltaire würde in Europa verbreiten, dass sie die erste Herrscherin auf dem russischen Thron war, die den chaotischen Zustand der Gesetzgebung in Russland beendete. In Fortsetzung des Werkes Peters des Großen würde sie, Katharina, Russland endgültig zur Blüte bringen.

Voltaire wollte sie persönlich antworten. Der Briefwechsel mit ihm hatte sich zu ihrem privaten Vergnügen entwickelt, und dies nicht nur wegen seiner wohlgesetzten Schmeicheleien. Sie schätzte vor allem den Austausch auf einem geistigen Niveau, das ihr die Regierungsbeamten und Berater nicht bieten konnten. Was für eine Ehre, dass ein solcher Mann sich zu ihr hingezogen fühlte und in ihr eine »Philosophin auf dem Thron« sah.

Sie öffnete die Schublade ihres Sekretärs, zog einen Briefbogen hervor, tunkte die Feder in das Tintenfass und begann zu schreiben: *Monsieur, der Glanz des Nordsterns ist nur ein Nordlicht. Die Wohltaten, die Sie erwähnen …*

Ihr Kopf ruckte hoch, als die Tür aufgerissen wurde. Sekretär und Kammerzofe hoben die Stimmen, aber Grigori ließ sich nicht aufhalten. »Katschuscha, sag ihnen, dass ich jedes Recht habe, von dir empfangen zu werden, wann es mir beliebt. Ihre Pflichtversessenheit ist ermüdend.« Mit dem Kinn deutete er auf die beiden Untergebenen, deren Aufgabe es war, Besucher anzukündigen.

Katharina nickte den beiden zu. »Es ist in Ordnung. Lasst ihn durch.«

Grigori klopfte sich nicht vorhandene Staubflocken von der Schulter, bis sich die Tür hinter ihm schloss. Kaum waren sie allein, trat er auf sie zu, zog sie auf die Füße und legte die Lippen an ihren Hals. »Ich habe dich vermisst. Jede Stunde ohne dich ist eine Qual«, murmelte er dicht an ihrem Ohr.

Sie stemmte die Hände gegen seine Brust, löste sich von ihm und lachte betont munter auf. »Wir haben uns am Vormittag erst gesehen.«

Grigori verzog den Mund. »Ja, in Gegenwart eines Leichnams. Ich will allein mit dir sein, Katschuscha. Die Zeiten sind jetzt vorbei, in denen wir uns die Stunden stehlen mussten. Es ist vollbracht, in wenigen Wochen wird die Krönung in Moskau deine Herrschaft besiegeln. Ich habe mein Bestes dafür gegeben.«

Sie ging um den Schreibtisch herum und strich mit den Fingerspitzen über das polierte Holz. Ihr zog sich der Magen zusammen, wenn Grigori auf diese Art herausstellte, dass sie die Thronbesteigung angeblich ihm zu verdanken hätte. Sicher – kühn, verwegen und leidenschaftlich hatte er gemeinsam mit seinem Bruder Alexej den Weg geebnet. Katharina erinnerte sich mit einem Schaudern an jene Nacht in ihrem Schloss Mon Plaisir, in der Alexej sie geweckt hatte. »Alles ist für die Proklamation vorbereitet!«, hatte er geflüstert. Die Verschwörung hatte ihren Höhepunkt erreicht. Sie würde siegen – oder auf dem Schafott enden. Mit der Garde war sie nach Peterhof vorgerückt, wo Peter sich zu der Zeit aufhielt. Er flüchtete nach Kronstadt, kehrte zurück und unterschrieb anschließend in

Oranienbaum seine Abdankungsurkunde. Seine Forderungen waren lächerlich: Er wollte seinen Hund, seine Geige, seinen Mohren und seine Geliebte. Katharina wurde noch am selben Tag in der Kasaner Kathedrale von St. Petersburg zur Alleinherrscherin Russlands erklärt. Die Hochrufe der Petersburger Garden waren nur ein Vorgeschmack auf die prunkvolle Krönung, die in wenigen Monaten in Moskau stattfinden sollte.

»Ich weiß alles zu schätzen, was du für Russland und mich getan hast, Grischa. Ich habe dich und deinen Bruder in den Grafenstand erhoben, euch Ländereien mit Leibeigenen geschenkt und euch mit Geld und Juwelen überschüttet.«

Er trat wieder auf sie zu, ergriff ihre Hand und legte seine Wange darauf, bevor er sie küsste. »Und auf all das würde ich mit Freuden verzichten, wenn du nur meine Frau werden würdest.«

Katharina entzog ihm die Hand, wandte ihm den Rücken zu. »Du weißt, dass das nicht möglich ist. Unsere Ehe wäre nicht standesgemäß. Ich kann es mir nicht leisten, den Adel gegen mich aufzubringen.« Es war schwer genug gewesen, ihren gemeinsamen Sohn, den sie vor wenigen Wochen geboren hatte, wegzugeben. Es tat weh, das eigene Kind fremder Obhut zu überlassen, aber sie hatte noch Paul, den Thronfolger. Und Sonja. Ein Lächeln erschien auf ihrem Gesicht, wenn sie an das Mädchen dachte. Wenn nur ihr leiblicher Sohn so viel Wissbegier wie Sonja zeigen würde!

Grigori warf sich der Länge nach auf das mit Samt bezogene Sofa und verschränkte die Arme im Nacken. Ein Bild von einem Mann. Ein rauschhafter Mensch, der es verstand, heiß zu leben und kühl dem Tod entgegenzusehen. Katharina liebte seine hemmungslose Leidenschaft und seine Gier und ließ sich nur allzu bereitwillig von seinem Temperament mitreißen. Aber reichten solcherart Gefühle für ein ewiges Bündnis? »Sie werden dir vergeben, Katschuscha. Man wird es dir gönnen, endlich unter männlichem Schutz zu stehen.«

Sie lachte auf. »Gott bewahre dir dein unerschütterliches Selbstvertrauen, Grischa.«

Grigori grinste nur noch breiter, was seine Attraktivität zwar steigerte, aber einmal mehr bewies, dass er ihr beim geistigen Schlagabtausch nicht gewachsen war. Letzten Endes war ihr Liebhaber nicht mehr als ein russischer Bauer.

Sie trat ans Fenster und blickte auf die Newa hinaus, die im Licht der nachmittäglichen Sonne wie mit Juwelen geschmückt schimmerte. Majestätisch trieben die Handelsschiffe wie in einer nicht enden wollenden Parade mit geblähten Segeln am Winterpalast vorbei in Richtung Ostsee. Flaggen aus aller Herren Länder wehten an den Masten.

Sie lehnte sich zurück, als sie Grigoris Arme um ihre Taille fühlte. Er zog sie an sich, küsste ihren Hals. »Wir könnten noch vor deiner Krönung in Moskau heiraten«, murmelte er dicht an ihrem Ohr. »Wie würde es dir gefallen, wenn du dir in der Himmelfahrtskathedrale im Kreml die Krone aufsetzt und Zepter und Reichsapfel entgegennimmst, mit dem Wissen, dass du die Bürde der Regentschaft nicht allein tragen musst? Dass du einen Mann an deiner Seite hast, der dich in all deinen Entscheidungen unterstützt? Du wirst doch sicher nicht vergessen, wer dich zur Zarin gemacht hat.«

Sie drehte sich aus seinem Arm. »Bedräng mich nicht, Grischa«, sagte sie und spürte ein Stechen in den Schläfen. Es würde ihr viel Feinfühligkeit abverlangen, Grigori Orlow auf den Platz zurückzuverweisen, der ihm zustand. Sie würde niemanden an ihrer Seite dulden – schon gar keinen, der seine Entscheidungen vom Bauchgefühl und nicht vom Verstand abhängig machte und dem es an Intellekt mangelte, um sie geistig zu fordern. Schöne Männer wie Grigori gab es zuhauf in den Petersburger Garden.

Sie lehnte sich mit dem Rücken gegen den Arbeitstisch und konnte sehen, wie Grigoris Ungeduld wuchs, weil er an diesem Nachmittag nicht ans Ziel seiner Wünsche kam. Sie war nicht in Stimmung. Weder für Zärtlichkeiten noch für Zukunftspläne. »Erinnerst du dich, als ich vor dem Winterpalast vor die Gardisten trat, um den Marsch nach Peterhof anzutreten und den Zaren zu stürzen?«

In Grigoris Augen trat ein verklärter Ausdruck. »Wie könnte ich dieses Erlebnis je vergessen, Katschuscha. Nie warst du schöner als in dieser Stunde, obwohl du in Uniform vor das Regiment getreten bist. Das Himmelslicht hat dich leuchten lassen wie eine Erscheinung. Ich glaube, es gab keinen Mann auf dem Platz, der sich, als du dich auf deinen weißen Hengst geschwungen hast, nicht in dich verliebte.«

Katharina schmunzelte. »Du bist ein Schmeichler, Grischa.« Mit einem wohligen Schauer erinnerte sie sich an das Gedränge auf dem Palastplatz, an das Klappern der Hufe, das Klirren der Sporen und Schwerter, an den Stolz in den Gesichtern der Männer, die in dieser Stunde Geschichte schrieben. Schon vor dem Putsch hatten Männer wie Grigori sie kühn ›Eure Majestät‹ genannt. Ohne ihre Günstlinge säße sie heute nicht auf dem Thron. Aber eine Begegnung war ihr besonders im Gedächtnis geblieben. »Da war ein junger Soldat, von riesenhaftem Wuchs, ein kastanienbrauner Haarschopf … Er hat mir die Handschlaufe seines Säbels gegeben, als er bemerkte, dass sie an meiner Waffe fehlte. Erinnerst du dich?«

Grigori grinste. »Du meinst Potemkin.«

Sie horchte auf. »So heißt er?«

»Ja, Grigori Potemkin. Ein lustiger Kerl.«

Sinnend nickte sie vor sich hin. Lustig war er ihr keineswegs erschienen, jedoch von einer fast marmornen Schönheit, die ihr für ein paar Sekunden den Atem geraubt hatte. Seitdem ging ihr sein Bild nicht mehr aus dem Sinn. Wie er versucht hatte, sein Pferd unter Kontrolle zu bringen, das partout nicht mehr von ihrer Seite weichen wollte. Ihre Blicke waren sich begegnet und hatten einander festgehalten.

»Er war an der Verschwörung beteiligt, ja?«

Grigori nickte. »Ja, und er wird den Kavallerieschwadronen angehören, die dich zu deiner Krönung nach Moskau begleiten.«

Katharina sah auf. »Vergiss nicht, ihn zum Leutnant zu befördern«, sagte sie. Neben allen großen Ideen und Plänen würde sie diesen Potemkin im Auge behalten.

Kapitel 2

Juli 1762,
im Alexander-Newski-Kloster

Boris Albrecht brauchte sich nicht auf die Zehenspitzen zu stellen, um über die Menschenmenge hinweg die neue Zarin zu beobachten. Er war groß genug gewachsen, sodass er mühelos sehen konnte, was vor dem Sarg des verstorbenen Zaren Peter III. passierte. Katharinas Mund wirkte wie aus Stein gemeißelt, ihre Haut schimmerte unter dem Puder grau. Als sie die Hand auf die Schulter des kleinen Mädchens in ihrer Obhut legte, sah Boris, dass sie zitterte. Er hatte einen Sinn für solche Feinheiten, aber diese Gabe brachte ihm bei seiner geplanten Karriere in der kaiserlich russischen Marine keine Vorteile. Als Leutnant zur See waren andere Fertigkeiten gefragt: Durchsetzungsvermögen, Scharfsinn, Zielstrebigkeit.

»So viel Falschheit«, hörte er eine Frau in der Reihe vor ihm zischen. »Als würde sie um den Zaren trauern. Die hat doch selbst alles arrangiert, um endlich die Macht an sich zu reißen.«

»Sei still«, zischte die Angesprochene und versetzte der keifenden Frau einen Stoß mit dem Ellbogen in die Rippen. »Sonst verbringst du die Nacht im Kerker in Gesellschaft des Folterknechts.«

Boris rückte ein Stück von den beiden ab, strich sich die welligen braunen Haare hinter die Ohren. An dem Getratsche des Volkes lag ihm nicht viel. Er machte sich lieber selbst ein Bild von der neuen Zarin und erweckte es in schöngeistigen

Reimen zum Leben. Ohne Zweifel verströmte sie ein Charisma, mit dem sie die Leute für sich einnahm. Im Gegensatz zu ihrem verstorbenen Gatten. Mit seinem Mangel an Diplomatie und Manieren hatte Peter sich nichts als Abneigung eingehandelt.

Obwohl Katharina nicht mehr die schmale Figur ihrer Jugend besaß, war sie mit ihren hohen Wangenknochen, dem kleinen Mund und den tiefliegenden Augen eine der schönsten Frauen, die Boris je gesehen hatte. Zweifellos trugen zu ihrer Attraktivität die kunstvolle Frisur, der glitzernde Schmuck und die edlen Stoffe bei, aber vermutlich würde sie selbst in der schlichtesten Bauerntracht wenig von ihrer Ausstrahlung einbüßen.

Die Frage war nur: Reichte diese äußerliche Überlegenheit, um sich dauerhaft als die mächtigste Frau im russischen Reich zu halten? Würde es der Zarin gelingen, die Russen von ihren neuen Ideen zu überzeugen? Überall aus Europa drangen frische Parolen bis nach St. Petersburg. Die Kraft der Vernunft sollte den alten Aberglauben vertreiben, der einzelne Mensch sollte bedeutsamer sein als der Stand, dem er angehörte, verkrustete Hierarchien sollten aufgebrochen werden.

Wie aufrecht sie stand, wie fest ihre Schultern wirkten, wie markant ihr Kinn. Mit einem Teil seines Verstandes konnte Boris nachvollziehen, dass Graf Orlow, der nicht von ihrer Seite wich, dieser Frau verfallen war. Was mochte dran sein an den Gerüchten, dass er seine Finger beim Tod ihres Mannes mit im Spiel gehabt hatte?

»Boris, um Himmels willen, was treibst du hier? Solltest du nicht an der Admiralität sein?«

Er zuckte zusammen, als er die vertraute, leicht lispelnde Stimme vernahm. Er wandte den Kopf und schaute in das Gesicht seiner Schwester Jelena. An ihrem linken Schneidezahn fehlte eine kleine Ecke. Dennoch war sie mit den dichten schwarzen Haaren eine anziehende Erscheinung. Die Schwangerschaft ließ ihre Haut rosig schimmern. Ihr Bauch unter dem in der Taille ausgelassenen schwarzbraunen Kleid wölbte sich wie eine Melone. Sie legte ihre Hand darauf, während sie den Bruder fixierte.

Von all seinen Familienmitgliedern war Jelena das kleinste Übel, wenn es darum ging, dass er sich vor dem Studium an der Akademie der Marine drückte. »Ich halte es für wichtiger, dem verstorbenen Zaren die Ehre zu erweisen. Den Lernstoff kann ich mir später besorgen und nachholen.«

»Anscheinend interessiert dich der Zar im Sarg mehr als zu seinen Lebzeiten.«

Boris zuckte die Schultern. »Der Tod verändert vieles«, sagte er mit mehrdeutigem Unterton, der Jelena sofort erbleichen ließ. Mit seinen einundzwanzig Jahren hatte Boris bereits zwei Versuche, sich selbst zu töten, hinter sich. Seine männlichen Verwandten behaupteten, er hätte nie vorgehabt, tatsächlich zu sterben: Als er am flachen Ufer in die Newa stieg, habe er darauf spekuliert, dass ihn einer der vorbeiziehenden Fischer retten würde. Und beim geplanten Sprung von einer Brücke überwältigten ihn mühelos zwei patrouillierende Soldaten. Jelena jedoch verstand, wie es in ihm aussah, obwohl sie sein Verhalten nicht guthieß.

»Wenn du in den Straßen herumstreichst, statt an deiner Offizierslaufbahn zu arbeiten, werden sie dich irgendwann von der Akademie ausschließen. Was willst du unserem Vater, unserem Großvater erzählen? Du wärest der Allererste in der Familie, der unehrenhaft entlassen wird. Könntest du mit dieser Schande leben?«

Boris starrte auf seine ineinander verschränkten Finger, während die Stimmen unsichtbarer Priester einen monotonen Gesang anstimmten, der zwischen den Kirchenwänden hallte. Nach der Kaiserin traten die Mitglieder ihrer Gefolgschaft und ihre Leibgarde hintereinander vor den Leichnam.

Inmitten der Menschenmenge in der Kirche, inmitten der

großen Stadt fühlte sich Boris an manchen Tagen wie der einzige Mensch auf Erden. Keiner verstand ihn, keiner fühlte mit ihm, keiner ermutigte ihn, den eigenen Weg zu gehen.

Früher während der Schulzeit hatte er Dmitri gehabt, seinen besten Freund, der seine schriftstellerischen Ambitionen wertschätzte, wenn ihm Boris seine Werke zum Lesen gab. Der Kontakt war abgebrochen, als Boris zur Marine und Dmitri an die Akademie der Wissenschaften wechselte, um Jura zu studieren. Dmitri hatte andere Freunde gefunden, sich neuen Zielen verschrieben, und für Boris und seine Verse war da kein Platz mehr. Dmitris Eltern waren überaus wohlhabend, unterstützten ihn finanziell, aber er nahm nur das Nötigste an, weil er es aus eigener Kraft schaffen wollte. Sein Vater war einer, der das Geld mit beiden Händen aus dem Fenster warf und den lieben langen Tag faul auf dem Sofa lag. Dmitris Ehrgeiz lag darin, seiner Mutter zu beweisen, dass er nicht nach seinem Vater schlug, dass er einer war, der sich mit Verstand und Fleiß bis ganz nach oben kämpfte. Früher hatten sich Boris und Dmitri viel über ihre Väter ausgetauscht. Es hatte Boris gutgetan, einen Verbündeten zu haben. Ihn schmerzte der Verlust, doch er fühlte sich nicht imstande, um diese Freundschaft aus Kindertagen zu kämpfen. Jede Schlacht schien sinnlos in diesen Tagen.

»Zerbrich dir nicht den Kopf, Jelena. Freu dich daran, dass du es allen recht machst«, fügte er mit ätzendem Spott hinzu. Jelenas Kind, das in ihr heranwuchs, würde sich – sollte es ein Junge sein – wahrscheinlich der Seefahrt verschreiben, wie es alle anderen männlichen Nachkommen Gustav Albrechts taten. Boris liebte seinen Großvater, der bereits unter Peter dem Großen seine Offizierskarriere begonnen und als Admiral der Seefahrt ruhmreich gedient hatte. Immerhin besaß Russland nach England und Frankreich die drittgrößte Flotte der Welt. Alle Albrechts würden nach besten Kräften mitwirken, wenn Russland sich anschickte, nach der Vorherrschaft im Baltikum auch das Schwarze Meer zu erobern. Boris hingegen schauderte es bei der Vorstellung, auf offener See gegen die Türken Krieg zu führen. Wes Geistes Kind musste man sein, um Gefallen an der Vorstellung zu finden, für das Vaterland jämmerlich in einem von Kanonenkugeln zerschossenen Schiff zu ersaufen?

»Wirst du mich verraten?«

Jelena machte eine gleichmütige Miene. »Vater und Großvater kennen die halbe Stadt. Es wäre ein Wunder, wenn ihnen niemand erzählen würde, dass man dich wieder einmal in der Akademie vermisst hat.« Sie wandte sich ihm zu, das Gesicht auf einmal vor Schmerz verzogen: »Was um Himmels willen ist schlimm daran, den Willen der Väter zu erfüllen? Dir bleibt genügend Zeit für deine Spaziergänge und deine Gedichte, und du würdest dir viel Ärger ersparen.«

»Ich weiß, Jelena, ich weiß. Ich will es, ich kann es aber nicht. Es ist mein Schicksal, aus der Art zu schlagen und daran zugrunde zu gehen.«

Sie umklammerte seinen Arm. »Rede keinen Unsinn, Boris. Du machst mir Angst.«

Er zog sie an sich, küsste sie auf die Schläfe.

Jelena war der einzige Halt, den er in seiner Familie fand. Aber auch sie sah seine Zukunft in der Marine und nicht in der schöngeistigen Literatur. Wie schön wäre es, einen Menschen zu haben, der ihm zur Seite stand, der ihn darin bestärkte, dass er das Talent besaß, ein großer Dichter zu werden. Das Schicksal hatte es ihm auferlegt, gegen Windmühlen zu kämpfen. Er wusste nicht, wie lange er die Kraft dafür aufbringen würde. Vielleicht sollte er einen dritten Versuch unternehmen, all dem ein Ende zu setzen. Und diesmal ohne Aussicht auf Rettung in letzter Minute.

»Iss, Borja! Du bist sowieso nur Haut und Knochen! Wirst du wieder krank?« Mutter Ludmilla musterte ihn bekümmert. Ihre mütterliche Sorge um ihn war seit seinen Selbsttötungsversuchen ins Unermessliche gestiegen. Wie Boris wusste, war ein gesegneter Appetit für sie das Zeichen, dass es ihrem Sohn gut ging. Manchmal tat er ihr den Gefallen und löffelte seine Kohlsuppe, aber heute hatte ihn der Trübsinn wieder im Würgegriff.

Am Tisch war nur das Klappern des Geschirrs zu hören, das leise Schlürfen von Großvater Gustav, die Schritte der beiden Lakaien, die der Familie Albrecht die Mahlzeit auftischten. Es roch nach Punsch und Most, nach gedünstetem Weißkohl und gebratenem Rindfleisch. Die Kerzen in den Lüstern verbreiteten ein warmes Licht. Ihr Schein vereinte sich mit dem Flackern der Flammen aus dem gemauerten Kamin.

Es gehörte zur Tradition in der Villa Albrecht, dass die Familie sich abends um sechs zum Essen einfand. Boris hätte gut darauf verzichten können. Im Kreis seiner Verwandten fühlte sich jeder einzelne seiner Muskeln an wie verknotet. Selten war die Stimmung ausgelassen, viel öfter lag – wie heute – ein Schweigen über den Albrechts wie bei einem Begräbnis. Boris vermutete, dass es weniger mit dem Ableben des Zaren zu tun hatte als mit ihm.

Ob Jelena erzählt hatte, dass sie ihn im Newski-Kloster angetroffen hatte? Er suchte ihren Blick, aber sie hielt sich über ihren Suppenteller gebeugt und führte sich die Suppe mit dem Löffel an die gespitzten Lippen. Nein, bestimmt hatte sie es für sich behalten. Sie war keine Verräterin, sie glaubte nur manchmal, besser als er zu wissen, was gut für ihn war.

»Was war heute das Thema in der Akademie, Boris?« Großvater Gustav legte seinen Löffel ab und drückte sich die Stoffserviette auf den Mund, bevor er sich in seinem Armsessel am Kopf des Tisches zurücklehnte. Die Sommersprossen in seinem Gesicht hatten sich im Lauf der Jahre mit den Altersflecken vermischt, die ehemals herbstroten Haare waren ausgedünnt, die Kopfhaut schimmerte durch. Nur in seinen nussbraunen Augen sah man manchmal noch den Glanz aus seinen jüngeren Jahren. Gustav Albrecht gehörte mit seinen Eltern und Geschwistern zu der Gründergeneration, die geholfen hatte, St. Petersburg aus dem Sumpf heraus entstehen zu lassen.

Boris zuckte zusammen, blickte zu seinem Großvater, aber dessen Miene war arglos. Nein, er wollte ihn nicht aus der Reserve locken. Noch während er seine Antwort abwägte, meldete sich sein gleichaltriger Vetter Gernot zu Wort: »Wir haben heute über die Manövrierfähigkeit der unterschiedlichen Schiffstypen gesprochen. Ich kann es nicht erwarten, dass wir endlich auf dem offenen Meer Übungen veranstalten. Die Theorie ist auf Dauer ermüdend.« Gernot warf Boris einen stechenden Blick zu. Obwohl sie unterschiedliche Klassen an der Akademie besuchten, wusste er mit Sicherheit, dass Boris an diesem Tag mal wieder durch Abwesenheit geglänzt hatte. Eine willkommene Gelegenheit, sich vor dem Familienoberhaupt hervorzutun. Sollte er sich doch profilieren, Boris war es egal, solange er ihn nicht verriet. Gernots Vater Wilhelm war selten zu Hause, in diesen Wochen umsegelte er als Kapitän auf einem Handelsschiff die halbe Welt. Was gäbe Boris darum, wenn sein eigener Vater monatelang auf Reisen wäre.

Boris' Vater Karl hielt sich gebeugt wie ein Fragezeichen, Wangen und Stirn waren von Furchen durchzogen. Um seinen Mund lag ein bitterer Zug. Von der Seite wirkte sein Profil wie das eines Habichts. Boris konnte ihn nicht ansehen, ohne an die Prügel mit der Knute zu denken, die er noch im vergangenen Jahr regelmäßig von ihm bezogen hatte. So weit hatte die Fürsorge seiner Mutter nicht gereicht, ihn vor den Schlägen des Vaters zu schützen, unten im Keller, wo seine Schreie nicht bis zum Großvater dringen konnten, der als Einziger die Macht besessen hätte, Karl Einhalt zu gebieten. Genutzt hatten die Schläge wenig. Sie hatten ihm nicht das Träumerische austreiben können, das wenig zu einem künftigen Leutnant zur See passte. Trotz und Angst hatten sie geschürt und das Wissen in ihn gepflanzt, dass er es nie jemandem recht machen konnte: dass er falsch war, so wie er war.

Irgendwann würde er eine Entscheidung treffen müssen. Er musste sich seiner Familie gegenüber dazu bekennen, ein Dichter und kein Seefahrer zu sein. Selbst wenn das den endgültigen Bruch mit ihnen bedeutete. Nur – wovon sollte er leben? Dass sein Vater den Geldhahn zudrehen würde, wenn er von einer solchen Entscheidung erfuhr, war so sicher wie das Amen in der Kirche.

Die Bediensteten servierten Likör zum Abschluss der Mahlzeit.

»Wo bist du mit deinen Gedanken, Borja?«

Boris schrak zusammen, als der Großvater ihn ansprach.

»Wahrscheinlich dichtet er einen Reim auf Kirschlikör und die Küsse seiner Geliebten«, platzte Vetter Gernot mit einem Glucksen heraus. Das darauffolgende Lachen der anderen am Tisch klang nicht die Spur fröhlich. Es hallte schmerzhaft in Boris' Ohren.

»Sieh du nur lieber zu, dass du überhaupt je erfährst, wie sich die Küsse einer Geliebten anfühlen«, mischte sich Jelena mit mühsam unterdrückter Entrüstung ein. »Man munkelt, auch Swetlana aus der Nachbarschaft hat dir wieder einen Korb gegeben?« Sie lächelte den Vetter giftig an und zwinkerte Boris zu. Gernots abstehende Ohren liefen rot an, bevor er auf seinem Stuhl zusammensackte. Seine mangelnde Attraktivität kompensierte er mit Überheblichkeit, aber er war leicht zu verunsichern, was Jelena auszunutzen wusste.

Auf sie war Verlass, sie hielt immer zu ihm. Aber Boris fühlte keinen Triumph. Die Sticheleien in seiner Familie zermürbten ihn. Würde das jemals aufhören? »Ich habe an den toten Zaren gedacht«, antwortete er dem Großvater. »Ich bin nach der Schule in das Newski-Kloster gegangen, um von ihm Abschied zu nehmen.«

Vater Karls Vogelkopf ruckte zu ihm herum. »Was treibst

du dich im Kloster herum, wenn du in der Akademie sein solltest?«

Jelena berührte sachte den Arm ihres Vaters. »Er hat doch gesagt, dass er erst nach dem Unterricht da war. Und der tote Zar mag unbeliebt gewesen sein, aber es gehört sich, seinem Herrscher die letzte Ehre zu erweisen. Ich war ebenfalls da, mit mir Unmengen von Menschen. Das war ein unglaubliches Gewimmel, und mittendrin Zarin Katharina mit ihrem Geliebten und den Kindern.«

Großvater Gustav winkte nach einem weiteren Likör. »Ein Glück, dass Peter der Große nicht mehr miterleben musste, wie sein Enkel sich auf dem Herrscherthron blamiert hat.«

Boris atmete auf. Wenn der Großvater über die Politik ins Plaudern geriet, war er endgültig aus der Schusslinie. Gut so.

Der alte Albrecht fuhr fort: »Mit Katharina werden andere Zeiten anbrechen. Ich bin davon überzeugt, dass sie das Werk des Stadtgründers in seinem Sinne fortsetzen wird.«

Mutter Ludmilla verzog den Mund. »Wenn sie nur ihre skandalösen Marotten ablegen würde! Eine Frau auf dem Thron, die sich Liebhaber hält? Wer wird ein solches Land respektieren? Die Karikaturen im Ausland sind schamlos.«

Gustav machte eine wegwerfende Handbewegung. »Als ob es darauf ankommt«, erwiderte er verächtlich. »Genau wie Zar Peter der Große glaubt Katharina an den Fortschritt. Ich denke, wir können nur das Beste von ihr erwarten.«

»Wenn man dich reden hört, sollte man meinen, nur Peter der Große und Katharina seien es je wert gewesen, auf dem russischen Thron zu sitzen«, stellte Gernot fest. Seine Ohren nahmen wieder ihre normale Farbe an.

Gustav nickte. »So ist es auch.« Er wischte sich mit dem Handrücken den Likörrest von den Lippen. »Ihr kennt nur Elisabeth und ihren Neffen Peter. Ich habe alle Herrscher vorher miterlebt, und nach dem Tod Peters des Großen habe ich manches Mal geglaubt, das Ende von St. Petersburg sei gekommen. Eine Zeit lang wurde der Hof sogar nach Moskau zurückverlegt! Katharina zeigt weder Anzeichen der Prunksucht ihrer Vorgängerinnen auf dem Thron noch die Dummheit ihres Gatten. Sie wird sich einen guten Namen in Europa machen.«

Jelena wiegte den Kopf, während sie gleichzeitig über ihren schwangeren Leib streichelte. »Nun ja, dass sie im Ausland verlauten ließ, der Tod ihres Mannes sei auf eine Hämorrhoidalkolik zurückzuführen, hat die Satiriker schon inspiriert. Keine Spur von Hochachtung. Es hieß gehässig, Hämorrhoiden seien bei uns offenbar eine sehr gefährliche Krankheit.«

Gustav winkte ab. »Wer als Herrscher im Rampenlicht steht, muss es sich gefallen lassen, dass jedes seiner Worte auf die Goldwaage gelegt wird und kein Schritt unkommentiert bleibt. Verlasst euch darauf: Unter Katharina wird Russland aufblühen. Ein alter Kerl wie ich spürt so etwas in den Knochen«, fügte er mit einem Zwinkern hinzu.

Die Lakaien begannen, das benutzte Geschirr abzuräumen. Boris nahm dies zum Anlass, sich zu erheben. Er verbeugte sich in Richtung seines Großvaters und seines Vaters und bat um die Erlaubnis, den Tisch verlassen zu dürfen. Die ständige Anspannung, die Vorsicht bei der Wortwahl und das Abwägen, was er von sich preisgeben durfte und was nicht, hatten ihn angestrengt. Ein Spaziergang in der Abendluft würde sein Gemüt kühlen.

Die Zeit der weißen Nächte, die im Juni begonnen hatte, war auf ihrem Höhepunkt. Boris liebte es, seine geheimen Plätze an der Newa aufzusuchen, wo sich um diese Zeit der perlmuttfarbene Himmel im Wasser spiegelte. Er war wie sein Großvater Petersburger mit Leib und Seele und würde seine Heimatstadt gegen keine andere Metropole eintauschen. Nirgendwo war das Licht inspirierender, waren die Farben intensiver und die Luft weicher als in einer Sommernacht an der Newa. Er durfte Bleistift und Notizblock nicht vergessen.

Bevor noch jemand Einwände erheben konnte, hatte er den Raum verlassen. Draußen atmete er auf.

Manchmal fühlte er sich im Kreis seiner Familie, als säße er auf einem Pulverfass, und ein Funken genügte, um eine Katastrophe auszulösen.

Kapitel 3

Oktober 1762,
Schloss Sanssouci, Potsdam

»Mervier, mein Lieber, wie schön, dass Sie es einrichten konnten.« Aus der Stimme des Preußenkönigs klang der beißende Spott, der sein Wesen kennzeichnete.

Als hätte Stephan eine Wahl gehabt, nachdem ihn die Einladung ins Schloss Sanssouci erreicht hatte. König Friedrich bat nicht um einen Besuch, er ordnete ihn an, und Stephan Mervier kam diesem Wunsch mit vor Aufregung schwachen Gliedern nach. Er hatte die letzten Tage kaum geschlafen, unter seinen Augen lagen Schatten. Johanna hatte ihm in den Morgenstunden, als er sich für den Besuch ankleidete, die dunklen Locken gerichtet und die Wangen gepudert, aber gesünder ließ ihn das nicht aussehen.

Die Tatsache, dass Friedrich persönlich ihn auf der Freitreppe vor dem Schloss begrüßte, trug nicht zu seiner Beruhigung bei. Er hatte erwartet, von einem Bediensteten in Empfang genommen und in die Arbeitsräume des Königs geleitet zu werden. Aber mit Erwartungen in Bezug auf den Preußenkönig sollte man ohnehin vorsichtig sein. Er tat selten das, womit man rechnete.

Da stand er in seiner blauen Preußenuniform mit den roten Aufschlägen, die gelbe Weste spannte sich um seinen Bauch. Sein Gesicht war aschgrau, die Mundwinkel unter der spitzen Nase weit herabgebogen, die Hände hielt er auf dem Rücken verschränkt. Sein verhangener Blick war auf Stephan gerichtet, während er ihn ohne die Spur eines Lächelns begrüßte. Die beiden Windhunde an seiner Seite saßen mit aufgerichteten Ohren zu seinen Füßen und ließen den Ankömmling ebenfalls nicht aus den Augen.

Ein paar bunte Weinblätter knisterten unter seinen Stiefeln, als er vor der Treppe stehen blieb, seinen Dreispitz zog und eine vollendete Verbeugung vor dem Preußenkönig machte. »Eure Majestät …« Er trug einen hellgrauen Rock nach französischer Mode mit Spitzen an den Ärmeln. Johanna hatte ihm in letzter Minute noch das Halstuch geknüpft, das er vergessen hätte.

»Ja, ja, willkommen, willkommen, Mervier. Lassen Sie uns keine Zeit mit Förmlichkeiten verschwenden.« Friedrich wandte sich um und vollführte eine knappe Armbewegung, mit der er ihn aufforderte, ihm zu folgen.

Als er die Stufen erklommen hatte und Seite an Seite mit dem König das Schloss betrat, überragte er ihn um Haupteslänge. Das fühlte sich falsch an, und er tat sein Möglichstes, sich klein zu machen, indem er die Schultern nach vorne drückte und den Kopf einzog. Trotz seines geringen Wuchses strahlte Friedrich jedoch eine Autorität aus, wie Stephan sie bei keinem anderen je erlebt hatte.

»Ich hörte, Sie haben Ihre Studien in Wien und Paris beendet?« Friedrich schritt ihm voran in ein Kaminzimmer. Ein Lakai in blauer Livree und mit gepuderter Perücke öffnete die Tür für sie.

Stephan sah sich erstaunt um. Eine Tafel war festlich für zwei Personen gedeckt mit Pasteten, Konfekt und Früchten in edlem Porzellan, burgunderroter Wein funkelte in einer geschliffenen Karaffe. Er schluckte.

Was hatte Friedrich vor? Weshalb hatte er ihn an seine Tafel eingeladen? Mit dem König zu dinieren war ein Privileg, dem er sich kaum gewachsen fühlte. Hier hatten die berühmten Freigeister Europas gespeist und diskutiert. Der einzigartige

Voltaire, sein Landsmann La Mettrie, der Schweizer Mathematiker Euler, der Venezianer Algarotti, Denis Diderot – Genies, die um den Preußenkönig kreisten wie um die Sonne. Die Treffen im Schloss Sanssouci waren legendär, man sprach darüber in Europa, auch in Wien und Paris, wo Stephan in den vergangenen Jahren Philosophie studiert hatte. Er war weit davon entfernt, sich Illusionen über seinen Status zu machen: Er war erst am Anfang seiner Karriere, nachdem er das Studium abgeschlossen hatte. Nun hoffte er auf eine Dozentenstelle in Brandenburg. Was mochte den König bewogen haben, ausgerechnet ein kleines Licht wie ihn an den Tisch zu laden, an diesen Ort, der erfüllt war von Kunst, Musik und kühnen Ideen?

»Nehmt Platz, greift zu, Mervier.« Der König ließ sich am Tisch nieder und zog sich sogleich einen seiner Hunde auf den Schoß, um ihn mit Happen der Fleischpastete zu füttern.

Stephan ließ sich nieder und wusste, er würde nicht einen Bissen hinunterbekommen, solange Friedrich ihn über seine Absichten im Unklaren ließ. Und danach womöglich erst recht nicht.

Dankbar aber griff er nach dem Kristallglas, das einer der Diener mit Wein gefüllt hatte. Das fruchtige Aroma stieg ihm in die Nase. Er konzentrierte sich darauf, einen Schluck zu nehmen, ohne einen Tropfen zu verschütten oder sich zu verschlucken. Er hatte ein Talent dafür, sich in peinliche Situationen zu bringen. Dem König gegenüber wollte er sich von seiner besten Seite zeigen.

»Sie werden sich fragen, warum ich Sie eingeladen habe«, begann Friedrich.

»Ich fühle mich über die Maßen geehrt«, erwiderte Stephan steif.

»Nun, Sie haben die vergangenen Jahre nicht in Preußen verbracht, sind aber hier geboren, richtig?«

Stephan nickte. »Ja, meinen Vater kennt Ihr. Er ist Beamter

an Eurem Hof. Wir wohnen auf einem Landgut außerhalb von Berlin. Ich bin ihm sehr dankbar, dass er es mir ermöglicht hat, im Ausland zu studieren. Nicht, dass ich die geistige Elite in Preußen gering schätze. Im Gegenteil. Ich kann es kaum erwarten, an der Universität zu Brandenburg zu lehren. Paris ist überwältigend, Wien ist ein Schmuckstück, aber meine Heimat ist Preußen.« Er hatte sich die Worte vorab genau zurechtgelegt und war erleichtert, dass sie ihm locker über die Lippen kamen. Seine Aufregung legte sich ein Stück weit, und er nahm von der Pastete, die ihm der Diener mit einer Verbeugung anbot.

Ein Schatten fiel über Friedrichs Gesicht. Er verzog den Mund. »Das ehrt Sie, aber deswegen habe ich Sie nicht hergebeten. Preußen ist nicht mehr das Land, das Sie verließen, um in Europa zu studieren.«

Er nickte beklommen. »Der Krieg hat alle Länder verändert.«

»Aber keines so sehr wie unsere Heimat. Preußen liegt in Trümmern. Hunderttausende sind gefallen oder verhungert oder von Seuchen dahingerafft.«

»Dennoch seid Ihr siegreich daraus hervorgegangen. Preußen hat eine gegnerische Übermacht zurückgeschlagen und sich als neue Großmacht etabliert.« In Wahrheit war Stephan schockiert gewesen, als er heimgekehrt war. Viele seiner Freunde und Verwandten waren im Krieg gegen Österreich, Frankreich und Russland gefallen, Dörfer waren vernichtet, Felder verbrannt. Und wofür das alles? König Friedrich hatte, noch bevor Stephan geboren wurde, Kriege angezettelt, wie andere Hüte produzieren. Mit der halben Welt lag er in Feindschaft. Schlesien hatte er überfallen, als die österreichische Kaiserin Maria Theresia zum vierten Mal schwanger war und niemand sie auf das Regieren vorbereitet hatte. Ein Überraschungsangriff, ein Abenteuer, ein Gemetzel, das Unmengen von Menschen in den Tod riss.

Ein Lächeln stahl sich auf die faltigen Züge des Regenten. »Vor drei Jahren waren wir vernichtet. Sie werden davon in Paris gehört haben. Nach der Schlacht bei Kunersdorf war die preußische Armee zerschlagen, aber wie durch ein Wunder haben wir das Schicksal noch einmal wenden können.«

Stephan lehnte sich in seinem Stuhl zurück. Obwohl er über die Absichten des Königs noch im Dunkeln tappte, gewann er allmählich seine Selbstsicherheit zurück. Wenn der König über seine Kriege sprechen wollte, konnte er mitreden. »Alle Länder Europas zollen Euch Anerkennung, wenn auch widerwillig. Keiner kommt an Eurem Genie vorbei.« Das stimmte nur zur Hälfte, denn neben dem Respekt, den man ihm als Kriegsherrn entgegenbrachte, sprach man von Friedrich nur als von dem »bösen Mann aus Potsdam«, einem Ungeheuer, das ohne Kindersoldaten und eine zusammengeprügelte Horde aus Söldnern schon lange hätte aufgeben müssen. Aber er war nicht hier, um Kritik an seinem Regenten zu üben. Das stand ihm nicht zu.

»Wie dem auch sei.« Friedrich griff nach einer Schnupftabaksdose und führte sich mit dem Zeigefinger eine gute Portion des Krauts in die Nase ein. Er grunzte und seufzte, bevor er fortfuhr: »Zarin Elisabeth ist im Januar dieses Jahres verstorben, und mit ihrem Neffen Zar Peter III. übernahm ein Mann das Zepter, der sich zu einem Segen für uns Preußen entwickelt hat, ein Regent mit einem wahrhaft deutschen Herzen. Durch ihn wurde die Vernichtung Preußens in letzter Sekunde abgewendet.« Friedrich lachte einmal kurz auf und schüttelte den Kopf, als könne er selbst nicht glauben, wie sich die Dinge entwickelt hatten. »Ich wollte den Russen Ostpreußen anbieten, damit sie auf unserer Seite kämpften, aber nicht einmal das war nötig. Peters erste Staatshandlungen waren ein Sonderfrieden mit uns und eine Abkehr aus der Koalition der Österreicher und Franzosen.«

Stephan nickte. »Mir ist bekannt, dass Russland sich auf

die preußische Seite geschlagen hat, und ich hoffe, dass dieses Bündnis für eine sehr lange Zeit den Frieden und die Stabilität in Europa gewährleisten wird.«

Friedrich beugte sich vor. »Genau hier liegt das Problem. Denn wie Sie wissen, waren dem armen Peter nur wenige Monate Regierungszeit vergönnt, in denen er sich zugegebenermaßen äußerst unklug gegenüber seinen eigenen Soldaten, der Kirche und dem russischen Adel verhalten hat. Zudem hat er es versäumt, sich krönen zu lassen, was seinen Status gefestigt hätte.«

»Es gab einen Putsch«, bemerkte Stephan. »Aber wenn ich richtig informiert bin, hat Zarin Katharina an dem vereinbarten Frieden festgehalten.«

»Das hat sie, obwohl sie das Bündnis nicht erneuert hat. Sie geht das Regieren wesentlich diplomatischer und weitsichtiger an als ihr Gatte, den ihre Günstlinge ermordet haben.«

»Eine Regentin, der Ihr vertraut?« Stephan nahm eine Gabel voll von der Pastete und schob sich danach eine Weintraube in den Mund. Er verschluckte sich fast, als der König mit dem Zeigefinger auf ihn wies, als wollte er ihn aufspießen.

»Genau das ist die Frage, die Sie mir beantworten sollen, Mervier. Die Welt hält den Atem an, seit diese Frau sich eigenhändig die Krone aufgesetzt hat. Ihre Macht hat sie weder durch ein Gottesurteil noch durch einen Volksaufstand erlangt – es war nichts anderes als ein gelungener Staatsstreich. Sie behauptet, dass sie sich als Nachfolgerin Peters des Großen sieht und unseren Geist der Aufklärung trotz dieser Gesellschaft aus zaristischer Alleinherrschaft, Dienstadel und leibeigenen Bauern in ihrem Land verwurzeln will. Sie behauptet, Petersburg mit seiner Akademie der Wissenschaften als geistiges Zentrum Europas etablieren zu wollen. Was ist die Wahrheit, was ist Täuschung?«

Stephan griff nach der Serviette und hielt sie sich vor den Mund, während er sich räusperte, um seine Kehle freizubekommen. »Eine Ehre, dass Sie meine Einschätzung erbitten, aber ich fürchte, da bin ich der Falsche. Ich weiß nur sehr wenig über Russland und St. Petersburg, und ob die Zarin eine zuverlässige Bündnispartnerin sein wird, liegt außerhalb meiner Kenntnisse. Ich weiß nur das, worüber man in den Pariser Salons tuschelt: dass sie die Liebhaber wechselt wie andere Leute die Schuhe und dass sie sich um Kontakt zu den großen Philosophen bemüht. Mit Voltaire steht sie in engem Briefkontakt, Diderot hat sie schon mehrmals in den Winterpalast eingeladen, weil sie Interesse an der Enzyklopädie hat, an der er arbeitet. Allerdings vergeblich. Er hat ihr jedes Mal eine Absage erteilt.«

»Mir liegt nicht an Informationen aus zweiter Hand«, fuhr der König fort. »Um meinen guten Willen zu zeigen und ihr dafür zu danken, dass sie an dem Friedensvertrag mit uns festhält, will ich ihr den Orden vom Schwarzen Adler verleihen. Sie sehen, ich lasse nichts unversucht, um das zerbrechliche Konstrukt des europäischen Friedens zu sichern. Aber Glaube und Hoffnung sind gut, Gewissheit ist besser. Ich wünsche, dass Sie nach St. Petersburg reisen, das Vertrauen der Regentin erringen und ihre Pläne ausspähen.«

Stephan spürte Schwindel. »Ihr wollt, dass ich für Euch als … als Spion arbeite?«

»Ein hässliches Wort für eine sinnvolle Angelegenheit«, erwiderte der König mit einem meckernden Lachen. »Die Zarin legt Wert auf Kontakt zu europäischen Philosophen, das wissen Sie selbst. Warum also nicht einen zu ihr schicken, der nicht nur ihrer Erbauung dient, sondern der auch Kontakt zu seiner alten Heimat hält?«

»Ich … ich weiß nicht, ob ich der Richtige dafür bin.« Stephans Hände und Beine fühlten sich taub an. »Ich hatte mich darauf eingestellt, nach den Jahren der Wanderschaft in Preußen Fuß zu fassen. Meine Verlobte …«

»Ach, papperlapapp. Bleiben Sie mir weg mit Ihren Weibergeschichten. Mit Maria Theresia in Österreich und Katharina in Russland bin ich wirklich gestraft genug. Meine eigene Gattin habe ich nach Schloss Schönhausen geschickt, um hier meine Ruhe zu haben. Glauben Sie mir, das war die beste Entscheidung meines Lebens. Weiber bringen nichts als Langeweile oder Ärger.«

Stephan ließ ihn reden, ohne ihm zu widersprechen, aber er würde keine Entscheidung ohne Johanna treffen. Ihr Weg, sich als Malerin Anerkennung zu verdienen, war in Wien und Paris schwierig genug gewesen. Sie hoffte, dass sie in Brandenburg von ihrer europäischen Erfahrung profitieren und sich in den hiesigen Künstlerkreisen einen Namen machen konnte. Sie hatte es sich verdient. Und nun sollte er ihr beibringen, dass ihre Träume platzen würden? Dass sie an seiner Seite ins ferne Russland reisen sollte? Unter die Fittiche einer anrüchigen Herrscherin, die sich des Gattenmords und der Hurerei verdächtig gemacht hatte? Johanna würde sich widersetzen.

»Ich habe mich nie durch diplomatisches Geschick hervorgetan.«

»Ich halte Sie für den besten Mann, um Katharina auf den Zahn zu fühlen. Sie wird es lieben, mit Ihnen zu philosophieren, und wird alles daransetzen, Sie in St. Petersburg zu halten. Sie werden direkt am Zarenhof unterkommen, und sie wird Sie mit Geschenken überschütten, um Sie zum Bleiben zu überreden. Kommen Sie ihr entgegen und halten Sie Augen und Ohren offen. Mehr erwarte ich nicht.«

Stephans Schultern sackten nach vorn. Obwohl der König sein Anliegen als Wunsch formuliert hatte, war es doch nichts anderes als ein Befehl. »Sie wird mich ihre Enttäuschung spüren lassen, wenn statt Euch oder Voltaire ein unbedeutender Philosoph wie ich anreist. Sie wird mich nicht respektieren.«

»Nun stellen Sie Ihr Licht mal nicht unter den Scheffel, Mervier. Sie haben einige Veröffentlichungen vorzuweisen, Sie haben beste Kontakte in Europa, und wenn Sie sich bemühen, wird sie Ihrem Esprit verfallen. Man munkelt, Katharina sei sehr empfänglich für den Zauber junger Männer.« Wieder ein meckerndes Lachen.

Stephan spürte abwechselnd Hitze und Frost in seinen Adern. Vermutlich sah König Friedrich sein Anliegen als eine Ehre für ihn an, aber Stephans Fantasie reichte nicht, um sich Johanna und sich selbst an den sumpfigen Ufern der Newa vorzustellen. Die Zarin mochte sich bemühen, den Anschluss an das übrige Europa herzustellen, aber das russische Volk? Wodka saufende Kaftanträger mit brustlangen Bärten standen vor seinem inneren Auge, einfache Menschen mit einer Sprache, die kein Europäer beherrschte. »Ich weiß nicht, wie ich mich der russischen Kultur anpassen sollte. Wir werden dort Andersartige sein und keinen Zugang zum russischen Leben haben.«

»Nun hören Sie schon auf mit der Schwarzmalerei, Mervier! In Petersburg treffen sich die Gelehrten der Welt! Die Akademien haben einen herausragenden Ruf, und – wenn es Ihnen oder Ihrer Verlobten darauf ankommt – man hört von rauschenden Bällen, Maskeraden und Empfängen. St. Petersburg ist die europäischste aller russischen Städte. Was im übrigen Land passiert, braucht Sie nicht zu interessieren. Ich will nur wissen, was am Zarenhof getuschelt und geplant wird.«

»Die Zarin scheint sich als eine aufgeklärte Herrscherin zu verstehen«, sagte Stephan aus seinen Gedanken heraus.

»Genau hier liegt der Widerspruch«, entgegnete Friedrich. »Statt sich, wie überall in Europa üblich, um einen gangbaren Weg zu bemühen, die Leibeigenschaft abzuschaffen, hat sie gleich in einer ihrer ersten Regierungserklärungen die Rechte des Adels auf seine Leibeigenen bestätigt und die zehn Millionen bäuerlichen Unfreien an ihre Gehorsamspflicht erinnert.«

»Das klingt nicht nach Fortschritt«, murmelte Stephan.

Friedrich nickte. »Katharina erscheint mir unberechenbar. Genau deswegen brauche ich in absehbarer Zeit einen Vertrauten in ihrer Nähe. Ich will frühzeitig über ihre politischen Absichten unterrichtet werden. Ob sie plant, ihr Reich zu vergrößern, und mit welchen Herrschern sie sich verbündet, alles, was uns hilft, rechtzeitig zu reagieren und gegebenenfalls Gegenmaßnahmen zu ergreifen.«

Stephan nahm sein Weinglas und trank es in einem Zug leer. Er tupfte sich mit der Serviette die Mundwinkel und legte sie gefaltet neben seinen Teller. Das gab ihm ein paar Sekunden Zeit, um zu der Erkenntnis zu kommen, dass Widerstand zwecklos und sein Schicksal für die nächsten Jahre besiegelt war. »Wann sollen wir aufbrechen?«

Ein breites Grinsen ließ das Gesicht des Regenten in tausend Runzeln zerspringen. Er kam um den Tisch herum und tätschelte Stephans Schulter. »Ich wusste, dass ich mich auf Sie verlassen kann. Warten Sie den Winter noch ab, regeln Sie Ihre Angelegenheiten. Ich bin ja kein Unmensch.«

Stephan drehte sich der Magen um bei der Vorstellung, wie er Johanna an diesem Abend begegnen sollte. Sie würde nicht minder entsetzt sein als er. »Für wie lange sollen wir dortbleiben, Eure Majestät?«

Friedrich zog die Brauen hoch, als habe Stephan eine grunddumme Frage gestellt. »Selbstverständlich so lange es nötig ist.«

Stephan stieß unterdrückt die Luft aus. »Sehr wohl, Eure Majestät.«

Kapitel 4

August 1763, auf dem Weg
von Potsdam nach St. Petersburg

Aus den Falten ihres Rocks zog Johanna ein Tuch hervor, mit dem sie sich vorsichtig über die Stirn tupfte. In ihrem Nacken kringelten sich feuchte honigblonde Locken. Das Rumpeln des Wagens auf den unebenen Straßen verstärkte noch ihr Unbehagen. Sie fühlte Übelkeit, als hätte sie sich mit verdorbenem Fisch vergiftet. Fliegende Hitze ruinierte ihre Schminke und die Frisur.

»Lass uns gleich rasten.« Sie wandte sich an Stephan, der neben ihr in ein Manuskript vertieft war und anscheinend nicht mitbekam, wie sehr sie litt. Sie legte die Hand auf seine.

Er sah auf. An seiner Nasenwurzel bildete sich eine Kerbe. Seine graublauen Augen bildeten einen faszinierenden Kontrast zu seinen dunklen Haaren. »Liebling, wir haben eine weite Strecke vor uns, und wir haben Preußen noch nicht einmal verlassen.«

»Ich fühle mich nicht gut«, sagte sie. »Ich möchte mir ein wenig die Beine vertreten.« Johanna bezweifelte, dass eine Pause ihre Übelkeit vertreiben konnte. Zwar war die Luft in der Kutsche zum Schneiden dick, aber draußen würde sie die spätsommerliche Hitze mit voller Wucht zu spüren bekommen.

Der Sommer legte in seinen letzten Tagen noch einmal kräftig zu und gab dem vom Krieg verwüsteten Land einen unpassenden goldenen Anstrich. Johanna hielt den Kopf in Richtung Fenster und spähte zu den verbrannten Ruinen der Häuser, deren Reste wie schwarze Gerippe aufragten. Sie sah die von Soldatenstiefeln zertrampelten Weizenfelder mit vereinzeltem Klatschmohn und dünnen Ähren, die sich armselig über die Verwüstung reckten. Auf neu angelegten Kartoffelfeldern wühlten Mädchen und Jungen mit den bloßen Händen im Boden, um vergessene Knollen aufzuspüren. Alle liefen in Lumpen, die Kinder barfuß, manche ohne Hemd und Hose und von oben bis unten mit Dreck und Staub bedeckt. Die meisten Menschen, die ihnen auf ihrer Fahrt nachstarrten, auf Mistgabeln gestützt und mit düsteren Mienen zwischen verfilzten Haaren, waren abgemagerte Skelette.

Eine luxuriöse Kutsche wie die, die ihnen der König zur Verfügung gestellt hatte, ließ den Hass auf den Gesichtern der Preußen aufflammen. Gegen Überfälle hungernder Männer hatte ihnen Friedrich zwei berittene Soldaten zugeteilt, die ihnen auf ihren Pferden folgten. Das Geräusch der klimpernden Sporen und Schwerter der beiden Wächter begleitete sie, seit sie Potsdam verlassen hatten.

»Schau, dort drüben beginnt ein Wald«, sagte Johanna. »Bitte klingele nach dem Kutscher, dass er dort anhalten soll.« Im Schatten der Bäume würde sie hoffentlich für ein paar Minuten Erleichterung finden.

Jetzt erst wandte Stephan ihr seine volle Aufmerksamkeit zu. »Du bist blass. Hoffentlich hast du dich nicht mit irgendetwas angesteckt. Das käme wirklich zur Unzeit. Der König verlässt sich auf uns.«

»Ich könnte es mir nicht aussuchen, falls ich mir etwas eingefangen hätte«, gab sie ein bisschen patzig zurück. »Selbst ein König hat nicht die Macht, zu bestimmen, wer erkrankt und wer nicht. Aber«, sie senkte die Stimme und zauberte wieder ein Lächeln auf ihr Gesicht, »sorg dich nicht, Lieber. Es ist nur die Hitze und dieses beständige Schaukeln. Ich brauche ein kühles Plätzchen, einen Schluck Wasser und für ein paar Minuten festen Boden unter den Füßen. Dann bin ich wieder wohlauf.«

In Wahrheit wusste sie sehr wohl, worauf ihr Unwohlsein zurückzuführen war. Während sie sich wenig später auf einer von Eichen und Kastanien umstandenen Lichtung die Beine vertrat und das gelb vertrocknete Gras unter ihren Schuhen knisterte, ging ihr durch den Sinn, dass sie am Abend zuvor viel zu oft den Rheinwein nachgeschenkt hatte, den Stephan im Keller lagerte. Sie wusste, dass ihr der Alkohol nicht guttat, selbst wenn er in so süffiger Form daherkam. Sie fand kein Maß, seit Stephan sie im vergangenen Herbst vor vollendete Tatsachen gestellt hatte und sie sich an den Gedanken gewöhnen musste, in St. Petersburg zu leben. Während Stephan an einem einzigen Glas den Abend über nippte, schenkte sie sich laufend nach, und als er sich gestern Abend ins Bett verabschiedet hatte, war sie aufgeblieben, um den Krug bis auf den letzten Tropfen zu leeren. Was für ein herrlicher Zustand, wenn die Gedanken betäubt und die Gefühle beruhigt waren, wenn sich in ihr ein süßer Schwindel ausbreitete.

Er wusste, dass sie zu viel trank, aber er machte keine Anstalten, sie davon abzubringen. In den düsteren nüchternen Minuten fragte sich Johanna, ob sein Verhalten auf eine tiefgreifende Toleranz oder eine bodenlose Gleichgültigkeit zurückzuführen war.

Kurz vor ihrer Abreise hatten sie geheiratet. Es war ein Fest im engsten Kreis gewesen. Für Johanna fühlte es sich richtig an. Sie wussten schon lange, dass sie zusammengehörten. Das Jawort vor Gott war nur eine Formsache. Stephan vermutete, dass sie in Russland einen besseren Stand haben würde, wenn er sie als seine Ehefrau und nicht als seine Verlobte vorstellte, und sie hatte ihm mit einem Wangenkuss für seine Sensibilität gedankt. Nun hieß sie Johanna Mervier, obwohl sie vereinbart hatten, dass sie ihre Gemälde weiterhin mit Johanna Caselius signieren würde. Das war der Name, mit dem sie in der Künstlerwelt Bekanntheit erlangt hatte.

Manchmal horchte sie in sich hinein, ob es sich anders anfühlte, verheiratet statt nur verlobt zu sein. Aber da war nichts, keine große Empfindung, nur die Gewissheit, dass sie zueinander gehörten. Während die beiden Soldaten in einiger Entfernung die Tiere weiden ließen und der Kutscher sich auf dem Bock ein Pfeifchen stopfte, lehnte sich Johanna gegen den Stamm einer Eiche und schloss die Augen.

»Nimm einen Schluck Wasser.« Stephan reichte ihr eine Feldflasche aus der Proviantkiste. Dankbar setzte sie mehrere Male an, um kleine Schlucke zu trinken. Der Aufruhr in ihrem Magen legte sich, aber die alles durchdringende Übelkeit blieb. »Ach, wären wir nur in Paris geblieben«, stieß sie plötzlich hervor, als sie zurück zur Kutsche gingen und die Fahrt fortsetzten. »Wir hätten niemals nach Preußen zurückkehren sollen. Dann hätte uns der König nicht nach Russland schicken können.«

Wie sollte sie sich dort eine Existenz als Malerin aufbauen? Sie hatte hart um ihre Erfolge kämpfen müssen. In Paris an der Académie Royale hatte man ihre ersten Bilder, die sie zur Bewerbung einreichte, mit der Bemerkung abgelehnt, diese wären so brillant, sie könnten unmöglich von einer Frau stammen. Ein Schlag ins Gesicht für sie. Aber sie hatte nicht aufgegeben und schließlich nicht nur in den Pariser Salons, sondern später, als Stephan erneut den Studienort wechselte, auch in Wien Anerkennung als Porträtmalerin gefunden. Als erste Frau wurde sie in der Akademie der bildenden Künste Wien aufgenommen. Diese internationalen Empfehlungen hätten zusammen mit den Gemälden, mit denen sie sich zu bewerben gedachte, ausgereicht, um an der Berliner Akademie der Künste Eindruck zu machen. Und dann kam König Friedrich ihr dazwischen und warf all ihre Pläne über den Haufen.

»Wir sind auch deinetwegen nach Brandenburg zurückgekehrt, Johanna. Vergiss das nicht.«

Sie nickte und senkte den Kopf.

Sie hatte ihren Vater – genau wie Stephans alter Herr ein preußischer Hofbeamter – nicht allein sterben lassen wollen. Als einzige Tochter wollte sie ihm die Hand halten, als er im Juli dieses Jahres nach langer Krankheit seinem Leiden erlag. Zumindest hatte ihnen der König zugestanden, dass sie mit der Abreise warten durften, bis das Familiäre geklärt war.

Während die Kutschfahrt weiter in Richtung Polen ging, erinnerte sich Johanna an die letzten Tage mit ihrem Vater, der nie ein Gespür für ihr Talent gehabt und ihre Zukunft nur an der Seite eines wohlsituierten Mannes gesehen hatte. Nun, was dies betraf, war Stephan der beste, den sie ihm bieten konnte. Zielstrebig und talentiert würde er seinen Weg gehen und seiner Frau und später den Kindern ein gutes Leben ermöglichen. Nach außen hin gab sich Johanna folgsam und unterwürfig, blieb an Stephans Seite, wohin es ihn auch verschlug. Solange sie sich private Freiräume bei ihrem künstlerischen Schaffen bewahrte, solange er sie unterstützte, wenn sie in der künstlerischen Welt Fuß zu fassen versuchte, solange würde sie die Frau spielen, die im Schatten ihres begabten Gatten stand.

Ihr Vater hatte geahnt, dass mehr in ihr steckte, aber es hatte ihn nicht mit Stolz erfüllt, sondern beunruhigt. »Versprich mir, dass du Stephan treu folgen und ihm eine gute Frau und Mutter seiner Kinder sein wirst. Lass dich nicht von deinen verrückten Ideen ins Unglück treiben, Johanna, ich bitte dich darum.«

Ihre Kehle hatte geschmerzt, aber sie hatte genickt und dem Vater die Stirn geküsst. »Sorg dich nicht um mich, Vater. Ich weiß, wo mein Platz im Leben ist.« Und damit hatte sie nicht einmal auf eine Lüge ausweichen müssen. Mit einem Lächeln auf den eingefallenen Zügen war ihr Vater eingeschlafen und nicht wieder aufgewacht.

Zum Glück hatte es andere Mentoren in ihrer Vergangenheit gegeben, die an sie glaubten. Mit einem warmen Gefühl im Bauch beschwor sie das Bild von Denis Diderot hervor, ihr Fürsprecher in Paris und einer ihrer größten Bewunderer. Der Philosoph akzeptierte sie und half ihr, die Anerkennung der von Männern dominierten Akademien zu erringen. Johanna schloss nicht leicht Bekanntschaften oder gar Freundschaften. In Stephans Schatten fühlte sie sich geborgen, obwohl er sie manchmal damit aufzog, dass sie viel zu menschenscheu sei. Umso wertvoller waren für sie die Begegnungen, bei denen sie ihre Schüchternheit überwunden hatte und aus sich herausgekommen war. Was nutzten solche wichtigen Kontakte, wenn sie sie gleich wieder verlor? Denis Diderot würde sie womöglich nie wiedersehen. Was sollte ihn schon nach St. Petersburg verschlagen? Die Einladungen der Zarin hatte er schließlich stets ausgeschlagen und sich im vertrauten Kreis geschüttelt vor Widerwillen, nach Russland zu reisen.

Sie presste den Kopf gegen die Rückenlehne, während sie die Bewegungen der Kutsche mit ihrem Körper auszugleichen versuchte. Hinter ihren Schläfen setzte sich ein pochender Schmerz fest.

Sie biss sich auf die Lippen, als das Verlangen nach einem Glas Wein in ihr hochstieg und stärker wurde. Die Sonne versank hinter ihnen am Horizont und warf ein purpurnes Licht über die Landschaft. Im nächsten Dorf würden sie nach einer Herberge suchen. Ihre Hände begannen zu vibrieren, als sie sich ausmalte, wie sie in der Schenke saßen und der kühle Rebensaft ihre Kehle hinabrann.

Stephan hatte ihr vorgeschwärmt, welch herrliche Landschaften sie erwarteten, wenn sie erst Preußen und Polen hinter sich gelassen hätten und an der Ostsee entlang nach Litauen bis hinauf nach Riga reisen würden. Er kannte die Strecke selbst nicht, aber so war er: Immer mit Zuversicht in die Zukunft blickend, immer neugierig auf das, was das Leben ihm zu bieten hatte. Obwohl König Friedrich Stephans Pläne mit leichter Hand zerstört hatte, sah er schon nach kurzer Zeit wieder optimistisch nach vorne und freute sich auf neue Abenteuer.

Die Dächer einer Siedlung tauchten in der Ferne auf. Rauch kringelte sich in den Himmel, während die Menschen sich ihre Abendmahlzeit bereiteten. Ein ausgemergelter Hund lief ihnen kläffend entgegen, ein paar barfüßige Kinder folgten ihm und versuchten, ins Innere des Gefährts zu spähen, ihre Augen hell in den schmutzigen Gesichtern.

»Gleich kannst du dich ausruhen, Liebling«, sagte Stephan, als er ihr schließlich vor einer Gaststätte aus dem Wagen half.

Sie schaffte es zu lächeln. »Was glaubst du, wie viele Tage wir brauchen werden bis nach St. Petersburg?«

»Der Kutscher meinte, es wird September werden, bevor wir Schloss Peterhof erreichen.«

Johanna blähte die Wangen und stieß langsam die Luft aus, während sie an Stephans Seite auf die Schenke zutrat. Ein kräftiger Kerl mit kahlem Schädel und Schürze über dem Kugelbauch trat heraus, um sie zu begrüßen. Er wischte sich die Hände an einem schmutzigen Lappen ab, den er sich anschließend über die Schulter legte. »Willkommen im Dorfkrug, die Herrschaften. Eine Kammer für eine Nacht?«

Johanna wechselte einen Blick mit Stephan, bevor er antwortete: »Vielleicht für zwei Nächte, guter Mann. Die Reise hat uns ermattet.«

»Woher kommen Sie und wohin wollen Sie?«, fragte der Wirt, während er gleichzeitig eine einladende Geste in den Schankraum machte. In seinen Augen erkannte sie Gutmütigkeit. Und die Freude auf ein gutes Geschäft.

»Aus Potsdam«, erklärte Stephan. »Wir wollen nach St. Petersburg.«

Der Wirt stutzte, bevor er ein Lachen ausstieß. »Jetzt habe ich doch tatsächlich verstanden, dass Sie nach Russland wollen.« Er schnalzte ob dieser Ungeheuerlichkeit.

»Genau das ist unser Ziel.« Stephan rückte ihr einen Stuhl an einem Ecktisch zurecht. »Bringen Sie uns Wein, Brot und Käse zur Stärkung«, bat er.

Der Wirt drückte sich die Faust vor den Mund und starrte die beiden abwechselnd an. »Und das wollen Sie noch vor dem Winter schaffen? Ich würde meinen, da sollten Sie keine Zeit vergeuden, so gern ich Gäste bewirte, die länger als eine Nacht bleiben.«

Während Stephan kurz darauf Stücke von dem kräftig gebackenen Brot abriss und sich Scheiben vom Käse absäbelte, nahm sie einen langen Schluck aus ihrem Weinbecher. Als das kühle Getränk in ihrem Magen ankam, verursachte es umgehend dieses Prickeln. Schwindel erfasste sie. Das Leben war leichter in diesen Abendstunden, und der Wirt verzog keine Miene, als er wenige Minuten später dem Paar einen weiteren Krug servierte.

»Ist Peterhof der Zarensitz?« Sie biss in das Brot, das Stephan ihr hinhielt. Mit Daumen und Zeigefinger streifte sie die Krümel aus ihren Mundwinkeln.

»Peterhof ist nur eine von mehreren Residenzen außerhalb der Stadt. Der Palast liegt direkt am Wasser, man kann mit dem Boot nach St. Petersburg gelangen. Der Kutscher und die Soldaten werden von dort aus zurückkehren. Wir setzen den Rest der Reise über Wasser fort. Es heißt, St. Petersburg biete den schönsten Anblick, wenn man es von der Newa aus ansteuere.« Er grinste. »Es kann nichts schaden, gleich einen guten Eindruck zu bekommen, oder?«

Sie nahm einen weiteren Schluck. »Meinst du, es war richtig, alle Brücken hinter uns abzubrechen?«

Stephan nahm ihre Hand und küsste die Innenfläche. »Darüber sollten wir uns jetzt noch nicht den Kopf zerbrechen. Lass uns abwarten, was auf uns zukommt. Es wird schon gut gehen, Liebling.«

Ach, hätte sie doch wenigstens einen Bruchteil seiner unerschütterlichen Zuversicht. An den meisten Tagen fühlte sie sich, als bewege sie sich in Rabenschwärze, und die hellen Tage waren die, an denen sie sich mit Wein benebeln konnte. Sie hob den Becher und prostete ihrem Mann zu.

Kapitel 5

Ende September 1763,
Schloss Peterhof

Schon als die Kutsche den weitläufigen Park umrundete, der sich zum Festland hin hinter Schloss Peterhof ausbreitete, bekamen Stephan und Johanna eine Ahnung von der üppigen Schönheit des Palastgartens. Mit offenen Mündern bewunderten sie die im barocken Stil gehaltene Anlage, deren Mittelpunkt ein langgestrecktes, gelb und weiß getünchtes Gebäude bildete. Die Fassade war zum Finnischen Meerbusen hin ausgerichtet.

»Endlich!«, flüsterte Johanna und sah Stephan mit Leidensmiene von der Seite an. Sie waren jeden Tag fast zehn Stunden gefahren, um ihr Ziel noch vor dem Wintereinbruch zu erreichen. In manchen Momenten hatte sie geweint und es bereut, sich Stephans Wünschen untergeordnet zu haben. Aber es gab kein Zurück, ihre Besitztümer waren verkauft, sie besaßen nur noch das, was sich in ihrem Gepäck befand, und was hätte sie denn allein in Preußen erreichen können? Abgesehen davon, dass sie sich ein Leben ohne Stephan nicht vorstellen konnte.

Nicht alle Herbergen waren so komfortabel wie die erste gewesen. In manchen nächtigten sie in von Flöhen verseuchten Bettstätten und aßen zum Abendbrot ranziges Hammelfleisch.

Johanna fühlte sich nun, da sie die Südküste des Finnischen Meerbusens erreicht hatten, um Jahre gealtert. Sie hatte sich in den Morgenstunden kaum Mühe mit ihrer Toilette gegeben, die Haare waren fettig, ihr Gesicht fleckig. Vermutlich hatte sie mehrere Pfund verloren, die Kleider schlotterten um ihre Taille. Gleichzeitig waren ihre Wangen ungesund aufgedunsen, und das Weiße in ihren Augen schimmerte rosa. Dafür waren die Mengen an Wein verantwortlich, die sie gebraucht hatte, um die Reise durchzustehen. Stephan nahm ihre Hand in seine und drückte sie. »Jetzt wirst du dich erholen können. Die Zarin wird Verständnis haben, dass wir ein paar Tage brauchen, um wieder gesellschaftsfähig zu sein.« Er zwinkerte ihr zu.

Sie hörten das »Ho!« des Kutschers, der den Wagen um einen Seitenflügel herumlenkte und im Trab auf das Eingangsportal des Palastes zuhielt. Johanna vergaß ihren Schmerz für ein paar Momente, als sie an Stephan vorbei durch das Fenster lugte. »Was für eine Pracht!«

Auch Stephan konnte den Blick nicht abwenden von dem Kanal, der das Schloss mit der Ostsee verband und an dessen Ufern Dutzende weiß leuchtende und goldglänzende Marmorfiguren inmitten von akkurat aufgereihten, kunstvoll gestalteten Büschen und Bäumen standen. Die größte Attraktion aber waren die Fontänen, Brunnen und Kaskaden, die die terrassenförmige Anlage entlang des Kanals in einen Wassernebel tauchten. Im Nachmittagslicht funkelte er wie ein mit silbernen Fäden durchwirkter Schleier. Sie sahen ein paar Gärtner, die Laub fegten und damit begannen, einzelne Statuen mit Holzkonstruktionen zu verkleiden. Vermutlich würde es nicht mehr lange dauern, bis die Anlage in den Winterschlaf fiel. Im Kanal lagen mehrere Boote dicht hintereinander. Ob sie mit dieser kleinen Flotte in die Stadt segeln würden? Johanna hatte nie zuvor ein Schiff betreten.

Lakaien eilten herbei, als der Wagen hielt. Sie halfen ihnen aus dem Wagen und luden ihr Gepäck ab, während ein Mädchen mit weißer Schürze den Kutscher und die erschöpften Reiter zur Stärkung in den Küchentrakt führte. Bevor sie die lange Reise zurück antraten, würden sie sich mindestens zwei Tage ausruhen und vermutlich mit den Dienstboten manches muntere Fest am Küchentisch feiern.

Behutsam setzte Johanna einen Schritt auf den Schotterweg. Die Kieselsteine stachen durch ihre dünnen Schuhe. Ihre Knie zitterten. Sie musste sich an der Kutsche festhalten, um nicht einzuknicken. Stephan war sofort bei ihr und bot ihr seinen Arm an.

Von den Wasserspielen her wehte ein feiner Sprühnebel und kühlte ihre Gesichter, während die Sonne die Szenerie von einem tiefblauen Himmel her überstrahlte. Dieses Funkeln, dieses Glitzern, dieses Flimmern überall! Bis zur Ostsee hin zogen sich die Wasserfontänen und sprudelten, brausten, schäumten, wie für sie bestellt.

Stephan drückte ihren Arm. In seinen Augen lag ein Leuchten. »Schau dir das an, Liebling. Das ist noch grandioser als Versailles.«

Auch im Inneren der Palastanlage kamen sie aus dem Staunen nicht heraus. Ein Diener hatte sie im Namen der Zarin willkommen geheißen und führte sie durch mehrere Paradezimmer zu ihren Räumen. Vielleicht hatte der Mann die Anweisung, ihnen gleich bei der Ankunft die Schönheit des Palastes zu präsentieren. Nun, die Russen konnten mit Recht stolz auf Peterhof sein. Wenn möglich, waren sie noch verschwenderischer in der Ausstattung als die Franzosen. Vielleicht legten sie es darauf an, die Europäer zu übertrumpfen. Nur der Geruch störte, irgendetwas Scharfes. Johanna konnte ihn nicht einordnen.

Auch ihre Unterkunft war pompös geschmückt mit goldgerahmten Spiegeln, Möbeln aus poliertem Mahagoni und hochwertigen Stoffen. War das ein Zeichen von Gastfreundschaft, oder doch nur eine Demonstration des eigenen Reichtums?

Als der Diener die Tür öffnete, schlängelte sich eine der Katzen, die ihnen auf dem Weg begegnet waren, zwischen seinen Beinen ins Zimmer. Der üble Geruch musste von den Ausscheidungen der Tiere herrühren. Der Diener fluchte auf Russisch und machte einen sehr uneleganten Hechtsprung in Richtung der Katze. Er erwischte sie sofort, packte sie im Nacken und warf das fauchende Tier hinaus. Johanna und Stephan wechselten einen Blick. Unter der dünnen Schicht der Etikette schien urwüchsiges Temperament zu schlummern.

In aller Eile machten sich die beiden an bereitgestellten Wasserschüsseln frisch und tauschten die Reisekleidung gegen elegantere Garderobe. Johanna wählte ein grün-blaues Kleid mit gerüschten Ärmeln und bauschigem Rock, Stephan zog sich das seidene Justaucorps in schillerndem Silber über weiße Kniebundhosen.

Kurz darauf holte der Diener sie auch schon ab, führte sie zu den Diensträumen der Zarin und bat sie, in einem Vorraum zu warten, an dessen Wänden dicht an dicht Porträts hingen. Johannas Blick glitt über die Gemälde. Nicht ihr Stil, nicht ihr Geschmack. Aber … was hatte sie erwartet? Die Menschen auf den Bildern erstrahlten schöner, als sie in Wirklichkeit waren. Auftragsarbeiten, die die Männer, Frauen und Kinder in einem günstigen Licht erscheinen lassen sollten.

Stephan neben ihr trat von einem Bein aufs andere und knetete die Hände. Er hatte keine Nerven für die Kunst um sich herum. Die Ruhelosigkeit trieb ihm ein paar Schweißperlen auf die Stirn. Johanna nestelte ihr Tuch aus dem Ärmel und tupfte sie ihm weg. Sein Lächeln wirkte gequält. Auch sie selbst fühlte sich flau vor Aufregung, aber sie versuchte, sich nichts anmerken zu lassen. Die Zarin würde kaum mehr als ein höfliches Wort an sie richten, sodass sie nicht in die Verlegenheit geraten würde, eine längere Konversation durchzustehen.

Endlich öffnete sich die Flügeltür, und der Diener bat sie mit einer ausholenden Geste, das Arbeitszimmer der Zarin zu betreten.

Johannas Blick fiel auf den zierlichen rotbraunen Schreibtisch, der mitten im Raum stand und hinter dem sich Katharina erhob. Ihr mitternachtsblaues Seidenkleid raschelte, in ihren hochgesteckten Haaren schimmerten Perlen und Spangen, eine gedrehte Strähne fiel locker aus ihrem Nacken über die Schulter. Ihr Gesicht war porzellanweiß gepudert, und ihr Lächeln ließ Fältchen um ihre hellwachen Augen erscheinen.

Stephan sank auf ein Knie, Johanna in einen tiefen Knicks. Sie beugten die Köpfe. Mit wenigen Schritten war die Zarin bei ihnen, die Arme ausgebreitet. »Wie wunderbar, dass Sie Peterhof endlich erreicht haben. König Friedrich hatte mir Ihre Ankunft früher angekündigt. Hatten Sie eine angenehme Reise, Monsieur Mervier, Mademoiselle Caselius?«

Sie erhoben sich. Johannas Pulsschlag beschleunigte sich. Die Zarin musterte sie mit unverhohlenem Interesse. Erstaunlich, dass sie sich ihren Mädchennamen gemerkt hatte. Der König hatte ihn ihr vermutlich mitgeteilt, aber Stephan, der Philosoph, stand im Mittelpunkt des Interesses. Sie konnte in den Augen der Herrscherin nicht mehr als das schmückende Beiwerk an seiner Seite sein. Andererseits erkannte Johanna in der Miene der Kaiserin und in ihrem Blick eine außerordentliche Intelligenz und eine schnelle Auffassungsgabe.

Noch während sich Johanna von ihrer Überraschung erholte, fand Stephan zu seiner Haltung zurück. »Wir waren zunächst aus privaten Gründen verhindert. Wir konnten leider nicht früher losfahren, obwohl ich voller Ungeduld unsere Abreise herbeigesehnt habe. Und wir sind inzwischen verheiratet«, sagte er mit einem Lächeln.

»Meine herzlichsten Glückwünsche dazu! Ich bin ebenfalls eine Freundin von Ordnung und Disziplin.« Sie schürzte die Lippen, als würde sie über die preußischen Blauröcke und ihre Mentalität spotten.

Stephan ließ sich seine Irritation nicht anmerken. »Ich habe viel Gutes über Ihr Land gehört, Eure Majestät, ich bin meinem König dankbar, dass er mich ausgewählt hat, um Ihr Diener zu sein. Mit den allerbesten Empfehlungen darf ich Ihnen Grüße von meinem Regenten übermitteln.« Er verbeugte sich abermals mit einem charmanten Lächeln.

Das Lächeln auf den Lippen der Zarin war nicht zu deuten. Amüsierte sie sich über Stephans Worte? »Diener habe ich hinreichend, mir fehlen Männer, mit denen ich debattieren kann. Ich pflege regen Briefkontakt mit Voltaire und hin und wieder mit Denis Diderot, aber mir fehlt der Gedankenaustausch von Angesicht zu Angesicht.«

»Sie hatten gehofft, der König persönlich würde St. Petersburg besuchen«, bemerkte Stephan. »Ich versichere Ihnen, dass er es möglich gemacht hätte, wenn es sein Gesundheitszustand zuließe. Er ist …«

»Ich weiß, ich weiß, Friedrich verabscheut es zu reisen. Aber ich bin überzeugt, er hat bei der Auswahl seines Stellvertreters ein glückliches Händchen bewiesen.« Sie wandte sich einer Sitzgruppe zu und zwinkerte jemandem zu.

Zu ihrer Überraschung entdeckte Johanna auf einem brokatbezogenen Sofa ein etwa sechsjähriges Mädchen mit silberblonden Haaren. Sie trug ein mit Rüschen besetztes Kleid, aber keine Schuhe. Ihre Beine in den cremefarbenen Strümpfen hatte sie angezogen, während sie sich über ein dickes Buch beugte. Der wache Ausdruck der Kleinen erinnerte an die Zarin, aber sonst gab es nicht die geringste Ähnlichkeit. War dies ihre Tochter?

Bevor Katharina die Kleine vorstellen konnte, tat sie es selbst. »Guten Tag, ich bin Sonja«, sagte sie auf Deutsch.

Katharina lächelte und betrachtete das Mädchen voller Stolz. »Sonja ist meine Ziehtochter. Ich habe sie von einem alten Freund in Pflege genommen. Sie bereitet mir viel Freude und verbringt ihre Zeit am liebsten in meiner Nähe. Ich hoffe, es stört Sie nicht?«

Stephan fühlte sich, als steckte er in einem zu eng geschnittenen Hemd. Ständig unterdrückte er den Impuls, den Seidenschal zu lockern, weil er zu wenig Luft bekam. Er zeigte sich von seiner liebenswertesten Seite, um der Zarin zu gefallen. Ihre Reaktion ließ sich für ihn jedoch nicht deuten. Als stünde eine Wand aus Glas zwischen ihnen. Die Stimmung war angestrengt, aber vielleicht täuschte dieser erste Eindruck.

Erst als sie sich der Sitzgruppe näherte, lösten sich die Züge der Zarin, und in ihre Miene trat ein warmherziger Ausdruck, als sie auf das Mädchen blickte.

Was für ein außerordentlich schönes Kind. Stephan ertappte sich bei dem Wunsch, sie lächeln zu sehen, aber sie tat ihm nicht den Gefallen. »Was liest du da?«, erkundigte er sich freundlich.

»Eine Sammlung von Voltaires Versen und Abhandlungen«, erwiderte sie und starrte ihn ohne Scheu an. »Mein Französischlehrer hat mir zu diesem Band geraten, und ich weiß, wie sehr Maman Monsieur Voltaire schätzt.« Sie nickte ihm mit unbewegter Miene zu. Die kleine Mademoiselle schien sehr sparsam mit ihrem Lächeln umzugehen. »Wenn ich nicht störe, würde ich gerne hierbleiben. Ich sage auch keinen Mucks.«

Mit dem letzten Satz hatte sie bewiesen, dass sie doch mehr Kind als Erwachsene war. Was sie las, wie sie sprach, wie sie die Welt um sich herum betrachtete – das alles wirkte zu reif für ihre kindlichen Züge.

Stephan nahm neben Sonja auf dem Sofa Platz, während die Zarin und Johanna je einen Sessel wählten. Wie in einem gut geprobten Theaterstück erschienen zwei Lakaien und deckten den kleinen Tisch mit einer Kanne aus feinstem Porzellan, Tassen und Gebäck. Der Duft nach Hefeteig und schwarzem Tee zog ihm in die Nase, aber da war noch etwas anderes. Es kam von rechts neben ihm, wo das Mädchen sich wieder in ihr Buch vertieft hatte. Ein Duft wie von Orangen.

»… hat mich mein Ehemann zum Glück stets unterstützt, nicht wahr, Stephan?«

Er schrak aus seinen Gedanken. »Oh, ich bitte vielmals um Verzeihung.« Er strich sich über die Stirn. »Ich glaube, die Reise steckt mir mehr in den Knochen, als ich mir einzugestehen bereit bin.« Er lächelte entschuldigend in Richtung der Zarin und griff nach der Teetasse, um ein paar Schlucke zu nehmen. Der Geruch vertrieb den Orangenduft. »Ja, mir war es wichtig, dass Johanna die Anerkennung findet, die ihr gebührt. Sie hatte es nicht leicht an den Akademien in Paris und Wien, nicht wahr, meine Liebe?«

Johanna nickte. »Ich hatte noch einen weiteren Fürsprecher«, erzählte sie an die Zarin gewandt. »Sie kennen ihn gut: Denis Diderot gehört zu meinen liebsten Bekannten in Paris.«

Er konnte sich über die Plauderlaune seiner Ehefrau nur wundern. Erstaunlich, wie schnell sie zu der mächtigsten Frau Russlands Vertrauen fasste. Das konnte nur bedeuten, dass Johanna sie mochte. Und das war mit Sicherheit ein gutes Zeichen. Johannas Sensibilität war nicht nur die Ursache für ihre wechselnden Stimmungslagen, sie war auch die Basis ihrer außergewöhnlichen Empathie. Niemand sonst vermochte Menschen so gut einzuschätzen wie seine Frau.

Die Zarin hob eine Augenbraue. Ihre Miene blieb unergründlich. »Ich hoffe, ihn eines Tages persönlich kennenzulernen. Ich verfolge mit allergrößtem Interesse das Entstehen seiner Enzyklopädie, für mich das schriftstellerische Werk des Jahrhunderts. Es wird die Menschheit wachrütteln, davon bin ich überzeugt. Aber, liebe Johanna – darf ich Sie so nennen? –, erzählen Sie mir von Ihrer Arbeit. Ich nehme an, Sie malen Porträts?« Die Zarin lachte auf. »Alle Welt beschenkt Freunde und sich selbst mit Porträts, da dürfte es an Aufträgen nicht mangeln, oder?«

»Nun, ich …«, Johanna senkte für einen Moment den Kopf, bevor sie das Kinn fast trotzig wieder hob, »… fühle mich mehr zu lebendigen Szenerien hingezogen und zu den alten Sagen und Mythen. Mich … mich interessiert weniger die akribische Darstellung von Schmuck, Perücken, Orden und teurer Kleidung, sondern der Charakter der Porträtierten. Ich will die Persönlichkeit der Menschen in meinen Bildern zum Ausdruck bringen, das erscheint mir wertvoller, als dem Auftraggeber mit vorteilhaften Details zu schmeicheln.«

Die Zarin beugte sich in ihrem Sessel vor. Über ihr Gesicht glitt ein Leuchten. »Ich freue mich darauf, Proben Ihrer Arbeiten zu sehen.«

Johannas Wangen brannten. Stephan spürte ihren flackernden Blick in seine Richtung. Ob sie darunter litt, dermaßen in den Mittelpunkt gezogen zu werden?

»Darf ich fragen, wo Eure Majestät gedenken, uns einzuquartieren? Bleiben wir hier in Peterhof?«, erkundigte sich Stephan.

Die Zarin nahm einen Teller mit einem Stück Hefegebäck, das mit Rosinen und getrockneten Früchten gefüllt war. Vorsichtig biss sie ab und wischte sich mit dem Zeigefinger über die Lippen. »Nein, Peterhof ist nur meine liebste Sommerresidenz. Das Wetter kann jederzeit umschlagen, dann will ich zurück in St. Petersburg sein. Im Winterpalast wird bereits alles vorbereitet.«

»Also wohnen wir im Winterpalast?«, erkundigte sich Johanna.

Die Zarin lächelte. »Dort könnte ich Ihnen lediglich ein paar Räume zur Verfügung stellen. Nein, ich habe Ihnen bereits eine Villa am Newski-Prospekt gemietet. Sie können sich nach Ihrem eigenen Geschmack einrichten, ich stelle Ihnen Ausstatter und ein Budget zur Verfügung. Schließlich will ich Sie nicht in ein paar Monaten wieder verlieren, weil Sie sich nach Ihrer deutschen Heimat sehnen. Ich hoffe, dass Sie hier sesshaft werden. Menschen, die die Philosophie und die Kunst in unsere Stadt bringen, sind uns überaus willkommen. Wir brauchen Männer und Frauen wie Sie in St. Petersburg.«

»Wir werden unser Bestes geben, um Ihren hohen Erwartungen zu entsprechen«, sagte Stephan diplomatisch. Er verbarg seine Enttäuschung, dass die Zarin sie nicht in ihrer Nähe haben wollte. Im Winterpalast hätte er viel mehr Möglichkeiten gehabt, auszukundschaften, was die Zarin plante. Fernab in einer Villa würde er jedes Mal um eine Audienz bitten müssen, wenn er mit ihr in Kontakt treten wollte. Verdammt, das lief nicht in seinem Sinn, aber er würde sich seinen Unwillen nicht anmerken lassen. Er bewegte sich auf dünnem Eis und musste sehr behutsam vorgehen, um der Zarin näherzukommen und ihr Vertrauen zu gewinnen.

»Davon bin ich überzeugt.« Katharina erhob sich. »Suchen Sie jetzt gern Ihre Zimmer auf und ruhen sich aus. Wenn es Ihnen recht ist, brechen wir gleich morgen früh auf.«

In diesem Moment ging die Tür auf. Ein hoch aufgeschossener Mann in der Uniform der kaiserlichen Leibgarde trat mit kraftvollen Schritten ein, der Degen an seiner Seite baumelte, seine Stiefel klackten über das Parkett. Unter seinem Schnauzbart breitete sich ein Lächeln aus, als er erst Johanna, dann Stephan anschaute und sich schließlich mit einer zackigen Bewegung verneigte. »Ich wollte es mir nicht entgehen lassen, die weitgereisten Gäste willkommen zu heißen«, sagte er mit etwas zu dröhnender Stimme, aber in elegantem Französisch. Er küsste Katharina die Wange und beugte sich zu Sonja hinab, um ihr über den Scheitel zu streicheln. Das Mädchen rührte sich nicht.

»Ich möchte Ihnen Graf Grigori Orlow vorstellen«, sagte die Zarin mit einer Geste in Richtung des Mannes. »Einer meiner verdientesten Berater und Vertrauten«, fügte sie hinzu.

Orlow runzelte die Stirn bei dieser Vorstellung, doch dann fand er zu seinem Lächeln zurück. »Ich hoffe, dass Sie sich in St. Petersburg gut einleben. Aber daran zweifele ich nicht. Sie haben das Glück, in die schönste Stadt der Welt zu ziehen.«

Johanna stimmte in sein Lachen ein, Stephan schmunzelte höflich. Wie weit war der Kerl wohl gereist, um beurteilen zu können, welche Metropole die schönste der Welt war? Bei Orlows zur Schau gestellter Stärke richteten sich die Härchen in seinem Nacken auf. »Wir wissen unser Glück zu schätzen und freuen uns darauf, die Petersburger kennenzulernen.«

»Dazu werden Sie schon bald Gelegenheit haben, nicht wahr, Katschuscha?« Er nickte der Zarin zu. »Anfang November gibt es einen spektakulären Ball, mit dem wir den Einzug in den Winterpalast feiern. Da werden Sie alles kennenlernen, was Rang und Namen hat.«

»Ich gebe Ihnen Adressen von den besten Schneidern. Unsere Bälle sind für ihren Prunk bekannt«, fügte Katharina hinzu.

Vermutete sie etwa, die Mode aus Preußen reiche nicht an die Russlands heran? Sie hatten sehr wohl Festanzüge und Roben in ihrem Gepäck. Stephan warf einen schnellen Blick zu Johanna, aber deren Gesicht war entspannt, während sie Orlow lächelnd betrachtete.

Stephan schalt sich selbst für seine unangemessenen Gefühle. Vermutlich lag es wirklich an der Anstrengung der Reise, dass ihm so vieles, was bei dieser ersten Begegnung angesprochen worden war, gegen den Strich ging. Seine Laune befand sich auf einem Tiefpunkt. Bestimmt würde er morgen die Welt mit anderen Augen sehen und beginnen, eine herzliche Beziehung zu der Zarin und ihren Vertrauten aufzubauen. Wenn ihm das nicht gelang, war seine Mission von vornherein zum Scheitern verurteilt. Was sollte er dann König Friedrich berichten?

»Wir hätten uns vor dem ersten Treffen länger ausruhen sollen. Das ist gründlich schiefgelaufen.« Stephan ließ sich am nächsten Morgen von Johanna in sein Justaucorps helfen, knöpfte sich die Weste zu und zog sich die Spitzen seines Hemds aus den Ärmeln, bevor er mit einem Schulterzucken für den passenden Sitz sorgte. Zu der engen Culotte aus Samt trug er Schaftstiefel.

In dem mit einem Baldachin überdachten Himmelbett

hatten sie eng aneinandergeschmiegt geschlafen wie die Toten, bis ein Diener sie mit einem sanften Glockenklingeln geweckt und ihr Frühstück auf einem Tablett gebracht hatte. Ein exotisches Duftgemisch war ihnen in die Nasen gestiegen und hatte sie vollends aus dem Schlaf geholt.

Wenig später hatten sie sich an den perfekt gedeckten Tisch gesetzt und mit Argwohn den grauen Getreidebrei, die handtellergroßen Pfannkuchen, die gebratenen Kartoffeln und Würste, die Schalen mit saurer Sahne, den Kaviar und das grobkörnige Brot betrachtet. In der Mitte dominierte ein kupfern glänzender Samowar. Johanna hatte nur den Tee getrunken, von zu Hause war sie weißes Gebäck mit Marmelade gewohnt. Stephan hatte von allem gekostet, bei den Fischeiern und Würsten das Gesicht verzogen und sich am Ende an dem gesalzenen Brei satt gegessen. Johanna hatte seinen Versuchen widerstanden, sie liebevoll mit Stücken von gebuttertem Schwarzbrot zu füttern. Aber als er sie nach dem Frühstück küsste, hatte sie seine Zärtlichkeit erwidert und die Arme um seinen Hals gelegt.

Nun bereiteten sie sich auf die Abreise nach St. Petersburg vor. Johanna fühlte sich wie neugeboren, aber Stephan war schon mit Leichenbittermiene erwacht und grummelte während der Morgentoilette vor sich hin.

»Aber gar nicht, Liebster«, widersprach Johanna, trat zu ihm und zupfte zärtlich seinen Kragen zurecht, bevor sie ihm einen Kuss auf den Hals drückte. »Die Zarin fand dich bezaubernd. Sie gibt sich spröde und hält sich zurück, aber ich habe beobachtet, wie aufmerksam sie dich gemustert und dir zugehört hat. Sie ist eine Frau, die die Menschen erst einschätzen muss, bevor sie sich ihnen öffnet. Wer will ihr das verdenken? Gib ihr etwas Zeit, bevor du ein Urteil über sie fällst.«

»Du kannst leicht reden. An dir war sie ja auch höchst interessiert.«

Sie lachte auf. »Neid steht dir nicht zu Gesicht, mein Lieber.

Sie war nur höflich zu mir. Davon abgesehen ist sie noch schöner als auf den Bildern, die in Europa kursieren. Sie strahlt etwas Majestätisches aus, das nichts mit ihrem Schmuck und ihrer Garderobe zu tun hat.«

»Die Kleine hat viel von ihr«, erwiderte Stephan und griff nach dem Handgepäck. Johanna knöpfte ihren Mantel zu und stülpte sich eine mit Fell besetzte Mütze auf den Kopf. Die Zarin hatte ihnen geraten, sich warm anzuziehen. Auf dem Wasser würde es empfindlich kalt werden. Stephan trug seinen Umhang über dem Arm.

»Du meinst das Mädchen Sonja? Was für ein außerordentlich begabtes Kind«, murmelte Johanna, bevor sie die Tür öffnete, an der bereits ein Diener darauf wartete, ihnen das Gepäck abzunehmen.

»Ja, und die Zarin scheint eine engere Bindung zu ihr zu haben als zu ihren eigenen Kindern. Wie alt ist denn ihr Sohn Paul? Der müsste um die zehn sein, nicht wahr?«

Johanna nickte, während sie die geschwungene Treppe in die Eingangshalle hinabstiegen. »Nur noch wenige Jahre, bis der Zarewitsch seiner Mutter auf den Thron folgt«, flüsterte sie. Obwohl sie sich nach der ersten kurzen Begegnung mit der Zarin nicht vorstellen konnte, dass Katharina zu Lebzeiten die Führung des Landes abgeben würde.

Katharina war bereits an Bord des größten Schiffes und hielt sich am Bug. Sie trug heute die Uniform ihrer Garde mit einem Dreispitz, anmutig auf ihrem hochgesteckten Haar drapiert. Um ihre Schultern fiel ein mit Hermelin abgesetzter Umhang. An ihrer Hand hielt sie Sonja, deren Gesicht unter der dicken Fellmütze kaum zu sehen war. An der Reling lehnte Grigori Orlow, mit einem Jungen schwatzend, vermutlich der Zarewitsch.

Die Zarin begrüßte die beiden Deutschen mit einem Nicken. »Das Wetter ist perfekt für die Reise über Wasser. Der Wind steht gut, ach, ich liebe die Schifffahrt«, rief sie übermütig. »Aber es bleibt einem auch nichts anderes übrig, wenn man in St. Petersburg lebt.« Sie lachte. »Wussten Sie, dass Peter der Große den ersten Bewohnern der Stadt befohlen hat, das Segeln zu lernen? Er gab sich keine Mühe mit dem Brückenbauen, die Menschen sollten die Flüsse als natürliche Wege nutzen. Das hat sich inzwischen geändert«, fügte sie hinzu. »Es gibt mehrere Flussübergänge, die die einzelnen Inseln miteinander verbinden, einige davon beweglich, damit große Schiffe passieren können.«

»Ich bin gespannt auf St. Petersburg«, sagte Stephan. »Und ich bin tatsächlich noch nie gesegelt.« Er lachte. Sonja starrte mit ihrem ernsten Ausdruck zu ihm auf, und er räusperte sich irritiert. »Aber ich schätze, es ist ein Vergnügen, vor allem in Gesellschaft Ihrer Majestät.« Er verbeugte sich leicht, und endlich glitt das erste warmherzige Lächeln über Katharinas Züge.

Die Männer auf den Schiffen riefen sich Befehle zu, während sie die Segel setzten, die Anker lichteten und die Boote in Bewegung brachten. Sie trieben den Kanal hinab, entfernten sich von der Palastanlage. Kastanienbäume flankierten den Wasserweg, letzte Blätter taumelten in der Brise auf die Schiffe hinab. Auf dem ersten Boot befanden sich außer Stephan und Johanna nur die Zarin mit ihrer Kammerzofe und deren Mann, Orlow und die beiden Kinder. Ein Handvoll Seeleute brachte das Boot in die richtige Fahrspur und hielt Kurs auf die Hauptstadt. Fünf weitere Boote mit den Bediensteten der Zarin folgten in einer Reihe.

Sie näherten sich zunächst der Festung Kronstadt, vor der die mächtigen Kanonenschiffe schaukelten und Gästen aus aller Welt einen Eindruck von der gewaltigen Kriegsflotte Russlands boten. Dann machte das Schiff kehrt und nahm Kurs auf die Mündung der Newa, wo die ersten Bauten aufragten.

Stephan hielt sich links neben der Zarin, Johanna rechts von ihr. Der auffrischende Wind sprühte ihnen das Ostseewasser ins Gesicht, die Luft roch nach Salz und Algen. Die Bohlen des Schiffes ächzten, der Rumpf knarrte, die Segel schlugen, und die Rufe der Seeleute trug der Wind davon. Die Zarin musste ihren Dreispitz festhalten, einzelne Strähnen hatten sich aus ihrer Frisur gelöst und flogen um ihre Schläfen. Ihre Augen funkelten, und ihre Wangen liefen in der Kälte rosa an. Stephan betrachtete sie von der Seite. Gut möglich, dass die Russen ihre Herrscherin vergötterten.

Schließlich zog die Stadt seine Aufmerksamkeit auf sich.

Die Mittagssonne warf ihre goldenen Strahlen auf das Wasser der Newa, die sich hier verschmälerte. An den grünen Ufern standen vereinzelte Herrenhäuser mit üppigen Gärten und mächtigem Baumbewuchs. Das Bild wandelte sich. Zum Zentrum hin war die Newa in Stein gefasst, gebändigt von Granit, die mehrstöckigen Gebäude standen dicht an dicht in klassischer, majestätischer Schönheit, die stuckverzierte Fensterfront zur Wasserseite. Sie spiegelten sich in den Wassern des Flusses. Der Schiffsverkehr nahm hier zu, Flöße, Ruderboote, Segler, Fischer mit ihren Netzen kamen ihnen entgegen, Handelsschiffe mit italienischen, englischen, französischen Flaggen, hoch beladen. Die Seeleute unterhielten sich lautstark in einem babylonischen Sprachengemisch. Das Rauschen des Wassers mischte sich mit dem Lärmen und Lachen der Menschen, mit dem Klappern der Handwerker überall an den Baustellen, wo gewaltige Paläste und Kirchen entstanden, als hätte St. Petersburg nicht jetzt schon mehr zu bieten, als Stephan in Berlin, Wien, Paris gesehen hatte. Atemlos lauschte er, während die Zarin mit ausgestrecktem Arm auf dieses und jenes Gebäude zeigte, auf die weiten Plätze und breiten Straßen wies, auf die goldene Spitze der Admiralität und den im diesigen Licht schimmernden Turm der Peter-Paul-Kirche auf der Haseninsel. »Kaum zu glauben, dass es diese Stadt erst seit sechzig Jahren gibt, nicht wahr?«, sagte sie voller Stolz.

»Mir gefällt die edle Schlichtheit und stille Größe, die bei vielen Gebäuden zum Ausdruck kommt«, sagte Johanna verzückt, während der Wind ihre geflochtenen Haare, die unter der Mütze hervorlugten, zerzauste.

»In den Anfangsjahren war St. Petersburg von Strenge und Schlichtheit geprägt«, erzählte Katharina. »Genau das passte zu Peter dem Großen. Es war seine Vision von einer Weltmetropole.« Sie verschränkte stolz die Arme vor der Brust, während sie sich mit breit aufgestellten Füßen dem Schwanken des Schiffes anpasste. »Damals war Domenico Trezzini der führende Architekt, Sie müssten ihn kennen, ein Schweizer. Zarin Elisabeth hingegen hatte andere Vorstellungen. Auf sie sind all die herrlichen Paläste und Dome zurückzuführen, die die Silhouette prägen. Sie hatte einen Hang zur Üppigkeit, und ihr Architekt Rastrelli hat ihre Vorstellungen von zierlichen Dekors, Skulpturen, Ornamenten und einer intensiven Farbigkeit umgesetzt. Mir geht es vor allem darum, die Stadt in einen geordneten Zustand zu versetzen und ihr eine stille Schönheit zu verleihen, wie sie der Hauptstadt Russlands würdig ist. Dafür habe ich eine Kommission gegründet, die sich allein mit dem Bau in St. Petersburg befasst.«

Sie sahen die Akademien der Wissenschaft und der Künste, andere Bildungsanstalten, Krankenhäuser, Handelshäuser, Theater und massige Baustellen, auf denen sich die Steinberge türmten und die Holzgerüste in den Himmel wuchsen. Linker Hand lag die Kunstkammer, das älteste Museum, noch von Peter dem Großen gegründet, wie Katharina erzählte. Rechter Hand aber ragte der Winterpalast auf, dessen Spiegelbild in der Newa ihn wie nicht von dieser Welt erscheinen ließ. Johanna und Stephan verrenkten die Köpfe, um mehr vom Schlossplatz sehen zu können, während das Schiff an der Admiralität anlegte. Dort wartete bereits eine Kutsche, die sie ins Schloss chauffieren würde.

Die Zarin schritt über den Steg ans Ufer, Johanna und Stephan folgten ihr. »Wie sagte Orlow gestern Abend?«, flüsterte Stephan ein bisschen außer Atem. »Die schönste Stadt der

Welt? Möglicherweise schließe ich mich seiner Meinung an. Die Aussicht vom Wasser aus war jedenfalls überwältigend.« Er nahm ihren Arm, führte ihn durch seine Armbeuge und drückte ihn. »Wir werden hier glücklich sein, Johanna, sehr glücklich.« Er sah sie von der Seite an. »Oder?«

Obwohl Katharina die Sommermonate in Peterhof liebte, freute sie sich immer wieder darauf, in den Winterpalast zurückzukehren. Hier war alles größer, weitläufiger, und hier befand sich ihre Kunstsammlung, die sie in absehbarer Zeit einem breiten Publikum präsentieren wollte. Die Umbauten am Palast liefen bereits. Vom Fenster aus konnte sie sehen, wie drüben auf der Wassiljewski-Insel die neuen Gebäude der Kunstakademie in die Höhe wuchsen, und der Menschentrubel am Hafen, auf den großen Plätzen und am Flussufer trug genau wie der rege Schiffsverkehr seinen Teil zur Lebendigkeit der Metropole bei. Peterhof brauchte Gäste und Besucher, um zu erwachen. Der Winterpalast hingegen bildete das Zentrum einer pulsierenden Stadt. Der Newski-Prospekt – mit seinen Bauten und mannigfaltigen Geschäften nicht weniger glamourös als die Champs-Élysées in Paris – begann gleich hinter dem Schlosspalast, an der Admiralität. Dort befanden sich die schönsten Villen, und eine davon hatte sie den beiden Deutschen überlassen. Mit Stephan Mervier hatte sie vereinbart, dass er, sobald er sich ein wenig eingelebt hatte, zu einem ersten ausführlichen Empfang in den Winterpalast kommen sollte. Sie würde mit dem jungen Mann in die Tiefen der Philosophie eintauchen, seine Ansichten ausloten und ihm beweisen, dass Russland sich mit seiner Geisteshaltung nicht hinter den europäischen Ländern verstecken musste. Und vielleicht plauderte er auch das eine oder andere über Friedrichs Absichten und darüber, was in Preußen vor sich ging, aus.

»Wie hat es ihnen gefallen, Grischa?«, erkundigte sie sich bei Orlow, während sie an seinem Arm durch lange, mit weinrotem Teppich ausgelegte Flure und übervoll dekorierte Vorzimmer zum Speisesaal schritt.

Orlow wiegte den Kopf. Er hatte die beiden Deutschen auf Anweisung der Zarin gleich nach ihrer Ankunft zu der Villa geleitet, ihnen die Räumlichkeiten gezeigt und die Schlüssel übergeben. »Selbstverständlich waren sie hingerissen von der Lage direkt an der Fontanka, und die spärliche Möblierung wollen sie baldmöglich aufstocken, um es sich nach ihren Vorstellungen einzurichten. Die Frau schien eher angetan von der Unterkunft, Mervier hingegen wirkte missgestimmt.«

»Ich hatte bei unserer ersten Begegnung den Eindruck, dass ihm Räumlichkeiten im Winterpalast lieber gewesen wären.«

Orlow nickte. »Es scheint ihn in deine Nähe zu ziehen«, murmelte er mit mokantem Lächeln. »Sei auf der Hut, Katschuscha. Ich traue ihm nicht.«

»Ach?« Sie hob eine Augenbraue. »Weil er vom Preußenkönig ausgewählt wurde?«

»Auch deswegen, ja. Der Alte macht nie irgendetwas ohne Berechnung.«

»Ich auch nicht.« Katharina lachte ihn an. »Mervier ist noch ein wenig zugeknöpft und verspannt, aber ich hoffe, dass ich ihn in unseren Gesprächen von meiner fortschrittlichen Haltung überzeugen kann und er meinen guten Ruf auf der politischen Bühne festigt.«

Orlow nahm ihre Hand und hauchte einen Kuss darüber, als sie den in hundert Kerzenlichter getauchten, mit Silber und Porzellan, Blumen und Früchten gedeckten Tisch im Speisesaal ansteuerten. Die Berater, Sekretäre und Generäle der Zarin, die an der Tafel teilnahmen, hatten sich erhoben und neigten die Köpfe zur Begrüßung ihrer Herrscherin. »Mit deinen Reizen hast du noch jeden Mann, der dir nützlich sein könnte, für dich eingenommen«, flüsterte er in ihr Ohr. »Aber dennoch, nimm dich in Acht vor Mervier. Ich werde ihn überwachen lassen, um mir einen besseren Eindruck von ihm zu verschaffen.«

Katharina runzelte die Stirn. »Hältst du das wirklich für notwendig? Wage es nicht, mir den Mann und seine begabte Gattin zu vergraulen, Grischa.«

»Keine Sorge, ich werde vorsichtig sein«, murmelte Orlow, bevor er zwischen der Zarin und seinem Bruder Alexej Platz nahm und nach der Fleischplatte griff.

Katharina wandte sich an den Gouverneur, den sie zu ihrer Linken hatte platzieren lassen. Er stand dem Regierungsbezirk Saratow vor und hielt sie alle halbe Jahre über die Entwicklung an der Wolga auf dem Laufenden, wo in diesem Jahr auf ihre Einladung hin mehr als dreißigtausend Deutsche eingewandert waren.

In den deutschen Landen litten die Menschen unter den Auswirkungen des Krieges und von verheerenden Seuchen. An der Wolga hofften viele auf ein leichteres Leben. Katharina hingegen holte die Menschen nicht ohne Eigennutz nach Russland: Der Fleiß der Deutschen war sprichwörtlich, sie würden dort in den dünn besiedelten Landschaften Dörfer errichten, das Land urbar machen und ein Bollwerk gegen die einfallenden Steppenvölker bilden.

Mit einem Lächeln wandte sie sich an den Gouverneur: »Und wie geht es meinen Landsleuten an der Wolga?«

Sie durfte nicht vergessen, mit Mervier über ihre Einwanderungspolitik zu sprechen. In kaum einem anderen Belang trat ihre menschenfreundliche Gesinnung so deutlich hervor.

Kapitel 6

November 1763,
St. Petersburg

»Musst du schon wieder weg?« Johanna ließ die Arme hängen, als sie aus ihrem Atelier in die Eingangshalle der Villa trat und sah, dass Stephan seine schwarz glänzenden Lederstiefel anzog.

Stephan blickte zu ihr auf, während sie wartend an der Treppe stand. »Aber ja, Liebes. Deswegen sind wir hier. Der Zarin scheint es zu gefallen, mit mir zu sprechen, und ich bin dem König gegenüber in der Pflicht.«

»Du horchst sie aus, stimmt's? Und du erstattest dem König Bericht.« Sie hatte gewusst, dass der Preußenkönig ihren Mann nicht ohne guten Grund nach Russland schickte. Ihr zog sich der Magen zusammen bei dem Gedanken, sie könnten ihre großherzige Gastgeberin hintergehen.

Er schnalzte mit der Zunge. »Sicher schreibe ich Briefe nach Potsdam. Aber glaubst du, Russlands Herrscherin würde mir ihre geheimsten Pläne anvertrauen? Um an mehr Informationen zu kommen, müssten wir in ihrer Nähe wohnen und das Vertrauen ihrer engsten Bediensteten gewinnen. Mit dieser Villa hier hat sie uns kaltgestellt.«

Johannas Hals schmerzte, als sie schluckte. »Dann war es also reine Fassade, dass du sie als Philosoph unterhalten sollst. In Wahrheit ging es nur darum, sie auszuspionieren.«

Stephan erhob sich vom Schemel und sprang die drei Stufen zu ihr hinauf. Er nahm ihr Gesicht in beide Hände. »Vertrau mir, Johanna. Ich passe auf.« Er küsste sie auf die Nasenspitze. »Heute Abend ist der Ball im Palast. Hast du deine Garderobe schon abgeholt und den Haarmacher bestellt? Wir werden tanzen, meine Liebe, und all die Leute kennenlernen, die zum Zarenhof gehören. Freu dich darauf, und hör auf, Trübsal zu blasen.«

Nein, sie würde nicht in Melancholie versinken, dachte Johanna, als er kurz darauf die Eingangstür von außen zuzog. Diese Stadt war zu berauschend, um darin unterzugehen. Sie hätte sich nur gewünscht, dass die Zarin nach dem lebhaften Interesse bei ihrer ersten Begegnung Kontakt zu ihr gehalten hätte. Aber das tat sie nicht – ihre Einladungen richteten sich allein an Stephan, abgesehen von den Bällen, von denen im November und Dezember mehrere auf dem Terminkalender standen.

An einem Nachmittag war Katharina in Begleitung ihrer Zofen überraschend bei ihnen aufgetaucht, um sich davon zu überzeugen, dass sie sich die Villa wohnlich eingerichtet hatten und sich wohlfühlten. Bei der Gelegenheit hatte sie auch einen Blick in Johannas Atelier geworfen und ihre Arbeiten in den höchsten Tönen gelobt. Aber was bedeuteten schon höfliche Worte …

Der heutige Ball war nur der Auftakt zu einer munteren Abfolge von Festen. Eigentlich waren ihr solche Menschenansammlungen zuwider, aber im Lauf der Jahre hatten sie sich im gesellschaftlichen Umgang aufeinander eingespielt. Stephan war daran gewöhnt, dass sie ihm den Vortritt ließ und selten mehr als ein paar Floskeln von sich gab. Er sprang ihr bei, sobald er spürte, dass sie sich einer Situation nicht gewachsen fühlte. Ihr einnehmendes Lächeln überspielte auf charmante Art ihre Schüchternheit.

Was ihr in St. Petersburg fehlte, war eine wahre Freundschaft, die ihr ein Gefühl von Nähe und Wärme gab. Zwei Häuser weiter arbeitete eine deutsche Schneiderin, Matilda

Jetten, die mit einem russischen Studenten verlobt war. Johanna hatte sich überwunden und ein paar Worte mit ihr gewechselt, als sie ihr Kleider zum Umnähen brachte und Stoffe für eine Robe auswählte. Matilda war mit ihrer geschwätzigen Art, ihrem schrillen Kichern und ihrer Unfähigkeit, stillzusitzen, ein bisschen anstrengend, aber sie war sehr begabt und stand auf der Empfehlungsliste der Zarin. Die junge Frau war, wie sie ihr bedauernd erklärte, komplett eingebunden in ihre Arbeit und würde keine Zeit haben, Johanna bei ihren Spaziergängen durch die Stadt zu begleiten.

Johanna bereute es, sie gefragt zu haben, schämte sich ein bisschen dafür, so distanzlos gewesen zu sein. Sie zog allein los, Tag für Tag, und fühlte sich mit ihrem Skizzenblock unter dem Arm wie ein Fremdkörper in dieser wimmelnden Metropole. Die Menschen eilten um sie herum, alle schienen ein Ziel zu haben, viele grüßten sich. Die meisten Mienen wirkten verschlossen. In Paris hatte ihr jemand erzählt, die Russen hielten Menschen, die ohne Grund lächelten, für Trottel. Sie hatte das für ein Gerücht gehalten, aber nun konnte sie sich selbst davon überzeugen. Sie hätte sich wohler gefühlt, wenn ihr ein Lächeln begegnet wäre.

Kutschen ratterten den Newski-Prospekt hinauf und hinunter, dazwischen die voll beladenen Handkarren der Händler und kaiserliche Soldaten auf ihren prächtigen Rössern. Manchmal rempelte ein Fußgänger Johanna an, ohne dass er sich entschuldigte, manchmal lief sie in einen Entgegenkommenden, weil der nicht ausweichen wollte, manchmal geriet sie vom Fußweg auf die Fahrspur und musste rasch zurückspringen, damit die Kutschräder sie nicht zermalmten. Der Betrieb war hier nicht weniger hektisch als in Berlin oder Paris. Allerdings schwirrten hier am Newski-Prospekt die zerlumpten und die gut betuchten Bürger durcheinander, während es in den europäischen Hauptstädten eine strengere Trennung gegeben hatte. Die Schere zwischen Arm und Reich klaffte hier wie da weit auseinander, aber wer in Paris oder Berlin keine Armut und kein Elend sehen wollte, der kannte die Viertel, in denen er sich bewegen musste.

Es roch nach Pferdedung und Fettgebackenem. Pastetenverkäufer trugen ihre Ware auf Tabletts vor sich her und priesen sie an, Frauen in bäuerlicher Tracht mit bunten Schultertüchern liefen zwischen herausgeputzten Adeligen in feinstem Zwirn. In den Ecken lungerten die Bettler herum, abgerissene Gestalten, die die Hände ausgestreckt hielten und einen säuerlichen Gestank verströmten. An ihnen zwängten sich angeekelt hohe Regierungsbeamte mit gepuderten Perücken und königsblauen Röcken vorbei. Obwohl sich Johanna in einem Gewimmel von Tausenden Menschen in den unterschiedlichsten Hautfarben und Kleidern befand, fühlte sie sich wie der einsamste Mensch der Welt, der zu niemandem gehörte.

Sie richtete es so ein, dass sie jeden Tag zu einer anderen Uhrzeit an der Newa spazierte, um die wechselnden Lichtverhältnisse einfangen zu können. Manchmal setzte sie mit einem Schiff auf die Wassiljewski-Insel über, von wo aus man die spektakulärste Sicht auf den Winterpalast und den mächtigen Fluss hatte. In ihrem Rücken erhoben sich die Gebäude der Akademien der Wissenschaften und der Künste. Drüben im Park saßen die Studenten auf den Bänken, manche mit Zeichenblöcken wie Johanna. Ihr Blick glitt sehnsüchtig hinüber. Wie gerne wäre sie in einer Gemeinschaft von Künstlern, würde sich austauschen über Farben und Techniken und Stile. Aber sie konnte doch nicht forsch in die Akademie spazieren und um Aufnahme bitten, oder?

Der Himmel über der Stadt, in den sich die Admiralitätsspitze wie ein Pfeil bohrte, schien unendlich weit zu sein. Die Sonne verlieh den Wolkenschlieren mannigfaltige Pastelltöne. Mit wenigen Strichen hielt sie ihre Eindrücke fest, die sie später in ihrem Atelier kolorieren würde. Später, im Frühjahr, wenn die Tage länger und die Witterung wärmer wären, würde sie am Flussufer ihre Staffelei aufstellen und in der Landschaft versinken, aber jetzt, im November, zog oft ein Sprühregen über die Dächer. Die kalten Nebel in den frühen Morgen- und Abendstunden krochen selbst durch den dicksten Mantel. Es hieß, dass es bald schneien würde, und dann würde es nicht mehr lange dauern, bis der Fluss zufror und man von Insel zu Insel zu Fuß gehen konnte. Johanna freute sich auf all diese Motive. St. Petersburg zu malen ließ sie das Gefühl vergessen, allein zu sein, seit Stephan häufiger unterwegs als bei ihr war. Es dämpfte für ein paar Stunden das Verlangen nach dem Wein, den sie sich von einem ungarischen Händler am Newski-Prospekt in hölzernen Kisten abgepackt bringen ließ. Abends, wenn die Dunkelheit hereinbrach und sie die Kerzen im Salon entzündet hatte, konnte es ihr nicht schnell genug gehen, bis die erste Flasche entkorkt war und der Rebensaft rubinrot in ihrem Kristallglas funkelte. Aber tagsüber musste sie sich zurückhalten und die Gedanken an einen Schluck verdrängen. Sie durfte nicht zulassen, dass sie die Trostlosigkeit in der großen Stadt selbst tagsüber nur mit Alkohol ertrug.

Ja, er wusste, er musste sich mehr um Johanna kümmern. Ja, er wusste, dass er sie vernachlässigte, aber – Herr im Himmel, sie wohnten in einer der spannendsten Städte der Welt, hier traf man Menschen aus allen Ländern, und Deutsche fand man an jeder Ecke, wenn man nur wollte. Ihre Anhänglichkeit und ihr Vertrauen darauf, dass er sich um alle gesellschaftlichen Belange kümmern würde, zerrten in diesen Tagen zum ersten Mal an seinen Nerven.

Johanna musste sich nur mehr um Freundschaften bemühen, dann würde sie hoffentlich aufhören, ihm jedes Mal mit ihren traurigen Augen ein schlechtes Gewissen zu machen, wenn er zum Zarenhof aufbrach.

Die Stadt übte einen magischen Sog auf Stephan aus. Sobald er die Villa an der Fontanka verließ, trat ein Lächeln auf seine Züge und er schritt mit hoch erhobenem Kopf selbstbewusst voran. Es erfüllte ihn mit Stolz, dazuzugehören, sogar zum engsten Kreis um die Zarin, obwohl ihre philosophischen Diskurse nicht nur nach seinem Geschmack verliefen. Die Zarin war gebildet und klug, aber sie war auch machtbesessen und manipulativ. Möglicherweise unterschätzte sie ihn.

An der Admiralität angekommen, wandte er sich nach rechts in Richtung Winterpalast und passierte eine Baustelle, auf der ein gewaltiges Gebäude entstehen sollte. Die Mauern waren bereits bis zum zweiten Stock hochgezogen und von einem Holzgerüst und Flaschenzügen umgeben. Stimmen tönten zu ihm hinüber, schließlich ein lauter Schrei, ein Wehklagen, ein Flehen. Stephan stockte und trat näher heran. Vor dem unfertigen Eingang lag ein Mann in einem Kaftan auf dem Boden, ein Soldat prügelte mit einer Knute auf ihn ein. Stephan ballte die Hände zu Fäusten, aber dazwischenzugehen wagte er nicht.

Sein Blick glitt über die Baustelle. Überall sah er junge und alte Männer mit krausen Bärten, Ohrenmützen und in der Mitte gegurteten, speckigen Mänteln, aus deren weiten Ausschnitten die verfilzte Brustbehaarung herauslugte. Die Füße steckten in Bastsandalen, mit Bändern kreuzweise bis zu den Knien befestigt. Die Gesichter hohlwangig, die Augen tief in den Höhlen liegend, die Münder verkniffen. Sie reichten wortlos Streben und Steine hin und her, hämmerten, klopften, sägten, während Soldaten mit Knuten und Peitschen um sie herum patrouillierten und darauf achteten, dass keiner trödelte oder aus der Reihe fiel. Da sauste dem nächsten die Knute auf den Schädel. Er stürzte sofort, kreuzte die Arme über dem Kopf, zog die Beine unter den Körper, wimmerte.

Stephan machte impulsiv einen Satz nach vorn, wollte auf den Eingang zulaufen. Da spürte er eine Berührung an seiner Schulter und fuhr herum.

»Sparen Sie sich den Ärger«, sagte der Fremde in akzentfreiem Deutsch. »Wenn Sie eingreifen, wird das nur dazu führen, dass der arme Kerl noch kräftiger verprügelt wird, weil er mit seinen lauten Schreien Aufsehen erregt hat.«

Stephan lockerte die Fäuste, während er dem Mann in die graugrünen Augen starrte. Seine Haare hatten die Farbe von Salz und Pfeffer und fielen bis auf die Schultern. Sein Kinn war glatt rasiert, die Nase zu klein über den vollen Lippen. Er trug einen modischen Umhang mit Fuchsfellbesatz und unter seinem Arm eine Ledermappe. Stephan schätzte ihn auf fünf, sechs Jahre älter, als er selbst war, etwa Anfang dreißig.

»Da kann man doch nicht zusehen. Das ist nicht rechtens. Dem Aufseher muss Einhalt geboten werden.« Er reichte ihm die Hand. »Mein Name ist Stephan Mervier. Ich komme aus Berlin und wohne erst wenige Wochen in St. Petersburg.«

Der Händedruck des Mannes war lasch, aber sein Blick fest. »Lorenz Hermann. Ebenfalls aus Berlin.« Beim Lächeln zeigte er gut gepflegte große Zähne. »Aber ich wohne schon seit sieben Jahren hier. Ich arbeite für die deutsche *Sankt Petersburgische Zeitung*.«

»Oh, die habe ich schon gelesen.« Stephan grinste erfreut. »Wunderbar, dass es ein Blatt für uns Zugezogene gibt.«

»Im Moment erscheinen wir leider noch wöchentlich, ich hoffe, dass wir bald auf täglich umstellen können. Das Interesse ist da, und Deutsche gibt es nicht nur in St. Petersburg und Umgebung, sondern seit Neuestem auch unten an der Wolga. Dort werden die Nachrichten aus der Hauptstadt gern gelesen. Hatten Sie schon Gelegenheit, das Land kennenzulernen?«

Stephan schüttelte den Kopf. »Ich bin Philosoph und auf Einladung der Zarin hier. Sie nimmt meine Zeit vollständig in Anspruch. Ich sehe kaum noch meine Frau.«

Die Miene des Journalisten verdunkelte sich, sein Lächeln wirkte künstlich. »Was Sie hier in St. Petersburg sehen, hat mit der russischen Wirklichkeit nichts zu tun.« Er deutete mit einem Nicken zu der Baustelle, wo sich die Situation zwischen dem Arbeiter und dem Aufseher entspannt hatte. Dennoch knallte der Wächter im regelmäßigen Takt drohend mit der Peitsche. »Das ist nur die Spitze des Eisbergs. Von Recht und Gesetz zu sprechen, wenn es um die Leibeigenen geht, ist absurd. Diese Menschen werden nicht besser behandelt als Vieh, ohne Freiheit, ohne Menschenwürde.«

Stephans Wangen erhitzten sich. »Die Zarin macht einen aufgeklärten Eindruck. Es wäre zu viel verlangt, dass sie von einem Tag auf den anderen mittelalterliche Zustände abschafft.«

»Das fordert keiner. Aber sie müsste zumindest darüber nachdenken. Das tut sie aber nicht.« Lorenz Hermann hatte die Stimme gesenkt und trat näher an Stephan heran, um in sein Ohr zu sprechen. »Lassen Sie sich nicht täuschen von Katharinas Charisma und ihrer zur Schau gestellten Klugheit. Russland ist noch weit von der Veränderung entfernt, die ganz Europa – angeführt von den Franzosen – gerade durchmacht. Die Großen werden erst aufhören zu herrschen, wenn die Kleinen aufhören zu kriechen.« Er griff in seine Umhangtasche und zog seine Visitenkarte hervor, die er Stephan überreichte. »Ich muss in die Redaktion. Aber ich würde mich freuen, wenn wir unser Gespräch bei Gelegenheit vertiefen könnten.«

Ehe Stephan noch etwas erwidern konnte, wandte sich Lorenz Hermann um und eilte mit wehendem Umhang davon. Als er sich zwei Bettlerkindern zuwandte, die auf dem Pflaster hockten und flehend ihre knochigen Finger nach ihm ausstreckten, griff er in seine Jackentasche und warf ihnen ein paar Münzen zu.

Stephan sah ihm nachdenklich hinterher, bevor er die cremefarbene Karte las. Die Redaktion befand sich am anderen Ende des Newski-Prospekts. Aber wollte er den Mann wirklich wiedertreffen?

Unterschiedliche Regungen durchströmten ihn. Einerseits der Wille, seine Mission im Auftrag des Preußenkönigs auszuführen, Katharinas Vertrauen zu erlangen und über ihre Absichten zu berichten. Andererseits hatte er Interesse an der Meinung dieses Deutschen und seiner Wut auf die offensichtlichen Missstände im russischen Reich, die eine Zarin beseitigen könnte, was sie aber nicht tat.

Er steckte die Karte in seine Umhangtasche, warf noch einen letzten Blick zur Baustelle und setzte seinen Weg zum Zarenhof fort. Katharina hasste es, wenn man sie warten ließ.

»Was ich an Voltaire schätze, sind sein gesunder Menschenverstand und sein Witz. Er schießt nie übers Ziel hinaus mit seinen Ansichten, ein rationaler und gemäßigter Aufklärer, anders als die Radikalen, die einen Umsturz herbeiführen wollen, der auf die Fundamente des abendländischen Denkens zielt.« Katharinas Miene veränderte sich, während sie sprach. Mal zeigte sie Wohlwollen und Toleranz, dann wieder Empörung und Abscheu. »Und er hat nicht nur ein überbordendes Selbstbewusstsein, sondern auch einen ausgeprägten Humor. Hat Ihnen Friedrich die Geschichte erzählt, wie er mit Voltaire eine Bootsfahrt in Sanssouci unternahm und Voltaire mit Schrecken feststellte, dass das Boot ein Leck hatte?«

Stephan schüttelte den Kopf. »Sie werden mich nicht unwissend lassen«, gab er mit einem Schmunzeln zurück.

Katharina drückte sich die Faust vor den Mund, aber die Lachfältchen an ihren Augen verrieten, wie sie sich über Voltaire amüsierte. »Friedrich fragte, ob Voltaire denn wirklich Angst um sein eigenes Leben hätte, und Voltaire konterte, doch, das habe er, es gebe zwar viele Könige, aber nur einen Voltaire.«

Stephan stimmte aus Höflichkeit in ihr Lachen ein. Sein Verhältnis zu dem großen Denker war zwiespältig. Seine Selbstgefälligkeit war nicht weniger enorm als sein Drang, im Mittelpunkt zu stehen. Wenn die Kaiserin auf so einen Mann gewartet hatte, war er – Stephan Mervier – der falsche. Er bevorzugte die leisen Töne.

Sie saßen, wie meistens, im Arbeitszimmer der Zarin bei Tee und Gebäck, mittlerweile seit über einer Stunde. Er ließ die Zarin nicht aus den Augen, während sie ihn über seine Gesinnung ausfragte, eigene Gedanken zur Diskussion stellte und hin und wieder Anekdoten einwarf, die sie amüsierten.

Doch seine Schultern waren verspannt, und die beständige Konzentration verursachte ihm Schmerzen in den Schläfen. Ach, wie vermisste er die entspannte Konversation mit seinen Kommilitonen in Paris und in Wien, wenn sie bei schwerem Rotwein und in dicken Tabakswolken in den Schenken bis spät in die Nacht hinein die Köpfe zusammengesteckt hatten. Mit intellektueller Ausdruckskraft und moralischem Mut hatten sie die gesellschaftlichen Strukturen analysiert und in wilden Theorien neu erschaffen. Das hier war eine andere Situation: Er fühlte sich wie das neueste Lieblingsspielzeug der mächtigsten Frau der Welt. Tunlichst achtete er darauf, ihren Unwillen nicht heraufzubeschwören, und wand sich mit diplomatischem Geschick um jede eindeutige Stellungnahme. Lieber zitierte er die von Katharina so angehimmelten Sterne am intellektuellen Himmel wie Voltaire, Diderot und Rousseau.

»Voltaire schließt die Existenz eines Gottes nicht aus …«, warf Stephan nachdenklich ein.

Katharina starrte ihn an. »Ja, wie könnte er denn auch? An einem Gott, der den Mechanismus der Welt geschaffen hat, einem, der die Rädchen unseres Schicksals dreht, kann es keinen Zweifel geben.« Sie lachte kurz auf. »Voltaire sagt auf seine unnachahmliche Art: Wenn es Gott nicht gäbe, müsste er erfunden werden.«

»Worauf man erwidern könnte, dass es dazu ja auch gekommen ist.« Er lächelte, aber Katharina blieb ernst, und er fuhr fort: »Was, wenn die Welt nicht erschaffen worden ist, sondern sich durch Zufall und natürliche Auslese entwickelt hat? Ganz ohne die Hilfe eines höheren Wesens?«

»Es ist absurd, die kirchliche Lehrmeinung in Frage zu stellen. Wohin soll das führen? Soll es keine Sünde, keine unsterbliche Seele, kein Leben nach dem Tod geben? Was bleibt dann? Eine Welt ohne Gott und die Kirche würde die Christenheit zerreißen.«

»Vielleicht. Aber möglicherweise gäbe es auch Freiheit und gleiche Rechte für alle und Respekt voreinander. Kein Mensch wäre dem anderen untergeordnet, keiner wäre von eines Gottes Gnaden dazu auserkoren, andere zu unterdrücken und ihnen die Menschenwürde zu nehmen.« Stephan bemerkte entsetzt, dass er die Stimme erhoben hatte. Genau das hatte er verhindern wollen, dass er sich in der Auseinandersetzung mit der Kaiserin emotional verstrickte. Es sollte ein intellektueller Schlagabtausch sein, bei dem er herauszufinden hoffte, welche Pläne die Zarin hegte. Würde sie ihr Riesenreich noch vergrößern wollen, obwohl sie jetzt schon Schwierigkeiten hatte, sich einen Überblick über die Verhältnisse in ihrem Land zu verschaffen? Wie stand es um die Schlagkraft der Armee? War Russland kriegsbesessen, war Preußen in Gefahr, und wo sah Katharina mögliche politische Allianzen? All dies wollte er seinem Regenten schreiben, doch statt zum günstigsten Zeitpunkt die richtigen Fragen unterzubringen, positionierte er sich hier in den Reihen ihrer Kritiker. Wie würde sie damit umgehen?

Sie beugte sich vor, während sie ihn fixierte. »Ich werde alles tun, damit es in der russischen Gesellschaft gerechter zugeht, damit die Leute ihren Aberglauben fallen und die Vernunft walten lassen. Aber ich werde nicht an dem gesellschaftlichen System rütteln, und ich werde mir von niemandem in meine Entscheidungen reinreden lassen.«

»Eine sittlich-politische Umbildung des russischen Volkes wird nicht möglich sein, solange es die herrschende und die unterdrückte Klasse gibt, solange es ein *Oben* und ein *Unten* gibt«, erwiderte er. »In einem solchen Rahmen ist kein Raum für die Entfaltung von Gesellschaft. Schon gar nicht ohne eine einheitliche Gesetzgebung.«

»Mir ist bewusst, dass es Menschen gibt, die meine Entscheidungen nicht nachvollziehen können. Ich will mich mit ihnen auseinandersetzen, ich will mich von anderen Meinungen inspirieren lassen, aber die Verordnungen treffe letztendlich ich allein.« Ein Lächeln umspielte ihre Mundwinkel, als sie ihre Teetasse abstellte und nach der Bediensteten klingelte. Das Zeichen für Stephan, dass der Empfang beendet war. »Und was die Gesetzgebung betrifft: Ich arbeite daran, lieber Mervier. Eine Kommission ist bereits in Planung und wird sich bei der Ausarbeitung einer Vorlage an europäischen Vorbildern orientieren. Es sind weitgehende Reformen nötig in der Verwaltung und in der Justiz. Selbstverständlich plane ich, die Folter abzuschaffen, die Gesetze zu vereinheitlichen, das staatliche Erziehungswesen aufzubauen und ja, auch die kirchliche Macht einzugrenzen. Aber das alles geht nicht von heute auf morgen, das muss sorgsam vorbereitet werden, und ich brauche Berater und Minister, auf die ich mich verlassen kann.«

»Das russische Volk kann sich glücklich schätzen, von einer verständigen und weitsichtigen Herrscherin geführt zu werden«, brachte Stephan angestrengt hervor, um den vorangegangenen Misstönen die Schärfe zu nehmen. Seine Schmeichelei verfehlte ihre Wirkung nicht.

»Wissen Sie, Russland ist groß, der Regierungssitz weit entfernt von vielen abgelegenen Ortschaften, aber ich bin willens, das gesamte Reich unter Kontrolle zu halten. Im Grunde besteht Russland aus drei Teilen«, sie zählte an den Fingern ab, »aus St. Petersburg, Moskau und dem ganzen Rest.« Sie lachte auf, bevor sie ernst fortfuhr: »An mancher Stelle ist Russland ein brodelnder Kessel, in dem sich europäische und asiatische Einflüsse mischen.«

Stephan nickte. »Ein Riesenreich voller unorganisierter Kräfte.«

Katharinas Augen blitzten. »Genau so. Und ich werde diesem Riesenreich eine neue Struktur geben.« Sie strahlte ihn an und reichte ihm die Hand, über die er sich galant beugte. »Auf bald«, sagte sie. »Ich schätze Ihre Gesellschaft über die Maßen.«

Sein Herz schlug hart gegen die Rippen, als er von einem Bediensteten durch die Flure des Winterpalastes hinausgeleitet wurde. Er spürte einen inneren Aufruhr, den er sich selbst nicht erklären konnte und den er so noch nie zuvor erlebt hatte. Musste er erst nach Russland reisen, um festzustellen, welche Kraft in ihm freigesetzt werden wollte? Er hatte sich immer für einen eloquenten Diplomaten gehalten. Nun spürte er zum ersten Mal, dass er Position beziehen wollte. Für eine bessere Welt.

Vielleicht waren es die Schönheit und Anmut dieser Stadt, die seinen Kampfeswillen befeuerten. Eine solche Metropole, in der Menschen aus aller Herren Länder ihren Horizont erweiterten, hatte eine bessere Gesellschaft verdient als eine aus Unterdrückern und Unterdrückten. Hier sollte die Freiheit wohnen und die Überzeugung dominieren, dass vor Gott alle Menschen gleich waren. Darum lohnte es sich zu kämpfen.

Mit allen Mitteln.

Kapitel 7

November 1763,
vor dem Winterpalast

Aus den Fenstern des Palastes fiel goldenes Licht auf die im Nachtdunkel träge fließende Newa und den weitläufigen Schlossplatz. Das Lärmen und Lachen der Menschen, die sich zum ersten Ball der Wintermonate eingefunden hatten, wurde übertönt von den Klängen der Kapelle, die zum Tanz aufspielte. Gedämpft drangen die Geräusche nach draußen zu Boris, der sich den Umhang fester um den Hals zog und sich mit dem Handrücken die kalte Nasenspitze rieb. Er hatte lange mit sich gerungen, ob er den Ball besuchen oder eine Erkrankung vortäuschen sollte. Aber letztlich hatte er eingesehen, dass es zu nichts Gutem führte, wenn er sich von allem und jedem abschottete. Er musste unter Menschen, sich ablenken von seinem eigenen Seelenleid und dem Kummer über seine Lebensplanung, die, wie er es drehte und wendete, in einer Sackgasse zu enden schien.

Sporadisch hatte er in den letzten Wochen die Akademie besucht, hatte während des Unterrichts vor Langeweile und Müdigkeit mit bleischweren Lidern gekämpft und sich danach gesehnt, endlich wieder für sich zu sein, allein mit seinem Notizbuch, seinen Gedanken, seiner Poesie.

Hin und wieder fragte er sich, ob sein Schicksal eine andere Wendung nehmen würde, wenn er sich verliebte. Vielleicht würde eine Frau ihm Mut verleihen und ihm helfen, seinen

Platz in der Gesellschaft zu finden. Möglicherweise würde er sogar – was für eine bizarre Vorstellung! – mit Freuden Marineoffizier werden, um ihr, der erdachten Geliebten, eine gesicherte Existenz bieten zu können. Vielleicht würde sich alles zum Guten entwickeln, wenn er seine selbstgewählte Einsamkeit verließ und sich einem anderen Menschen zuwandte.

Unwahrscheinlich, dass er eine solche Frau auf einem der Bälle im Winterpalast finden würde. Er kannte die Zarengesellschaft von frühester Jugend an, auch die Damen, die inzwischen ins heiratsfähige Alter gekommen waren. Da war niemals eine dabei gewesen, die sein Blut erhitzt hatte. Sie ließen ihn alle so kalt, dass er sich in mancher Stunde schon gefragt hatte, ob irgendetwas mit ihm nicht stimmte.

Er führte die Hände an den Mund und blies hinein, um sie zu wärmen. Dabei trat er von einem Fuß auf den anderen, um sich in Bewegung zu halten. Er starrte an der Fassade des Palastes hinauf und rang mit sich, ob er wirklich in der Verfassung war, sich in die Menschenmenge zu stürzen, leichte Konversation zu machen, nach links und rechts zu lächeln, die eine oder andere Dame zum Tanzen aufzufordern, mit anderen Akademiestudenten in einem der Herrenzimmer Karten zu spielen, Witze zu reißen und den Wodka hinunterzukippen.

Der Schlossplatz war noch feucht vom letzten Regen, in einer langen Reihe standen die reich verzierten Kutschen der Gäste, die aus weiter entfernten Stadtteilen angereist waren. Auf den Böcken hockten einige Kutscher in Schaffellmänteln, in sich zusammengesunken auf die Rückkehr der Herrschaft wartend. Am anderen Ende des Platzes sah man zwei Soldaten auf Pferden patrouillieren, die Hufe klapperten auf dem Pflaster. Offenbar waren sämtliche Gäste bereits eingetroffen und amüsierten sich.

Auch seine Familie war vor mehr als einer Stunde aufgebrochen, um an dem Ball teilzunehmen. Sie hatten ihn gedrängt, sich ihnen anzuschließen, aber wenn überhaupt, dann würde

Boris allein auf dieser Veranstaltung auftauchen. Im Gefolge seines ausstaffierten Großvaters, seines Vaters, seines Vetters würde er sich fühlen wie ein Nachtschattengewächs und sich im Übrigen anhören müssen, warum er nicht die Festuniform der Marine trug.

Er nahm einen langen Atemzug und steuerte das Palastportal an, wo Diener ihm den Umhang abnahmen und ihn in den Saal geleiteten. Ein Duftgemisch aus blumigen Parfums, Ruß und Schnaps schlug ihm entgegen. Überall auf dem gewienerten, von Kunsthandwerkern aufwendig verlegten Eichenparkett standen Menschen in kleinen Gruppen zusammen, hielten Getränke in den Händen, lachten und parlierten, präsentierten sich in ihrer festlichsten Garderobe und beobachteten die tanzenden Paare in der Mitte des Saales. Die Kapelle war erstklassig, aber der Lärm der Gäste übertönte hier im Saal fast die Instrumente.

Boris ruckelte mit den Schultern, weil er sich auf einmal doch unwohl fühlte in seinem moosgrünen Justaucorps mit der burgunderroten Weste, die er zu schwarzen Culotte und Stiefeln trug. Seine zimtbraune Mähne ließ er über die Schultern wallen. Daheim vor dem Schrankspiegel hatte ihm die Idee gefallen, sich von den anderen zu unterscheiden. Es fühlte sich nach einem kleinen Triumph der Freiheit an. Aber inmitten der Festgesellschaft zwischen den Hunderten von Kerzen in goldenen Kandelabern, den mit kunstvollem Stuck verzierten Säulen und den Dutzenden deckenhohen Spiegeln, die den Raum künstlich ins Unendliche vergrößerten, schwand sein Selbstbewusstsein. Die meisten Männer waren in der Paradeuniform erschienen, vor allem die älteren trugen noch ihre sorgfältig präparierten Perücken. Ihre Beine steckten in seidenen Strümpfen, die silbernen Schnallen an ihren hochhackigen Lederschuhen blinkten.

Er sah seinen Vetter Gernot – mit stolzgeschwellter Brust in der Ausgehuniform der Studenten und Ohren wie Warnlampen – auf der Tanzfläche mit einem etwas dicklichen Mädchen in einem puderrosa Kleid seine Kreise drehen, seine Schwester Jelena tanzte mit ihrem Mann. Boris' Vater und sein Großvater amüsierten sich vermutlich bei Tabak und Plaudereien in den Hinterzimmern.

Er ließ den Blick über die Menge gleiten, aber in der Masse ließen sich kaum einzelne Menschen erkennen. Doch – da entdeckte er ein vertrautes Gesicht! Am anderen Ende des Saales unter den eng beieinanderhängenden, Ehrfurcht einflößenden Porträts russischer Adeliger fiel ihm das blonde Haar Dmitris, seines Freundes aus Kindertagen, auf. Was für ein Glück!

Boris schob sich galant an den anderen Gästen vorbei, lächelte mal hierhin, mal dorthin und nahm durchaus wahr, dass ihn der eine oder andere einladende Blick aus Mädchenaugen traf. Mit seiner kräftigen Statur war er eine Erscheinung, die weibliche Aufmerksamkeit erregen konnte, aber er fürchtete, dass es die falschen Frauen waren, die sich von seinen äußeren Vorzügen angesprochen fühlten. Sie sahen etwas in ihm, was er nicht war, und er verspürte nicht die geringste Lust, solcherart flüchtige Kontakte zu vertiefen.

Er streifte an den weit ausladenden Reifröcken der älteren Damen vorbei, berührte flüchtig die leichteren Stoffe der jüngeren Generation. Dekolletés blitzten auf, Spangen und Bänder in kunstvollen Hochfrisuren. Perlendes Lachen, klirrende Gläser, raschelnde Seide.

Endlich erreichte er Dmitri, der inmitten von Kommilitonen stand und sie mit einer Anekdote unterhielt. Um sie herum hatten sich mehrere Gruppen von jungen Frauen gebildet, die hinter aufgeschlagenen Fächern kicherten. Boris legte Dmitri die Hand auf die Schulter, sein alter Schulfreund fuhr herum. Ein Strahlen erhellte seine kantigen Züge. »Mein lieber Boris! Was für eine Freude!« Er umarmte ihn, küsste ihn rechts und links, fasste ihn an den Schultern und hielt ihn auf Armeslänge von sich weg. »Wie lange haben wir uns nicht gesehen? Zwei Jahre? Ach, mein Lieber, wir sind dumm, wenn wir unsere Freundschaft vernachlässigen.«

Dmitri hatte sich verändert. Während der Schulzeit war er ein empfindsamer Kerl gewesen, der außer mit Boris keine Kameradschaften pflegte. Damals hatte er Geige gespielt, und Boris erinnerte sich noch daran, wie ergriffen er gewesen war, als er ihn zum ersten Mal spielen hörte. Eine traurige Melodie, bei der er die Augen geschlossen hielt und ganz bei sich war. Das schien in einem anderen Leben gewesen zu sein. Der Dmitri, der jetzt vor ihm stand, strahlte Souveränität aus allen Poren aus.

Boris grinste ihn an. »Ich habe dich auch vermisst, Dmitri. Aber ich verstehe, dass dir das Jurastudium keine Zeit lässt für die alten Freundschaften.« Er nickte in Richtung der anderen Studenten, die sich den Damen zuwandten, um sie auf die Tanzfläche zu geleiten. »Du hast neue Vertraute gefunden.«

Dmitri legte den Arm um ihn und zog ihn ein Stück weit weg aus der Menschenmenge, hin zu der Terrassentür, die offen stand, um die stickige Luft zu vertreiben. »Vertraute? Bekannte, ja, die habe ich gefunden, Männer, die die gleichen akademischen Ziele verfolgen wie ich. Aber lieb ist mir keiner von denen so sehr wie du, Boris. Wir sollten uns wieder öfter sehen. Erzähl, wie ist es dir ergangen? Wie läuft dein Studium bei der Marine? Warst du schon auf See eingesetzt?«

Boris schüttelte den Kopf. »Es war nie mein Wunsch, Marineoffizier zu werden. Daran hat sich bis heute nichts geändert. Es ist ein leidiges Thema, Dmitri, erzähl lieber von dir. Fasziniert dich das Recht immer noch?«

Dmitris Augen begannen wieder zu leuchten. »Es ist das spannendste Wissensgebiet, das ich mir vorstellen kann. Vor allem, wenn wir im Geiste Russland verlassen und uns Europa zuwenden, wo die Gesetzgebung neue Wege beschreitet. Ich kann es nicht erwarten, mein Studium irgendwann im Ausland fortzusetzen. Vielleicht in Paris, vielleicht in Halle, Leipzig, Göttingen. Die Universitäten haben den besten Ruf!«

Boris erwiderte sein Lächeln. »Das hört sich an, als hättest du gefunden, wonach du gesucht hast.« Er konnte nicht verhindern, dass sich in seine Stimme ein Anklang von Melancholie schlich. Wie gerne hätte er selbst begeistert von seinen Erfolgen erzählt. Er gönnte es seinem alten Schulfreund, aber er hatte es satt, ständig der Zweifler zu sein, derjenige, der krampfhaft eine Fassade aufrecht hielt, der feststeckte und sich aus eigener Kraft nicht losstrampeln konnte.

»Ich hoffe es.« Dmitris Miene wurde nachdenklich, während er die Züge seines Schulfreundes studierte, als wollte er darin lesen wie in einem Buch. »Du siehst gut aus, aber nicht glücklich.«

Boris zuckte die Schultern. »Kommt es darauf an?«

»Ich denke schon. Was ist mit deiner Lyrik? Dichtest du noch?«

Er stieß ein Lachen aus, das nichts mit Erheiterung zu tun hatte. »Ich kann nicht ohne«, sagte er. »Schreiben ist mein Leben.«

»Und du schaffst es nicht, es zu deinem Beruf auszubauen«, konstatierte Dmitri.

»Erstens wüsste ich nicht, wo ich ansetzen sollte. Zweitens würde mich mein Vater enterben. Und drittens habe ich keine Ahnung, ob das, was ich schreibe, irgendjemanden interessiert. Vielleicht ist es nur der Seelenmüll eines Versagers, der sich zum Gespött macht, wenn er damit an die Öffentlichkeit geht.«

Dmitri grinste und zog Boris ein weiteres Mal in die Arme. »Du lieber Himmel, wo ist dein Selbstbewusstsein geblieben? Du warst voller Pläne und Hoffnung, als wir noch das Gymnasium besuchten. Alles vorbei und vergessen?«

»Das Leben hat mich eingeholt, Dmitri«, erwiderte Boris. Er roch schwach den Duft von Dmitris Pomade, seinen Atem nach Tabak und fühlte die Kraft seines Körpers. Er wünschte, er hätte nur einen Bruchteil von Dmitris Stärke und Entschlossenheit.

Dmitri drehte Boris in seinen Armen so, dass er auf die gegenüberliegende Seite des Ballsaals blicken konnte. »Schau mal, da drüben. Der Herr im Frack mit den grau-schwarzen Haaren und dem Lachen wie das Wiehern eines Gauls.« Dmitri gluckste an Boris' Ohr und schwankte kurz. Es war offensichtlich, dass er den einen oder anderen Schnaps an diesem Abend schon getrunken hatte, aber seine Rede war klar.

Boris hob das Kinn, um über die tanzenden Paare hinwegzusehen, und entdeckte den von Dmitri beschriebenen Herrn. Er stand mit einem Mann und einer Frau zusammen und unterhielt sich offensichtlich glänzend. Auf jeden Fall gestikulierte er temperamentvoll mit den Armen und lachte dabei übers ganze Gesicht, das tatsächlich aus der Entfernung an ein Pferd erinnerte. »Ich habe ihn schon mal gesehen«, sagte Boris nachdenklich. »Was ist mit ihm?«

»Er ist Redakteur bei der *Sankt Petersburgischen Zeitung*. Sein Beruf sind Worte, das Schreiben, die Literatur und die Poesie. Meinst du nicht, er könnte ein geeigneter Mentor für dich sein?«

Boris schluckte. »Ich weiß nicht. Ich bin kein Nachrichtenschreiber und will es auch nicht sein.« Dann stutzte er, als er von dem Mann zu der Frau schaute, die sich in seiner Gesellschaft befand und die trotz des leidenschaftlichen Vortrags nur lächelte und ihren Blick umherschweifen ließ, als sei sie auf der Suche. Sie war hoch gewachsen für eine Frau, auf Augenhöhe mit den beiden Männern in ihrer Gesellschaft, dabei grazil und zerbrechlich. Ihre Haare hatten die Farbe von Honig und waren zu einer Flechtfrisur geschlungen. In ihrem Nacken liefen sie in einen dicken Zopf, mit cremefarbenen Blüten bestickt. Ihr schlicht fallendes, aber ausgesprochen stilvoll wirkendes Kleid ließ ihr Dekolleté frei. Der Cremeton unterstrich ihre Blässe. Der Schwung ihrer Schultern und ihres Halses, die Art, wie sie die Nase hob, ohne überheblich zu wirken, waren königlich. Er konnte nicht aufhören, sie anzustarren. In seinen Fingerspitzen begann es zu kribbeln, sein Herzschlag verlangsamte sich, fiel in einen gleichmäßigen kräftigen Rhythmus. Wie von ihm angezogen, wandte die Frau in diesem Moment den Kopf, und ihre Blicke trafen sich über all die Menschen hinweg. Vielleicht waren ihre Augen von einem dunklen Grün, aus der Entfernung konnte er es nicht erkennen, aber er wusste, dass er es herausfinden wollte.

»… kann ja nicht schaden, oder?«

Er zuckte zusammen, als er wie aus einem Traum erwachte und erkannte, dass Dmitri weitergesprochen und er kein Wort verstanden hatte. »Entschuldige«, sagte er und strich sich über die Stirn. Schuldbewusst grinste er seinen Freund an. Wie unhöflich von ihm, nach so langer Zeit unaufmerksam zu sein.

»Ob ich dich ihm vorstellen soll, habe ich gefragt«, wiederholte Dmitri und wartete Boris' Antwort gar nicht erst ab, sondern schob ihn, die Finger zwischen seinen Schulterblättern, vor sich her und an den umstehenden Gästen vorbei.

Boris konnte sich nicht vorstellen, dass dieser Journalist irgendein Interesse an ihm und seinen Schreibwerken haben könnte. Er wappnete sich vor Gelächter und ein paar müden Witzen über pathetische Verse, aber das alles würde er in Kauf nehmen, solange er dieser königlichen Erscheinung näher kam. Und das tat er mit jedem Schritt.

Johanna nahm einen Schluck von dem Rotwein und beobachtete über den Rand des Glases hinweg Lorenz Hermann, der sich gleich an der Garderobe ihrer angenommen hatte. Gut, einen Deutschen an ihrer Seite zu haben, der sich in der Petersburger Gesellschaft bestens auskannte. Stephan hingegen fühlte sich offensichtlich unwohl in seiner Haut. In einem unbeobachteten Moment flüsterte er ihr ins Ohr: »Ausgerechnet

Lorenz Hermann! Ich hatte dir von ihm erzählt – er hat mich auf der Straße angesprochen. Er ist kein Freund der Zarin. Ich frage mich, ob es für uns von Vorteil ist, mit ihm gesehen zu werden.«

Aber Stephans Bedenken zerstreuten sich, als Katharina nach dem ersten Tanz ihre Begrüßungsrunde absolvierte, Lorenz Hermann nicht weniger freundlich ansprach als all die anderen geladenen Gäste und ihm ein paar interessierte Fragen zu seiner Zeitung stellte. Zweifellos war ihr seine Gesinnung bekannt, aber möglicherweise hatte er die Kaiserin falsch eingeschätzt, wenn er annahm, sie würde sich nur mit Jasagern und Speichelleckern umgeben.

»Schauen Sie, da drüben am Eingang zum Herrenzimmer.« Lorenz nickte in die Richtung, Johanna und Stephan wandten die Köpfe. »Das sind die Orlow-Brüder. Der in der Mitte, der dunkelhaarige mit dem lauten Lachen, ist Alexej.« Lorenz beugte sich vor und senkte die Stimme zu einem Flüstern. »Er soll den entthronten Zaren erdrosselt haben. Aber darüber spricht man lieber nicht laut, wenn man sich nicht für ein Duell wappnen will.« Er grinste verschwörerisch.

Stephan horchte auf. Sein König wusste von den Gerüchten um das mysteriöse Ableben des Zaren. Aber wusste er auch, wen man dafür hinter vorgehaltener Hand verantwortlich machte? Er würde es in seinem nächsten Brief erwähnen, zuckte aber scheinbar gleichgültig die Schultern. »Es liegt mir nicht, Halbwahrheiten zu verbreiten.«

Lorenz wiegte den Kopf. »Der Klatsch und Tratsch am Zarenhof hat immenses Potenzial.«

Johanna starrte ihn entgeistert an. Der Wein hatte sie mutig gemacht und ihre Zunge gelöst. »Aber als Journalist werden Sie sich gewiss nicht daran beteiligen. Mit Ihrer Zeitung tragen Sie Verantwortung dafür, dass die Wahrheit verbreitet wird.«

Lorenz schürzte die Lippen. »Selbstverständlich veröffentliche ich nichts, was mir zur Last gelegt werden könnte. Ich schreibe Essays, Nachrichten, Berichte, aber es gibt genügend andere Literaten, die die Wahrheit in schöne Worte kleiden. Nur ist der Platz in der Zeitung begrenzt. Ich habe um eine Sondergenehmigung gebeten, eine Druckerei betreiben zu dürfen.« Er zwinkerte den beiden zu. »Ich werde nicht der kleine Redakteur der deutschen Wochenzeitung bleiben, das können Sie mir glauben. Ich hege weitreichende Pläne.«

Johanna wechselte einen Blick mit Stephan. Es war schwer einzuschätzen, was ihr Mann von Lorenz Hermann hielt, aber sie ließen sich von ihm andere Gäste von Rang und Namen zeigen, wie Michail Lomonossow, den Direktor der Akademie der Wissenschaften, der in seinem rostbraunen Justaucorps und mit seiner weißen Perücke inmitten eines Pulks von ehrgeizigen Studenten stand, die den berühmten Universalgelehrten mit Fragen bestürmten.

Ein Paar auf der Tanzfläche, in ein beschwingtes Menuett vertieft, weckte Johannas Aufmerksamkeit. Das Mädchen war mindestens vierzig Jahre jünger als ihr Tanzpartner und einen Kopf kleiner. In seinen Armen versank sie wie eine Puppe. Seine Stirn unter der Perücke war gerötet, als belaste ihn die rhythmische Bewegung. Es sah aus, als stünde er kurz vor einem Herzanfall, dennoch verausgabte er sich in schnellen Drehungen und komplizierten Schrittfolgen, um der Frau zu gefallen. »Wer ist das?«, erkundigte sie sich hinter vorgehaltenem Fächer bei Lorenz.

»Ein junges Früchtchen und ein alter Narr«, gab Lorenz spöttisch zurück. »Inna ist die Tochter der Kammerzofe der Zarin. Ihr Hang zur Ausschweifung ist am Zarenhof bekannt. Keiner leidet mehr als ihre Eltern darunter, dass sie lieber ältere gut situierte Herren bezirzt, statt sich nach einem passenden Ehemann umzuschauen. Der Mann an ihrer Seite ist Professor Dietrich Damm, er unterrichtet Astronomie an der Akademie der Wissenschaften. Er scheint ihr neuestes Opfer zu sein. Jemand sollte ihn warnen«, fügte er hinzu. »Ein Gelehrter mit klugen Ansichten und europäischer Bildung, aber wenn es um die Liebe geht, scheint er nicht über seine Nasenspitze hinauszusehen.«

Der Wein half Johanna, den Abend zu genießen. Sie bekam einen umfassenden Einblick in die Petersburger Gesellschaft, und je länger sie Lorenz lauschte, desto amüsanter fand sie seine Anekdoten und Spitzen. Lorenz wies nach rechts und links und hielt vorbeischlendernde Gäste auf, Architekten und Gelehrte, Regierungsbeamte und Kaufleute, um sie mit den beiden Deutschen bekannt zu machen. All die Namen und Gesichter würde sie sich niemals merken. Aber dies war ja nicht das letzte gesellschaftliche Ereignis, sondern erst der Anfang. In ihrem aufgedrehten Zustand sah sie den kommenden Bällen mit Vorfreude entgegen.

»Ich würde sehr gern jemanden aus der Akademie der Künste kennenlernen«, sagte sie an Lorenz gewandt. »Ist das möglich?«

Stephan sah sie erstaunt an. Vermutlich wunderte er sich, wie forsch sie sein konnte. Ob es ihm gefiel? Nein, er berührte ihre Schulter, drückte eine Spur zu fest, während er Lorenz anlächelte. »Meine Frau ist Malerin.«

»Oh, was für ein reizender Zeitvertreib«, bemerkte Lorenz beiläufig, und Johanna senkte den Kopf. Wie vertraut ihr diese Missachtung war. Ob das jemals aufhören würde?

Ihr Blick, nur leicht unscharf, glitt über die Köpfe der Tanzenden hinweg, eine wogende Masse, umringt von dicht beieinanderstehenden Gästen. Gediegene ältere Herrschaften mit aufgetürmten Perücken, junge Mädchen, schneidige Offiziere inmitten eines Stimmengewirrs aus russischen, französischen und deutschen Satzfetzen. Der schwere Geruch des Kaminfeuers hing über den Köpfen, mischte sich mit den menschlichen Ausdünstungen. Johanna verharrte, als sie bemerkte, dass jemand auf der gegenüberliegenden Seite des Parketts in ihre Richtung schaute. Sie sah ein bleiches Gesicht mit dunklen Augen, rotbraune Haare bis auf die Schultern. Der Mann überragte die Umstehenden um mindestens eine Handbreit, die Schultern wirkten muskulös in dem auffallend moosgrünen Rock. Einer der wenigen, die nicht in Uniform erschienen waren.

Täuschte sie sich über die Entfernung hinweg, oder hielt er tatsächlich ihren Blick fest? Unauffällig schaute sie zu beiden Seiten, ob sie ein Mädchen entdeckte, dem seine Aufmerksamkeit galt, aber da waren nur Stephan und Lorenz, die sich mit einem weiteren Regierungsbeamten unterhielten.

Der junge Mann kämpfte sich mit seinem Begleiter durch die Gästeschar, näherte sich ihnen. Immer wieder schaute er zu ihr.

Er hatte etwas Einzigartiges an sich, etwas, das man nicht vergaß, und dies nicht nur wegen seiner auffallenden Kleidung. Vielleicht lag es an seiner Blässe, vielleicht an seinem starren Blick, vielleicht an der geschmeidigen Art, mit der er sich um das Parkett herum bewegte.

Als sie sie erreichten, blieb der Mann hinter seinem blonden Begleiter. Dieser wandte sich an Lorenz Hermann, der ihm mit dünnem Lächeln entgegengesehen hatte. »Mein lieber Monsieur Hermann, wie schön, Sie hier zu treffen. Und in so interessanter Begleitung.« Er verneigte sich vor Johanna und Stephan, die den Gruß erwiderten.

Lorenz Hermann stellte die beiden Deutschen vor. Johanna erfuhr, dass der Mann in Dmitri Woronins Schatten Boris Albrecht hieß und die Marineakademie besuchte. »Aber das ist nicht seine wahre Leidenschaft«, fuhr Dmitri fort, an Lorenz gewandt.

Da trat Boris vor. »Ich schreibe Gedichte und Fabeln und mitunter kleine Essays. Allerdings nur zu meinem eigenen Vergnügen.«

Der Blick aus Lorenz' Augen ruhte auf Boris. Johanna bemerkte, dass dieser Boris unter dem Starren des Journalisten verlegen wurde. Wie verunsichert er ist, ging es ihr durch den Kopf. Sein flackernder Blick rührte sie auf eigentümliche Weise.

»Liebend gerne würde ich etwas aus Ihrer Feder lesen!«, bemerkte Lorenz und beugte sich vor, um Boris die Hand auf die Schulter zu legen und sie für einen Moment zu drücken. »Eine Schande, wenn Sie nur für die Schublade schreiben! Ich bin auf der Suche nach Literaten, die ich veröffentlichen kann. Die *Sankt Petersburgische Zeitung* bietet neben den wöchentlichen Nachrichten nur wenig Spielraum für Poesie, aber ich rechne in den nächsten Monaten damit, die kaiserliche Erlaubnis für das Betreiben einer Druckerei zu bekommen.«

Jetzt hatte er Boris' Aufmerksamkeit. In seine Augen trat ein Leuchten. »Darüber würde ich gern mehr erfahren«, sagte er.

Im nächsten Moment schlug ihm Dmitri auf den Rücken. »Nur zu«, sagte er und schaute zu Johanna, bevor er sie mit einer formvollendeten Verbeugung um den nächsten Tanz bat.

Johanna schluckte, schaffte es aber, das Lächeln zu erwidern. Lieber, als mit diesem jungen Draufgänger zu tanzen, hätte sie sich mit den Männern über ihre Pläne unterhalten, aber ihm einen Korb zu geben wagte sie nicht. Also ließ sie sich an Dmitri Woronins Arm auf die Tanzfläche geleiten und reihte sich mit leichten Schritten in die Formation ein.

Fast widerwillig fühlte sich Stephan von Lorenz Hermann angezogen. Der Journalist spazierte mit traumwandlerischer Sicherheit auf dem gesellschaftlichen Parkett und schien doch alles in Frage zu stellen, was mit der Zarin und dem Kaiserlichen Kabinett zusammenhing. Welche Pläne mochte er mit dem Dichter haben? Stephan nahm den Vorschlag, sich in ein Hinterzimmer zurückzuziehen, gerne an und folgte mit Boris an seiner Seite dem Journalisten, der mit wehenden Schoßröcken voranschritt und eine Bibliothek in einem Seitenflügel ansteuerte, deren Tür offen stand. Zwischendurch warf er immer wieder Blicke zurück, um zu überprüfen, ob ihnen jemand folgte. In den letzten Wochen hatte er mehrfach das Gefühl gehabt, als werde er beschattet. Gut möglich, dass die Zarin ihn ausspionieren ließ. Solange er sich nichts zuschulden kommen ließ, hatte er zwar nichts zu befürchten, aber die beständige Anspannung zerrte an seinen Nerven.

Die Regale an zwei Wänden reichten bis an die Decke und waren sorgsam gefüllt mit in Leder gebundenen Büchern. Kerzen in kupfernen Wandleuchtern verströmten ein warmgelbes Licht. Lorenz machte eine einladende Geste. »Hier können wir ein paar Minuten in Ruhe reden, bevor man uns auf dem Ball vermisst.«

Stephan hob die Nase. Es roch nach Staub und Druckerschwärze. Aber da war noch ein anderer Duft, der ihm merkwürdig vertraut erschien. Kaum wahrnehmbar, zart nach Orange. Und da sah er sie.

Sonja hockte an einem kleinen Sekretär aus glänzendem Mahagoni an der Wand, den Rücken gebeugt, und schrieb etwas in eine Kladde. Neben ihr lagen mehrere offene, übereinandergestapelte Wälzer. Die Haare hingen in einem langen Zopf ihren Rücken hinab, unten mit einer Schleife geschmückt. Das Hellblond bildete einen leuchtenden Kontrast zu dem dunkelblauen Kleid. Sie drehte sich um und sah die drei Männer stumm an, den Federkiel in der Hand.

Lorenz klatschte in die Hände. »Husch, husch, mach, dass du wegkommst«, rief er.

Sonja zog eine Braue hoch und musterte den Mann. Stephan musste grinsen. Ob sie wusste, dass sie mit ihren sieben Jahren bereits die kokette Arroganz einer jungen Dame besaß? Er trat auf sie zu, legte die Hand behutsam auf ihren Rücken und flüsterte ihr zu: »Macht es dir etwas aus, woanders zu schreiben? Für kurze Zeit? Wir werden nicht lange brauchen.«

Sonja legte den Federkiel ab, verschloss das Tintenfässchen und klappte ihre Kladde zu, bevor sie sich erhob. »Soll ich die

Zarin darüber unterrichten, dass Sie hier in ihrer Privatbibliothek auf sie warten?«

Stephan richtete sich auf und fuhr sich mit zwei Fingern über die Lippen. War das eine versteckte Drohung? Nein, doch nicht von einem Kind! »Das ist nicht nötig, Sonja. Wir müssen nur etwas Geschäftliches besprechen und kehren gleich zum Ball zurück.«

»Dann lassen Sie sich nicht aufhalten«, erwiderte sie, nickte den Männern zu und stolzierte auf ihren flachen Seidenschuhen, das Schreibbuch unterm Arm, zur Tür. Dort wandte sie sich noch einmal um. »Ich gehe davon aus, dass Sie auch mich nicht verraten. Ich sollte im Bett sein, konnte aber nicht schlafen. Die Zarin sieht es nicht gern, wenn ich um diese Uhrzeit noch studiere.«

Stephan schmunzelte. »Abgemacht«, sagte er und schaute ihr nach, als sie das Zimmer verließ.

»Was für ein seltsames Mädchen«, sagte Lorenz. »Ich hätte vermutet, dass Mädchen in diesem Alter sich lieber in die Nähe des Ballsaals schleichen, um über die Festgarderobe und den Schmuck zu staunen, als in die Bibliothek.«

»Sie ist das Ziehkind der Zarin«, erwiderte Stephan. »Ich nehme an, Katharina hat Großes mit ihr vor. Sie wird sie vermutlich nicht enttäuschen mit ihrer Auffassungsgabe und ihrer Intelligenz.«

Sie ließen sich in einer mit mitternachtsblauem Samt bezogenen Sesselgruppe zwischen den Bücherregalen nieder. Auf dem mit Intarsien verzierten Tisch zwischen ihnen stand eine Schale mit Äpfeln, daneben eine Flasche ungarischer Wein und geschliffene Gläser. Im Winterpalast überließ man nichts dem Zufall, ging es Stephan durch den Kopf. Die Lakaien schienen perfekt geschult, um bei den Gästen keine Wünsche offenzulassen. Russische Gastfreundlichkeit? Was in anderen europäischen Schlössern und Palästen üblich war, schien man in diesem Land auf die Spitze der Perfektion treiben zu wollen.

Die Musik aus dem Ballsaal war hier kaum noch zu hören. Boris Albrecht setzte sich auf die Kante des Sessels und wippte mit einem Bein, während sich Stephan und Lorenz entspannt zurücklehnten.

»Aber nun zu uns«, begann Lorenz das Gespräch und wandte sich an Boris. »Es ist noch nie gut ausgegangen, wenn man die Träume seines Vaters lebt, statt die eigenen Talente in den Mittelpunkt zu stellen.«

Boris zuckte zusammen. Stephan sah dem jungen Mann an, dass es ihn erstaunte, in welch kurzer Zeit der Journalist sein Dilemma erkannt hatte. Aber es schien ihm nicht unangenehm zu sein. Möglicherweise sehnte er sich danach, sich jemandem anzuvertrauen. »Nun, aber was nützt das größte Talent, wenn die Kunst brotlos ist und es hinten und vorne nicht reicht? Ich weiß nicht, wie ich mit meinen Werken zu Geld kommen soll.«

»Was schreiben Sie denn?«, fragte Stephan. »Sind Sie eher auf dem romantischen Weg oder gehört Gesellschaftskritik dazu?«

Boris nahm einen tiefen Atemzug. »Ohne Empfindungen kann ich nicht schreiben. In allem, was ich zu Papier bringe, steckt ein Stück von mir, und ja, Romantik gehört dazu. Was ich von der Freiheit und Gleichheit im Reich halte, wo ich Ungerechtigkeiten und Intoleranz sehe, das verpacke ich lieber in meinen Fabeln, als es unverschlüsselt offenzulegen.«

Lorenz grinste. »Das klingt genau nach dem, was ich suche«, sagte er. Er rutschte in seinem Sessel nach vorn und legte für einen Moment die Hand auf Boris' Bein, das unter der Berührung aufhörte zu vibrieren. Vielleicht hatte Lorenz das beabsichtigt, obwohl Stephan es eine Spur zu vertraulich fand. Die beiden hatten sich vor wenigen Minuten erst kennengelernt, und Lorenz verhielt sich wie ein Patenonkel, der nur das Beste für seinen Schützling wollte. »Es ist ein Segen, dass mittlerweile nicht mehr nur die Akademien und das Militär Druckereien betreiben dürfen. Ich habe bereits alles in die Wege geleitet, um als Privatunternehmer aufzutreten. Neben der Druckerei will ich eine Buchhandlung eröffnen. Übersetzungen ins Deutsche, Französische, Englische, Schulbücher, Klassiker – eben alles, was gefragt ist. Aber ich will zudem genau das drucken und veröffentlichen, was mir auf der Seele brennt«, fügte er verschwörerisch hinzu. »Und dafür suche ich nach Gleichgesinnten, nach Seelenverwandten. Ich will Menschen in brüderlicher Eintracht verbinden, die sich sonst fremd geblieben wären, Männer, denen die Würde, Freiheit und Selbstbestimmung der Menschen über alles geht und die bereit sind, für ihre Überzeugungen mit dem Wort zu kämpfen.«

Während sich Lorenz in eine leidenschaftliche Rede hineinsteigerte, spürte Stephan, wie ihm eine Schweißperle die Schläfe hinablief. Längst hatte er seine entspannte Haltung aufgegeben und saß in seinem Sessel, als hätte er einen Stock verschluckt.

Aus Lorenz' Worten sprach eine freimaurerische Gesinnung, die er aus seiner preußischen Heimat kannte. Aber hier in St. Petersburg? Lorenz' Überzeugungen, seine Kritik am gesellschaftlichen System in Russland, teilte Stephan, aber wie konnte er sich einer revolutionären Zelle anschließen, wenn sein Auftrag lautete, das Vertrauen der Zarin zu gewinnen? Es wäre extrem dünnes Eis, auf dem er in Zukunft wandeln würde, wenn er sich von Lorenz' Engagement mitreißen ließ. Aber wäre es das nicht wert?

Schweigen senkte sich über die drei Männer. Stephan beobachtete aus dem Augenwinkel Boris, der den Blick gesenkt hatte und nun das Kinn wieder hob. »Ich will dabei sein«, sagte er. »Aber es ist mir zu riskant, alle Brücken abzubrechen und meine Fassade aufzugeben. Ich werde Sie nach Kräften unterstützen, aber ich muss mich darauf verlassen können, dass wir diskret sind und dass ich, wo auch immer meine Werke erscheinen, anonym auftrete.«

»Das verspreche ich Ihnen«, sagte Lorenz. »Sie werden Ihre Entscheidung nicht bereuen. Kommen Sie in den nächsten Tagen in meine Redaktion, und wir besprechen das weitere Vorgehen.« Er wandte sich an Stephan. »Und Sie lasse ich es wissen, sobald meine Bemühungen um geeignete Räumlichkeiten und Fachkräfte für die Druckerei Früchte tragen. Kann ich auf Sie zählen?« Er streckte ihm die Rechte entgegen.

Stephan starrte auf die Hand. Jetzt war der Moment, aufzustehen, sich den Rock glatt zu streichen und sich von Lorenz Hermann und seinen rebellischen Umtrieben zu distanzieren. Auf nichts anderes lief es hinaus: auf eine Sozialrevolution aus dem Untergrund mithilfe einer Druckerei, die Schriften nach eigenem Gusto herstellen und vertreiben würde. Klassiker, Schulbücher, Übersetzungen – pah! Was wirklich zählen würde, wäre das, was unter dem Ladentisch den Besitzer wechselte.

Wie lange würde es dauern, bis die Spione der Zarin dahinterkamen? Und wie lange würde es dauern, bis sie ihn des Landes verwies?

Und dennoch … Ein Fieber hatte Stephan gepackt, dem er nichts entgegenzusetzen hatte. Die Lust am Abenteuer, an der Veränderung und an dem Traum, einen Wandel herbeizuführen, ein Umdenken in der Gesellschaft hin zu Freiheit, Gleichheit, Brüderlichkeit. Teil des großen Ganzen zu sein, des Umbruchs, der in Europa die Welt aus den Angeln hob und der in St. Petersburg zu einer neuen Gesellschaftsordnung führen könnte. Ideen brauchten Diskussionen und Austausch, Ideen brauchten Gesellschaft, um sich weiterzuentwickeln.

Er schlug ein. »Sie können auf mich zählen«, sagte er.

Kapitel 8

Februar 1764,
am Ufer der Newa

Der Newski-Prospekt war verschneit. Schlitten, Reiter und Fußgänger teilten sich die Straße, auf der der Schnee festgetreten und gefroren war. Boris hatte sich die Mütze ins Gesicht gezogen und den Mantelkragen hochgeschlagen. Der Geruch nach dem Ruß aus den Öfen stach ihm in die Nase. Er hoffte inständig, keinem Bekannten zu begegnen, der ihm die unangenehme Frage stellte, warum er sich denn an einem Dienstagvormittag in der Stadt herumtrieb, statt in der Akademie zu studieren. Die Wahrheit würde ohnehin keiner erfahren.

Er eilte in seinen schweren Stiefeln auf die deutsche Buchhandlung an der Fontanka zu, die Lorenz Hermann Anfang des Jahres eröffnet hatte. Hier verkaufte er nicht nur gebundene Bücher, sondern auch Nachrichtenmagazine. Im hinteren Teil des Ladens war genug Platz, um später eine Druckerpresse dort unterzubringen. Das musste man Lorenz Hermann lassen: Er wirkte zwar oft prahlerisch, aber er ließ seinen Worten auch Taten folgen.

Wenige Minuten später war Boris im Besitz der neuesten Ausgabe der *Sankt Petersburgischen Zeitung*, frisch aus dem Druck, gerade am Morgen erschienen. Lorenz hatte keine Zeit für ihn gehabt, die Kunden drängelten sich im Laden, aber über die Köpfe der Besucher hinweg hatte er ihm mit einem Lächeln zugenickt.

Obwohl er mittlerweile seit drei Monaten kurze Gedichte und Fabeln für das Blatt schrieb, konnte er sich nicht an dieses Hochgefühl gewöhnen, das ihn jedes Mal überwältigte, wenn er sein Werk in gedruckter Form sah. Er wusste nicht, wie hoch die Auflage war, aber es mussten Tausende sein, die Woche um Woche seine Zeilen lasen, denn jedes Blatt ging ja durch Dutzende Hände, bevor es zum Einwickeln der Fische benutzt wurde. Natürlich erschien er nicht auf der ersten Seite, wo sich die wichtigsten Nachrichten befanden.

Das Blatt beinhaltete eine Fülle von Texten aus den verschiedensten Gebieten der Politik, Kultur, Gesellschaft und Wirtschaft. Es gab Inserate über den Verkauf von Büchern, Bekanntmachungen über Theateraufführungen, Verkaufsanzeigen für exotische Tiere und Leibeigene. Eine bunte Mixtur, in der seine Zeilen auf der letzten Seite nur einen unbedeutenden Teil zum Unterhaltungswert beitrugen. Das Honorar war ernüchternd niedrig, aber was für ein Triumph! Boris konnte sein Glück kaum fassen, dass er jemanden wie Lorenz Hermann kennengelernt hatte, der ihn auf seinem Weg zum gefeierten Dichter begleiten würde. Irgendwann würde es sich finanziell rentieren, wenn er sein erstes eigenes Buch veröffentlichte und die Leute es kaufen würden.

An manchen Tagen meinte Boris, Lorenz Hermann sei ihm vom Himmel geschickt worden. Einen solchen Freund hatte er sich sein Leben lang gewünscht, einen, der ihn förderte, statt ihn zu behindern, einen, der sich an seinen Erfolgen freute, statt mit ihm in Konkurrenz zu treten.

Um direkt an die Newa zu gelangen, hätte Boris an der Admiralität vorbeigehen müssen, was er lieber vermied. Also bog er in eine Seitengasse und passierte die lutherische Petri-Kirche, den Runden Markt und die Zarenaue. Dort, wo die Fontanka in die Newa floss, befand sich unter ein paar Birken sein Lieblingsplatz auf einer roh gezimmerten Bank, die vermutlich ein paar Fischer dort aufgestellt hatten. Jetzt im Februar war sie leer, denn die meisten Fischer hatten sich in ihre Hütten zurückgezogen und bettelten in den frühen Abendstunden vor den Kirchen für sich und ihre Familien. Nur wenige schlugen ein Loch in das tiefe Eis des Flusses, um die Angelschnur hineinzuhalten. Es lohnte sich kaum, die kalte Jahreszeit verbrachten die Barsche und Karpfen in einer Art Winterschlaf und schnappten nur selten nach den Ködern.

Mit der Eisdecke war die Newa zum Rummelplatz geworden. Nicht nur, dass man jederzeit und an jedem Ort von einer Insel auf die nächste gelangen konnte und Unmengen von Spaziergängern hin und her pendelten. Die kaiserliche Regierung hatte wie in jedem Jahr die riesige hölzerne Schanze aufbauen lassen, von der die Petersburger jubelnd und kreischend mit ihren Schlitten herunterpreschten. Überall lockten Verkaufsstände mit duftendem Gebäck und heißem Wein.

Die blasse Sonne stand tief im Westen, obwohl es Mittag war. Nur wenige Stunden am Tag spendete sie um diese Jahreszeit Licht. In den letzten Tagen war die Luft kristallklar gewesen, nun roch es nach Schnee. Hoffentlich der letzte in diesem Jahr, dachte Boris. Er sehnte das Ende des Winters und der Kälte herbei.

Er mochte diesen Ort lieber, wenn das Eis gebrochen war und in gewaltigen Schollen in Richtung Ostsee trieb. Von hier aus hatte er eine fantastische Sicht über die Flussarme. Es beruhigte ihn zu sehen, mit welcher Beständigkeit das Wasser um die Inseln herumfloss und seit Tausenden von Jahren unbeirrbar zum Meer hin trieb.

Er legte die Zeitung zusammengefaltet neben sich und zog aus der Innentasche seines Umhangs seine Kladde und einen der kostbaren Bleistifte, die Lorenz' Buchhandlung an der Fontanka aus Preußen bezog und zu einem horrenden Preis verkaufte. Und wie praktisch war es, seine Ideen jederzeit spontan notieren zu können, statt umständlich mit Federkiel und Tinte zu hantieren. Nun gut, unter finanzieller Not litt

Boris nicht. Die Geldzahlungen seines Vaters ermöglichten einen standesgemäßen Lebensstil. Kein Albrecht sollte sich der Armut verdächtig machen, es war im Sinne seines Vaters, wenn er sich mit Luxus umgab.

Er schrieb seine Gedanken zum Fluss auf zwei Seiten und würde sie später zu einem Poem verdichten. Ein gutes Thema für seinen nächsten Zeitungsbeitrag. Wahrscheinlich mochten die Petersburger lieber Sujets, die sich um die Stadt rankten, statt der Liebesgedichte, die ihm in den letzten Monaten leicht aus der Feder flossen. Unwillkürlich seufzte er. Ja, die Liebe war in sein Leben getreten, aber selbstverständlich eine der unglücklichen Sorte.

Er griff nach der Zeitung, die noch nach der Druckerschwärze roch. Sie raschelte in seinen Fingern, als er zur letzten Seite blätterte und sein Gedicht las, das er in- und auswendig kannte. Es bestand nur aus acht Zeilen, mehr gestand ihm Lorenz nicht zu, und als Verfasser stand da »anonym«.

Es versetzte ihm einen Stich und erinnerte ihn daran, dass ihm noch unangenehme Dispute bevorstanden, bevor er das Leben führten konnte, das ihm vorschwebte. Manchmal meinte Boris, er würde niemals die Courage aufbringen, die Träume seines Vaters und seines Großvaters zu zerstören.

Der Lärm auf der Newa schwoll an und riss ihn aus seinen Gedanken. Er entdeckte eine Bande von warm eingepackten Kindern, die einen Stock übers Eis warfen. Ein zotteliger Hund preschte ihm kläffend hinterher und schlitterte dabei über die kalte glatte Fläche. Mehrere Paare drehten auf Schlittschuhen mit kratzenden Kufen ihre Runden. Sein Blick ging am Ufer entlang Richtung Winterpalast. Aus den Löchern in den Dächern der grob gezimmerten Fischerhütten drang Qualm, Türen und Fenster waren verrammelt. Davor lagen die Boote und Flöße, mit denen sie im Frühjahr wieder über den Fluss schippern würden, um ihre Familien zu ernähren. Welch ein Gegensatz zwischen diesen verlausten Unterkünften und den Prachtbauten dahinter, und nur die Geburt entschied darüber, ob man auf der Sonnenseite oder im Schatten stand.

Boris richtete sich auf, als er in Höhe des Eremitage-Theaters eine in einen Umhang gehüllte Gestalt bemerkte. Sie stand zum Fluss gewandt, sodass er nur vage das Profil erkennen konnte. Die Haare waren unter der Kapuze verborgen, und um die Gesichtszüge auszumachen, war die Gestalt zu weit entfernt. Aber etwas an der Art, wie sie ihren Kopf hielt und ihn leicht zur Seite neigte, erschien ihm auf schmerzhafte Weise vertraut. Sie stand vor einem hölzernen Gerüst, und in der Hand hielt sie – was? Ein Stück Kohle? Einen Pinsel? Ein Maler hier am Flussufer?

Boris faltete die Zeitung, schob sie in seine Umhangtasche und stapfte am Flussufer entlang in Richtung der Eremitage. Unverwandt spähte er zu dem Maler, und je mehr er sich näherte, desto deutlicher erkannte er, dass er sich getäuscht hatte. Kein Künstler stand hier an seiner Staffelei, sondern eine Künstlerin – die Frau, deren Bild er seit ihrer ersten Begegnung in seinem Herzen trug und der all seine melancholischen Liebesgedichte gegolten hatten. Die Frau, die mit einem anderen verheiratet war und die nicht mal ein Lächeln für ihn gehabt hatte, als er sie beim ersten Winterball im vergangenen November getroffen hatte.

Johanna. Die geheimnisvolle Frau an der Seite des deutschen Philosophen.

Sie war so vertieft in ihr Schaffen, dass sie ihn nicht bemerkte, als er sich behutsam näherte. Boris' Puls verlangsamte sich, während er an sie herantrat und sich räusperte. Er hatte gehofft, sie nicht zu erschrecken, aber natürlich zuckte sie zusammen. Ihre Augen waren schreckgeweitet, als sie sich ihm zuwandte, ihr Gesicht zwischen dem blauen Stoff der Kapuze blass wie Milch. Die Locken, die sich aus ihrer Frisur gelöst hatten und ihre Wangen umrahmten, wirkten stumpf und kraftlos.

»Bonjour, Madame Mervier. Bitte verzeihen Sie, ich wollte Sie nicht erschrecken.«

Ihre Brauen zogen sich zusammen, während sie ihn musterte. Beklommen erkannte er, dass sie sich nicht an ihn erinnerte.

»Bonjour, Monsieur …« Sie biss sich auf die Unterlippe, und er kam ihr rasch zu Hilfe.

»Boris Albrecht, Madame. Mein Freund Dmitri hat uns im November miteinander bekannt gemacht, aber es ist verständlich, dass Sie sich nicht alle Gesichter in St. Petersburg merken können.« Er lächelte sie an, und zu seiner Freude erwiderte sie die freundliche Miene. Er roch ihr Parfum nach Rosen, und noch ein Duft war dabei. Etwas Süßlich-Scharfes wie von Eukalyptus. Kardamom?

Sie war genauso groß wie er, hielt sich aufrecht mit erhobenem Kinn. Seit November hatte er sie ein halbes Dutzend Mal wiedergesehen, bei Bällen, Empfängen, einmal im Theater, aber es hatte sich keine Gelegenheit für eine nähere Bekanntschaft ergeben. Es hätte aufdringlich gewirkt, hätte er sie im Beisein ihres Ehemanns angesprochen, und Boris lag nicht daran, Aufmerksamkeit zu erregen. Lieber verzehrte er sich innerlich nach ihr und nahm sie mit in seine Träume. Nun traf er sie hier, allein vor einer Staffelei.

Er blickte auf die Leinwand. Was für ein ungewöhnlich lebendiges Bild. Sie hatte mit wenigen Strichen das Eis der Newa, die schneebedeckten Bauten und die wie gläsern wirkenden Zweige der umstehenden Bäume perfekt eingefangen. Aber noch erstaunlicher war, mit welcher Präzision sie die Menschen malte, die sich auf der Newa tummelten. Die eislaufenden Paare, die Kinder, die mit dem Hund herumtollten, und auf der anderen Flussseite das alte russische Ehepaar mit den dicken Mützen, das sich an den Händen hielt. Die Gesichter der Menschen waren nicht perfekt, sondern voller Wahrhaftigkeit.

»Das … das ist unglaublich, Madame«, brachte er hervor, als er merkte, dass er viel zu lange starrte und sie möglicherweise in ihrer Arbeit störte. Er trat einen Schritt zurück. »Sie haben ein unglaubliches Talent«, sagte er und versuchte, ihren Blick zu halten. Fühlte sie sich belästigt?

Sie schwankte kurz, und sofort war er bei ihr, um sie am Ellbogen zu fassen. Doch sie hob die Hand und trat einen Schritt zurück, schloss für einen Moment die Augen, bevor sie den Kopf schüttelte.

»Schon gut, danke«, sagte sie, und er sah, dass sie schluckte. Dann fing sie sich und lächelte ihn an. »Könnten Sie bitte Einfluss auf die Aufnahmekommission der Kunstakademie nehmen?«, fragte sie ganz direkt, und in ihre Pupillen trat ein Glitzern. »Die Herren sind es nämlich, denen ich in Wahrheit imponieren will, obwohl mir Ihr Lob schmeichelt.«

»Sie werden überwältigt sein. Auf Ihrem Bild scheint alles in Bewegung zu sein. Wie sich die Mäntel bauschen, die Arme und Beine der Kinder, der dem Stock hinterherhechtende Hund … Ich habe eine solche Echtheit noch nie in einem Bild gesehen.«

»Ich habe lange Zeit die Aktmalerei studiert. Eine Malerin muss wissen, wie ein Mensch steht, sitzt, die Arme hält, den Ellbogen anwinkelt, das Knie beugt. Was im Gesicht passiert, wenn man sich anstrengt, sich freut oder trauert.« Sie warf ihm einen Blick zu. »Die künstlerische Gattung der meisten Malerinnen ist die klassische Porträtmalerei. Die langweilt mich nur. Ich habe kein Interesse daran, gepuderte Gesichter auf die Leinwand zu bringen, unter denen sich kein Muskel bewegt, auf denen keine Falte, kein Fleck zu sehen ist.«

»Sie gehen auf in Ihrer Arbeit«, bemerkte er. »Es ist viel mehr als nur ein Zeitvertreib, es ist Ihr Leben, nicht wahr?«

Sie lächelte leicht. »Ich bin der Kunst versprochen«, sagte sie geheimnisvoll.

Ihm wurde das Herz schwer vor Zuneigung. Wie verlassen

sie sich in der fremden Stadt fühlen musste. Und welch einen Segen es bedeutete, dass sie in der Malerei eine Aufgabe gefunden hatte. Aber reichte es einer schönen Frau wie ihr, sich den geistigen, künstlerischen Vergnügungen hinzugeben? Bekam sie in ihrer Ehe genug Liebe, Aufmerksamkeit, Zärtlichkeit?

»Sie wollen Mitglied der Akademie werden? Was für ein bewundernswerter, ungewöhnlicher Plan. Ich glaube, es gibt nicht viele Frauen, die dort aufgenommen werden«, fügte er vorsichtig hinzu.

Sie lachte auf. »Genau gesagt gibt es nicht eine einzige Frau.« Wieder schwankte sie leicht, aber diesmal war er gewarnt und bot ihr nur aus der Entfernung die Hand, falls sie danach greifen wollte. Sie tat es nicht.

»Für eine begabte Künstlerin, wie Sie es sind, werden die Herren eine Ausnahme machen.« Ihr Bild zeugte mit den kräftigen Strichen von Stärke. Gleichzeitig erschien sie ihm mit ihrem verletzten Lächeln und dieser Unsicherheit auf den Füßen unglaublich beschützenswert. Und sie schien keine glückliche Frau zu sein, sondern eine, deren Antrieb der Schmerz war.

Ach, wie sehr fühlte er mit ihr. Wie gerne wollte er ihr nah sein, sich ihr als Weggefährte anbieten, aber da trieb seine Fantasie Blüten. Sie würde ihn brüsk abweisen, und dies mit Recht. Sie war eine gebundene Frau und er nur das schwarze Schaf mit verrückten Ambitionen in einer angesehenen Petersburger Familie.

»Täuschen Sie sich nicht, Monsieur Albrecht. Ganz gleich, ob in Wien, Berlin, Paris oder St. Petersburg – Frauen steht die Welt der Kunst nicht offen.« Sie stieß ein bitteres Lachen aus. »In Paris sagte man mir, dass mein Bild zu gut sei, es könne unmöglich von einer Frau gemalt sein. Man hielt mich für eine Betrügerin.«

Er sog scharf die Luft ein. »Was für eine Ungeheuerlichkeit! Sie haben die Herren hoffentlich in ihre Schranken gewiesen!«

Sie schüttelte den Kopf. »Mir blieb nichts anderes übrig,

als in Gegenwart der Akademiemitglieder ein weiteres Bild zu malen. Das hat sie überzeugt.«

»Das heißt, Sie gehören zur Pariser Kunstakademie?«

Sie nickte lächelnd und zeigte dabei weiße Zähne wie Perlen.

»Und dennoch hat es Sie nach St. Petersburg gezogen«, fügte er an.

Sie hob die Schultern. »Es war nicht meine Entscheidung. Ich bin meinem Mann gefolgt, aber selbstverständlich hoffe ich, dass ich hier ebenfalls Erfolg haben werde. Ich will es zunächst allein durch eigene Anstrengung versuchen, aber falls ich vor Wände laufe, würde ich mich nicht scheuen, die Zarin einzuschalten. Ihr liegt viel daran, dass Mädchen und Frauen den gleichen Zugang zur Bildung haben wie die Männer.«

»Ja, die Zarin ist eine Meisterin, was Lippenbekenntnisse betrifft«, sagte er und bereute seine Worte sofort. Was fiel ihm ein, diese Frau mit seiner Kritik am Zarenregime in Verlegenheit zu bringen? »Bitte verzeihen Sie«, fügte er schnell an. »Zarin Katharina wird für Ihre Nöte bestimmt ein offenes Ohr haben und sich für Sie einsetzen.«

Johanna hatte ihm wieder ihr Profil zugewandt und rührte mit dem Pinsel in einem graublauen Tupfer auf der Palette, bevor sie sich vorbeugte und sich den Wolkenrändern widmete. Zitterte ihre Hand dabei?

Boris überlegte fieberhaft, wie er die Begegnung verlängern konnte, aber es war offensichtlich, dass sie sich wieder ihrer Arbeit widmen wollte. Es sah fast so aus, als hätte sie vergessen, dass er neben ihr stand.

»Ich … ich bin jeden Tag hier am Flussufer«, sagte er, als die Stille zwischen ihnen unangenehm wurde. »Würden Sie mir erlauben, Ihnen Gesellschaft zu leisten? Ich störe Sie nicht, ich setze mich da drüben auf das Boot«, er deutete mit dem Kinn hinter sie, »und schreibe meine Fabeln und Gedichte, und hin und wieder könnten wir uns austauschen über unsere Kunst.« Die Worte waren impulsiv aus ihm herausgesprudelt, als wäre dies die erste und letzte Chance, dieser Frau näherzukommen. Vermutlich würde sie ihn zum Teufel jagen. Was sollte sie auch von einem halten, der …

»Sehr gern«, sagte sie, ohne ihn anzuschauen. »Ich habe keine Freunde hier in Petersburg, ich freue mich über Bekanntschaften. Vor allem, wenn Sie mich weiterhin ermutigen und meine Fortschritte auf der Leinwand loben.« Sie strahlte ihn an, und zum ersten Mal sah er, wie sich ihr Gesicht erhellte.

Was für eine außergewöhnliche Frau. Sie war noch schöner, als er sie in seinen Träumen gesehen hatte, und dass sie wie er ihr Leben der Kunst verschrieben hatte, machte sie für ihn so anziehend, dass es schmerzte. Es fühlte sich an, als hätte er eine Seelenverwandte gefunden, aber Boris gab sich keiner Illusion hin: Dieses Gefühl beruhte nicht auf Gegenseitigkeit. Sie hatte ihn ermuntert, sie ein weiteres Mal hier zu besuchen, weil sie Gesellschaft schätzte. Sie hätte auch jeden anderen dazu eingeladen. Es hatte nichts mit ihm zu tun. Dennoch fühlte es sich nach einem sagenhaften Triumph an, als er den Weg zur Marineakademie einschlug, um wenigstens die letzten Unterrichtsstunden des Tages noch mitzubekommen. Er schritt leichtfüßig und zügig voran, und im Takt seiner Schritte hallte ihr Name in seinem Inneren wider. Johanna.

In den vergangenen Monaten hatte sich Johanna ihr Leben in St. Petersburg auf die Art eingerichtet, die ihr am angenehmsten erschien. Stephan war stets früh aus dem Haus, traf sich mit Freunden und Bekannten, besuchte Salons und beteiligte sich an den philosophischen Gesprächsrunden im Umfeld der Zarin. Wenn er daheimblieb, schloss er die Tür zu seinem Arbeitszimmer und schrieb Briefe an König Friedrich, wie Johanna vermutete. Er sprach mit ihr nicht darüber. Er erzählte ihr nicht, was er dem Preußenkönig berichtete, und er ließ sie nicht teilhaben an den Gedanken, die er mit seinem weiten Bekanntenkreis deutscher Einwanderer tauschte.

Er hatte sich verändert. Stets hatte sie seine Gelassenheit bewundert, doch in letzter Zeit wirkte er oft fahrig, unkonzentriert und schreckhaft, als sei er beständig auf der Hut. Warum sprach er nicht mit ihr über das, was ihn beunruhigte? Sie hatte einige Versuche unternommen, ihn zum Reden zu bringen, aber er hatte stets von sich abgelenkt und behauptet, sie selbst wäre diejenige, die ihre Ruhe verloren hatte.

Abends, wenn sie nebeneinander im Bett lagen, erkundigte er sich halbherzig, wie weit dieses oder jenes Gemälde gediehen sei und ob sie Kontakte zu anderen Künstlern geknüpft hätte, aber Johanna spürte, dass es ihn im Grunde nicht interessierte. Stephan schien hier in St. Petersburg für etwas zu brennen, zu dem er ihr den Zugang verwehrte. Sie fühlte sich ausgeschlossen, und hätte sie ihre Malerei nicht gehabt und ihren Ehrgeiz, als Künstlerin anerkannt zu werden, wäre sie in ihrer Ehe bereits verdörrt wie eine Pflanze ohne Wasser.

Immer häufiger überfiel sie die Schwermut, und sie musste all ihre Kräfte zusammenreißen, um morgens aus dem Bett zu steigen. Was ihr half, um auf die Beine zu kommen und den Tag zu beginnen: der erste Schluck von dem ungarischen Wein. Manchmal brauchte sie ein Glas, manchmal zwei, um das Prickeln in ihrem Magen zu spüren, das die Betäubung ankündigte. All ihr Schmerz und ihre Bedrückung lösten sich auf und verschwanden aus ihrem Bewusstsein, machten einer Leichtigkeit Platz, die sie dringend brauchte, um die Lebendigkeit ihrer Bilder zu erhalten.

Meistens brauchte sie dann kein Frühstück mehr, und ihre Bedienstete Dunja, die den Tisch im Esszimmer für sie gedeckt hatte, räumte grimmig Geschirr und Besteck, Brot, Käse und Haferbrei zurück in die Küche. Dunja war die einzige Dienerin in der Villa und für ihre massige Körperfülle erstaunlich flink. Stephan drängte, sie solle weitere Russinnen einstellen, die sich die Arbeit im Haus aufteilten, aber Johanna hätte ein Gewimmel von Bediensteten nicht ertragen. Dunja war schweigsam, erledigte ihre Pflichten im Haushalt fast unsichtbar. Stephan monierte, sie bekäme die Zähne nicht auseinander, aber Johanna war es so genau recht. Hin und wieder half sie Johanna beim Frisieren, aber das Ankleiden übernahm Johanna lieber selbst.

Außer Dunja leisteten sie sich nur noch einen Pferdeknecht, den zahnlosen Sascha, der sich im Innenhof der Villa um die beiden schwarzen Stuten kümmerte, die Kutsche instand hielt, fegte, Unkraut jätete, im Winter den Schnee räumte und im Sommer kleine Renovierungsarbeiten am Haus übernahm.

Der Wein, den Johanna trank, hatte im Gegensatz zu dem allgemein beliebten Wodka einen entscheidenden Nachteil: Man roch ihn selbst aus größerer Entfernung, und ihr lag viel daran, nicht als Frau aufzufallen, die sich bereits morgens berauschte. In einem Fässchen auf der Küchenfensterbank lagerte sie deswegen Kardamom, von dem sie sich, bevor sie morgens das Haus verließ, ein paar Samen mitnahm. Das intensive Aroma überlagerte zuverlässig die Ausdünstung und den Mundgeruch, aber es half nicht, wenn es darum ging, auf festen Füßen zu stehen oder mit sicherer Stimme Konversation zu machen.

Dass sie vor diesem Boris ins Schwanken geriet und ein Schwindel sie zu überwältigen drohte, trieb ihr die Schamesröte ins Gesicht. Ob ihm etwas auffiel? Nein, in seinem Gesicht stand nichts als Fürsorge, keine Spur von Misstrauen oder Verachtung. Zu ihrer Erleichterung schaffte sie es mit äußerster Konzentration, das verräterische Stammeln aus ihren Worten herauszuhalten.

Johanna war so mit sich selbst beschäftigt und damit, welchen Eindruck Boris von ihr gewann, dass sie kaum dazu kam, sich dem jungen Mann zuzuwenden. Sicher, er wirkte sympathisch, aber was veranlasste ihn, sie am Ufer der Newa in ein Gespräch zu verwickeln und sich zu verhalten, als seien sie Vertraute? Was bezweckte er damit, ihre Bekanntschaft zu suchen? Dass er an ihr als Frau interessiert sein könnte, schloss sie aus. Zum einen wusste er, dass sie mit Stephan Mervier verheiratet war, zum anderen … du lieber Himmel, wann hatte sie zuletzt jemandem gefallen? Sie aß zu wenig, um sich ihre weiblichen Rundungen zu erhalten, und sie widmete ihrer äußeren Erscheinung zu wenig Aufmerksamkeit.

Dennoch schien dieser Student die Plauderei mit ihr zu genießen. Er stellte Fragen über Fragen und zeigte sich ehrlich beeindruckt. Johanna gestand sich ein, dass es ihr fast leidtat, als er sich schließlich verabschiedete und sie wieder ihrer Arbeit überließ. Erst nachdem er gegangen war, kehrte die Erinnerung an ihre erste Begegnung bruchstückhaft zurück.

Er war Student an der Marineakademie, fiel ihr ein. Hatte er nicht davon erzählt, dass er sich als Dichter versuchte? Vielleicht hätte er ihr gern etwas vorgetragen? Wie unaufmerksam von ihr, dass sie ihn nicht danach gefragt hatte.

War es richtig, ihm zu erlauben, sie ein weiteres Mal hier an der Newa zu besuchen? Sie wusste es nicht, aber sie wusste, dass sie für das nächste Mal gewappnet sein wollte. Sie würde die Haare bürsten, bis sie glänzten, und einen Schmuckkamm hineinstecken. Sie würde sich die Lippen in einem sanften Rot anmalen und den hellbraunen Umhang tragen, der den porzellanenen Teint betonte und ihre Haarfarbe unterstrich. Und sie würde auf den morgendlichen Wein verzichten, um nicht ein weiteres Mal in eine solche Verlegenheit zu geraten. Ja, das würde sie schaffen, auch wenn tagsüber die Dunkelheit wie eine Decke auf ihrer Seele liegen würde. Vielleicht drang ja mit Boris Albrecht, der so interessiert an allem war, was ihr etwas bedeutete, ein Stück Helligkeit in ihr Leben.

Kapitel 9

April 1764, St. Petersburg,
an der Fontanka

Die Tür der Villa Mervier öffnete sich. Endlich. Grigori Orlow beruhigte den Rappen, der in dem leichten Nieselregen zu tänzeln begann, weil er die Anspannung des Reiters spürte. Zu Grigoris Enttäuschung waren es aber weder Stephan noch Johanna, die das Haus verließen. Die beiden beschäftigten nur zwei Bedienstete. Das Mädchen, das sich die Kapuze über die Haare stülpte, war Dunja und im Haushalt der Deutschen für alle anfallenden Arbeiten zuständig. Wo mochte die kugelrunde Person auf ihren kurzen Beinen bei diesem scheußlichen Wetter hinwollen? Für alltägliche Besorgungen hätte sie eher gewartet, bis sich die Regenwolken verzogen hatten.

Geschützt unter einem hervorstehenden Hausdach in einer Seitenstraße wartend, wo der Regen dennoch eine Seite seiner Uniformjacke durchnässte, beschloss Grigori, der Frau zu folgen. Sie schlug nicht den Weg in Richtung der Geschäftsstraße ein, sondern eilte in die Gegend hinter dem Sommerpalast.

Grigori drückte dem Pferd die Schenkel in die Seiten, und mit nickendem Kopf trabte es los. Er gab sich nicht allzu große Mühe, von Dunja nicht entdeckt zu werden. Selbst wenn sie bemerkte, dass er ihr folgte – als engster Vertrauter der Zarin hatte er jedes Recht dazu, ihre Machenschaften zu überprüfen.

Dem deutschen Gesandten des Preußenkönigs hatte er von Anfang an nicht getraut. Irgendetwas Intrigantes ging von ihm aus, obwohl er nicht den Finger darauf legen konnte. Stephan Mervier hatte sich innerhalb weniger Wochen in den engsten Zirkel um die Zarin hineinpalavert mit seinen Theorien und Ideen, und Katharina war hingerissen von seiner Wortgewandtheit. Aber sie war grundsätzlich leicht zu begeistern. Alles, was aus dem Westen kam, alles, was nach einem neuen Zeitalter roch, sog sie begierig auf, und nach Grigoris Meinung war sie dabei allzu unkritisch. Er jedenfalls war auf der Hut, was den Philosophen und seine Gattin betraf, genau wie Alexej. Schon mehrfach hatten sie den Mann im Wechsel beschattet, aber abgesehen davon, dass er eine enge Freundschaft zu Lorenz Hermann pflegte, ließ sich ihm nichts nachsagen. Er besuchte seriöse Schenken und Literatursalons und hielt sich ansonsten am liebsten in der Nähe der Zarin auf, die ihn auch gern zu den zwanglosen Zusammenkünften einlud, die nach dem Abendessen in ihrem Arbeitszimmer stattfanden.

Grigori starrte auf die Straße vor sich, schärfte mit zusammengekniffenen Augen seine Sicht. Immer wieder verschwammen die Bilder vor ihm. Nun gut, gestern hatte er lange gezecht, und die Nacht mit der unermüdlichen Schankmagd, die ihn während ihrer leidenschaftlichen Vereinigung ihren *wilden Löwen* gerufen hatte, forderte ebenfalls ihren Tribut von seiner Kraft. Diese Liebesgeschichten mit willigen Weibern kosteten ihn viel Energie, aber er würde den Teufel tun und darauf verzichten. Das war das Stück Freiheit, das er sich der Zarin gegenüber für immer und ewig bewahren würde. Auch wenn er sich jetzt zusammenreißen musste, um sich zu konzentrieren.

Seine Ahnung hatte ihn nicht getrogen. Dunja näherte sich keuchend dem Postamt, vor dem sich zwei Kutschen befanden. Ein halbes Dutzend Pferde war an dem Geländer davor angebunden, ein paar Kuriere standen rauchend zusammen, ein Kutscher schwang sich auf den Bock.

Zielstrebig eilte Dunja auf einen Mann in der kaiserlichen

Uniform zu und zog unter ihrem Umhang einen Packen Briefe hervor, die sie ihm in die Hand drückte. Ihre Brust hob und senkte sich vom schnellen Atmen. Eindringlich begann sie, auf ihn einzureden. Dann übergab sie ihm noch einen Geldbeutel. Der Kurier nickte und zog sich den Dreispitz tiefer ins Gesicht.

Dunjas Herrschaft nutzte also die öffentliche Post, um Botschaften zu verschicken. Sie hätten es bequemer haben können, dachte Grigori. Die Zarin hatte ihre eigenen Kuriere, die ihre Briefe nach Paris, Berlin oder Wien brachten. Ihrem hoch geschätzten Philosophen hätte sie zweifellos das Recht übertragen, diesen Nachrichtendienst zu nutzen. Aber nein, Mervier hatte sich dafür entschieden, seine Post an der Zarin vorbei zu verschicken.

Dunja machte auf dem Absatz kehrt und lief nach Hause zurück. Grigori beobachtete den Kurier, der im schmucklosen Bau der Poststelle verschwand und wenig später mit einem Umhang und Satteltaschen zurückkehrte, die er an einem der Pferde befestigte. Er schwang sich auf den Hengst, schnalzte und preschte in westliche Richtung davon.

Grigori gab seinem Pferd die Sporen und folgte ihm. Nach wenigen Minuten hatte er den Reiter eingeholt. »Halt!«, rief er dicht hinter ihm mit befehlsgewohnter Stimme.

Der Kurier zog die Zügel. Sie befanden sich am Rande der Stadt inmitten einer Siedlung von unscheinbaren Bauten. Auf der Straße war kein Mensch zu sehen. Tiefe Falten furchten die Stirn des Kuriers, dessen Züge an tatarische Vorfahren erinnerten. Über seinem breiten Mund stand ein kräftiger Schnauzbart. Aber als er erkannte, wer ihn angehalten hatte, mischten sich Erstaunen und Ehrfurcht in seine Miene. »Graf Orlow, womit kann ich Ihnen dienen? Haben Sie Briefe, die ich mit nach Warschau nehmen soll?«

»Nach Warschau geht es?«

»Ja, und von dort wird die Post weitergetragen bis nach Preußen.«

»Ich will die Briefe der Frau sehen, die sich an dich gewandt hat, kurz bevor du losgeritten bist.«

»Aber ich … Sie hat sie mir zu treuen Händen gegeben, es ist nicht recht, sie Ihnen zu überlassen.« Er richtete sich im Sattel auf. Seine Körperhaltung drückte Stolz und Mut aus.

»Du sollst sie mir nicht überlassen, ich will sie nur sehen. Und was Recht ist, bestimmt niemand anderer als die Zarin, in deren Auftrag ich unterwegs bin.«

Widerstrebend griff der Kurier in die Satteltaschen und reichte Orlow die Briefe hinüber. Die Pferde trippelten nervös.

Orlow blätterte die Umschläge durch. Ein paar private Adressen in Berlin, in Paris … Schließlich fand er, wonach er gesucht hatte. Der schwerste Umschlag war an Friedrich, den König der Preußen, gerichtet. Er sortierte ihn aus und gab dem Kurier die anderen Nachrichten zurück. »Und jetzt mach, dass du fortkommst, bevor du wegen Landesverrats angeklagt wirst«, zischte er dem Kurier zu, der keine Sekunde zögerte und sein Pferd in den Galopp trieb.

Mit einem zufriedenen Lächeln steckte Orlow den Brief in die Seitentasche seiner Uniformjacke. Er konnte es kaum erwarten, das Siegel im Beisein der Zarin zu brechen und den deutschen Philosophen der Spionage zu überführen.

Kurz vor der Mittagszeit gab es auf den Korridoren des Winterpalastes reichlich Gedränge. Der Hofstaat begab sich zum Speisesaal, zwischen ihren Beinen die unzähligen Katzen, die im Winterpalast hausten und die Mäusepopulation in Schach hielten.

Katharina hatte bis dahin, wie Grigori wusste, schon ein gutes Arbeitspensum hinter sich. Jeden Tag stand sie um sieben Uhr auf, heizte eigenhändig ihr Zimmer, wenn noch keines der Mädchen zur Verfügung stand, und begann die Arbeit mit den Kabinettssekretären und Ministern. Nach elf Uhr unternahm sie manchmal einen Spaziergang im Sommergarten, in letzter Zeit allerdings zog sie sich lieber zurück, um an ihrer Instruktion für den neuartigen Gesetzesentwurf zu arbeiten. Es war ihr Lieblingsprojekt, und ihr Ehrgeiz, es zu einem guten Abschluss zu bringen, war gewaltig. Orlow hingegen konnte sich nichts Langweiligeres als die Jurisprudenz vorstellen und war froh, wenn seine Geliebte andere Gesprächspartner fand, mit denen sie über diesen oder jenen Winkelzug diskutieren konnte.

Das Mittagessen nahm sie stets um dreizehn Uhr ein. Deswegen wunderte es Grigori nicht, dass er sie, von ihren Zofen begleitet, aufbruchbereit vor ihren Privatgemächern fand. Ebenso wenig wunderte es ihn, als er bemerkte, wer sich genau in diesem Moment der Länge nach bäuchlings vor ihr auf den Boden warf.

Orlow unterdrückte einen Fluch. Potemkin! Dieser aufgeblasene Gockel! Aus vollster Seele hatte er es bereut, die Zarin mit ihm bekannt gemacht zu haben, aber was war ihm anderes übrig geblieben? Sie hatte sich immer wieder nach ihm erkundigt, nachdem er ihr vor ihrem Marsch auf Peterhof seine Handschlaufe für ihren Säbel geliehen hatte. Nun hatte er sich in ihrem Umfeld eingenistet wie eine Zecke. Keine Begegnung zwischen der Zarin und ihm verging, ohne dass er seine Liebe zu ihr besang, aber was noch viel übler war: Die Zarin fand Gefallen daran und lachte aus vollem Herzen, wenn er sich ihr gegenüber mit feiner Ironie und ausbalancierter Frechheit zum Hofnarren machte. Nach wie vor war sie hingerissen von seiner Attraktivität und verglich ihn mit einem griechischen Gott. Zu Grigoris Verdruss hatte sie ihn sogar kürzlich zum Kammerjunker ernannt, sodass er noch mehr Zeit in ihrer Gesellschaft verbringen konnte und beim Essen hinter ihrem Platz stand, um ihr jeden Wunsch zu erfüllen.

Es gab wohl keinen Gardisten, der sich nicht schon einmal in die Arme der Zarin geträumt hatte. Über ihre Leidenschaft kursierten die wildesten Gerüchte, und manch einer hätte seinen rechten Arm gegeben für eine Nacht in ihrem Bett. Aber die anderen behielten wenigstens ihre Gefühle für sich und stellten sie nicht dermaßen offen zur Schau wie Potemkin.

Grigori begrüßte ihn mit einem knappen Nicken, bevor er sich vor Katharina verneigte und ihre Hand vor seine Lippen führte. »Liebste, ich komme gerade rechtzeitig, um dich zur Tafel zu führen, wie schön!« Zu Orlows Befriedigung reihte sich Potemkin widerstandslos in die Gruppe der Untergebenen ein, die der Zarin folgten. Triumph erfüllte Grigori, weil er derjenige war, der nicht hinter, sondern neben der mächtigsten Frau Russlands gehen durfte. Dennoch, Potemkin war ihm ein Dorn im Auge. Er musste dringend verhindern, dass er sich an ihm vorbei mehr Einfluss auf die Zarin verschaffte. Er sollte mit seinem Bruder Alexej besprechen, wie man diesen Lumpenhund aufhalten konnte. Alexej war noch nie um die Wahl geeigneter Mittel verlegen, wenn es darauf ankam, Menschen beiseitezuschaffen.

Er beugte sich zu Katharina und flüsterte: »Ich habe etwas für dich, was dein Interesse wecken wird.«

Sie musterte ihn aus dem Augenwinkel und hob eine Braue.

»Etwas von äußerster Brisanz, das deine Sicht auf manch einen deiner sogenannten Freunde ändern wird.«

»Ich hasse es, wenn du in erbärmlichen Rätseln sprichst, Grigori.«

Hitze stieg in ihm hoch. Ob sie Potemkin für geistvoller hielt als ihn? »Wie auch immer, wir müssen uns sprechen.«

»Hat das nicht bis heute Abend Zeit? Um sechs Uhr wie gewohnt?« Sie senkte die Stimme. »Unsere Stunde der Liebe?«

Er reckte das Kinn vor. Wann sie seine Liebe bekam, entschied er. Wenn er sich beweisen musste, dass seine Männlichkeit nicht von den Launen einer Frau abhing, nahm er sich jedes beliebige Weib. Er wusste, wie sehr er Katharina damit verletzte, aber es war unerhört befriedigend, diese Macht über sie zu haben. »Also dann. Um sechs Uhr in deinem Gemach.

Ich werde da sein. Und ich bin nicht in romantischer Stimmung.«

»Du lieber Himmel, Grigori! Wie kannst du unseren Gast nur dermaßen brüskieren!« Katharina ließ sich in den Sessel am Fenster ihres Arbeitszimmers sinken und schüttelte den Kopf. »Du gehst zu weit!«

»Er wird es nicht erfahren. Briefe verirren sich andauernd, und der Kurier wird den Teufel tun und erzählen, dass ich ihn abgefangen habe.« Er grinste, offenbar in Erinnerung daran, wie er den bedauernswerten Kerl eingeschüchtert hatte. Er hielt ihr den Umschlag hin. »Willst du öffnen, oder soll ich?«

Katharina wandte sich mit einem Ruck ab. Sie hasste sich dafür, dass ihre Neugier geweckt war. Es war nicht richtig, sich in die Privatangelegenheiten des Philosophen zu mischen, aber andererseits – was mochte er dem Preußenkönig mitteilen? War es ihr gelungen, ihm zu imponieren, und sorgte er dafür, dass ihr Ansehen im Westen wuchs? Grigori stand wie eine Statue mit dem Brief vor ihrer Nase. Er wirkte belustigt und überheblich zugleich. Ungehalten entriss sie ihm das Schreiben und brach das Siegel auf.

Grigori stellte sich hinter sie, stützte sich auf die Rückenlehne und beugte sich herab, sodass er mitlesen konnte und sie seinen warmen Atem in ihrem Nacken spürte. Er roch nach Tabak und Kaffee.

Sie überflog die ersten Zeilen, in denen sich der Philosoph nach dem Wohlergehen des Königs erkundigte und die Schönheit St. Petersburgs pries. Dann ging er auf die Zarin ein. Sie hob den Brief an, um kein Wort zu verpassen. … *ist sie von überirdischer Schönheit und besitzt ein Charisma, das jeden in ihrem Umfeld für sie einnimmt. Ich denke schon, dass sie die Absicht hat, den Frieden mit Preußen einzuhalten, aber als verlässliche Partnerin auf dem politischen Parkett wird sie zu wünschen übrig lassen. Ihr Interesse an Polen ist unübersehbar, wie auch ihr unbedingter Wille, ihr Reich zu vergrößern. Ich vermute, kriegerische Aktivitäten werden sich künftig auf türkischem Boden konzentrieren. Der Zugang zum Schwarzen Meer und dessen Beherrschung würden die Wirtschaft des Landes, allem voran den Getreideexport, einen guten Schritt voranbringen.*

Katharinas Vorstellungen von einem bedeutenden Land weichen in wesentlichen Punkten von westlichen Idealen ab. Sie spricht gern über die Idee der Freiheit, hält aber ihr Reich mit eiserner Hand zusammen. Die russische Gesellschaft ist nicht reif für ein Leben in Würde, glaubt sie, und schickt Regimenter gegen Bergleute, die sich gegen die Sklaverei auflehnen …

Verfluchter Kerl! Wut kochte in ihr hoch. Hatte er sie tatsächlich falsch verstanden, oder stellte er die Situation bewusst verzerrt dar, um ihr zu schaden? Gleich nach Regierungsantritt hatte sie sich bemüht, das Elend der Männer in den Bergwerken zu beenden. Schon lange war bekannt, unter welch menschenunwürdigen Bedingungen sich diese Leute abrackern mussten. Die Bergwerker waren nichts als Vieh, das man jederzeit ersetzen konnte, wenn es krepierte. Sie hatte ein Manifest erlassen, mit dem sie glaubte, das Übel an der Wurzel zu packen: Sie verbat den Bergwerksbesitzern den Ankauf von Seelen und verlangte, dass sie sich mit frei gemieteten, mit Pässen ausgestatteten Arbeitern gegen Bezahlung zufriedengeben sollten. Doch kaum war der Ukas, der aus Sklaven freie Menschen machen sollte, in die Provinzen gelangt, kam es zu Tumulten, weil die befreiten Männer ihre Kameraden aufwiegelten und sich zu wilden gefährlichen Aufrührern entwickelten. Der lange angestaute Hass auf die Herren, der Zwang, die Gewalt brach sich Bahn, ein entfesselter Mob, und Katharina war gar nichts anderes übrig geblieben, als das Heer gegen die Scharen erwerbsloser Menschen einzusetzen, um sie zur Vernunft zu bringen.

Sie hatte Mervier davon erzählt, aber in seinem Brief war nicht die Rede davon, dass sie in ihrer Menschenfreundlichkeit einen Weg gesucht hatte, um ihre am heftigsten gegängelten Untertanen zu befreien. Es las sich wie die Tat einer machtbesessenen Regentin, die sich mit allen Mitteln an die Sklavenwirtschaft klammerte. Sie erhob sich abrupt, ließ den Brief achtlos auf den Sessel fallen.

»Habe ich dir zu viel versprochen? Er hintergeht dich, und er nutzt deine Vertrauensseligkeit schamlos aus, um an Informationen zu kommen, mit denen er dich verunglimpfen kann. Er spioniert im Auftrag des Preußenkönigs.« Ein zufriedenes Grinsen lag auf Grigoris Zügen.

Wartete er wirklich auf ein Lob aus ihrem Mund? Katharina ballte die Hände zu Fäusten, als sie sich zu ihm umdrehte. »Er gibt keine geheimen Informationen preis«, sagte sie mühsam beherrscht. Ihr war danach, Grigori sein Grinsen aus dem Gesicht zu schlagen. »Das könnte er nämlich nicht, weil ich ihm nur das erzähle, was ich auch morgen in der Zeitung lesen wollte. Beleidige mich nicht, indem du meine Intelligenz in Frage stellst.«

Grigori hob beide Arme. Sein Ausdruck hatte sich schlagartig geändert. Er riss die Augen auf, blähte die Wangen und stieß langsam die Luft aus. Ihre Reaktion schien völlig unerwartet für ihn zu kommen. »Das würde ich niemals wagen, Katschuscha, das weißt du.«

»Geh jetzt.« Sie wedelte ihn weg, griff sich an die Nasenwurzel. Ein bohrender Schmerz jagte durch ihre Schläfe.

Mit zwei Schritten war er bei ihr, stellte sich hinter sie, massierte mit seinen kräftigen Fingern ihren Nacken, küsste ihren Hals. Eine Hand ließ er ihren Rücken hinabgleiten bis zur Taille, umfasste sie. »Sicher, meine Liebe? Ich weiß ein Mittel, wie ich dich wieder besänftigen kann.«

Katharina schloss die Lider, wärmte sich für ein paar Minuten an seinen Berührungen und den zärtlichen Worten. Es war ihr wichtig, sich inmitten der harten Regierungsgeschäfte diese Oasen der Liebe zu erhalten, in denen nur ihre Lust und deren Befriedigung zählten. Es half ihr, in Zeiten, in denen die politischen Auseinandersetzungen und Intrigen ihr Denken beherrschten, nicht den Verstand zu verlieren.

Grigori spürte ihre Nachgiebigkeit sofort. Seine Berührungen wurden fordernder, sein Mund suchte ihre Lippen, als sie den Kopf drehte, aber mit einer schnellen Bewegung befreite sich Katharina und richtete ihre Frisur. Ein entschuldigendes Lächeln erschien auf ihrem Gesicht. »Heute nicht, Grischa. Ich muss nachdenken.«

Seine Miene gefror. Noch einen Moment lang hielt er ihren Blick, dann legte er die linke Hand auf sein Herz und verneigte sich. »Immer zu Euren Diensten, Majestät.« Er schlug die Fersen aneinander und eilte zu der Treppe, die hinauf in seine Gemächer führte.

Katharina sah ihm nach, während sich eine dunkle Wolke auf ihr Gemüt legte. Ob er sich woanders holen würde, was sie ihm an diesem Abend versagt hatte? Sie wusste, dass er ihr nicht treu war, aber noch war seine Anziehungskraft auf sie zu groß, als dass sie ihn aussortiert und durch einen anderen ersetzt hätte. Noch ergötzte sie sich an dem, was er ihr gab, und das war genug, um sie vergessen zu lassen, dass sie nicht die Einzige für ihn war.

Vieles von dem, was im Alltag ihr Denken bestimmte, verlor im Liebesrausch an Bedeutung. Mochten andere ihr Vergessen in Wodka und Wein finden, für sie gab es nichts Berauschenderes als die körperliche Vereinigung mit einem kräftigen, unermüdlichen Liebhaber.

Merviers Nachricht an den Preußenkönig empfand sie wie einen Schlag ins Gesicht. Diese Demütigung ließ sich nicht abschütteln und mit ein paar Küssen und geflüsterten Liebkosungen verdrängen. Sie teilte Grigoris Ansicht nicht, dass Mervier ein Spion sein musste. Möglicherweise hatte er anfangs gehofft, an Geheiminformationen zu kommen, aber sie hatte ihn mit der Villa an der Fontanka ins Abseits versetzt und ließ ihn nach eigenem Belieben zu ihrer Gesellschaft hinzustoßen.

Es war von entscheidender Bedeutung, dass ihr Regierungsstil eine philosophisch-moralische Rechtfertigung bekam. Voltaire war diesbezüglich Wachs in ihren Händen, aber er allein reichte nicht. Sie wollte die breite Zustimmung von Menschen wie Diderot und Mervier. Sein Brief an Friedrich hatte ihr vor allem eines verdeutlicht: Sie musste ihre Bemühungen verstärken, ihn von ihren Idealen und ihren friedlichen Absichten zu überzeugen. Und davon, dass sich nach ihren Plänen Russland zu einem wichtigen europäischen Land der Ideen und der effektiven, klar organisierten Verwaltung entwickeln würde. Das konnte sie auch ohne die Freundlichkeit, die ihr Verhältnis bislang geprägt hatte.

»Und? Was haben sie gesagt?«

Johannas Herz machte einen kleinen Hüpfer, als sie die Kunstakademie verließ und in den Hof trat, in den die Frühlingssonne durch das Geäst der noch kahlen Birken leuchtend gelbe Flecken warf. Niemand konnte ermessen, wie schwer ihr dieser Gang zu den Mächtigen der Kunst gefallen war und wie viele Tode sie vorab gestorben war vor Aufregung und Angst. Aber sie hatte es geschafft, und sie glühte vor Stolz darauf, über ihre Grenzen hinausgegangen zu sein.

Auf Holzbänken und Mauervorsprüngen saßen Studenten, viele mit ihren Skizzenblöcken, manche in Unterhaltungen vertieft. Sie strahlten Gewissenhaftigkeit und Strebsamkeit aus, saßen mit durchgedrücktem Rücken und ordentlich gebundenen Halstüchern beisammen. Keine Spur von der Lässigkeit der Künstlerszene, wie Johanna sie aus Paris und Wien kannte. Köpfe drehten sich diskret in ihre Richtung, als sie über den Vorplatz lief.

Stephan hatte tatsächlich auf sie gewartet, obwohl die Sitzung bei der Aufnahmekommission der Akademie fast eine

Stunde gedauert hatte. Sie hatte damit gerechnet, dass ihn wichtigere Termine zwingen würden, auf die Admiralitätsinsel zurückzukehren oder den Winterpalast aufzusuchen.

Sie schmiegte sich an ihn, als er die Arme um sie legte und ihren Scheitel küsste. »Sie waren bestimmt hingerissen von dir und deinem Rezeptionsstück, nicht wahr?«

Johanna umschlang seine Taille. »Von mir eher nicht.« Sie lachte auf und merkte selbst, dass es nicht so heiter klang wie beabsichtigt. »Aber das bin ich ja gewohnt. Die Professoren haben sich beherrscht, mich ihren Unwillen nicht spüren zu lassen, wirklich, aber dennoch schwingt in jedem ihrer Worte die Frage mit: Was wollen Sie als Frau hier? Wissen Sie nicht, wo Ihr Platz ist?«

Stephan legte den Arm um sie, und so schlenderten sie um das Gemäuer herum in Richtung Flussufer. »Du solltest inzwischen darüberstehen. Alles, was zählt, sind dein Talent und deine Bilder.«

Johanna spürte wieder die Aufregung, als sie sich daran erinnerte, wie die Kunstprofessoren um ihr Bild ›Menschen an der zugefrorenen Newa‹ herumgeschlichen waren und es von allen Perspektiven aus betrachtet hatten, mit der Nase dicht herangegangen waren, um ihre Farben und Maltechniken zu studieren, und dabei ein ums andere Mal anerkennend genickt haben. »Ja, sie waren angetan, und sie haben mir angeboten, als Dozentin an der Akademie zu arbeiten.«

Stephan blieb stehen und fasste sie an den Schultern. »Aber das ist ja wunderbar! Was für eine schöne Aufgabe für dich! Und welche Anerkennung von den Experten!«

Johanna lächelte und musterte ihn von der Seite, als sie das Boot erreichten, das sie auf die andere Seite bringen würde. War Stephan froh, wenn sie weniger seine Gesellschaft einforderte? Freute er sich vor allem deswegen über den kleinen Erfolg, weil ihre neue Beschäftigung ihm weiteren Freiraum gewährte?

»Sie sind sehr streng an der Akademie«, erzählte sie. »Straffe Organisation, systematische Ausbildung und strikte Regularien scheinen den Lehrplan zu prägen. Die bedeutendste Gattung der Malerei an der Akademie ist die Historienmalerei, der sich das Porträt, die Landschaftsdarstellung, das Stillleben und das Genrebild unterordnen. Bei den Werken, die sie mir gezeigt haben, ließen sich keine markanten Kennzeichen eines russischen Stils ausmachen. Die Studenten, denen ich begegnet bin, erschienen mir sehr zurückhaltend und eingeschüchtert. Es scheint einen fast militärischen Drill zu geben, unter dem es schwerfällt, sich künstlerisch frei zu entfalten.« Sie lachte auf. »Sie wirken eher wie Staatsdiener als freidenkende Künstler.«

»Du klingst nicht gerade begeistert«, warf er ein und sah sie mit zusammengezogenen Brauen an. »Bist du nicht etwas zu kritisch dafür, dass du zum ersten Mal in der Akademie warst?«

»Ich habe genug Künstlerstätten gesehen und erlebt, um mir ein Urteil zu bilden. Ich glaube, mir reicht es, hier als Dozentin zu arbeiten. Eine Bewerbung um eine Mitgliedschaft hätte sowieso keine Aussicht auf Erfolg. Und selbst wenn man mich wählen würde, würde meine Stimme nicht ausreichen, um auf die künstlerische und organisatorische Ausrichtung Einfluss zu nehmen. Die Akademie muss erst noch ihren eigenen Charakter entwickeln und sich von der kaiserlichen Zensur befreien. Gut möglich, dass sie wächst, sobald das neue Gebäude fertiggestellt ist. Das wird ein herrschaftlicher Bau im klassizistischen Stil, und darin wird es Ausstellungen geben. Es wäre schön, wenn sich die Akademie zu einem Zentrum des Kunstlebens mausern würde, aber so weit ist es noch lange nicht, glaube ich.«

»Auf jeden Fall hast du eine neue Herausforderung gefunden, und darauf kannst du stolz sein, Johanna.«

Hier am Ufer blies der Wind kräftiger und brachte den Geruch nach Algen und Salz von der Ostsee mit. Fischer zogen ihre Netze am flachen Ufer ein, in Holztonnen sammelten sie den Fang. Kinder halfen, die Netze zu leeren, Frauen mit schweren Kopftüchern hockten in Gruppen, hackten den Weißlingen die Köpfe ab und nahmen sie aus. Ein paar Möwen balgten sich kreischend um das Fischgedärm, das sie in den Fluss warfen.

Der Fährmann ließ sich die Kopeken vor Fahrtanbruch geben. Stephan und Johanna setzten sich auf die Bank im Heck und ließen sich rudern. »Wir könnten uns heute Abend einen Hirschbraten von Dunja zubereiten lassen und mit Champagner anstoßen, was meinst du?« Johanna hakte sich bei ihm unter.

»Du weißt, dass ich mich am Abend mit Lorenz treffe.«

»Du triffst dich jeden Abend mit Lorenz.« Sie löste sich von ihm und rückte ein Stück von ihm ab. In ihrem Magen breitete sich der bekannte Druck aus, als lägen Steine darin und rumpelten bedächtig hin und her.

»Es ist wichtig für mich, Beziehungen zu pflegen. Deswegen sind wir hier.«

»Und warum schließt du mich aus?« Eine Welle schwappte gegen die Seitenwand des Bootes, Wassertropfen spritzten auf Johannas Mantel. Der Fährmann fuhr in einem Bogen um ein einlaufendes italienisches Handelsschiff herum, an dessen Reling die Seefahrer und Passagiere standen und die Silhouette der Stadt mit offenen Mündern und ihren Händen als Sonnenschutz über den Augen betrachteten.

»Johanna … das ist meine Welt, du hast deine. Ich habe es stets für richtig gehalten, dass wir beide unseren eigenen Weg gehen. Lorenz hat auch noch nie seine Frau mitgebracht, ich weiß gar nicht, ob er verheiratet ist. Darüber haben wir nie gesprochen. Die anderen, die sich manchmal dazugesellen, sind alles Männer ohne ihre Ehefrauen. Du würdest dich langweilen.«

Sie starrte ihn an. »Ich verstehe nicht, was euch verbindet. Worüber redet ihr? Was ist so spannend an diesen Treffen?«

Stephans Mund wirkte verkniffen. Fast rechnete sie damit, dass er erwiderte, das würde sie ohnehin nicht verstehen …

Etwas lief schief zwischen ihnen. Es fühlte sich an, als würden sie unterschiedliche Sprachen sprechen. Ob es ihnen gelingen würde, wieder Vertrauen zueinander zu fassen und den einen am Leben des anderen teilhaben zu lassen?

Vielleicht hätte ein gemeinsames Kind die Lage verbessert. Sie hatte sich nie ernsthaft eines gewünscht, aber wenn es durch Zufall passiert wäre? Mit der Zeit schwanden ihre Aussichten, schwanger zu werden. Dafür lagen Stephan und sie viel zu selten als Eheleute beieinander. Vielleicht waren nach all den Jahren tatsächlich ihre Gefühle füreinander abgeflaut.

Sie verspürte Schwindel und sog unauffällig tief die Luft ein, während er weiter schwieg. »Schon gut, du musst mir nichts erzählen. Es ist deine Welt, und ich freue mich ja auch, dass du dich gut eingelebt hast. Ich frage mich manchmal nur, Stephan, lieben wir uns noch?«

In dem einsetzenden Schweigen hörten sie das Klatschen der Ruder, wenn sie ins Flusswasser eindrangen, und die Rufe der anderen Bootsführer, die Passagiere und Waren von einer Insel zur nächsten transportierten.

Endlich wandte er sich ihr zu. Ihre Blicke verfingen sich ineinander. Johanna erinnerte sich, dass sie das Graublau seiner Augen in den ersten Jahren ihrer Liebe mit der stürmischen See verglichen hatte. »Ich habe nie aufgehört, dich zu lieben, Johanna. Du bist die Frau, mit der ich alt werden möchte.«

Ihr Herz pochte ihr bis zum Hals. »Ich liebe dich auch, Stephan.« Die Zweifel behielt sie für sich. Vielleicht wurde doch noch alles gut.

Sie erreichten das Ufer der Admiralitätsinsel und stiegen an einem der Holzstege aus, die bis weit in die Newa hinein gebaut waren und an denen Dutzende kleiner Boote vertäut lagen. Er fasste nach ihrer Hand. »Wir sollten nicht streiten. Vor allem nicht jetzt, wo du deinem Traum, als Malerin Anerkennung zu finden, wieder ein Stück weit näher gekommen bist. Und das aus eigenen Kräften, ohne Fürsprache der Zarin.«

Ja, sie war stolz, dass sie den Schritt allein gewagt hatte. Aber sie wusste nicht, ob sie es sich getraut hätte, wenn Boris Albrecht ihr nicht bei all den Treffen an der Newa, bei denen sie sich angefreundet hatten, zugeredet und sie ermutigt hätte.

Eine warme Regung durchströmte sie bei den Gedanken an den jungen Poeten, der sich mit einer rührenden Anhänglichkeit um sie kümmerte und sich für jedes Detail ihres Künstlerlebens interessierte. Bei den Begegnungen nach ihrem ersten Kennenlernen hatte Johanna peinlich genau darauf geachtet, dass er sie nüchtern antraf – zumindest in einem Zustand, in dem sie nicht schwankte und in dem sie nach nichts anderem roch als ihrem Rosenparfum, das sie sich in die Halsbeugen tupfte. Sie hatte sich gefreut, als er ihr einige seiner Gedichte und Fabeln vorgetragen hatte, und erkannt, dass für ihn das Schreiben ebenso existenziell war wie für sie das Malen.

Nein, es gab keinen Grund, Stephan von Boris zu erzählen. Wie er selbst gesagt hatte: Er lebte in seiner eigenen Welt. Und sie in ihrer.

Kapitel 10

Mai 1764,
St. Petersburg

»Wie gefällt dir die dicke Trude?« Lorenz Hermann stieß sein wieherndes Lachen aus und schlug Stephan auf den Rücken, als er ihn in das nach trockenem Holz und Blei riechende Hinterzimmer seines Ladens führte, der zur Straßenseite hin eine Buchhandlung war. Die Druckerpresse, der Lorenz den bemerkenswerten Namen gegeben hatte, füllte fast den gesamten fensterlosen Raum aus. Eine solide Holzkonstruktion, die er sich aus Hannover hatte anliefern lassen.

Stephan trat heran, strich über den fahrbaren Teil der Presse, über die Zwinge und nahm ein paar der beweglichen Lettern in die Hand. »Kannst du sie bedienen?«

Wieder lachte Lorenz. »Bist du des Wahnsinns? Ich bin ein Geistesmensch, kein Handwerker. Der Welt würde etwas entgehen, wenn ich mich zukünftig nur noch dem Buchstabensetzen widmen würde. Nein, ich erwarte zwei Männer, die das Ding mit flinken Fingern zum Leben erwecken können. Einen Drucker und einen Setzer, beide von der deutschen Firma empfohlen, die mir die Presse geliefert hat. Ich habe mit Kusshand zugestimmt.«

Stephan stimmte nicht in sein Lachen ein. Manchmal ging ihm die wichtigtuerische Art seines neuen Freundes gegen den Strich. »Erstaunlich, dass die Zarin gerade dir das Druckrecht gewährt hat. Sie wird sich denken können, dass du nicht nur

Lehrbücher und Übersetzungen ausländischer Romane vertreibst. Glaub mir, ich kenne sie inzwischen, sie lässt sich nicht leicht hinters Licht führen.«

Lorenz zuckte gleichmütig die Achseln, während Stephan voran in den Nebenraum spazierte, dessen Tür und einziges Fenster zum Hinterhof ausgerichtet waren. Ein Sofa, zwei Sessel, ein flacher Holztisch bildeten das Mobiliar. In den Stoffen hing der Geruch nach dem Tabak, den sie hier schon nächtelang gequalmt hatten. Auf einem Beistelltisch mit Rollen standen ein Sammelsurium an Spirituosen und eine Reihe von unterschiedlichen Gläsern. An einer Wand stapelten sich Ausgaben der *Sankt Petersburgischen Zeitung*, an einer anderen lagen in einem bis zur Decke reichenden Regal Bücher und Broschüren wild durcheinander. Von der Decke herab hing ein matt silbern schimmernder Kronleuchter mit zehn halb abgebrannten Kerzen, die Lorenz entzündete. Er zog den dunklen Vorhang vor Fenster und Tür.

Lorenz fiel in einen der Sessel, während Stephan sich auf das Sofa plumpsen ließ. Beide streckten die Beine in ihren Stiefeln weit von sich. Lorenz verschränkte die Arme im Nacken, und Stephan langte zur beweglichen Bar, um für sie beide Cognac einzuschenken. Er schätzte die Ungezwungenheit ihrer Zusammenkünfte, auch wenn ihm Lorenz' Art gegen den Strich ging, die Dinge so zu drehen, dass sie in sein Weltbild passten.

An anderen Tagen war er bei der Zarin zur Abendgesellschaft. Auch dort hieß es, man solle sich in gelöster Stimmung einfinden und die Etikette in diesem inneren Zirkel für ein, zwei Stunden vergessen. Die Männer und Frauen aus dem näheren Umfeld der Zarin – die Orlows, Potemkin, ihre Minister und Zofen – hielten sich nur allzu gern daran, Stephan jedoch fiel es schwer, sich im Beisein Katharinas zu lockern. Aber was für ein Vorteil, dass man ihn so dicht an die Regentin heranließ. Zwar setzte sie ihn – vermutlich aufgrund ihres nach wie vor schwelenden Misstrauens ihm gegenüber – nie explizit in Kenntnis über ihre politischen Pläne. Aber Stephan bekam in geflüsterten Gesprächen und aufgefangenen Satzfetzen durchaus als einer der Ersten mit, wenn Umwälzungen drohten. Unter den Brief an König Friedrich, in dem er ihm geschildert hatte, dass Katharina ihren ehemaligen Liebhaber Stanislaw August Poniatowski auf den polnischen Thron zwingen wollte, hatte Stephan mit besonderer Freude seine Signatur gesetzt. Eine überaus wertvolle Information, für die ihm die Anerkennung des Regenten sicher war.

Im Umfeld der Zarin fühlte er sich, als müsste er ständig auf Überraschungen gefasst sein, und er war nicht gern unvorbereitet. Hier mit Lorenz hingegen wusste er, was ihn erwartete. Lorenz steigerte sich allzu gern in Wut und Sarkasmus hinein. Stephan zog eine differenziertere Sichtweise vor. Es war nicht angenehm, sich gegen Lorenz zu behaupten, aber notwendig.

»Wollte Boris heute nicht kommen?«, erkundigte er sich, während er an seinem Glas nippte und einen Arm der Länge nach über die Sofalehne legte.

Lorenz zog die goldene Taschenuhr aus seiner Weste und ließ sie mit einem Klicken aufschnappen. »Ich habe noch nie erlebt, dass er pünktlich ist. Vermutlich nennt er das künstlerische Freiheit.«

Stephan schwenkte sinnend das golden schimmernde Getränk in seinem Glas. »Wusstest du, dass es Katharinas neuester Plan ist, allen Russen den Schulbesuch zu ermöglichen? Ich muss noch herausfinden, wie ernst es ihr damit ist, aber sie erzählt in den letzten Tagen von nichts anderem.«

Lorenz zog die Mundwinkel herab und stieß einen verächtlichen Laut aus. »Blendwerk. Das russische Volk ist seit Jahrhunderten in einem tiefen Schlaf versunken. Die kriegen das gar nicht mit.«

»Wehe, wenn sie geweckt werden«, warf Stephan ein.

Lorenz richtete sich in seinem Sessel auf. »Genau das ist unsere Aufgabe, Stephan: Wir brauchen die Menschen. Wir müssen revolutionäres Gedankengut in der Bevölkerung einpflanzen, damit es wachsen kann und letzten Endes zu einem Sinneswandel der Herrscherin führt. Diese Stadt hat alle Möglichkeiten, Vorbild für andere europäische Metropolen zu sein. Wir müssen ihr dabei helfen, sich von den Altlasten zu befreien.« Lorenz' Augen begannen zu leuchten. »Sollten wir nicht beide die Hoffnung haben, dass wir etwas wirklich Großes bewirken können? Weißt du, ich bin es leid, die Zeitung mit all den unbedeutenden Alltagsgeschichten und offiziellen Meldungen vom Zarenhof zu füllen. Ich will mit Worten viel mehr erreichen, als nur die Menschen zu informieren und zu unterhalten. Ich will etwas bewegen, für das es sich zu kämpfen lohnt.«

»Das habe ich verstanden, Lorenz. Wir dürfen nur nicht außer Acht lassen, dass wir uns in Gefahr begeben. Die Zarin wird es nicht zulassen, dass ihre Macht untergraben wird, und sie hat hinreichend Mittel, um uns aufzuhalten, wenn sie herausfindet, was wir tun.« Und das würde sie mit Sicherheit, ging es ihm durch den Kopf. Ein Gefühl von Taubheit breitete sich hinter seiner Stirn aus. Die Angst, vor der Zarin bloßgestellt zu werden, war sein ständiger Begleiter. Und wie würde er seinem König gegenüber dastehen, wenn er als enttarnter Spion gedemütigt nach Preußen zurückgeschickt wurde! Wenn nicht gar Schlimmeres … »Mit deiner Druckerpresse wirst du unter Beobachtung stehen. Wenn umstürzlerische Flugblätter und Schriften plötzlich auftauchen, wird man ihre Entstehung zurückverfolgen.«

»Höre ich da Furcht in deiner Stimme? Das passt nicht zu dir und unserer Idee.« Lorenz stieß ein Lachen aus. »Peter der Große würde sich im Grab umdrehen, wenn er sehen würde, wie dekadent sich die Petersburger Adelsgesellschaft unter Katharina entwickelt hat. Es ist ein unerträglicher Zustand. Unsere persönlichen Befindlichkeiten müssen wir zurückstellen, Stephan. Was ist schon ein Menschenleben wert, wenn es um den Aufbruch einer ganzen Nation geht? Wir müssen die Arbeit auf mehrere Schultern verteilen, auf Menschen, denen wir vertrauen können, damit der Geist der Rebellion nicht mit einem Einzelnen sterben kann. Ich für meinen Teil bin bereit.«

Bereit auch, mit Gewalt ihre Interessen durchzusetzen?, ging es Stephan durch den Kopf. Eine Vorstellung, die bitter wie Galle schmeckte. Doch, es war tatsächlich eine beglückende Vorstellung, den Widerstand der Unterdrückten zu wecken und ihnen einen Weg in die Freiheit zu ebnen. »Ich will bei allem Willen zur Veränderung nicht, dass Menschen Schaden nehmen.«

»Das wäre mir auch sehr recht«, erklang es von der Tür her.

Stephan und Lorenz wandten die Köpfe. Boris' Lächeln wirkte etwas verlegen, im Arm hielt er eine Mappe, aus der ein paar Blätter herauslugten. Er trug den moosgrünen Rock, den er meistens wählte, dazu die rote Weste.

Lorenz strich sich die Haare zurück, die ihm in die gerötete Stirn gefallen waren, und erhob sich. Jovial und mit einem breiten Lächeln, als hätte er sich nicht Sekunden zuvor in Rage geredet, breitete er die Arme aus. »Willkommen, mein Lieber!« Er trat auf ihn zu, umarmte ihn, küsste ihn auf beide Wangen. »Ich hoffe, du bringst uns erlesene Literatur, mit der wir die Petersburger zu Begeisterungsstürmen hinreißen.« Er lachte.

Boris zuckte unbehaglich mit den Schultern und ließ sich nach einem kurzen Nicken zur Begrüßung mit einigem Abstand neben Stephan nieder. Obwohl er mit den Gedichten und der Wesensart des jungen Mannes nicht viel anfangen konnte, war Stephan erleichtert, dass sich Lorenz in Boris' Gegenwart entspannte. Nach Stephans Überzeugung erreichten sie mit kühlem Kopf mehr als mit jedwedem Überschwang.

»Nun, große Literatur ist es bestimmt nicht«, wiegelte Boris ab. »Ein Gedicht über den Winterpalast, eine Fabel über einen Kaufmann und seine Kunden, ein paar romantische Verse mit melancholischen Anklängen … Such dir aus, was von Länge und Qualität her am besten in die nächste Ausgabe passt.« Er legte die graue Mappe vor sich auf den Tisch, öffnete sie und fächerte die Blätter auf. Er fischte ein Papier heraus und reichte es Lorenz. »Dieses Gedicht hier ist mein liebstes. Ich habe die Schönheit des Winterpalastes beschrieben, wie er sich in der Newa spiegelt, aber wenn du genau liest, wirst du erkennen, dass es um den zur Schau gestellten Reichtum des Palastes geht, der im krassen Widerspruch zu der Armut der Fischer steht. Niemals würde ich das direkt ansprechen, aber zwischen den Zeilen gibt es in meinen Versen immer eine Botschaft, die diejenigen, die dafür empfänglich sind, verstehen werden.«

Lorenz beugte sich vor und legte seine Hand auf Boris' Rechte. »Glaubst du, das wüsste ich nicht? Ich entdecke jedes Mal, wenn ich deine Texte lese, neue Facetten, die mir zuvor entgangen sind. Ich liebe diese Tiefgründigkeit.«

Stephan unterdrückte ein Seufzen. War das nicht eine Spur zu dick aufgetragen? Doch dem Dichter gefiel das Kompliment. Er senkte verlegen das Kinn auf die Brust. »Danke, Lorenz. Dein Urteil bedeutet mir viel.«

Stephan reichte Boris ein Glas Cognac, das er für ihn eingeschenkt hatte. »Schon bald wirst du deine Kritik an der ungerechten Verteilung der Güter nicht mehr verstecken müssen.«

Boris wandte sich ihm zu, und Stephan bemerkte, dass in seine Augen dabei eine irritierende Kälte trat. Das Verhältnis zwischen dem Dichter und Stephan war von Anfang an weniger herzlich gewesen als das zwischen Boris und Lorenz. Aber nun meinte er in dem Gesicht des Jüngeren fast etwas wie Feindschaft zu lesen. Spielten seine Sinne ihm einen Streich? Er konnte sich an keine Gelegenheit erinnern, bei der er Boris brüskiert hätte. Er hatte sich nie anmerken lassen, dass er Boris' Sprechweise zu leise, seine Haltung labil und seine Gedichte verschnörkelt fand. Als Boris ein Lächeln andeutete, schalt Stephan sich einen Dummkopf. Alles war gut.

»Läuft die Druckerpresse schon? Kann ich sie sehen?«, fragte Boris.

Lorenz erhob sich sofort. »Ich zeige sie dir. Wir nehmen die dicke Trude erst in Betrieb, wenn die beiden Deutschen eintreffen, die sie bedienen können. Sie brauchen noch ein paar Wochen, um ihre Angelegenheiten in Hannover zu regeln, bevor sie nach St. Petersburg übersiedeln.«

Auch Stephan hatte sich erhoben, als Lorenz die Hand auf Boris' Schulterblatt drückte und ihn in den Nebenraum lotste. »Ich werde mich für heute verabschieden«, sagte er. »Meine Frau hat sich schon beschwert, dass sie mich viel zu selten sieht.«

»Mach das, Stephan, und richte ihr schöne Grüße von mir aus«, sagte Lorenz über die Schulter.

Auch Boris drehte sich um, aber er schwieg und seine Miene blieb unergründlich. Stephan beschloss, sich keine weiteren Gedanken über die Launenhaftigkeit des Dichters zu machen. Er hatte wahrlich Wichtigeres zu tun.

Boris schwankte in seinen Empfindungen gegenüber Stephan. Einerseits war er wütend auf ihn, weil er seine wunderbare Frau neben sich verkümmern ließ. Andererseits zerriss ihn die Eifersucht darauf, dass Stephan Johannas Gesellschaft genießen durfte, wann er wollte, und darüber, dass er ihr in den vergangenen Jahren vermutlich so nah gekommen war, wie es Boris nie vergönnt sein würde.

Nein, er machte sich nichts vor: Je näher er Johanna kennenlernte, desto stärker wuchs seine Überzeugung, dass sie die Eine war, der Fixstern an seinem Himmel. Passte es nicht zu seinem erbärmlichen Leben, dass sich selbst die Liebe wie Sterben anfühlte?

Mit jeder Faser seines Körpers sehnte er sich in Johannas Nähe, aber ihm waren nur wenige Minuten an sonnigen Tagen vergönnt, wenn er sie mit ihrer Staffelei an der Newa, auf dem

Schlossplatz oder am Sommerpalast antraf. Ja, sie freute sich immer sehr, ihn zu sehen, sie hatten mittlerweile eine freundschaftliche Vertrautheit entwickelt, aber sie um einen Spaziergang oder ein Treffen abseits ihres künstlerischen Schaffens zu bitten, das hatte sich Boris bislang noch nicht getraut. Wohin sollte das auch führen? Es würde seine Sehnsucht nach ihr nur noch verstärken.

Alles an ihr war wundervoll. Ihre königliche Aura, ihr Schwanenhals, die milchweiße Haut, das offene Lachen … Und dieser selbstgefällige Philosoph wusste das alles nicht zu schätzen! Im Gegenteil: Er trieb sie mit seiner Gleichgültigkeit in die Verzweiflung, die sie bei jeder sich bietenden Gelegenheit zum Alkohol greifen ließ. Er wusste, dass sie ihre Abhängigkeit vor ihm verbarg, dass sie Minze und Kardamom kaute, um ihren Atem frischer zu machen. Es zerriss ihn schier, dass sie sich ihm nicht anvertraute und sich nicht von ihm helfen ließ. Wie gerne wäre er ihr engster Vertrauter! Er würde schon dafür sorgen, dass eine bewundernswerte Frau wie sie nur bei besonderen Gelegenheiten ein Gläschen Kirschlikör oder Rotwein trank, statt sich bereits am Vormittag zu berauschen.

Es fiel ihm zunehmend schwer, in Stephans Gegenwart die eigenen Gefühle zu unterdrücken. Aber er würde es schaffen, denn er wollte auf diesen wertvollen Kontakt zu Lorenz Hermann nicht mehr verzichten.

Von Lorenz' Berührung zwischen seinen Schulterblättern strahlte Hitze aus. Boris spürte, wie ihm ein Schweißtropfen in den Nacken rann, nachdem sie Stephan verabschiedet hatten und den Raum, in dem sich die Druckerpresse befand, betraten. Lorenz hatte diese Angewohnheit, sein Gegenüber ständig anzufassen, aber direkt unangenehm war es Boris nicht. Im Gegenteil, es unterstrich noch ihre Verbindung zueinander. Jetzt trat er einen Schritt von ihm weg und betrachtete die Setzkästen, die auf einem Regal nebeneinanderlagen.

»Schau, in jedem Kasten sind verschiedene Schriftarten und Schriftgrößen. Die Buchstaben sind in Spiegelschrift, und auf diese Art werden sie in dem Winkelhaken angeordnet.« Lorenz zeigte ihm den rechteckigen Kasten und setzte ein paar Lettern probeweise ein.

»Eine Kunst für sich«, murmelte Boris. »Auf was man da alles achten muss. Dass die Zeilenabstände gleichmäßig sind, die Abstände zwischen den Wörtern und Zeichen ...«

Lorenz lachte. »Das soll nicht unsere Sorge sein. Wir werden uns darum kümmern, dass die richtige Art von Texten in die Druckform kommt und vervielfältigt wird, nicht wahr?«

Boris hob den Blick von den Lettern und lächelte Lorenz an. In der nächsten Sekunde spürte er die Hand des Freundes an der Wange. Boris' Herz setzte einen Moment lang aus, bevor es mit doppelter Kraft wieder schlug. Es fühlte sich an, als wollte es ihm aus der Brust springen. Die Finger waren weich wie Samt, mit dem Daumen streichelte Lorenz über sein Kinn und seine Unterlippe.

»Lorenz, ich ...« Boris hob die Hand, um Lorenz' Arm wegzunehmen. Aber Lorenz ließ sich nicht leicht abschütteln. Er trat noch einen Schritt näher, sodass sich ihre Jacken berührten und Boris seinen Duft nach Cognac und einem herben Parfum riechen konnte. Er hörte, dass Lorenz schneller atmete, und als dieser den Kopf neigte und sanft mit seinem Mund seine Lippen berührte, stand Boris da wie versteinert, zu jeder Bewegung unfähig, während in seinem Inneren ein Orkan losbrach. Lorenz' Lippen fühlten sich liebevoll an, und das Streicheln schickte Boris wohlige Schauer über den Rücken. Seine eigenen Erfahrungen mit Zärtlichkeiten beschränkten sich auf wenige Zusammentreffen mit einem der Dienstmädchen und einer Nachbarstochter, mit der er sich in einer Rosenlaube im Garten geküsst hatte. Im Vergleich zu dem, was Lorenz hier begann, waren die Vergnügungen mit den Mädchen unschuldig gewesen, aber was am schwersten wog: Seit wann löste ein anderer Mann solcherart Regungen bei ihm aus? Es verwirrte und erschreckte ihn gleichermaßen. Er nahm Lorenz' Hand und hielt sie in seiner. »Ich will das nicht«, sagte er mit fester Stimme.

In die Augen des Journalisten trat ein Ausdruck von Kummer, der Boris fast körperlichen Schmerz zufügte. Aber schon im nächsten Moment wich die Enttäuschung Lorenz' üblicher Arroganz.

»Ich hatte gehofft, dass du genauso empfindest wie ich«, sagte Lorenz. »Traust du dich nicht, zu deinen Sehnsüchten zu stehen? Glaub mir, dir entgeht etwas.« In der nächsten Sekunde wich alle Zartheit einer Leidenschaft, die Boris überwältigte. Er stemmte die Arme gegen Lorenz' Brust, aber der hielt ihn wie mit Schraubzwingen und presste die Lippen auf seine, während die Finger an seiner Taille hinab in Richtung Unterleib wanderten.

Endlich erwachte Boris aus seiner Starre und schubste Lorenz mit Wucht von sich weg. Lorenz taumelte, aber er fing sich an der Druckerpresse, und einen Wimpernschlag später hatte er seine Fassung wiedergefunden. Er fuhr sich mit dem Handrücken über den Mund und richtete das Halstuch, das ihm verrutscht war.

Boris hob beide Arme und spürte Verzweiflung in sich aufsteigen, gepaart mit einem unerträglichen Widerwillen. »Ich mag dich sehr, Lorenz!«, rief er. »Aber als Freund, nicht als Liebhaber! Ich kann das nicht, wirklich, ich kann das nicht.«

»Schon gut, beruhige dich«, erwiderte Lorenz von oben herab und musterte Boris vom Scheitel bis zur Sohle. »Du solltest darauf achten, was du für Signale aussendest«, sagte er. »Alles an dir erscheint so, als würdest du Männer bevorzugen.«

Hilflos sah Boris an sich herab. »Was soll ich tun …«

»Man sieht nie eine Frau an deiner Seite. Männer in deinem Alter umgeben sich gemeinhin mit den Schönheiten der Stadt, bevor sie sich einer intensiver zuwenden. Dich sieht man stets allein und mit dem Kopf in den Wolken, als träumtest du von verbotenen Dingen.«

»Es … es tut mir leid, wenn ich diesen Eindruck erwecke und dir unbewusst Hoffnungen gemacht habe. Das war wirklich nicht meine Absicht. Ich liebe eine Frau, doch sie ist unerreichbar für mich.«

In Lorenz' Augen trat ein fiebriger Glanz. »Vielleicht redest du dir das nur ein, weil dir deine wahren Regungen peinlich sind«, zischte er, und Boris erkannte, dass seinen Freund tatsächlich die Eifersucht gepackt hatte. Was für eine bizarre Situation.

»Du kennst mich nicht besser als ich mich selbst«, widersprach Boris, straffte die Schultern und zog die Aufschläge seiner Jacke zurecht. »Es tut mir leid, dass ich dich enttäusche, aber es gibt genügend andere, die auf deine Avancen mit Vergnügen eingehen werden. Keine Sorge, ich verrate dich nicht.«

Lorenz trat bedrohlich zwei Schritte auf ihn zu. »Du verrätst mich nicht? Das will ich dir auch geraten haben, denn was ich über dich erzählen könnte, würde deine Existenz vernichten, vergiss das nie! Was meinst du, wie deine Familie reagiert, wenn ich ihnen berichte, dass du seit Monaten für die *Sankt Petersburgische Zeitung* schreibst, statt dich in der Akademie auf deine Offizierslaufbahn vorzubereiten?«

Boris ließ die Schultern hängen, von plötzlicher Mutlosigkeit durchdrungen. Er war es satt, dieses Versteckspiel. Bald war die Zeit reif, reinen Tisch zu machen, aber wenn er eine Chance haben wollte, den Frieden mit seiner Familie zu bewahren, musste er selbst mit ihnen reden.

»Tu es nicht, Lorenz«, sagte er müde. »Lass es uns nicht auf die Spitze treiben. Bitte lass uns diesen Vorfall hier vergessen und Freunde bleiben. Ich bitte dich inständig darum.« Er streckte ihm die Rechte hin. Würde Lorenz einschlagen?

Nein, er ignorierte seine Hand. »Geh jetzt. Ich muss darüber nachdenken«, sagte er und wedelte mit der Hand, als würde er ein lästiges Insekt vertreiben.

Unschlüssig trat Boris von einem Fuß auf den anderen, aber als sich Lorenz grob an ihm vorbeidrängte, um sich im Raum nebenan vermutlich noch einen Cognac einzuschenken, wandte er sich um und verließ ohne ein weiteres Wort die Buchhandlung.

Draußen empfing ihn die warme Abendluft. Die Sonne war untergegangen, aber es würde nicht mehr lange dauern, dann würde sie die ganze Nacht durchscheinen. Nach dem gerade Erlebten fragte Boris sich, ob er diese magische Zeit jemals wieder würde genießen können. Er hatte Lorenz heftig in seinem Stolz verletzt, und Boris ahnte, dass er hart zurückschlagen würde. Lorenz hielt sein Schicksal tatsächlich in den Händen. Wie erstaunlich, dass ihm das jetzt erst auffiel, da ihr Band Risse bekommen hatte. Boris hatte sich dem Älteren seelenvoll anvertraut und nie damit gerechnet, dass der ihn mit seinem Wissen erpressen könnte. Hatte Lorenz von Anfang an Theater gespielt? Hatte er sich sein Vertrauen erschlichen, um ihm näherzukommen? Belustigten ihn insgeheim seine Schreibversuche? Die Enttäuschung ließ seinen Leib verkrampfen. Gut möglich, dass er ihn nun fallen ließ. Alles, was er sich abseits seiner Familie erkämpft hatte, wäre dann verloren.

Kapitel 11

*August 1764, auf dem Weg
zum Smolny-Institut*

»Du wirst sehen, du bekommst gleich die Aufgaben der Älteren und brauchst dich nicht mit dem Lehrmaterial für die Anfängerinnen zu langweilen, mein Täubchen.« Katharina nahm neben Sonja in der Kutsche Platz und gab den Dienern, die sie zu ihrem Gefährt begleitet hatten, ein Zeichen, dass sie bereit war. Die Kleidertruhen für das Kind waren ordentlich verstaut und festgebunden. Schon hörten sie das Knallen der Peitsche und spürten das Ruckeln, als der Vierspänner anzog.

Draußen bildete sich ein kleiner Tumult, und Katharina schob die Fenstergardine zur Seite. Sie hörte, wie einer ihrer Diener rief: »Pack dich, Alte! Was hast du hier zu schnüffeln?« Die Kutsche fuhr weiter, und Katharina drehte den Kopf, aber sie sah noch, dass die Gardisten die Musketen anlegten, und ein Stück von einem Rock, als die beschimpfte Person um die Ecke verschwand.

»Es ist mir nicht recht, wenn ich wie jemand Besseres behandelt werde«, sagte Sonja. Sie presste die Lippen aufeinander, starrte geradeaus. »Ich gehe gerne in die Klasse der Sechs- bis Neunjährigen. Diese entspricht meinem Alter, da gehöre ich hin. Die älteren Mädchen würden sich von meiner Anwesenheit gedemütigt fühlen.«

Katharina musterte sie von der Seite und konnte ihre Belustigung nicht verbergen. In letzter Zeit widersprach Sonja häufig, bei sich nannte die Zarin Sonja ihr Igelkind. Aber Katharina war nachsichtig mit ihrem Liebling, so wie sie es sich nicht nehmen ließ, sie persönlich in die Mädchenschule zu bringen, die sie vor wenigen Wochen aus der Taufe gehoben hatte.

Es war wichtig, dass die Frauen in diesem Land sich weiterbildeten. Die Mädchenschule war ein erster Schritt. Volksschulen sollten in den nächsten Wochen und Monaten in allen russischen Bezirksstädten entstehen, und in jeder Provinz würde es Gymnasien geben. Es galt, das Monopol des Adels auf Bildung zu brechen und diese auf das Volk auszudehnen. Russland brauchte Bürger, die man anderswo den mittleren oder dritten Stand nannte. Eine neue Generation von Müttern und Vätern.

Sie durfte nicht vergessen, mit Stephan Mervier darüber zu diskutieren, ob es sinnvoller war, den Schulbesuch freiwillig anzubieten oder eine allgemeine Schulpflicht einzuführen. Wobei Katharina nicht daran zweifelte, dass die Unterrichtsstätten sich vor dem Zulauf kaum würden retten können. Wer war nicht daran interessiert, sich zu bilden? Es fehlten nur bislang die Möglichkeiten dazu, aber sie, Katharina, würde diesen Missstand beheben und damit einmal mehr demonstrieren, wie wichtig ihr der Fortschritt in ihrem Reich war.

Sie streichelte Sonja eine Locke aus der Stirn. »Als mein Mündel wirst du immer etwas Besonderes sein, Sonja. Gewöhne dich lieber daran. Du wirst die Schule verlassen dürfen, während die anderen Mädchen auf dem Schulgelände leben und lernen.« Den Schülerinnen war es untersagt, mit anderen Umgang zu pflegen. Selbst ihre nächsten Verwandten durften sie zwar an gewissen Tagen besuchen, aber nur in der Schule und nur im Beisein der Lehrer. Selbstverständlich galt das für das Kind der Zarin nicht. »An den Wochenenden hätte ich dich gern in meiner Nähe. Du darfst meiner Kammerzofe helfen. Freust du dich darüber?«

Sonja schob den Unterkiefer vor. »Ich würde lieber mit den anderen Mädchen dableiben. Sie werden mich hassen, weil ich Vorrechte habe.«

Katharina lachte. »Hassen dürfen sie dich, aber zeigen dürfen sie das nicht. Soll es eine bloß wagen, dich schlecht zu behandeln! Vergiss nicht, mich umgehend zu benachrichtigen, damit ich die Angelegenheit regeln kann.«

Sonja wandte den Blick aus dem Fenster und ihren Rücken der Zarin zu. »Du kannst immer alles regeln, nicht wahr?«

Katharina streichelte ihre Schulter, während die Kutsche an der Newa entlangfuhr. Hinter ihnen ritten sechs Gardisten in ihren blauen, mit Rot abgesetzten Uniformen, die Jacken mit silbernen Litzen bedeckt, vor ihr weitere vier. Passanten und Händler mit ihren Karren, Reiter und Droschken wichen dem kaiserlichen Zug aus, der selbstverständlich die Mitte der Straße einnahm. Die Glöckchen an den Halftern der Pferde bimmelten, die Hufe tockerten im Gleichklang auf die Straße.

Zur rechten Seite passierten sie den Sommerpalast mit seinem in voller Blüte stehenden Garten. Um diese Jahreszeit verbrachte Katharina die meiste Zeit dort oder in Peterhof. Im Winterpalast hatte sie nur die Truhen für Sonja packen lassen. Sie würde ihre Pelze, Muffs und gefütterten Stiefel brauchen, wenn in zwei, drei Monaten die Herbststürme über das Land fegten und die ersten Schneewolken herantrieben.

»Ich wäre eine schlechte Zarin, wenn ich nicht alles regeln könnte«, gab Katharina amüsiert zurück. Manchmal meinte sie, Sonja hätte es noch gar nicht verinnerlicht, in welche privilegierte Lage sie ihr Ziehvater Emilio gebracht hatte.

Als Schützling der Zarin stand Sonja die Welt offen, aber wusste sie das zu schätzen? Vielleicht musste sie erst reifer werden, um ihre Stellung zu genießen und das Beste für sich herauszuholen. Katharina war willens, ihr so lange die Hand zu halten, bis sie alleine laufen konnte. Sie versprach sich wirklich Großes von diesem Kind, und wenn es der Herrgott gut mit ihr meinte und ihr eine langjährige Regierungszeit schenkte, konnte sie sich durchaus mit dem Gedanken anfreunden, dass Sonja zu ihrer engsten Beraterin heranwuchs.

Am Smolny-Institut, das Katharina nach dem Vorbild des französischen Saint-Cyr-Internats gegründet hatte, würde sie inmitten von zweihundert anderen adligen Mädchen Sprachen und Arithmetik, Geografie und Geschichte, Literatur, Architektur und Heraldik lernen. Später gab es praktische Übungen. Ältere Mädchen unterrichteten jüngere, um sich auf ihre künftigen Pflichten als Mutter vorzubereiten. Sie übten, Konversation zu betreiben, befassten sich mit Kunst und Kultur, gaben selbst Konzerte und führten Theaterstücke auf. All dies sollte aber nur die Grundlage für die Karriere an der Akademie der Wissenschaften sein, die die Zarin für ihr Mündel plante.

Eine Kanzlerin hatte das russische Reich noch nicht erlebt, aber warum nicht, wenn die Kandidatin über eine so hohe Intelligenz verfügte?

»Es … es ist so ungerecht«, platzte es da aus Sonja heraus. Sie wandte sich Katharina zu. In ihren Augen schienen Funken zu sprühen. »Wie in allen Belangen werden mal wieder die Adeligen bevorzugt, und die Mädchen bürgerlicher Herkunft gehen leer aus. Wer entscheidet bloß, dass der einen Gruppe Bildung zusteht, der anderen aber nicht? Glaubst du, es ist gottgegeben, dass der Adel über mehr Intelligenz und Talente verfügt als diejenigen, die von niederer Herkunft sind?«

»Du bist der lebende Beweis dafür, dass das nicht stimmt«, gab Katharina zurück.

»Und warum öffnet das Institut nicht die Türen für alle?«

Katharina seufzte und schaute einen Moment zum Fenster hinaus, wo in der Ferne bereits die hohen weiß-blauen Türme und Gebäude des Smolny-Instituts auftauchten. Die Silhouette mit der Kathedrale hob sich gegen den tiefblauen Himmel ab. Rundherum wuchsen Buchen und Birken dicht an dicht und breiteten ihr Blätterdach über der zum Institut gehörenden Parkanlage aus. Ursprünglich hatte Zarin Elisabeth an ein Kloster gedacht, das sie als Altersruhesitz nutzen wollte, als sie ihrem Architekten Rastrelli den Bauauftrag erteilte. Die Räumlichkeiten waren perfekt für eine Mädchenschule. »Es ist in Planung«, sagte sie an Sonja gewandt. »Bereits im nächsten Jahr werden wir eine Auswahl vornehmen, um zweihundertvierzig Mädchen bürgerlicher Herkunft zu unterrichten. Aber du wirst mir zustimmen, dass diese jungen Frauen eine andere Art der Ausbildung erfahren sollten. Die Anforderungen werden in jedem Fall niedriger sein.«

Sonja schnalzte abfällig und verstummte. Katharina spürte ihre Feindseligkeit, aber sie war der Diskussionen mit ihr müde. So sehr sie ihren Scharfsinn schätzte – manchmal war es anstrengend, dem Kind die Welt zu erklären. Alles stellte sie in Frage, und Katharina hegte den Verdacht, dass der alte Zausel Emilio dazu beitrug.

Seit Sonja bei ihr war, hatte sie ihren Ziehvater dreimal gesehen. Katharina hatte zugestimmt, dass die beiden sich im Park des Sommerpalastes trafen. Sie wusste, wie sehr die Kleine an dem Alten hing, und wollte ihre Sehnsucht nach ihm nicht ins Unermessliche treiben, indem sie den Kontakt unterband. Dennoch hoffte sie, dass Sonja von sich aus irgendwann das Interesse an dem Einsiedler verlor. Was hatte er ihr schon zu bieten?

Nach den Treffen mit ihm schien Sonja noch aufbrausender zu sein. Sie stellte Fragen, die Katharina den Kopf schwirren ließen. Warum dieser oder jener Hoflieferant bevorzugt wurde und ein anderer, der seine Dienste anbot, um sein Einkommen aufzubessern, brüsk abgewiesen; warum die Hofdamen teure Seide aus China bestellen durften und wie lange ein Bauer seine Familie von der Summe ernähren konnte, die das Diadem wert war, das Katharina am vergangenen Tag getragen hatte. Sie wollte wissen, warum die Damen in ihren Fischbeinmiedern Diamanten trugen, wo immer sie sich anbringen ließen:

an Knöpfen, Futteralen und mehreren Reihen am Hutrand. Sie fragte, ob der Minister, den sie bei einem Kuss mit einem der Küchenmädchen erwischt hatte, das Mädchen wohl heiraten würde und warum das so abwegig war, dass die Zarin über die Frage lachte. Einmal war sie an Katharinas Hand durch die Korridore des Palastes spaziert, hatte sich sinnend umgeschaut und mit dem ganzen Ingrimm ihrer Jugend gemurmelt: »Wie viele Dinge es doch gibt, die man nicht braucht.«

An manchen Tagen brachte Katharina Heiterkeit und Bewunderung für die genaue Beobachtungsgabe des Mädchens auf, an anderen erschöpfte sie Sonjas unermüdliche Art, die Dinge zu hinterfragen, statt sie als gegeben hinzunehmen.

Der Kutscher lenkte das Gefährt den Gardisten hinterher in den Innenhof des Instituts. Katharina richtete mit wenigen Handgriffen ihre Frisur, obwohl diese noch so perfekt saß, wie ihre Kammerzofe sie am Morgen gesteckt hatte.

Sonja linste an ihr vorbei aus dem Fenster und stieß einen Seufzer aus, als sie sah, dass sämtliche Schülerinnen und das Lehrpersonal sich aufgestellt hatten, um den hohen Besuch zu empfangen.

»Haltung, Mademoiselle«, flüsterte Katharina ihr lächelnd ins Ohr, bevor sie selbst ausstieg. Schweigen senkte sich über die Menschenmenge. Die Lehrerinnen in ihren schwarzen, hochgeschlossenen schmucklosen Kleidern, die Mädchen mit ihren strengen Frisuren, in ihren Schnallenschuhen und mit bauschigen Rüschenkleidern, der Direktor in seinem graubraunen Justaucorps, aus dem die weiße Spitze seines Hemdes herausragte, die vielen Bediensteten in ihrer Tracht – Köchinnen, Gärtner, Zimmermädchen … Alle starrten sie die Zarin an, bevor sie wie auf ein geheimes Zeichen auf die Knie sanken. Tief neigten sie die Köpfe, und das Personal ließ es sich nicht nehmen, sich vor der Kaiserin auf den Boden zu legen.

Wohlwollend ließ Katharina den Blick über ihre Untertanen hinwegschweifen, während sie gleichzeitig die Ungeduld des neben ihr stehenden Mädchens spürte. Sonja trippelte von einem Fuß auf den anderen. Katharina sah, dass ihr Gesicht rot angelaufen war und dass sie sich auf die Lippen biss. Es war wohl doch sinnvoller, sie in die ihrem Alter entsprechende Klasse zu stecken. Auch wenn Sonja über eine theoretische Bildung verfügte, die sie sich in Büchern angelesen und am Zarenhof erworben hatte, bewegte sie sich auf dem gesellschaftlichen Parkett wenig souverän. Diesbezüglich musste sie noch viel nachholen. Katharina beschloss, diese Thematik mit Direktor Pawel Jawlenski zu besprechen, der nun, da die Zarin das Zeichen zum Aufrichten gegeben hatte, mit offenen Armen auf sie zukam. Routiniert reichte Katharina ihm die Hand, über die er sich mit elegantem Schwung beugte, wobei er den Blick auf den Scheitel seiner weißen Perücke frei gab.

»Wir sind unendlich dankbar, dass Sie das Ansehen unserer Schule mit Ihrem Besuch krönen, Eure Majestät.«

»Wie Sie wissen, geht es nicht um mich, sondern um mein Ziehkind.« Sie wies mit einem Lächeln auf Sonja, die den Direktor missmutig betrachtete. Gott, wie sie starrte!

Der Direktor wollte nach Sonjas Hand greifen, um sich darüber zu beugen. Schnell verschränkte sie ihre Arme hinterm Rücken.

Katharina lächelte nachsichtig. »Sie legt Wert darauf, dass ihr keine Sonderrolle zufällt.«

Der Direktor richtete sich auf und räusperte sich in die Faust. »Nun, als Mündel Eurer kaiserlichen Majestät …«

»Ich möchte keine Vorrechte.« Sonja reckte das Kinn. »Ich bitte Sie, dies zu berücksichtigen.« Kein Lächeln erhellte ihr Gesicht.

Irritiert schaute der Direktor von Katharina zu Sonja und wieder zurück. »Nun, wir hatten bereits besprochen, dass Sonja die Wochenenden in Gesellschaft Eurer Majestät verbringen darf. Ist das hinfällig?«

»Keineswegs«, erwiderte Katharina und warf einen zurechtweisenden Blick auf Sonja. »Wir klären das unter uns.« Sie schob das Mädchen vor. »Aber nun bitte ich Sie, sich um Sonja zu kümmern. Und berücksichtigen Sie bitte ihren Wunsch, Musikunterricht an der Harfe zu bekommen. Wie ich sehe, sind die meisten anderen Mädchen bereits eingetroffen. Sorgen Sie dafür, dass sie zügig eingegliedert wird und mit dem Unterricht begonnen werden kann.«

»Selbstverständlich.« Wieder verneigte sich Jawlenski. Die Pferde der Gardisten, die links und rechts der Kutsche in Reihen standen, scharrten ungeduldig mit den Hufen. Einige wieherten und tänzelten und mussten besänftigt werden. »Die Mädchen haben ein Lied vorbereitet …« Mit einem nervösen Blinzeln wandte er sich an die Herrscherin.

Katharina machte eine gewährende Geste, während Jawlenski Sonja an die Hand nahm. »Auf Wiedersehen, mein Sonnenschein«, sagte Katharina.

»Auf Wiedersehen, Maman«, murmelte Sonja und ließ sich von Jawlenski zu einer Lehrerin führen, die sich sogleich zu ihr beugte und sie freundlich begrüßte.

Katharinas Missstimmung wegen Sonjas Betragen verflog, als sie sah, wie liebevoll der Umgang hier war. Mit ihren hellen Mädchenstimmen stimmten die Schülerinnen ein munteres französisches Begrüßungslied an.

Sonja würde sich im Handumdrehen einleben. Hoffentlich schaute sie sich von der einen oder anderen Mitschülerin ab, wie man mit Diplomatie und Anmut durchs Leben ging, und die Lehrerinnen würden hoffentlich alles daransetzen, die Etikette zu lehren. Das sollte doch zu einem Wandel in Sonjas Mentalität führen. Ihre Bockigkeit war der Wermutstropfen in ihrem ansonsten so liebenswürdigen Charakter.

Wie die sich aufspielten in ihren piekfeinen Uniformen mit den glänzenden Messingknöpfen! Rasselten mit den Säbeln und legten die Musketen an, nur weil sie sich die kaiserliche

Kutsche anschaute, in der die Zarin und das Mädchen saßen. Marija schubste den Dienstboten beiseite, der nach ihr greifen wollte, während sich die Gardisten auf ihren hohen Rössern in Stellung brachten und sie mit Blicken zu durchbohren schienen. Der Diener verlor das Gleichgewicht und ruderte mit den Armen, aber Marija nahm sich noch die Zeit, um vor sich auf den Schlossplatz auszuspucken, bevor sie mit wehenden Röcken in Richtung Flussufer davonlief.

Wie hatte er sie genannt? Alte? Sie war vermutlich noch keine dreißig Jahre alt, den Tag ihrer Geburt kannte sie nicht. Aber der Schmutz, der ihren Körper und ihr Gesicht bedeckte, das löchrige Kleid, das um ihre magere Gestalt schlotterte, und das helle Grau ihrer seit Jahren ungekämmten Haare ließen sie wie eine hochbetagte Bettlerin aussehen. Vermutlich wunderten sie sich, auf welch flinken Füßen das Großmütterlein davoneilte. Sie grinste bei dem Gedanken. Was für ein Aufstand, bloß weil eine harmlose Frau wie sie ein paar Sekunden lang den goldenen Glanz des kaiserlichen Gefährts genießen wollte!

Marija atmete schwer. Die Luft strömte pfeifend aus ihrer Lunge, während sie an der Admiralität vorbeihetzte in Richtung der Fischerhütten, die sich in gebührendem Abstand zu den Villen der Majore und Generäle direkt am Ufer drängten. Sie stierte über die Schulter, ihr Haar flog ihr ins Gesicht. Nein, heute verfolgten sie sie nicht. Das war es ihnen nicht wert. Sie hatte ja auch nichts getan.

Sie musste in Zukunft vorsichtiger sein, wenn sie sich in der Nähe des Mädchens aufhielt.

Sie erreichte den löchrigen Kahn aus morschem Holz, der auf dem grasbewachsenen Ufer stand und in dem sie schon einige Male geschlafen hatte, schwang ein Bein hinein und kletterte ins Innere. Mit einem Seufzen ließ sie sich auf die hintere Bank plumpsen, breitbeinig, die Arme zwischen den Knien hängend, den Kopf gebeugt, sodass die Zotteln an ihren Schläfen hinab ihre Wangen bedeckten. Es fühlte sich gut an, wenn die Haare ihre Züge verdeckten, fast, als würde sie unsichtbar werden.

Marija nahm noch mehrere Atemzüge, bevor sich ihr Herzschlag allmählich beruhigte. Sie griff in ihre Rocktasche und zog einen schimmeligen Kanten Schwarzbrot hervor, in den sie von der Seite biss, mit den wenigen Zähnen, die ihr noch geblieben waren. Sie kaute mit offenem Mund und starrte über das gemächlich treibende Wasser, das heute schwarz und unergründlich war. Wie Spielzeuge trieben die kleinen und größeren Boote darauf herum, Männer, Frauen und Kinder setzten von einem Ufer ans andere über, warfen Netze aus, tauchten Stöcke und Ruder in das schlammige Nass. Fast erwartete Marija, dass sich aus den Tiefen des Flusses eine Klauenhand mit Schwimmhäuten erhob und sich einen Teil dieser armseligen Würmer griff. Sie kicherte bei dem Gedanken.

Sie waren gierig, die Wassergeister, und dankbar für die Opfer, die sie ihnen gebracht hatte. Nur das erste Kind, das sie geboren hatte, war sie ihnen schuldig geblieben. Marija war es selbst ein Rätsel, was sie getrieben hatte, dieses Mädchen nicht sofort beiseitezuschaffen.

Während ihrer Flucht aus der Leibeigenschaft auf einem Landgut südlich von Moskau war das Kind in ihr gewachsen. Woche um Woche, Monat um Monat hatte Marija die Veränderungen an ihrem Körper miterlebt und sich lange Zeit gewundert, was da mit ihr geschah. Wie viele Sommer waren seitdem vergangen? Sieben, acht? In den Wäldern bei Nowgorod hatte sie das Kind unter unerträglichen Schmerzen aus ihrem Leib gepresst, die Nabelschnur mit dem Messer durchtrennt, mit dem sie auch die Nüsse knackte und die Hasen zerlegte, die in ihren Fallen verendeten.

Sie hätten beide nicht überlebt, wenn sie nicht gefunden worden wären. Zunächst war sie dankbar, sich einer Gruppe von Vogelfreien anschließen zu können, die genau wie sie die Ketten gesprengt hatten und der Sklaverei entflohen waren.

Sie pflegten sie und das Kind, aber als es ihr besser ging, verursachte ihr diese Gruppe aus einem guten Dutzend Männern und Frauen wie jede andere Gemeinschaft Übelkeit.

Sie hasste es, sich an Regeln zu halten, sie geriet in Raserei, wenn jemand sie zurechtwies, und sie wollte demjenigen, der sich aufschwang, das Sagen zu haben, die Kehle durchschneiden. Und immer lachten und tuschelten sie über sie, behaupteten, sie würde verworrenes Zeug reden und sich mit sich selbst unterhalten.

Ihr Spott traf sie so tief, dass sie für mehrere Monate völlig verstummte. Eine friedliche Zeit, in der sie allein war mit den Stimmen in ihrem Kopf, die ihr zuflüsterten, was richtig oder falsch war. In einer Frühlingsnacht zischten sie ihr zu, sie solle mit dem Kind, das keinen Namen hatte, fliehen. Sie stahl die Fleischvorräte der anderen, griff sich ein weiteres Messer und hängte sich das Wolfsfell des Anführers über, das ihr gleichzeitig als Nachtlager in der Wildnis dienen sollte. Das Kind band sie mit einem Tuch um ihren Leib.

Sie hätte sich denken können, dass es eine Last werden würde. Was sie bis zu diesem Zeitpunkt angetrieben hatte, sich um das kleine Wesen zu kümmern, lag vermutlich in ihrem Inneren verborgen, ein Urinstinkt, der ihr Handeln steuerte und die leiseste Stimme in ihrem Kopf war. Nun wartete sie, während ihre Füße sie weiter Richtung St. Petersburg trieben, darauf, dass sich etwas wie Liebe in ihr rührte, ein warmes Gefühl, wie sie es in der Nacht erlebt hatte, als das Kind entstanden war. Aber da war nichts als eine kühle Leere in ihrem Brustkorb.

Die Idee, sich des Mädchens zu entledigen, nahm Gestalt an. Und da war die Angst: Mehr als je zuvor fühlte sie sich, als hätte sich die Welt gegen sie verschworen. Alle Vogelfreien verfolgten und belauerten sie, alle Gutsbesitzer setzten Jäger ein, um sie einzuholen, und selbst die Zarin ließ Soldaten die Wälder nach ihr absuchen. Sie war allein mit diesem Kind, und die Welt hatte sich gegen sie verschworen. Keinem konnte sie mehr trauen.

Als sie den Ladogasee erreichte, erschien es ihr zunächst wie das Natürlichste der Welt, das Kleine so lange unter Wasser zu drücken, bis es sich nicht mehr rührte, und dann den Wellen anzuvertrauen. Sie stellte sich vor, dass ihr ein Fischschwanz wachsen würde und dass sie in Mondnächten an der Wasseroberfläche mit den anderen Wasserhexen tanzen würde, und ihren Gesang würde der Wind in die Stadt treiben. Sie lachte und weinte gleichzeitig bei dieser Vorstellung.

Aber irgendetwas in ihr widersetzte sich. Der Gedanke, das Kind leblos und starr im Arm zu halten, schnürte ihr die Kehle zu. Warum dieser Widerstand in ihr bei dem ersten Kind? Bei dem zweiten und dritten hatte sie, ohne zu zögern, auf die inneren Stimmen gehört, die ihr in einem melodiösen Singsang einflüsterten, sie müsse sie ertränken.

Vielleicht hatte es damit zu tun, dass der Vater dieses ersten Kindes so besonders war. Einer, der trotz seines jugendlichen Alters ein Feuer in ihr entzündet und sie zur Frau gemacht hatte, einer, der sich daran ergötzt hatte, ihr Lust zu schenken. Das hatte sie danach nicht mehr erlebt. Die Männer, die sich ihres Körpers bedienen durften, solange sie ihr Kwass oder Kascha oder in den Winternächten einen Platz an ihrem Ofen gaben, grunzten wie Eber über ihr und ermatteten dann.

Ihr Blick ging nun zu den hölzernen Hütten, aus deren Kaminen sich der Rauch in den Himmel kräuselte. Viele Fischer räucherten in dieser Jahreszeit ihren Fang, um ihn haltbar zu machen. Die meisten lebten dort mit ihren Familien, aber es gab einsame Männer wie den schweigsamen Lew mit den Kohlenaugen, den Marija Ljowuschka nannte, der ihr zu essen und zu trinken und manchmal ein freundliches Wort gab, wenn sie ihm das Bett wärmte. Es würde nicht mehr lange dauern, bis ihr dieses Zusammensein in der Fischergruppe wieder die Luft zum Atmen nehmen würde und es an der Zeit wäre, weiterzuziehen – natürlich nicht so weit, dass sie die Kleine aus den Augen verlor.

Vom ersten Moment an, da sie sie im Wald ausgesetzt und von einer Baumkrone aus beobachtet hatte, wie der Einsiedler sich ihrer angenommen hatte, verfolgte sie die Geschicke des Mädchens. Es musste vom Glück begünstigt sein, wenn es in die Obhut eines guten Mannes gelangt war, obwohl Marijas Misstrauen blieb. Sie überzeugte sich in regelmäßigen Abständen davon, dass es dem Mädchen an nichts mangelte – nicht etwa, weil es sie glücklich machte, wenn das Kind gedieh. Es erschien ihr lediglich spannend zu beobachten, wie ein Schutzengel über das Mädchen wachte. Hatte der Herr im Himmel besondere Pläne mit ihr?

Atemlos beobachtete sie irgendwann, wie Emilio ihre Tochter an den Zarenhof brachte, und da erkannte Marija, dass es mit diesem Kind etwas Eigenartiges auf sich hatte. Möglicherweise würde ein Teil dieser Magie auf sie übergehen und ihr irgendwann zu einem besseren Auskommen verhelfen. Sie würde Sonja, wie Emilio das Mädchen genannt hatte, niemals aus den Augen lassen, stets bereit, den passenden Moment abzuwarten, um sich zu erkennen zu geben. Es sollte doch mit dem Teufel zugehen, wenn das Glückskind am Ende nicht auch in ihrem eigenen Leben alles zum Guten wenden würde.

Kapitel 12

September 1764, im Kleinen Saal des Hotels Metropol

»Potemkin ist verschwunden.« Stephan Mervier nahm einen Schluck aus seinem Cognacglas, während sein Blick über die Männer in den Sesseln rund um den niedrigen, polierten Holztisch ging.

Boris betrachtete ihn unauffällig von der Seite. Das Gesicht des Philosophen hatte sich verändert, zwei Kerben zogen sich von der Nase zu den Mundwinkeln. Seine Augen wirkten weniger fragend und neugierig auf die Welt, sondern hart und entschlossen. Ob er sich manchmal wünschte, nie nach Russland gekommen zu sein?

»Kein Wunder, nachdem er nicht mehr an einen griechischen Gott, sondern an einen Zyklopen erinnert«, warf Marco Conti ein und gluckste vor Lachen. In seinem französischen Frack saß er lässig auf der Armlehne eines Sessels und führte sich eine Zigarre zwischen die Lippen. Er stieß blauen Rauch in Kringeln aus. Wie ein Karpfen auf dem Trockenen, dachte Boris und schalt sich selbst, weil er lieber die Menschen beobachtete, als sich in die Männerrunde einzubringen. Die gepflegte Unterhaltung war nicht sein größtes Talent. Mit sich allein und vor seinem Notizblock fiel es ihm leichter, kluge Gedanken zu formulieren.

Die anderen Männer stimmten in Contis Lachen ein, aber Boris verzog nur gequält den Mund. Von allen, die sich ihrem

Bund angeschlossen hatten, war ihm Conti, der am Smolny-Institut Latein unterrichtete und an einem Geschwür im Leib leiden sollte, der Unsympathischste. Sein Spott war – vielleicht aufgrund seines Leidens – verletzend, sein Humor niemals heiter, und er nahm ihn, den Studenten der Marineakademie und Dichter, nicht ernst. Nach Möglichkeit hielt sich Boris von Conti fern.

Ihre Gemeinschaft war inzwischen auf mehr als zwei Dutzend Männer angewachsen, Männer, die sich nicht scheuten, die Herausforderungen der Gegenwart anzunehmen, Männer, die kontroverse Ideen begrüßten und die in brüderlicher Eintracht miteinander verbunden waren. So jedenfalls formulierte es Lorenz Hermann. Boris war sich nicht sicher, ob dies nicht zu viel Pathos war. Sie alle sollten für Menschlichkeit, Friedensliebe und Gerechtigkeit stehen, hieß es, und solange diese Werte dem Zarenregime zuwiderliefen, würden sie ein Geheimbund bleiben, der sich nach außen hin als philosophischer Zirkel tarnte.

Boris gefiel der Gedanke, dass sie Nachfolger der antiken und mittelalterlichen Denker, Wissenschaftler und Philosophen waren, die im Zeitalter der Inquisition verboten worden waren. Dass sie alles hinterfragten, was das bisherige Weltbild ausmachte, und alles, was Staatsordnungen als unumstößlich verkauften. Bei der Verbreitung der neuen Wahrheiten achteten sie darauf, die einfache Sprache der Ungelehrten zu verwenden, denn genau die wollten sie mit Flugschriften, Gedichten und Abhandlungen erreichen. Boris fiel es nicht schwer, mit der Sprache zu spielen, vor allem, wenn das Ziel so edel klang: Sie wollten den Menschen die Angst nehmen und sie dazu anhalten, den eigenen Verstand zu nutzen.

Die Männer waren handverlesen, nur auf ausdrückliche Empfehlung eines Gründungsmitglieds konnte man dem Bund beitreten. Boris selbst hatte seinen Freund Dmitri im Sinn, aber ein erstes Erfühlen seiner Einstellung der Zarin gegenüber ließ Boris von seinem Vorhaben Abstand nehmen. Dmitri gab sich als treu untergebener Diener Ihrer Majestät und hegte die nicht unbegründete Absicht, nach dem Abschluss seines Jurastudiums bei der von Katharina ins Leben gerufenen Gesetzgebenden Kommission mitzuarbeiten. Er würde den Teufel tun und die Zarin reizen. Sie war der Schlüssel zu seinem weiteren Karriereweg.

Obwohl Boris in ihrer vertraulichen Unterredung in einer Schenke auf der Wassiljewski-Insel nichts von dem Geheimbund erwähnt, sondern vorgegeben hatte, lediglich eine gesellschaftskritische Diskussion zu führen, kam ihm sein Freund auf die Schliche und drohte ihm mit erhobenem Zeigefinger. »Mach keine Dummheiten, Borja. In Sibirien ist es zu kalt zum Schreiben.« Boris war das Lachen im Hals stecken geblieben, aber er hatte sich nichts anmerken lassen und Dmitri mit seinem Kwass zugeprostet.

Die beiden Deutschen jedoch, die aus Hannover angereist waren, um die Druckerpresse zu bedienen, schlossen sich nach den Erläuterungen Lorenz Hermanns voller Überzeugung der Gruppe an. Sie hatten, wie sie erzählten, in den vom Krieg gezeichneten Elendsjahren gelitten und wollten sich jetzt über die deutschen Lande hinaus für Gerechtigkeit einsetzen.

Es gab im Geheimbund keinen Obersten, aber genau wie Boris orientierten sich die meisten an Stephan Mervier und Lorenz Hermann. Das Hinterzimmer der Buchhandlung war längst zu klein geworden für ihre Treffen, und der Direktor des Hotels Metropol an der Moika vermietete seinen Saal nur zu gern an einen philosophischen Zirkel.

Die Männer saßen in kleinen Gruppen zusammen und bedienten sich an den Spirituosen, die das Hotel auf einer aus Tischen zusammengestellten Bar zur Verfügung stellte. Boris trank verdünnten Wein aus einem Becher und griff nach einem Stück geröstetem Brot mit Sauerrahm und Kaviar von einem der bereitgestellten Teller.

In Boris' Gesellschaft saßen nicht nur Stephan Mervier und Marco Conti, sondern auch Dietrich Damm, Professor für Astronomie an der Akademie der Wissenschaften, sowie der französische Arzt Pierre Lefevre, der in Paris studiert hatte und vor drei Jahren nach St. Petersburg gekommen war.

»Es heißt, die Orlow-Brüder seien dafür verantwortlich, dass Potemkin sein Auge verloren hat«, bemerkte der Professor und biss in eine Gurke. Als Einziger in der Runde trug er eine weiße Perücke, vermutlich, um seinen altersbedingten Haarausfall zu kaschieren, ging es Boris durch den Kopf. »Zuzutrauen wäre es denen. Vor allem Alexej. Ich glaube, dem sitzt das Schwert recht locker am Gürtel.« Der Professor, ursprünglich aus Hamburg stammend, gehörte erst seit zwei Wochen zu ihnen. Eine junge Frau aus dem direkten Umfeld der Zarin – die Tochter der Kammerzofe – hatte ihn zum Narren gehalten und ihm Hörner aufgesetzt, was die Klatschmäuler zu einem der Lieblingsthemen am Hof und in der Stadt aufgeplustert hatten. Bei seinem Eintritt gestand er zerknirscht, er habe sich lange genug zum Tölpel und zum Mittelpunkt des stockdummen Geplappers gemacht und wolle sich wieder den gesellschaftlich relevanten Themen zuwenden. Er sei zu alt für amouröse Eskapaden und das Gewäsch der Leute. Seine Offenheit hatte Boris für ihn eingenommen. Wer konnte sich schon davon freisprechen, Fehler zu machen? Diese einzugestehen erforderte Mut und eine gute Portion Selbstkritik. Solche Menschen waren Boris wesentlich lieber als egozentrische Spötter und Intriganten.

Dr. Lefevre hob eine Hand. »Die Orlows sind nicht unmittelbar für den Verlust des Auges verantwortlich, wenn ich richtig informiert bin. Sie hatten ihn zwar zu einem Billardspiel eingeladen und sich dann mit den Fäusten auf ihn gestürzt, aber sein Auge hätte gerettet werden können, wenn er damit zu uns gekommen wäre, statt zu einem Quacksalber, der es mit seiner ranzigen Salbe und einem rostigen Messer nur noch schlimmer gemacht hat.«

Alle spitzten die Ohren, wenn Dr. Lefevre sprach. Seine dünne Fistelstimme trug nicht weit. Er arbeitete im ältesten Ärztehaus der Stadt, das inzwischen in nichts mehr an das ursprüngliche, auf Stelzen stehende Holzhaus aus der Zeit der Stadtgründung erinnerte, sondern ein imposanter Bau aus Stein war. Obwohl er seine Arbeit mit dem alteingesessenen Petersburger Mediziner Dr. Lukas van der Linden liebte, wie er erzählt hatte, stellte er seinen Entschluss, in die russische Hauptstadt übergesiedelt zu sein, in Frage. Er fühlte sich hier fremd, kam nicht gut mit dem verschlossenen Wesen der Russen zurecht und vermisste schmerzlich die französische Küche. Er hatte sofort deutliches Interesse gezeigt, als Stephan Mervier ihn mit hartnäckigem Husten aufgesucht und in einem zwanglosen Gespräch von Patient zu Arzt seine Gesinnung überprüft hatte. Wenig später war er in den Bund eingetreten.

Stephan Mervier rückte auf seinem Sessel vor. »Ich halte es für eine gute Entwicklung, dass Potemkin den Zarenhof verlassen hat. Er lag der Zarin praktisch zu Füßen. Wenn er weiter an Einfluss gewonnen hätte, hätte er ihr nur nach dem Mund geredet. Was wir für unsere Sache brauchen, sind jedoch einflussreiche Männer, die sich der Zarin entgegenstellen.«

»Das kannst doch du sein«, warf Boris ein und hielt Stephans Blick stand. »Keiner von uns ist dichter an ihr dran als du.«

Stephan Mervier legte beim Lachen den Kopf in den Nacken. »Als würde sie auf mich hören! Ich bin nichts weiter als ihr Spielzeug, und wenn es nach ihr geht, auch ihr Sprachrohr nach Europa. Nein, ich bin ihr gegenüber machtlos, zumal es größere Philosophen als mich gibt. Wusstet ihr, dass sie Denis Diderot, der finanziell am Abgrund steht, pro forma seine Bibliothek abgekauft und ihn mit Geld für Neuanschaffungen ausgestattet hat?« Er stieß ein Lachen aus. »Für solch publikumswirksame Aktionen nimmt sie sich die Zeit und greift tief in den Geldbeutel. Am Ende dreht es sich wieder einmal nur um ihr Ansehen als Gönnerin. Dennoch bereue ich meine Entscheidung nicht, nach St. Petersburg gekommen zu sein. Wäre ich nicht nach Russland gereist, hätte ich mich selbst vielleicht niemals kennengelernt«, fügte er hinzu.

»Ich habe gehört, dass sie den französischen Philosophen D'Alembert, der mit Diderot zusammen die Enzyklopädie herausgibt, gebeten hat, nach Russland zu kommen, um die Erziehung ihres Sohnes und Thronfolgers Paul zu übernehmen«, bemerkte Professor Damm. »Sie hat ihm eine Stadtvilla, eine unglaubliche Leibrente und die gesamten Privilegien eines russischen Botschafters versprochen, aber er hat abgelehnt. So weit kann es also mit ihrem Ruf in Europa nicht her sein, wenn sie sich derart krummlegen muss, um die Leute hierherzulocken, nur um doch wieder Absagen zu kassieren.«

»Ich vermute, Diderot selbst wird demnächst anreisen«, sagte Stephan. »Nachdem Katharina ihm praktisch seine Existenz gerettet hat, wird er sich nicht länger zieren können.«

Eine Weile tauschten die Männer in Zwiegesprächen ihre Gedanken über Abhängigkeiten und Künstlerfreiheit aus, bis Lorenz auf seine pragmatische Art das Gemurmel durchbrach und die anderen mit einer Handbewegung näher heran bat, damit er die Stimme senken konnte. »Wir sollten uns auf Potemkin konzentrieren, das hat mehr Sprengkraft als alles, was von Diderot kommen kann. Wir sollten eine inoffizielle Meldung per Flugblatt nachschieben, um die sittenlosen Verhältnisse am Zarenhof zu verdeutlichen. Ich meine, da prügeln sich zwei Männer, die beide hoffen, einen Platz im Bett der Zarin zu ergattern, und wer verliert, den überschüttet sie mit Landgütern und Diamanten, damit sich seine Wut nicht gegen sie richtet.« Er richtete sich auf und breitete die Arme aus. »Wir müssen das Volk über die Moral in den obersten Kreisen informieren und es in Rage bringen.«

Die anderen Männer nickten zustimmend, nur Stephan Mervier runzelte die Stirn, und Boris verschränkte die Arme vor der Brust. Die kämpferische Rede von Lorenz widerstrebte ihm. Was prangerte er die Zarin an, wo er selbst die Moral mit Füßen trat? Seit seinem Übergriff hatte Boris es vermieden, allein mit ihm zu sein, und weitere Vorfälle hatte es nicht gegeben. Aber er spürte die Blicke, die Lorenz ihm bei jeder Gelegenheit zuwarf, und die unausgesprochene Einladung, sich mit ihm zusammenzutun, verbunden mit der Drohung, sein Doppelleben auffliegen zu lassen.

Außer Lorenz wusste niemand, dass er die Akademie nur noch zum Schein besuchte und die Prüfungen vor sich herschob. Sein Leben hatte er dem Schreiben gewidmet. Lorenz hatte bereits zahlreiche seiner Verse und Fabeln auch in Buchform veröffentlicht.

Zu Beginn ihrer Treffen hatte Boris es genossen, von den Männern geschätzt und respektiert, für seine Texte gelobt zu werden, aber mittlerweile fühlte er sich wie in einer Schlangengrube. Was stand ihm bevor, wenn er sich eines Tages aus dem Bund löste? Würden die anderen zulassen, dass er mit dem Wissen um die wahren Beweggründe des philosophischen Zirkels aus ihrer Gemeinschaft ausstieg?

»Mir liegt viel daran, dass wir uns an die Wahrheit halten«, sagte Stephan Mervier.

Widerwillig musste Boris ihm Respekt für seine diplomatische Umsicht zollen, obwohl er ihm nach wie vor vorhielt, bei all seinem Engagement das Wichtigste zu vernachlässigen: seine Frau. »Ich will keine Hetze betreiben, ich will den Menschen zeigen, was ihnen entgeht, wenn sie freiwillig in ihrer Abhängigkeit bleiben und sich von einem Regime einschüchtern lassen, das in Glanz und Fülle lebt und sich keinen Pfifferling darum schert, wenn das Landvolk verhungert oder zu Tode geprügelt wird. Katharinas Pläne für einen Gesetzesentwurf sind null und nichtig, solange sie es nicht schafft, die Leibeigenschaft abzuschaffen, und ihren Untertanen Sand in die Augen streut. Was ist Tünche und was sind echte Reformen? Das müssen wir herausarbeiten. Kein gesunder Mann wird verschont bleiben, wenn Katharina für den nächsten Krieg am Schwarzen Meer die Wehrmacht aufstockt. Ihrem Vorhaben, das russische Reich auszuweiten, werden Abertausende Väter und Söhne zum Opfer fallen. Dafür brauchen wir keine Lügen zu erfinden, die Wahrheit ist bemerkenswert genug, solange für die Zarin Begriffe wie Menschenwürde, Freiheit und Toleranz nur leere Worthülsen sind.«

Einige applaudierten, auch Boris schloss sich an, während Stephan in seinen Sessel zurücksank.

»Nun ja«, Lorenz lächelte maliziös, »bei der Wahrheit bleiben will ich auch, aber niemand kann uns daran hindern, mit Worten zu spielen und Bilder heraufzubeschwören, die viel eindrucksvoller sind als die bloße Information, nicht wahr, Boris?«

Alle wandten sich ihm zu. Er räusperte sich. »Wir werden sehen. Ich reiße mich nicht darum. Ich nehme lieber eigene Sujets, wie ihr wisst.«

»Und das machst du gut«, bestätigte Lorenz und zwinkerte ihm zu.

Boris gelang es nicht, sich über sein Lob zu freuen. Ihre Freundschaft war vergiftet. Waren seine Werke wirklich so brillant, wie Lorenz ihm stets versicherte? Wollte er sich mit seinen Komplimenten nur seine Zuneigung erschleichen? Die Zweifel an seinem eigenen Können raubten Boris in vielen Nächten den Schlaf. »Danke, ich gebe mein Bestes.«

»Dein Bestes? Nun, ich glaube, du bist noch lange nicht an deine Grenzen gestoßen«, hob Lorenz da an, und alle starrten ihn an. »Wir brauchen eine Schrift, die die Leute wirklich wachrüttelt, ein großes Werk, verpackt in eine Fiktion.« Er wies mit der Hand auf Stephan, ohne den Blick von Boris zu nehmen. »Reden verhallen, Bücher bleiben. Willst du dich nicht mal daran versuchen, Boris?«

Seit er sich dem Bund angeschlossen hatte, beschäftigte

sich Boris schriftstellerisch überwiegend mit den gravierenden Mängeln in der Politik und der Kritik an der Zarin. Er verstand, dass dies der Sinn ihrer Gemeinschaft war, und er trug, wenn es die anderen befürworteten, gern seinen Teil dazu bei, aber insgeheim träumte er immer noch davon, einen Roman zu schreiben, in dem seine unendlich facettenreiche Gefühlswelt zum Ausdruck kam, einen Roman über die Stadt aus allen Perspektiven, verwoben mit dem fiktiven, aber tief empfundenen Schicksal eines tragischen Helden. Davon wollte in diesem Kreis niemand etwas hören. »Doch, Lorenz, gib mir Zeit. So etwas schreibt man nicht an einem Wochenende.« Er erhob sich. »Entschuldigt mich für heute.« Er deutete eine Verbeugung an, wandte sich um und verließ mit schnellen Schritten den Saal. Es fühlte sich an, als brannten die Blicke aller anderen in seinem Rücken.

Sein Leben war ein Eiertanz. Nichts lief geradlinig, nichts führte in eine hellere Zukunft. Boris schlug den Kragen seiner Jacke hoch und warf ein Ende des Wollschals, den er sich um den Hals gebunden hatte, über seine Schulter. Die zu Fäusten geballten Hände vergrub er in den Taschen und trat mit der Stiefelspitze gegen einen Stein, der auf dem Bürgersteig lag.

Er wählte kleine Straßen und Gassen abseits der belebten Hauptstraßen zum westlichen Newa-Ufer. Die Sonne warf an diesem Spätsommerabend ihre letzten Strahlen über die Dächer und spiegelte sich in den Fenstern der Wohnhäuser und Geschäfte. Die meisten Menschen, die hier lebten, arbeiteten auf der Werft und in der Admiralität. Der Geruch nach Teer und verbranntem Holz hing in der Luft und mischte sich mit dem Duft der wilden Rosen, die sich in den Hinterhöfen an den Mauern hochrankten.

Boris blieb vor einem üppig gewachsenen Strauch mit blutroten Blüten stehen und überlegte, ob er eine abbrechen sollte. Er hielt die Nase daran, sog den lieblichen Geruch ein, entschied sich aber dagegen. Es würde Johanna irritieren, wenn er ihr mit einer Blume gegenübertrat.

Das wirklich Wunderbare war, dass sich seine Beziehung zu Johanna intensiviert hatte. Nie verabredeten sie sich, aber Boris wusste, wann er sie an der Newa antraf, wann sie Einkäufe am Newski-Prospekt erledigte und wann sie, wie heute, ihre Kurse in Aktmalerei an der Kunstakademie gab. So oft es ihm möglich war, richtete er es ein, dass sie sich scheinbar zufällig begegneten. Selbstverständlich wusste sie inzwischen, dass die Häufigkeit ihrer Zusammentreffen kein Zufall mehr sein konnte, aber sie wies ihn nicht zurecht, und das ließ ihn hoffen, dass ihre Zuneigung für ihn gewachsen war.

Nach der unangenehmen Zusammenkunft im Hotel Metropol, die Boris nur einmal mehr seine eigene Unentschlossenheit vor Augen geführt hatte, reifte in ihm der Entschluss, die Zügel in die Hand zu nehmen.

Hatte Boris nicht alles Recht der Welt, dieser Frau seine Liebe zu gestehen und sie zu fragen, ob sie sich eine gemeinsame Zukunft vorstellen konnte?

Das Herz schlug ihm bis zum Hals, während er diese Fragen abwägte und sich ihre Reaktion auszumalen versuchte. Wie viel leichter wäre sein Leben mit einer Frau wie Johanna an seiner Seite, einer Künstlerseele wie ihm selbst. Sie würde ihm die Kraft geben, seiner Familie gegenüberzutreten und sich zu seinen wahren Leidenschaften zu bekennen. Alles würde besser werden, wenn sie nur erfuhr, wie es um ihn stand, und wenn sie sich dazu durchrang, Stephan Mervier zu verlassen, um in Boris' Armen die ersehnte Geborgenheit zu finden. Er würde sie mit Aufmerksamkeiten, Zärtlichkeiten, Liebesbeweisen überschütten, sodass sie es nicht mehr nötig haben würde, sich zu betrinken, um der Wirklichkeit zu entfliehen. Ihre neue Wirklichkeit wäre ein Haus voller Liebe, Geist und Kunst!

Vielleicht hätte er doch die Rose abbrechen sollen.

Der Weg zu Johanna führte über die Wahrheit. Er musste

sie über alles in Kenntnis setzen, was ihm in den letzten Monaten widerfahren war, und ihr seine Zerrissenheit schildern. Rückhaltlos würde er sich ihr anvertrauen, sodass sie gar nicht anders konnte, als ihre eigenen Gefühle für ihn zu hinterfragen und – Boris betete innerlich dafür – zu der Erkenntnis zu kommen, dass sie ihn nicht weniger liebte als er sie und dass sie bereit war, mit ihm etwas Neues zu wagen.

Er hatte das Newa-Ufer erreicht und setzte einen Fuß auf das Konstrukt, das als Brücke diente und direkt auf die Wassiljewski-Insel führte. An mehreren Stellen konnte man den Übergang trennen, sodass Schiffe passieren konnten.

Wenig später spazierte er durch den Park, in dem sich die Studenten in den frühen Abendstunden zum Poussieren und Debattieren trafen und durch den Johanna regelmäßig nach ihrem Unterricht schlenderte.

»Boris.«

Längst hatte er sie entdeckt, aber nun tat er verwundert, als sie ihn von hinten ansprach. Er drehte sich um. Die Abendsonne spiegelte sich in ihren Augen.

Er nahm ihre Hand, führte sie an seine Lippen. Wie immer befragte er sie zu ihrer Kunst, ließ sich schildern, welche Techniken sie den Schülern beigebracht hatte und ob sie Erfolge erzielten. Er lauschte ihrer Stimme und spürte den gleichmäßigen Schlag seines Herzens, als sei es nur in ihrer Gegenwart im richtigen Takt. Allem Anschein nach hatte sie heute nicht getrunken, ihr Gang wirkte sicher, ihre Sprache fließend. Die Malerei zu lehren schien ihr wichtig genug zu sein, dass sie lieber bei nüchternem Verstand blieb.

Sie schlenderten ziellos durch den Park, ließen sich vom Duft der Birken einhüllen und von den letzten Strahlen der Sonne wärmen, während Johanna berichtete, was sie an diesem Tag erlebt hatte. Er stimmte ein, wenn sie lachte, und neigte sich ihr zu, wenn sie die Stimme senkte. Dieser Spaziergang mit Johanna war der Höhepunkt seines Tages. Nur in ihrer Gegenwart fühlte er sich lebendig und heil. Was, wenn er diese Empfindungen festhalten könnte? Als sie eine Pause in ihrer Erzählung einlegte, führte er sie zu einer Holzbank und nahm ihre beiden Hände in seine.

»Johanna, ich muss mit dir reden«, begann er.

Sie musterte ihn fragend an. »Auf einmal so entschlossen?«

»Ich platze, wenn ich mir nicht bald die Seele erleichtere.«

»Bitte zerstöre nicht alles, was wir haben, Boris. Unsere Freundschaft bedeutet mir viel. Du bist mir der liebste Mensch in dieser Stadt.«

Er fühlte sich über die Maßen ermutigt. »Johanna, das macht mich so glücklich. Mir geht es nicht anders. Alles in meinem Leben läuft verkehrt, nur wenn ich mit dir zusammen bin, habe ich das Gefühl, ich tue das Richtige.«

»Du solltest mit deiner Familie reden und dafür sorgen, dass du von deiner Dichtkunst existieren kannst. Dann bist du von niemandem mehr abhängig und kannst eigene Entscheidungen treffen.« Sie entzog ihm ihre Hände, faltete sie im Schoß, blieb aber dicht neben ihm sitzen.

»Ich gerate von einer Abhängigkeit in die nächste«, bekannte er und musste sich räuspern, weil sich seine Kehle auf einmal anfühlte, als hätte er Sand geschluckt. »Ich habe dir von Lorenz Hermann erzählt, der von meinen Versen begeistert ist …«

Sie nickte. »Ja, natürlich. Mit ihm hast du einen sehr einflussreichen Mentor. Nutze die Chance, Boris.«

»Nun, er handelt nicht so uneigennützig, wie es den Anschein hat«, begann er, und es fühlte sich an, als liefe er barfuß auf Scherben. Sollte er sie wirklich einweihen in diesen peinlichen Vorfall? Doch, jetzt hatte er begonnen, er würde es zu Ende bringen. Nur wenn er wie ein offenes Buch für sie war, konnte ihre Liebe auf einem starken Fundament wachsen. »Bei einem Treffen unseres Geheimbundes, als dein Mann bereits gegangen war, da hat er sich mir genähert, und …«

Sie drückte das Rückgrat durch. »Wovon sprichst du? Was für ein Geheimbund? Was hat Stephan damit zu tun?«

Er spürte ihre Anspannung und wie ihre Aufmerksamkeit sich von ihm entfernte. Was hatte er getan? Wusste sie etwa nichts von den Plänen, die Stephan Mervier, Lorenz Hermann, er selbst und all die anderen im Hotel Metropol schmiedeten?

»Ich dachte, er pflegt Kontakte zu einem philosophischen Salon?«

Nervös schlang Boris die Finger umeinander. »Ja … ja, genau, das meinte ich, den philosophischen Zirkel.«

»Das hast du aber nicht gesagt«, fuhr sie ihn an. »Ich will wissen, was das für ein geheimer Bund ist.«

Er presste die Lippen aufeinander, rang mit sich und schüttelte den Kopf. »Ich kann dir nicht mehr erzählen, Johanna. Es ist nicht meine Aufgabe, du musst das mit Stephan klären. Ich sage dir nur dies: Es ist eine Schande, wie wenig Vertrauen er zu dir hat und wie sehr er dich aus allem ausschließt, was St. Petersburg für ihn bedeutet. Glaub mir, wärst du meine Frau, ich würde dich zum Mittelpunkt in meinem Leben machen und dich auf Händen tragen.« Er redete sich in Rage und fühlte sich, als seien Dämme in ihm gebrochen. Er hielt ihre Rechte, sah ihr in die Augen und wusste ihren Ausdruck nicht zu deuten, betete nur dafür, dass es freudige Überraschung war, weil er sich ihr endlich erklärte. »Bitte, Johanna, befreie dich aus einer Beziehung, in der du klein und unbedeutend gehalten wirst. Das hast du nicht verdient.«

Mit rasendem Puls und schwer atmend wartete er auf ihre Antwort, starrte sie an und erkannte zu seinem Entsetzen, dass eine nie zuvor gesehene Kälte in ihre Miene trat. Sie entriss ihm ihre Hände. Ihr Gesicht war weiß wie Kreide, ihre Lippen blutleer. »Was erlaubst du dir, Boris«, zischte sie. »Wie kannst du es wagen, meine Ehe in Frage zu stellen! Hältst du mich für eine Frau, die ihr Fähnchen in den Wind hängt und sich leichtfertig von ihren Versprechen löst?«

Er wich zurück, ein Zittern lief durch seinen Körper. Er hatte alles zunichtegemacht. »Johanna, verzeih … bitte.« Seine Stimme klang heiser vor Bestürzung.

Sie stieß die Luft aus, als hätte sie sie seit ihrer wütenden Rede angehalten. Ihre Schultern sackten nach vorn. Für einen Moment starrte sie auf die Spitzen ihrer Schnallenschuhe. »Du darfst so nicht reden, Boris«, sagte sie milde. »Bitte sprich nie wieder so von Stephan und mir. Stephan ist der Mann meines Lebens, mein Halt. Ohne ihn bin ich nichts wert.«

Tausend Erwiderungen lagen ihm auf der Zunge, aber er schluckte sie alle hinunter, würde sich nie wieder derart in seine Gefühle für sie hineinsteigern. Er hatte kein Recht dazu, sie zu retten, wenn sie nicht gerettet werden wollte. Er hatte alles verkehrt gemacht. Würde sie das jemals vergessen können?

Sie erhob sich, strich sich den Mantel glatt. »Ich will jetzt nach Hause«, sagte sie.

Er stand auf, trat neben sie und bot ihr seinen Arm.

Als sie nach einer knappen halben Stunde die Villa an der Fontanka erreichten, spürte Boris tiefe Erleichterung. Das Schweigen zwischen ihnen empfand er als noch unerträglicher als den Streit. Vielleicht hatte er die Frau, die er liebte, für immer verloren.

Johanna hatte die Schuhe noch nicht ausgezogen und den Mantel nicht abgelegt, als sie sich in der Küche der Villa das erste Glas Wein einschenkte und es hinunterstürzte. Sie füllte es sofort neu und wedelte mit einer Hand in Dunjas Richtung, als das Hausmädchen eintrat, knickste und sich erkundigte, was sie für Madame tun könne. »Du kannst auf dein Zimmer gehen, Dunja. Ich komme allein zurecht«, sagte sie, ohne sie anzuschauen.

Wie gut es tat, als sich die Kühle in ihrem Magen ausbreitete. Sie sehnte sich so sehr nach Alkohol, dass es ihr in diesem Moment gleichgültig war, dass das Mädchen Zeuge ihres maßlosen Trinkens wurde. Vermutlich hatte sie sich ohnehin schon ihren Teil gedacht, wenn sie die unzähligen leeren Flaschen zum Auffüllen in den Weinhandel brachte.

Nach dem zweiten Glas entledigte sich Johanna ihres Mantels und ihrer Schuhe. Der süße Rausch erreichte bereits ihren Kopf und sorgte für eine willkommene Schwerelosigkeit. In ihrem Verstand drehte sich immer und immer wieder ein Wort: Geheimbund. Was tat Stephan Geheimes? Was verbarg er vor ihr?

Sie nahm zwei Flaschen aus der Küche mit in den Salon, legte sich lang ausgestreckt auf das Kanapee und presste den rechten Unterarm auf ihre Stirn. Sie spürte Feuchtigkeit auf ihren Wangen und merkte, dass sie lautlos weinte. Die Tränen rannen ihre Schläfen hinab.

Was sich Boris bloß dachte …

Wie konnte er ihr gegenüber von Liebe reden? Hatte sie je Zweifel daran aufkommen lassen, dass sie zu Stephan gehörte? Sie stand treu an seiner Seite, als wäre sie an ihn geschmiedet. Nie wäre ihr in den Sinn gekommen, diese Beziehung aufzugeben.

Und er schuf sich ein Leben voller Geheimnisse.

Sie musste Stephan zur Besinnung bringen. Sie musste ihm unmissverständlich deutlich machen, dass er ihre Liebe aufs Spiel setzte, wenn er in Bündnissen, aus denen er sie ausschloss, seine Erfüllung fand.

Sie wusste so wenig über ihn. Wann hatte er angefangen, sich ihr gegenüber zu verschließen? Hatte das alles mit dieser Stadt zu tun? War St. Petersburg dafür verantwortlich, dass sie sich auseinanderlebten? Nein, das würde sie nicht zulassen. Sie musste handeln, bevor es zu spät war. Jetzt.

Die zweite Flasche Wein war fast geleert, als sie, sich am Geländer festhaltend, die Treppe hinab in die Eingangshalle wankte. Es kostete sie einige Mühe, Schuhe und Mantel wieder anzuziehen, aber sie schaffte es und stürzte hinaus in die

Nacht. Sie schwankte, klammerte sich an eine Laterne und rang um die Balance.

Sie wusste nicht, wie, aber irgendwann erreichte sie das Hotel Metropol, vor dem ein Diener in Livree stand. Johanna richtete sich auf und stolzierte so würdevoll, wie es ihr möglich war, an ihm vorbei. Sie nickte ihm zu, als er ihr mit Blicken folgte. »Mein Gatte erwartet mich im Saal«, sagte sie.

Johanna folgte den Hinweisschildern in der Eingangshalle des Hotels. Eine doppelflügelige, mit kunstvollen Schnitzereien verzierte Holztür führte in den Versammlungsraum. Die Klinke fühlte sich kühl wie ein Stück Eis an. Gedämpft drangen dunkle Stimmen und Lachen zu ihr.

Einen Moment lang kam ihr der Gedanke, ob es richtig war, was sie tat, aber er zerfaserte genau wie alle anderen Einfälle. In ihrem Kopf herrschte ein Nebel, dicht wie Suppe und undurchdringlich.

Tabakqualm schlug ihr entgegen, als sie die Tür aufzog, gemischt mit dem Geruch nach altem Holz und Leder. In einzelnen Gruppen saßen die Herren zusammen, rauchten, tranken, unterhielten sich. Wo war Stephan?

Ihre Sicht verschwamm, als sie den Saal nach ihm absuchte, und als sie schwankte, griff sie nach einer Stuhllehne. Das Möbelstück kippte und fiel polternd auf das Parkett. Sie schaffte es gerade noch, sich mit ausgebreiteten Armen aufrecht zu halten.

Alle Blicke richteten sich auf sie. Sie spürte sie wie Feuer auf ihrer Haut, und irgendwo in ihrem Verstand flatterte der Gedanke, dass sie mit den aufgelösten Haaren, dem verweinten Gesicht und dem nachlässig übergeworfenen Mantel wahrscheinlich abscheulich aussah. Sollten sie alle gucken! Sie hob das Kinn, als sie Stephan entdeckte. Seine Augen waren vor Entsetzen aufgerissen, sein Mund stand offen, bevor er mit vier, fünf schnellen Schritten bei ihr war, ihre Ellbogen fasste.

»Um Himmels willen, Johanna, was tust du hier!«

Sie versuchte zu lächeln, spürte aber, dass es nur eine Grimasse war. »Stört es dich, wenn ich dich bei deinen geheimen Angelegenheiten besuche?« Die Worte kamen nur zähflüssig aus ihrem Mund. Sie hörte selbst, wie verwaschen sie klangen.

»Was … was meinst du? Du weißt, dass ich zu diesem philosophischen Zirkel gehöre.«

»Willst du nicht endlich aufhören, mir diesen Unsinn zu erzählen? Warum schließt du mich aus deinem Leben aus, Stephan? Das habe ich nicht verdient.« Schon wieder liefen ihr die Tränen übers Gesicht. Alle im Saal verfolgten die Szene mit. Getuschel steigerte sich zum Lärm, und einer rief über alle hinweg: »So helft der armen Frau! Die kann doch nicht mehr sicher stehen.«

In der nächsten Sekunde wurde es schwarz vor Johannas Augen. Die Knie gaben unter ihr nach, bevor sie in einer halben Umdrehung zusammensackte. Keiner fing sie auf. Das Letzte, was sie spürte, war der Schmerz in ihrem Hüftknochen beim harten Aufprall.

Kapitel 13

Januar 1765,
im Winterpalast

»Stehen Sie auf, Dmitri. Ich will mit Ihnen reden und nicht Ihren zweifellos ansehnlichen Blondschopf betrachten.« Katharina lächelte, als sie dem Jurastudenten mit einer Geste signalisierte, dass der Ehrerbietung gegenüber der Kaiserin Genüge getan war. Dmitri hatte sich der Länge nach vor sie hingeworfen, nachdem man ihn an diesem späten Nachmittag in ihr Arbeitszimmer eingelassen hatte.

Der junge Mann richtete sich schwungvoll auf, zupfte an den Säumen seiner schwarzen Jacke und strich sich die Haare aus der Stirn. Mit leuchtenden Augen starrte er seine Kaiserin an. Katharina machte eine Geste zu dem Sessel, der vor ihrem Arbeitstisch stand, bevor sie sich dahinter niederließ und die Hände auf die Tischplatte legte.

Vermutlich zählte der Jurastudent diesen Empfang bei ihr zu den Höhepunkten seines Lebens. Sein Gesicht flackerte im Licht der Kerzen, die um diese Jahreszeit bereits am frühen Nachmittag entzündet werden mussten. Jetzt, um kurz nach fünf Uhr, war es stockdunkel in den Straßen, und in den Fenstern sah die Zarin nur ihr Spiegelbild. Im Winter ging die Sonne in St. Petersburg gegen zehn Uhr auf, gegen drei Uhr wich sie bereits der Dämmerung. Katharina hatte sich an die meisten Umstände in Russland gewöhnt, aber die Dunkelheit im Winter strapazierte noch nach all den Jahren ihre Nerven.

Wie gut, dass an diesem Nachmittag nur Termine anstanden, bei denen sie freudige Nachrichten überbringen konnte.

»Sie fragen sich sicher, warum ich Sie zu mir gebeten habe«, begann Katharina.

»Ich kann mir nicht vorstellen, wodurch ich eine solche Ehre verdient haben soll«, gab Dmitri geschmeidig zurück und fand endlich seine Fassung wieder.

Katharina fand es überaus anstrengend, wenn sich die Menschen vor ihr wanden und jedes Wort abwägten. Wie erfrischend war dagegen Potemkins Ungezogenheit gewesen, der sich nicht einen Fingerbreit darum geschert hatte, dass alle Macht bei ihr lag und sie über Schicksale und Menschenleben entscheiden konnte, wie es ihr gefiel. Von Anfang an hatte er sie durch seine Scherze, Imitationen und Frechheiten erheitert und ihr mit seiner Nähe ein Gefühl von Leichtigkeit vermittelt. Und nun war er weg … Immer wenn ihr einfiel, dass sie ihren Kammerjunker verloren hatte, verspürte sie eine bodenlose Traurigkeit. Sein Rückzug war komplett – sie hatte ihn, seit er sein Auge verloren hatte, nicht mehr gesehen, und es hieß, er studiere Theologie, lasse sich einen langen Bart wachsen und wolle sich in ein Kloster zurückziehen.

Sie zwang sich, die Gedanken an Potemkin, die sie Tag und Nacht begleiteten, zu verdrängen und sich auf ihren eifrigen Besucher zu konzentrieren. »Nun, Sie und einige Ihrer Kommilitonen an der juristischen Fakultät sind meinen Beratern als außergewöhnlich wissbegierig und strebsam aufgefallen. Ihre Auffassungsgabe scheint überdurchschnittlich entwickelt zu sein. Genau solche Studenten suche ich für eine Angelegenheit, die ich mit Fug und Recht als ein russisches Jahrhundertprojekt bezeichnen kann.«

Sein Adamsapfel hüpfte, als er schluckte. »Eure Majestät sprechen von einer Gesetzgebung für unser Land?« Seine Stimme klang belegt.

Katharina nickte und lächelte ihm zu. »Russland hat hier

viel aufzuholen, wenn es auf lange Sicht neben den europäischen Staaten bestehen will. Wir brauchen ein Regelwerk, an dem wir uns orientieren können, sonst bleibt das russische Volk im Mittelalter gefangen. Aber ich mache mir da keine Illusionen, es wird ein Mammutprojekt, und aus uns selbst heraus mit unseren Kenntnissen wird es schwierig bis unmöglich, einen umfassenden Apparat zu schaffen. Wir brauchen Hilfe aus dem Ausland, und wir brauchen Russen, die sich mit europäischem Recht auskennen. Ich brauche Spezialisten, Dmitri, und ich hoffe, dass mein Eindruck nicht trügt, dass Sie alle Anlagen dazu aufweisen, sich zu einem Experten für eine Gesetzgebende Kommission zu entwickeln.«

Dmitris Hand fuhr an seine Lippen, als wollte er einen Aufschrei unterdrücken. »Seit ich mit dem Jurastudium begonnen habe, träume ich davon, in Europa zu studieren«, wisperte er.

»Genau das hatte ich gehofft. Ich habe für Sie und einige Ihrer Kommilitonen Studienplätze in Leipzig angefragt und bekam vor wenigen Tagen die Nachricht, dass Sie bereits in diesem Semester das Studium aufnehmen können. Nun hoffe ich sehr, dass keine anderweitigen Verpflichtungen Sie in St. Petersburg halten. Sind Sie verlobt oder verheiratet?«

Dmitri schüttelte den Kopf. »Ich bin völlig unabhängig, Eure Majestät, und stehe Ihnen mit Leib und Seele zur Verfügung.«

»Sie werden mit einem Mentor nach Leipzig reisen und hoffentlich in zwei, drei Jahren mit einer Fülle an Wissen zu uns zurückkehren. Ich verspreche Ihnen, dass ein verantwortungsvoller, hochdotierter Posten in der Gesetzgebenden Kommission auf Sie wartet. Enttäuschen Sie mich nicht, und geben Sie Ihr Bestes, um nach dem Studium bei uns mit Ihrer Expertise glänzen zu können.«

Der Aufruhr, der in Dmitri tobte, war ihm deutlich anzusehen. Katharina erfreute sich an seiner Begeisterung und fühlte sich bestätigt, dass sie genau auf den Richtigen gesetzt hatte. Sie brauchten viele kluge Männer für das, was ihr vorschwebte.

Nach ihrer Vorstellung sollte die Kommission aus mindestens fünfhundert Abgeordneten bestehen: Vertreter des Adels, der Stadtbevölkerung, der Staatsbauern und der nichtrussischen Völker – Tataren, Baschkiren, Jakuten, Kalmücken …

Ihre Erkenntnisse aus der Lektüre aller fünfunddreißig Bände von Diderots Enzyklopädie, etlicher Texte von Voltaire und Montesquieus *Vom Geist der Gesetze* würden in die Artikel einfließen, die sie selbst zu verfassen gedachte. Studenten wie Dmitri, die mit sämtlichen europäischen Gesetzesvorlagen vertraut waren, würden wichtige Berater für sie sein – und hoffentlich auch Potemkin. Sie betete dafür, dass er zur Einsicht kam, zu ihr zurückkehrte und sie dabei unterstützte, Russland zu Stabilität und Selbstvertrauen zu verhelfen. Mit Orlow allein an ihrer Seite konnte sie nichts erreichen. Der sonnte sich vermutlich in dem Vergnügen, dass sein Rivale sein gutes Aussehen und sein Selbstvertrauen verloren hatte und keine Bedrohung mehr für ihn darstellte. Wenn er ahnte, wie viel wichtiger ihr inzwischen Potemkin war, würde er vermutlich schäumen vor Wut.

Sie erhob sich und reichte Dmitri die Hand, über die er sich voller Inbrunst beugte.

Sie musste schmunzeln, als sie dem Jurastudenten hinterherblickte, der in dem Bemühen, einen würdevollen Abgang zu leisten, hölzern stakste wie eine Marionettenpuppe. Vermutlich würde er vor dem Palast in die Luft springen und die Faust recken.

Das Schicksal ihrer Untertanen zu beeinflussen hob zuverlässig ihre Stimmung. Wenn Dmitri erst in ihren Diensten stand, würde sie ihm gleich eine passende Gefährtin zur Seite stellen. Es wäre eine Schande, wenn ein so gut aussehender Kerl seine besten Jahre ausschließlich der Wissenschaft widmete. Katharina war für ihr Verkupplungstalent bekannt.

Die nächsten Gäste, die sie empfing, waren ihre Kammerzofe Isabell, deren Mann Sergej und die Tochter Inna. Sonja, die übers Wochenende zu Besuch im Winterpalast war, sollte sich auf ihre Anweisung hin dazugesellen. Isabell hatte sich über die offizielle Einladung gewundert, sie sah die Zarin täglich und plauderte mit ihr. Aber sie würde noch früh genug erfahren, was Katharina beabsichtigte.

Am Smolny-Institut mochte Sonja vor allem den Unterricht. Sie liebte es, über Literatur zu fachsimpeln, komplizierte Rechnungen zu lösen, grammatikalische Besonderheiten in Fremdsprachen auswendig zu lernen. Was sie hasste, waren die Stunden, in denen ihnen beigebracht wurde, wie man nichtssagende Konversation führte, mit welchem Messer man den Fisch zerteilte und mit welchem Stich sie Blumen auf Seide sticken konnte. Sie hasste die Freizeit, wenn sie sich mit ihren Mitschülerinnen ohne straffe Ordnung und Regeln auseinandersetzen musste. Oft zog sie sich zurück, wandte den anderen im Schlafraum den Rücken zu und steckte ihre Nase in ein Buch, während die Mädchen die Köpfe zusammensteckten und tuschelten. Es lief genauso, wie sie es befürchtet hatte: Sie gehörte nicht dazu, weil man ihr als Lieblingskind der Zarin Sonderrechte zugestand.

Geradezu widerwärtig fand Sonja die Mitschülerinnen, die versuchten, sich bei ihr einzuschmeicheln, weil sie sich Vorteile von einer Freundschaft mit der Ziehtochter der Zarin erhofften. Sonja traute keinem der anderen Mädchen, gab sich ruppig und unnahbar und erfreute lieber die Lehrer mit ihrer raschen Auffassungsgabe und ihrer Neugier. In den meisten Fächern nahm sie am Unterricht der Älteren teil, weil sie der Stoff für die Jüngeren langweilte.

Sie sehnte das Ende der Schulzeit herbei. An der Akademie würde sie hoffentlich wirklich gefordert werden.

Insofern war es ihr nicht unrecht, wenn sie manches Wochenende im Winterpalast verbrachte. Dort gab es zwar hinreichend Gründe, sich zu ärgern, aber sie hatte ein Zimmer für sich und konnte sich aus der größten Bibliothek des Landes bedienen. Davon abgesehen nutzte sie ihren Freigang meistens, um sich für ein paar Stunden mit Emilio zu treffen. So auch heute. Sie freute sich darauf, den Alten umarmen zu können. Hoffentlich würde er sie zur Höhle mitnehmen, sodass sie einmal wieder Petjenka sehen und sich an ihn kuscheln konnte. Manchmal vermisste sie die Geborgenheit und das einfache Leben in der Semljanka fast schmerzlich.

Mit der Kammerzofe und deren Familie betrat Sonja das Arbeitszimmer der Kaiserin. Der Geruch in diesem Zimmer nach Leinöl, Tinte und schwerem Fliederparfum war ihr vertraut und weckte sofort die Erinnerungen an die privaten Treffen mit Katharina. Der schmeichelnde Duft stand im krassen Gegensatz zu dem Gestank nach Katzenurin und den unter Schränken vermodernden Resten von Nagetieren in den Fluren. Die Zarin ließ sie stehen, während sie um den Schreibtisch herumkam.

»Ihr wundert euch vielleicht über den Empfang.« Sie lachte. »Nun, ich wollte dir, Isabell, und dir, Sergej, ein besonderes Geschenk zu eurem fünfundzwanzigjährigen Hochzeitsjubiläum machen, auf das wir uns in Kürze freuen können.«

Isabell und Sergej wechselten einen Blick. Sonja sah das Misstrauen in den Zügen der Kammerzofe und die kriecherische Dankbarkeit im Gesichtsausdruck ihres Mannes. Beide waren ihr vom ersten Tag an zuwider. Isabell ließ an keinem Menschen in ihrem Umfeld ein gutes Haar und sorgte mit ihren bissigen Bemerkungen und falschen Behauptungen für immer neuen Stoff im Intrigenspiel des Hofes. Sergej vergötterte seine Tochter Inna und erfüllte ihr jeden Wunsch, war aber den Machenschaften seiner Gattin hilflos ausgeliefert und vergnügte sich mit anderen, sobald er der Aufmerksamkeit seiner Frau entkam. Sonja hatte ihn mehrfach überrascht, wie er seine Hand in das Dekolleté einer Bediensteten wandern ließ oder an einem Ohrläppchen knabberte.

Und Inna? Die hatte ihren Kopf nur, um sich nach den neuesten Frisurenmoden zu richten. Das Einzige, was Sonja an Inna gefiel, war ihre Tierliebe. Sie kannte jede Katze im Winterpalast mit Namen, kümmerte sich hingebungsvoll um die kranken und kleinen und steckte ihnen bei jeder Gelegenheit Naschereien zu, obwohl sie das nicht sollte, weil die Katzen davon zu behäbig wurden und die Mäusejagd vernachlässigten. Den anderen Teil ihrer Zeit verbrachte sie mit ihrer Ausstaffierung und damit, auf den prächtigen Palastbällen die ihr zugewandten Herren gegeneinander auszuspielen. Vermutlich dachte die Familie der Kammerzofe, dass Sonja zu jung war, um all diese Missstände mitzubekommen. Aber mit ihren neun Jahren entging ihr nichts.

Sergej verbeugte sich erneut vor der Zarin. »Das ist zu gütig, Eure Majestät. Es ehrt uns, dass Sie daran denken, dass wir bald unser Jubiläum feiern.«

»Aber selbstverständlich, mein lieber Sergej. Ich habe mir überlegt, dass ich euch ein Familienporträt schenke. Ein Original, wie es so noch nicht an diesen Wänden hier hängt.«

»Oh, was für ein wundervoller Einfall!« Inna klatschte in die Hände.

Sonja verschränkte die Arme vor der Brust und fixierte die Zarin. Sie ahnte Böses.

Tatsächlich wandte sich Katharina nun an sie. »Möchtest du auch gemalt werden? Zu viert würdet ihr wunderbar harmonieren.«

Isabell sog hörbar die Luft ein, Sergej schluckte, und Inna platzte heraus: »Aber sie gehört nicht zur Familie!«

Die Zarin warf ihr einen strafenden Blick zu, doch bevor sie etwas erwidern konnte, mischte sich Sonja ein. »Ich möchte das nicht, bitte, Maman. Schenk mir ein Porträt zu meinem achtzehnten Geburtstag, nicht jetzt. Ich fühle mich nicht hübsch genug, um gemalt zu werden.« Sie setzte eine Leidensmiene auf.

Katharina zwinkerte ihr zu. »Nun gut, verzichten wir in diesem Fall auf dich. Obwohl die Malerin, der ich den Auftrag erteilen will, ein außerordentliches Talent hat, die Vorzüge und Eigenheiten ihrer Modelle herauszustellen. Es ist die Frau von Stephan Mervier, Johanna Caselius. Ich habe Arbeiten von ihr gesehen, die mich in Begeisterungsstürme versetzt haben. Für dich, Inna, wird es vor deiner Hochzeit die letzte Gelegenheit sein, dich im Kreise deiner Familie zu inszenieren.«

Sonja sah, dass Inna alle Farbe aus dem Gesicht verlor. Ihr Kiefer klappte herunter, und Sonja malte sich aus, dass die von Katharina beschriebene Künstlerin in diesem Moment ihre Freude an dem originellen Ausdruck gehabt hätte.

»Aber ich … ich bin nicht verlobt. Ich wüsste auch gar nicht …« Inna geriet ins Stottern. Ihre Mutter richtete sich stockgerade auf.

»Genau das ist der Grund«, sagte Katharina, auf einmal sehr ernst. »Du hast lange genug mit den Männern gespielt, es wird Zeit, dass jemand dich am kurzen Zügel hält. Vertrau mir, ich habe genau den Richtigen für dich ausgewählt. Feodor Michailowitsch ist Sekretär des Heereszahlmeisters, Petersburger von Geburt an und ein anständiger Mann, der bislang wenig Glück in der Liebe hatte.«

Inna fasste sich an die Stirn und wankte. Ihre Mutter stützte sie mit betroffener Miene von rechts, der Vater hielt ihren linken Arm.

Katharina zog eine Augenbraue hoch. »Du kennst ihn?«

»Er ist so hässlich wie die Nacht finster«, brachte die junge Frau hervor.

»Auf die innere Schönheit kommt es an, mein Kind«, erwiderte Katharina mit einem hintergründigen Lächeln. »Es wird Zeit, dass dir das bewusst wird.«

Damit entließ die Zarin Isabell und ihre Familie. Sonja verabschiedete sich mit einem flauen Gefühl im Leib. Ihr Mitleid für Inna hielt sich in Grenzen. Aber wie rücksichtslos die Zarin über das Schicksal zweier Menschen entschied, das verursachte ihr Magendrücken. Ob sich diese Verhältnisse jemals ändern würden?

»Bleib noch ein wenig, Sonja. Wir sehen uns viel zu selten, mein Täubchen.«

»Wenn ich darf, würde ich mich lieber fertig machen für mein Treffen mit Emilio. Er kommt in einer halben Stunde zum Palast.« Sie sah, dass ein Schatten über Katharinas Gesicht fiel, und hob die Nase ein Stück höher. Ob die Zarin hoffte, dass Emilio bald starb, weil sie ihre Zuneigung nicht mit dem alten Mann teilen wollte? Zuzutrauen war es ihr.

»Du bist eine treue Seele, Sonja. Ich hätte nicht vermutet, dass er dir nach all den Jahren noch so viel bedeutet. Er muss ein wirklich guter Vater in deinen ersten Jahren gewesen sein.«

»Das war er«, sagte Sonja und knickste. »Au revoir, Maman.«

Kapitel 14

Zur selben Zeit
in der Villa Albrecht

»Ich habe mich nie für die Seefahrt interessiert.« Boris' Herz schlug hart gegen seine Rippen, als er sich beim Abendessen am Familientisch aufrichtete. Alle starrten ihn an, seine Beine zitterten, aber es gab kein Zurück mehr. »Die Marineakademie war stets nur Zwang – ich möchte kein Offizier zur See werden, ich tauge nicht dazu. Ich bin Dichter, das ist meine Bestimmung.« Boris hielt die Luft an, musterte die Mitglieder seiner Familie der Reihe nach: seine Schwester Jelena, Vetter Gernot, schließlich seinen Vater Karl. Es fühlte sich an, als ob hinter seinen Lidern ein Feuer brannte, aber er hielt den Blicken mit verzweifeltem Trotz stand.

In einem Anflug von selbstzerstörerischem Übermut hatte er sich dazu entschlossen, sein Leben vollständig neu zu ordnen. Auch wenn er daran zugrunde gehen würde – besser mit innerem Frieden sterben als noch einen Tag länger dieses unwürdige Versteckspiel. Den letzten Impuls für sein Geständnis gab ihm die Tatsache, dass sein Großvater Gustav an diesem Abend nicht an der Tafel teilnahm, da ihn Husten mit Fieber und Schüttelfrost ans Bett fesselten. Boris' Mutter brachte ihm soeben eine heiße Rindersuppe.

Dem Großvater einzugestehen, dass er seine Träume nicht fortführen würde, hätte Boris das Herz gebrochen. Er liebte den alten Herrn sehr, wollte ihn nicht enttäuschen. Wohingegen das Gefühl, als er seinen Vater vor vollendete Tatsachen stellte, durchaus dem eines Triumphes gleichkam. Er hatte nicht erwartet, dass es ihm leichtfallen würde, dem Vater die Stirn zu bieten. Aber nun fühlte er eine Stärke und einen Stolz in sich wie nie zuvor. Ein Befreiungsschlag, der seinen Atem tief in seinen Bauch fließen ließ.

Sein Vater sprang so heftig auf, dass der Stuhl hinter ihm zu Boden krachte. Boris starrte ihn an.

»War ja nur eine Frage der Zeit, wann du die Brocken hinwerfen würdest«, kommentierte Vetter Gernot lapidar Boris' Entscheidung. »Davon abgesehen hättest du die Prüfungen ohnehin nicht geschafft. Weise Entscheidung, das Studium aufzugeben, bevor alle merken, dass du den Stoff nicht beherrschst.«

Die Kommentare des Großmauls prallten an Boris ab. Seine Augen waren nur auf den Vater gerichtet, der mit überraschend geschmeidigen Schritten um den Tisch herum und direkt auf ihn zukam. Sein Gesicht hatte die Farbe von Pergament, an seiner Schläfe trat eine Ader violett hervor. Er reckte die Nase vor, was ihm das Aussehen eines spähenden Greifvogels verlieh. »Ich verbiete es dir.« Seine Stimme hallte von den vertäfelten Wänden des Speisezimmers wider. Er stand dicht vor ihm. Boris konnte die Hitze fühlen, die vom Körper seines Vaters ausströmte. Der Geruch nach frischem Schweiß mischte sich mit dem Duft des Tees, den das Dienstmädchen kurz zuvor serviert hatte.

»Vater, ich bin kein kleiner Junge mehr. Bei allem Respekt, ich werde den Weg einschlagen, den ich für den richtigen halte.« Boris' Stimme klang nicht so fest, wie er gehofft hatte. Aber er wich keine Handbreit zurück. Die Blicke zwischen ihm und seinem Vater waren ein stummer Kampf. Boris wusste, dass alles davon abhing, dass er in diesen Minuten nicht einknickte, sondern zu seinen Überzeugungen stand.

Karls Hand zuckte hoch, aber da sprang Jelena auf und rief: »Tu es nicht, Vater, ich bitte dich!«

Gernot erhob sich ebenfalls, eilte um den Tisch herum, um sich neben Karl zu stellen. Seine Körperhaltung ließ keinen Zweifel daran, dass er Boris für denjenigen hielt, der an diesem Eklat die Schuld trug, aber gleichzeitig war er in achtsamer Haltung, um den alten Herrn notfalls festzuhalten, bevor er auf Boris einschlug.

»Wann hast du jemals eine durchdachte Entscheidung getroffen? Dein Leben ist ein einziges Theaterspiel. Du bist schwach, Boris, du bist das minderwertigste Mitglied dieser Familie, und du kannst von Glück sagen, dass wir all die Jahre die Geduld mit dir aufgebracht haben.«

Alle Aufregung wich von ihm und ließ ihn mit ruhiger Stimme erwidern: »Ich weiß, dass ich in deinen Augen nichts wert bin, Vater. Aber ich weiß auch, dass es andere gibt, die in mir einen talentierten Dichter sehen. Meine Werke werden von vielen Petersburgern gelesen, und vielleicht werden sie irgendwann übersetzt und in Europa verbreitet.«

Karl klappte der Kiefer herunter, während er seinen Sohn anstarrte. Gernot stieß ein ungläubiges Lachen aus. »Da malst du dir was in deiner überbordenden Fantasie aus, ein Hirngespinst, weil du mit der Wirklichkeit nicht zurechtkommst. Wenn du ein großer Dichter wärst, hätte ich bestimmt schon davon gehört. Nie ist mir ein Buch mit deinem Namen untergekommen.«

Boris bedachte den jungen Mann mit einem süffisanten Lächeln. »Es passieren durchaus Dinge außerhalb deiner Wahrnehmung, Vetter.«

»Du wagst es noch zu grinsen?« Vater Karls Stimme war wieder gefährlich leise geworden. Boris sah, dass er seine Hände so fest zu Fäusten geballt hatte, dass die Knöchel auf der von Altersflecken übersäten, faltigen Haut weiß hervortraten. »Raus aus meinem Haus«, zischte er. »Für dich ist in der Villa Albrecht kein Platz mehr.«

Jelena trat hinter den Vater, legte die Hand auf seine Schulter. Mit einer ruppigen Bewegung streifte Karl sie ab. »Vater, bitte, du bist jetzt aufgebracht. Sag nichts, was du hinterher bereust.«

Boris schluckte nur und nickte. Sein Puls brauste, aber es gab keinen Zweifel, dass er das Richtige tat.

Der Vater wandte sich an Jelena, sodass Boris sein scharf geschnittenes Profil sah. Bilder aus seiner Kindheit stürzten auf ihn ein, wie gnadenlos er ihn verprügelt hatte, wenn er sich seinem Willen widersetzte. In dieser Sekunde jedoch glaubte Boris, dass er zurückschlagen würde, wenn sein Vater auf ihn losging. Fast wünschte er es sich, um all die Wut, die sich seit vielen Jahren in ihm angestaut hatte, rauszulassen und sich Erleichterung zu verschaffen.

»Ich würde es bereuen, wenn ich diesen Taugenichts noch einen Tag länger durchfüttern müsste«, sagte Karl und fuhr wieder zu Boris herum. Mit krummem Zeigefinger wies er auf ihn. »Lass dich hier nie wieder sehen, hörst du? Geh raus in die Welt, und sieh zu, wie du dich mit deiner brotlosen Kunst über Wasser hältst. Von diesem Tag an habe ich keinen Sohn mehr!«

Ein letztes Mal starrten sich Vater und Sohn an. Boris erkannte die Härte und Enttäuschung im Gesicht des Älteren, ein Spiegel seiner eigenen Miene. Er nickte Jelena zu, zog in Richtung seines Vetters die Brauen hoch und wandte sich ruckartig ab. Seine Schritte hallten auf dem Parkett, das Dienstmädchen sprang zur Seite, als er den Ausgang erreichte. Mit einem donnernden Knall warf er die Tür hinter sich zu. Es fühlte sich unfassbar endgültig an. Und kraftvoll.

Er nahm den Fuchspelzmantel, den Wollschal und die Ohrenmütze vom Garderobenhaken und verließ sein Elternhaus, trat hinaus in das Dunkel des Januarabends.

Aus den Manteltaschen zog er seine Handschuhe und streifte sie sich über, während er über die zugefrorene Newa zur Wassiljewski-Insel starrte. Laternen malten gelbe Lichtflecken auf dem Pflaster. Boris schlug den Weg in Richtung Fluss ein und trat aufs Eis. Er nahm ein paar Schritte Anlauf und glitt mit den Sohlen über die kalte Fläche. Und noch einmal und ein drittes Mal. Ein Lächeln teilte seine Lippen, obwohl seine Lage bedenklich war und er nicht einmal wusste, wo er die vermutlich frostige Nacht verbringen sollte.

Auf einmal verspürte Boris Lust, sich zu betrinken. Nicht, um zu vergessen, sondern um einen Sieg zu feiern. In der Innentasche des Mantels fand er ein paar Kopeken, hoffentlich genug, um sich an der Holzbude auf der Newa Wodka mit heißem Wasser und Zucker zu kaufen. Die Verkäuferin trug eine Wollmütze über ihrem grauen Haar. Das Gesicht leuchtete rotwangig, aber ihre Miene verschloss sich, als Boris ihr die Münzen auf den Tresen legte.

»Das reicht nicht«, kommentierte sie und stellte den Becher, den sie aus einem Samowar füllen wollte, zurück ins Regal. »Was denkt ihr reichen Schnösel euch eigentlich? Glaubt ihr, wir gieren nach ein paar Kopeken? Der Wodka hat seinen Preis, und den muss auch einer wie du bezahlen. Selbst der ach so hochgeschätzten Zarin würde ich ihn nicht umsonst überlassen. Unsereins muss zusehen, wie man zurechtkommt. Von oben ist ja keine Hilfe zu erwarten.«

Boris blähte die Wangen, hob beide Arme und trat einen Schritt zurück. Die Kopeken ließ er zurück, aber an ihrer Schimpftirade hatte er wirklich kein Interesse. Sie war nur eine von vielen, die man in der Stadt beim Arztbesuch oder Einkaufen, auf dem Markt oder beim Bummeln auf »die da oben« schimpfen hörte. Der Wind drehte sich in St. Petersburg. Den treuen Anhängern der Zarin stand eine wachsende Zahl von Kritikern gegenüber, wofür – davon war Boris überzeugt – auch die zahlreichen Flugblätter und Schriften gesorgt hatten, die der Geheimbund unters Volk brachte. Erstaunlich, wie schnell ihre Arbeit Früchte trug.

Die Hände in den Taschen vergraben, eilte Boris weiter über den zugefrorenen Fluss. Auch ohne Wodka berauschte ihn die

Vorstellung, dass er sich zum ersten Mal in seinem Leben dem Vater widersetzt hatte. Auf eine bizarre Weise fühlte es sich fantastisch an, ein Ausgestoßener zu sein. Einer, der auf sich allein gestellt war und keinen Rückhalt mehr in der Familie fand. Einer, der aus der Art schlug und seine eigenen Ideen durchsetzte, selbst wenn er deswegen den Kältetod auf der Newa sterben musste. Einer, der für seine Ideale eintrat und dafür von den Unwissenden verachtet wurde. Verse formten sich hinter seiner Stirn, Geschichten von verkannten Helden und Märtyrern. Sein Notizbuch lag daheim auf dem Nachttisch in seinem Zimmer. Er würde Jelena, die vermutlich nach ihm suchen würde, bitten, ihm das Nötigste aus dem Elternhaus mitzubringen.

Nur wohin jetzt?

Johanna kam ihm in den Sinn, und wie immer, wenn er ihr Bild heraufbeschwor, fühlte es sich an wie Nadelstiche in seinem Innersten. Sie war ihm ausgewichen, seit er ihr seine Liebe gestanden hatte, aber er hatte sie manchmal heimlich beobachtet, wenn sie ihr Haus verließ, und war ihr gefolgt, um sie wenigstens aus der Ferne anbeten zu können. Im Hotel Metropol war die Rede davon, dass Johanna bei einem der Treffen aufgetaucht war, und wer das Thema aufbrachte, sprach nur hinter vorgehaltener Hand wie von etwas Hochnotpeinlichem. Boris hätte gern mit ihr über diesen Vorfall gesprochen, aber ihre abweisende Haltung ließ das nicht zu.

Er verließ den Fluss und schlug die Richtung zum Schlossplatz ein. Soldaten patrouillierten hier, und aus den Fenstern des Palastes fiel Kerzenschein auf den gepflasterten Platz. Boris überquerte ihn zwischen den Menschengruppen hindurch diagonal mit hoch erhobenem Kopf. Aus seinem Mund stiegen weiße Atemwölkchen in die Luft, der Wind blies hier eisiger als in den Straßen und Gassen. Seine Nasenspitze brannte vor Kälte. Er zog den Schal höher, sodass nur noch seine Augen hinausschauten.

Ohne dass es ihm bewusst geworden wäre, führten ihn seine Schritte an die Fontanka. Er passierte die Fassaden der herrschaftlichen Villen, bis er an das Schaufenster kam, in dem sorgfältig gestapelt und drapiert unzählige Bücher lagen und auf Regalen präsentiert wurden. Ein Lächeln glitt über sein Gesicht, als er sah, dass von seinem eigenen Roman sogar fünf Exemplare auslagen. Im heraufziehenden Wind klapperte das Emailleschild über ihm, auf dem »Buchhandlung Hermann« zu lesen stand. Zwei Straßenlaternen erhellten das Innere des Ladens, aber drinnen schien es dunkel zu sein. Natürlich, Lorenz hatte längst abgeschlossen, aber fiel da nicht ein Schimmer aus einem der Hinterzimmer?

Lorenz Hermann wäre der Letzte, den sich Boris als Gastgeber aussuchen würde. Aber er schuldete ihm noch die Tantiemen aus den Einnahmen der letzten Woche, mit denen er ein Zimmer in einer Herberge bezahlen konnte.

Durch die angrenzende Gasse ging er in den Hof des Ladens und spähte über die Mauer zu der Hintertür und dem Fenster. Die Vorhänge waren zugezogen, aber an der Tür standen die Gardinen eine Handbreit auseinander, als hätte jemand sie in aller Eile nur nachlässig geschlossen. Er entdeckte einen dünnen Lichtschein von ein oder zwei Kerzen, und dann sah er einen Körper. Er kniff die Augen zusammen, um seine Sicht zu schärfen, und erkannte durch den Spalt Lorenz Hermann, der Jacke und Hemd abgelegt hatte. Sein weißes Fleisch schimmerte in der Dämmerung. Boris hielt die Luft an, als sich in dieser Sekunde ein weiterer nackter Männerkörper in sein Blickfeld schob und er sah, wie sich die beiden küssten.

Gänsehaut überlief ihn, seine Hände begannen zu zittern vor Ekel und Entsetzen. Er drehte sich um und rannte davon, bis er keuchend wieder am Rande des Schlossplatzes stand und sich gebeugt auf die Oberschenkel stützte. Passanten starrten ihm hinterher.

Er zwang sich zu einem klaren Gedanken. War es nicht

zu seinem Vorteil, wenn Lorenz sich anderweitig orientierte? Konnte er endlich aufatmen, weil Lorenz seine Aufmerksamkeit auf einen willigeren Liebespartner gelenkt hatte? Sein Atem beruhigte sich, obwohl er die Bilder, die er durch den Spalt in den Vorhängen gesehen hatte, vermutlich niemals mehr aus seiner Erinnerung verbannen konnte.

Er würde auch ohne Geld auf die Wassiljewski-Insel gehen und dort eine der billigen Herbergen aufsuchen, die Studenten karg möblierte Zimmer zu günstigen Preisen anboten. Irgendwie musste er es schaffen, ohne Vorauszahlung dort zu nächtigen. Vielleicht half ihm sein guter Name.

Er machte sich auf den Weg und stutzte, als in diesem Moment aus dem Haupteingang des Palastes eine Gestalt trat, die aus dem Stand heraus in die Luft sprang und die Faust in den Himmel stieß. Figur und Körperhaltung kamen ihm vertraut vor, und in der nächsten Sekunde erkannte er Dmitris blonden Haarschopf, über den er sich gerade eine Fellmütze mit Ohrenklappen stülpte. Boris beeilte sich, zu ihm zu gelangen. Er war genau der Richtige, um als Erster zu erfahren, was Boris heute geleistet hatte. Dmitri würde ihn verstehen.

»Grund zur Freude, mein Lieber?«, sprach er ihn an, als er nahe genug heran war. Zwei uniformierte Soldaten auf ihren Rössern beobachteten sie. Die Pferde trippelten nervös.

Dmitri fuhr herum, und sein Gesicht leuchtete wie der Vollmond vor Glück. Mund und Augen hatte er weit aufgerissen, als er Boris erkannte. Mit drei Schritten war er bei ihm, um ihn zu umarmen. Boris ließ es zu, klopfte ihm auf den Rücken.

»Boris, mein Traum ist heute wahr geworden!«, rief Dmitri so laut, dass die Soldaten ihnen zuriefen, sie sollten machen, dass sie davonkamen.

Der Tadel der Uniformierten bremste Dmitri nicht im Mindesten in seinem Begeisterungstaumel. Auf dem Weg zur Newa, den sie Arm in Arm zurücklegten, erzählte er Boris, dass die Zarin ihn zum Jurastudium in die deutschen Lande schicken würde, damit er hinterher einen gehobenen Posten in der Gesetzgebenden Kommission einnehmen konnte. »Meine Existenz ist aufs Angenehmste geregelt, Boris! Im Dienst der Zarin – das weiß man ja – muss wirklich niemand Hunger leiden. Und das Beste: Ich habe das alles nicht aufgrund meiner Herkunft, sondern ganz allein erreicht!« Er lachte, und Boris stimmte mit ein.

»Meinen Glückwunsch, Dmitri, ich freue mich mit dir. Wie ich dich beneide, dass du nach Europa, nach Leipzig reisen darfst. Ich werde vermutlich nie aus St. Petersburg herauskommen, aber andererseits will ich nirgendwo anders sein. Vor allem jetzt, da meine Familie mich verstoßen hat«, fügte er an, als sei dies die geringste Nebensächlichkeit, die man erwähnen konnte. Sein Blick verlor sich dabei sinnend in der Ferne.

Dmitri stoppte abrupt. »Sie haben erfahren, dass du Schriftsteller bist«, stellte er fest.

Boris grinste ihn von der Seite an. »Ich habe es ihnen selbst gesagt. Es war an der Zeit, Dmitri.«

»Hast du denn Vorsorge getroffen? Hast du etwas gespart? Hast du ein Dach über dem Kopf?«

»Dazu war keine Zeit«, erwiderte Boris. »Es war ein spontaner Entschluss, und es fühlt sich an, als hätte ich Ketten gesprengt.« Er breitete die Arme weit aus, schaute in den Himmel und drehte sich einmal im Kreis. »Ich bin ein freier Mann, Dmitri.«

»Und einer ohne Dach über dem Kopf«, gab Dmitri zurück. »Obwohl ich deine Entscheidung gutheiße, kann ich nicht nachvollziehen, wie planlos du vorgegangen bist. Stell dir vor, wir wären uns heute Abend nicht begegnet …«

Boris hob eine Augenbraue. »Was dann?«

Dmitri lachte laut auf. »Dann wärst du nicht bei mir untergekommen.«

»Du meinst, ich kann bei dir übernachten?«

»Ich bestehe darauf«, erwiderte Dmitri übermütig. »Und

wenn ich nächste Woche nach Leipzig reise, kannst du mein Zimmer übernehmen. Meine Vermieterin wird sich freuen, wenn ich ihr gleich einen Nachfolger präsentiere. Du müsstest die Kosten natürlich irgendwie tragen.«

»Was für ein wunderbares Angebot!« Boris packte Dmitris Schultern und drückte ihm links und rechts Bruderküsse auf die Wangen. »Ich danke dir von Herzen! Und ich werde Tag und Nacht schreiben, um mein Leben zu finanzieren. Aus meinen jüngsten Buchverkäufen stehen mir noch Tantiemen zu, die sofort an die Vermieterin gehen.«

Dmitri lächelte sanft. »Das klingt gut.« Er musterte Boris von der Seite.

Ob er seine Unsicherheit spürte? Ja, er vertraute darauf, dass er sich mit seiner Dichtkunst ernähren konnte, aber so überzeugt, wie er sich gab, fühlte er sich innerlich nicht. Er brauchte Freunde und Unterstützung, wenn er der Familie den Rücken kehrte. Wer blieb ihm, wenn Dmitri St. Petersburg verließ? Johanna hatte sich von ihm abgewendet, ihr Mann Stephan begegnete ihm mit einer Kälte, die keine Freundschaft zuließ, und Lorenz Hermann, den er für seinen wichtigsten Mentor gehalten hatte, hatte sich als Egozentriker mit widernatürlichen Bedürfnissen entpuppt.

Die Euphorie über die gewonnene Schlacht gegen seine Familie wich einer vagen Zukunftsangst, die in seinem Leib zu keimen begann.

Kapitel 15

Juni 1766, in der Villa Mervier an der Fontanka

»Komm doch mit nach Zarskoje Selo in den Katharinenpalast, Johanna, bitte. Die Leute reden schon, weil du dich nicht mehr in der Gesellschaft zeigst. Die Zarin persönlich hat sich auf dem letzten Ball nach dir erkundigt. Die Grüße habe ich dir ausgerichtet, nicht wahr? Sie war sehr angetan von deinem Porträt der Familie ihrer Kammerzofe!« Vor dem Spiegel in der Eingangshalle wischte sich Stephan ein paar Flusen von seinem schwarzen Frack, zu dem er ein weißes Hemd trug. Seine Beine steckten in Kniebundhosen, die Waden in gestreiften Strümpfen. An seinen Füßen schimmerten Schnallenschuhe. Er sieht fantastisch aus, dachte Johanna.

Sie reichte ihm den schwarzen Hut, den er auf seinem Kopf so platzierte, dass er formell und lässig zugleich wirkte. Sie betrachtete seine markanten Züge und fragte sich, wann sie aufgehört hatte, diesen überaus attraktiven Mann zu lieben.

»Die Leute werden immer reden, einerlei, ob ich dabei bin oder nicht. Ich kann in der Gesellschaft nicht mehr auftreten, ohne vor Scham im Boden zu versinken.«

»Du bist zum Malen an den Zarenhof gegangen«, widersprach er.

Sie spürte Hitze in ihr Gesicht steigen. Wollte er wirklich mit ihr debattieren? »Ich hätte der Zarin wohl schlecht absagen können, als sie mir den Auftrag erteilt hat.«

Er wandte sich ihr zu, legte die Rechte auf ihre Wange. »Du hast einen Fehler gemacht damals, als du bei unserem Treffen aufgetaucht bist.« Er nahm die Hand weg und räusperte sich. »Aber das ist fast zwei Jahre her. Du kannst dich nicht ewig selbst bestrafen. Du hast dich geändert, und die Leute können vergessen. Heute Nacht wird die Sonne nicht untergehen, und um Mitternacht wird die Festgesellschaft in den Palastgarten ziehen und das Licht genießen. Es wird gewiss ein unvergesslicher Abend zwischen den Seen, Brunnen und Rosenrabatten!«

»Ich gehöre nicht dazu«, erwiderte sie. »Weder zu deinem Zirkel noch zu den Ballgästen.«

Er widersprach ihr nicht, aber seiner Miene sah sie an, dass ihn die Situation nicht weniger bedrückte als sie. Er würde in der Nacht nicht nach Hause zurückkehren, im Katharinenpalast gab es genügend Zimmer für all die geladenen Gäste. Sie würde wieder einmal allein in dem Doppelbett liegen und ihre eigenen Atemzüge zählen, in der Hoffnung, dass es sie ermüden und sie endlich in den Schlaf fallen würde.

Nach dem Skandal im Hotel Metropol hatte sie keinen Tropfen Alkohol mehr getrunken. Vieles hatte sich dadurch geändert. Zum einen sah sie die Dinge bewusster, zum anderen spürte sie jeden Kummer, jede Enttäuschung mit unverminderter Härte. Der Wein hatte sie unempfindlich gegenüber den Unwägbarkeiten des Lebens gemacht, und er hatte dafür gesorgt, dass sie nachts Schlaf fand. Seit sie nicht mehr trank, fiel es ihr schwer, zur Ruhe zu kommen.

Nach dem Vorfall war es ihr überraschend leichtgefallen, die Finger vom Wein zu lassen. Wenn sie doch das Verlangen überkam, zwang sie sich, nicht an das erste Glas ihres Lebens zu denken, sondern an das letzte, das sie getrunken hatte, bevor sie zum Hotel Metropol gewankt war.

Nachdem sie am Morgen darauf mit dröhnendem Kopf und einem pelzigen Geschmack auf der Zunge aufgewacht war, war ihr beim Gedanken an einen Schluck Wein so übel geworden, dass sie sich übergeben musste. Den Tag verbrachte sie über der Schüssel, und am Abend wusste sie, dass sie nie wieder Wein trinken würde. Sie fand kein Maß, betrunken war sie unberechenbar und fühlte sich falsch im eigenen Körper.

Insofern hatte die heikle Szene im Hotel Metropol einerseits die Wende in ihrem Leben gebracht. Gleichzeitig hatte sie sich damit von jeder Möglichkeit abgeschnitten, den Anschluss an Stephans gesellschaftlichen Umgang zu finden. Sie schämte sich zu sehr, um auch nur ein einziges Mal noch einen Maskenball oder ein Theaterstück in der Eremitage zu besuchen, sie mied alle gesellschaftlichen Veranstaltungen.

Die Anfrage der Zarin, ihre Kammerzofe und deren Familie zu porträtieren, war völlig überraschend gekommen. Sie hatte immer gehofft, dass die Kaiserin Notiz von ihr nahm, und als es so weit war, war sie nicht in der Verfassung, aus dieser Chance das Beste herauszuholen. Möglicherweise hätte es Folgeaufträge gegeben, wenn sie sich bei den Sitzungen im Empfangsraum des Palastes, wo sie Vater, Mutter und Tochter malte, aufgeschlossener gegeben hätte. Verbissen hatte sie die Pflicht gegenüber der Kaiserin erfüllt und sich danach gesehnt, endlich wieder in ihre selbst gewählte Isolation zurückzukehren.

Dieser Rückzug schützte sie zwar vor weiteren unangenehmen Begegnungen, aber er führte dazu, dass die Einsamkeit zur beherrschenden Empfindung in ihrer Welt wurde. Ihre Ehe mit Stephan hatte durch den blamablen Vorfall einen weiteren Riss bekommen hatte.

Das Haus war zu weitläufig und mit den exklusiven Möbeln, die die Ausstatter in den Räumen platziert hatten, zu kalt, um hier Geborgenheit zu finden. Die gesamte Einrichtung war daraufhin ausgewählt, mögliche Besucher zu beeindrucken. Es gab kein nach eigenen Vorstellungen gestaltetes Zimmer, in dem Johanna zur Ruhe kommen und Kraft tanken konnte. Manchmal sehnte sie sich nach den spartanisch möblierten

Unterkünften in Paris und Wien zurück, die weder feudal noch repräsentativ waren, aber voller Wärme, wenn Stephan und sie sich heimlich, um nicht die Aufmerksamkeit der Vermieter zu erregen, geliebt hatten.

Nur wenn sie malte, war sie mit sich im Reinen, und nur wenn Boris Albrecht bei ihr war, fühlte sie sich verstanden.

Ja, dem Dichter war es tatsächlich gelungen, ihr Herz zu rühren. Nachdem er ihr seine Liebe gestanden und sie sich von ihm distanziert hatte, hatte sie gespürt, wie sehr er ihr fehlte. Boris mit seiner Anbetung und seiner künstlerischen Seele war wie Balsam für ihr Innerstes, das sich verletzt, verlassen und enttäuscht fühlte. So ließ sie ihn im Lauf der Wochen wieder näher an sich heran, und aus ihrer von merkwürdigen Zufällen geprägten Beziehung entwickelte sich eine innige Freundschaft, die sie nicht mehr missen wollte. Boris war der Grund, warum sie Stephan nicht auf Knien anflehte, der Stadt an der Newa wieder den Rücken zu kehren und in die Heimat zurückzugehen.

Sie schlang ihre Arme um seinen Hals. »Genieß den Ball.« Und spioniere die Zarin aus, fügte sie innerlich hinzu. Der Gedanke schmeckte wie Galle in ihrem Mund.

Stephan hatte sich, nachdem sie ihn auf den Geheimbund angesprochen hatte, erbittert dagegen gewehrt, dass sie ihn als Verräter und Intriganten beschimpfte. Ja, er erstatte seinem König Bericht, das sei sein Auftrag. Und nein, er heiße nicht alles gut, was die Zarin dachte und anordnete, aber er plane weder ihren Sturz noch eine Rebellion.

Schließlich hatte sie ihn um Verzeihung gebeten, weil sie ihn derart angegriffen hatte. Er nahm ihre Entschuldigung an, aber ihre Partnerschaft litt weiter. Manchmal fror sie, wenn sie neben ihrem Mann stand, und manchmal fühlten sich seine Finger wie Eis an, wenn er seine Hand auf ihre legte.

Er war kaum eine Viertelstunde aus dem Haus, da war auch Johanna bereit, die weiße Nacht zu genießen. Die Abendluft trug noch die Wärme des Tages mit sich, sodass sie nur ein leichtes Seidenkleid in Türkis mit dunkelblauer Seidenstickerei an den Säumen wählte und ein dazu passendes Tuch um ihre Schultern legte. Unter ihren Arm klemmte sie sich die Mappe mit Stiften und Skizzenheft. Dann machte sie sich auf zum Flussufer.

Ausgelassene Menschen begegneten ihr, singend, lachend, viele bereits erstaunlich aufgedreht, obwohl das Lichterspiel am Himmel erst in vier Stunden gegen Mitternacht seinen Höhepunkt erreichen würde. In der Luft flirrte der Duft nach Birken und Gräsern, der sich mit den Wildblumen am Flussufer und dem Salz der Ostsee mischte. Johanna nahm einen tiefen Atemzug.

Sie strahlte, als sie Boris entdeckte, der bereits auf der Bank am Ufer saß, ihrer Wolkenbank, die sie so genannt hatte, weil man von dieser Stelle aus, wenn man den Kopf in den Nacken legte, die Weite des Himmels über der Stadt erfassen konnte. Ein Windstoß wehte ihm ein paar Locken ins Gesicht, die er in einer vertrauten Geste wegstrich. Er erhob sich, als sie näher kam, legte das Buch, in dem er gelesen hatte, auf die Bank.

»Wie wunderbar, dass du kommen konntest, Johanna.« Er fasste ihre Schultern und gab ihr Küsse auf die Wangen. Sie fühlte seine Lippen auf ihrer Haut und nahm seinen Duft nach Zedernholz und altem Papier wahr.

»Meinst du, ich lasse mir eine solche Nacht entgehen?« Sie lachte ihn an, als sie sich wieder hinsetzten. Neugierig nahm sie das Buch in die Hand, das er abgelegt hatte. »Gotthold Ephraim Lessing?«

Er nickte lächelnd. »Ich liebe seine Fabeln und Erzählungen. In jeder einzelnen Geschichte findet sich sein Freiheitsgedanke, aber ohne belehrend zu sein, sondern auf eine witzigironische Art. Ich kann viel von ihm lernen, weißt du.«

»Nicht mehr lange, bis junge Autoren dies von dir behaupten werden«, gab sie zurück.

Er nahm ihre Hand und hauchte einen Kuss darüber. »Danke, dass du mir Komplimente machst.«

»Ich spreche aus Überzeugung, Boris. Ich liebe deine Fabeln, ich glaube an dein Talent. Du solltest positiver in die Zukunft blicken. Bist du nicht stolz darauf, dass du dir inzwischen deinen Unterhalt selbst verdienst?«

Johanna hatte selbst nicht daran geglaubt, als er ihr vor einigen Monaten gestand, dass er mit seiner Familie gebrochen hatte und zur Untermiete in einer armseligen Herberge hauste. Aber es hatte sie gefreut, als Boris' Bücher im Laden von Lorenz Hermann steigenden Absatz fanden. Er hatte inzwischen mehrere kurze Romane veröffentlicht, sogar unter seinem richtigen Namen, und einige Sammlungen von Fabeln, Versen und Erzählungen. Seine Geschichten waren von tiefer Melancholie durchdrungen, aber auf kunstfertige Art formuliert. Johanna liebte sein Spiel mit der Sprache und seine Fähigkeit, den Leser zu fesseln. Offensichtlich war sie nicht die Einzige – er hatte bereits mehrere Hundert Anhänger in St. Petersburg, die jeder neuen Veröffentlichung entgegenfieberten, und wurde zu Lesungen in alle literarischen Salons eingeladen.

»Doch, darauf bin ich stolz«, antwortete er.

»Du vermisst deine Familie«, stellte sie fest.

Er stieß ein Lachen aus. »Jelena sehe ich oft. Sie hält mich über alles auf dem Laufenden. Mein Vater würde sich eher die Hand abhacken, als sie mir zur Versöhnung zu reichen, und meine Mutter ist zu schwach, sich gegen ihn zu behaupten. Mir tut es leid um meinen Großvater. Jelena erzählt, dass es ihm nicht gut geht. Er ist seit einigen Wochen wieder bettlägerig mit Fieber. In seinem Alter kann das gefährlich werden.«

»Du solltest ihn besuchen«, sagte sie. »Solange es noch geht. Wenn du es nicht tust und er stirbt, ohne dass du von ihm Abschied genommen hast, machst du dir ewig Vorwürfe.«

Boris wurde blass und nickte. »Du hast recht. Ich werde eine

Zeit abpassen, wenn mein Vater nicht zu Hause ist. Weißt du, ich war nie glücklicher als jetzt. Das Einzige, was mir widerstrebt, ist, dass ich abhängig von Lorenz bin. Das Verhältnis zu ihm ist tückisch.«

»Ich glaube nicht, dass er dir noch etwas nachträgt, Boris. Dass er dich schätzt, beweist er dadurch, dass er fast alles, was du ihm anbietest, veröffentlicht. Davon abgesehen könntest du für jeden anderen Verleger in St. Petersburg schreiben. Du könntest deine Bücher auf eigene Kosten in den Druckereien der Akademie herstellen und sie über andere Buchhandlungen vertreiben. Dann würdest du wesentlich mehr daran verdienen als die Prozente, die Lorenz dir zugesteht.«

Sie sah, dass seine Lider nervös zuckten. Verbarg er etwas vor ihr? »Du hast damals von einem Geheimbund gesprochen. Fühlst du dich Lorenz gegenüber verpflichtet?«, fragte sie ihn unvermittelt.

Er wandte sich von ihr ab. »Ich habe dir erklärt, dass ich mich falsch ausgedrückt habe. Es ist so, wie dein Mann sagt: Wir gehören alle demselben philosophischen Zirkel an und tauschen unsere Gedanken aus über die Stände, den Staat und die Kirche …«

Johanna starrte auf die Hände in ihrem Schoß. »Ich hasse es, wenn selbst du mir das Gefühl gibst, ich sei ausgeschlossen«, murmelte sie und spürte in der nächsten Sekunde, wie er seinen Arm um sie legte. Instinktiv beugte sie den Kopf und legte ihn auf seine Schulter, rückte dichter an ihn heran, sodass sie durch den Leinenstoff seines Schnürhemdes seine Körperwärme spürte. Es war eine freundschaftliche Geste, und doch war in dieser weißen Nacht etwas anders.

Sie spürte einen Hauch von Hitze auf ihrer Haut, ein Flattern im Leib. Für Sekunden schloss sie die Augen, um diesen Moment auszukosten. Es war lange her, dass Stephan sie berührt hatte. Sie hatte nicht geahnt, wie sehr sie Körperkontakt vermisst hatte, nur dass es jetzt Boris war, der sie im Arm hielt.

Sie hörte sein leises Atmen, spürte, wie er näher kam, roch seinen Atem nach Minze, und als sie den Blick hob und ihn ansah, war sein Gesicht ihrem nah.

In seinen Augen, die im Licht der am Horizont verharrenden Sonne die Farbe von Bernstein hatten, sah sie all die Wärme und Zuneigung, die er für sie empfand. Sie sehnte sich danach, in diesen Blick einzutauchen, sich umfangen zu lassen von dieser Liebe, gehalten zu werden. Sie hob das Kinn, öffnete leicht die Lippen und ließ es geschehen. Genoss die Nähe des Menschen, der ihr wie kein anderer das Gefühl gab, geliebt zu werden. Spürte, wie ihr Körper weich wurde in seinen Armen. Alles in ihr drängte zu ihm. Sein Kuss war zart wie die Berührung eines Blütenblattes, und so blieb er, während er ihre Wangen streichelte und seine Lippen zu ihren Augen hinaufwanderten. Er küsste ihre geschlossenen Lider und wieder ihren Mund. »Ich habe dich schon immer geliebt, Johanna«, flüsterte er.

Sie erwachte wie aus einem Traum, presste die Hände gegen seine Brust. Wie hatte sie sich nur so vergessen können! Er reagierte sofort und rückte von ihr ab, flammend rot, die Pupillen glänzend. »Das dürfen wir nicht, Boris.«

»Wer will uns das verbieten?«

»Ach, Boris, es geht nicht.« Ihr Herz fühlte sich schwer wie ein Stein an. »Ich kann mich nicht von Stephan trennen. Wir haben unser halbes Leben miteinander verbracht und gemeinsam das Abenteuer St. Petersburg gewagt. Ich könnte nicht mehr in den Spiegel schauen, wenn ich ihn im Stich ließe, nur weil die Stadt mit neuen Reizen lockt. Es wäre billig und unehrenhaft.«

»Hat er dich nicht von Anfang an im Stich gelassen?«, beharrte er, und das Lächeln schwand aus seinem Gesicht, wich einer grimmigen Entschlossenheit, ein Ausdruck, den sie in den Zügen des träumerischen Dichters noch nie gesehen hatte.

»Er ist viel beschäftigt, und wenn ich es zuließe, würde er

mich zu allen gesellschaftlichen Anlässen mitnehmen. Ich bin sein Halt, er ist mein treuer und verlässlicher Begleiter.«

Während ihrer Rede war Boris in sich zusammengesunken, als verließe ihn alle Kraft. »Genau diese Loyalität ist es, die dich zu einer besonderen Frau macht, Johanna«, sagte er. »Was gäbe ich darum, wenn ich derjenige wäre, den du so verteidigen würdest.«

»Boris, du kannst dich immer auf mich verlassen. Nur nicht als mein Geliebter. Lass uns Freunde auf ewig sein.«

»Ich werde die Hoffnung nicht aufgeben«, widersprach er.

Sie seufzte. »Das kann ich dir nicht verbieten, aber es wird keine Küsse mehr geben.« Sie schluckte trocken. »Versprich mir, dass du keine weiteren Versuche unternimmst. Du gefährdest unsere Freundschaft, wenn du es tust.«

Er schwieg, rückte wieder näher an sie heran, zog sie an sich. Still schauten sie auf den Fluss, in dem sich die Schlieren des Himmels wie Perlmutt spiegelten. Mit bunten Lampions geschmückte Boote fuhren vorbei, auf manchen wurde musiziert, und die fröhlichen Klänge wehten zu ihnen hinüber.

Johanna wusste, dass sie aussahen wie ein Liebespaar, und hoffte, dass niemand sie so sah. Mit starken und bedeutungsschweren Worten hatte sie Boris untersagt, seine Liebe zu ihr zu zeigen, doch in ihrem Inneren suchte sie vergeblich nach dieser Kraft. Alles in ihr sehnte sich danach, sich fallenzulassen, aber sie kämpfte gegen diese Regung an. Sie durfte nicht noch einmal vergessen, wo sie hingehörte.

»Ihr aufgewecktes Mündel genießt die hellen Nächte vermutlich aus vollen Zügen, nicht wahr?« Stephan schlenderte, die Arme hinterm Rücken, neben der Zarin durch den weiten Park des Katharinenpalastes, in dem die Blumenrabatten einen betörenden Duft verbreiteten. Auf der anderen Seite der Kaiserin hielt sich Graf Orlow, ein gutes Stück größer.

Die Zarin trug ein mit Silber durchwirktes Ballkleid. In

ihrer Fülle, die Haare kunstvoll geflochten, aufgesteckt und mit Perlen geschmückt, war sie im pastellfarbenen Licht der Nacht inmitten des weitläufigen Gartens, der in voller Blüte stand, eine imponierende Erscheinung. In Gegenwart des Grafen verspürte Stephan stets eine eigenartige Beklemmung. Orlow warf ihm Blicke zu, die er nicht zu deuten wusste, und manchmal lenkte er ihre Konversation so, dass Stephan nur unbeteiligter Zuhörer sein konnte.

»Ich vermute, dass Sonja mit ihren Mitschülerinnen die Nacht erlebt. Vielleicht vom Fenster ihres gemeinsamen Schlafraumes aus.« Sie verzog für einen Moment den Mund, als habe sie auf etwas Bitteres gebissen. »Sie verlässt die Schule nur selten, weil sie genauso behandelt werden will wie die anderen Mädchen.« Sie stieß ein Lachen aus. »Wie stur diese Backfische manchmal sind.«

Stephan zuckte die Achseln und lächelte gewinnend. »Besser so als eine überhebliche Geisteshaltung, oder?«

»Zwischen diesen beiden Polen liegen tausend Facetten. Auch mit Höflichkeit und einem Sinn für Gerechtigkeit kann man auf seinem Stand beharren.«

»Meine Liebe«, wandte sich Orlow an sie, »warte nur, bis ihre Lust an Garderobe und Schmuck erwacht. Dann wird sie schon zu schätzen wissen, in welche Schatzkammer sie geraten ist. Dabei wird sie sich in nichts von den anderen eitlen jungen Damen unterscheiden, wollen wir wetten?« Er zwinkerte ihr von der Seite zu.

Katharina lachte. »Um welchen Einsatz? Brauchst du weitere Seelen, oder möchtest du in Diamanten gebadet werden?«

Stephans Kehle verengte sich. Obwohl der Ton zwischen den beiden scherzhaft und neckend war, steckte mehr als ein Funken Wahrheit in Katharina Vorschlägen. Es war allgemein bekannt, dass sie Leibeigene verschenkte, wie es ihr beliebte, und ihre Günstlinge trugen Jacken, deren Säume mit Edelsteinen abgesetzt waren.

In ihren Flugblättern hatten sie all diese ungeheuerlichen Zustände aufgegriffen, genau wie Boris in seinen Fabeln, und inzwischen spürte auch Stephan bei den Bürgern der Stadt einen Hauch von Stimmungsumschwung. Man unterhielt sich nicht mehr voller Hochachtung über die Zarin, man bewunderte den Prunk und Luxus des Zarenhofs nicht mehr als etwas, das den Adeligen von Geburt an rechtmäßig zustand. Man begann zu vergleichen, in welcher Sorglosigkeit die Hochgeborenen ihre Reichtümer verprassten und mit welcher Not sich die einfachen Bürger und Bauern abfinden mussten. Alle Mitglieder des Geheimbundes wussten bei ihren Treffen vom Missmut der Bevölkerung zu berichten, viele wurden Ohrenzeugen von lauthals verkündeter Empörung und vom Rufen nach Gerechtigkeit. Das alte System bekam Risse, ein Umbruch hatte eingesetzt, eine Erhellung im besten Sinne, und es war nur eine Frage der Zeit, wann die Zarin und ihre Regierung merken würden, dass die Leute angefangen hatten zu denken, statt blind zu gehorchen. Katharina war eine kluge Frau, sie würde darauf eingehen müssen, wenn sie nicht untergehen wollte.

Als hätte sie seine Gedanken gelesen, bemerkte Katharina: »Ich bin mit meinen Anweisungen für einen Gesetzesentwurf inzwischen weit genug, dass wir die Kommission einberufen können. Es wird nicht mehr lange dauern, bis in meinem Land preußische Verhältnisse herrschen.« Sie lächelte Stephan spitzbübisch von der Seite an. »Schreiben Sie das gern Ihrem König.«

Er versteinerte. Einen Moment lang war er zu keiner Bewegung imstande, starrte die Zarin nur mit offenem Mund an. Gleichzeitig schien ihn Orlows Blick zu versengen. Was wusste Katharina über seine Tätigkeit? Offenbar hatte das Gefühl, beschattet zu werden, ihn nicht getäuscht. Und sah er da nicht ein triumphierendes Leuchten in Orlows Augen? Du lieber Himmel, waren vielleicht sogar seine Briefe abgefangen worden?

Was bezweckte sie mit diesem beiläufigen Seitenhieb? Wollte sie ihn aus der Reserve locken? Sein Pulsschlag hatte sich beschleunigt, das Blut rauschte in seinen Ohren, aber er zwang sich zur Ruhe, räusperte sich und fuhr sich mit zwei Fingern in seine Halsbinde. Vielleicht war es das Klügste, einfach über ihre Bemerkung hinwegzugehen. »Ihr Reich wird davon profitieren. Viele kluge Leute arbeiten daran – allen voran Eure Majestät. Die neuen Gesetze werden eine neue Ära einläuten.« Er hoffte, dass seine kleine Schmeichelei Katharina ihm wieder gewogen machte.

In Wahrheit war Stephan nicht im Mindesten überzeugt, dass es der Zarin gelingen würde, eine einheitliche Rechtsprechung für die unterschiedlichen Völker Russlands zu schaffen. Ein Mammutprojekt, bei dem unendlich viele Männer mitreden wollten und sollten. Womöglich wäre es sinnvoller gewesen, neue Gesetze Schritt für Schritt einzuführen und nicht mit einem Paukenschlag präsentieren zu wollen. Vor allem wäre es sinnvoll gewesen, mit einer solch umwälzenden Instruktion gleich die Leibeigenschaft abzuschaffen. Aber davon wollte Katharina nichts wissen.

Selbst wenn sie keinen Kundschafter auf ihn angesetzt hatte, so konnte sie sich vermutlich denken, dass er mit König Friedrich in Kontakt stand. Das hoffte sie vermutlich sogar. Ihr lag ja daran, dass Stephan mit seinen Berichten zu ihrer Anerkennung in Europa beitrug. Möglicherweise hatte ihre kleine Stichelei gar keinen dramatischen Hintergrund. Unauffällig sog er tief die Luft in den Bauch und lockerte die Schultern, die sich wie mit Drähten verspannt hatten.

»Ich werde demnächst nach Moskau reisen und plane eine Kreuzfahrt die Wolga hinunter bis nach Kasan und Simbirsk. Es ist mir ein Bedürfnis, meinen Untertanen zu zeigen, dass ich für sie da bin. In St. Petersburg bin ich in vielen Belangen weit von dem entfernt, was mein Volk beschäftigt. Ich muss mir selbst ein Bild verschaffen, bevor ich die nur schlecht funktionierende und zur Korruption neigende Verwaltung reformieren kann. Da liegt einiges im Argen, man hört nichts

Gutes aus den Provinzen und Städten. Im Anschluss an die Reise wird es die Gründungsversammlung im Kreml geben. Ich lade Sie ein, mich zu begleiten, lieber Mervier.«

Er warf einen Blick zu Orlow, der ihn mit hochgezogenen Brauen abschätzend musterte. Einige Male war ihm der Verdacht gekommen, dass er persönlich ihm nachspionierte. Stephan hatte tunlichst vermieden, sein Misstrauen zu wecken. Der philosophische Zirkel war mehr als unverdächtig, der Zarenhof förderte und unterstützte sogar solche Versammlungen, und die Verteilung der Flugblätter lief von ihnen über so viele Hände, dass die Quelle nicht nachverfolgt werden konnte. Die systemkritischen Bücher, die sie herausbrachten, trugen allesamt nichtssagende Titel und waren als schöngeistige Romane getarnt. Die Fassade war perfekt.

Vielleicht lud Katharina, deren Raffinesse sich durchaus mit ihrer Genialität messen konnte, ihn nur aus einem Grund ein: Er sollte dem preußischen König Bericht darüber erstatten, wie volksnah die Zarin handelte. Dass sie ihn aus Sympathie einlud, schloss er aus. Ihr Verhältnis hatte sich nach den ersten philosophischen Debatten merklich abgekühlt. Vermutlich hatte er zu oft durchscheinen lassen, dass seine Begriffe von einer europäischen Herrscherin andere waren als ihre. »Ich fühle mich aufs Äußerste geehrt«, sagte er mit einer Verbeugung. »Ich müsste ein paar Dinge regeln, bevor ich St. Petersburg auf unbestimmte Zeit verlassen kann.«

»Lassen Sie mich nicht zu lange auf Ihre Entscheidung warten«, erwiderte Katharina und hakte sich bei Orlow ein.

Nichts verlockte ihn an der Aussicht, mit der Kaiserin und ihrem Gefolge durchs Land zu reisen und mit dem knechtischen Gehorsam der Unfreien konfrontiert zu werden. Und wie würde Johanna reagieren, wenn er sie über Wochen und Monate allein ließ? Würde sie wieder anfangen zu trinken?

Sie war unnahbar, seit sie in St. Petersburg lebten, aber dennoch war sie die Frau, die zu ihm gehörte wie seine rechte

Hand. Er hatte inzwischen mitbekommen, dass sie sich mit Boris Albrecht angefreundet hatte. Sollte sie die Stunden mit dem Dichter genießen, er selbst konnte ihr mit seinem eigenen Kunstverständnis keinen tiefgründigen Gedankenaustausch bieten, diesen Platz durfte Boris gern einnehmen. Mehr würden sie nicht wagen, selbst wenn Boris romantische Regungen ihr gegenüber verspürte. Er spürte ein Ziehen im Leib bei diesem Gedanken, nicht aus plötzlicher Eifersucht, sondern weil ihm bewusst wurde, wie sehr sich ihre Ehe verändert hatte. War es jetzt schon so weit, dass er einem anderen Mann erlaubte, eine bedeutende Rolle in Johannas Leben zu spielen? Sicher, an ihrer Treue hatte er nie gezweifelt, aber war Johanna noch die Frau, mit der er Hand in Hand lachend den Montmartre erklommen und die er am Ufer der Donau so stürmisch geküsst hatte, dass sie im Überschwang fast in den Fluss gefallen wären? Das schien in einem anderen Leben gewesen zu sein.

Abrupt stoppte Katharina, die beiden Männer an ihrer Seite verharrten im Schritt. Am Haupteingang des Parks, der von zwei Soldaten bewacht wurde, öffnete sich das Portal, und eine Gestalt trat hindurch, diffus beleuchtet von dem magischen Licht. Mit weit ausholenden Schritten hielt sie auf sie zu.

Katharina hielt sich zwei Finger an den Mund. »Kann das sein?«, wisperte sie. »Ist er es wirklich?« Dann setzte sie sich in Bewegung, eiligen Fußes, der Rock wehte im weiten Bogen um ihre Füße herum.

»Sieht aus, als hätte er genug von seiner selbst gewählten Verbannung«, bemerkte Graf Orlow trocken.

»Vielleicht kommt er nur zu Besuch«, erwiderte Stephan. Er hoffte es inständig. Für Sekunden verband sie die Abneigung gegenüber Potemkin.

Orlow schüttelte den Kopf. »Der weiß, auf was er leichtfertig verzichtet hat, als er den Zarenhof verließ. Den Fehler macht der kein zweites Mal.« Sein Unbehagen stand ihm ins Gesicht geschrieben, obwohl er sich um Haltung bemühte.

Stephan beobachtete die Zarin und ihren Günstling, die sich auf halber Strecke zwischen den üppigen Rosenrabatten, den präzise beschnittenen Buchsbäumen, den hoch aufragenden Marmorfiguren, Springbrunnen und Fontänen begegneten und auf Armeslänge voreinander stehen blieben. Drüben aus dem hell erleuchteten Palast drang gedämpft die Musik des Streicherquartetts, das Lachen und Plaudern der Gäste durch die offenen Fenster. Hier im Garten hingegen überwogen die Stille, die das Grillenzirpen und das Wasserplätschern nur noch verstärkten, und ein Potpourri aus süßen Blumendüften.

Obwohl Katharina ihm den Rücken zuwandte und er nur das marmorne Antlitz Potemkins mit seiner schwarzen Augenklappe sah, ahnte er, dass sie nicht weniger strahlte als er, während sie sich anschauten. Ihre Haltung drückte aus, dass sie ihm am liebsten wie ein junges Mädchen um den Hals gefallen wäre, um ihn zu küssen, aber sie war die Zarin, und sie bewahrte die Fassung.

Womöglich hatte sie mehr gelitten, als irgendjemand ihr zutrauen würde. Ob Potemkin tatsächlich der Mann war, den sie aus tiefster Seele liebte? Oder war er nur derjenige, der bei ihren amourösen Vorlieben alle anderen Günstlinge in den Schatten gestellt hatte?

Auf jeden Fall musste er Orlow recht geben: Als die Zarin sich bei ihm unterhakte und Potemkin zu ihnen geleitete, sah er nicht aus, als wäre er nur auf Visite. Er sah aus wie einer, der bleiben wollte, und die Entschlossenheit in seiner Miene, als er Orlow zunickte, deutete darauf hin, dass er sich seinen Platz an der Seite der Zarin zurückerkämpfen würde. Wer von den beiden das geringere Übel war, mochte Stephan nicht beurteilen. Sie standen beide im Schatten der Autokratin und hatten sich noch nie damit hervorgetan, aufklärerisches Gedankengut in die Regierung zu bringen.

Davon sollte er seinem König in seinem nächsten Schreiben berichten.

Kapitel 16

September 1768,
im Winterpalast

»Die Türken haben uns den Krieg erklärt!«

Potemkin stoppte abrupt, nachdem er das Arbeitszimmer der Zarin betreten hatte und sie ihn ohne Begrüßung mit dieser Nachricht empfing. Ihre Hand, die den Federkiel hielt, zitterte. Sie legte das Schreibgerät auf den Brief, den sie an Voltaire schrieb. Auch der Philosoph sollte über die außenpolitischen Geschehnisse und Katharinas Ansichten dazu informiert werden. Sie wusste, dass sie in allen Belangen auf seine Unterstützung zählen konnte.

»Damit war zu rechnen«, erwiderte Potemkin und räusperte sich, weil seine Stimme belegt klang. Katharina sah, wie sich sein Körper anspannte. Er war bereit, gegen die Türken ins Feld zu ziehen. Trotz seines beschädigten Auges strotzte er vor Kraft und Männlichkeit, und Katharina wusste, dass er als Kriegsheld heimkehren würde. Einen wie ihn machten die Kämpfe auf den Schlachtfeldern nur stärker. »Unser Einfluss in Polen hat den Türken nicht gefallen, seit du deinen Günstling Poniatowski zum König gemacht hast.«

Katharina hörte eine Spur von Verbitterung aus seinen Worten. Alle Welt wusste, dass der polnische König ihr ehemaliger Liebhaber war, und Potemkin hatte in den vergangenen zwei Jahren einen deutlichen Hang zur Eifersucht entwickelt. Er sprach nicht gern über die anderen Männer, die sie favorisierte.

»Am Ende gaben aber vermutlich die Kosaken den Ausschlag, die die oppositionellen polnischen Gruppen bis ins Osmanische Reich verfolgt und dort ein Massaker angerichtet haben«, erwiderte sie. »Nun, Krieg fordert Opfer, auf allen Seiten, und die Türken werden sich noch nach den Friedenszeiten sehnen, wenn wir erst unsere Regimenter mobilgemacht haben.« Sie erhob sich, strich ihren Rock glatt und fuhr sich in einer nervösen Geste über die Stirn. Die Septembersonne fiel durch die Fenster ihres Arbeitsraums und blendete sie. Zu ihrer Stimmung hätte ein Gewitter besser gepasst. »Wir müssen unsere Kraft darauf aufwenden, die Lage unter Kontrolle zu bringen. Deswegen werden wir einen Reichsrat bilden, zu dem Orlow gehören wird, um die Kriegsführung zu koordinieren.«

Potemkin richtete sich zu voller Größe auf. »Ich möchte zur Armee versetzt werden. Am liebsten würde ich gleich morgen an die Front ziehen.«

Sie streichelte seine Wange. »Ich weiß, mein Goldfasan, ich weiß. Ich werde dich als Generalmajor einsetzen. Die russische Armee ist mehr als achtzigtausend Mann stark. Unser Ziel muss es sein, die Kontrolle über den Dnestr an uns zu reißen, damit wir Zugang zum Schwarzen Meer bekommen und es beherrschen können. Wir werden uns das Recht zur freien Handelsschifffahrt durch den Bosporus erkämpfen. Eine russische Flotte soll vom Finnischen Meerbusen aus bis in die Ägäis segeln.« Viele bedeutende Männer wusste sie bei diesem Plan auf ihrer Seite, allen voran Voltaire, der in seinem letzten Brief die Hoffnung zum Ausdruck gebracht hatte, sie möge die Muslime aus Europa vertreiben und Konstantinopel zur Hauptstadt ihres Reiches machen. Er war nicht gut zu sprechen auf die Türken, der große Philosoph, schon allein wegen der Geringschätzung, die sie den Frauen gegenüber an den Tag legten.

»Ich bin dein treuer Diener, Katharina. Verlass dich auf

mich.« Er nahm ihre Hand in seine und drückte sie an seine Lippen.

Sie entzog sich ihm und wandte ihm den Rücken zu, als sie ans Fenster trat, um über die Newa bis hinüber zur Peter-Paul-Festung zu blicken. »Ich werde den Kriegsausbruch zum Anlass nehmen, die Gesetzgebende Kommission aufzulösen.« Niemand konnte ermessen, wie schwer ihr diese Entscheidung fiel. Russland zu einer Rechtsprechung zu verhelfen war ihr ehrgeizigster Plan gewesen, aber nach zwei Jahren, in denen die Kommission keine Ergebnisse erzielt und sich in endlosen Plaudereien und Debatten verloren hatte, war sie zermürbt.

Dabei hatte alles vielversprechend begonnen. In über sechshundert Artikeln hatte sie festgeschrieben, dass Russland eine europäische Macht war und dass nur ein Autokrat herrschen könne. Sie hatte die Todesstrafe angeprangert und ausgeführt, dass die Gesetze den Bürgern gute Sitten ins Herz flößen und die Gemüter nicht durch Leib- und Lebensstrafen niedergeschlagen werden sollten. Überall in Europa hatte man ihre Instruktion lesen können. Sie war ins Deutsche, Niederländische, Italienische und Französische übersetzt worden. So viele Gedanken zur Völkerkunde und zur Rechtsphilosophie, bereichert von Montesquieu und Voltaire, hatte sie zu Papier gebracht, aber in der Kommission blieben sämtliche Ansätze für einen Gesetzesentwurf in unzähligen Projekten stecken.

Mit einem Gefolge von fünfzehnhundert Höflingen hatte sie die lange geplante Reise in den Süden ihres Landes unternommen und sich davon überzeugt, dass ihre Untertanen ihr treu ergeben waren und Landschaft, Dörfer und Städte blühten. Mervier hatte sich leider nicht dazu entschließen können, sie zu begleiten, aber dafür hatte sie Sonja überzeugen können, die Schule für ein paar Wochen zu verlassen und an der Fahrt durch das Land teilzunehmen.

Die Zeit mit ihrem Schützling hatte Katharina sehr genossen, obwohl im Zusammensein mit Sonja keine Stunde verstrich, in der ihr Widerspruchsgeist nicht aufblitzte. Oft stand Sonja an der Reling und spähte zu den Menschen am Flussufer hinüber, die ihre Arbeit niederlegten und dem pompösen kaiserlichen Schiff hinterherschauten. Manchmal hatte sie die Gesichter der Bauern, ihrer Frauen und Kinder erkennen können, und dann hatte sie Katharina gefragt: »Mögen sie dich?«

Katharina hatte ihr Igelkind an sich gezogen und gedrückt. »Manchmal vergessen sie vielleicht, dass ich mein Leben danach richte, dass es ihnen besser geht. Aber irgendwann werden sie meine Güte und Voraussicht anerkennen und mir danken. Eine Zarin muss damit leben, dass nicht jeder sie zu jeder Zeit liebt. Sie muss stets das große Ganze im Blick haben.«

Auf sein Verlangen hin hatte sie dem Mädchen ihre Instruktion zum Lesen gegeben, ein armdicker Stapel von Papieren, mit denen Sonja sich für mehrere Tage ins Bootsinnere zurückgezogen hatte. Katharinas Herz hatte einen kleinen Satz gemacht, als Sonja sich – blass wie saure Milch und mit grauen Ringen unter den Augen – nach der Lektüre in ihre Arme geworfen und ihr einen Kuss mitten auf den Mund aufgedrückt hatte. »Mit diesen Gesetzen wird vieles besser werden in Russland«, hatte sie gesagt. »Dann werden dich alle lieben.« Und merkwürdigerweise hatte sie, die gebildete Erwachsene, sich über das Lob aus diesem Kindermund gefreut, als könnte Sonja beurteilen, was gut und was schlecht für das Land war.

Das Eingeständnis, dass die Verwirklichung ihres kühnen Plans gescheitert war, schmerzte in ihr, als würde sich ein Messer in ihrem Leib drehen. Im Geiste sah sie die Entrüstung in Sonjas Gesicht, wenn sie ihr erzählen musste, dass all ihre Bemühungen um eine gerechte Ordnung im Land ins Nichts geführt hatten.

Potemkin trat hinter sie, berührte behutsam ihren Arm. »Das ist ein schwerwiegender Entschluss, Täubchen«, sagte er. »Der Westen wird triumphieren, weil man von Anfang an nicht geglaubt hat, dass du es schaffst. Sie werden sich bestätigt fühlen, dass Russland im Vergleich mit den übrigen europäischen Ländern in seiner Entwicklung hinterherhinkt.« Potemkin hatte sie zu den meisten Sitzungen der Kommission begleitet.

Sie trat einen Schritt von ihm weg, empört und verärgert. »Meinst du, das weiß ich nicht? Ich hatte mir das alles anders vorgestellt. Ich mag meine Zeit nicht länger verschwenden und beginne lieber nach dem Krieg gegen die Türken noch einmal von vorn. Ich mag die Sitzungen nicht ohne dich abhalten, vor allem, wenn du in Kürze ins Osmanische Reich reist …«

Er legte die Arme um sie, sie bettete für einen Moment die Schläfe an seiner Brust, hörte den Takt seines Herzens. Ein kleiner kostbarer Moment, in dem sie nur die Frau war, die von ihrem Liebhaber getröstet wurde. Sie löste sich wieder. Es gab viel zu tun. »Geh jetzt, Potemkin. Ich erwarte die Gruppe von Studenten, die ich nach Leipzig geschickt hatte. Was ich ihnen zu sagen habe, wird keine Begeisterungsstürme auslösen. Ich muss mir überlegen, wie ich mir ihre Gunst erhalte.«

Potemkin verneigte sich und verschwand ohne ein weiteres Wort. Sie liebte ihn für seine Einfühlsamkeit.

Im Vorraum zum Arbeitszimmer der Zarin konnte keiner der Studenten ruhig sitzen. Im Schatten der düsteren Porträts, die dicht an dicht die Wände schmückten, tigerte Dmitri auf und ab.

Auf diesen Moment hatte er die letzten beiden Jahre hingearbeitet. Heute war der Tag, an dem sich seine Zukunft entscheiden sollte.

Seine Studienzeit in Leipzig war von Entbehrungen geprägt gewesen. Anders als die anderen europäischen Studenten befanden sich die jungen Russen von Anfang an unter strengster Beobachtung durch die Hofmeister. Keine Lässigkeit wurde geduldet, keine Liaison, und schlechte Benotung brachte dem einen oder anderen Knutenhiebe ein. Dmitri war davon verschont geblieben, obwohl ihn das Klima der Angst, das sich in der russischen Abordnung breitgemacht hatte, an manchen Tagen genauso lähmte wie die Bevormundung. Durch kaiserliche Order war ihnen jedes Fach und jede Vorlesung an der bedeutendsten deutschen Juristenfakultät vorgeschrieben.

Neidvoll hatte er die deutschen, englischen und französischen Jurastudenten beobachtet, die sich zwar nicht weniger leidenschaftlich der Rechtswissenschaft widmeten, die aber andererseits ihre Zeit auskosteten und sich in Gaststätten und Parks trafen. Die Russen hingegen hatten strenge Vorgaben, wie sie sich in Leipzig präsentieren sollten. Niemand sollte ein schlechtes Wort über sie verlieren, alle sollten sehen, mit welchem Eifer sie sich weiterbildeten, um ihre Erkenntnisse später zum Wohle ihrer Heimat einzubringen.

Dmitri hatte das Ende des Studiums herbeigesehnt und mit Auszeichnung bestanden. Er platzte fast vor Stolz darüber, dass er sich Jurist nennen durfte, und spielte in Gedanken mit der Möglichkeit, später zu promovieren. Aber nun hieß es erst einmal, der Zarin zu demonstrieren, dass sie nicht umsonst in ihn investiert hatte. Er beabsichtigte, sich zu einem der führenden Köpfe in der Gesetzgebung zu entwickeln. Er freute sich jetzt schon auf den Jubel seiner Mutter, wenn er ihr erzählte, dass er es geschafft hatte.

Alle Köpfe wandten sich dem Diener zu, der aus dem Arbeitszimmer der Zarin trat und die Flügeltüren weit öffnete. Dmitri reckte den Hals, um über die anderen hinweg einen Blick auf die Zarin werfen zu können. Ein Tuscheln und Murmeln zog sich durch die Studentengruppe, bevor der Bedienstete mit einem Stock auf den Boden klopfte. Sofort trat Ruhe ein. »Eure Majestät Zarin Katharina die Große erwartet Sie.«

Dmitris Herzschlag geriet aus dem Takt. Er hatte mitbekommen, dass die Gesetzgebende Kommission Katharina den Beinamen »die Große« verliehen hatte, und er fand, nichts war angemessener als diese Auszeichnung. Er richtete seinen

Kragen, fuhr sich über die Haare, um zu überprüfen, ob der Scheitel richtig saß, und schritt den anderen voran in das Arbeitszimmer. Diesmal ließ er sich nicht auf den Boden fallen vor Ehrfurcht, beugte nur den Oberkörper wie die anderen Studenten und hielt den Kopf gesenkt, bis die Kaiserin das Wort an sie richtete. Die unterwürfige Pose, auf dem Boden vor der Herrscherin zu liegen, erschien ihm nach dem Studium in Leipzig wie etwas zutiefst Russisches. Lag der Kaiserin nicht genau daran, dass Russland europäisches Niveau erreichte?

»Meine lieben fleißigen Studenten.« Ein Leuchten glitt über das Gesicht der Zarin, als sie sich erhob. »Ich hoffe, Sie haben Ihre Zeit in den deutschen Landen genossen, doch wie Sie wissen, haben sich die Verhältnisse in unserem Land stark verändert. Die Türken haben uns den Krieg erklärt, und die Außenpolitik wird in der nächsten Zeit meine volle Aufmerksamkeit erfordern. Dem fällt leider die Gesetzgebende Kommission zum Opfer, die ihre Arbeit einstellen wird.« Sie zuckte die Schultern. »Ohnehin hat sie bis heute keine Ergebnisse vorzuweisen, insofern ist es ein nur folgerichtiger Entschluss.«

Dmitris Blut sackte in ihm ab wie bei einem Sturz aus sehr großer Höhe. Er blinzelte, um den Schwindel und die Übelkeit zu vertreiben, die von ihm Besitz zu ergreifen drohten. Die anderen hatten angefangen zu flüstern, Unruhe breitete sich aus. Er hob die Stimme: »Was bedeutet das für uns? Wir haben das europäische Recht studiert, um Posten in dieser Kommission zu bekommen. Was sollen wir nun tun?« Ein flaues Gefühl breitete sich in seinem Magen aus.

Katharina trat hinter ihren Schreibtisch, als wolle sie Abstand zwischen sich und die Männer bringen, und stützte sich auf die Arbeitsplatte. »Mein lieber Dmitri und Sie alle, Sie sind jung, Ihnen steht die Welt offen. Zum Ausgleich, weil ich mein Versprechen nicht einhalten kann, werde ich jedem Einzelnen von Ihnen eine Stadtvilla oder einen Landsitz überschreiben, eine Apanage wird Ihren Unterhalt sichern, und fünfhundert

Leibeigene gibt es noch dazu.« Sie lächelte, offensichtlich beseelt von der eigenen Großherzigkeit. »Ich denke, das ist eine solide Basis, um sich eine Existenz aufzubauen.«

Sie wollte sie mit Geschenken abweisen? Sie ruhigstellen, indem sie sich ihre Friedfertigkeit erkaufte? Eine Welle der Empörung spülte durch Dmitris Leib. Erst als seine Knöchel schmerzten, merkte er, wie sich seine Hände verkrampften. Fassungslos sah er in die Runde seiner Kommilitonen, die lächelten und sich gegenseitig beglückwünschten zu diesem entspannten Leben, das ihnen die Zarin ermöglichte. Sie würden darauf eingehen, oder? Tatsächlich meldete sich der Erste bereits zu Wort: »Die Großzügigkeit Eurer Majestät ist sprichwörtlich«, sagte er, »wir können unser Glück nicht fassen, dass wir nach den Jahren des Studiums davon profitieren.«

Die anderen nickten und murmelten zustimmend, und auf dem Gesicht der Zarin breitete sich Zufriedenheit aus. Sie hatte es wieder einmal geschafft und die Anfeindungen abgewendet, indem sie zu ihrem stärksten Mittel griff und sich als Wohltäterin gab.

Aber Dmitri würde sie nicht kaufen können. Er pfiff auf ein betuliches Dasein als Gutsherr oder Bonvivant. Seine Eltern waren wohlhabend – er hatte nie auf die Annehmlichkeiten, die der Wohlstand mit sich brachte, verzichten müssen. Nie war es ihm bei all seinen Anstrengungen um Mehrung des Reichtums gegangen. Er hatte sein Leben darauf ausgerichtet, im Umfeld der Zarin die Anerkennung zu erfahren, die ihm nach den Jahren des Studiums zustand. Nun sollte er mit einem Handstreich abgespeist werden. Gewissenlos brach sie das Versprechen, das sie ihm gegeben hatte.

»Aber auch im Krieg braucht Russland juristische Gelehrte«, wagte er einen Einwurf.

»Die entsprechenden Ämter sind bereits mit erfahrenen Männern besetzt«, gab die Kaiserin zurück, und ihr Lächeln schwand. »Ich behalte Sie im Auge, falls sich eine Möglichkeit ergibt. Ich könnte Ihnen eine Stellung als Schreiber oder Sekretär vermitteln, wenn Ihnen daran liegt. Aber noch lieber wäre es mir, Sie würden sich zur Armee melden. Dort wird in naher Zukunft jeder Mann gebraucht. Mit Ihrer Bildung würden Sie rasch in der militärischen Karriere aufsteigen.«

Schweigen senkte sich über die Gruppe. Dmitri hörte das eigene Blut in den Ohren rauschen. Wie lakonisch sie sein Leben zerstörte. In ihren Augen war er nicht mehr wert als die Fliege an der Wand.

Nie zuvor hatte Dmitri sich so gedemütigt gefühlt.

Irgendwann würde sich die Zarin an diesen Tag erinnern, an dem sie sich ihn zum Feind gemacht hatte.

Buch 2

Verrat

Kapitel 17

Winter 1772/73, im Südwesten Russlands
bei Orenburg

»Glaub mir, Iwan, es ist der Zar! Ich spüre das in meinem Blut.« Andrej schüttelte seinen Bruder, der auf Lumpen neben ihm lag. Iwan hatte die fadenscheinige Decke bis unter die Nasenspitze gezogen, aber Andrej hörte trotzdem, wie seine Zähne vor Kälte aufeinanderschlugen. Immer wieder fielen dem Älteren vor Erschöpfung die Augen zu. Die hundert anderen Leibeigenen des Gutshofes, die um sie herum lagen, stöhnten im Schlaf und schnarchten lautstark, manche husteten und sprachen im Traum. Die Luft war zum Schneiden dick vor menschlichen Ausdünstungen und dem Rauch aus dem winzigen Ofen, der das weitläufige Holzhaus kaum zu heizen vermochte.

Iwan war nicht mehr als Haut und Knochen, obwohl er nicht weniger Haferbrei und Schwarzbrot bekam als die anderen. Nichts setzte bei ihm an, im Gegensatz zu Andrej, dessen Bauch sich unter dem Kaftan vorwölbte. Die Fettschicht schützte den jüngeren Bruder vor dem winterlichen Frost. Seine Schulter zuckte, gleichzeitig verzog sich ein Mundwinkel, ein nervöses Leiden aus seiner frühen Jugend, das er überwunden geglaubt hatte. In dieser außergewöhnlichen Situation kehrte es zurück.

Wieder berührte er Iwan am Schlüsselbein, sah ihm in die Augen, die die gleiche tiefbraune Farbe hatten wie die seinen. Buschige schwarze Brauen wölbten sich wie Raupen darüber. »Bitte, Iwan, lass es uns versuchen.«

Iwan begann zu flüstern. Bevor er eine Entscheidung traf, führte er für gewöhnlich Selbstgespräche. »Wie stellst du dir das vor?«, erwiderte Iwan endlich mit kaum hörbarer Stimme. »Wir werden bewacht, sie schießen uns über den Haufen, wenn wir uns davonstehlen.«

Andrej fasste Mut. Zumindest hörte Iwan auf, sein Ansinnen in Bausch und Bogen abzulehnen. Alles hing davon ab, dass er ihn von seinem Plan überzeugte. »Die Wächter sind nur Staffage. Ich habe gesehen, wie sie während des Dienstes einschlafen oder sich mit Kartenspielen die Zeit vertreiben. Die wissen, dass wir es uns hundertmal überlegen, bevor wir eine Flucht versuchen. Selbstverständlich marschieren wir nicht durch das Haupttor.« Er grinste verwegen. »Bislang bot sich uns nichts Besseres an, wenn wir der Sklaverei entkommen. Aber jetzt ist alles anders, Iwan! Die Zeiten sind im Umbruch, und wir können daran mitwirken!« Er schwieg einen Moment und nahm einen tiefen Atemzug. »Wenn du nicht mitkommst, versuche ich es allein.« Sein Herz wummerte, während er auf die Reaktion des Älteren wartete.

Iwan richtete sich halb auf und stützte sich auf seinen Ellbogen. Seine Lippen bewegten sich, bevor er laut antwortete. »Du bist ein Schwachkopf, Andrej. Aber bestimmt werde ich dich nicht allein ins Unglück laufen lassen. Wann ist die Versammlung?«

Andrej unterdrückte ein Juchzen vor Freude. »Morgen Nacht. Zu Fuß sind wir in ein bis zwei Stunden an dem Treffpunkt. Wenn wir nicht überzeugt sind, dass es sich bei dem Mann wirklich um Zar Peter handelt, schleichen wir uns wieder zurück und gehen unserem Tagwerk nach, als wäre nichts geschehen.«

Iwan presste die Lippen aufeinander, setzte sich auf und schlang bibbernd die Arme um seinen Leib. »Kommen noch andere mit?«

Andrej schüttelte den Kopf. »Soweit ich es mitbekommen

habe – nein. Aber die meisten wissen, dass sich in unserer Nähe etwas Großes anbahnt, etwas, das unserem Leben eine neue bessere Richtung geben wird. Bald brauchen wir von Freiheit nicht mehr nur zu träumen, Bruder.«

Iwan legte sich wieder hin und drehte dem Jüngeren den Rücken zu. »Schlaf jetzt, Andrej. Morgen Nacht werden wir kein Auge zutun.«

Andrej blieb noch lange wach, starrte zu dem hölzernen Dach hinauf, durch dessen Ritzen der Vollmond sein fahles Licht warf. Morgen mussten sie den frisch gefallenen Schnee räumen, die Straße zum Gutshof eisfrei halten, das Haupthaus des Gutshofes an mehreren Stellen reparieren, Bäume fällen, Knüppelholz und Reisig für die Öfen im Gutshaus heranschleppen. Im Winter war die Arbeit weniger anstrengend als im Frühjahr und im Sommer, wenn sie zu viert aneinandergekettet den Pflug über die Felder des Herrn ziehen mussten. Aber was gäbe Andrej darum, wenn er sich nicht für einen anderen, sondern nur für sich selbst abrackern müsste. Ein unvorstellbares Gefühl.

Iwan und er kannten nichts anderes als ein trostloses Dasein in Leibeigenschaft. Iwan behauptete, sie hätten das größte Glück auf Erden gehabt, dass sie als Brüder gemeinsam überlebt hatten. Der Vater war vor fünfzehn Jahren, als Andrej gerade vier gewesen und zum ersten Mal zum Frondienst herangezogen worden war, nach einer Auspeitschung an seinen Verletzungen gestorben. Die Mutter war ihm wenige Monate später gefolgt. Vielleicht mit gebrochenem Herzen, weil das einzige Mädchen, das sie geboren hatte, für zehn Rubel an einen benachbarten Gutsherrn verkauft worden war und sie es nicht mehr wiedersehen würde. Von ihren insgesamt sechs Kindern hatten außerdem nur Iwan und Andrej überlebt, sie waren die Letzten ihrer Familie, und Andrej wusste, wie wertvoll die familiären Bande waren. Die meisten Leibeigenen blieben für sich, schlossen selten Freundschaften, kümmerten sich nur um sich selbst und trugen ihr Schicksal duldsam und ergeben. Gott hatte ihnen dieses Leben zugewiesen.

Andrej hingegen hatte sich seit frühester Jugend gefragt, wie Gott eine solche Ungerechtigkeit zulassen konnte. Warum durften die einen die Knute einsetzen und vor üppig gedeckten Tischen sitzen, und warum mussten die anderen Prügel einstecken und Hunger leiden? Er war sich keiner Schuld bewusst, die eine solche Strafe gerechtfertigt hätte. Der Einzige, mit dem er über diese Gedanken reden konnte, war Iwan, dem es aber an Abenteuerlust und Mut mangelte, um etwas zu ändern. Umso wertvoller war sein heutiger Sieg. Er hatte es tatsächlich geschafft: Iwan würde ihn zum Auftritt des Zaren und seiner Anhänger begleiten! Hoffentlich würde er morgen zum letzten Mal unter dem Peitschenknallen der Aufseher die Schneeberge räumen und das Brennholz aus dem Wald heranschleppen.

Am nächsten Abend brachte Andrej kaum einen Bissen des harten Brotes hinunter, obwohl er mit Kwass nachspülte. Sein Magen war wie zugeschnürt vor Aufregung. In einer Ecke des Holzhauses zupfte ein Alter an einer Balalaika, ein paar Frauen sangen dazu ein melancholisches Lied. Als sie verstummten, lagen die meisten Leibeigenen bereits auf ihren Decken, und wenig später senkte sich Ruhe über die Menschen in ihren Lumpen. Alle wussten, wie lebensnotwendig der Schlaf war, wenn sie ihr Tagespensum schaffen wollten, ohne tot umzufallen.

Auch Iwan drohte wieder wegzudösen, aber Andrej zischte ihm von der Seite ins Ohr. »Jetzt, Iwan. Es ist so weit!« Der Ältere richtete sich auf und warf sich genau wie Andrej die beiden Schlafdecken über den Körper, gurtete sie in der Taille fest und griff nach der Ohrenmütze und den Handschuhen, die ihm als Kissen dienten. Die Mütze zog er so tief, dass nur noch seine knorpelige Nase und der krause Bart zu sehen waren.

Wenig später schlich er geduckt hinter Andrej her zu der Holzwand, die der Pforte gegenüberlag. Sie stießen hier gegen eine Schulter, da gegen ein Bein, stumpfe Blicke aus erloschenen Augen trafen sie, aber keiner fragte, warum sie nicht schliefen und wohin sie wollten.

Vor der Wand beugte Andrej die Knie. Vorsichtig schob er zwei lose Bretter hoch. Das Knarren war vermutlich bis in die hinterste Ecke des Gemeinschaftsraums zu hören, aber keiner wandte sich ihnen zu. Er winkte den Bruder heran und forderte ihn auf, hinauszuklettern. Ächzend bückte sich Iwan, Andrej folgte ihm auf dem Fuße.

Im Hinterhof empfing sie eine geschlossene Schneedecke, in der sie bis zu den Knien versanken. Das Haus des Gutsherrn lag auf der anderen Seite, von hier aus führte der Weg im Sommer zu den Weizen- und Roggenfeldern und zu der Maulbeerplantage, auf der der Herr Seidenraupen züchtete. Die Steppe, am Horizont durchzogen von Hügeln und Schluchten, breitete sich weiß überzogen vor ihnen aus. Ein leichter Wind trieb den pulverigen Neuschnee vor sich her.

Die Füße hatten sie mit mehreren Schichten Stoffstreifen und gekreuzten Bändern umwickelt, aber schon nach wenigen Schritten drang die Kälte hindurch. Andrej stapfte seinem Bruder ausholend voran, in Richtung des freigeräumten Pfades mit den von Bauernschlitten und Kibitkas hinterlassenen Spuren, auf dem die Gutsleute ihr Anwesen verließen und auf dem Händler ihre Waren von einer Siedlung in die nächste brachten. Er schnaufte, als er die Straße erreichte, und Iwan stemmte sich hechelnd die Hände in die Seiten. Aber sie lächelten sich an, denn sie hatten die erste Etappe geschafft – sie waren außer Sichtweite des Hofes. Von nun an würde der Weg weniger beschwerlich verlaufen. Wie verblüffend simpel es war, das Joch der Sklaverei abzustreifen. Und wie verlockend, wenn etwas Besseres auf sie wartete.

Die Nacht war sternenklar, und im Mondlicht schimmerte

der Schnee auf den Feldern und auf den Spitzen der Tannen drüben am Horizont. Irgendwo schrie ein Käuzchen, und als sie den Waldrand erreichten, raschelte es im Unterholz. Ansonsten hörten sie nur ihren eigenen Atem und das Stampfen ihrer Schritte.

Endlich tauchte in der Ferne ein Lichtschein auf. Andrej wies mit dem Arm dorthin. »Da muss es sein!«, sagte er. »Das ist die Lichtung, von der die Rede war.« Er stoppte abrupt, als in diesem Moment drei Männer aus dem Gehölz brachen und vor ihnen auf dem Pfad innehielten. Sie trugen ähnliche Lumpen wie sie und lange Bärte. Ihre Gesichter waren vom Wetter gegerbt. Noch während die Schulter zuckte und sein Mundwinkel sich verzog, fasste Andrej nach dem Messer, das er an seinem Gürtel trug, und ließ die Kerle nicht aus den Augen. »Wir wollen zum Zaren«, sagte der Mittlere der drei.

Andrej entspannte sich und nickte ihnen zu. »Genau wie wir«, sagte er und setzte mit Iwan den Weg im Schatten der drei anderen fort. Bis zur Ankunft gesellten sich weitere Männer zu ihnen, schweigende dunkle Gestalten, eingehüllt in zerrissene Decken, die Nacken gebeugt.

Immer mehr Lichter tauchten auf, bis sie die weitläufige Lichtung erreichten. Sie war mit Fackeln hell erleuchtet, mehr als ein Dutzend schwarzer Pferde war auf der gegenüberliegenden Seite an Birken angebunden. Man hatte den Platz von Schnee geräumt und Bäume gefällt, auf deren Stämmen die Männer hockten.

Andrej sah sich um und entdeckte zahlreiche Kosaken in geflickten Uniformen und mit Musketen zwischen den anderen geflohenen Leibeigenen, von denen viele Heugabeln und Piken mit sich trugen. Die Blicke aller waren auf den Redner in der Mitte des Platzes gerichtet, der breitbeinig auf einem Findling stand und sich über die Masse erhob. Er trug einen mit Goldborten besetzten himbeerfarbenen Kosakenmantel aus Seide, dazu eine Zobelmütze mit goldenen Troddeln. Er war klein und stämmig und trug einen kurzen Bart. Sein Gebiss wies mehrere Lücken auf. Er hatte die Arme weit geöffnet und das Gesicht gen Himmel gerichtet.

»Seht mich an, ich stehe vor euch!« Seine tiefe Stimme tönte in die Nacht. »Ich habe meinen Mördern entkommen können! Zehn lange Jahre musste ich mich in Ägypten und im Heiligen Land verbergen, aber jetzt bin ich hier, um zurückzufordern, was man mir geraubt hat. Versprecht ihr mir, eurem Zar Peter, die ewige Treue? Werdet ihr mir bedingungslos folgen, wenn ich mich aufmache, die Thronräuberin zu verstoßen, die Ausbeuter von ihren Gütern zu jagen und die Bauern von der Fron zu befreien?«

Jubel brandete auf, die Leibeigenen klopften mit ihren Werkzeugen auf den Boden, als seien sie kaum noch zu bändigen vor Lust, Rache zu nehmen.

Ein Hochgefühl breitete sich in Andrej aus. Als er sich seinem Bruder zuwandte, sah er, dass Iwan beide Hände vor den Mund geschlagen hatte, sodass man nur noch seine weit aufgerissenen Augen sehen konnte. Er flüsterte vor sich hin und schüttelte wieder und wieder den Kopf. »Er ist es«, sagte er schließlich durch die Finger hindurch. »Oh, Herr im Himmel, der wahre Zar ist zurückgekehrt! Unser Erlöser!«

Andrej schlug ihm lachend vor Freude auf den Rücken. Ja, er war es, und sie würden ihm Leib und Seele verschreiben, um ihn wieder dahin zu bringen, wo er nach Gottes Willen hingehörte: auf den Zarenthron.

Einer der Männer, die neben dem Zaren standen und seine engste Gefolgschaft bildeten, reichte ihm einen Leinensack. Er öffnete ihn, griff hinein, und ein klimpernder Schauer von Kupfermünzen flog über die Männer hinweg. Beglückt stürzten sich alle darauf. Andrej schaffte es mit Ellbogen und Fäusten, ein halbes Dutzend zu ergattern. Grinsend zeigte er seinem Bruder, der wie versteinert dastand und auf den Zaren starrte, die offene Handfläche.

»Wir werden niemals mehr Hunger leiden. Wir werden unsere eigenen Herren sein, Iwan.«

Ein grobschlächtiger Kerl mit kahl rasiertem Schädel und abgeschnittenen Ohren – vermutlich die Folge einer Folter – stapfte auf Andrej und Iwan zu, eine Sense und eine Mistgabel in der Hand, während sich die anderen noch um die Münzen balgten. »Ihr habt dem Zaren die Treue geschworen?«, fragte er mit kehliger Stimme.

Andrej richtete sich zu voller Größe auf und schob den Bauch vor. »Bis zum Ende unserer Tage«, sagte er feierlich.

Der Kahle drückte ihnen die Bauernwerkzeuge in die Hand. »Dann bereitet euch vor. Morgen geht es in die nächste Schlacht. Danach werden wir Unterkünfte haben und reich gedeckte Tische.«

Andrej erwiderte sein Grinsen.

Geschwächt von der ruhelosen Nacht, aber fest in ihrem Entschluss und in ihrer Überzeugung, das Richtige zu tun, brachen Andrej und Iwan vor der Morgendämmerung auf. Sie marschierten durch das Gouvernement Orenburg am steilen Ufer des zugefrorenen Jaik entlang. Die berittenen Kosaken galoppierten voran, der Zar reiste in einer Kibitka, die von drei Kirgisenpferden gezogen wurde und deren Glöckchen im Takt der trabenden Pferde bimmelten. Ein kräftiger Tatar lenkte die Troika stehend. Die zahllosen Anhänger ohne Pferde bewältigten die Strecke zu Fuß, zumal der Zar persönlich versprochen hatte, dass sie nach der nächsten Schlacht allesamt mit prächtigen Pferden ausgestattet werden würden.

Von den Gefährten erfuhren Andrej und Iwan von all dem Guten, das der Zar für seine Untertanen plante, sobald er wieder auf dem Thron saß. Er wollte die Befreiung aller Leibeigenen, die generelle Abschaffung der Wehrpflicht, die vollständige Beseitigung der Abgabepflichten und die Verteilung von Boden, Wäldern, Heuwiesen und Fischgründen an die

Bauern. War ein solches Leben in Freiheit und Wohlstand nicht jedes Gefecht wert?

Ihr Ziel war eine wie eine Festung geschützte Siedlung, die sie am frühen Nachmittag erreichten. Unterwegs hatten sich ihnen zahlreiche flüchtige Leibeigene und desertierte Soldaten, Kosaken und Eisenarbeiter, Baschkiren, Tataren und Kasachen angeschlossen. Die Kosaken hatten die Schlacht bereits begonnen und das Feuer auf die Männer eröffnet, die ihre Stadt auf den Wällen stehend mit einer Kanone und Musketen verteidigten. Gegen die Übermacht der Angreifer waren sie wehrlos, und gerade als die Leibeigenen dazustießen, hatten sie das Tor eingeschlagen und stürmten mit wildem Geschrei in das Innere des Ortes.

Andrejs Sicht war von einem roten Schleier getrübt. Sein Puls brauste, sein Denken setzte aus, und er geriet in einen Blutrausch, den er nicht für möglich gehalten hätte. Der Gestank nach menschlichen Gedärmen und Ruß füllte seine Lunge. Er vergaß den Bruder neben sich und stach mit der Mistgabel auf jeden ein, der sich ihm in den Weg stellte, und er setzte noch nach, wenn der andere auf dem Boden lag. All die jahrelange Qual entlud sich in dieser ersten Schlacht und verwandelte den leibeigenen Bauern Andrej in einen tobsüchtigen Berserker, der keine Gnade kannte.

Blut flutete den Marktplatz des Dorfes. Überall krümmten sich Verletzte, lagen zerstückelte Leichen. Schwer atmend, die Waffe in der Hand, schaute sich Andrej um, auf der Suche nach dem nächsten Opfer. Da vernahm er seinen Namen, leise, aber durchdringend inmitten des Lärms.

Er drehte sich um und sah Iwan auf dem Boden liegen, die Beine merkwürdig verdreht, den grauen Kaftan rot durchtränkt. Er presste die Hände auf seine Brust. Zwischen den Fingern quoll das Blut hindurch, aus seinem Mund lief ein Rinnsal, das Bläschen bildete, während Iwan lautlos wisperte.

Andrej sank auf die Knie. Die Schlacht war vorbei, sie

hatten gesiegt, wie konnte Iwan hier liegen, statt in Jubelrufe auszubrechen? Er hob ihn vorsichtig an, als Iwans Stimme erklang. »Kämpfe für mich mit, Brüderchen. Folge treu unserem Zaren. Niemals hätten wir es gewagt, uns gegen Katharina zu erheben, aber jetzt unterstützen wir den wahren Herrscher. Das Recht ist auf unserer Seite.« Ein letzter Atemzug hob seine Brust, dann sank sein Kopf zur Seite.

Andrej schloss ihm die Lider und legte ihn vorsichtig ab. Er schlug das Kreuz und kämpfte die Tränen nieder, die hinter seinen Augäpfeln brannten.

Über diejenigen Gegner, die während der Schlacht nicht den Tod gefunden hatten, hielt der Zar am Abend Gericht. Er hatte das größte und schönste Haus direkt am Marktplatz besetzt, das Innere mit Goldpapier auskleiden lassen und nannte es seinen Palast mit einem Thron gleich unter den von Talglichtern beleuchteten Heiligenbildern.

Vor dem Haus wurde in aller Eile ein Galgen errichtet, an dem all diejenigen aufgeknüpft wurden, die sich weigerten, dem Zaren die Treue zu schwören. Alle anderen gingen in seine Gefolgschaft über, und so vergrößerte sich die Gruppe der Aufständischen in den nächsten Tagen, an denen sie auf dem Weg nach Orenburg befestigte Siedlungen überfielen. Sie plünderten die Häuser, stahlen die Pferde, vergewaltigten die Frauen.

Andrej in seiner wütenden Entschlossenheit fiel dem Zaren auf, und er war einer der ersten Leibeigenen, die für die weiteren Überfälle und Raubzüge ein schneidiges Pferd bekamen. Schließlich durfte sich Andrej in die direkte Gefolgschaft des Zaren einreihen, zu seinen engsten Vertrauten, die bei den Schlachten Übermenschliches im Dienste des wahren Herrschers geleistet hatten.

Der Gedanke, wie stolz der ältere Bruder auf ihn gewesen wäre, erfüllte Andrej mit nie zuvor empfundenem Glück. Als einzigem Überlebenden seiner Familie gelang es ihm, die Fesseln der Leibeigenschaft zu zerreißen und seine geliebte russische Heimat in ein neues Zeitalter zu führen. Das war es, was Gott wirklich für ihn vorgesehen hatte.

Kapitel 18

Frühjahr 1773,
im Ratssaal des Winterpalastes

»Wer ist dieser Kerl?« Katharina rang um Atem, griff nach ihrem Fächer und wedelte sich Luft zu. Sie war für ihre entspannte Herangehensweise an jedes Problem bekannt, aber was da unten im Südwesten ihres Reiches geschah, das versetzte sie in brennende Unruhe. Zahlreiche Tölpel hatten sich schon als Zar Peter ausgegeben, aber keinem war es bislang gelungen, einen Bürgerkrieg anzuzetteln, der sich in Richtung Norden bewegte.

Sie blickte reihum in die Gesichter ihrer Berater, nickte Potemkin zu und zog in Richtung der beiden Grafen Orlow die Brauen hoch.

Zwischen den beiden saß ihr Sohn, der inzwischen achtzehnjährige Paul, dem Katharina wenig Aufmerksamkeit schenkte. Sein Thronrecht könnten Verschwörer dazu nutzen, sie zu stürzen, obwohl kein vernünftiger Mensch annehmen konnte, ein junger Kerl wie er würde ihre überaus erfolgreiche Politik fortsetzen. Zwar nicht Maria Theresia selbst, aber Minister der österreichischen Kaiserin hatten Katharina persönlich bescheinigt, dass ihr politisches System ein Meisterstück der Staatsklugheit, in allen Teilen wohldurchdacht und nicht genug zu bewundern sei. Und der Preußenkönig hatte ihr mitgeteilt: »Während Ihre Feinde Sie fürchten werden, Ma[illegible]e, gestatten Sie mir, Sie zu bewundern.« Eine besondere

Genugtuung für sie, weil es ihren Kritikern – auch Mervier – nicht gelang, den Mann in Potsdam gegen sie aufzubringen. Wie sollte ihr bei solch einem Ansehen der Sohn gefährlich werden?

In Absprache mit König Friedrich sollte Paul sich schon bald mit einer Prinzessin aus Hessen-Darmstadt vermählen. Das würde hoffentlich zu seiner Behäbigkeit beitragen. Katharina hielte es für fatal, wenn er auf einmal seinen Eifer entdecken und an ihrer Herrschaft kratzen würde. Nicht dass es ihm gelingen würde, sie zu entmachten – dazu hatte sie zu viele forsche Männer an ihrer Seite, die ihren Anspruch auf den Thron mit allen Mitteln beschützten, allen voran Grigori und Alexej Orlow. Grigori war gestern aus dem Südosten heimgekehrt, wo er die Lage ausgekundschaftet hatte.

Nun räusperte er sich, auf seiner Stirn bildeten sich mehrere Reihen tiefer Furchen. »Der Kerl heißt …« Er unterbrach sich selbst, als müsse er in seinem Gedächtnis kramen. Endlich fuhr er fort. »Er heißt Jemeljan Pugatschow, ein Kosak, in einer südrussischen Siedlung aufgewachsen. Er wurde zum Kriegsdienst eingezogen, entfernte sich unerlaubt von seiner Truppe, wurde ausgepeitscht und desertierte gänzlich. Später schloss er sich den Jaik-Kosaken an, zu denen viele Altgläubige gehören, die, wie du weißt, alles Neue ablehnen. Sie widersetzen sich hartnäckig deiner Siedlungspolitik, der Besteuerung, dem Heeresdienst und den orthodoxen Missionaren. Sie werden nicht müde, das Andenken an Peter III. zu ehren, und verlassen sich auf sein Versprechen, sie von der Leibeigenschaft zu befreien.« Er hob die Schultern. »Der ideale Nährboden für eine Revolution. Es hat nur der Anführer gefehlt, zu dem Pugatschow sich jetzt aufgeschwungen hat. Sie folgen ihm wie winselnde Hunde.«

»Wie gefährlich sind sie wirklich?«, wollte Katharina wissen.

Potemkin mischte sich ein. »Orenburg hat sich, unterstützt von unseren Regierungstruppen, mit siebzig Kanonen gegen die Belagerung verteidigt. Die Bevölkerung war ausgehungert, aber sie haben die Stadt gehalten. Kein Wunder, in dieser Gegend ist man Krieg gewöhnt. Seit Jahrhunderten leiden die Menschen dort unter den Angriffen der Steppenvölker. Ihre Aufstände und ihre Grausamkeit haben die Bewohner von jeher zu ständiger Wachsamkeit gezwungen. Viele Dörfer sind wie Festungen gebaut und werden von wehrhaften Kosaken geschützt, aber genau diese Kosaken sind inzwischen selbst zu einer Gefahr geworden, weil sie sich gegen deine Regierung zur Wehr setzen. Eine überaus heikle Situation. Jetzt sind die Rebellen nach Kasan unterwegs, und später werden sie nach Moskau ziehen.« Er senkte den Kopf und schüttelte ihn. Als er wieder aufblickte, schimmerten seine Augen feucht. »Von unfassbarer Brutalität ist die Rede. In ihrer Wut hacken sie den Gutsherren Hände und Füße ab und verbrennen sie bei lebendigem Leib.«

Ein Raunen zog sich durch das Dutzend an Beratern, die Katharina um sich versammelt hatte. Die Zarin hob die Stimme. »Wir werden uns mit aller Kraft gegen die Aufrührerischen stemmen müssen. Auf Pugatschows Kopf setze ich eine Prämie von zweihundertfünfzig Rubeln aus. Stellt noch heute ein Heer von mindestens dreitausend Mann zusammen«, befahl sie. »Zieht die Soldaten notfalls aus dem Krieg gegen die Türken ab. Wir dürfen nicht zulassen, dass diese Berserker durchs ganze Land wüten und morden.«

Die Männer erhoben sich, verneigten sich vor der Zarin und verließen eiligen Schrittes den Ratssaal. Sie mussten schnell handeln, wenn sie den Schaden für Russland begrenzen wollten. Neben der Sorge fühlte Katharina eine unfassbare Wut auf diese Barbaren. Sie kamen zur Unzeit, wo sie aller Welt beweisen wollte, dass Russland auf dem Weg in ein neues Zeitalter war. Gleichzeitig spürte sie auch eine Welle des Mitleids für all die Menschen, die auf so schmerzvolle Weise hingerichtet wurden.

Grigori war geblieben und trat an sie heran. »Verlass dich auf mich, Katschuscha«, sagte er. »Wie wir vor drei Jahren die Pestrevolte in Moskau zurückgeschlagen haben, so werden wir auch den Pugatschow-Aufstand niederkämpfen.«

Katharina erhob sich, griff nach seiner Hand. »Wie könnte ich deinen Einsatz vergessen, Grischa.« Trotz der von ihr verbesserten Quarantänemaßnahmen hatte sich die Pest mit gespenstischer Schnelligkeit ausgebreitet und die halbe Bevölkerung Moskaus ausgelöscht. Die Ordnung in der Stadt hatte sich aufgelöst, Adelige, Beamte und der Gouverneur hatten ihre Posten verlassen und Moskau dem Mob inmitten verwesender Leichen und verbrennenden Fleisches überlassen. Der Pöbel übernahm die Kontrolle, und es bestand die Gefahr eines Bauernaufstands. Orlow hatte die Revolte beendet und gleichzeitig die Straßen von allem Unrat befreien lassen, alte Häuser niedergebrannt, die neuen desinfiziert, Spitäler eingerichtet und die Badehäuser wieder geöffnet. Tausende Rubel gab er für die Verteilung von Lebensmitteln und Kleidung aus. Wie ein vom Himmel gesandter Engel war er den Bürgern erschienen, und sie hatten sich seinem Kommando unterworfen. »Komm nur auch dieses Mal wieder gesund und siegreich zu mir zurück, mein Lieber«, sagte sie.

Er führte ihre Hand an seine Lippen. »Ich gebe mein Bestes für dich, das weißt du.« Für einen Moment schauten sie sich in die Augen, und Katharina fragte sich, wie lange er ihr wohl noch ergeben sein würde. Mit Potemkin hatte sie sich einen Mann an ihre Seite geholt, der ihr wesentlich mehr bedeutete als Orlow. Mochte Orlow auch aus bäuerlichen Verhältnissen stammen und die Sprache der Waffen besser verstehen als Gefühle, so entging ihm vermutlich nicht, dass seine bevorzugte Stellung in Gefahr war. Eines Tages würde sie sich etwas Delikates als Geschenk für ihn ausdenken müssen, damit er ohne Rachegedanken den Platz an ihrer Seite räumte.

Er hielt ihren Arm und begleitete sie zu der zweiflügligen

Tür des Ratssaals, die zwei Bedienstete weit öffneten, als die Zarin heranschritt. »Soll ich dich in dein Gemach bringen?«

»Kümmere dich um die Truppenbildung, Grischa, das ist heute wichtiger als alles andere. Wir dürfen keine Zeit mehr verlieren, bevor noch mehr Unglück passiert. Ich will nach Sonja sehen. Sie hatte heute ihren ersten Tag auf der Akademie.« Sie lächelte ihn von der Seite an.

»Truppenbildung?« Orlow runzelte die Stirn und schien angestrengt nachzudenken.

Katharina lachte irritiert. »Gegen Pugatschow. Wir haben eben darüber gesprochen.«

Er lachte verlegen. »Oh, natürlich, meine Liebe. Verzeih meine Unkonzentriertheit.«

Sie schaute ihm besorgt nach, als er davonschritt. Nicht zum ersten Mal beschlich sie das Gefühl, dass er Schwierigkeiten hatte, aufmerksam zu bleiben. War es das Alter? Der Alkohol? Es war nicht zu übersehen, dass sich ihr ehemaliger Liebhaber veränderte. Sie hoffte, dass er sich wieder fing. Sie hatte wahrlich genug Probleme am Hals und mochte sich nicht mit der Vergesslichkeit eines ihrer wichtigsten Berater auseinandersetzen.

Die Räume ihres Mündels lagen nur zwei Zimmer entfernt. Katharinas Rock rauschte, als sie ihre Schritte dorthin lenkte. Vorsichtig klopfte sie mit dem Knöcheln gegen das Holz der Tür, wartete das »*Entré!*« aber gar nicht ab.

Sonja saß an ihrem Schreibtisch, von dem aus sie durch die Fenster das geschäftige Treiben auf dem Fluss beobachten konnte. In dem Raum hing der Duft nach einem fruchtig herben Parfum. Es roch eher wie in den Gemächern eines Herrn als einer jungen Dame. Sonja verabscheute alles Blumige und Dekorative. In ihrem Zimmer gab es nur zweckmäßige Möbel, keine Porzellanfiguren, keinen Wandschmuck, keine Blumenschalen. Diese Vorliebe spiegelte sich auch in ihrer Garderobe wider. Die meisten ihrer schlichten Kleider waren in ihrer Lieblingsfarbe Burgunderrot gehalten, wozu sie am liebsten, wie an diesem Tag, eine eng anliegende schwarze Jacke mit kurzen Schößen trug. Orlow hatte sich grundlegend getäuscht, als er darauf setzte, dass sie mit zunehmendem Alter und mit wachsendem Interesse an den Männern verspielter werden würde. Sie wirbelte herum, als Katharina im Zimmer erschien. »Lass dich nicht stören, mein Täubchen.«

Sonjas Bewegung war so ruckartig, dass die junge Katze, die sich auf ihrem Schoß eingerollt hatte, mit einem Fauchen zu Boden sprang. Sonja schrie auf, weil sie sie gekratzt hatte. Sie hielt sich den Handballen an den Mund und saugte das Blut ab. Mit zwei Schritten war Katharina bei ihr. »Hast du dich verletzt? Lass mich mal sehen.«

»Es ist nicht schlimm«, gab Sonja zurück und schlug, ohne hinzusehen, die Kladde mit dem ledernen Einband zu, die auf ihrem Schreibtisch lag und in der sie geschrieben hatte.

Katharina betrachtete das Mädchen voller Liebe. Wie schön sie geworden war. Sie hatte eine Haut wie Samt, und die Haare fielen ihr in einem dicken seitlichen Zopf bis auf die Brust. In ihren braunen Augen schien ein Feuer zu glimmen, wann immer Katharina sie beobachtete. »Erzähl mir von deinem ersten Tag an der Akademie. Sind die Philosophie, Literatur und Jura wirklich das Richtige für dich? Mutest du dir nicht zu viel zu? Deine Lehrer am Smolny-Institut haben dein mathematisches wie dein sprachliches Talent gelobt. Du weißt, dass du jederzeit wechseln kannst, nicht wahr? Für dich gelten andere Regeln als für die anderen Studenten.«

Sonja presste die Lippen aufeinander. »Ich weiß, Maman, nichts anderes erzählst du mir, seit du mich bei dir aufgenommen hast. Es ist ungerecht, und es passieren wahrlich genug ungerechte Dinge in dieser Welt.« Sie hielt Katharinas Blick mit einem trotzigen Ausdruck stand.

»Was dir heute ungerecht erscheint, könnte morgen schon ein Segen sein, mein Täubchen.« Sie streichelte ihr über die

Haare. Wie weich sie sich anfühlten. Sonja blieb ernst. »Du solltest mehr lächeln. Du bist wunderschön, wenn du lächelst.«

Sonja zuckte die Schultern, ohne eine freundlichere Miene aufzusetzen. »Wenn ich Grund dazu habe, lächele ich. Sonst nicht.«

Katharina seufzte. »Halte mich auf dem Laufenden über alles, was in der Akademie passiert, ja? Möchtest du wirklich keines der Mädchen als Dienerin mitnehmen? Du könntest ...«

Sonjas Lippen waren ein blutleerer Strich. »Keiner der Studenten hat einen Diener dabei, obwohl die meisten aus Adelshäusern stammen.«

Wann würde sie dieses Spröde, Widerborstige ablegen? Könnte ein Mann dazu beitragen, dass sie ihre weibliche Seite entdeckte und die Kunst der Koketterie erlernte? Mit ihren sechzehn Jahren war sie noch zu jung, um vermählt zu werden, aber wenn in den nächsten drei Jahren kein passender Kavalier um sie warb, würde Katharina persönlich eingreifen und die Dinge regeln. Damit hatte sie schließlich nur die allerbesten Erfahrungen gemacht.

An die Blicke der Kommilitonen würde sie sich gewöhnen. Ihr war es lieber, dass sie sie von der Seite anschauten, weil sie als einige der wenigen Frauen hier studierte, als wenn sie darüber getuschelt hätten, dass sie der Schützling der Zarin war. Das wussten sie nämlich nicht, dafür hatte Sonja gesorgt, als die Zarin sie beim Direktor der Akademie angemeldet hatte. Sie hatte darum gebeten, ihre Herkunft geheim zu halten.

An diesem Tag trug sie ihre Lieblingsgarderobe: das dunkelrote Kleid, das um ihre Waden spielte, die schwarze kurze Jacke, die mit den Messingknöpfen an eine Uniform erinnerte und am Kragen pelzbesetzt war, und gefütterte Schnürstiefel. Die Haare, die inzwischen nachgedunkelt waren, aber immer noch an Silber erinnerten, hatte sie zu einem streng geflochtenen Knoten am Hinterkopf zusammengesteckt. Keine Locke umschmeichelte ihr Gesicht, das mit dem energischen Kinn, der schmalen Nase und den ausgeprägten Wangenknochen die Pausbäckigkeit ihrer Kindheit verloren hatte. Sie hatte nie gelernt, sich zu schminken, fand die Vorstellung albern, die Lippen mit künstlichem Rot zu betonen und die Haut hell zu pudern. Die Zarin selbst hatte versucht, ihr Interesse an solchen Dingen zu wecken, aber Sonja hatte sich weder von ihr noch von den zahlreichen Zofen verbiegen lassen, die ihr vorschwärmten, was für eine Schönheit sie sein könnte, wenn sie ihrer äußeren Erscheinung nur mehr Beachtung schenken würde.

An diesem Märztag, an dem das Eis auf der Newa zu knacken begann und an den Ufern bereits einzelne Schollen davontrieben, fühlte sie sich in ihrer Aufmachung genau richtig. Die ersten Vögel begannen zaghaft in den noch kargen Birkenästen zu zwitschern, und die Luft roch nach dem beginnenden Frühling. Es war Sonjas liebste Jahreszeit, wenn der winterliche Frost dem erwachenden Leben weichen musste. Die Menschen liefen leichtfüßiger, wenn die Sonne an Kraft gewann.

Oft überfluteten sie dann die Bilder von Emilio, wie sie mit ihm nach Kräutern und nach Hasen in den Fallen gesucht hatte. Mit den Jahren waren viele Erinnerungen aus dieser Zeit verblasst, aber das wohlige Gefühl, wenn sie an den Einsiedler dachte, war geblieben und kehrte mit den Düften des Frühjahrs zurück. Lange Zeit hatte sie es ihm übel genommen, dass er sie weggeschickt hatte, aber inzwischen wusste sie seine kluge Voraussicht zu schätzen. Unter seiner Obhut wäre die Akademie der Wissenschaften für sie unerreichbar geblieben.

Da sie sich für drei Wissenschaften eingeschrieben hatte, verbrachte sie den größten Teil des Tages im Institut. In den übrigen Stunden hielt sie sich in der Bibliothek im Winterpalast auf, um die Vorlesungen nachzuarbeiten, die sie aufgrund von Zeitüberschneidungen verpasst hatte.

In der freien Zeit brannte sie darauf, an ihrem Reiseroman weiterzuschreiben. Ihre Fingerspitzen kribbelten, wenn sie daran dachte, wie weit fortgeschritten er schon war.

Die Idee war ihr als Kind gekommen, als sie an der Seite der Zarin die Wolga hinabgefahren war, um die Provinzen zu besuchen. Damals hatte sie begonnen, sich Notizen zu machen. Aber ihr lag nicht daran, die Schönheit der Kirchen, die Fruchtbarkeit der Böden und die malerische Landschaft am Ufer der Wolga in Worte zu fassen. Sie verfolgte einen höheren Zweck.

An diesem Tag besuchte sie zum ersten Mal die juristische Fakultät. Der Hörsaal war gut gefüllt, als sie den Raum betrat. Sie fand einen Platz in einer der vorderen Reihen, gerade als der Dozent den Saal betrat und das Geplauder und Papierrascheln jäh abbrach.

Er stellte sich als Dmitri Woronin vor und begann ohne Umschweife, die Gesetzgebung unter Friedrich dem Großen darzulegen und mit Notizen an der Tafel zu verdeutlichen. Sonja schrieb genau wie die anderen Studenten mit, aber zwischendurch betrachtete sie das Gesicht des Mannes, attraktiv unter dem graublonden Haarschopf, aber auch maskenhaft. Auf seiner Stirn standen zwei wie eingegraben wirkende steile Furchen, obwohl seine Stimme melodisch und entspannt klang. Seine Augen glänzten wie weiße Flämmchen. Sonja faszinierte es, ihn zu betrachten und sich auszumalen, was ihn so wütend hatte werden lassen. Als er sie dabei ertappte, wie sie ihn anstarrte, wandte sie sich hastig ihren Unterlagen zu.

Nach dem Ende der Vorlesung strömten die anderen Studenten aus dem Saal, verteilten sich in den Gängen und eilten in die Seminarräume. Sonja ließ sich Zeit damit, ihre Papiere zu sortieren und in die lederne Mappe zu stecken. Immer wieder ging ihr Blick zu Dmitri, der sich an der Tafel zu schaffen machte und mit einem Schwamm über seine Notizen fuhr.

Sollte sie ihn ansprechen? Gehörte sich das? Sie gab sich

einen Ruck und trat von hinten auf ihn zu. »Monsieur Woronin«, begann sie.

Er fuhr herum, musterte sie von oben nach unten. »Ja?«

»Das war eine sehr lehrreiche Stunde. Ihr Wissen über die deutsche Gesetzgebung ist herausragend. Ich nehme an, Sie haben an einer deutschen Universität studiert?«

»Allerdings. Niemand anders als die Zarin hat mich dazu beauftragt. Hat sie Ihnen auch nahegelegt, die Akademie zu besuchen, statt sich nach einem geeigneten Ehemann umzuschauen?«

Sonja zuckte zusammen. Er wusste, woher sie stammte. Möglicherweise war das unter den Dozenten ein offenes Geheimnis. Sehr ärgerlich, dass der Direktor sein Wort nicht gehalten hatte. »Sie hat es zumindest nicht verhindert«, erwiderte sie frostig. »Ob es ihr lieber gewesen wäre, wenn ich mich auf dem Heiratsmarkt umgeschaut hätte, weiß ich nicht zu sagen. Es interessiert mich nicht. Ich gehe meinen eigenen Weg, unabhängig vom Zarenhof.«

Er stieß ein Lachen aus. »Dann haben Sie noch nicht bemerkt, dass Katharina alle Fäden zieht? Dass sie die Menschen in ihrem Umfeld nach Belieben tanzen lässt? Glauben Sie mir, ich habe es am eigenen Leib gespürt, als sie mich fallen ließ wie ein glühendes Stück Kohle. Einen hohen Posten in der Gesetzgebenden Kommission hatte sie mir versprochen. Am Ende wollte sie nichts mehr davon wissen. Auf ihre Ausgleichszahlungen habe ich liebend gern verzichtet, und nun arbeite ich hier an meiner Promotion, ohne eine Idee, was aus mir werden soll. Passen Sie also gut auf sich auf – es könnte sein, dass sich Ihre Zukunftsträume in Luft auflösen, wenn Sie sich auf die Zarin verlassen.«

Sonja richtete sich gerade auf. Wie erstaunlich, dass er derart offen über seine schlechten Erfahrungen mit der Kaiserin sprach. Am Zarenhof überboten sich alle in ihren vollmundigen Lobhudeleien. Hier im Zentrum der Wissenschaften sprach man eine andere Sprache, und Sonja spürte einen Schauder vor Aufregung. Es war das erste Mal, dass sie erlebte, wie andere an der Autokratie zweifelten. »Ich danke Ihnen für Ihren Ratschlag, aber es besteht kein Grund, mich zu warnen. Ich kann gut auf mich selbst aufpassen und bin in dem, was ich tue und lasse, von der Zarin unabhängig. Das ist mir hier an der Akademie sehr wichtig.«

»Also haben Sie sich in Ihrem hübschen Köpfchen ausgemalt, dass es ein bisschen Aufregung in Ihr Dasein bringen würde, ein paar Vorlesungen mit Ihrer Anwesenheit zu dekorieren? Ich wünsche Ihnen gute Unterhaltung dabei und bin gespannt, wann Sie anfangen, sich zu langweilen, und sich nach den eitlen Gepflogenheiten des Hofes zurücksehnen.«

Sie hatte damit gerechnet, auf Vorurteile zu stoßen. Dennoch verletzte sie die Engstirnigkeit des Dozenten. Ob sie hier eine Chance haben würde, sich zu beweisen? Sie musste nicht nur gut sein, sie musste besser als alle anderen sein, um wahrgenommen zu werden. »Sie sind recht voreilig in Ihrer Einschätzung, Monsieur Woronin.«

Er hob die Schultern und lächelte überheblich. »Ein gutes Urteilsvermögen bringt die Lebenserfahrung mit sich.« Er verbeugte sich auf leicht spöttische Art. »Ich wünsche Ihnen dennoch eine erfreuliche Zeit an der Akademie. Zumindest sind Sie zwischen all den blassen Kerlen hier ein Schmuckstück.«

Sonja erwiderte seine Verbeugung und wandte sich mit einem Ruck um. Seine arrogante Geisteshaltung entrüstete sie, aber sie sollte sich besser schnell daran gewöhnen. Sie würde sich ein dickes Fell zulegen müssen und im Übrigen allen beweisen, was in ihr steckte.

Bis in den späten Nachmittag hinein, als es schon zu dämmern begann, absolvierte sie Seminare und Vorlesungen. In ihrem Kopf rauschte es von all dem Neuen. Wie viel anspruchsvoller war es hier als in der Mädchenschule! Zum ersten Mal fühlte sie sich wirklich gefordert.

Für ihren Heimweg wählte sie die Pontonbrücke und die Pfade durch das Fischerviertel am Ufer. Fest drückte sie ihre Mappe an die Brust und ließ den Abendwind ihr Gesicht kühlen. Sie freute sich jetzt schon auf den nächsten Tag. Endlich tat sie etwas Sinnvolles!

Im Fischerviertel hockten die Männer und Frauen vor ihren Hütten. Der Geruch nach gebratenem Aal drang ihr in die Nase und erinnerte sie daran, dass sie seit dem Frühstück nichts gegessen hatte. Sie würde sich eine Kleinigkeit in ihre Räume bringen lassen. Ihre Hochstimmung wollte sie sich nicht durch eine Mahlzeit mit der Zarin und ihren Vertrauten verderben lassen. Von denen würde keiner Verständnis dafür haben, dass sie sich wie neugeboren fühlte.

Dutzende Augenpaare wandten sich in ihre Richtung, manche hörten auf zu reden, flüsterten miteinander und schauten ihr hinterher. Sie schritt weiter aus, eilte fast in Richtung der ersten Steinhäuser. Als sie um eine Villa in eine Seitengasse bog, meinte sie, Schritte hinter sich zu hören. Sie hielt an, das Geräusch hinter ihr verstummte. Sie setzte den Weg fort, das Tapsen von Bastschuhen auf Schotter erklang erneut. Mit Herzklopfen drehte sie sich um, aber da war niemand.

Keine gute Gegend, um allein in der Dämmerung nach Hause zu gehen. Vielleicht sollte sie sich mit ein paar Kommilitonen zusammenschließen, die ebenfalls auf der Admiralitätsinsel wohnten.

Sie atmete auf, als sie endlich den Schlossplatz erreicht hatte und die pastellfarbenen Mauern des Winterpalastes mit seinen Säulen, Stuckverzierungen und marmornen Figuren am Dachfirst vor ihr aufragten. Eilig hielt sie darauf zu und verlangsamte erst, als sie die Pforte im Innenhof erreichte. Ordnend strich sie sich über die Haare und stieg die Treppen hinauf.

Ein Mann trat heraus. Die gepflegten dunklen Haare fielen ihm bis auf die Schultern, seine Miene wirkte nachdenklich. Doch kurz bevor er an ihr vorbei war, hob er den Kopf und schaute ihr ins Gesicht. Seine Augen waren von einem dunklen Graublau mit einem silbrigen Feuer darin. Für einen Moment sahen sie sich an, er deutete eine Verbeugung an, die sie erwiderte. Sie ging noch ein paar Schritte weiter, blieb mit dem Messinggriff der Pforte in der Linken stehen und wandte sich um. Auch er war stehen geblieben, sah ihr hinterher. Wieder trafen sich ihre Blicke.

Sie kannte ihn. Der deutsche Philosoph, der in Katharina widersprüchliche Gefühle weckte und sie an manchen Tagen zur Weißglut brachte. Er schien sich nicht an sie zu erinnern. Bei ihrer letzten Begegnung war sie noch ein Kind gewesen. Jetzt stand sie als junge Frau vor ihm. Sie hob die Hand zum Gruß und lächelte ihm zu. Es fühlte sich richtig an.

Kapitel 19

Sommer 1773,
in der Villa Mervier

»Mein lieber Denis!« Johanna vergaß alle Etikette, nachdem sie an diesem heißen Julinachmittag das Portal der Villa geöffnet hatte und der Freund vor ihr stand. Sie hatte es sich nicht nehmen lassen, ihn persönlich zu empfangen, obwohl Dunja die Nase krausgezogen und Stephan abfällig geschnalzt hatte. Ihr Mann folgte ihr in einem gemächlicheren Tempo und stieg noch die Treppe in den Eingangsbereich hinab, als Johanna Denis Diderot bereits innig umarmte und seine Wangen küsste.

»Teuerste, wie wunderbar! St. Petersburg bekommt dir prächtig. Du leuchtest!« Diderot hielt sie an den Schultern auf Armeslänge von sich, um sie zu betrachten.

Johanna ihrerseits musterte den alten Freund, bemerkte, dass ihm die Haare über der Stirn ausgingen und er keinen Versuch unternahm, die kahlen Stellen zu verbergen. Die silbergrauen Strähnen trug er zu lang und glatt zurückgekämmt. Sie bildeten einen farblichen Kontrast zu seinem schwarzen Rock. Sein Gesicht war von Runzeln übersät, aber in seinen Augen funkelte noch dasselbe Feuer, das sie aus ihrer gemeinsamen Zeit in Paris kannte.

Denis fasste sich an das spärliche Deckhaar, als er bemerkte, wie sie ihn musterte. »Verzeih, meine Perücke ist mir irgendwo auf dem Weg nach St. Petersburg abhandengekommen.«

nna lachte auf und drückte seinen Arm. »So gefällst du .n besten.«

un kam auch Stephan heran. Die beiden Männer grinsten ı an und schüttelten sich herzlich die Hände, bevor Stephan ım auf die Schulter klopfte und ihn ins Haus führte. Johanna ıugte durch das Portal, hielt vergeblich nach einem Kutscher Ausschau, den sie entlohnen wollte, und schloss die Tür. Zum Glück schien Stephan seine Gastgeberpflichten nicht zu vergessen. Er schätzte den Franzosen, schwärmte aber längst nicht in demselben Maße von ihm wie Johanna.

In den letzten Wochen hatte Stephan oft fahrig gewirkt, und häufig erwischte Johanna ihn, wie er mit seinen Gedanken abdriftete. Wenn sie ihn ansprach, schien er wie aus einem Traum zu erwachen. So kannte sie ihren Mann nicht, aber ihre Fragen nach seinem Befinden beantwortete er stets nur ausweichend.

In den zehn Jahren, seit sie in St. Petersburg lebten, hatte Johanna sich daran gewöhnt, dass Stephan sie aus seinem Alltag ausschloss. Sie waren längst nur noch eine Zweckgemeinschaft zweier Deutscher in Russland. Er führte sein Leben am Hof und mit seinem philosophischen Zirkel, sie das ihre an der Akademie, mit Boris und ihrer Malerei. Aber diese verträumte Art war neu. Ob er an Heimweh litt? Nein, eher unwahrscheinlich. St. Petersburg war zu ihrem neuen Zuhause geworden, hier wohnten ihre besten Freunde, und hier waren sie als Deutsche hochgeschätzt. Auch Johanna konnte sich nicht mehr vorstellen, nach Preußen zurückzukehren.

Sie eilte wieder an die Seite des französischen Philosophen, um sich bei ihm einzuhaken. »Du bist zu Fuß gekommen?«

Denis lachte. »Aber selbstverständlich. Vom Palast aus ist es ein herrlicher Spaziergang über den Newski-Prospekt bis hierher. Ich kann mich an der Architektur dieser Stadt nicht sattsehen. Über die Maßen erstaunlich, was die Russen hier zustande gebracht haben.« Er zuckte die Schultern. »Das hätte ihnen wirklich keiner zugetraut. Alles sehr europäisch hier. Ich habe bislang keine Kirche mit bunten Zwiebeltürmen gesehen, wie man sie von russischen Stichen kennt.«

»Danach wirst du hier vergeblich suchen«, erwiderte Stephan und schritt ihm voran in den Speisesaal. »Es gibt nicht eines dieser typisch russischen Gotteshäuser in St. Petersburg. Dafür musst du schon die Stadtgrenzen verlassen. Die Zarin ist nicht die erste Regentin, die alles Russische heraushält, um St. Petersburg eine europäische Anmutung zu geben.«

Haushälterin Dunja hatte sich für diesen Tag Verstärkung erbeten und ihre Nichte mitgebracht. Es war ungewöhnlich, dass es im Hause Mervier Besucher zu bewirten gab, alleine hätte sie sich das nicht zugetraut. Johanna hatte sie gewähren lassen, und als sie nun die mit Meißner Porzellan, Silberbesteck, Leinenservietten, funkelnden Gläsern, Kerzenleuchtern und üppigem Blumenschmuck gedeckte Tafel sah, bereute sie ihre Entscheidung nicht.

»Oh, für fünf Gäste gedeckt? Wen erwarten wir noch?«, erkundigte sich Diderot bei der Gastgeberin.

»Zwei gute Freunde. Lass dich überraschen. Du wirst sie mögen.« Johanna griff nach einem der Gläser, die Dunja mit Sherry befüllt und auf einem silbernen Tablett angerichtet hatte. Sie reichte es Diderot und hielt sich selbst an ihr Wasserglas. Auch Stephan griff nach dem Getränk, und sie prosteten sich zu. »Mögen die Kunst und die Philosophie in St. Petersburg zu neuer Größe erblühen, die Menschen erfreuen und allen Dienern der schönen Künste und Wissenschaften ein gutes Auskommen bescheren.« Stephan grinste, als er den Trinkspruch anbrachte.

Diderot lachte auf. »Mir scheint, es ist vergeblich, das Russische aus der Stadt halten zu wollen«, sagte er und trank einen Schluck. »Heißt es nicht, dass die Russen niemals trinken, ohne Toasts auszusprechen?«

Stephan und Johanna stimmten in sein Lachen ein und

boten dem Philosophen einen Platz in der Sesselgruppe am Fenster des Speiseraums an. »Wann bist du angekommen? Wie war die Reise, und wie gefällt dir St. Petersburg? Was gibt es Neues aus Paris? Wie weit bist du mit deiner Enzyklopädie?« Tausend Fragen brannten ihr auf der Seele. Am liebsten hätte sie Diderot geschüttelt, damit alle Antworten aus ihm herauspurzelten.

Diderot nippte an seinem Getränk und breitete die Arme auf den Sessellehnen aus. »Ich bin vor vier Tagen mit dem Schiff aus Lübeck gekommen, mehr tot als lebendig. Du liebe Zeit, warum muss diese Stadt so weit von Europa entfernt sein? Allein die Reise von Paris nach Lübeck hat mich über vier Wochen gekostet, und dann haben mich noch Koliken und Durchfall geschwächt. Aber ich muss sagen, es hat sich gelohnt. St. Petersburg ist ein Wunderwerk, und die Zarin gibt sich mir gegenüber ausgesprochen gefällig, nachdem ich sie wegen meiner Unpässlichkeit zwei Tage lang warten ließ, bevor ich ihr meine Aufwartung machen konnte.« Er zuckte die Schultern. »Nun, mir bleibt nichts anderes übrig, als mich vorübergehend unter ihr Protektorat zu stellen. Sie stattet mich verschwenderisch mit finanziellen Mitteln aus, um mein Lebenswerk zu vollenden. Aber wie wunderbar, dass ich hier nicht nur euch treffe, sondern auch meinen alten Freund Friedrich Melchior Grimm. Ich vertraue darauf, dass er mich in der höfischen Etikette unterweisen wird.«

Stephan nickte. »Er hat Prinzessin Wilhelmina Luise von Hessen-Darmstadt hierher begleitet, nicht wahr? Die Hochzeit mit dem Zarewitsch ist bereits arrangiert.«

»Vortrefflich eingefädelt von der alten Kupplerin.« Diderot lachte, die anderen stimmten ein. »Aber ich will kein böses Wort über Katharina verlieren«, fügte er hinzu. »Ich bin ihr dankbar, sie ist ein gütiger Mensch. Es wäre zu schade gewesen, wenn wir die Arbeit an der Enzyklopädie vor Abschluss mangels Geld hätten beenden müssen. Mit ihrer Generosität hat sie alle europäischen Fürsten in den Schatten gestellt und selbst den französischen Hof beschämt. Als Gegenleistung erwartet sie vermutlich, dass alle Bände nach meinem Tod in ihre Bibliothek übergehen. Was schade ist. D'Alembert und ich hätten uns gewünscht, dass sie im Zentrum Europas bleibt, in Paris.«

»Katharina schärft gern ihr Profil«, bemerkte Stephan. »Dein Werk wird ein Aushängeschild für ihre Belesenheit werden.«

»Geld regiert die Welt«, bemerkte Diderot leicht verbittert. »Ich werde mich nicht beklagen. Ohne ihre Unterstützung würde es kein allumfassendes Lexikon geben. Und wer weiß, ob Frankreich es in Zukunft noch wert sein wird, derartige wissenschaftliche Schätze zu beherbergen. König Ludwig lässt offiziell verlauten, wie wohlhabend das Land ist, und prahlt damit, wie viele Manufakturen, Einwohner, Gelehrte wir haben. Aber jedermann weiß, dass Frankreich hoch verschuldet ist, und es ist nur eine Frage der Zeit, wann das Not leidende Volk sich gegen die Wohlhabenden erheben wird. Ich spüre den Atem einer Revolution in den Straßen, und es scheint mir, als wäre sie nicht mehr aufzuhalten.«

Eine Weile senkte sich betretenes Schweigen über die drei, das von der Türglocke unterbrochen wurde. Diesmal war Dunja schneller als die Gastgeberin am Portal, und wenig später betraten Boris Albrecht und Lorenz Hermann die Villa Mervier.

Johanna begrüßte Boris mit Wangenküssen, Lorenz hielt sie ihre Hand hin, über die er sich beugte, während er sich für die Einladung bedankte.

In den vergangenen Jahren war Boris zu einer Art Hausfreund der Merviers geworden. Er ging in der Villa ein und aus, obwohl er sich inzwischen selbst ein Appartement am Newski-Prospekt gemietet hatte. Seine Bücher, die Lorenz vertrieb, fanden begeisterte Leser, Boris Albrecht hatte sich einen Namen gemacht, der in allen Literatursalons mit Ehrfurcht ausgesprochen wurde. Freunde und Bekannte rühmten sich, mit ihm bekannt zu sein. Mit seiner Familie hatte er endgültig gebrochen, obwohl seine Eltern wissen mussten, auf welcher Welle des Erfolgs er schwamm. Lediglich mit seiner Schwester Jelena traf er sich, und wenn es günstig war, besuchte er seinen Großvater, der sich inzwischen allen Unkenrufen zum Trotz von mehreren Lungenerkrankungen wieder erholt hatte.

Das Diner hatte Johanna nach europäischem Vorbild zusammenstellen lassen, obwohl Dunja murrte, wenn sie ihr die Raffinessen der fremdländischen Küche beibrachte. An diesem Abend gab es Weißbrot und Salzkartoffeln, Huhn in Weißwein und grüne Bohnen in Butter.

Johanna überließ es nicht nur der Haushälterin und ihrem Mädchen, die Gäste zu bewirten, sondern kümmerte sich selbst darum, dass Gläser und Teller stets gut gefüllt waren. Es war ihr wichtig, dass Denis sich hier wohlfühlte.

Voller Wärme dachte sie an ihre Zeit in Paris zurück, an unzählige Debatten, in denen Denis ihr geraten hatte, ihr Licht nicht unter den Scheffel zu stellen und sich als Frau in der Männerwelt zu behaupten. Durch seine Fürsprache hatte sie es bis in die französische Akademie der Künste geschafft, er war derjenige, mit dem sie alle Erfolge als Erstes gefeiert hatte. Ein Mentor, wie er loyaler und engagierter nicht sein konnte, und nun war er endlich wieder bei ihr, hier in der russischen Hauptstadt. Lange hatte Johanna darauf gehofft, dass er die Reise auf sich nehmen würde, aber erst das finanzielle Angebot der Zarin hatte ihn dazu bewegt. Johanna ahnte, dass er mit dem Rücken zur Wand stehen musste, wenn er sich in eine derartige Abhängigkeit begab. Es war das Leid aller Künstler: Selbst wenn du mit deinem Talent die Welt aus den Angeln heben könntest, bleibt es dir nicht erspart, darüber nachzudenken, wie du die nächste Miete und dein tägliches Brot bezahlen sollst.

Nachdem sich die Männer vorgestellt und am Tisch Platz

genommen hatten, setzte muntere Konversation ein. Kein Wunder, Stephan, Denis und Lorenz liebten es, ihre Gedanken mitzuteilen. Boris war eher der stille Zuhörer, der nur dann und wann eine geistreiche Bemerkung einwarf, aber an ihm, den Johanna bei sich ihren »Herzensmenschen« nannte, hatte sie an diesem Abend kein Interesse. Boris konnte sie zu jeder Tages- und Nachtzeit, winters wie sommers, sehen, aber Denis Diderot war vielleicht nur an diesem Abend bei ihnen, und Johanna wollte keine Sekunde davon unaufmerksam sein. Immer wieder unternahm sie Versuche, ihn aus Stephans und Lorenz' geistigem Klammergriff zu befreien und seine Aufmerksamkeit auf sich zu ziehen. Schließlich gelang es ihr, als sie von ihrer Arbeit erzählte und davon, dass sie demnächst eine Ausstellung im Salon der Akademie organisieren durfte.

»Oh, da wirst du ein breites Publikum für deine Bilder finden, Johanna«, sagte Diderot und tupfte sich mit der Leinenserviette die Mundwinkel ab.

Sie schüttelte den Kopf und wies Dunja mit einer knappen Geste an, das Dessert und den Mokka zu servieren. Das Hausmädchen wirkte seltsam verkrampft in ihrer weißen Rüschenschürze und in den Leinenschuhen. Bei ihren sonstigen Tätigkeiten trug sie zumeist ihren eigenen, in der Taille gegurteten Kaftan und ihre Bastschuhe. »Es geht nicht um mich, es ist eine Ausstellung der Studenten. Man will demonstrieren, auf welch hohem Niveau an der Petersburger Akademie unterrichtet wird.«

»Wie bedauerlich«, murmelte Denis. »Ich hoffe, du nimmst dich nicht wieder zurück, bis dich keiner mehr bemerkt. Schau dir an, wie es die Männer machen, Johanna. Nimm dir an den forschesten ein Beispiel.«

Ihre Wangen erröteten. »Lieb, wie du an mich denkst, Denis, und wie du mich ermutigst. Du hast mir gefehlt in den letzten Jahren.«

Er nahm ihre Hand, tätschelte sie und führte sie dann an

seine Lippen. »Ich fürchte, die Zarin wird mir nicht viel Freiraum gewähren an den Abenden, um Freunde zu treffen. Aber wann immer es möglich ist, werde ich dich besuchen.«

Sie strahlte ihn an und bemerkte gleichzeitig aus dem Augenwinkel, wie Boris sie düster beobachtete. Sie wünschte, er wäre heiterer an diesem für sie so wichtigen Abend. Sie durfte nicht vergessen, ihm später noch einmal auseinanderzusetzen, wie viel sie Diderot zu verdanken hatte und warum ihr seine Freundschaft so wichtig war.

Boris war der Erste an diesem Abend, der sich verabschiedete. Seine Verbeugung wirkte steif, seine Lider hingen herab. »Geht es dir gut?«, flüsterte sie in sein Ohr.

»Aber ja doch, meine Liebe«, antwortete er so floskelhaft, dass sie erst recht stutzig wurde. Seine Lippen wirkten blutleer.

Die Sorge um Boris vergaß sie, als sie wieder am Tisch saß. Das konnte nicht sein, dass er eifersüchtig auf jemanden wie den französischen Philosophen war, oder? Niemand konnte mit Denis konkurrieren. Sie würde sich diesen Abend nicht verderben lassen.

Als Lorenz Hermann sich nach einer Stunde für das exzellente Diner bedankte und die Gesellschaft verließ, ließen sich Johanna, Stephan und Diderot im Kaminzimmer nieder, wo die beiden Männer Zigarren rauchten und sich an dem französischen Weinbrand labten, den Denis als Gastgeschenk mitgebracht hatte. Der Duft des edlen Getränks stieg Johanna in die Nase und weckte den Stolz in ihr, dass sie es geschafft hatte, dem Alkohol zu entsagen, obwohl sie hin und wieder noch ein Aufflackern der Begierde niederringen musste.

Viel zu früh verabschiedete sich Denis. Seine Haut wirkte grau. Ein alternder Mann, der seinen Schlaf brauchte. Es schmerzte Johanna ein bisschen zu sehen, dass Denis nicht mehr allzu viel Zeit blieb. Eine Welt ohne den Philosophen mochte sie sich nicht vorstellen. Das Gähnen, das er zu unterdrücken versuchte, war nicht gespielt.

»Ich begleite dich zum Zarenpalast«, bot Stephan an.

Als Denis sich erhob, schwankte er kurz. Der Tischwein und der Weinbrand entfalteten ihre Wirkung. Für Stephan war das kein Problem. Er trank stets in Maßen. Mit einem schelmischen Grinsen bot er Denis die Hand, um ihm aus seinem tiefen Sessel zu helfen, aber der alte Philosoph hatte seinen Stolz, erhob sich selbstständig mit einem kleinen Ächzen und strich die Rockschöße glatt.

Johanna sprang auf. »Oh, was für ein wundervoller Vorschlag!«, rief sie. »Ich komme mit. Ein Spaziergang zum Palast wird mir guttun, und wir können den Abschied noch ein bisschen hinauszögern. Wann kommst du wieder einmal zu uns, Denis? Du musst versprechen, mindestens einmal die Woche vorbeizuschauen!«

Denis lachte ein heiseres Lachen, während sich Stephan mit fahrigen Fingern über die Stirn strich und Johanna fixierte. »Ich gebe mein Bestes, Teuerste«, sagte Denis. »Ich bin so gern mit euch zusammen. In Gesellschaft der Zarin fühle ich mich zwar inspiriert, aber gleichzeitig eine Spur befangen. Bei euch kann ich sein, wie ich bin. Was für eine Erholung.« Er beugte sich über Johannas Hand.

»Keine gute Idee, dass du uns begleitest, Johanna. Entschuldige bitte«, ließ sich Stephan da vernehmen.

Mit hochgezogenen Brauen wandte sie sich ihm zu. Sie spürte ihren Herzschlag überdeutlich und eine Anspannung in den Muskeln wie bei zu straff gespannten Geigensaiten. »So?«

Stephan schluckte und mied den Blickkontakt zu ihr. »Ich will noch auf eine kurze Visite zur kaiserlichen Gesellschaft. Ich muss ein paar Termine mit der Zarin klären. Du weißt, dass ihre Gäste in diesen Abendstunden handverlesen sind.« Er wandte sich an Denis. »Ich nehme an, du bist stets willkommen?«

Denis nickte. »So hat sie es mir versichert. Aber ich werde mich gleich in meine Räume zurückziehen und zu Bett gehen.

Morgen ist auch noch ein Tag, um sich im Licht der Kaiserin zu sonnen.«

Johanna rührte sich nicht, die Augen fragend auf Stephan gerichtet. Es war nicht diese eine Absage ihres Ehemannes, es war die Summe vieler kleiner Unaufmerksamkeiten und Zurückweisungen, die sie versteinern ließ. Stephan ließ sich zu keinen weiteren Erklärungen herab, geleitete Denis zur Tür und drückte Johanna im Vorbeigehen einen Kuss auf die Wange, der sich auf ihrer Haut trotz der sommerlichen Jahreszeit anfühlte wie der Hauch eines eisigen Windes.

Wenig später stand sie mit hängenden Armen allein im Foyer der Villa. Die Wände schienen unaufhaltsam auf sie zuzukommen, der Boden unter ihr zu schwanken. Der Wunsch nach einem Glas Wein wuchs übermächtig in ihr an. Was für eine Verlockung, den Abend mit einem Rausch ausklingen zu lassen. Sie wandte sich um, um in die obere Etage in ihren Schlafraum zu gehen. Als sie am Esszimmer vorbeikam, warf sie einen Blick hinein und sah Dunja und ihre Helferin, wie sie die Tafel abräumten. »Bring mir eine Tasse Tee in mein Gemach«, wandte sie sich an das Hausmädchen, straffte die Schultern und raffte ihr Kleid, um die Treppe hinaufzusteigen.

»Langsam, mein Lieber, nimm Rücksicht auf einen gebrechlichen Alten.« Denis Diderot lachte und klopfte Stephan, als der sich auf dem Weg an der Fontanka entlang in Richtung des Palastplatzes beschämt entschuldigte, auf die Schulter. »Du scheinst es nicht abwarten zu können, wieder in Katharinas Gesellschaft zu sein. Hat sie dich verhext?«, fügte er mit einem Zwinkern hinzu. Er stützte sich auf seinen Stock.

Stephan brauchte einen Moment, um zu erkennen, dass Denis über die Zarin sprach. Wie sehr er sich irrte. »Verzeih mir bitte«, sagte er, blieb stehen und wartete, bis Denis wieder bei Atem war. »Das war sehr unaufmerksam von mir. Ich bin es gewohnt, zügig auszuschreiten, da ich meistens zu spät aufbreche und die Zarin es hasst, wenn man sie warten lässt.« Er fand seine Fassung wieder und rang die Bilder nieder, die vor seinem inneren Auge tanzten.

Ihr burgunderrotes Kleid, das das Silber ihrer Haare zum Leuchten brachte. Der Blick, der fragend auf ihm ruhte. Ihre Bewegungen, die gleichzeitig voller Anmut und voller Kraft waren.

Seit ihrer Begegnung im Frühjahr war etwas mit Stephan passiert, das er selbst nicht für möglich gehalten hätte. Er fühlte sich wie ein Gefangener seiner Gefühle, die er nicht abzuschütteln vermochte, selbst wenn er mit dem Verstand dagegen ankämpfte. Verhext? Ja, aber nicht von der Zarin. Sonja war mit ihrer leisen Art und den geheimnisvollen Augen wie ein Schatten in sein Leben gefallen. Ihr galt sein erster Gedanke am Morgen, nach ihr schaute er sich um, sobald er den Winterpalast betrat, sie nahm er mit in seine Träume, nachdem er zur Schlafenszeit Johanna einen Gutenachtkuss gegeben und ihr den Rücken zugedreht hatte.

»Ja, das kenne ich inzwischen gut«, erwiderte Denis, und Stephan brauchte einen Moment, um zu erkennen, dass er auf seine letzte Bemerkung zur Zarin antwortete. Nicht auszudenken, wenn er Gedanken lesen könnte. Kein Mensch wusste von dieser Leidenschaft zu der Ziehtochter der Zarin, die ihn an manchen Tagen unfähig machte, einem Gespräch zu folgen oder einen klugen Einfall in Worte zu fassen. »Katharina gibt sich gern als die edelmütige Freundin, aber in manchen Belangen ist sie unnachgiebig die Herrscherin, nach deren Willen sich jeder zu richten hat.« Er hob die Schultern, bevor er sich wieder in Bewegung setzte. »Es ist ihr gutes Recht, und wir sollten uns glücklich schätzen, ihre Gunst zu genießen.«

Stephan entging nicht der leise Spott, der in seinen Worten mitklang. »Dass du nicht ganz freiwillig nach St. Petersburg gekommen bist, hast du deutlich gemacht«, sagte er behutsam. »Hoffst du, bald abreisen zu können?«

Denis schüttelte den Kopf, während sie in Richtung des Palastes schlenderten. Über ihnen spannte sich der Himmel um die nächtliche Zeit in einem schimmernden Dunkelblau mit einzelnen Schlieren. Die Zeit der weißen Nächte neigte sich im August ihrem Ende zu. Bald würde die Sonne wieder für mehrere Stunden untergehen und mit ihr die Magie, die Besucher und Bürger der Stadt jedes Jahr aufs Neue atemlos staunen ließ.

Sie passierten ein Gasthaus, aus dem durch offen stehende Fenster und Türen Lachen und Lärm drangen, genau in dem Moment, als vier Gestalten die Herberge verließen. Sie trugen eng um sich geschlungene dunkle Umhänge. Parolen erklangen aus dem Wirtshaus, die Stephans Blut rauschen ließen. »Nieder mit dem Zarenregime!«, hörte er. Und: »Wir lassen uns nicht länger knechten!« Er wechselte einen Blick mit Diderot, der eine Augenbraue hob. Als Stephan unter den vier Männern Lorenz Hermann erkannte, der offenbar unter seinem Mantel Flugblätter trug, wollte er schnell an ihm vorbeigehen. Bloß keine Diskussion vor dem französischen Philosophen! Aber Denis hatte Lorenz bereits erkannt und lächelte ihm zu. »So spät noch Gesellschaft gefunden, Monsieur Hermann?«

Stephan sah die kurze Irritation auf Lorenz' Gesicht, aber er fing sich sofort. Vor dem Abendessen im Haus Mervier hatte Stephan mit Lorenz verabredet, dass sie in Gegenwart des Philosophen nicht über den Zirkel sprechen würden. Ihn einzuweihen barg unnötige Gefahren, wenn er schon bald wieder nach Frankreich reisen würde. Nun traf er Lorenz hier in brenzliger Mission. Hinter Lorenz traten nun auch Pierre Lefevre, Marco Conti und Dmitri Woronin heran, der seit einiger Zeit zu ihrem Zirkel gehörte.

Widerstrebend übernahm Stephan die Vorstellung der Männer. Seine Petersburger Freunde erstarrten, wie erwartet, vor Ehrfurcht gegenüber dem französischen Philosophen, aber Diderot schaffte es, ihnen die Befangenheit zu nehmen.

»Ich freue mich, Sie kennenzulernen, meine Herren. Stephans Freunde sind auch meine Freunde.«

Eher nicht, dachte Stephan und hoffte inständig, die Männer würden nicht zu vertrauensselig reagieren. Besonders Dmitri trug oft das Herz auf der Zunge.

Lorenz hielt die Flugblätter in seinem Umhang unter Verschluss. Stephan wusste, dass sie in dem Gasthaus nicht nur wortlos die Schriften verteilt, sondern die Menschen angestachelt hatten, gegen Katharina vorzugehen. Die gegrölten Parolen sprachen für sich.

»Was für eine Ehre, Sie kennenzulernen, Monsieur Diderot«, sagte Dmitri. »Vielleicht möchten Sie und Stephan sich uns anschließen? Wir sind auf dem Weg in das nächste Gasthaus, wo es einen vorzüglichen französischen Rotwein geben soll.«

Stephan gefror das Blut in den Adern, und er wechselte einen schnellen Blick mit Lorenz, der nicht weniger alarmiert war. Er unterdrückte ein erleichtertes Aufseufzen, als Denis kopfschüttelnd ablehnte. »Bei anderer Gelegenheit liebend gerne! Heute sehne ich mich mehr nach meinem Bett als nach einem Schlummertrunk.«

Stephan stimmte in das Lachen der anderen ein, hob die Hand zum Abschiedsgruß und zog Denis etwas zu eilig mit sich.

»Wie schön, dass ihr so viele Bekanntschaften gemacht habt«, bemerkte Denis auf dem Weg zum Palast. »Das hilft, denke ich, um sich hier wohlzufühlen.«

»Ja, ich habe von Anfang an daran gearbeitet, Kontakte zu knüpfen. Wir verbringen die Abende gern in geselliger Runde.« Mehr würde Denis nicht erfahren. Stephans Herzschlag beruhigte sich. Nicht nur, weil der Philosoph möglicherweise schon bald wieder abreisen würde, wollte er den Zirkel vor ihm geheim halten. Denis hatte auch dieses besonders innige Verhältnis zu Johanna und würde sich wundern, dass Stephan seine Frau außen vor ließ. Möglicherweise gingen seine Zuneigung und Sorge um sie so weit, dass er mit ihr darüber reden würde. Das wollte Stephan um jeden Preis verhindern.

»Auch ich werde mich irgendwie einrichten«, erwiderte Denis nun und unterdrückte ein Gähnen. »Katharina lässt mir die Zeit, weiter an der Enzyklopädie zu arbeiten. Ich muss nur noch herausfinden, wie ich mit meinen Autoren und meinem Mitherausgeber korrespondieren kann. Der Weg nach Frankreich ist weit.«

»Die Zarin wird dir ihre kaiserlichen Kuriere zur Verfügung stellen. Sie führt ihren ausländischen Gästen gerne vor, dass Russland den anderen europäischen Mächten in nichts nachsteht. Selbst wenn St. Petersburg auf der Landkarte weitab vom Geschehen liegt.« Stephan atmete einmal tief durch, erleichtert darüber, dass sich das Gespräch wieder in unverfänglichen Bahnen bewegte. Gleichzeitig wuchs seine Aufregung, je näher sie dem Palast kamen.

Denis nickte. »Mal abwarten, was der russische Winter mit meinen alten Knochen macht«, erwiderte er grinsend und fügte nachdenklich hinzu: »Das Bild, das man in Frankreich von Katharina hat, stimmt übrigens nicht mit der Wirklichkeit überein. Bei uns heißt es, sie sei lebensklug, liebeshungrig und vermittele den Eindruck einer satten Katze, die sich die Sahne von den Schnurrhaaren schleckt. Manche nennen sie ehrfurchtsvoll *le grand*, als wäre sie ein Mann. Es gibt im Übrigen auch äußerst geschmacklose Karikaturen über dieses Sujet.« Er verzog angewidert den Mund, ehe er fortfuhr: »Auf mich wirkt sie eher getrieben, und wenn ich es richtig sehe, ist dieser launische Potemkin mit der Augenklappe ihr einziger Günstling.«

Obwohl Stephan Diderots Ansichten schätzte und seinen Erzählungen gern lauschen wollte, konnte er nicht verhindern, dass seine Gedanken erneut eigene Wege gingen, als der Haupteingang des Palastes in Sicht kam. Ob er ihr heute begegnen würde? Ob sie Zeit und Muße für ein paar Worte hatte? Er wusste viel zu wenig über sie, wollte herausfinden, worüber sie allein in ihrem Zimmer abseits der höfischen Etikette nachdachte, wollte wissen, was sie erboste und was sie zum Lachen brachte. Er fand es unendlich schwierig, ihr näherzukommen, da er ihr bislang – abgesehen von der wortlosen Begegnung auf den Eingangstreppen des Winterpalastes – nie allein begegnet war. Stets waren sie in Gesellschaft der Kaiserin, ihrer Minister, ihrer Vertrauten, ihrer Lakaien, sodass Stephan sich zusammenreißen musste, um sie nicht ungebührlich anzustarren. Auf keinen Fall durfte der Verdacht aufkommen, dass er Interesse an dieser sonderbaren jungen Frau hatte, die unter dem persönlichen Schutz der Kaiserin stand. Bei dem Gedanken, dass Katharina vermutlich insgeheim bereits nach einem Ehemann für Sonja Ausschau hielt, zog sich sein Leib schmerzhaft zusammen. Er verdrängte ihn, wann immer er in ihm hochstieg.

Manchmal meinte Stephan, er sei besessen von ihr, zumal seine Arbeit unter seiner Unkonzentriertheit litt. Die Briefe an seinen König waren in den letzten Wochen seltener geworden. Friedrich allerdings legte in der aktuellen politischen Situation ohnehin keinen gesteigerten Wert auf seine Berichte. Der Preußenkönig, Maria Theresia in Österreich und Katharina verhandelten persönlich über die Teilung Polens und standen untereinander in regem Briefkontakt. Die wenigen Nachrichten, die Friedrich seinem Spion zukommen ließ, waren in knappen Sätzen gehalten, als wäre Stephan ein zurzeit nicht benötigter Lakai.

»Stephan?«

Er zuckte zusammen, kurz bevor sie die beiden Leibgardisten erreichten, die den Palasteingang bewachten. »Entschuldige, Denis«, sagte er verlegen. »Meine Unhöflichkeit ist unverzeihlich. Ich war in Gedanken bei deiner Enzyklopädie, deren erste Bände übrigens mein Freund Lorenz in seiner Buchhandlung in mehreren Übersetzungen bereithält. Hat er dir davon erzählt? Ich werde mich bei nächster Gelegenheit darin vertiefen. Bisher kenne ich sie nur in Ausschnitten. Ist es wahr, dass du Handwerker zu Wort kommen lässt, einfache Menschen, die ihre Welt erklären?«

»Aber selbstverständlich. Obwohl es nicht leicht ist, die Leute zu bewegen, ihr Wissen an die nachfolgenden Generationen weiterzugeben. Die Philosophen reißen sich darum, über Genialität, Denkfreiheit oder den gesunden Menschenverstand zu fabulieren, aber wer könnte besser über das Goldschmiedehandwerk schreiben als ein Goldschmied, wer besser über das Uhrmacherhandwerk als der Uhrmacher?«

»Die Nachwelt wird deinen Namen mit Ehrfurcht aussprechen«, erwiderte Stephan, erleichtert, seine Fassung wiedererlangt zu haben. Seine Faszination von Sonja durfte nicht dazu führen, dass er sich zum Narren machte. »Und was die Zarin und ihr Ansehen in Europa betrifft: Du lernst sie zu einem Zeitpunkt kennen, an dem sie tatsächlich ihre sprichwörtliche Gelassenheit verloren hat. Du wirst davon gehört haben, dass im Süden ein Aufstand stattfindet, der Tag für Tag an Schlagkraft gewinnt und sich auf Moskau zubewegt. Ihr Anführer gibt sich als rechtmäßiger Zar Peter aus und hetzt die Meute auf. Es gab zahlreiche Idioten, die das versucht haben, aber dieser Pugatschow ist der überzeugendste und der brutalste. Er behauptet, eine Welt aufbauen zu wollen, in der alle Menschen gleich sind und frei. Klingt gut, nicht wahr?« Er lächelte dünn. »Gut möglich, dass die Welle der Gewalt bis nach St. Petersburg schwappt, wenn niemand sie aufhält. Die russische Armee ist zu geschwächt durch den Krieg gegen die Türken, um den Rebellen Einhalt zu gebieten. Kein Wunder also, wenn Katharina in heller Sorge ist.«

Den sich ausweitenden Aufstand diskutierten Stephan und die anderen im Geheimbund in ungewohnter Hitzigkeit. Obwohl es alle begrüßten, dass sich die Menschen gegen das System der Sklaverei auflehnten, gab es genügend mahnende Stimmen, die darauf verwiesen, dass Gewalt nur Gegengewalt hervorbrachte und dass es nicht hinzunehmen war, wenn Gutsherren verstümmelt oder bei lebendigem Leib verbrannt wurden. Stephan hätte sich eine Welle der Empörung gewünscht, die, in die richtigen Bahnen gelenkt, Russland von Grund auf verändern könnte. Aber der Mob war nicht zu bremsen, und Stephan, Boris und Professor Damm hofften, dass sich die Wut auf dem Marsch in den Norden abschwächen und die Vernunft den Sieg davontragen würde. Dagegen behaupteten Lorenz Hermann, Pierre Lefevre, der von seiner Krankheit gezeichnete Marco Conti und Dmitri Woronin, jede neue Gesellschaft sei mit Gewalt erschaffen worden. Sie sei der einzig denkbare Weg zur Erneuerung. Der gemäßigtere Teil des Zirkels hatte nicht verhindern können, dass Flugblätter in Umlauf gebracht wurden, in denen die Petersburger aufgerufen wurden, sich den Zielen Pugatschows anzuschließen.

Möglicherweise würde sich der Aufstand zur Zerreißprobe für den Geheimbund entwickeln.

Die beiden Leibgardisten mit den glänzenden Musketen an ihren Seiten ließen sie mit unbewegten Mienen und einem Kopfnicken passieren, als Stephan und Denis die Eingangstreppen hinaufstiegen.

»Kommst du noch mit zur Abendgesellschaft?«, erkundigte sich Stephan halbherzig bei Denis. Er fand, dass es sich gehörte, ihn danach zu fragen, obwohl er hoffte, dass er ablehnte. Genau das tat Denis, und seinen eingefallenen Zügen sah Stephan an, wie ausgelaugt er war. Kurz darauf erreichten sie Diderots Gemächer und verabschiedeten sich.

In den Gängen des Winterpalastes waren um diese Uhrzeit nur wenige Menschen unterwegs. Lakaien liefen mit Tabletts, Waschschüsseln und Nachttöpfen herum und grüßten Stephan ehrerbietig. Als einer der engsten Vertrauten der Zarin konnte er sich der Aufmerksamkeit des Hofstaats sicher sein.

In den nicht vom Kerzenlicht erhellten Ecken der Flure

glommen hier und da die gelben Augen der Katzen, die eingerollt auf Samtkissen und in mit Fell ausgeschlagenen Kisten nur träge blinzelten. Sie ruhten sich noch aus, bevor sie zu späterer Stunde die Mäuse jagen würden.

Der schwere rote Teppich, mit dem die Gänge ausgelegt waren, dämpfte seine Stiefelschritte. Von den Wänden schienen ihn die würdevoll dreinblickenden Adeligen der vergangenen Jahrhunderte auf goldgerahmten Porträts zu beobachten. Das Flackern der Kerzen in den Wandhaltern belebte die geschönten Gesichter auf unheimliche Art. Aus den verschlossenen Zimmern, die er passierte, drangen Geräusche: hier ein Schnarchen, da ein Lachen, ein Streit oder ein lustvolles Stöhnen.

Er verlangsamte seine Schritte, als er Sonjas Zimmer fast erreicht hatte. Würde sie vielleicht ihre Räume verlassen?

Was für ein gottverdammter Armleuchter er doch war. Als würde sie zufällig genau in dem Moment, da er intensiv an sie dachte, auf den Flur treten. Und überhaupt – was erhoffte er sich?

Einen Moment lang lauschte er unauffällig, aber aus ihrem Zimmer drang kein Laut. Bei anderen Gelegenheiten hatte er Harfenklänge vernommen. Vermutlich schlief sie bereits. Sie war eine überaus pflichtbewusste Studentin, wie er wusste, und würde es sich nicht verzeihen, morgens unpünktlich in der Akademie zu erscheinen. Dmitri Woronin hielt große Stücke auf sie. Stephan beneidete diesen gut aussehenden Burschen um das Privileg, jeden Tag in ihrer Nähe zu verbringen.

Zögerlich setzte er seinen Weg fort, bis er die Eremitage erreichte, in der die Zarin gern ihre Abendgesellschaften abhielt. Stimmengemurmel ertönte durch die geschlossene Tür, Gläserklirren und musikalische Untermalung durch einen Flügel. Der Lakai am Eingang verbeugte sich vor ihm und griff nach der Klinke, um ihn einzulassen, aber Stephan hob die Hand und schüttelte den Kopf. Nein, keine Abendgesellschaft heute mehr für ihn. Sonja wäre sowieso nicht dabei – das war sie nur an den Wochenenden. Und der Gedanke an weitere Plaudereien im erlesenen Kreis verursachte ihm auf einmal ein Stechen hinter den Schläfen. Er wandte sich auf dem Absatz um und schritt die Korridore entlang zurück.

Er sah auf, als ihm eine Frau entgegenhuschte. Erst auf den zweiten Blick erkannte er Inna, die Tochter der Kammerzofe Katharinas. Hatte sie vor Sonjas Zimmertür gelauscht wie er, wenige Minuten zuvor? Auf jeden Fall schien sie sich ertappt zu fühlen, denn sie zuckte zusammen, und die Röte ihres Gesichts schimmerte durch die dicke Puderschicht. Sie begrüßten sich mit Verbeugung und Knicks und gingen aneinander vorbei. Abgesehen davon, dass diese Frau innerhalb weniger Monate die Strahlkraft der Jugend verloren und sich in eine verbissen wirkende Matrone verwandelt hatte, deren ausschweifende Figur die Kleidernähte zu sprengen drohte, war Inna ihm nie ins Auge gefallen. Es hieß, die Zarin persönlich habe sie vermählt, um ihr das kokette Spiel mit den Männern abzugewöhnen. Katharinas Plan schien aufgegangen zu sein – Inna hatte ihren Glanz eingebüßt und suchte offenbar nun einen neuen Lebenssinn im Tratsch am Hof. Warum sonst sollte sie bei Sonja gelauscht haben? Er hatte die Frau schon wieder vergessen, als er um die nächste Ecke bog.

Er schrak zusammen, als eine fette schwarze Katze direkt vor ihm einen Satz in Richtung einer Kommode machte, einer Maus hinterher, die unter dem Möbelstück Schutz suchte. Stephan hielt mit den Armen die Balance, um nicht zu stolpern, und prallte in der nächsten Sekunde mit jemandem zusammen. Bestürzt sah er den Büchern und Blättern hinterher, die zu Boden flogen, ein heller Schreckensschrei erklang.

»Oh, ich bitte vielmals um Entschuldigung. Wie unverzeihlich, dass ich nicht aufgepasst habe. Ich …« Als er den Blick hob, erstarrte er. Schwarzbraune Augen waren, feurig vor Zorn, auf ihn gerichtet, doch in der nächsten Sekunde zeigten sich Lachfältchen an den Lidern.

»Mademoiselle Sonja.« Nach der ersten Verwirrung sammelte er sich. Ihm gelang ein souveränes Lächeln, bevor er sich – die Rechte auf der Brust – vor ihr verbeugte. Was für eine wunderbare Fügung!

»Monsieur Mervier.« Sie knickste formvollendet. »Die Schuld liegt bei mir. Ich war in Gedanken versunken.«

Wie es sich wohl anhörte, wenn sie seinen Vornamen aussprach? Aber es war weder die Zeit noch der Ort, um ihr die vertraute Anrede anzubieten.

»Sie kommen von der Abendgesellschaft der Zarin?«, erkundigte sie sich, während sie in die Hocke ging, um ihre Unterlagen einzusammeln.

Er beugte sich ebenfalls hinab, um ihr zu helfen. Knisterndes Papier, in sauberer Handschrift mit Tinte beschrieben, glitt durch seine Finger, bevor er es ihr reichte. Tagebuch zu schreiben war nicht ungewöhnlich für die Damen am Hof. Aber in der Regel taten sie das hinter verschlossenen Türen. Warum trug Sonja ihre Aufzeichnungen bei sich?

Er schüttelte den Kopf und räusperte sich. Sein Mund fühlte sich wie ausgedörrt an, aber er würde mit jedem Nerv um Souveränität ringen. Wie peinlich wäre das, wenn er – der gestandene, weitgereiste Philosoph – sich vor dieser jungen Frau wie ein Schuljunge benahm.

Bestürzt stellte er fest, dass er es nicht gewohnt war, mit Frauen zu kokettieren. Für ihn hatte es stets nur Johanna gegeben und niemals einen Zweifel daran, dass sie zu ihm gehörte. Doch Sonja schaffte es, seine Welt mit einem Wimpernschlag zum Einstürzen zu bringen und ihm die Selbstsicherheit zu nehmen. »Ich habe Monsieur Diderot nach Hause begleitet. Er war an diesem Abend unser Gast. Danach war mir nicht mehr nach Konversation, obwohl ich sehr gern in Gesellschaft der Zarin bin.«

In ihre Augen trat ein amüsiertes Glitzern, das er nicht zu deuten wusste. Mittlerweile hatten sie sich wieder aufgerichtet. Sie war nur wenig kleiner als er, dabei zierlich und graziös. Ihr Kinn wirkte energisch, als sie die Blätter und Bücher an ihre Brust presste. »Davon bin ich überzeugt, Monsieur Mervier«, gab sie zurück und nickte ihm zu, bevor sie einen Schritt an ihm vorbei machte, um den Weg zu ihrem Zimmer fortzusetzen.

»Sie haben wohl zu dieser späten Stunde noch gelernt«, sagte er. Er wollte sie aufhalten, um ihre Nähe ein bisschen länger zu genießen. Sie trug heute ein tannengrünes Kleid, ohne Goldverzierung oder Edelsteine, dafür aber aus feinster Seide, wie er an dem Rascheln erkannte. Vermutlich diktierte sie der kaiserlichen Schneiderin ihren schlichten Stil. Die ledernen Stiefeletten, die unter dem Rocksaum hervorschauten, trugen ebenfalls keine blinkenden Schnallen, sondern Schnüre, und in ihre seitlich bis zum Dekolleté fallenden Haare hatte sie sich ein Samtband geflochten, statt es mit Kämmen und Perlen zu schmücken, wie es alle Frauen am Hof taten.

Sie wandte sich noch einmal zu ihm. Erstaunlich, mit welcher Standhaftigkeit sie seinen Blick erwiderte, als wollte sie einen stillen Kampf mit ihm ausfechten. Er wich nicht aus. »Wenn Sie es so nennen wollen? Ja, ich war in der Bibliothek. Dort halte ich mich am liebsten auf. Ich genieße es, von dem Wissen der Welt umgeben zu sein. Man fühlt sich als Teil eines großen Ganzen, verstehen Sie?«

Und ob er verstand. Was mochten die handgeschriebenen Seiten bedeuten, wenn sie also nicht Tagebuch geschrieben hatte? Kopierte sie Texte aus den Büchern, um sich deren Inhalt besser einprägen zu können? »Das haben Sie wundervoll gesagt«, erwiderte Stephan. »Ich wünschte, wir könnten unser Gespräch bei Gelegenheit fortsetzen.« Sie jetzt noch länger aufzuhalten würde sie wahrscheinlich als unhöflich empfinden. Aber er wollte diese Chance nicht ungenutzt verstreichen lassen.

Täuschte er sich, oder färbten sich tatsächlich ihre Wangen

mit einem Hauch von Rot? Ihrer geraden Haltung und ihrem festen Blick war nicht die Spur von Verlegenheit anzumerken. »Ich bin meistens in den Abendstunden in der kleinen Bibliothek. Es wäre mir eine Freude, wenn Sie mir dort bei Gelegenheit Gesellschaft leisten.«

Ihr Lächeln traf ihn mitten ins Herz. Er verbeugte sich. »Die Freude ist ganz meinerseits, Mademoiselle Sonja.«

Sonja bemühte sich, langsam und würdevoll zu ihrem Zimmer zu stolzieren, obwohl sie am liebsten gerannt wäre. Aber das hätte wie eine Flucht ausgesehen, und nichts wollte sie weniger, als diesen Eindruck zu erwecken.

Sie öffnete die Tür zu ihren Räumen, schlüpfte hinein und lehnte sich für einen Moment gegen das Holz. Wladik, ihr Diener, hatte bereits die Kerzen in ihren Zimmern entzündet. Sie besaß keine persönliche Zofe und keinen Stab von Lakaien. Wenn sie Hilfe beim Ankleiden oder Frisieren brauchte, was nicht häufig vorkam, fragte sie nach Inna oder Isabell. Einzig der aus Südrussland stammende Wladik mit den mongolischen Zügen diente ihr und brachte ihr Tee und leichte Mahlzeiten, wenn sie danach verlangte. Sie mochte den Mann mit den störrischen schwarzen Haaren. Manchmal zwinkerte er ihr schelmisch zu, und nie beteiligte er sich böswillig an der Gerüchteküche am Hof, wie so viele andere Bedienstete es taten.

Die Kerzen beleuchteten die Sitzgruppe, ihren Schreibtisch, das Bett, die Kommode, den Kleiderschrank und ein paar Bücherregale, die aus gelbrotem Kirschbaumholz nach ihren Vorgaben angefertigt worden waren, und der Spiegel über ihrem Frisiertisch warf ihr Licht zurück. Daneben stand die Harfe, die ihr die Zarin zu ihrem ersten Geburtstag am Hof geschenkt hatte. Alle Stoffe in ihren Räumen – die Vorhänge, die Bezüge, der Baldachin über der Schlafstätte – schimmerten in silbergrauem Leinen, was die Zarin jedes Mal die Nase rümpfen ließ, wenn sie sie besuchte, aber Sonja gefiel dieser einfache Stoff am besten, besonders in den Nachtstunden, wenn die Lichter der Kerzen ihn zum Leben zu erwecken schienen.

Sie streifte die Schuhe ab, legte ihre Unterlagen auf den Sekretär und ließ sich auf dem Hocker vor dem Spiegel nieder. Auf dem Tisch davor lagen nur eine Bürste, ein paar Samtbänder, ein Fächer und ein Necessaire für ihre Fingernägel. Als sie ihr Bild im Spiegel sah, erschrak sie. Ihre Wangen waren rot angelaufen, und in ihren Augen lag ein Glimmen wie von Kohlen. Sie strich sich mit den Händen über das Gesicht.

Seit sie in den Winterpalast eingezogen war, gehörte der deutsche Philosoph zu den Menschen, die sie am liebsten um sich hatte. Schon in ihrer Kindheit war er ihr aufgefallen mit dieser Art, sie ernst zu nehmen und sie nicht wie ein lästiges Insekt zu verscheuchen, wenn die Erwachsenen unter sich sein wollten. Damals hatte er sie mit seinem respektvollen Verhalten an Emilio erinnert, der ihr stets zu verstehen gegeben hatte, die körperliche Größe eines Menschen sage nichts über seine gesellschaftliche Bedeutung aus.

Während ihrer Zeit im Smolny-Institut hatte sie Stephan Mervier vergessen, bis er ihr in diesem Frühjahr vor dem Haupteingang des Palastes wiederbegegnet war und sie einen Blick getauscht hatten, der sie bis ins Innerste aufgewühlt hatte. Es fühlte sich an, als stünde sie *in Flammen*, wie es in einem der Liebesromane hieß, die Sonja aus Neugier gelesen hatte. Nach den ersten drei Büchern dieser Art hatte sie genug davon gehabt, aber die Beschreibung eines brennenden Herzens war ihr im Gedächtnis geblieben, vielleicht, weil es unerträglich blumig klang und gleichzeitig unmöglich. Nun ahnte sie, welches Gefühl dieser Schriftsteller in Worte zu fassen versucht hatte, und spürte seit einigen Wochen die Wärme selbst in ihrer Brust.

Sicher, an der Akademie gab es den einen oder anderen Kommilitonen oder Dozenten, der sich um sie bemühte.

Nicht viele, denn die meisten fühlten sich vermutlich von ihrer betont spröden Art wenig angezogen. Aber ein paar waren es doch, deren Gesichter aufleuchteten wie Lampions, wenn sie ein paar Worte mit ihnen wechselte.

Dmitri Woronin gehörte inzwischen dazu. Was für ein Triumph. Sie konnte noch heute ihre erste Begegnung Wort für Wort wiedergeben, aber seine Ansichten über sie hatten sich Tag für Tag, Woche für Woche gewandelt. Sie war die aufmerksamste Studentin in seinen Seminaren, sie war diejenige, die nicht nur die richtigen Antworten wusste, sondern auch die guten Fragen stellte. Was für ein Vergnügen hatte es ihr bereitet, Dmitri davon zu überzeugen, dass er sich in ihr täuschte, wenn er sie für ein gelangweiltes Dämchen hielt, das nur zum Zeitvertreib und um den Männern den Kopf zu verdrehen die Akademie besuchte.

Nicht sie, sondern er hatte immer häufiger dafür gesorgt, dass sie sich während der Pausen im Park oder in einem der Wirtshäuser, in denen die Studenten zu Mittag aßen, miteinander unterhalten konnten. Sie hatte sich nie geziert, war stets auf seine Einladungen eingegangen, aber als sie erkannte, dass Dmitri mehr in ihr sah als eine begabte Studentin, als er versuchte, zum ersten Mal ihre Hand zu halten, da hatte sie ihm erklärt, dass es nicht ihre Absicht war, sich in naher Zukunft zu binden. Im selben Atemzug hatte sie durchaus mit Berechnung beteuert, wie wertvoll er ihr als Freund geworden war. Das schien ihn zwar nicht glücklich zu machen, aber zumindest zu besänftigen. Danach unterließ er jede weitere Annäherung. Sonja hoffte, dass er seine unglückselige Zuneigung überwunden hatte, was durchaus wahrscheinlich war, da man ihn in den letzten Tagen einige Male in trauter Zweisamkeit mit der Tochter des verwitweten deutschen Forschers Jasper Kaminer gesehen hatte, der an der Akademie der Wissenschaften Biologie unterrichtete und als expeditionsfreudig galt. Inwieweit seine Tochter Hera seine Abenteuerlust teilte, wusste Sonja nicht, aber sie wirkte in ihrer unscheinbaren Art eher wie eine Frau, die sich mehr nach einem warmen Nest als nach neuen wissenschaftlichen Erkenntnissen sehnte. Dass ein gut situierter Mann von Anfang dreißig sich zu vermählen und eine Familie zu gründen gedachte, war verständlich. Sonja wünschte ihm, dass er mit Hera Kaminer die Richtige gefunden hatte.

So wie Stephan Mervier die Richtige gefunden hatte.

Schon als er seinen Fuß das erste Mal auf russischen Boden gesetzt hatte, war er verheiratet gewesen. Mit der Malerin Johanna Caselius, wie ihr Mädchenname lautete, mit dem sie all ihre Bilder signierte. Eine attraktive Frau mit Fältchen an den Schläfen, einem bitteren Zug um den Mund und einem außergewöhnlichen Talent. Sie hatte einige Bilder für den Palast gemalt, und immer, wenn Sonja an dem Porträt von Isabell, Sergej und Inna vorbeikam, das an exponierter Stelle vor der Wohnung der Kammerzofe hing, unterdrückte sie ein amüsiertes Glucksen. Johanna hatte es vortrefflich verstanden, den dümmlichen Hochmut in Innas Gesicht einzufangen, das Zänkische in Isabells Miene und den verschlagenen Blick des Familienvaters. Alle drei liebten das Bild und erkannten in ihrer Borniertheit nicht, dass Johanna ihre Charaktere offengelegt hatte.

Stephan und Johanna. Ein Paar, das gemeinsam die Heimat verlassen hatte, um in St. Petersburg, in einer fremden Kultur zu leben. Sonja mochte sich nicht vorstellen, wie stark das Band zwischen Mann und Frau sein musste, wenn sie zusammen ein solches Abenteuer eingingen. Sie wusste nicht viel über die Liebe, aber sie wusste etwas über das Gefühl, zusammenzugehören. Das kannte sie aus ihrer Zeit mit Emilio, und das erlebte sie heute noch bei den seltenen Gelegenheiten, wenn sie ihn mit einem Korb voller Gebäck und Früchte, die sie aus der Küche stibitzt hatte, heimlich in seiner Höhle besuchte. Selbstverständlich hätte ihr die Zarin verboten, allein in die Wildnis zu laufen. Aus diesem Grund hatte sie gar nicht erst um Erlaubnis gebeten. Emilio hatte sich geweigert, näher an die Stadt zu ziehen, sie hatte ihm mehrere Male angeboten, nach einer Unterkunft für ihn Ausschau zu halten. Er wollte sein eigener Herr bleiben, der Wald war sein Zuhause und Petjenka in der Einöde sein treuer Gefährte.

Emilio war inzwischen zu schwach auf den Beinen, um den Weg zur Strelka auf sich zu nehmen. Wenn sie die Sehnsucht trieb, musste sie also selbst aufbrechen. Mit der Zarin hatte sie in den vergangenen Jahren nicht mehr über Emilio gesprochen. Für Katharina war er nur ein Graukopf in der Wildnis gewesen, der vermutlich längst seinen letzten Atemzug getan hatte. Sonja sah keinen Grund, ihn ihr wieder ins Gedächtnis zu rufen, sondern bestärkte das Gerücht, dass er gestorben war.

Wie verbunden sich Stephan auch seiner Frau fühlte, so waren ihr dennoch seine Blicke aufgefallen, wenn sie sich begegneten. Wenn er meinte, niemand bekomme es mit, hatte er jede ihre Bewegungen beobachtet. Sonja hatte vorgegeben, nichts zu bemerken, während ihre Haut zu glimmen schien.

Am Hof erlebte sie, dass nur wenige Männer und Frauen sich darum scherten, ob sie verheiratet waren oder nicht, wenn es darum ging, zu poussieren und sich heimlich zu berühren oder gar zu küssen. Aber aus irgendeinem Grund schätzte sie Stephan anders ein. Er war keiner, der auf Affären aus war, dazu war er zu tiefgründig und zu vergeistigt.

Was mochte er also von ihr wollen? Sie fühlte das Pochen unter ihren Rippen, als sie sich ausmalte, wie sie sich allein in der Bibliothek gegenübersitzen würden.

Sie drückte das Rückgrat durch, hob das Kinn. Eine kühle Miene starrte ihr aus dem Spiegel entgegen, und die Farbe in ihren Wangen war wieder der Blässe gewichen. Sie sollte aufhören, ihre Zeit mit unergründlichen Gefühlen zu vergeuden. Es gab Wichtigeres zu tun.

Sie erhob sich und setzte sich an den Schreibtisch. Ihr

Reisetagebuch war mittlerweile ein dickes Bündel von Papieren, die sie in einer Ledermappe zusammenhielt. Sie hütete es wie ihren Augapfel und ließ keine Menschenseele darin lesen. Entweder trug sie es bei sich oder sie lagerte es in der Schublade ihres Schreibtisches, deren Schlüssel sie an einer dünnen langen Silberkette um ihren Hals trug. Die Zarin hieß es gut, wenn sie intensiv Tagebuch schrieb, und Sonja wusste nicht, ob sie lachen oder weinen sollte, wenn Katharina sie für ihre Ausdauer und ihre schriftstellerischen Ambitionen lobte. Wenn sie nur ahnen würde, welch brisanter Stoff da sozusagen vor ihrer Nase heranreifte.

Es würde nicht mehr lange dauern, bis sie damit an die Öffentlichkeit gehen und möglicherweise ein Erdbeben auslösen würde. Dazu brauchte sie weder die Fürsprache der Zarin noch die Zuneigung des deutschen Philosophen oder die Treue ihres Ziehvaters Emilio. Dazu brauchte sie nur die Gewogenheit von Dmitri Woronin.

Kapitel 20

Oktober 1773,
im Winterpalast

Der trübe und kalte Herbst spiegelte nicht im Mindesten Katharinas Stimmung wider. Zehn Jahre nach ihrer Thronbesteigung fühlte sie sich auf dem Höhepunkt ihrer Regierung. Ihr Hochgefühl wurde zu einem guten Teil befeuert von der Tatsache, dass sie sich mit Potemkin vermählt hatte. In aller Heimlichkeit. Nicht einmal Orlow wusste davon. In einer kleinen Dorfkirche außerhalb von St. Petersburg hatten sie einem russisch-orthodoxen Geistlichen den Schwur abgenommen, über die Ehe Stillschweigen zu bewahren, um das Volk nicht weiter in Unruhe zu versetzen. Sie vertrauten nur ihr, nicht irgendeinem, den sie sich zum Gefährten wählte. In inniger Liebe zugetan hatten sie sich das Jawort gegeben.

Potemkin gehörte selbstverständlich zu dem Kreis ihrer Gesprächspartner, mit denen sie das außen- und innenpolitische Geschehen abseits des höfischen Zeremoniells in aller Vertrautheit besprach.

Leider hatte sich Stephan Mervier nicht dazu entschließen können, die Sommermonate in Peterhof zu verbringen oder nach Zarskoje Selo zu reisen, wo sich die höfische Gesellschaft Ende September aufgehalten hatte. Gerade weil sie wusste, dass er dem König von Preußen Bericht erstattete, war er ihr beim Gedankenaustausch wertvoll. Was sie ihm vorplauderte, plauderte er nach Europa weiter. Aber Denis Diderot war ein mehr als passabler Ersatz, wenn auch einer von ungewöhnlicher Exzentrik. Er schien nicht im Mindesten beeindruckt von den höfischen Zeremonien und Spitzfindigkeiten des Protokolls, schüttelte ihr die Rechte wie einem Kutscher. Die höfische Gesellschaft zerriss sich die Mäuler, in den Fluren ereiferten sich Katharinas Gefolgsleute über diesen ungehobelten Kerl, der jeden Tag denselben schwarzen Rock trug. Aber Katharina gefiel er gerade wegen seiner ungekünstelten Art, selbst wenn ihr seine Ansichten nicht behagten. Das hatte sich in ihrem vorangegangenen Briefwechsel schon abgezeichnet. Sie hatte darauf vertraut, dass sie ihm vis-à-vis imponieren würde. Doch er ließ sich nicht zu ihrem Spielball machen, tarnte sich mit hohlköpfiger Herzlichkeit und verfolgte eine eigene Mission, um sie zu manipulieren.

Vor drei Tagen nun war die Hofgesellschaft in die Stadt zurückgekehrt. Bereits jetzt frischte der Wind eisig auf und die Luft roch nach Schnee. Der Kälteeinbruch, dem traditionell der Umzug zurück in den Winterpalast voranging, würde nicht lange auf sich warten lassen.

In dem Palast an der Newa hatten Lakaien bereits sämtliche deckenhohe Kachelöfen in Gang gesetzt. Alle Räume wurden geheizt, und in ihren privaten Gemächern, in denen sie an diesem späten Nachmittag ihre Vertrauten empfangen hatte, empfand Katharina die Luft als unerträglich stickig. Mit einem Fächer wedelnd, bat sie eines der Mädchen, für einen Moment die Fenster zu öffnen. Sie war jetzt vierundvierzig Jahre alt, und es passierte immer häufiger, dass ihr von innen heraus die Hitze in Wellen hochstieg. Diderot, Mervier und Potemkin warfen sich Blicke zu. Diderot verschränkte wie fröstelnd die Arme vor der Brust, Mervier schlug den Kragen seiner Jacke hoch, Grigori Orlow saß wie versteinert auf einem Stuhl. Potemkin blieb in der entspannten Haltung auf der Chaiselongue, die Beine übereinandergeschlagen, die Hemdsärmel aufgekrempelt. In drei Tagen würde er zurückkehren ans Schwarze Meer, wo er die Armeen im Kampf gegen die Türken befehligte. Gott sei Dank war der Krieg fast beendet. Sie vermisste ihn, wenn er fernab von St. Petersburg für Russland kämpfte, und bewunderte ihn gleichzeitig für seine strategischen Fähigkeiten. Ohne ihn wären sie nicht siegreich aus diesem Kampf hervorgegangen. Die russische Flotte hatte die türkische bei Tschesme bis auf das letzte Schiff vernichtet, worüber sie in dieser Runde ihrer Freude Ausdruck gab.

»Nicht wenige werden die russische Unternehmung in der Türkei mit dem Zug Hannibals nach Rom vergleichen«, bemerkte Diderot, griff nach seiner Teetasse und trank sie aus.

Auch wenn sie wusste, dass er ihr schmeicheln wollte, fühlte Katharina sich zutiefst geehrt. Solche Worte aus berufenem Munde … Ach, wenn er das bloß genauso in Europa verbreitete! Was für eine Ehre, mit einem Genie wie Hannibal verglichen zu werden. Über Potemkins Züge glitt ein stolzes Lächeln, bevor er aufstand und die Fenster wieder schloss. »Das Schwarze Meer wird schon bald unseren Schiffen offen stehen, denkt nur an die Handelswege nach Persien und nach China! Die Welt liegt Russland zu Füßen nach diesem Sieg.«

»Nicht zu vergessen Polen, von dem sich Russland den größten Teil gesichert hat«, bemerkte Mervier. Es klang nach einer weiteren Schmeichelei, aber Katharina war hellhörig für die Zwischentöne bei allem, was Mervier sagte.

»An der Teilung Polens hat auch Ihr preußischer König partizipiert, mein Lieber«, bemerkte sie.

»Und Maria Theresia haben wir mit einem Stück vom polnischen Kuchen den Mund gestopft«, rief Potemkin nonchalant, bevor er sich wieder auf das Sofa warf. Hach, wie sie seine lässige Brillanz liebte! Orlow hingegen hatte noch kein Wort von sich gegeben und starrte, zusammengesunken auf einem Stuhl kauernd, vor sich hin. Er sollte bereits am nächsten Tag zu Friedensverhandlungen nach Konstantinopel reisen. Ob er darüber nachdachte?

»Ich möchte, dass in die Geschichtsbücher eingeht, dass mein politisches System herausragend ist«, sagte Katharina munter. »Und ich werde beileibe nicht vergessen, welch kühnen Männern ich das zu verdanken habe«, fügte sie hinzu, während ihr Blick auf Potemkin ruhte. »Des Weiteren ist mir durchaus bewusst, dass unsere Außenpolitik in diesen Zeiten den größeren Glanz abwirft als die inneren Angelegenheiten. Aber wir sind auf dem richtigen Weg. Mervier, das Allgemeine Landrecht in Preußen und ja, auch das Allgemeine Bürgerliche Gesetzbuch in Österreich werden weiterhin unsere Leitfäden sein.«

Mervier wiegte den Kopf. »Da liegt noch ein gutes Stück Arbeit vor Russland. Religionsfreiheit ist dem Volk gewährt, die Toleranz diesbezüglich wächst, die Schulpflicht ist allgemein eingeführt, aber es sollte bald Gesetze geben, die für alle gleich und verbindlich gelten. Und es muss gestattet sein, seine Meinung frei zu äußeren, es darf keine Zensur mehr geben.«

Diderot nickte ihm zustimmend zu. »Hört, hört!«, rief er, aber Katharina machte eine wegwerfende Handbewegung. »Das weiß ich alles, Mervier. Wir arbeiten daran, Sie müssen nicht jedes Mal den Finger in die Wunde legen.«

Mervier deutete im Sitzen eine Verbeugung an. »Verzeihung, Majestät, es lag nicht in meiner Absicht, Sie zu erzürnen.«

»Bevor wir uns an solche Feinheiten begeben und zum Beispiel das Beamtentum weiter ausbauen, stehen dringlichere Angelegenheiten auf dem Plan«, ließ sich Potemkin vernehmen. Er griff nach seinem Weinkelch und nahm einen langen Schluck. Danach wischte er sich mit dem Handrücken über die Lippen und seufzte genüsslich. »Was nützen uns die besten Pläne, wenn sich drüben im Süden die Menschen die Köpfe einschlagen. Die Niederschlagung des Aufstands sollte endlich oberste Priorität bekommen, sonst …«

Alle erstarrten, als Orlow in diesem Moment aufsprang. Seine Pupillen wirkten glasig, das Grinsen auf seinen feuchten

Lippen bizarr. »Nieder mit dem Schwedenpack!«, schrie er unvermittelt. Ehe ihn noch jemand aufhalten konnte, stieg er auf den Stuhl, zog sein Schwert und reckte es in die Höhe, sodass die Spitze fast das kunstvolle Deckengemälde voller tropischer Vögel und Pflanzen berührte. »Wir ziehen in die Schlacht und sensen sie nieder! Niemals sollte jemand die Schlagkraft der Russen unterschätzen!« Er schwankte auf dem Stuhl, fing sich aber wieder. In der nächsten Sekunde verlosch das Funkeln in seinem Blick, und er sah an sich hinab, als sei er sich selbst fremd geworden. Hilflos breitete er, das Schwert noch in der Rechten, die Arme aus. »Komm, Katschuscha, lass uns zu Bett gehen.«

Diderot und Mervier waren gleichzeitig aufgesprungen und eilten zu ihm. Starr vor Entsetzen, fixierte Katharina ihren ehemaligen Liebhaber. Die Zeiten, da sie in einem Bett geschlafen hatten, waren vorbei, aber das schien er genauso vergessen zu haben wie die Tatsache, dass sie ausnahmsweise mal nicht mit den Schweden im Kampf lagen. Zum ersten Mal begann Katharina zu fürchten, dass es um seine geistige Gesundheit nicht zum Besten stand. Schon im letzten Winter war ihr aufgefallen, dass Orlow den Diskussionen nicht folgen konnte und Kommentare abgab, die alle irritierten. Manchmal merkte er gar nicht, dass er angesprochen wurde. Aber das waren stets nur kurze Momente der Verwirrung gewesen, vielleicht noch mit zu viel Alkohol zu erklären, obwohl er wahrlich nicht mehr trank als die anderen Männer und Frauen am Hofe. Doch was er ihnen an diesem Abend bot … Sie sah zu Potemkin, der sich alle zehn Finger vor den Mund hielt, während er keinen Blick von Orlow nahm, der Diderot und Mervier rüde von sich schüttelte, als die ihm helfen wollten, vom Stuhl hinabzusteigen. »Fasst mich nicht an. Bin ich ein Greis, oder was? Was bildet ihr euch ein?«

»Was ist denn bloß mit ihm? Verliert er den Verstand?« Diderot nahm wie stets kein Blatt vor den Mund. Er ließ von ihm ab, blieb aber mit Stephan in angemessener Entfernung vor ihm stehen, um notfalls sofort einzugreifen, falls es zu weiteren wilden Aussetzern kommen sollte.

War ein solcher Mensch unter ihren Vertrauten noch tragbar? Was, wenn er sich den Türken gegenüber so unmöglich benahm? Welchen Eindruck würde er hinterlassen? Hinter Katharinas Stirn arbeitete ihr Verstand zügig, während sie sich ausmalte, wie sie ihn versetzen konnte, ohne ihn in seinem Stolz zu treffen und ohne sich seine Missgunst zuzuziehen. Zwar hatte Orlow selbst mannigfaltige Beziehungen zu Frauen, aber möglicherweise bedurfte es ihrer ordnenden Hand, um eine Gemahlin für ihn auszuwählen. Vielleicht wäre es günstig, ihm eine Übersiedlung in das Schloss von Gatschina, knapp sechs Meilen von St. Petersburg entfernt, zu empfehlen.

Alle atmeten auf, als Orlow in diesem Moment die Hacken aneinanderschlug und sich zum Abschied knapp verbeugte. Sein Gesicht war flammend rot, als hätte er im Nachhinein begriffen, dass er sich lächerlich gemacht hatte.

»Sehr besorgniserregend«, murmelte Diderot und starrte auf die Tür, die sich hinter dem Grafen schloss.

»Übermäßig getrunken hat er nicht«, stellte Mervier mit einem Blick auf das halb volle Glas Wodka fest, das Orlow zurückgelassen hatte.

»Für mich sieht es nach einem Nervenleiden aus«, sagte Potemkin. »Ich meine, es ist bekannt, dass er seine Gespielinnen aus allen Schichten zu wählen beliebt, ohne Rücksicht darauf, ob sie sich waschen oder nicht.«

Katharina verschluckte sich an dem Wasser, das sie nach dem Schreck zu sich nehmen wollte, hob aber abwehrend die Hand, als Potemkin an ihre Seite sprang. »Du meinst … Syphilis?« Besser bekannt war dieses Übel unter dem Namen Französische Krankheit, aber auf diese Wortwahl verzichtete sie lieber in Gegenwart des Franzosen Diderot.

Potemkin hob die Handflächen. »Bin ich Arzt? Er soll sich untersuchen lassen. Vielleicht ist ja noch etwas zu retten.«

Katharina rechnete insgeheim nach, wann sie zuletzt mit Orlow intim gewesen war. Sie wusste nicht viel über die Krankheit, aber in den letzten drei Jahren hatte sie nicht das Bett mit ihm geteilt. Das musste reichen, damit sie in dieser Nacht beruhigt einschlafen konnte, oder? Und gleich im Morgengrauen würde sie ihre Ärzte zu sich bestellen. Erst sollten diese sie untersuchen, um jeden Verdacht auszuräumen, sie könnte sich angesteckt haben. Danach sollten sie sich noch vor seiner Abreise um Orlow kümmern. Aber wie auch immer die Diagnose ausfiel – Orlow würde nicht mehr im Winterpalast wohnen. Dafür würde sie sorgen. Blieb zu hoffen, dass er sich bei den Verhandlungen in Konstantinopel in der Gewalt hatte. Vielleicht würde ihm die Luftveränderung guttun. Ihm diesen Auftrag zu entziehen wagte sie nicht.

Nach dem peinlichen Auftritt kam zwischen ihren Gästen keine Stimmung mehr auf. Sie signalisierte mit einer Geste, dass die Gesellschaft beendet war. Diderot trat auf die Zarin zu, um ihr die Hand zu schütteln, entschied sich aber anders und tat es Mervier nach, als dieser sich mit einer ehrerbietigen Verbeugung verabschiedete.

Als sie mit Potemkin allein war, erhob sie sich und setzte sich seitlich zu ihm auf die Chaiselongue, streichelte seine Wangen, strich ihm mit den Fingern die Haare zurück, beugte sich vor, um ihn zu küssen. Seine Berührung war kühl, sein Kuss nicht mehr als freundschaftlich. Das Sehnen in ihrem Leib nach seiner Leidenschaft schien er nicht zu spüren. Oder er wollte es nicht bemerken. Er richtete sich auf und küsste sie auf die Stirn. »Ich bin müde heute Abend, Liebste. Schlaf gut.«

Mit hängenden Schultern und einem unruhigen Flattern in der Brust blieb Katharina zurück, starrte einen Moment auf das Parkett zu ihren Füßen und spürte erneut die Hitze in sich hochsteigen. Sie ging zum Fenster, öffnete es weit und fächelte sich mit der Hand die feuchte Luft zu, die vom Fluss her aufstieg, genoss die Kühlung und das Gefühl, durchatmen zu können. Schon jetzt sehnte sie den Morgen herbei, wenn ihr die Ärzte bestätigen würden, dass sie kerngesund war.

»Schlaf gut, mein Lieber, und richte Johanna die besten Grüße aus«, sagte Diderot, als Stephan und er auf dem Weg nach draußen an seine Zimmertür kamen. »Ich werde es bestimmt im Oktober noch einrichten, Ihre Einladung anzunehmen.«

Wie ausgebrannt er wirkte. »Genießt du deine Zeit in der Stadt noch?«, erkundigte sich Stephan behutsam.

Diderot zuckte die Schultern und seufzte. »Ich komme in allem, was ich mir vorgenommen habe, nicht gut voran. Manchmal erscheint mir Katharina wie eine Marmorstatue, die sich keine Handbreit vom Fleck bewegt. Und die gehässigen Kommentare und Sticheleien der Höflinge gehen mir an die Nieren. Ich habe mir das alles hier leichter vorgestellt, weißt du.« Diderots Lider bedeckten halb seine Augen, seine Gesichtshaut war grau wie Asche. Nach der zermürbenden Anreise im Frühjahr der Umzug erst nach Peterhof, später nach Zarskoje Selo, nun wieder in den Winterpalast zurück. Stephan wusste, dass die Zarin jeden Abend seine Gesellschaft wünschte, und die Tage verbrachte er, unablässig an seiner Enzyklopädie arbeitend, in der Bibliothek. Ein schwer verdauliches Pensum für den alten Herrn.

Um diese Uhrzeit jedoch nutzte jemand anderes den Bücherraum. Er hoffte es von ganzem Herzen. »Die Zarin schätzt dich. Diese Ehre wird wahrlich nicht jedem zuteil.«

Diderot zog einen Mundwinkel hoch. »Mir wird das hier zu lästig im Winterpalast. Ich hoffe darauf, eine Wohnung außerhalb des Palastes zu bekommen. Ich brauche einen Rückzugsort.«

»Sprich es an. Ich bin sicher, sie erfüllt dir deinen Wunsch umgehend. Dich zu verärgern wird sie sich auf jeden Fall verkneifen.«

Bevor Diderot in sein Zimmer trat, hob er noch mahnend

einen Zeigefinger in Stephans Richtung. »Kümmere dich um deine liebe Frau. Ich weiß selbst, wie wertvoll eine treue Gattin ist, die dich beim Heimkommen erwartet. Ich schreibe wöchentlich Briefe nach Hause an meine Liebste. Bei all deinen Verpflichtungen darfst du nicht vergessen, welchen Schatz du an deiner Seite hast.«

»Das weiß ich, Denis, das weiß ich.« Das schlechte Gewissen war sein ständiger Begleiter, obwohl Johanna sich nach den ersten schwierigen Jahren in der russischen Hauptstadt bestens eingelebt hatte. Fast so, als wäre sie hier geboren. Er wusste, dass Boris Albrecht daran größeren Anteil hatte als er selbst. Der Dichter war derjenige gewesen, der sie ermuntert hatte, nicht nur Kurse an der Akademie zu geben, sondern auch für begabte junge Frauen und Männer, die sich den Besuch des Instituts nicht leisten konnten und die keinen Fürsprecher hatten.

Zu Hause in ihrer Villa hatte sie sich einen eigenen Raum eingerichtet, in dem sie den Unterricht erteilte. Mit der Weitergabe ihres Wissens und ihres Könnens waren ihr Selbstbewusstsein, ihr Freundeskreis und die Zahl ihrer Bewunderer gewachsen. Vorbei waren die Zeiten, in denen sie sich zu Hause eingeschlossen und Angst vor jeder Begegnung gehabt hatte. Unmerklich war Johanna an seiner Seite gewachsen und erblüht, die Wachheit stand ihr vortrefflich, doch an manchen Tagen fühlte es sich an, als sei sie zu einer Fremden geworden. Sie hatten ihre Rituale, küssten sich morgens und abends die Wangen, aßen gemeinsam zum Frühstück Blini mit Sauerrahm und Kascha, die Dunja auf köstliche Art für sie zubereitete. Manchmal erinnerten sie sich amüsiert daran, wie fremd ihnen das russische Frühstück anfangs erschienen war. Diese Momente, in denen sie miteinander lachten, waren kostbar und selten. Kurz flammte dann die alte Vertrautheit wieder auf, aber sie wurde rasch von den Alltäglichkeiten verdrängt.

Gelegentlich begleitete Johanna ihn wieder zu den Bällen

im Winterpalast. Inzwischen war er derjenige, der sich nicht darum riss, bei diesen gesellschaftlichen Anlässen Präsenz zu zeigen und Kontakte zu knüpfen. Er kannte genug Leute in St. Petersburg, und zwar die richtigen, nicht irgendwelche kauzigen Minister, karrieresüchtigen Soldaten, unverhofft zu Reichtum gekommenen Kaufleute oder mit Ehren überhäuften Architekten.

Stephan war in Gedanken versunken, doch seine Füße führten ihn wie von selbst die Korridore entlang bis zur Bibliothek. Aus dem Türspalt drang gelbes Licht in den dämmerigen Flur. Er verlangsamte seinen Gang, fuhr sich mit der Hand über den Mund und versuchte, einen vernünftigen Gedanken zu fassen. Es war einige Wochen her, seit Sonja ihn … ja, hatte sie ihn eingeladen, ihr Gesellschaft zu leisten? Er rief sich ihre Worte in Erinnerung.

Es wäre mir eine Freude, wenn Sie mir dort bei Gelegenheit Gesellschaft leisten.

Genau nach einer solchen Gelegenheit hatte er den Sommer über gesucht, aber eine Zeit lang war Sonja mit der Zarengesellschaft auf Peterhof gewesen, an anderen Tagen hatte er im Vorbeigehen die Bibliothek nur dunkel und verlassen vorgefunden. Es war fast so, als spielte das Schicksal Katz und Maus mit ihm, aber in dieser Stunde schien er endlich Glück zu haben.

Auf leisen Sohlen näherte er sich und lugte durch den Spalt in den Bücherraum. Da saß sie mit rundem Rücken, den Zopf bis zur Stuhllehne hängend, den Kopf gebeugt. Flink glitt ihre Linke mit dem Federkiel über die Seiten. Es passte zu ihrem Gesamtbild, dass sie beim Schreiben nicht die Hand bevorzugte, die die Mehrheit der Menschen wählte. In der Stille hörte er das Kratzen auf dem Papier und das Schwappen der Tinte, als sie das Schreibgerät in das Fässchen tunkte.

Er nahm einen langen Atemzug, bevor er anklopfte.

Sonja fuhr sofort herum und bedeckte instinktiv mit ihrem

Körper die Schreibarbeiten. In ihr schmales Gesicht stand der Schrecken geschrieben, aber als er eintrat und sie ihn erkannte, umspielte ihre Lippen eines ihrer seltenen Lächeln. »Da sind Sie«, sagte sie nur.

»Verzeihung, ich wollte Sie nicht überraschen. Ich sah nur das Licht und dachte, das wäre die Gelegenheit, nach der ich schon lange suche.« Für ein paar Sekunden hielten sich ihre Blicke, versuchten, in den Augen des anderen zu lesen.

»Ich habe mich schon gefragt, ob Sie noch kommen«, erwiderte sie mit einem Schulterzucken, steckte den Korken auf das Tintenfass, ordnete ihre Blätter und legte sie verkehrt herum auf den Tisch, bis auf das letzte, an dem sie geschrieben hatte. Das hielt sie mit zwei Fingern in die Luft und wedelte damit herum, damit es trocknete.

Er hätte die nächsten Stunden im Türrahmen stehen und sie beobachten können. Alles an ihr war auf irgendeine Weise originell. Er hatte noch nie jemanden mit einem Blatt wedeln sehen, aber bei Sonja sah es aus wie das Selbstverständlichste der Welt. Sie legte das Papier ab und knotete den ledernen Einband um den Stapel.

»Jetzt halte ich Sie doch von der Arbeit ab«, sagte er zerknirscht, immer noch an der Tür stehend. »Soll ich ein anderes Mal wiederkommen?«

»Lieber nicht«, erwiderte sie. »Sonst muss ich möglicherweise wieder drei Monate warten.« Sie lief klatschmohnrot an und schlug sich die Hand vor den Mund. »Ich will sagen, dass ich nicht weiß, wann ich das nächste Mal hier arbeite, und …«

Er lächelte. Auszusprechen, was einem durch den Kopf schoss, und damit ins Fettnäpfchen zu treten war eine ihm vertraute Situation. Mittlerweile hatte er sich meistens unter Kontrolle, hatte gelernt, seiner Impulsivität Zügel anzulegen, aber hin und wieder passierte es ihm auch jetzt noch, dass ihm ein Satz entschlüpfte, den er besser für sich behalten hätte. Was für ein amüsanter Zufall, dass sie mit der gleichen Schwäche zu kämpfen hatte. »Ich habe Sie verstanden«, sagte er und wies auf die Sesselgruppe. »Darf ich?«

Zu seinem Bedauern standen diesmal weder Früchte noch Wein auf dem Tisch. Die Dienerschaft rechnete wohl nicht damit, dass sich an einem Tag ohne Ball Gäste hierher verirrten. Mit einem Schluck Wein hätte er gern mit Sonja angestoßen, als sie ihm zustimmend zunickte und sich selbst in den Sessel neben ihn setzte. Sofort war da wieder dieser vertraute Orangenduft, der seine Neugier geweckt hatte. Aber neben ihm saß nicht das wache Kind, das sich in Voltaires Werke vertiefte, sondern eine Studentin, die anders war als alle Frauen, die er bislang in seinem Leben getroffen hatte.

»Sie studieren Jura, Literatur und Philosophie an der Akademie?«, begann er und verschränkte die Finger ineinander. »Reichlich Stoff, den Sie da lernen müssen. Wird Ihnen das nicht auf Dauer zu viel? Ich habe Sie noch nie auf einem der Bälle gesehen, und ist es nicht das, was Frauen in Ihrem Alter am meisten schätzen?« Er wusste, dass sie anders war, aber er wollte es von ihr hören.

»Ich weiß nicht, was Frauen gemeinhin in meinem Alter schätzen, aber ich weiß, was mich interessiert und was nicht. Ja, ich mute mir zu viel zu.« Sie lächelte. »Ich habe überlegt, die Philosophie hintanzustellen und mich erst einmal auf Jura und Literatur zu konzentrieren. Ich habe keine Eile, mit dem Studium fertig zu werden.«

Amüsiert hob er eine Braue. »Und da fällt ausgerechnet meine Philosophie heraus? Ich votiere dagegen.«

Jetzt lachte sie. Er lauschte auf jeden Ton, der zwischen den Regalen widerhallte. Kein mädchenhaftes Kichern, sondern ein samtiges Lachen. »Ihre Philosophie kenne ich nicht«, gab sie zurück. »Wer weiß, wenn ich sie kennen würde, würde ich vielleicht eine andere Wahl treffen?«

Kokettierte sie tatsächlich mit ihm? Oder war das wieder nur schneller gesagt als darüber nachgedacht? Auf jeden Fall nahmen ihre Wangen wieder eine rosige Färbung an, was ihr ausgezeichnet stand, und sie biss sich auf die Unterlippe. »Philosophie hat keine Grenzen, es gibt kein Mein und kein Dein«, sagte er. »Wir nähern uns stets von Neuem einer Wahrheit, die schon morgen nicht mehr gilt, und doch gibt es Denkwege, die seit der Antike beschritten werden, wie die Frage nach dem Sinn des Lebens und der Stellung des Menschen in der Welt. Es kann nicht genug Leute geben, die sich mit den großen Fragen der Menschheit beschäftigen, aber ob uns das am Ende zur Erleuchtung führt?« Er hob die Arme. »Mir gefällt es, mit Freunden zu diskutieren, die sich ähnlich viele Gedanken über unser Dasein machen wie ich. Ich weiß nicht, ob ich dadurch von Nutzen für die Gesellschaft bin, aber es gibt meiner Zeit eine Bedeutung.«

»Und das ist für Sie der Nutzen der Philosophie?«

Er lachte. »Auf jeden Fall kann ich mich auch jederzeit mit mir selbst unterhalten, wenn ein Gesprächspartner fehlt, und fühle mich im Übrigen auf jede Laune des Schicksals vorbereitet.«

»So?« Sie hob eine Braue.

»Sie brauchen mir nicht zu glauben«, sagte er amüsiert. »Die Geschichte der Philosophie ist eine Geschichte von Irrtümern.«

Sie nickte mehrmals, während er sprach, und richtete sich im Sessel auf. Ihre vom Kleid bedeckten Beine standen seinen so nahe, dass er die Wärme ihres Körpers spüren konnte. »Mir gefällt, wie Sie über die Philosophie sprechen«, erwiderte sie. »Meine Erfahrung ist, dass man sich in den Seminaren und bei den Vorlesungen im Theoretischen verliert. Stundenlanges Debattieren führt am Ende zu rauchenden Köpfen und abgeschlagenen Geistern, aber was hat sich bewegt? Nichts. Ich finde es bedeutsamer, im eigenen Umfeld anzufangen, Selbstverständlichkeiten und scheinbar Gottgegebenes zu hinterfragen. Wir müssen bei den Keimzellen beginnen, wenn wir wucherndes Unrecht ausrotten wollen.« Abrupt stoppte sie, nahm einen tiefen Atemzug und flüchtete sich in eine Frage. »Aber die Meinung einer Studentin, die gerade die Philosophie gestrichen hat, ist vielleicht nicht von Belang für Sie, nicht wahr?«

Er beugte sich vor und bemerkte zu seiner Freude, dass sie seinem Blick nicht auswich. Es fühlte sich an, als würde er in dem Braun ihrer Augen versinken. Wo sollte das hinführen? Er zwang sich zur Vernunft. »Mich interessiert alles, was Sie betrifft, Sonja. Ich finde, Sie sind eine erstaunliche junge Frau, und ich hoffe, ich trete Ihnen mit diesem Geständnis nicht zu nah.«

Sie schluckte, fuhr sich mit der Zungenspitze über die Lippen und strich sich eine Strähne, die sich aus ihrem Zopf gelöst hatte, hinter die Ohren. »Mein Lebensweg ist ungewöhnlich, da gebe ich Ihnen recht, aber an mir selbst finde ich nichts Besonderes. Ich schreibe gern, und ich gebe Büchern den Vorzug vor allen Festivitäten.«

»Können Sie sich noch an Ihre ersten Jahre erinnern? Sie sind bei einem Waldmenschen aufgewachsen, oder?«

Sie begann, von ihrer Kindheit zu erzählen, von Emilio, seinem Bären und seiner Harfe. Wie sie sich in den ersten Wochen am Zarenhof zurückgesehnt hatte zu ihrem Ziehvater und wie es ihr allmählich gelungen war, sich in die höfische Gesellschaft einzugliedern, sofern man sie nur ihre Studien betreiben ließ.

Wie gebannt hörte er ihr zu, und manchmal lauschte er mehr dem Klang ihrer Stimme als ihren Worten. Er spürte, dass sie ihm nur die halbe Wahrheit erzählte. Immer wieder zögerte sie zwischendurch, nun wachsam, als sortiere sie ihre Worte neu, um nichts Falsches oder Voreiliges mehr verlauten zu lassen. Ob Emilio noch lebte? Eher unwahrscheinlich. Er war schon hochbetagt gewesen, als Sonja zu ihm gekommen war. Er würde nicht ihre Stimmung drücken, indem er danach fragte. Wenn sie von seinem Tod erzählen wollte, musste sie das aus eigenem Antrieb tun und zu einem Zeitpunkt, den sie für richtig hielt.

Er wusste nicht, was sie verbarg, aber dass sie Geheimnisse hatte, steigerte ihre Anziehungskraft auf ihn. Ihre Hände lagen auf ihren Knien, er brauchte nur die Rechte auszustrecken, um diesem starken Drang nachzugeben, sie zu berühren.

Ehe er den Gedanken noch zu Ende gedacht hatte, tat er es. Legte seine Hand auf ihre Finger, streichelte darüber und bemerkte, wie sie beim Erzählen ins Stocken geriet, auf ihren Schoß schaute und selbst überrascht schien, als sich ihre und Stephans Finger ineinander verschränkten.

In ihm tobten widersprüchliche Gefühle. Sein Verstand stellte sich gegen alles, was sein Körper wollte. Sie war viel jünger als er, sie stand unter der Obhut der Zarin, er war verheiratet … Er musste aufhören, davonlaufen, bevor es zu spät war.

Gleichzeitig erhoben sie sich, sahen sich an, dicht voreinander stehend. Er legte die Arme um sie. Nur einen Moment, einen kleinen Moment, dann würde er sich zurückziehen. Er zog sie an sich, spürte ihren Leib von den Knien bis zur Brust, sog den Duft ihrer Haut und ihrer Haare ein und meinte, sie müsste seinen Herzschlag an ihrer Brust spüren. Sie löste den Kopf von seiner Schulter, ihre Gesichter waren sich nah. Der letzte Moment, um dies hier zu beenden. Er musste sie nur auf die Stirn küssen wie ein väterlicher Freund, sie von sich schieben.

Als er ihre Lippen berührte und sie küsste, glaubte er zu verglühen. Konnte es so etwas geben? Nie zuvor hatte er so empfunden, und die Erkenntnis, dass er nie zuvor wahrhaftig geliebt hatte, ließ ihn schaudern.

Sein Widerstand schmolz, seine Gefühle trugen gegen den Verstand den Sieg davon. Von Begehren und Zuneigung erfüllt, umschlang er sie, ließ sich von ihrer Nähe in einen Rausch versetzen, der alles Denken ausschaltete. Behutsam erkundeten sich ihre Münder und Hände, wollten jeden Moment auskosten.

Gab es etwas wie einen Seelenzwilling? Wenn, dann hatte er ihn gefunden. Sonja war alles, wonach er unbewusst gesucht hatte, vielleicht der weibliche Teil seines Selbst. Sie schlang die Arme fester um ihn, stellte sich auf die Zehenspitzen, und ihre Küsse wurden wilder und atemloser, als wollte sie ihn nie wieder loslassen.

Ihr zügelloses Drängen ließ ihn zur Besinnung kommen. Es beglückte ihn, dass sie seine Liebe erwiderte, aber sie tanzten in ihrer blinden Leidenschaft auf den Abgrund zu. Er löste sich von ihr, hielt sie von sich und schüttelte den Kopf, während er nicht aufhören konnte, in ihre Augen zu schauen und alles in ihm sich danach sehnte, sich mit ihr zu vereinen. Er wusste, dass es ihr nicht anders ging.

»Was geschieht hier mit uns?«, flüsterte er.

»Lass es uns nicht hinterfragen«, bat sie, ihre Stimme nicht mehr als ein Wispern.

Er zog sie wieder an sich, streichelte ihr Haar und ihren Rücken, starrte auf die Bücherwand hinter ihr. Nein, er würde sich hier und heute in der Bibliothek der Zarin nicht von seinen Gefühlen überwältigen lassen. Er war älter als Sonja, es war an ihm, die Fassung zu wahren und Vernunft walten zu lassen, obwohl es ihn fast übermenschliche Anstrengung kostete.

»Ich wünschte, wir wären in einem anderen Land, Sonja«, sagte er. »Aber das sind wir nicht. Ich mag nicht nachzählen, wie viele Menschen wir vor den Kopf stoßen würden, wenn wir uns gehen lassen. Ich begehre dich wie nie eine Frau zuvor, aber lass uns die Zeit nehmen, die wir brauchen, um keinen Schritt zu tun, den wir später bereuen.«

Enttäuschung zeichnete sich auf ihrer Miene ab. Es fügte ihm fast körperlichen Schmerz zu. Wenn sie nur ahnte, wie es in ihm aussah und wie sehr er sich selbst für sein Zögern und Zweifeln hasste.

Endlich wurden ihre Züge wieder weicher. Sie ordnete ihre Bluse und ihre Frisur und streckte den Rücken durch. Ein letztes Mal legte sie in fast keuscher Manier die Arme um seinen Hals, als akzeptiere sie seine Entscheidung, und küsste ihn auf die Wange. »Verfluchter Philosoph«, flüsterte sie in sein Ohr.

KAPITEL 21

November 1773, auf der Straße
von Moskau nach St. Petersburg

Der Rücken und das Gesäß schmerzten, und der eisige Novemberwind zog durch den mit Fuchsfell gefütterten Mantel und die Pelzmütze an seine Ohren. Grigori Orlow sehnte das Ende seiner Reise von Konstantinopel nach St. Petersburg herbei. In der Ferne sah er bereits die Silhouette der Stadt, die sich vor dem bleigrauen Himmel mit ihren Dächern und Türmen abhob. Hinter dem Grafen hielt sich seine Gefolgschaft aus zwanzig Leibgardisten, die nicht weniger abgekämpft waren als er. Dennoch wirkten die jungen Kerle mit ihren geröteten Wangen und Scherzen auf den Lippen wacher als er, was Grigori missmutig zur Kenntnis nehmen musste, wann immer sie in den an den Hauptstraßen gelegenen Herbergen rasteten, um Fleisch und Brot zu sich zu nehmen und sich in die Besinnungslosigkeit zu saufen, damit sie ein paar Stunden Schlaf in flohverseuchten Bettstätten aus Stroh und Lumpen fanden.

Bei den Türken hatte er sich größte Mühe gegeben, als Vertreter des siegreichen Russlands Eindruck zu schinden. Auf keinen Fall wollte er die Zarin enttäuschen, die ihn damit betraut hatte, die Friedensverhandlungen am Schwarzen Meer zu führen. Er wusste, dass sie an seinem Verstand zu zweifeln begann, und er wusste, dass dieses Misstrauen gerechtfertigt war. Er zweifelte selbst. Vielleicht hatte er bereits das Schlimmste hinter sich und sein Verstand normalisierte sich wieder? Es gab inzwischen mehrere schwarze Löcher in seiner Erinnerung, die die Menschen aus seinem direkten Umfeld auf sein Verlangen hin auffüllten. Sie berichteten von den heikelsten Vorfällen, in denen sein Geist umnachtet gewesen war und er sich wie ein Idiot gebärdet hatte.

Syphilis.

Katharina hatte ihn gezwungen, sich von ihren Ärzten behandeln zu lassen, aber Grigori hatte ihnen nicht die ganze Wahrheit gesagt. Er hatte über die Abgeschlagenheit geschwiegen, die ihn in den letzten Monaten häufig außer Gefecht gesetzt hatte, und er hatte nichts von den Geschwüren an seinem edelsten Teil, groß wie ein Daumennagel, erzählt. Warum auch? Sie waren schmerzlos gewesen, und sie waren längst wieder verschwunden. Die Ärzte hatten sich dennoch nicht täuschen lassen und ihm attestiert, dass seine Nerven erheblichen Schaden genommen hatten. Eine Prognose stellten sie nicht, man wusste zu wenig über die Entwicklung der Franzosenkrankheit, aber Grigori hatte für sich selbst entschieden, dass er mit eisernem Willen wieder gesunden würde. Ein Bursche wie er ließ sich nicht von einer verfluchten Seuche, wenn es denn die Syphilis war, in die Knie zwingen. Und überhaupt – hätte Katharina sich nicht anstecken müssen, wenn er tatsächlich darunter litt? Sicher, er hatte, wenn er mit ihr intim war, auf ihren Wunsch hin stets die vermaledeiten *English Overcoats* übergestülpt. Dennoch. Sie waren sich so nah gewesen, wie sich zwei Menschen nah sein konnten. Doch sie wies nicht die geringsten Symptome auf, die Ärzte hatten ihr versichert, dass sie unbesorgt sein könne. Man hatte ihr geraten, jeden Kontakt mit ihm einzustellen. Nun, das hatte sie schon seit Längerem getan. Potemkin hatte seinen Platz an ihrer Seite vollständig eingenommen, und da waren noch andere, jüngere Männer, die sie beglücken durften.

Ein zufriedenes Lächeln glitt über Grigoris Gesicht, während sein schwarzer Hengst den Weg nach St. Petersburg auf dem festgetretenen Pfad von allein fand. Der Hufschlag der Truppe hallte in der öden, von Wiesen und Feldern durchzogenen Landschaft, in der nur hier und da eine Bauernkate oder ein verfallener Schuppen aus der Eintönigkeit auftauchten. Mochte Katharina sich mit anderen Liebhabern vergnügen. Er selbst kannte jede Stelle ihres Körpers, der die Frische und Straffheit der Jugend verloren hatte. Wie prall und heiß hingegen war das Fleisch der anderen Frauen, die seine Manneskraft bewunderten, allen voran seine Nichte. Die kleine Mademoiselle Zinowjew brachte ihn in Wallung, wann immer seine Gedanken zu ihr trieben, und sie war jung genug, dass er noch über viele Jahre hinweg seine Freude an ihr haben würde. Sie waren verwandt, die Kirche würde ihren Segen verweigern, falls es ihm in den Sinn kam, sie mit einer Heirat an sich zu binden. Aber es würden sich Mittel und Wege finden lassen.

Nur wenige Kutschen und Reiter kamen ihnen entgegen, obwohl dies die Hauptstraße zwischen St. Petersburg und Moskau war. Wer es einrichten konnte, blieb zu Hause, bevor der Winter hereinbrach und den Gebrauch der Schlitten notwendig machte.

An der nächsten Biegung jedoch hob Grigori den Kopf und kniff die Augen zusammen, um seine Sicht zu schärfen. In einer Wolke aus aufgewirbeltem Staub, Geröll und Grasnarben ritt ihnen eine Truppe von mindestens drei Dutzend Soldaten entgegen. Sie wichen nicht aus, hielten direkt auf sie zu.

Grigori hob die Hand, um seine Männer zum Halten zu bringen, und richtete sich im Sattel zu voller Größe auf, während die Abordnung herankam. Kurz vor ihm stoppten sie. Grigori suchte in seiner Erinnerung, als er den Anführer musterte. Kannte er ihn? Er nickte ihm zu.

»Graf Orlow«, hob der Mann an, und über beide Truppen senkte sich Schweigen, in dem nur das vereinzelte Wiehern, Schnauben und Trippeln der Tiere zu hören war. »Ich habe Anweisung von Ihrer Majestät der Kaiserin, Ihren Zug aufzuhalten. Die Einreise nach St. Petersburg wird Ihnen verweigert. Der Befehl lautet, Sie unverzüglich auf Ihr Schloss in Gatschina zu schicken, wo Sie weitere Nachrichten empfangen werden.«

Grigori starrte den Soldaten an. »Wer plustert sich hier auf, gegen mich Befehle auszusprechen?«, erwiderte er mit mühsam beherrschter Wut. Wie er es hasste, dass genau in diesem Moment in seinem Verstand die schwarze Wand auf ihn zuraste, die jedes vernünftige Handeln unmöglich machen würde. Er spürte Schwindel, hielt sich am Sattelknauf, und in seinem Hirn kochten die verrücktesten Ideen über. Er wollte spucken und kichern, um sich treten und dem aufgeblasenen Gockel vor ihm mit seinem Säbel den Kopf vom Rumpf trennen. Als er aus dem Sattel fiel, war er schon fast bewusstlos, fühlte aber noch kräftige Hände, die ihn hochrissen.

Was geschah hier? Warum hatte Katharina verfügt, dass er nicht mehr nach St. Petersburg reisen durfte? Die Fragen wirbelten hinter seiner Stirn, verdichteten sich zu einem klebrigen Brei aus Wortfetzen. Dann wurde es dunkel um ihn.

Das Appartement in der Nähe des Großen Handelshofes bestand nur aus zwei Zimmern, die mit dunklen Holzmöbeln und Vorhängen aus purpurrotem Samt eingerichtet waren. Boris hätte eine spartanische Ausstattung bevorzugt, Plüsch und Dekoration wie kunstvoll geschmiedete Kerzenhalter, Porzellanfiguren, silbern geflochtene Obstschalen und mit orientalischen Motiven überladene Wandteppiche schwächten seine Konzentration, wenn er sich in seine Texte vertiefen wollte. Aber Friederike Bündner, die Diplomatenwitwe, die ihm die Räumlichkeiten vermietet hatte, verstand davon nichts und lebte in dem Glauben, ihm etwas Gutes zu tun, auch, wenn sie ihn allabendlich zu Tisch bat, wo sie am liebsten Borschtsch und Pelmeni auftischte und fast vergaß, selbst zu essen, während sie ihm mit mütterlicher Miene beim Kauen zuschaute und auf sein Lob wartete.

Neben dem Vorteil, dass das Appartement günstig war und Boris' Ausgaben überschaubar blieben, schätzte er vor allem die Lage. Die Wohnung befand sich nicht nur in angemessener Entfernung zur Admiralität und seinem Elternhaus, sie lag auch in einem der quirligsten Viertel. Im Handelshof war von Sonnenaufgang bis zum späten Abend Betrieb, Kaufleute aus aller Herren Länder, Lieferanten, Schaulustige und Kunden sorgten mit einem babylonischen Sprachgemisch für eine permanente Geräuschkulisse, die das Gefühl der Verlassenheit in ihm verdrängte, sobald er das Fenster öffnete.

An diesem späten Novembernachmittag jedoch reichte es ihm nicht, sich berieseln zu lassen. Es zog ihn nach draußen, irgendwohin, vielleicht an die Newa, die kühle Luft inhalieren. In seinem Appartement fühlte er sich, als fiele ihm die Decke auf den Kopf, während sich gleichzeitig sein Brustkorb verengte.

Seit Denis Diderot in der Stadt war, hatte Johanna sich nicht ein einziges Mal bei ihm gemeldet. Sicher, sie hatte ihn zu dem Empfangsdiner eingeladen, und er hatte die Ehre zu schätzen gewusst. Aber selbstverständlich war ihm aufgefallen, mit welcher Hingabe Johanna jedem Wort aus dem Munde Diderots lauschte, wie sie ihn anbetete und ihn auf einen Sockel hob. Auch ihn hatte es beeindruckt, mit dem prominenten Mann zu speisen, aber lieber hätte er gemeinsam mit Johanna von ihm geschwärmt, um sich dann wieder ihrer eigenen Vertrautheit zuzuwenden. Die war schwierig genug, da musste nicht noch ein Philosoph aus Paris anreisen und alles in Frage stellen, worauf Boris hoffte.

Er streifte sich die Lederstiefel über, nahm seinen Mantel vom Garderobenhaken und setzte im Gehen die Wintermütze auf. Obwohl es noch nicht geschneit hatte, war es um diese Tageszeit, wenn die Sonne verschwunden war, ratsam, sich gegen den eisigen Wind zu schützen.

»So spät noch unterwegs?«

Madame Bündner entging es nie, wenn er das Haus verließ. Sie lugte aus ihrem Salon, die grauen Haare in adrette Locken gedreht, die Lippen in dem faltigen Gesicht in einem hellen Rot bemalt. Auch zu Hause trug sie nur feinste Garderobe, mit Rüschen an den Ärmeln und üppiger Stickerei am Dekolleté. Sie war durchaus eine aparte Erscheinung mit ihren über fünfzig Jahren, aber Boris wäre es in diesem Moment lieber gewesen, ihr nicht zu begegnen. Er ließ sich sein Unbehagen nicht anmerken, verbeugte sich galant. »Ich will mir nur ein bisschen die Beine vertreten, Madame.« Er klopfte sich auf den flachen Bauch. »Die Schtschi war köstlich, aber sie liegt mir noch im Magen.« Tatsächlich hatte er noch den Geschmack von Sauerkraut im Mund.

»Ich freue mich ja, wenn es Ihnen schmeckt, Boris.« Sie hob mahnend den Zeigefinger. »Aber nicht vergessen – kein weiblicher Besuch! Nicht dass Sie mir bei Ihrem Spaziergang ein hübsches Dämchen aufgabeln.« Auf ihrer Oberlippe bildeten sich senkrechte Fältchen, als sie die Lippen schelmisch schürzte.

Ein weiteres Mal verneigte er sich. »Selbstverständlich, Madame. Die Hausregeln sind mir stets bewusst.«

Er schnaufte durch, als er die Tür der Villa hinter sich zuzog. Um auf die Hauptstraße zu gelangen, musste er einmal um das Gebäude herumgehen. Ihm stand nicht der Sinn danach, sich im Handelshof mit Früchten, Wein oder Brot einzudecken. Sein leibliches Wohl hatte er praktisch der Diplomatenwitwe übertragen, mehr oder weniger freiwillig. Lieber wollte er die Auslagen in den Schmuck- und Schuhgeschäften am Newski-Prospekt betrachten, die Arbeiten des Hutmachers und die neuesten Bände in den Buchhandlungen. Als er um die nächste Ecke bog, stieß er fast mit einem groß gewachsenen Mann zusammen, der vor Schreck seinen Stock fallen ließ und sich ächzend bückte, bevor Boris die Gehhilfe für ihn aufheben konnte.

»Verzeihen Sie, ich …« Erst jetzt erkannte er den Spaziergänger, dessen Gesicht vielleicht vor Anstrengung, vielleicht vor Anspannung blutrot anlief. »Professor Damm!«, rief er. »Sind Sie unterwegs zu mir?«

Seit Boris in der Villa wohnte, war der Professor bereits einige Male bei ihm zu Besuch gewesen. Boris fand das über die Maßen verwunderlich. Er blieb nie lange, erkundigte sich halbherzig nach seinen Schreibfortschritten und seinem Befinden, trank einen Tee mit ihm und verschwand wieder. Seit seinen peinlichen Erlebnissen mit Lorenz Hermann war Boris auf der Hut, wenn ihm männliche Zuneigung entgegenschlug, aber der Professor hatte sich bislang nicht verdächtig gemacht, seine nähere Bekanntschaft zu suchen. Warum er ihn trotzdem so penetrant aufsuchte, blieb Boris ein Rätsel, und es wurde ihm zunehmend lästig.

Der Professor wedelte mit einer Hand vor seiner Nase. »Nein, nein, mein lieber Boris, ich … wollte zum Handelshof. Die Zwiebeln und der Sauerrahm sind mir ausgegangen.«

Und da schickte er nicht seine Haushälterin, sondern trottete mit seinen morschen Knochen persönlich los? Boris verneigte sich. »Einen guten Tag, Monsieur.«

»Wir sehen uns am Abend im Hotel Metropol, Boris?«, fragte der Professor, während er nicht vorhandene Staubkörnchen von seinem Mantelkragen wischte.

Boris stockte. Richtig, heute Abend stand das nächste Treffen des Geheimbunds an. Nachdem der Professor gesehen hatte, in welch guter Verfassung er unterwegs war, konnte er sich kaum mit fiebriger Bettlägerigkeit herausreden. Nicht erst, seit im Geheimbund Stimmen laut geworden waren, die sich mit diesem Gewaltverbrecher Pugatschow verbünden wollten, fühlte sich Boris in der Gemeinschaft der Männer wie ein Fremdkörper. Aber die Zeit war noch nicht reif, sich von der Gruppe loszusagen. »Selbstverständlich. Ich freue mich darauf.«

Wut packte Boris, als er weiterging in Richtung der hell erleuchteten Hauptstraße. Er war jetzt zweiunddreißig Jahre alt, doch irgendwo schien er auf dem Weg zum Erwachsensein und in die Unabhängigkeit die falsche Abzweigung genommen zu haben. Alle Menschen glaubten, ihn beim Vornamen ansprechen zu können, während sie für sich selbst die respektvolle Anrede einforderten. Und seine Vermieterin bemutterte ihn wie einen verlorenen Sohn, statt ihn wie den zu behandeln, der er inzwischen war: ein respektabler Schriftsteller, dessen Bücher in den Literatursalons besprochen wurden und der sich sein Leben mit dem Verkauf seiner Romane zu finanzieren imstande war. Nun gut, die Finanzlage könnte besser sein, Lorenz Hermann hatte sein Honorar seit ihrem ersten Vertrag nicht erhöht und ließ ihn in dem Glauben, ohne ihn wäre sein Erfolg nicht möglich. Was ihm tatsächlich fehlte, dachte Boris, während er den Mantelkragen hochschlug und sich in die Ströme von winterlich gekleideten Passanten einreihte, die über den Newski-Prospekt flanierten, war vermutlich die richtige Attitüde. Wie er sprach, wie er lebte, wie er sich verhielt – er war nach wie vor der seltsame Vogel, der sich von seinen Eltern losgesagt hatte und dem Glück hinterherstolperte.

Möglicherweise war es diese scheinbare Unfertigkeit, die ihn gegenüber einem gestandenen Mann wie Denis Diderot abfallen ließ.

Immer wieder kehrten seine Gedanken zu Johanna zurück, dieser in einer unglücklichen Ehe gefangenen Liebe seines Lebens, die er einmal hatte küssen dürfen und danach nicht wieder. In den Nächten wälzte er sich in seinem Bett und sehnte sich mit jeder Faser seines Körpers danach, sie zu umschlingen, zu berühren, zu küssen. Das war es, wovon er träumte, und davon, dass Johanna irgendwann einmal ihn so anschauen würde, wie sie es bei Diderot tat.

Sie hatte sich verändert in den vergangenen Jahren. Eine aufrechte Frau, die ihren Wert kannte, die den Kreis ihrer Bekanntschaften ständig erweiterte und der die Bewunderung ihrer Schüler ein Strahlen ins Gesicht zauberte. Doch er trug Anteil daran, dass sich Johanna aus dieser ungesunden Abhängigkeit von einem Mann, der ihre Liebe nicht zu würdigen wusste, befreit hatte – wenn auch nur gefühlsmäßig, nicht auf dem Papier. Offiziell waren Johanna und Stephan nach wie vor verheiratet, aber Boris hoffte, dass es nur eine Frage der Zeit war, bis sich diese Ehe auflöste. Und dann?

Als hätte er sie mit seinen Gedanken herbeigezaubert, entdeckte er Johannas Gestalt in einen bodenlangen silbergrauen Mantel gehüllt mit einer eleganten Pelzmütze und einem gleichfarbigen Muff, in dem sie ihre Hände verbarg, vor einem Bekleidungsgeschäft. Er stockte kurz, sie hatte ihn noch nicht entdeckt, und er gestattete sich den Moment, sie anzusehen, wie sie sinnend die Auslage betrachtete und wie sie den Blick hob, um das Namensschild über der Fensterfront zu lesen. Im Profil sah er ihre gerade geschnittene Nase und die sinnlichen Lippen, aus der Mütze quollen über ihren Rücken die lockigen blonden Haare. Passanten eilten um sie herum, während sie einfach nur dastand in ihren gefütterten Stiefeletten und dieses Geschäft betrachtete.

Er trat heran, merkwürdig befangen, obwohl sie Freunde für immer waren. Galt das noch? »Guten Abend, Johanna.«

Sie zuckte zusammen, fuhr zu ihm herum, und als sie ihn erkannte, ging ein Leuchten über ihr Gesicht. Sie flog ihm um den Hals und küsste ihn auf die Wangen. »Wie wunderbar, dich zu treffen, Boris! Du lässt dich kaum noch bei uns sehen! Ich vermisse dich so«, rief sie übermütig.

Ach, wenn sie die letzten Worte doch in sein Ohr geflüstert hätte, statt sie im Überschwang zwischen all den fremden Menschen auszustoßen. Er lächelte gequält. »Ich denke, Monsieur Diderot hat alles Recht der Welt auf deine Zeit in den Wochen, die er in St. Petersburg weilt.«

Johanna winkte ab. »Auch den sehe ich kaum. Ihr lasst mich alle im Stich.«

Er zog eine Braue hoch. »Die Zarin wird ihn nicht vierundzwanzig Stunden für sich beanspruchen.«

»Wenn es das nur wäre.« Sie hakte sich bei ihm ein, ließ den Muff vor den Mantelknöpfen baumeln und zog Boris den Newski-Prospekt in Richtung Newa mit sich. »Tatsächlich ist er oft bei ihr, spielt mit ihr Karten und Schach, oder sie philosophieren im großen Kreis mit Stephan und ihren Gefolgsleuten. Aber er ist nicht glücklich im Winterpalast. Er hat vor drei Wochen um eine Unterkunft außerhalb des Palastes gebeten, und sobald sie ihn aus seinen Fängen lässt und er vom Schreiben müde ist, zieht er sich in seine Wohnung zurück, ganz in der Nähe unserer Villa. Mir kommt es vor, als verkriecht er sich vor der Stadt, als quäle ihn das Heimweh nach Paris. Weißt du, er ist anders als die höfische Gesellschaft, er passt da nicht rein, und er glaubt, dass hinter seinem Rücken getratscht wird über sein Auftreten und seine Manieren. Kannst du dir das vorstellen? Ich meine, ein charismatischer Weltenbürger wie er – wie könnte ihn irgendjemand unpassend finden?«

»Das ist bedauerlich«, brachte Boris hervor und schämte sich ein bisschen für die Genugtuung, die er darüber empfand, dass Denis Diderot nicht nur Sympathie entgegenschlug. »Das bedeutet wohl, dass seine Tage in St. Petersburg gezählt sind.« Er schaffte es nicht, das Lauernde aus seiner Stimme herauszuhalten. Sein größter Albtraum wäre, dass Johannes sich Denis anschließen könnte, wenn er zurück nach Frankreich fuhr. Das durfte nicht passieren, dass sie St. Petersburg und ihm den Rücken kehrte.

Johanna blieb stehen, drängte Boris an die nächste Hauswand, um den Passantenstrom nicht zu blockieren. »Du gefällst mir nicht, Boris. Du klingst verbittert, betrübt. Was ist los?«

Er schluckte. »Ich habe Angst, dich zu verlieren.«

Sie starrte ihn an, als würde sie seine Worte nicht verstehen. Dann hob sie sich auf die Zehenspitzen und küsste ihn sanft auf den Mund. »Was bist du für ein Dummkopf«, murmelte sie. »Du bist eifersüchtig auf Denis? Deswegen hast du mich nicht mehr besucht, weil du glaubst, ich ziehe ihn dir vor? Ach, Boris, hatten wir uns nicht versprochen, nie aufzuhören, miteinander zu reden? Für mich ist Denis ein Mentor, ein väterlicher Freund, und zudem noch einer, der seit vielen Jahren glücklich verheiratet ist. Er schickt seiner Frau regelmäßig Briefe nach Paris. Vermutlich beklagt er sich über die Russen und ihre seltsamen Umgangsformen.« Sie lachte auf, bevor sie ihn wieder ernst anblickte. »Keiner ist mir wichtiger als du, Boris.«

Die Erleichterung war so überwältigend, dass er sie am liebsten hochgehoben und im Kreis herumgewirbelt hätte. Aber das wäre eindeutig zu viel Aufsehen an einem hellen Tag auf dem belebten Newski-Prospekt. Stattdessen beugte er sich zu ihr hinab und drückte seinerseits seine Lippen auf ihren Mund, zart und fest zugleich.

»Ohne dich hätte ich den Schritt, den ich zu tun gedenke, nie erwogen. Es ist …« Sie räusperte sich. Als sie aufsah, blitzten ihre Augen. »Das Bekleidungsgeschäft, vor dem du mich getroffen hast …«

»Ja?« Er führte ihre Hand wieder unter seinem Arm hindurch und setzte den Weg fort. Das Leben war schön an diesem eisigen Novemberabend.

»… nun es gehört dem verwitweten Vater einer meiner Schülerinnen. Seine Frau hat bis zu ihrem Tod die Bücher geführt, die Ware eingekauft und die Kundschaft gepflegt. Nun wächst dem alten Herrn die Arbeit über den Kopf, und er würde sich gern auf seinem Landsitz zur Ruhe setzen. Außer dem Ladenlokal gibt es in der zweiten und dritten Etage noch eine gut geschnittene Wohnung, groß genug, um mich privat zurückzuziehen, und für meine Lehrstunden. Meine Schülerin hat mich darauf hingewiesen, dass die Lichtverhältnisse in den unteren Räumen durch die Fensterfront ideal für eine Galerie wären. Nun bin ich hin- und hergerissen, ob ich diesen Sprung in die Selbstständigkeit wagen soll.«

Sie spazierten an der hell erleuchteten, weiß getünchten Petrikirche vorbei in Richtung Flussufer, während sich Boris' Gedanken überschlugen. »Was hast du vor? Willst du dich von Stephan trennen?«

Ein verhärmter Zug legte sich um ihren Mund. »Natürlich nicht. Aber in unserer Villa leben wir ohnehin aneinander vorbei, und wenn sich mir die Möglichkeit auftut, eine Galerie zu eröffnen, fasziniert mich das. Ich habe mit Stephan noch nicht darüber gesprochen, aber ich könnte mir vorstellen, dass es ihm entgegenkommt, wenn wir uns räumlich trennen. Immerhin könnte er den Salon der Villa für die Treffen eures Zirkels nutzen, ohne befürchten zu müssen, dass seine Frau etwas mitbekommt oder ihn ein weiteres Mal blamiert.«

Es tat ihm leid, dass ihre sprühende Laune auf einmal wie weggeblasen war. Johanna war nicht der Typ, der eine Ehe, die nichts Gutes mehr brachte, abstreifte wie einen alten Mantel. Sie hing mit Leib und Seele an dem Versprechen, das sie Stephan vor vielen Jahren gegeben hatte, aber ob sie ihn noch liebte? Er wagte nicht, ihr diese Frage zu stellen, vielleicht aus Angst vor der Antwort.

»Was du auch tust, Johanna, ich bin an deiner Seite und für dich da«, sagte er und drückte ihre Hand.

Sie plante ihre Zukunft, und sie war auf einem guten Weg. Nur leider auf einem, in dem sie ihm keine Rolle zugedacht hatte.

»Strafgebühren fürs Theaterschwänzen?« Denis Diderot legte den Kopf in den Nacken und lachte schallend. Er war der Einzige, der sich amüsierte. Katharina verzog gequält den Mund, Alexej Orlow betrachtete, am Fenster stehend, seine Fingernägel, Stephan Mervier, Friedrich Melchior Grimm und Sonja hatten sich bereits verabschiedet, da die Zeit für ihre philosophische Debatte nach dem strengen Terminplan der Zarin begrenzt war. Abgesehen von den Impulsen, die Diderot ihr selbst gab, beobachtete Katharina mit Freude, wie gelöst sich Sonja in Gegenwart des Franzosen gab. Sie mochte den Philosophen und seine Art, aus seinem Herzen keine Mördergrube zu machen. Die Zuneigung beruhte auf Gegenseitigkeit. Diderot hatte sie zu dieser außergewöhnlichen jungen Frau beglückwünscht, die sich sicher zu einer beachtlichen Größe auf dem politischen Parkett entwickeln würde.

Manchmal allerdings fragte sich Katharina, ob Sonjas Stimmung mit einer heimlichen Liebelei zusammenhing. Es war Zeit, dass sich ihre Ziehtochter nach einem geeigneten Gatten umschaute. Ob es an der Akademie jemanden gab, der ihr gefiel? Sie würde das im Auge behalten.

Der Sekretär hatte sich bereits zweimal bemerkbar gemacht und die Zarin daran erinnert, dass der Abgesandte des polnischen Königs auf seine Audienz wartete.

Aber Denis Diderot scherte sich mal wieder nicht um das Protokoll. Er kam, wann er wollte, und er blieb, solange es ihm gefiel. Es störte sie, dass es den Franzosen dermaßen erheiterte, dass sie drastische Mittel anwenden musste, um den alteingesessenen russischen Familien die Schönheit der Kunst nahezubringen. Denis Diderot war aus Paris anderes gewohnt, und vermutlich zog er genau die Rückschlüsse, die sie tunlichst vermeiden wollte: dass er sich in Russland fern der Zivilisation befand.

Wobei er selbst kein Fingerspitzengefühl für angemessenes Verhalten besaß. Bei diesem Treffen tätschelte er hartnäckig das Bein der Zarin, sodass sie sich genötigt sah, einen Beistelltisch zwischen sich und ihm zu platzieren, um ihn daran zu hindern. In manchen Stunden fand sie sein unkonventionelles Verhalten erfrischend, aber allmählich wünschte sie sich mehr Achtung.

»Es braucht seine Zeit, die Liebe zum Theater zu entdecken«, verteidigte sie ihr Volk. »Aber wer einmal einen Zugang gefunden hat, der bleibt dem Schauspiel ein Leben lang treu. Das geht den Russen nicht anders als den anderen Europäern.«

Diderot wischte sich mit einem fleckigen Tuch die Lachtränen weg, bevor er wieder ernst wurde. »Aber gleich die despotische Keule zu schwingen entspricht nicht der europäischen Art.«

Katharina kniff die Lippen zusammen. Manchmal ging er ihr zu weit mit seinen Respektlosigkeiten. Alexej am Fenster hob den Kopf, seine Hand glitt unwillkürlich zu seinem Säbel, wie Katharina aus dem Augenwinkel bemerkte. Sie machte unauffällig eine beruhigende Geste in seine Richtung.

Aber Diderot war noch nicht fertig. Er redete sich nun richtig in Rage. »Doch die Menschen zu bestrafen, wenn sie sich der Kultur verweigern, ist nur ein Fliegendreck im Hinblick darauf, wie entscheidend es ist, Toleranz zu zeigen. Sie handeln richtig, wenn Sie beispielsweise Religionsfreiheit gewähren …«

»Danke«, warf sie süffisant ein.

»…, aber es wird längst noch nicht genug getan. Fangen Sie an, das Manufakturwesen zu fördern, damit die Menschen bezahlter Arbeit nachgehen können, reformieren Sie die Verwaltung, treiben Sie den Aufbau der Universitäten nach europäischen Gesichtspunkten voran, und erschaffen Sie in Gottes Namen eine Verfassung!«

Katharina stand für einen Moment ob seiner ausufernden Ratschläge der Mund offen. »Beruhigen Sie sich, Diderot!«

Diderot schüttelte den Kopf, als wollte er ihren Einwand vertreiben wie eine lästige Wespe. Er schien Ort und Zeit für ideal zu halten, der mächtigsten Frau Russlands die Leviten zu lesen. »Eine despotische Regierung bringt nicht die Freigeister hervor, die das Land dringend braucht, um den Aberglauben und die dumpfe Untertänigkeit zu bekämpfen.« Er ergriff ihre Hand, fiel auf die Knie und flehte sie an: »Versprechen Sie mir, wenigstens darüber nachzudenken, ob eine konstitutionelle Monarchie nicht die im Sinne der Aufklärung wirkungsvollere Regierungsform ist. Keiner zweifelt an Ihrem brillanten Vermögen, das Land zu regieren, aber wie viel effizienter wäre es, wenn die Verantwortung auf mehrere Schultern verteilt werden würde! Im Namen der Menschheit – modernisieren Sie Ihr Land!« Beim letzten Satz überschlug sich seine Stimme.

Katharina entzog ihm die Hand. Was für einen Spinner hatte sie sich da in den Palast geholt. Ihre Entrüstung legte sich und machte Erheiterung Platz. »Kluge Worte, mein Lieber, und wie einfach ist es, diese zu Papier zu bringen, denn dieses ist geduldig. Doch im Gegensatz zu Ihnen habe ich mich tagtäglich mit der menschlichen Natur auseinanderzusetzen, und Sie werden es nicht glauben: Die ist sehr widerspenstig und leicht zu kränken.« Sie seufzte. »Davon abgesehen ist es das Vordringlichste für mich, den Aufstand niederzukämpfen. Alles andere hat Zeit.« Sie erhob sich.

Diderot rappelte sich auf, und seine Miene fiel in sich zusammen. Gut möglich, dass er in dieser Stunde erkannte, dass all sein verbissener Ehrgeiz ins Leere laufen würde. Als würde sich die russische Zarin von ihm belehren lassen – was erlaubte er sich bloß? Sicher, sie amüsierte sich über sein Engagement, fühlte sich von ihm geistig herausgefordert, aber tun würde sie nur genau das, was sie selbst für richtig hielt. Er hatte in seiner distanzlosen Eifrigkeit nicht den mindesten Einfluss auf sie. Genau diese Erkenntnis schien ihn in diesem Moment zu treffen. Vor ihren Augen schien er zu altern, als sich Erschöpfung in seinen Zügen ausbreitete.

Katharina hatte genug. Sie erhob sich und signalisierte dem für wortlose Signale unempfänglichen Philosophen, dass sie ihn zu verabschieden gedenke.

Er klopfte ihr auf die Schulter. »Nichts für ungut«, sagte er noch leise, deutete eine Verbeugung an, nickte Alexej zu und verließ den Salon. Der Haushofmeister schwang die Tür von außen auf, noch bevor Diderot heran war, und ließ den lästigen Gast missmutig hinaus.

»Ich kann den Kerl nicht ertragen«, stieß Alexej aus, als er mit der Kaiserin allein war.

Katharina schnalzte mit der Zunge. »Er ist ein Genie, er hat das Recht auf originelles Verhalten. Bei allen Taktlosigkeiten gibt er viel Wahres von sich.«

»Was denn? Dass deine Regierung zu einer servilen und abergläubischen Gesellschaft führen muss?«, gab Alexej mit ätzendem Spott zurück.

»Still jetzt«, fuhr sie ihn an und merkte, dass sie die Hände zu Fäusten geballt hatte. Alexejs Impulsivität ging ihr nicht weniger an die Nerven als Diderots beharrliche Hinweise darauf, wie beispiellos sich Russland mit einer fortschrittlicheren Regierungsform entwickeln würde. Aber noch war die Neugier an allem, was Diderot aus Europa erzählte, zu groß, als dass sie sich ihn vom Hals hätte schaffen wollen. »Erzähl mir lieber, wie Grigori reagiert hat, als wir ihn nach Gatschina geschickt haben. Du hast dich ja feige davor gedrückt, ihm meinen Befehl zu überbringen, aber hast bestimmt schon Erkundigungen eingezogen, nicht wahr?«

Alexej durchmaß den Raum mit Schritten, der Säbel an seiner Seite klirrte, seine schweren Stiefel klackten auf dem polierten Parkettboden. Er hatte die Stirn in Falten gezogen. »Natürlich war er schockiert, aber deine Geschenke versüßen ihm seine Tage außerhalb St. Petersburgs.«

»Das will ich meinen. Ein Marmorpalais, Grund und Boden mit sechstausend Seelen und eine lebenslange Rente werden ihm ein standesgemäßes Dasein ermöglichen. Richte ihm bitte aus, dass ich ihn zudem zum Fürsten erheben werde.«

»Sag es ihm selbst«, schlug Alexej mit einem Schulterzucken vor.

Alexej besaß nichts von dem Esprit, der seinen Bruder in seinen besten Tagen ausgezeichnet hatte. Seine Dreistigkeit forderte Katharina ein ums andere Mal heraus. Sie hob das Kinn. »Du stellst den Befehl deiner Kaiserin in Frage?«

Die Eiseskälte in ihrer Stimme ließ Alexej zurückrudern. Nervös strich er sich die Haare mit fünf Fingern zurück, bevor er sich verbeugte. »Verzeiht, Eure Majestät, selbstverständlich nicht. Ich werde es ihm übermitteln.« Er räusperte sich. »Er fragt außerdem danach, unsere Nichte heiraten zu dürfen, Mademoiselle Zinowjew. Die Kirche wird ihm den Segen vorenthalten, es sei denn, du legst ein Wort für ihn ein.«

Ein Anflug von Mitgefühl breitete sich in Katharinas Brust aus. Das Mädchen war noch nicht einmal dem Jugendalter entwachsen, ein zierliches Pflänzchen, dessen Zerstörung vorbestimmt war, bevor es erblühen konnte. Nun gut, sie konnte ihr Bestes geben, aber sie konnte nicht jedem Russen und jeder Russin Leid ersparen. Jeder trug sein Bündel und musste sehen, wie er sich rettete. Auch sie selbst war damals, als sie nach St. Petersburg kam, ein blutjunges, unbedarftes Mädchen gewesen, auch sie hätte zerrieben werden können in den Ränkespielen und Hinterhalten des Hofes, aber sie hatte sich durchgebissen und es bis an die Spitze geschafft. Sie nickte Alexej zu. »Richte ihm aus, ich werde mich für ihn in dieser Beziehung einsetzen.«

»Und du willst wirklich keinen Kontakt zu ihm?«

Nein, das wollte sie um keinen Preis. Sie fürchtete sich vor Grigori. Einerseits war da sein geistiger Zustand, andererseits wusste sie nicht, ob er ihr gegenüber trotz der luxuriösen Abfindungen, mit denen sie ihn überschüttet hatte, Rachegefühle hegte. Ihren Leibgardisten hatte sie Anweisung gegeben, ihn nicht in ihre Nähe zu lassen. »Das wird nicht nötig sein«, erwiderte sie betont gleichmütig und vollführte eine wedelnde Handbewegung, mit der Alexej entlassen war.

Kaum war er aus dem Raum, wurde die Tür erneut aufgerissen. Katharina hatte soeben wieder hinter ihrem Schreibtisch Platz genommen, um den polnischen Gesandten in Empfang zu nehmen. Sie sprang auf, als Potemkin und der Sekretär lautstark diskutierend an der Tür polterten.

»Was geht da vor?«, rief sie erzürnt.

Dem Sekretär stand die Sorge ins Gesicht geschrieben. »Ich habe ihn nicht aufhalten können. Wir sind mit dem Terminplan schon mehr als eine Stunde im Verzug. Ich weiß nicht, wie lange ich die Besucher im Warteraum noch hinhalten kann!«

Potemkin kniff die Lippen zusammen und nickte Katharina zu. »Es ist wichtig, und es dauert nicht lange«, sagte er.

Sie wandte sich an den Sekretär. »Sie haben es gehört.«

Sich verbeugend und rückwärts gehend, verließ er den Raum und zog die Tür leise hinter sich zu.

Katharina kam um den Schreibtisch herum und war mit zwei Schritten bei Potemkin, legte die Arme um seinen Hals, hob das Kinn und schloss die Augen. »Küss mich, mein Goldfasan.«

Er tat es, und alle Anspannung, aller Ärger und Unwillen lösten sich in Luft aus. Die körperliche Nähe zu dem Mann, den sie liebte und begehrte, war das beste Mittel, um sie wieder ins Gleichgewicht zu bringen. Sie seufzte leise, als seine Lippen von ihrem Mund ihren Hals hinab und bis zum Dekolleté wanderten. Genüsslich strich sie durch seinen dichten Haarschopf und wünschte, sie hätte die Zeit, alle Termine zu streichen und sich mit Potemkin ins weiche Bett zu legen. Aber ihr Pflichtbewusstsein überwog, und Potemkin ließ sofort von ihr ab, als sie sich räusperte.

»Nun also, was ist wichtiger als unsere Küsse?«, fragte sie liebevoll.

Potemkin zupfte sich an der Nasenspitze und wandte sich ab. »Du weißt von diesem sogenannten philosophischen Zirkel, zu dem sich Mervier mit einigen anderen Wissenschaftlern und Denkern zusammengeschlossen hat?«

»Grigori hat ihn eine Zeit lang beschattet, er hatte mich über nichts, was Mervier betraf, im Unklaren gelassen, und der Preuße hat sich nichts zuschulden kommen lassen. Dass er seinem König Bericht erstattet, habe ich mir von Anfang an gedacht. Ich denke, mein Ansehen bei Friedrich ist inzwischen gefestigt genug, dass einer wie Mervier nicht mehr intrigieren kann.« Sie lächelte in Erinnerung an das Treffen mit dem Bruder Friedrichs, dem unansehnlichen, aber überaus gewandten und geistreichen Heinrich, der vor einigen Monaten beteuert hatte, dass ihr kraftvolles Genie sogar Peter den Großen überträfe. Sie malte sich gern aus, wie die beiden Brüder gemeinsam über sie ins Schwärmen gerieten, denn auch Friedrich selbst sparte nicht mit Lob, und dass der Preußenkönig mehr von Ehrlichkeit als von Getändel hielt, war allgemein bekannt. Sie konnte sich auf die Fahne schreiben, den mächtigsten Mann in Europa mit der Aufteilung Polens und dem Siegeszug gegen die Türken für sich eingenommen zu haben. Der Aufstand, der sich aus den Steppen der Wolga bis in den Norden hochzufressen drohte, war eine ureigene russische Angelegenheit. Pugatschow scherte weder die Preußen noch die Österreicher. Aber selbst in dieser unerquicklichen Angelegenheit würde Katharina letztendlich ihre Regierungskraft beweisen und aller Welt demonstrieren, dass sie ihr riesenhaftes Reich unter Kontrolle hatte. Etwaige Vertraulichkeiten, die Mervier ausplauderte, konnten ihrem Ruf in Europa nichts mehr anhaben.

»Ich fürchte, es geht um mehr als boshaftes Geschwätz«, erwiderte Potemkin.

Katharina starrte ihn an und spürte, wie ihre Halsschlagader klopfte.

»Dieser Zirkel scheint sich zu einer revolutionären Zelle entwickelt zu haben, die sogar mit Pugatschow sympathisiert.«

Es verschlug ihr den Atem. Einen Moment lang vermochte sie nicht zu sprechen, dann fing sie sich. »Das … das kann nicht sein. Nicht hier in St. Petersburg, nicht mit all den intelligenten Menschen, die ich gefördert und unterstützt habe. Du musst dich täuschen, Potemkin.«

Er verzog bedauernd den Mund. »Ich fürchte nicht. Sie

bringen Flugblätter und größere Schriften in Umlauf, um die Bevölkerung gegen die zaristische Regierung aufzustacheln. Sie glauben, dass ein gesellschaftlicher Wandel vonnöten ist, um Russland in die neuen Zeiten zu führen, und sie glauben, dass eine Alleinherrscherin dem entgegensteht.«

Sie ließ sich auf den Sessel fallen, von dem aus man zum Fenster über die Newa schauen konnte, und schlug sich die Hände vors Gesicht. In ihrem Inneren tobte ein Aufruhr. Einerseits wollte sie nicht glauben, was ihr Vertrauter ihr hier unterbreitete, andererseits spürte sie, dass er die Wahrheit sprach. Alles hatte sie dafür getan, dass die geistige und kulturelle Elite sich in der Stadt entfalten konnte, und nun richteten sich ausgerechnet diese Menschen gegen sie?

»Warum erfahre ich das erst jetzt?«, brachte sie schließlich hervor.

Potemkin zog einen Besucherstuhl heran, sodass er dicht neben ihr sitzen und ihre Rechte in seine nehmen konnte. Sie ließ sie ihm, genoss mit einem Teil ihres Bewusstseins die warme, tröstende Berührung, aber der größte Teil ihres Verstandes schien zu Eis gefroren.

»Grigori war hartnäckig, aber wenig erfinderisch bei seinen Nachforschungen, und er verfügt nicht über die richtigen Kontakte. Ich bin gut bekannt mit dem Hoteldirektor des Metropols, Karel Lisinski, mit dem ich mich hin und wieder zum Kartenspielen treffe. Er hat mir berichtet, was die Dienerinnen aufgeschnappt haben, wenn sie den Männern ihre Getränke servierten. Es waren viele, die einhellig erklärten, dass die Mitglieder zum Beispiel eine Abstimmung darüber organisiert haben, ob sie mit Pugatschow in Kontakt treten sollen. Auch Texte für Flugschriften werden dort entworfen. Wir sollten keine Zeit verlieren und die Zelle so bald wie möglich ausheben, bevor sie Schaden anrichten kann.«

Katharina löste sich von ihm und erhob sich. Die wenigen Minuten hatten gereicht, um sie in ihre Rolle als Alleinherrscherin zurückfinden zu lassen. In kaiserlicher Haltung sah sie auf Potemkin hinab, die Miene starr wie eine Maske. »Wir werden gar nichts unternehmen. Wir werden den Männerbund weiterhin beobachten, und ich werde zum gegebenen Zeitpunkt reagieren. Die Zeiten sind vorbei, in denen regierungskritische Umtriebe mit Vierteilung und Folter beantwortet wurden.«

»Willst du dich mit denen auf eine Debatte einlassen?«, fragte Potemkin verdattert. »Bei allem Respekt, meine Liebe, es sind mehr als drei Dutzend Männer, und viele sind sehr wütend.«

»Das bin ich auch«, erwiderte sie. »Aber meine eigenen Befindlichkeiten werden mich nicht leiten.«

Potemkins Miene wurde milde, als er sich ebenfalls erhob und sie in seine Arme zog. Für einen Moment drückte sie die Stirn an seine Brust, wärmte sich in der Geborgenheit. Sie wünschte, sie würde sich innerlich so unverwundbar fühlen, wie sie sich nach außen hin gab.

Kapitel 22

Dezember 1773,
in St. Petersburg

In der Nacht war der erste Schnee gefallen und hatte die Stadt mit einer weißen Schicht überdeckt, in der man an den Stellen, die noch nicht freigeräumt waren, bis zu den Knöcheln versank. Die Temperaturen stiegen tagsüber nicht, und der eisige Wind verharschte die Schneehügel an den Straßenrändern. Die Lakaien bewarfen die Treppenstufen, die vom Winterpalast aus in den Innenhof führten, mit Sand, damit die Herrschaft nicht ins Rutschen geriet. Dennoch stieg Sonja vorsichtig über den glatten Stein, um nicht zu stürzen. Erst auf dem Kopfsteinpflaster hastete sie in Richtung Schlossplatz, den Filzumhang mit der weiten Kapuze eng um sich gewickelt.

Auf den Fluren im Palast war sie Inna begegnet, die ihr mit erhobener Nase entgegengeblickt und ihre Bekleidung abschätzig gemustert hatte. Sonja hatte ihr ungerührt die Zähne gezeigt. Was die Tochter der Kammerzofe von ihr hielt, war ihr von Grund auf egal. Sie lebte in ihrer Klatsch- und Prunksucht ein kleingeistiges Leben. Bei dieser Kälte verließ keiner der höfischen Gesellschaft den überheizten Palast ohne einen Pelz, aber Sonja hatte gute Gründe, den Polarfuchsmantel im Schrank zu lassen.

Kaum hatte sie den Schlossplatz halb überquert, da beschlich sie das bereits vertraute Gefühl, verfolgt zu werden. Wenn sie sich außerhalb der Palastmauern aufhielt, fühlte sie unsichtbare Augen auf sich gerichtet, und manchmal, wenn sie abrupt stoppte, hörte sie Schritte hinter sich, selbst in der Masse von Menschen, die über den Platz in alle Richtungen strebten.

Sie fluchte innerlich. Gerade heute wollte sie nicht das Risiko eingehen, verfolgt zu werden. Sie wählte die Strecke Richtung Zarenaue, weg von ihrem ursprünglichen Ziel. Als sie die erste Villa passierte, verschwand sie um die Ecke und lehnte sich gegen die Hauswand. Ihr Atem drang in weißen Wolken aus ihrem Mund, während sie wartete. Tatsächlich eilte in der nächsten Sekunde eine Lumpengestalt an ihr vorbei, verharrte und sah sich suchend um. Unter der speckigen Mütze quollen hellgraue Haarzotteln hervor. Trotz der löchrigen Decken, die die Gestalt um sich geschlungen hatte, sah Sonja, dass sie dürr wie ein Skelett war, und die mit Leinenstreifen umwickelten Beine zitterten.

Sonja löste sich von der Wand, trat auf die Gestalt zu. In diesem Moment wandte diese sich zu ihr um, die Haut im Gesicht straff gespannt wie über einen Totenschädel.

»Was willst du von mir? Warum verfolgst du mich?« Sonjas Stimme klang kraftvoll, aber in ihrem Inneren durchfuhr sie ein heißer Stich, als sie die Fremde betrachtete und meinte, in einen Spiegel zu sehen. Die Züge waren von einem entbehrungsreichen Leben gezeichnet, aber die Augen erinnerten sie auf beunruhigende Weise an ihre eigenen, sah man einmal davon ab, dass das Weiße einen Gelbstich hatte und dass die Wimpern kurz und grau waren. Ein paar Sekunden lang starrten sich die beiden Frauen an.

Schwindel erfasste Sonja, als die Fremde sich nun trotz ihres abgerissenen Äußeren voller Stolz aufrichtete und den Unterkiefer vorschob, eine Geste, die ihr selbst vertraut war, wenn sie sich durchsetzen musste. »Ich kann gehen, wohin ich will. Ich bin eine freie Frau wie du.« Die Stimme klang heiser wie bei einer schweren Erkältung. Offenbar war sie krank.

»Du beobachtest und verfolgst mich. Ich habe dich bemerkt.«

Die Fremde kam einen Schritt näher. Ihr Atem roch nach Verwesung, in der schäbigen Kleidung hing der Geruch nach verdorbenem Fisch. »Passt dir wohl nicht, wenn jemand weiß, was du treibst, hm?«

Sonja wich zurück, sodass ihr Rücken wieder die Mauer berührte. »Ich habe nichts zu verbergen, und selbst wenn, ginge es dich nichts an. Was willst du von mir?«

»Was ich von dir will?« Beim Grinsen entblößte die Fremde ihr schadhaftes Gebiss. Auf einmal trat in ihre Augen ein irres Glitzern. Sonja kreuzte schützend die Arme vor der Brust, wandte den Kopf von dieser Frau ab, die ihr auf eine erschreckende Art vertraut vorkam. Vielleicht war sie eine Bekannte von Emilio, die sie als Kind kennengelernt hatte und an die sie sich nach all den Jahren nicht mehr erinnern konnte?

Mit ihrem knochigen Zeigefinger tippte die Lumpenfrau Sonja auf das Brustbein. »Ist es denn richtig, dass eine wie du sich gegen die Kälte dick einpacken kann und eine wie ich dem Frost hilflos ausgeliefert ist? Sieh nur, wie löchrig mein Brustschal ist und wie fadenscheinig mein Gewand. Überall pfeift der Wind durch. Kein Wunder, wenn das Fieber kommt, nicht wahr? Aber wer schert sich schon um die verrückte Marija.« Sie spuckte neben sich aus. Ihre Unterlippe zitterte, während sie sich das Wolltuch am Hals zuhielt und Sonja ohne Unterlass fixierte.

Diese Augen, verdammt, diese Augen. »Ich werde dir etwas zum Anziehen besorgen. Wenn du aufhörst, mich zu verfolgen.« Sonja wusste selbst nicht, warum sie nicht einfach zu den Palastwachen lief, die der Frau mit ihren Knuten einen Denkzettel verpasst und ihr die Dreistigkeit aus dem Leib getrieben hätten. Irgendetwas in ihr flüsterte ihr ein, dieser Frau zu helfen, dass sie den Winter überlebte. Die russische Gesellschaft war ungerecht genug, das erlebte sie Tag für Tag, und hier bot sich ihr die Möglichkeit, einen Bruchteil wettzumachen. »Warte hier.«

Die Blicke der Frau brannten in ihrem Rücken, als sie über die gestreuten Wege zurück zum Palast lief. Einen der Gardisten forderte sie auf, aus ihrem Zimmer den silberfarbenen Pelzmantel zu holen. Der Mann fragte nicht nach Gründen. Es schien ihm wohl offensichtlich, dass sich die Schutzbefohlene der Zarin daran erinnert hatte, in welcher Garderobe sie sich in der Öffentlichkeit zu präsentieren hatte.

Fünf Minuten später drückte Sonja der Verrückten den kostbaren Mantel in die Arme. Marija barg die Nase darin, sog den Duft nach Wohlstand mit einem Ausdruck seliger Zufriedenheit ein. Sonja half ihr, mit den halb erfrorenen Gliedmaßen das Kleidungsstück überzustreifen, und verschloss sogar noch die Haken unter dem Kinn und an der Brust. Was für ein seltsames Bild sie abgab in diesem kostbarsten Stück aus Sonjas Besitz mit den verfilzten Haaren und dem Totenschädelgrinsen unter der Ohrenmütze. Marija hielt die Augen geschlossen, das Lächeln wie eingemeißelt um ihren blassen Mund.

Ein letztes Mal sah Sonja sie an, dann wandte sie sich jäh ab und eilte davon. Diesmal direkt zu ihrem Ziel. Sie konnte nur hoffen, dass sich diese Marija an ihren Teil der Abmachung hielt.

Sie schlug den Weg in Richtung Fontanka ein. Die Erinnerung an die Begegnung verblasste, weil ihr Innerstes ausgefüllt war von Sehnsucht und Vorfreude. Die Liebe hatte ihr Leben überflutet.

Bevor sie Stephan getroffen hatte, hatte sie sich nicht dafür interessiert, was passierte, wenn sich zwei Menschen zugetan waren, wenn Gefühle durch die Oberfläche brachen. Was sie zuvor im Winterpalast gesehen hatte, waren ekelerregende Küsse und Umarmungen in verschwiegenen Ecken oder Kuppeleien der Zarin. Wie es sich anfühlte, wenn sich eine

Frau mit Leib und Seele zu einem Mann hingezogen fühlte, das erfuhr sie nun selbst. Selbst die blasse Wintersonne schien intensiver zu strahlen, die Farben um sie herum waren leuchtender, in ihrem Leib schwirrten Hummeln.

Wie zurückhaltend sich Stephan anfangs verhalten hatte, obwohl sie instinktiv gespürt hatte, dass ihn alles danach drängte, ihr nah zu sein. Nach ihrem ersten Zusammensein in der Bibliothek hatte es weitere Treffen zwischen den Bücherregalen gegeben. Irgendwann hatte Sonja die Tür abgeschlossen, und sie hatten sich auf dem Boden zwischen den Sesseln geliebt. Ein Ziehen ging durch ihren Leib, wenn sie daran dachte, wie vollkommen sie sich gefühlt hatte, als er in sie eindrang und ihren Mund mit Küssen verschloss. Im Überschwang hatte Sonja ihn danach mehrfach in ihr Zimmer eingeladen, aber Stephan hatte abgelehnt, mit größtem Bedauern, wie sie ihm ansah, aber aus fester Überzeugung. »Mir geht es nicht um den Verlust meines Ansehens«, hatte er ihr gesagt. »Aber dein Ruf am Hof wäre ruiniert, und welche Konsequenzen die Zarin ziehen würde, mag ich mir gar nicht ausmalen.«

Und nun würden sie endlich einen Ort haben, an dem sie ihre Liebe leben konnten. Was für ein Glücksfall, dass sich seine Frau dazu entschlossen hatte, eine Galerie und die dazugehörige Wohnung zu mieten. Wenn Johanna Stephan besuchte, kündigte sie sich an, und das kam, wie er ihr versichert hatte, sehr selten vor. Sie hatte versucht, seinen Gesichtsausdruck zu deuten. Litt er unter der räumlichen Trennung von seiner Frau? Was war da noch zwischen den beiden, wenn sie, Sonja, das Beste von ihm vereinnahmen durfte?

Sobald die Merviers offiziell ihre Trennung erklärten, wäre sie die Erste, die sich zu ihrer Liebe zu dem deutschen Philosophen bekennen würde. Sie würde nicht taktieren und ausloten, wem sie damit auf die Füße trat. War die Liebe selbst nicht Grund genug, auf jede Diplomatie und Heimlichkeit zu verzichten?

Ihr Atem ging schneller, als sie nun die Seitenstraße des Newski-Prospekts erreichte, in der sich die dreigeschossigen Villen aneinanderreihten. Die Fontanka war bereits von einer Eisschicht bedeckt, bald würde sie, genau wie die Newa, zugefroren sein. Ein letztes Mal schaute sie hinter sich, aber sie sah nur geschäftige Passanten und Reiter, niemanden, der Interesse an einer Frau hatte, die ihr Gesicht im Schatten der Kapuze verbarg.

Sie raffte den Umhang, als sie die Treppen hinaufsprang, und klopfte an.

Das Haus war still, seit Johanna ausgezogen war. Manchmal vernahm Stephan nichts anderes als das Ticken der Kastenuhr im Salon und das Knarren des Türholzes. Wenn er die Fenster zum Innenhof öffnete, um zu lüften, hörte er mitunter den alten Sascha ein russisches Liedchen brummen oder die Pferde schnauben. Er hatte Johanna überredet, die treue Dunja mitzunehmen. Einmal die Woche kam die Haushälterin in die Villa zurück, um Fenster und Böden zu putzen und den Haferbrei für eine Woche in einem großen Topf vorzukochen, aber ansonsten benötigte er ihre Dienste nicht. Sein Mittagessen nahm er an den meisten Tagen im Winterpalast ein, abends stärkte er sich an den Happen, die das Hotel Metropol dem Männerbund servierte, und sich morgens einen Tee aufzugießen und eine Schale Kascha aufzuwärmen, das gelang ihm ohne weibliche Hilfe. Viel mehr wert als sein Komfort war ihm die Unabhängigkeit, die er durch Johannas Auszug erlangt hatte.

Wie immer, wenn ihm dieser Gedanke kam, verspürte er gleichzeitig Scham darüber, wie er Johanna hinterging. Aber seine Sehnsucht nach Sonja war größer als jedes Ehrgefühl – alle Empfindungen verblassten im Angesicht der überwältigenden Anziehungskraft, die Sonja auf ihn ausübte. Er konnte nicht genug von ihr bekommen, ihrer unbekümmerten Wildheit, ihrer natürlichen Sinnlichkeit. Da war dieses Sehnen, dem er nicht widerstehen konnte, aber da war viel mehr als die bloße Lust an der körperlichen Vereinigung, als die Ekstase und das Gefühl, sich wie ein Vogel in die Luft zu schwingen. Wenn sie miteinander schliefen, fühlte es sich an, als vereinigten sich nicht nur ihre Körper, sondern auch ihre Seelen. Ihr in die Augen zu schauen, wenn er die höchsten Sinnesreize in ihr hervorrief, war berauschend wie die stärksten Drogen, ein Ertrinken an der tiefsten Stelle des Meeres.

Er hatte sich eine solche Beziehung niemals gewünscht – allein, weil seine Vorstellungskraft nicht ausgereicht hätte, aber auch, weil er seinen leidenschaftslosen, aber geregelten Alltag mit Johanna zu schätzen gewusst hatte. Das Leben hatte ihn eingeholt.

Er trug nur sein Hemd und die Kniehosen, als es an der Tür pochte und er die Treppen hinabsprang. Vorsichtig öffnete er und streckte den Arm aus, als er im Schatten der Kapuze Sonja erkannte. Er zog sie herein, schloss die Tür und presste Sonja an sich. Der Umhang glitt zu Boden, wo sie ihn achtlos liegen ließen, als er sie küsste und hochhob. Ohne den Mund von ihrem zu nehmen, trug er sie in den Salon, bettete sie auf der Chaiselongue und begann, die Schleifen und Haken ihrer Bluse und ihres Kleides zu lösen. Die Gespräche mit ihr, von Eintracht, Geisteskraft und einem unterschwelligen Strom von Geheimnissen geprägt, beflügelten ihn, aber bevor sie nur ein Wort wechselten, mussten sie diese Sehnsucht nacheinander stillen. Der Salon, in dem Stephan vorab die Vorhänge zugezogen und den Kamin angeheizt hatte, war der richtige Ort für ihr Liebesspiel, langsam und sinnlich, wie der Rhythmus des Meeres. Besser als das Schlafzimmer, in dem noch der Duft nach Johanna zu hängen schien.

Nachdem sie sich geliebt hatten, blieben sie nackt. Ihre Garderobe lag achtlos um sie herum verstreut. Stephan schenkte Sherry in zwei Kristallgläser, die er auf den Beistelltisch neben der Chaiselongue stellte, und zog eine weiche Decke über ihre beiden Körper. Sie verschlangen Beine und Arme umeinander, Haut an Haut.

»Wir müssen vorsichtig sein, Sonja«, sagte er, während er mit ihren Haaren spielte und sich eine Strähne um den Finger wickelte. »Wir dürfen keinem Menschen vertrauen.«

»Wegen deiner Frau«, murmelte sie. »Du willst sie nicht verletzen.«

»Nein und ja, ich will Johanna nicht wehtun. Das hat sie nicht verdient. Aber viel schwerwiegender wäre es, wenn die Zarin von uns erfährt. Verlass dich darauf, sie hat andere Pläne mit dir, als dich mit einem streitsüchtigen deutschen Philosophen zu verbandeln.«

Sonja langte über ihn hinweg nach ihrem Glas und nahm einen Schluck, schmeckte genießerisch dem Aroma nach. »Katharina kann alle Welt verkuppeln, aber mich nicht«, erwiderte sie. »Ich werde mir den Mann, den ich heiraten will, selbst aussuchen, und allem Anschein nach habe ich ihn gefunden.« Sie lächelte ihn an und drückte die Lippen auf seinen Mund. Er erwiderte den Kuss.

»Die Welt ist in vielen Belangen nicht so, wie sie uns gefällt«, entgegnete er vage, als sie sich voneinander lösten. »Vieles müssen wir einfach hinnehmen.«

»Und das ausgerechnet von dir?« Sie zog eine Braue hoch. »Ich habe manche Diskussion zwischen dir und der Zarin mitbekommen. Du akzeptierst es nicht, wenn Freiheit mit den Füßen getreten wird und Menschenleben einen Dreck wert sind. Schau dir die Bigotterie am Hof an – hältst du das für eine Gesellschaft, die sich zu erhalten lohnt?«

Er starrte ihr in die Augen, in denen sich das Feuer aus dem Kamin zu spiegeln schien. Wann hatte er sich je mit Johanna so jung und vital gefühlt? Johanna hatte zu dem Stephan gepasst, der eine Universitätskarriere in Preußen anstrebte, aber der Revolutionär in ihm, der in dieser Stadt zum Vorschein gekommen war, der brauchte eine Frau wie Sonja. Es war nicht ihre Jugend, die ihn anzog – sie hätte zehn Jahre älter als er sein können, und dennoch hätte er diese eigenartige Verbindung gespürt, die zwischen ihnen bestand. Es war ein Mysterium, aber eines, das sein Blut erhitzte.

Sorgsam wägte er seine Worte ab. Auf keinen Fall wollte er sich mit Sonja in die Herabwürdigung des Zarenhofes hineinsteigern. Es erstaunte ihn, welch unterschwellige Abneigung der Zarin gegenüber aus ihren Worten sprach. Er hatte in all den Jahren nur mitbekommen, dass Katharina Sonja vergötterte und große Hoffnungen in sie setzte. »Ich gehe davon aus, dass man Dankbarkeit von dir erwartet.«

Ihr Lachen klang nicht erheitert. »Wer bin ich schon? Irgendein Mädchen aus dem Wald, an dem die Zarin ihren Edelmut demonstrieren kann. Was ist mit all den anderen vom Schicksal benachteiligten Menschen? Die Zarin hätte es in der Hand, die Not zu lindern, aber es schert sie einen feuchten Kehricht. Sie lässt nach Belieben die Münzen in der Festung prägen und überschüttet damit diejenigen, die ihr nach dem Mund reden oder die sie zum Schweigen bringen will. Gottgleich entscheidet sie über Wohl und Wehe ihrer Untertanen, anstatt sich für die Gleichheit aller Menschen einzusetzen. Ich verachte sie, Stephan, und wenn sie versucht, mein Leben zu verpfuschen, indem sie mich mit einem ihrer Minister verkuppelt, wird sie meinen Hass zu spüren bekommen.«

Er erschrak vor der Härte, die nicht in Sonjas Gesicht und ihre Stimme passen wollte. Mit dem Überschwang der Jugend malte sie sich ihre eigene kleine Rebellion aus. Wenn die Zarin sie fallen ließ, wäre St. Petersburg die längste Zeit Sonjas Heimatstadt gewesen. Dann würde sie hier keine gute Stunde mehr erleben, sondern wäre verloren in den Weiten des russischen Reichs. Sie sprach zwar nur das aus, was auch in ihrem Zirkel die Gemüter erhitzte, wogegen sie mit Worten als Waffen ankämpften und nach dem Willen einiger Fanatiker in Zukunft auch mit Säbel und Schwert. Aber sie waren eine Gruppe gestandener Männer, Sonja nur das zerbrechliche Ziehkind der Regentin. Er durfte sie nicht bestärken in ihren revolutionären Gedanken, musste sie besänftigen.

»Macht Dmitri dir noch den Hof?« Vom heiklen Thema abzulenken schien ihm die beste Wahl.

Sonja ließ sich darauf ein, obwohl er spürte, dass ihr Zorn noch loderte. »Er ist ein Freund, nicht mehr und nicht weniger«, erwiderte sie. »Und du weißt, dass er vor zwei Wochen Hera Kaminer geheiratet hat. Diese Professorentochter scheint gut zu ihm zu passen und steht ihm treu zur Seite.«

Er drehte sich zu ihr, sodass er sie in die Arme nehmen und sie anschauen konnte. »Und du bist keine Frau, die dem Gatten treu zur Seite steht?«, fragte er zärtlich.

Er hatte gehofft, dass sich das Weiche wieder auf ihren Zügen zeigen und sie ihn einen Dummkopf nennen würde, bevor sie ihn küsste, aber der harte Zug zwischen ihren Nasenflügeln und den Mundwinkeln blieb. »Ich bin nicht auf der Welt, um einen Mann zu beglücken«, sagte sie. »Ich nehme mir das Beste«, sie zog sein Kinn heran und küsste ihn zärtlich, »und kämpfe, worum es sich zu kämpfen lohnt.«

»Du bist …« Stephan kam nicht weiter, als es in diesem Moment heftig an der Tür klopfte. »Aufmachen!«, erklang gedämpft eine laute männliche Stimme, befehlsgewohnt wie ein Gardesoldat.

Im schnellen Wechsel wurde ihm heiß und kalt. Hatte man sie verraten? Um Himmels willen … Nach der ersten Schrecksekunde kam Leben in ihn. Er sprang auf, stieg in seine Hosen und warf sich das Hemd über, das er in der Hetze kaum zuzuknöpfen vermochte. »Geh nach oben!«

Sonja rekelte sich seelenruhig auf der Chaiselongue. »Warum sollte ich? Ich habe nichts Verbotenes getan.«

»Verstehst du denn nicht?«, herrschte er sie an. »Die Zarin wird es nicht zulassen, dass du dich mit mir einlässt. Die Folgen sind unabsehbar!«

Sie zuckte die Schultern. »Ich bleibe hier liegen. Ich liebe dich, und ich stehe dazu.«

Stephan stieß einen Fluch aus, als der ungebetene Besucher erneut gegen die Tür bollerte. Verdammt, er hatte keine Zeit, sie zur Vernunft zu bringen. Sie würde sie beide ins Verderben stürzen, und Sonja würde des Zarenhofes verwiesen werden. Dass Johanna von seinem Verhältnis erfahren würde, dass die Zarin ihn nicht mehr empfangen und vermutlich sogar zurück nach Preußen schicken würde – all das könnte er ertragen, solange Sonja unversehrt blieb. Er wies mit dem Finger auf sie. »Rühr dich nicht vom Fleck! Und zieh die Decke über dich!«

Sie brachte es tatsächlich fertig zu kichern, und ihm wurde übel vor Furcht um sie. Vielleicht war dieser Leichtsinn das, was ihn von ihr unterschied – das Leben hatte ihn gelehrt, vorsichtig zu sein. Sonja würde ihr Lehrgeld noch zahlen müssen.

Beim dritten Klopfen wackelte die Tür, und Stephan sprang durch das Foyer, um zu öffnen. Mit gespreizten Fingern strich er sich glättend durch das Haar und nickte den fünf Männern in Soldatenuniformen zu. Sie hatten kampfbereit die Säbel gezückt.

»Auf Befehl Ihrer Majestät der Kaiserin werden wir Sie unverzüglich in den Winterpalast bringen, Monsieur Mervier«, schnarrte der Anführer der Truppe.

Stephan hob die Hände. »Wozu braucht es da Soldatengeleit? Ich wäre jederzeit zu ihr gekommen, wenn sie mir eine Einladung geschickt hätte.«

»Sie haben nicht das Recht, Fragen zu stellen. Machen Sie sich bereit.«

Als Stephan nach den Stiefeln griff, merkte er, dass seine Finger zitterten. Er hoffte inständig, dass die Soldaten, die ihn durch die geöffnete Tür beim Anziehen beobachteten, nicht bemerkten, in welchem Zustand er sich befand. Ein paar atemlose Sekunden wühlte die Angst in ihm, dass sie das Haus stürmen würden, um Sonja in die kaiserliche Residenz zu schleppen. Aber nein, sie warteten an den Eingangsstufen und ließen ihn nicht aus den Augen.

Mit wachsweichen Beinen erhob er sich und löschte die Kerzen im Foyer, als würde er das Haus leer zurücklassen. Dann trat er nach draußen. Als er die Tür hinter sich zuzog und sich von den Soldaten in ihre Mitte nehmen ließ, konnte er ein erleichtertes Aufatmen nicht unterdrücken. Sonja war außer Gefahr. Es ging nur um ihn. Aber was mochte die Zarin herausgefunden haben?

»Sie haben Ihre Zeit in St. Petersburg vortrefflich genutzt, um Kontakte zu knüpfen.«

Stephan stand ein bisschen verloren in der Mitte des kaiserlichen Arbeitsraumes. Auf dem Schreibtisch entdeckte er eine Handvoll Flugschriften, die in ihrem Zirkel geschrieben worden waren. Die waghalsigen Mitglieder hatten einen Teil davon zu nächtlicher Stunde in den Wirtshäusern vorgelesen und verteilt, den größeren Teil hatten Laufburschen unters Volk gebracht. Er schluckte. Katharina hatte ihm keinen Platz angeboten, ließ ihn antreten wie einen Schuljungen und begann einen unruhigen Gang durch das Zimmer, die Hände auf dem Rücken verschränkt. Die cremefarbene Seide ihres Gewandes raschelte, die Perlen um ihren Hals klackten aneinander. Zwischen ihren Brauen stand eine steile Falte.

Was meinte sie mit Kontakten? Wie viel wusste sie? »Nun, selbstverständlich. Sie selbst sorgen dafür, dass nur die besten Wissenschaftler und Gelehrten in die Stadt einreisen. Ist es da ein Wunder, wenn ich Männern begegne, die mich faszinieren?«

Sie fuhr zu ihm herum und verharrte in der Bewegung, während sie ihn anstierte. »Stellen Sie sich nicht dumm. Sie sind Mitglied, wenn nicht sogar Anführer einer revolutionären Zelle, die sich den Umsturz zum Ziel gesetzt hat. Sie sympathisieren mit Pugatschow, dem größten Verbrecher, den dieses Land je hervorgebracht hat!« Ihre Augen funkelten. Hinter Stephans Stirn breitete sich Schwindel aus. Für einen Moment verschlug es ihm die Sprache. Sie wies auf die Blätter, auf denen Rechte aufgelistet waren, die für jeden Menschen gelten sollten, wie etwa die körperliche Unversehrtheit.

Stephan rang um seine Fassung. »Mit Verlaub, Eure Majestät, das ist völlig überzogen.«

»Unterstehen Sie sich, mich an der Nase herumzuführen!«

So hatte er Katharina noch nicht erlebt. Nach der Erleichterung, dass Sonja aus der Schusslinie war, überwältigte ihn nun die Sorge um seine eigene Zukunft. »Ich habe nie behauptet, dass ich mit allen Aspekten Ihrer Regierungsgeschäfte einverstanden bin. Wie hätten wir debattieren können, wenn ich stets Ihrer Meinung gewesen wäre? Ich nahm an, dass Sie Wert darauf legen, sich mit Kritik auseinanderzusetzen, wie es einer aufgeklärten Herrscherin würdig ist. In diesen Schriften finden Sie nichts, was ich nicht auch Ihnen gegenüber angesprochen habe. Und Pugatschows Morden und Foltern verabscheuen meine Freunde genau wie ich.« Er verzichtete darauf, die hitzigen Debatten über Gewalt im Zirkel und die Tatsache zu erwähnen, dass es durchaus Pugatschow-Sympathisanten in ihren Reihen gab.

Ihr Gang wurde langsamer, sie strich sich mit einer Hand übers Kinn, ihre Züge entspannten sich. »Es ist eine Sache, philosophische und gesellschaftskritische Wortgefechte mit mir und meinen Vertrauten zu führen. Eine andere ist es, das Volk gegen mich aufzuhetzen. Sie wissen, wohin das führen kann.«

Stephan presste die Lippen aufeinander. Mit Pugatschow gleichgesetzt zu werden fühlte sich an wie ein Faustschlag in den Magen. Hatte er sie in dieser Hinsicht beruhigen können?

»Sie kennen die Nachrichten aus dem Süden des Landes. Tausende Menschen schließen sich Tag für Tag diesem Rebellen an und glauben, dass sie mit ihren Mistgabeln und

Spitzhacken eine Veränderung erzwingen können. Ich sehe die Probleme der Menschen, aber sie sind nicht auf diese Art zu bekämpfen. Nur mit mir wird Russland in ein neues Zeitalter aufbrechen, aber das braucht nicht nur Zeit, sondern vor allem verständige Menschen, die mich unterstützen. Ich hatte die Hoffnung, in Ihnen einen solchen Mann gefunden zu haben.«

Aus einem Impuls heraus ließ sich Stephan auf die Knie fallen, als sie ihm gegenüberstand. Er senkte den Kopf. »Bitte vergleichen Sie diese Revolution nicht mit unserem Gesprächskreis. Es ist richtig, ja, uns liegt daran, dass das Volk lernt, umzudenken. Aber wir wissen auch, dass das Land zu diesem Zeitpunkt von niemandem besser regiert werden könnte als von Ihnen, Eure Majestät. Die großen Geister in Europa irren nicht, wenn sie Ihre Talente loben und voller Hochachtung von Ihnen sprechen.« Und die Hitzköpfe in den eigenen Reihen würde er schon unter Kontrolle halten.

»Stehen Sie auf, Mervier.« Sie machte eine ungeduldige Handbewegung und kehrte ihm den Rücken zu.

Er erhob sich und strich sich den Rock glatt. Ihm wurde speiübel bei dem Gedanken, dass er seine Koffer packen und St. Petersburg verlassen musste. Wie sollte er nach all der Zeit, in der er in der russischen Metropole nicht nur sein wahres Selbst, sondern die Liebe gefunden hatte, in Potsdam wieder glücklich sein? Und wie würde Johanna reagieren, wenn er ihr erklären musste, dass alles, was sie sich hier aufgebaut hatte, umsonst gewesen war? Würde sie ihn überhaupt zurückbegleiten?

Katharina blieb am Fenster stehen und starrte hinaus, sodass Stephan ihr Profil betrachten konnte. Mit ihrer geraden Nase, den vollen Haaren und dem weich geschwungenen Mund war sie nach wie vor eine schöne Frau, deren Attraktivität durch die Aura der Macht noch verstärkt wurde. In ihrer Verantwortung lag sein Schicksal genauso wie das von Millionen anderen Menschen, für die Russland die Heimat war.

»Ich habe Ihre Offenheit und Ehrlichkeit stets geschätzt«, erklärte sie nun. »Es bedeutet mir viel, nicht nur von Speichelleckern umgeben zu sein, sondern von Männern, die mich zum Nachdenken bringen und die mich geistig voranbringen. Aber was ich niemals akzeptieren werde, sind Männer, die hinter meinem Rücken intrigieren.«

Sie drehte sich zu ihm um, zwang ihn, sie anzusehen. »Ich fordere Sie auf, Ihre revolutionären Umtriebe einzustellen. Das Volk darf nicht länger aufgebracht werden. Es ist noch nicht reif. Ich verlange von Ihnen absolute Loyalität, auch in Ihren Briefen an König Friedrich. Ich stehe auf bestem Fuß mit Ihrem Regenten, und ich erwarte, dass Sie das akzeptieren, anstatt das Verhältnis durch überzogene Behauptungen und Falschinformationen zu ruinieren.«

Stephan verneigte sich, verzog aber keine Miene. Was unterstellte sie ihm hier? Er hatte stets nur die Wahrheit geschrieben.

»Wenn Sie weiterhin versuchen sollten, das Volk aufzuwiegeln oder mich in Europa zu diskreditieren, wird das Konsequenzen nach sich ziehen. Ich werden Sie vernichten, Mervier, wenn ich Sie ein einziges Mal der Intrige überführe.«

Ihm sackte das Blut aus dem Kopf.

»Und nun gehen Sie. Ich werde Ihnen mitteilen lassen, wann ich bereit bin, Sie wieder zu empfangen.«

Wieder verneigte er sich. Als er das Arbeitszimmer verließ, wusste er vor allem eines: Nun war es noch wichtiger, Sonja vor sich selbst und ihrem Leichtsinn zu schützen.

Kapitel 23

März 1774,
in St. Petersburg

Denis Diderot war kaum in der Lage, seine wenige Garderobe in die Bügeltasche zu stopfen. Ziellos irrte er in seinem kleinen Zimmer hin und her, griff hier mit fahrigen Fingern nach den Strümpfen, da nach einem Hemd und einem Tuch. Wahrscheinlich würde er die Hälfte vergessen. Egal.

In dem Zimmer, das er sich bei einer Barbiersfamilie genommen hatte, waren die Vorhänge vor die Fenster gezogen. Durch die Ritzen fiel das Tageslicht, das jetzt um die Mittagszeit am hellsten war. Zu viel Helligkeit verstärkte die Kopfschmerzen und die Übelkeit, die seine Glieder schwächten. Seit Tagen hatte er keinen Bissen mehr bei sich behalten, vielleicht aus Enttäuschung, weil dieser Besuch in der russischen Hauptstadt anders verlaufen war, als er es sich ausgemalt hatte. Oder aus Furcht vor der strapaziösen Reise zurück nach Paris.

Er war kläglich gescheitert und war sich noch nicht einmal einer Schuld bewusst. Seine Enzyklopädie würde in der Eremitage bleiben, die Zarin hatte schließlich fürstlich dafür gezahlt, aber der Philosoph Denis Diderot hatte keinen Eindruck auf die Zarin gemacht und keine Spuren in St. Petersburg hinterlassen können. Verflucht, was war da nur falsch gelaufen?

Er war nicht nur nach St. Petersburg gekommen, um seiner Gönnerin Respekt zu bezeugen. Mit all seiner Offenheit, seinen Erfahrungen und seiner Überzeugung hatte er sich bemüht, Einfluss auf die mächtigste Frau der Welt zu nehmen – doch nur zu ihrem Besten!

Er hatte das Ende des Winters herbeigesehnt, um nach Hause zurückkehren zu können, und seit ein paar Tagen hatte Tauwetter eingesetzt. Johanna hatte ihm geholfen, eine Kutsche zu organisieren, die extra umgebaut worden war, damit er liegend transportiert werden konnte. Er fühlte sich so schwach, dass alles andere vermutlich seinen Tod bedeutet hätte. Von der Zarin, ihren Vertrauten und Stephan Mervier hatte er sich bereits verabschiedet. Katharina hatte ihm ein Lächeln geschenkt, aber er hatte gespürt, dass es reine Höflichkeit war und mit herzlicher Zuneigung nichts mehr zu tun hatte. Ihre Erwartungen aneinander waren wohl von Anfang an zu hoch gewesen.

Als Diderot sich nun ächzend die Treppe ins Erdgeschoss hinunterschleppte, die Tasche in der linken Hand, die rechte am Geländer, damit er nicht stürzte, hoffte er, dass Johanna bereits draußen auf ihn wartete. Er konnte es nicht erwarten, St. Petersburg endlich den Rücken zu kehren.

Die Barbiersfrau Hedwiga, eine üppige Mittfünfzigerin mit dichten schwarzgrauen Haaren, die sich stets liebevoll um sein leibliches Wohl gesorgt hatte, eilte aus der Küche heran und überreichte ihm einen Korb. »Ich habe Piroggen für Sie gebacken, mit Kirschen gefüllt, und eine Flasche von dem guten Apfelmost beigelegt. Sie müssen baldmöglichst zu Kräften kommen auf Ihrer Rückreise.«

Denis deutete eine Verbeugung an. Bei der Vorstellung, in Hefeteig zu beißen, würgte es ihn. »Zu liebenswert, Madame«, sagte er. »Und danke für Ihre Gastfreundschaft.«

Er zuckte zusammen, als er nach draußen trat und die Sonne ihn blendete, kniff die Augen zu schmalen Schlitzen zusammen. Ein Lächeln erschien auf seinen Lippen, als Johanna auf ihn zueilte. Sie hatte in den schmelzenden Schneeresten vor der speziell angefertigten Kutsche auf ihn gewartet und musterte ihn nun besorgt. Denis blickte über ihre Schulter und sah, dass Boris Albrecht, dieser russische Poet, den er mehrere Male in ihrer Gesellschaft angetroffen hatte, neben den Kutschrädern stand und seine Mütze in den Händen drehte.

»Ich sorge mich um dich, Denis«, sagte Johanna. »Willst du nicht warten, bis du dich auskuriert hast?«

Denis schnaubte abfällig. »Weißt du, wie sehr ich die Schneeschmelze herbeigesehnt habe? Ich kann es gar nicht erwarten, wieder in Europa zu sein. Ich glaube, ich steuere zunächst die Niederlande an. In Den Haag kann man sich den Wind der Freiheit um die Nase wehen lassen. Dort kann sich ein philosophischer Geist wirklich ausleben und entspannen.«

»Es tut mir leid, wie vergrämt du bist, Denis. Du hast dich gar nicht bemüht, die Stadt lieben zu lernen. Die Zeit war zu kurz.«

»Ich freue mich für dich, dass du hier eine neue Heimat gefunden hast, Johanna. Mit deiner Galerie wirst du noch Aufsehen erregen, davon bin ich überzeugt. Aber ich …« Er nahm einen tiefen Atemzug. »Weißt du, ich habe hier den Gestank von Despotismus gerochen. Sicher, den kenne ich aus Frankreich, aber hier wurde ich zudem benutzt, denn mein Besuch im Winterpalast erlaubt der Zarin, sich fortschrittlicher zu fühlen, als sie wirklich ist.«

Johanna schluckte schwer, trat einen Schritt zurück und hakte sich bei Diderot unter, als er vorsichtig die Stufen hinabstieg. Boris Albrecht verbeugte sich vor ihm. »Es war mir eine Ehre, Sie kennenzulernen«, sagte er. »Ich wünsche Ihnen, dass Sie bald genesen und gesund in die Heimat zurückkehren.«

»Danke, mein Junge, danke«, sagte Diderot und ließ sich von ihm in die Kutsche helfen, indem Boris seinen Ellbogen stützte. Wenig später lag er ausgestreckt auf dem mit Decken und Kissen ausgestatteten Bett. Johanna stellte den Korb und seine Reisetasche in seine Griffnähe, bevor sie sich zu ihm hinabbeugte und ihn links und rechts auf die Wangen küsste. Denis sah, dass Tränen in ihren Augen schimmerten. »Ich werde dich vermissen, Denis.«

Er streichelte ihre Wange. »Das brauchst du nicht, Liebe. Du gehst deinen Weg. Manchmal braucht das Glück mehrere Anläufe, weißt du?« Diderot zog an dem Klingelseil, um dem Kutscher das Signal zu geben, dass er abfahrbereit war. Er sah nicht zurück, als sich das Gefährt mit den vier Pferden Richtung Westen in Bewegung setzte.

Johanna winkte, bis die Kutsche auf die Hauptstraße abbog und hinter den Häuserreihen verschwand. Sie ließ den Tränen freien Lauf und lehnte sich dabei an Boris, der den Arm um sie gelegt hatte.

Ach, wie gut fühlte es sich an, Boris an ihrer Seite zu haben. Sie hatte ihn gebeten, dabei zu sein, wenn sie sich von Denis verabschiedete, und er hatte nicht eine Sekunde gezögert. Ohne viele Worte wusste er, wann sie ihn brauchte.

Johanna gestand sich ein, dass sie sich den Alltag ohne Boris nicht mehr vorstellen konnte. Behutsam hatte er den Platz eingenommen, an dem sie stets Stephan gesehen hatte – ein Mann, der sie in ihrem künstlerischen Wirken unterstützte, der sie zu anderen Zeiten schwach sein ließ und ihr Wärme schenkte, wenn das Leben sie frösteln machte. Ein Mann, der Wert auf ihre Meinung legte und der sich mit ihr auf Augenhöhe unterhielt. Kein Gönner, sondern ein Partner, dem sie bedingungslos vertraute und der genauso auf sie zählen konnte wie sie auf ihn.

Seit der räumlichen Trennung von Stephan hatte sich ihre Beziehung zu Boris auf eine sinnliche Art intensiviert, obwohl sie es bislang vermieden hatte, ihn in ihre Wohnung zu lassen. Immerhin wohnte sie dort allein, und sie wollte nicht, dass Gerede aufkam.

Manchmal weinte sie sich nachts in den Schlaf, aber es waren keine Tränen aus Schmerz und Enttäuschung. Sie weinte um die vergangenen Jahre, um die verlorenen Träume, die sie mit Stephan geteilt hatte. Hatte sie wirklich gehofft, sie würden wieder zueinanderfinden, wenn sie sich nicht mehr täglich sahen? Das Gegenteil war eingetreten. Mehr und mehr hatten sie sich auseinandergelebt, und wenn sie sich trafen, war es, als würden sich zwei gute alte Bekannte miteinander unterhalten. Mehr war nicht übrig geblieben von dem, was Johanna für die immerwährende Liebe gehalten hatte.

Mit der Galerie, ihren Schülern, ihren Kunden und mit Boris hatte sie angefangen, ihre eigene Zukunft zu gestalten. Wenn die Wehmut nicht überhandnahm, fühlte sie in mancher Stunde einen Anflug von Stolz auf das, was sie erreicht hatte. Nicht zuletzt darauf, dass sie in einer Stadt, die sich bei jeder Gelegenheit am Wodka berauschte, dem Alkohol abgeschworen hatte.

Boris hielt sie in seinen Armen, während sie ihren Gedanken nachhing und in die Richtung starrte, in der Denis' Kutsche verschwunden war. Ihre Fußspitzen berührten sich, während sie sich in die Augen schauten. Ein neues Gefühl, die Nähe zuzulassen. Es fühlte sich auf eine erregende Art vertraut an.

Er beugte sich hinab und küsste eine letzte Träne von ihren Wangen. »Du bist nicht allein«, sagte er leise. »Ich kann dir Denis nicht ersetzen, aber ich will mehr sein als dein Freund.«

»Ich weiß, Boris«, erwiderte sie. »Und bitte, vergleich dich nicht mit ihm. Denis ist ein Teil meiner Vergangenheit. Ich habe ihn gebraucht, um in einer Männerwelt Fuß zu fassen, ich werde nie vergessen, wie er mich unterstützt und ermuntert hat. Ich habe mich gefreut, dass ein Teil aus meiner alten Welt meine neue Welt betritt. Es ist schwer loszulassen.«

Sie ließ es zu, dass er sie küsste, mitten auf der Straße, wo die Passanten, die an ihnen vorbeiflanierten, zischend tuschelten. Sollten sie. Sie erinnerte sich an all die Gelegenheiten, bei denen sie ihn abgewiesen hatte, weil sie eine verheiratete Frau war, aber die Dinge hatten sich geändert. Sie sehnte sich nach körperlicher Berührung. Zu lange hatte sie darauf verzichtet.

»Komm«, sagte Boris schließlich und führte sie in Richtung des Newski-Prospekts und zu ihrer Galerie, die bis zum Nachmittag geschlossen war. Kein Kunde, kein Schüler würde nach Johanna verlangen.

Sie beschleunigte ihre Schritte. Vielleicht war es ein Fehler, aber Vernunft und Loyalität hatten lange genug die Stimme ihres Herzens übertönt. Es war an der Zeit, ein Wagnis einzugehen.

Kapitel 24

Juli 1774, in der Rebellenhochburg Zarizyn an der Wolga

»Katharina hat inzwischen hunderttausend Rubel auf den Kopf des Zaren ausgesetzt.«

So schnell konnte Darja sich nicht ducken, wie sie sich eine schallende Ohrfeige für ihr vorlautes Mundwerk einfing. Sie stand breitbeinig, die Hände in die Hüften gestemmt, mitten in der Schmiede am Marktplatz von Zarizyn, wo sie mit ihrem Ehemann Andrej und sechs anderen Rebellen ihr Lager aufgeschlagen hatten.

Bebend vor Empörung, starrte Darja Andrej an, der mit funkelnden Augen vor ihr stand, während sie sich gleichzeitig die schmerzende Wange hielt. Andrej hatte sich zu einem der Vertrauten ihres Anführers entwickelt, und diesen Status füllte er mit Leib und Seele aus. Meistens entspannte er sich im Zusammensein mit Darja, die mit ihrer Freundin Warwara von einem Saratower Gut geflohen war und sich den Rebellen angeschlossen hatte. Beide Frauen kannten kein Leben in Freiheit, waren als Kinder ihren Eltern entrissen und verkauft worden, aber beide hatten in ihren Träumen eine Ahnung davon, wie die Freiheit schmecken würde. Wobei es Darja und Warwara mit ihrem Herrn wirklich gut getroffen hatten. Er war gutmütig, gerecht und sorgte dafür, dass sie anständig zu essen bekamen. Als die Rebellen über sie herfielen, beschützten einige der Leibeigenen ihren Herrn. Ob er überlebt hatte, wusste Darja nicht. Warwara und sie hatten die Tumulte für ihre Flucht genutzt.

Warwara war gleich bei einem der ersten Gefechte zu Tode gekommen, ein fragiles Geschöpf, das seine Kräfte überschätzt hatte. Aber Darja war zäh, flink am Schwert und bevorzugte es zudem, Männerkleidung zu tragen und ihre Haare kurz zu schneiden. Andrej hätte viel darum gegeben, sie in bunten Farben und weichen Stoffen zu sehen, die ihre weiblichen Rundungen betonten, aber er verstand, dass es zu ihrem Schutz am besten war, zumindest beim flüchtigen Anschauen als Kerl durchzugehen. Und nachts trug sie ja weder die kratzigen Leinenhosen noch das überweite Hemd, sondern in den Sommernächten am liebsten gar nichts, und Andrej konnte sich an ihrem Körper erfreuen.

Noch mehr hätte Andrej darum gegeben, wenn Darja sich ab und zu ihre Großmäuligkeit verkniffen hatte. Aber den Gefallen tat ihm die Frau, die er vor drei Monaten geheiratet hatte, nicht. Im Gegenteil, nach der Ohrfeige setzte sie noch einen drauf, als bettelte sie um Prügel: »Und außerdem ist er nicht der tot geglaubte Zar, sondern heißt Jemeljan Iwanowitsch Pugatschow.«

Andrejs Knöchel knackten, als er die Fäuste ballte. Er bemerkte das altvertraute Zucken an seinem Lid und am Mundwinkel. Durch die Nase schnaubend, starrte er seine Frau an. Die Kameraden lagen auf Matratzen in dem Raum oder saßen am einzigen Tisch und spielten Karten. Manche beobachteten den Streit der Eheleute amüsiert.

In diesen Tagen war das Leben in der von den Rebellen eingenommenen Stadt eher eintönig, manch einer verfluchte den Müßiggang. Einen persönlichen Bereich hatte hier keiner von ihnen, obwohl die Männer in der Schmiede allesamt in der Hierarchie weit oben standen. Sie konnten sich glücklich schätzen, das relativ komfortable Steinhaus mit der Esse in der Mitte bewohnen zu dürfen, gleich gegenüber der Kirche und der herrschaftlichen Villa, die ihr Anführer als seine Residenz in Beschlag genommen hatte.

Die Fenster der Schmiede waren weit geöffnet, damit sich die Sommerhitze nicht zwischen den Wänden staute. Es roch nach verbranntem Holz, Krautsuppe und ungewaschenen Körpern, und von draußen drang der Geruch nach verwesenden Leichen herein.

Darja hob provozierend das Kinn. »Na, was willst du jetzt tun? Willst du mich erschießen, wie unser Anführer seine Mätresse töten ließ, weil seine Anhänger es von ihm verlangten?« Tatsächlich hatte der Zar dieses Kommando gegeben, wie Andrej wusste, aber nicht etwa, weil dessen Geliebte unverschämt wie seine Gattin war, sondern weil sie als Witwe eines Gutsherrn, den die Rebellen geköpft hatten, für die Menschen stand, die sich die Rebellen zu bekämpfen auf die Fahne geschrieben hatten.

Andrejs Rage verdichtete sich zu einer überwältigenden Erregung, und statt Darja ein weiteres Mal zu schlagen, schubste er sie auf ihre Schlafstätte, die Darja gleich nach ihrem Einzug mit Stroh und Fellen zu einer Art Ehebett gestaltet hatte. Er zog ihr die Hose runter, bevor er seine eigene öffnete, und legte sich auf sie. Sie wehrte sich, was seine Wut nur anstachelte. Die Kameraden wandten sich ihnen begeistert zu und begannen, ihn anzufeuern, als er in sie hineinstieß.

Bevor Andrej sich mit seinem Bruder den Rebellen angeschlossen hatte, hatte er nie einer Frau beigelegen, und er hatte sich ein Zusammensein völlig anders vorgestellt. Irgendwie vorsichtiger, inniger, tastend und streichelnd. Er hatte nicht gewusst, welcher Teufel da in ihm steckte, der nur darauf wartete, geweckt zu werden. Seine Welt bestand nun aus Blut und Todesschreien und vernichtender Lust.

Darjas wütende Schimpftiraden gingen in ein Seufzen über, als er sich in ihr ergoss und auf ihr erschlaffte. Einer der Kameraden stand bereit und nestelte an der eigenen Hose. Andrej sprang auf und hieb ihm die Faust ans Kinn, sodass er quer durch den Raum flog. Blutstropfen spritzten durch die Luft, der Tisch mit den Kartendecks und Gläsern stürzte polternd zu Boden. Sofort schnellten alle Männer hoch, gebückt wie Raubtiere, kampfbereit.

Darja zupfte Andrej am Hosenbein. »Lass es, Andrej, bitte«, flüsterte sie nun demütig mit einem Flehen in der Stimme. Einen Moment lang kämpfte er noch mit sich. Die Vorstellung, dass die anderen mit ihren schmutzigen Pranken seine Frau berührten, entzündete ein gleißendes Feuerwerk der Eifersucht in seinem Schädel. Aber Darjas liebevolle Stimme brachte ihn schließlich zur Besinnung. Er beließ es dabei, vor sich auf den Boden zu spucken. Er hätte den Kampf mit allen aufgenommen, aber vermutlich war der Rückzug klüger. »Wagt es nicht, meine Frau anzurühren!« Seine Stimme hallte zwischen den Wänden, an denen an Haken in ordentlichen Reihen Zangen, Hämmer, Schürhaken, Blasebälge und anderes Schmiedewerkzeug hingen. »Sie gehört mir und sonst keinem! Wer sie anfasst, dem hacke ich die Hand ab.«

Die anderen murrten, wandten sich aber wieder ihren Beschäftigungen zu.

Es gab nur wenige weibliche Rebellen. In den Dörfern und Städten, die sie überfallen hatten, stürzten sich die Männer auf die schreienden und weinenden Frauen und Mädchen, vergewaltigten sie und befriedigten ihre animalischen Triebe. Aber ein Weib zur ständigen Verfügung zu haben – das war ein Privileg, um das die meisten Männer Andrej beneideten. Und Andrej war bereit, nicht nur für ein besseres Leben, sondern auch für die Ehre seiner Frau zu töten. Vielleicht würde er sogar für einen Kanten Brot oder aus einem Anfall von Übellaune heraus morden – die Hemmschwelle war im Lauf der letzten Monate gesunken.

Er ließ sich auf dem Lager nieder und zog Darja in seine Arme. Sie lehnte sich an seine Schulter und streichelte über seine behaarte Brust, die am Ausschnitt des Kaftans hervorlugte, und über seinen Bauch, der in den Monaten, da sie durch ihre Plündereien aus dem Vollen schöpfen konnten, noch angewachsen war. Darja war stolz auf ihren wohlgenährten, bärenstarken Gefährten, wie sie in ihren sanften Momenten beteuerte.

Manchmal kam es Andrej in den Sinn, ob sie ihn nicht absichtlich provozierte, weil sie sinnliches Gefallen daran fand, wenn er vor Wut raste. Hinterher jedenfalls schnurrte sie wie eine Katze. Ihm wäre ein Eheleben ohne diesen Wechsel zwischen Heiß und Kalt lieber gewesen. Er nahm ihre Hand und drückte einen Kuss darauf, bevor er sich ihrer roten Wange zuwandte und diese mit den Lippen berührte.

»Es ist schon gut, Andrjuscha. Es tut nicht mehr weh.«

»Ich wünschte, du würdest aufhören, mich zur Weißglut zu treiben«, murmelte er. »Ich will dich nicht verletzen. Ich liebe dich, Darja.«

»Das weiß ich doch. Ich liebe dich tausendmal mehr.«

Seine Züge nahmen wieder Härte an. »Aber du darfst nicht an unserem Anführer zweifeln, und du darfst niemanden anstacheln, ihn zu verraten! Er ist derjenige, der uns in die Freiheit führen wird. Schau dir an, welche Siege wir bereits errungen haben. In Petersburg zittern sie vor unserer Macht. Bald wird der rechtmäßige Zar auf dem Thron sitzen und allen Leibeigenen zu Wohlstand verhelfen.«

»Man hört, dass Katharina mit den Türken Frieden geschlossen hat. Was bedeutet, dass ihre Armee wieder mit den Säbeln rasselt. Bislang waren wir in der Überzahl, aber wenn sie Heerscharen schickt, um unsere Sache aufzuhalten …«

»Wir werden jede Armee vernichtend schlagen. Wir mögen die schlechteren Waffen haben, aber gegen unsere Entschlossenheit kommt niemand an.«

»Du vertraust so fest«, murmelte Darja und zupfte an seinen Brusthärchen. Er schien es nicht einmal zu merken.

»Wenn wir anfangen zu zweifeln, können wir uns gleich erschießen. Unsere Überzeugung und unser Wille sind unsere Triebfedern. Oder willst du zurückkehren in die Sklaverei und dir den Rücken krumm schuften, bis du mit dreißig aussiehst wie eine Greisin?«

Darja seufzte und schmiegte sich dichter an ihn. Er küsste sie auf den stoppeligen Schopf. Er sehnte den Tag herbei, an dem sie sich die Haare wachsen lassen würde und diese ihre ebenmäßigen Züge mit den schräg stehenden Augen umrahmten. Sie wäre eine Schönheit, und sie gehörte zu ihm. Vielleicht würden sie Kinder haben und einen eigenen Hof, ein bisschen Landwirtschaft, ein bisschen Vieh.

Sie waren auf dem richtigen Weg, sie glaubten an die Revolution, all diejenigen, die sich ihnen im Lauf der vergangenen Monate angeschlossen hatten und die nun in Zarizyn eingefallen waren, die Häuser besetzten und sich sogar außerhalb der Stadtmauern in Lagern zusammengefunden hatten. Da waren nicht nur die bis aufs Blut gepeinigten Leibeigenen wie Andrej, sondern auch die zahllosen Kosaken, die kämpfen konnten wie die Berserker, halb verhungerte Bauern, denen man ihr Vieh geraubt hatte, um die kaiserliche Armee zu verpflegen, die klapperdürren Geistlichen, die durch die Säkularisierung der Kirchengüter zu Bettlern geworden waren und einen besonderen Groll gegen die Zarin hegten, weil sie ihr Versprechen nicht gehalten und den Kirchen die von Zar Peter beschlagnahmten Ländereien nicht zurückgegeben hatte.

Es war das Volk, das von wildem Hass gegen die Regierung getrieben gen Norden marschierte, und Tag für Tag schlossen sich ihnen mehr Menschen an. Was sie brauchten – Waffen, Kleidung, Nahrungsmittel –, nahmen sie sich von den Gutsherren, Adeligen und wohlgestellten Bürgern, sie zogen Pferde und Fuhrwerke aus den Ställen und verluden darauf die Beute. Die Leibeigenen sollten ihre Herren erschlagen und sich ihnen anschließen. Der Ruf der Erbarmungslosigkeit eilte ihnen voraus, und an manchen Stadttoren liefen ihnen die Menschen buckelnd mit Brot und Suppe entgegen.

Andrej selbst ritt stets an der Spitze neben dem Zaren, Darja in zweiter Reihe hinter ihm. Die ersten Leichen hatten ihn in seinen Träumen verfolgt, inzwischen gehörte das Töten zu seinem Leben.

Anfangs hatte es ihm gefallen, von Festung zu Festung zu ziehen, immer rastlos, immer getrieben. Aber seit einer der russisch-orthodoxen Geistlichen ihn mit Darja vermählt hatte, sehnte er sich nach Ruhe und Alltag. Er hoffte, dass sie eine Weile in Zarizyn bleiben würden, bevor sie weiter gen Moskau ritten, wo die Menschen vermutlich bereits ungeduldig auf ihre Befreier warteten.

Dass er halb sitzend mit Darja an seiner Schulter eingeschlafen war, merkte Andrej erst, als plötzlich Geschrei losbrach und ihn weckte. Er zuckte zusammen, als draußen ein Aufruhr laut wurde. Über allem Lärm tönte eine durchdringende Stimme: »Es sind mehr als je zuvor! Am Horizont wimmelt es von Soldaten!«

Sofort sprangen alle Männer in dem Steinhaus auf, griffen nach ihren Waffen. Darja und Andrej schnallten sich die Gürtel um und befestigten Messer und Säbel.

Im Gegensatz zu Andrej betete Darja ihren Anführer nicht an, sie fand ihn trotz seiner edlen Garderobe und seiner ebenmäßigen Züge hässlich mit seinem gedrungenen Körper, dem lückenhaften Gebiss und den ungekämmten Haaren, und sie hasste es, dass es ihm gelang, die Menschen wie Schachfiguren zu bewegen. Sie nahm ihm nicht ab, dass er der tot geglaubte Zar war, sondern hielt ihn für einen Scharlatan – allerdings einen mit immenser Überzeugungskraft und einer guten Vision. Sie widersetzte sich seinen Befehlen nicht, weil sie sich Veränderung wünschte.

Auf dem Marktplatz und in den Gassen sammelten sich die Rebellen. Vor der Residenz stand der Zar auf einer hölzernen

Plattform und hieb die Faust gen Himmel. »Die Stunde des endgültigen Sieges steht kurz bevor, Männer! Metzelt sie nieder und verschont nicht einen dieser verlogenen Bastarde. Vergesst nie: Wenn Gott mich bis nach Petersburg kommen lässt, werde ich Katharina in ein Kloster stecken, allen Seelen die Freiheit geben und die Adeligen bis auf den letzten Mann ausrotten!«

Lautes Johlen antwortete ihm, mit ihren Mistgabeln schlugen sie rhythmisch auf den Boden, Klingen klirrten, die Kosakenpferde wieherten und schnaubten.

Andrej reckte seinen Säbel in die Höhe. »Lang lebe der rechtmäßige Zar!«, schrie er, und andere fielen in die Parole ein. Dann packte er Darjas Hand und schloss sich den Massen an, die die Straßen überfluteten und in Richtung Stadttor drängten, um sich den Feinden entgegenzustellen.

Hatten die Rebellen bis zu diesem Zeitpunkt leichtes Spiel mit den kaiserlichen Truppen gehabt, so dauerten die Schlacht um Zarizyn und die Belagerung den ganzen Sommer über: Katharina hatte einige ihrer fähigsten Minister zu Befehlshabern ernannt, und die gingen nicht nur an der Wolga gegen die Rebellen vor, sondern überall da, wo sich Brandherde gebildet hatten und Hetzer das Volk mobilisierten.

Andrej und Darja kämpften bis zur Selbstaufgabe, versorgten nachts ihre eigenen Wunden und die der anderen, zählten die Männer, die sie getötet hatten.

Anfang September aber waren die Reihen der Aufrührer ausgedünnt und die siegessichere Stimmung kippte. Nur noch selten ließ sich der Zar sehen, um seine Gefolgsleute anzufeuern, und die Nachricht, dass Katharina den Männern, die ihn ihr auslieferten, so viel bezahlen würde, wie sie in einem einzigen Leben nicht ausgeben konnten, schwebte wie eine Giftwolke über der belagerten Stadt. Man tuschelte und tauschte Informationen aus, und hier und da kam es zu Faustkämpfen zwischen denjenigen, die ihrem Befehlshaber mit dem letzten

Atemzug die Treue halten würden, und denjenigen, die erkannten, dass sich der Wind gedreht hatte.

»Lass uns von hier verschwinden«, flehte Darja Andrej an und krallte sich mit der Rechten in den Stoff seines Ärmels. Ihr linker Arm hing bewegungslos hinab, eine mit einem schmutzigen Tuch verbundene Schusswunde an der Schulter zwang sie, diese Seite ruhig zu halten. »Ich bitte dich, Liebster, wir kommen hier nicht lebend weg. Ich habe seit drei Tagen nichts gegessen. Die Vorräte sind aufgebraucht, die Soldaten hungern uns aus! Lass uns durch die Wolga auf die andere Seite schwimmen und uns im Wald ein Versteck suchen.« In ihrem Gesicht stachen die Wangenknochen spitz hervor. Ihre Lippen waren rissig und blutleer.

Andrej schüttelte sie verbissen ab. Quer über seine linke Wange zog sich eine nur halb verheilte Wunde, wo ihn ein Schwert getroffen hatte. »Ich lasse den Zaren nicht im Stich.«

Darja weinte und bettelte, fluchte und appellierte an seinen Verstand, aber Andrej blieb unerbittlich. Schließlich baute sie sich vor ihm auf und wirkte dadurch fast größer als er, obwohl sie ihm nur bis zur Brust reichte. »Wenn du nicht mitkommst, gehe ich alleine.«

Andrej fasst sich an die Stirn. Stellte ihn das Schicksal wirklich vor diese Entscheidung? Seine Ehefrau oder sein Herrscher? Er fühlte sich zerrissen wie nie zuvor, aber als Darja anfing, ihr weniges Hab und Gut zu einem Bündel zu schnüren, und er sich ausmalte, wie sich ein Leben ohne Darja in der Rebellentruppe anfühlen würde, lenkte er schließlich ein. Vielleicht war es Liebe, vielleicht ein tiefes Gefühl der Zusammengehörigkeit, ein Schutzbündnis, das Andrej in dieser Form noch nicht kennengelernt hatte.

Nicht aus Feigheit, nicht aus Treulosigkeit, sondern weil er es nicht verantworten wollte, wenn Darja auf ihrer orientierungslosen Flucht gefangen genommen und gevierteilt werden würde, ein Schicksal, das nicht wenige seiner Kameraden ereilt hatte. Die kaiserlichen Truppen, unterstützt von Tausenden von Adeligen und Gutsherren, kämpften mit nicht geringerer Grausamkeit als die Rebellen, auch, um weitere Aufrührer in anderen Landesteilen einzuschüchtern.

Die Männer, mit denen sie sich die Schmiede geteilt hatten, waren längst auf dem Schlachtfeld gefallen, auch die meisten anderen Häuser und Zelte waren leer, als sich Andrej und Darja vor Tagesbeginn davonschlichen. Die kaiserlichen Soldaten wachten überall, aber es gab geheime Gänge, Gassen und Schlupflöcher, durch die sie ungesehen hinter die Stadtmauer und zum Fluss kamen. Bis zum Ufer hielten sie sich an den Händen, dann nickten sie sich zu und traten lautlos in das Wasser.

Die Strömung war hier nur schwach, der Flusslauf verschmälerte sich, und der trockene Sommer hatte den Wasserpegel stark absinken lassen. Dennoch war es ein waghalsiges Unterfangen. Halb wateten, halb schwammen sie auf die andere Flussseite, während in ihrem Rücken die Mauern und Türme von Zarizyn klein und kleiner wurden. Darja zitterte vor Kälte und lachte vor Erleichterung, als sie sich auf der anderen Uferseite in die Arme nahmen.

Andrej rang in seinem Inneren noch mit sich. Er kannte ein Leben als Sklave, und er kannte ein Leben unter der Führung eines starken Mannes. Aber was erwartete ihn nun? Wer würde ihm sagen, wohin er sich wenden sollte, wer würde ihm sagen, was er zu tun hatte?

Im Unterholz, verborgen von hohen Fichten, schlugen Andrej und Darja für mehrere Tage unter Reisig und Blättern ihr Lager auf, ernährten sich von Hasen und Tauben. Aus der Entfernung sahen sie, wie die Soldaten die Stadt stürmten und wie sie in Flammen aufging. Sie hörten die Schreie der Sterbenden und das Jubeln der siegreichen kaiserlichen Truppen, und in Andrej verhärtete sich das Gefühl, die anderen im Stich gelassen zu haben.

Darja wurde nicht müde, ihn zu streicheln und ihm ins Ohr zu flüstern, dass sie richtig entschieden hatten, aber erst als sie ihm gestand, dass ein Kind in ihr heranwuchs, löste sich Andrejs Starrheit. Ein Lächeln glitt über seine grauen Züge, als er ihre Wange streichelte und sie küsste.

»Unser Sohn wird leben, Andrjuscha«, sagte sie, und nie war sie ihm trotz ihrer strubbeligen Haare und der mageren Wangen schöner erschienen als in diesem Moment.

Später zogen sie weiter ins Land hinein. Verbrannte Erde breitete sich um sie herum aus, niedergerissene Villen, abgefackelte Scheunen und immer wieder Leichen und tote Pferde, die zu begraben sich keiner bereit erklärte. Alle, die umherirrten, hatten genug damit zu tun, selbst zu überleben.

Sie fanden ein halb zusammengefallenes Gutshaus, in das sie sich einnisteten. Nach ein paar Tagen bestimmte Darja, dass sie dableiben und Haus und Hof neu aufbauen würden. Hinter dem Gebäude, zu dem ein wackeliger Schuppen und ein marodes Badehaus gehörten, hatte sie einen Gemüsegarten entdeckt, in dem noch Gurken, Melonen und Kohl wuchsen, ein paar Apfel- und Kirschbäume, deren Äste schwer von Früchten hinabhingen. Im Schuppen fand sie ein knappes Dutzend verlassener Schlafstätten, auf denen sie die Flöhe herumspringen sehen konnte, ähnlich der Unterkunft, in der Darja ihre ersten neunzehn Jahre verbracht hatte. Allzu wohlhabend konnten die Vorbesitzer mit so wenigen Seelen nicht gewesen sein. Ein paar verschreckte Hühner flatterten zwischen von Essensresten verkrustetem Geschirr herum, zwei Ziegen trippelten und meckerten inmitten der Lager. Die Gutsherren hatten ihr Hab und Gut noch nicht lange im Stich gelassen, und die marodierenden Rebellen, die sich hier ausgetobt hatten, waren satt gewesen und nur darauf aus, Leben auszulöschen. In einer Vorratskammer fand Darja Gläser mit sauer eingelegten Gurken und Pilzen, gepökelte Fische, Apfelmost und Kirschwein.

Andrej fiel es schwer zu glauben, dass ihnen ein gütiges Schicksal einen neuen Anfang beschert hatte, aber Darja zögerte nicht lange und begann, das Haus wiederherzurichten und – nachdem sie sich selbst mehrere Tage lang gestärkt hatten – mit Eiern, Ziegenmilch und Kohlköpfen auf den Markt im nächsten Dorf zu ziehen. Was mochte mit den ursprünglichen Besitzern des Hauses passiert sein? Vermutlich lagen sie erschossen oder erschlagen irgendwo im Wald, wo sich Wölfe und Bären über sie hermachten. Falls sie doch zurückkehrten, war Darja bereit, mit Zähnen und Klauen ihr neues Zuhause zu verteidigen.

Während Darja sich in ihrem neuen Leben einrichtete und die Freiheit ehrfürchtig wie das teuerste Geschenk entgegennahm, verbrachte Andrej die meiste Zeit im Bett, an die Wand starrend. Er fühlte sich, als hätte jemand ihm den Boden unter den Füßen weggerissen.

Inzwischen nickte er, wenn Darja wieder und wieder erklärte, dass ihr Anführer nicht der Zar war, sondern ein gewisser Pugatschow. Aber was änderte das? Seine Ziele waren Andrejs Ziele gewesen, sie hatten als Waffenbrüder für die richtige Sache gekämpft.

Immer wieder traf Darja bei ihren Spaziergängen in die Dörfer auf versprengte Kameraden, die genau wie sie ihr Heil in der Flucht gesucht hatten und nun die Orientierung verloren. Einige Männer schlossen sich zu neuen Banden zusammen, andere begannen eine rastlose Wanderung durchs Land, und manch einer kehrte womöglich in die Leibeigenschaft zurück, das Leid ertragend, um wieder ein Zuhause zu haben.

Das Schicksal des Rebellenführers war in aller Munde, die Nachricht verbreitete sich in der Landbevölkerung wie ein Lauffeuer. Darja kehrte mit Brennholz auf dem Rücken und Speck und Brot in einem Korb an diesem Abend zu ihrem Mann zurück. »Habe ich es nicht vorausgesagt?«, rief sie ihm entgegen. Andrej umklammerte einen Becher Wasser und blickte ihr aus verhangenen Augen entgegen. »Pugatschow hat unsere Kameraden im Stich gelassen und selbst zu fliehen versucht. Weißt du, wer ihn erwischt hat? Leute aus unseren Reihen, die den Rubelschatz der Zarin einstreichen wollten! In Fesseln haben sie ihn den kaiserlichen Befehlshabern vor die Füße geworfen!«

Der Triumph in Darjas Stimme schmerzte in Andrejs Ohren, aber er war dankbar für die fürstliche Mahlzeit, die sie auf ihre zupackende Art organisiert hatte. Überhaupt wüsste er nicht, wie er ohne sie hätte weitermachen können. Es fühlte sich fast an, als habe sie die Kontrolle über sein Leben übernommen, und das war gut so. Möglicherweise würde er mit der Zeit lernen, die Freiheit, für die er gekämpft hatte, anzunehmen.

Es schmerzte ihn, zu hören, wie es dem Rebellenführer ergangen war, aber Darja schien jedes Wort auszukosten, als hoffte sie, dass Andrej dadurch endlich die Trauer abschütteln könnte.

Sie hatten Pugatschow in einen eisernen Verschlag gezwängt, in dem er nur gebückt stehen konnte, und ihn in einem Triumphzug nach Moskau geschleppt, wo er sein Todesurteil entgegennehmen sollte.

Andrej brach in Tränen aus, schlug die Hände vors Gesicht und spürte Darjas Hand, die unablässig seinen Rücken streichelte, ihn in die Arme zog und wiegte wie ein Kind.

In Albträumen sah Andrej den Anführer, dem er bedingungslos vertraut hatte, wie ein Tier in dem Käfig, und wie die Henker ihn herauszerrten, um ihn zu zerstückeln. Mit ihm würde alles sterben, woran Andrej geglaubt hatte, und in mancher nächtlichen Stunde fragte er sich, ob es nicht besser gewesen wäre, wenn er genau wie seine Kameraden in den Schlachten gefallen wäre. Alle Kraft wich von ihm, nur gebeugt schlich er noch herum, wenn er das Bett verließ. Es interessierte ihn nicht, dass Darjas haselnussbraune Haare inzwischen fast bis auf die Schultern fielen, wie sie duftete, wenn sie sich im zum Gutshof gehörenden Badehaus abgeseift hatte, und dass sie die hübschen Kleider trug, die sie in den Truhen der ehemaligen Hausherrin gefunden hatte.

»Was soll aus uns werden?«, fragte er manchmal, müde vom Dasitzen und Sinnen. »Wo sollen wir hin? Wir können hier nicht ewig bleiben. Das Haus gehört uns nicht. Uns gehört gar nichts.«

»Doch, das ist jetzt unser Zuhause. Wir werden es gegen jeden, der sich gegen uns stellen wird, verteidigen«, gab sie zurück. »Wir werden nicht aufgeben, werden die Äcker bestellen und den Viehbestand aufstocken. Unser Kind wird in Freiheit aufwachsen und nie erfahren, was es bedeutet, eine leibeigene Seele zu sein.« Ihre Stimme wurde mild, während sie in sein vor Gram faltiges Gesicht schaute. Sie streichelte die Falten auf seiner Stirn glatt und küsste ihn auf den Mund. »Die Saat, die Pugatschow gesät hat, wird aufgehen und Früchte tragen. Wir Russen werden nicht aufhören, nach Freiheit und Gleichheit zu streben. Sonst wäre alles, wofür wir gekämpft haben und wofür unsere Freunde gestorben sind, umsonst gewesen.«

Sie nahm seine Hand und führte sie auf ihren Bauch. Er spürte die Rundung und das wachsende Leben darin. Ihr Kuss schmeckte nach Sehnsucht und Hoffnung und nach dem Vertrauen, dass sie es gemeinsam schaffen konnten.

Kapitel 25

Oktober 1774,
Schloss Peterhof

Die Bäume in Peterhof standen Anfang des Monats in goldenen Herbstfarben, bunte Blätter segelten auf die Parkanlage herab. Es war die Zeit des Abschieds, in der nächsten Woche würde die Zarin mit ihrem Gefolge in den Winterpalast zurückkehren. Die letzten Tage nutzte sie, um sich an der von Menschenhand in ästhetische Formen gebrachten Landschaft zu erfreuen, und verlagerte die Diskussionen mit ihren Ministern und Beratern gern auf einen Spaziergang durch die terrassenförmig angelegte Grünanlage mit den weißen und goldenen Statuen, dem Wasserfall und den Kaskaden.

An diesem Nachmittag leistete ihr Sonja Gesellschaft. Das kam selten genug vor. Meistens hatte sie irgendeine fadenscheinige Ausrede. Die junge Frau verbrachte die Sommermonate lieber im Winterpalast, als sich der Zarin anzuschließen, war aber auf Katharinas Bitten für diese eine Woche, bevor sie ihren Studien an der Akademie wieder aufnehmen würde, in die Residenz am Finnischen Meerbusen gereist. Katharina hatte sich gegen die frische Brise einen seidenen Schal um die Schultern gelegt, Sonja trug ein einfarbiges dunkelblaues Kleid ohne Raffinesse.

»Hast du dir überlegt, welchen Posten du annehmen willst, sobald dein Studium beendet ist?«, erkundigte sich Katharina, als sie eine kurze Steintreppe hinabstiegen, die auf die nächste

Gartenebene führte. »Du weißt, dass dir der Weg zu einer aufsehenerregenden Hofkarriere offensteht.«

»Die Politik liegt mir nicht, Maman«, erwiderte Sonja. Ihre Miene wirkte unbeweglich, die Augen hielt sie starr auf den Boden gerichtet.

Katharina betrachtete sie verschmitzt von der Seite. »Oder hast du Angst vor deiner eigenen Courage? Sorg dich nicht, mein Täubchen, mit mir als deiner Unterstützerin kann dir nichts passieren. Vertrau vor allem auf deinen eigenen Verstand. Du bist klüger als die meisten meiner Minister.«

Sonjas Haltung wirkte angespannt. »Ich habe keine Angst. Ich … ich fühle mich nur am Hof nicht heimisch. Ich weiß, dass du alles für mich getan hast, aber … die kaiserliche Gesellschaft ist nicht meine Welt.«

Katharina schluckte. Sonja erzählte ihr nichts Neues. Selbstverständlich wusste sie, dass es Sonja nie gelungen war, sich den Palastritualen anzupassen und sich in ihre Gefolgschaft einzugliedern. Viele Jahre hatte sie geglaubt, das Mädchen müsse nur älter werden, um zu erkennen, dass ihm ein begünstigtes Leben voller kultureller und gesellschaftlicher Höhepunkte auf dem Silbertablett serviert wurde. Aber sie hatte sich getäuscht und spürte nicht erst seit heute, dass Sonja ihr entglitten war und dass der Blick hinter die Kulissen der prächtigen Hoffassade ihr mehr geschadet als genützt hatte. Hätte sie sie noch mehr unter ihren Einfluss ziehen müssen? Hatte Isabells und Sergejs Erziehung diesen Schaden angerichtet? Es war nicht mehr zu ändern, aber Katharina schreckte davor zurück, ihr Mündel mit Befehlen in die Richtung zu lenken, die sie für die beste hielt. »Du hättest die Gesellschaft mitgestalten können«, gab sie zurück. »Stattdessen hast du dich in deine Bücher vergraben und bist vielen Zusammenkünften aus dem Weg gegangen. Wenn du dich nicht besinnst, werde ich dafür Sorge tragen müssen, dass geeignete Männer auf dich aufmerksam werden.«

Sonja zuckte zusammen. Ihre Wangen überzogen sich mit einer fleckigen Röte. »Eine Liebschaft würde mich nur ablenken von meinen Studien. Ich will mir damit noch Zeit lassen. Im Übrigen überschätzt du meine Kraft. Was kann eine Einzelne schon bewirken?«

»Keine weiß besser als ich, was eine Einzelne bewirken kann«, erwiderte Katharina frostig, und Schweigen senkte sich über die beiden Frauen. Die Luft schien um ein paar Grad kühler zu werden, als sich eine Wolkenformation vor die tief stehende Oktobersonne schob. Schließlich blieb die Zarin zwischen einer Ansammlung von beschnittenen Buchsbaumhecken stehen, wandte sich Sonja zu und nahm ihre Hände. »Mein Täubchen, ich habe Hoffnungen in dich gesetzt, du bist mir lieber als mein eigener Sohn, und ich wünschte, wir würden uns wieder freundschaftlicher gegenüberstehen. Es verletzt mich, wenn du mich nicht an deinem Innersten teilhaben lässt, deine Sorgen nicht mit mir besprichst.«

»Mir ist bewusst, dass du als Alleinherrscherin daran gewöhnt bist, dass deine Wünsche in Erfüllung gehen.«

Katharina ließ sie los. Traurigkeit überwältigte sie. Für sie schien es keinen Zugang zu Sonja zu geben.

»Ich möchte aus dem Winterpalast ausziehen und mir eine Wohnung auf der Wassiljewski-Insel anmieten«, fuhr Sonja fort. »Das wäre in mehrerer Hinsicht sinnvoll. Ich wäre näher an der Akademie, und ich wäre den anderen Studenten ebenbürtig.«

Katharinas Gram wich einer flackernden Wut. »Mir scheint es, auch du bist daran gewöhnt, dass deine Wünsche in Erfüllung gehen«, gab sie bissig zurück und bereute ihre Worte sofort.

Zu ihrer Überraschung lenkte Sonja ein. »Ich bin dir dankbar, Maman. Nicht für die Kleider, den Schmuck und die exquisiten Möbel, aber für die Möglichkeit, studieren zu dürfen. Aber ich …«

Ihr Gespräch wurde von Pferdegetrappel und Stimmen übertönt, die oben vor dem Portal des Palastes laut wurden. Eine Gruppe von Soldaten hatte sich dort versammelt, und wenig später eilte der Befehlshaber die Treppen hinab zu den Buchsbäumen. Katharina erkannte den abgekämpft wirkenden Mann, dessen Uniform dringend eine Reinigung gebraucht hätte und in dessen Gesicht Bartstoppeln wuchsen: einer der Generäle ihrer Minister, die sie zum Kampf gegen Pugatschow in den Süden des Landes geschickt hatte. Atemlos blieb der General vor der Zarin stehen, bevor er sich verneigte. Seine Stirn war gerötet, die Haare von der Anstrengung feucht, aber seine Augen funkelten. »Es ist vollbracht, Eure Majestät. Ich überbringe Ihnen im Auftrag von Minister Panin die gute Nachricht, dass der Rebell Pugatschow gefangen genommen und seine Räuberbande zerschlagen wurde. Der Aufstand ist niedergerungen, und die Menschen auf den Straßen feiern Sie, die einzig wahre Kaiserin der Russen.«

Katharinas Herz machte einen Satz, bevor es begann, in rasendem Tempo loszuschlagen. Sie presste sich die Hände vor den Mund, um einen Freudenschrei zu unterdrücken. Ihre Erleichterung war so groß, als fielen Bleigewichte von ihr ab. Es überraschte sie selbst, wie sehr die Geschehnisse unten an der Wolga ihre Stimmung getrübt hatten. Mit stärkstem Militäraufgebot hatten sie den blutigsten aller Aufstände niedergeschlagen. Nun würde endlich wieder Frieden einkehren. Der Impuls, jemanden zu umarmen, wurde übermächtig, und weil der Bote nicht zu ihrem engeren Kreis gehörte, fiel sie kurzerhand Sonja um den Hals. Sicherlich freute sich ihr Schützling nicht weniger über diese erlösende Botschaft als sie selbst.

Sonja blieb stocksteif in ihren Armen, aber das tat Katharinas Triumph keinen Abbruch. »Richte meinen Ministern meinen innigsten Dank aus! Alle Verantwortlichen sollen sich in meinem Palast einfinden, damit ich sie mit Gold überschütten kann. Ihr alle habt mir den größten Dienst erwiesen. Für eure Tapferkeit und eure Hartnäckigkeit gebühren euch alle Ehren und aller Respekt.«

Der Bote verneigte sich ein weiteres Mal. »Es ist mir ein Vergnügen, Ihren Dank zu übermitteln, Eure Majestät.«

»Ist das Urteil über ihn bereits gesprochen?«

Der General verneinte und grinste anzüglich. »Wen juckt es, ob er ans Rad gebunden oder gevierteilt wird. Die Leute werden in jedem Fall ein Spektakel erleben.«

Katharina biss sich auf die Lippen. Ihr Blick ging zu Sonja, die leichenblass war. Mit hängenden Armen starrte die junge Frau sie an. Die Zarin wandte sich wieder dem Boten zu. »Sorgt dafür, dass sein Todesurteil auf Enthauptung lautet. Es sind hinreichend Grausamkeiten geschehen, wir wollen das beenden.« Tatsächlich hatte sie ihren Ministern mehrfach Anweisung gegeben, auf übermäßige Brutalität im Umgang mit den Rebellen zu verzichten. Es genügte, die Bewegung zu zerschlagen. Dennoch war ihr zu Ohren gekommen, dass es auf beiden Seiten abscheuliche Verbrechen gegeben hatte.

Als der Bote verschwand, trat Katharina den Rückweg in den Palast an. Es gab viel zu tun. Sie musste veranlassen, dass die Menschen in den betroffenen Kriegsgebieten Unterstützung beim Aufbau der Städte und Dörfer bekamen, und ob die Verwaltungsstrukturen dieser Mammutaufgabe gewachsen waren, würde sich erst noch zeigen müssen. Aufgewühlt schritt Katharina voran, raffte den Rock, als sie die Treppen hinaufstieg, bis ihr schließlich auffiel, dass sich Sonja noch gar nicht geäußert hatte. Ihr Igelkind, ihre Eisprinzessin, die es nicht schaffte, Gefühle zuzulassen. In all den Jahren hatte das Mädchen nicht gelernt, sich zu öffnen und Trauer oder Freude, Wut oder Erleichterung ihr gegenüber zu zeigen. »Ist das nicht eine hervorragende Nachricht?«, versuchte Katharina sie aus der Reserve zu locken.

Sonja nickte grimmig. »Es ist gut, dass das Abschlachten

nun ein Ende hat. Herzlichen Glückwunsch zu diesem weiteren Triumph«, fügte sie hinzu.

Hörte sie da einen Hauch von Sarkasmus heraus? Aber letzten Endes war es egal. Keiner, auch nicht Sonja, konnte ihr an diesem Tag die Stimmung verderben. Die rebellischen Ausschreitungen waren beendet, nun konnte sie sich endlich wieder auf das konzentrieren, was ihr unter den Nägeln brannte: die inneren Strukturen des Landes verbessern und Russlands Rolle im europäischen Staatensystem stärken.

In zügigem Galopp ritt Sonja an den Wiesen und Feldern entlang, die sich entlang der Ostsee zwischen Peterhof und St. Petersburg erstreckten. Gegen den frischen Wind hatte sie sich einen Umhang übergeworfen, der auch das Hinterteil des Pferdes bedeckte.

Noch am späten Nachmittag des Tages, an dem sich die Nachricht verbreitete, dass der Rebellenaufstand niedergeschlagen war, hatte sie sich auf den Weg zurück in die Stadt begeben. Irritiert hatte Katharina nach ihren Gründen gefragt, und Sonja hatte sich mit studentischen Arbeiten herausgeredet, die keinen Aufschub duldeten. Ob die Zarin ihr glaubte, interessierte sie nicht. Die Hauptsache war, dass sie sie nicht aufhielt, denn es war Zeit, an die Öffentlichkeit zu gehen. Der Geist der Revolution durfte nicht untergehen.

In der Satteltasche führte sie das Manuskript mit, das seit ihrem vierzehnten Lebensjahr zu ihr gehörte: eine als Reiseroman getarnte Enthüllung über die ausbeuterischen Gepflogenheiten eines an Schmeichelei, Sittenlosigkeit und Verschwendungssucht nicht zu überbietenden Regimes, ein Bekenntnis zum Volk, zum revolutionären Aufbruch in eine neue Zeit der Freiheit und Gerechtigkeit. Worte der Wahrheit, die dem Despotismus den Todesstoß versetzen würden. Pugatschow hatte ohne Sinn und Verstand gemordet, aber sie, das Mündel der Zarin, würde mit ihrem Buch in die Köpfe der

Menschen vordringen. An der Akademie waren ihr Flugblätter in die Hände geraten, die vom selben Geist geprägt waren und die Menschen zum Umdenken bringen wollten, aber nur ihr Werk hatte die Leidenschaft und die Kenntnisse aus dem Inneren des Palastes heraus, um die Revolution auf eine neue Stufe zu heben.

Sie hatte ihrem Roman den unverfänglichen Titel *Reise durch Russland* gegeben, doch der Erzähler bewegte sich, im beständigen Dialog mit dem Leser, nur symbolisch durch das Land von einer Station zur nächsten. Wie die Leibeigenen von den unersättlichen Blutsaugern ausgebeutet wurden, wie sie ins Heer verkauft und auf Marktplätzen versteigert wurden. Wie die Gutsherren im Überfluss schwelgten, während die halbnackten Kinder der Bauern vor Hunger starben. Die völlige Rechtlosigkeit des geknechteten Volkes im Gegensatz zum kriecherischen, sittlich verkommenen und korrupten Hofstaat und Adel, die Bequemlichkeit und das Phlegma der Beamten in den Provinzen.

Ihr Roman sollte ein Meilenstein in der russischen Geschichte werden, ein Weckruf für alle Unterdrückten. In den Köpfen sollte sich endlich festsetzen, dass die Welt durch eigenes Wollen, Denken und Handeln veränderbar war.

Über das Leben der Menschen außerhalb der urbanen Zentren in Russland hatte sich Sonja während der Reisen an der Seite der Zarin ein umfassendes Bild gemacht, vor allem während der monatelangen Schifffahrt über die Wolga. Immer wieder hatte sie ihre Erlebnisse in den Dörfern und bei den Bauern in Worte gefasst, an Formulierungen gefeilt und am Ende doch wieder Seiten zerrissen, um einen schärferen Unterton oder stärkere Symbolkraft zu erlangen. Sie hatte die Stunden nicht gezählt, in denen sie an ihrem Werk arbeitete, das nun in seiner letzten Fassung über dreihundert eng beschriebene Seiten umfasste. Nein, ihr Buch sollte nicht auf Ganzleinen gedruckt und in Leder gebunden in den Regalen von Bibliotheken verstauben – es sollte gelesen, verstanden und diskutiert werden, bevor es der Zarin in die Hände fiel und alle Ausgaben verbrannt und verboten werden würden.

Während sie die Holzhäuser eines Dorfes hinter sich ließ und die Stadtmauern, Kirchtürme und Giebel von St. Petersburg am Horizont auftauchten, überlegte sie, wo sie Dmitri Woronin um diese Zeit antraf. Vielleicht in der Akademie, vielleicht daheim mit seiner Frau oder in seinem philosophischen Zirkel, von dem er ihr erzählt hatte und zu dem auch Stephan gehörte? Sie wusste, dass Dmitri zu den eifrigsten Verfechtern einer neuen Gesellschaft zählte. Ob seine Überzeugung, dass eine Änderung vonnöten war, allerdings stark genug war, um Kopf und Kragen für die Veröffentlichung ihres Reiseromans zu riskieren, würde sie erst noch ausloten müssen. Auf jeden Fall war er der beste Verbündete. Er war ihr treu ergeben, er war klug und risikobereit, vertrat dieselben Ansichten wie sie und hatte noch eine Rechnung mit der Zarin offen. Zudem hatte er als Dozent der Akademie Zugang zu den Druckerpressen.

Stephan einzuweihen wäre ihr im Traum nicht eingefallen. Zwar hatte sie mitbekommen, dass ihr Geliebter häufig der Zarin widersprach, aber vermutlich hielt er damit nur den geistigen Schlagabtausch auf einem für sie unterhaltsamen Level. Er war der Gesandte Friedrichs des Großen und würde niemals ernsthaft gegen die Frau aufbegehren, die auf der internationalen politischen Bühne eine so bedeutende Rolle spielte. Damit würde er nicht nur sich selbst, sondern auch den brüchigen Frieden zwischen Russland und Preußen gefährden. Nein, Stephan war der Falsche. Im Gegenteil, er durfte nicht einmal ahnen, welch riskanten Weg sie eingeschlagen hatte. Ihre Liebe war über alle Geheimnisse hinweg stark genug. Ob sie heute noch die Zeit fand, an seiner Villa zu klopfen? Sie fieberte dem Moment entgegen und zwang sich, alle Gedanken an seine unersättlichen Zärtlichkeiten zu vertreiben. Sie brauchte jetzt einen kühlen Kopf.

Nachdem sie das Stadttor passiert hatte, hielt sie auf die Wassiljewski-Insel zu, wo sich der Jurist mit seiner Ehefrau ein zweistöckiges Haus in der Nähe der Akademie errichten ließ, nicht übermäßig ausgestattet mit Stuck und Säulen, dafür aus solidem Stein und mit reichlich Platz, um die Familie in absehbarer Zeit zu vergrößern.

Sonja hatte Glück. Gerade als sie in Sichtweite zu dem von Baugerüsten umgebenen Haus überlegte, ob sie bei ihm anklopfen sollte, trat Dmitri in seinem braunen Rock und mit einer ledernen Mappe unter dem Arm auf die Straße. Sie presste die Schenkel in die Flanken der Stute und näherte sich ihm. Kurz vor ihm brachte sie das Pferd zum Stehen und glitt aus dem Sattel. »Dmitri Woronin, wie schön, dich zu treffen.«

Als Dmitri Sonja erkannte, schaute er instinktiv über die Schulter. Ob seine Frau ihm hinterherschaute? Er hatte nichts zu verbergen, jedenfalls keine Taten, nur Gedanken, dennoch wollte er es nicht darauf ankommen lassen, dass Hera ihn nach dieser Studentin ausfragte. Seit ihren ersten Tagen an der Akademie war ihm Sonja mehr und mehr wie ein Wesen von einem anderen Stern erschienen, zum Anbeten klug und schön und stark. Tausendmal hatte er sich innerlich dafür gescholten, dass er sie bei der ersten Begegnung mit Hohn überschüttet hatte, obwohl Sonja ihm bereits nach kurzer Zeit zu verstehen gegeben hatte, dass sie es ihm nicht nachtrug. Sie konnte seine Abneigung sogar nachvollziehen, erklärte sie ihm, immerhin gehörte sie zum engsten Kreis der Frau, die für die größte Schmach in Dmitris Leben verantwortlich war. Inzwischen gab es keine gute Eigenschaft, die Dmitri ihr nicht zuschrieb. Für ihn stand Sonja göttinnengleich auf einem Sockel, unerreichbar und dennoch so faszinierend nah und vertraut, wie sie ihn umarmte und links und rechts seine Wangen küsste.

Er hatte nie wirklich um sie gekämpft, weil er sich chancenlos sah, aber sie mit der gebotenen Distanz zu verehren, das konnte ihm keiner nehmen. Es freute ihn, dass sie nicht nur ihm gegenüber auf jede Art der Koketterie verzichtete, sondern sich auch im Umgang mit den anderen Männern an der Akademie unnahbar und nur am Sachlichen interessiert gab.

»Du bist erhitzt«, sagte er und betrachtete ihr Gesicht mit den glühenden Wangen und den Strähnen, die sich aus ihrem Zopf gelöst hatten. Er strahlte sie an. »Woher kommst du, wohin willst du?«

»Ich komme direkt von Peterhof, und ich will zu dir.«

Also keine zufällige Begegnung. »Nun, ich habe eine Einladung zu einem Empfang des Akademierates.« Ihren bittenden Augen hielt er nicht lange stand. »Aber es wird kaum einem auffallen, wenn ich eine Stunde später dort eintreffe.«

»Wo können wir ungestört miteinander reden?«

Was mochte sie von ihm wollen? Er führte ihr Pferd in den Hinterhof einer Gaststätte und betrat mit ihr den Schankraum. Aus der Satteltasche nahm Sonja einen in eine Lederhülle eingeschlagenen Packen Papier mit. Nur wenige Tische waren um diese Uhrzeit besetzt. Erst bei Sonnenuntergang würden die Feierlustigen die öffentlichen Lokale aufsuchen. Dmitri ging Sonja voran zu einem Tisch, der zwischen steinernen Torbögen abseits der anderen stand, und bestellte Kwass.

Sonja mit ihrer reinen Haut und dem silbernen Haar wirkte wie ein Fremdkörper in dieser Schenke, deren Wände vom Ofenruß geschwärzt waren und in der der Geruch nach verschüttetem Schnaps und kaltem Rauch hing. Sie packte die Papiere auf den Tisch zwischen sie, legte beide Hände darauf und beugte sich vor, um ihn zu fixieren. »Ich brauche deine Hilfe, Dmitri.« Sie pochte auf den Umschlag. »Was hier zwischen uns liegt, ist gefährlicher als jede Kanonenkugel, die die Stadt und den Winterpalast treffen könnte. Es sind Aufzeichnungen der letzten drei Jahre, die ich über das Treiben am Hof und meine Reisen mit der Zarin verfasst habe.« Das Lächeln auf ihrem Gesicht erschien ihm teuflisch. »Du wirst gehört haben, dass Pugatschow gefangen ist und nach Moskau gebracht wurde. Seine grausamen Taten habe ich stets verurteilt, aber die Sache, für die er gekämpft hat, darf nicht mit ihm untergehen. Wir müssen die Rebellion mit anderen Mitteln fortführen, und was ist schärfer als Worte der Wahrheit? Auf diesen dreihundert Seiten findest du all die Ungerechtigkeiten, Widersprüche und Sittenlosigkeiten, die sich die kaiserliche Regierung und mit ihr die Adeligen zuschulden haben kommen lassen. Alle, die dieses Buch lesen, werden sich wie Blinde fühlen, denen die Sehkraft geschenkt wird. In anderen Ländern gibt es ebenfalls Despoten, aber nirgendwo sind die Feudalherren mit einer derart unbegrenzten Macht über das Land und das Leben der Untertanen ausgestattet wie bei uns. Die schonungslose Ausbeutung der Menschen hat Katharina persönlich dem Adel gesetzlich garantiert! Wir dürfen uns nicht länger in unserem Wohlstand suhlen und die Welt dort draußen ausschließen. Es ist unsere Pflicht als denkende Wesen, den Unterdrückten zu helfen.«

Atemlos hatte Dmitri ihren gezischten Worten gelauscht. Du lieber Himmel, wie hatte er sich in dieser Frau getäuscht. Eine Rebellin im Winterpalast, die in allerhöchster Gefahr schwebte, wenn ihre Umtriebe ans Tageslicht kämen oder ihre Aufzeichnungen in die falschen Hände gerieten. Dass sie ausgerechnet ihn ins Vertrauen zog, erfüllte ihn einerseits mit Stolz, andererseits mit einer namenlosen Furcht. Sie verschworen sich gegen das Zarenregime, ein weitaus brisanteres Bündnis, als es der Männerbund jemals war.

»Du willst es veröffentlichen«, sagte er schließlich, als das Schweigen zwischen ihnen zu lange andauerte. Sonja hörte nicht auf, ihn zu fixieren, als wollte sie ihn hypnotisieren. »Wie kommst du darauf, dass ausgerechnet ich dafür der Richtige bin? Ich bin nur ein unbedeutender Dozent an der Akademie.«

Sonja stieß ein Lachen aus und lehnte sich in ihrem Stuhl

zurück. »Glaubst du wirklich, deine Gesinnung wäre mir entgangen? Wer, wenn nicht du, sollte mir helfen, gegen die Unberechenbarkeit einer Despotin anzugehen? Du hast deinen Zorn auf Katharina nie verdaut, das merkt man in jedem Satz, den du von dir gibst, und man sieht es dir an, wenn du über sie sprichst.« Sie griff über den Tisch und nahm seine Hände. Ihre Finger waren lang und schlank, feinfühlend und fordernd zugleich. »Enttäusch mich nicht, Dmitri.«

Er zwang sich, sich zu befreien. Es war schwer, einen vernünftigen Gedanken zu fassen, wenn sie ihn berührte. »Was ist dein Ziel, Sonja?«

»Ich will, dass die Menschen aufstehen und sich wehren und dass die Zarin gezwungen wird, die Alleinherrschaft aufzugeben.«

»Du willst sie auf dem Schafott sehen«, warf er provozierend ein.

Sonja wurde blass und geriet zum ersten Mal an diesem Abend in Verlegenheit. Sie nahm mehrere Anläufe, bis es endlich aus ihr herausbrach. »Glaubst du, ich weiß nicht, wie großmütig sie sein kann? Wie aufopferungsvoll sie sich um ihre Lieblinge kümmert? Nein, sie soll nicht sterben«, sie schluckte. »Aber sie soll der Übermacht des Volkes weichen und den Weg freigeben in ein neues Zeitalter.«

Da saß diese junge Frau vor ihm und sprach in leidenschaftlicher Anklage von all den Grundsätzen, die sie sich in ihrem Männerbund auf die Fahne geschrieben hatten. Inzwischen war er wirklich neugierig auf ihr Buch und nahm sich vor, den Empfang an diesem Abend nicht mehr zu besuchen, um sich gleich nach dem Treffen mit Sonja in sein Arbeitszimmer zurückzuziehen. Ob sie ahnte, dass sich hinter dem philosophischen Zirkel eine Gruppe von Männern verbarg, die die gleichen Ziele verfolgten wie sie? Ob sie ihn deswegen auserkoren hatte, ihr Vertrauter zu sein?

Er nahm einen langen Schluck aus einem der Krüge, die die

Schankmagd vor sie gestellt hatte. Sonja tat es ihm nach und wischte sich mit dem Zeigefinger über den Mund.

»Wir müssen dafür sorgen, dass dein Name nicht in Zusammenhang mit diesem Buch genannt wird.«

Sonjas Gesicht begann zu leuchten. »Das heißt, du unterstützt mich?«

»Ich weiß, wie stark du bist. Dafür bewundere ich dich sehr. Aber ich glaube, dieser Brocken hier«, er klopfte auf den Packen, »ist zu schwer für dich. Gib mir ein paar Tage Zeit. Ich muss es lesen und überlegen, wie wir weiter vorgehen.«

Sie seufzte und betrachtete ihn mit solcher Warmherzigkeit, dass ihm ein heißer Schauer das Rückgrat hinablief. »Ich wusste, dass ich mich auf dich verlassen kann.«

»Pass auf dich auf.«

Sie stand auf, umrundete den Tisch und legte die Arme um Dmitris Hals. Er klopfte ihr sacht auf den Rücken. »Soll ich dich zum Winterpalast begleiten?«

»Das ist nicht nötig. Ich habe das Pferd dabei, und es ist nicht weit.«

Täuschte er sich, oder sprach sie zu schnell? Verbarg sie etwas vor ihm? Sie würde doch in ihrem jugendlichen Übermut keine Dummheiten anstellen?

Zwar hoffte sie, dass er ihren Roman über die Druckerpresse der Akademie herstellen ließ, aber das war Dmitri zu riskant. Lorenz Hermann war die vertrauenswürdigere Option.

Nachdem Sonja gegangen war, trank Dmitri den Rest aus seinem Krug und warf ein paar Münzen auf den Tisch. Dann packte er das Buch in seine Tasche und machte sich auf den Weg zum Ausgang des Gasthauses. Er stutzte, als er auf der anderen Seite des steinernen Torbogens, hinter dem er mit Sonja gesessen hatte, eine Frau mit struppigen Haaren und in Lumpen sah, die ihm den Rücken zugekehrt hatte und gebeugt aus einer Schüssel eine dampfende Suppe löffelte. Er hatte nicht bemerkt, dass jemand in ihrer Nähe saß. Hatten sie zu laut gesprochen? Aber was interessierte eine Bettlerin, die ihre vermutlich einzige warme Mahlzeit des Tages gierig verschlang, das Geplauder zwischen einem Dozenten und seiner Studentin?

Bettlerin? Er stutzte, als er den silbernen Fuchspelzmantel sah, den sie auf den Stuhl an der Wandseite gelegt hatte, als wollte sie ihn mit ihrem Körper verbergen und beschützen. Es gab wirklich merkwürdige Leute in St. Petersburg.

Kapitel 26

November 1774,
im Winterpalast

»Die erste Zahlung erhalten Sie gleich heute«, Katharina nickte ihrem Sekretär zu, der an der Tür stand und eilfertig das Arbeitszimmer verließ, um ein Säckchen Rubel zu holen, »damit Sie sehen, wie ernst es mir mit meiner Unterstützung ist.«

Boris stand vor dem Schreibtisch der Zarin und trat nervös von einem Fuß auf den anderen. Die Angst hatte wie mit Klauen nach ihm gefasst, als die Einladung in den Winterpalast ihn erreicht hatte. In seiner Fantasie hatte er sich alle möglichen Szenarien ausgedacht, alle mit dem Ende, dass die Kaiserin ihn foltern, verbannen oder hängen ließ. Aber warum sollte sie ausgerechnet auf ihn aufmerksam geworden sein? Er hatte nur wenige Flugblätter und Berichte geschrieben, die ihm zum Verhängnis werden konnten, mit seinem Namen hatte er diese kritischen Texte nie signiert. Was er anfangs bedauerte, hielt er mittlerweile für den klügsten Schachzug seiner Karriere: Niemand brachte ihn mit aufrührerischen Umtrieben in Verbindung. Sollte es den Spionen der Zarin gelungen sein, seine Urheberschaft aufzudecken?

Erleichterung durchströmte ihn, als die Zarin, nachdem er ihr Zimmer betreten hatte, mit zwei seiner schöngeistigen Romane um unglückliche Lieben in St. Petersburg auf ihn zugekommen war und in den höchsten Tönen von seinem Talent geschwärmt hatte. »Ein Sohn der Stadt, der solche literarischen

Leistungen zustande bringt, sollte seine Zeit nicht mit finanziellen Sorgen vergeuden müssen«, hatte sie gesagt. »Für junge Menschen wie Sie stehen Stipendien zur Verfügung, und ich bin froh, Ihnen heute eine solche Unterstützung anbieten zu können.«

Boris hatte ein Wechselbad der Gefühle erlebt. Einerseits die grenzenlose Freude über die Anerkennung, andererseits der Zweifel, wie viel ihr Wort zählte – sein Freund Dmitri hatte erlebt, wie wankelmütig die Regentin in ihren Entscheidungen sein konnte. Dann dieser Loyalitätskonflikt: Sollte er wirklich von der Frau Geld nehmen, gegen die er sich mit Gleichgesinnten verbündet hatte? Aber taten das nicht alle? Auch Mervier bezog seine Apanage nicht nur vom Preußenkönig, Lorenz Hermann akzeptierte dankend, dass sie ihn bei kaiserlichen Druckaufträgen bevorzugte …

»Wer etwas kann und etwas leistet, wird in meinem Land gefördert.«

Ihr Gesichtsausdruck erinnerte Boris an den eines zufriedenen Mütterchens, das alle Kinder satt bekommen hatte. Sie schien wirklich davon überzeugt zu sein, mit glücklicher Hand über ein glückliches Volk zu regieren.

Der Sekretär kehrte mit einem zugeknoteten Leinensack zurück und überreichte ihn Boris mit einer kleinen Verbeugung.

»Eure Majestät, dass Sie die Kunst fördern, freut niemanden mehr als uns Künstler selbst.« Der Geldsack, den er an seine Brust drückte, fühlte sich an wie ein glühend heißer Stein. Wenn er dieses Geld nahm, wusste er nicht, ob er begann, die Seiten zu wechseln. Aber wie gut konnte er es gebrauchen!

Die Zarin trat auf ihn zu und streckte ihm den Arm entgegen. Er fiel auf die Knie und beugte sich über ihre Rechte. »Nun gehen Sie und setzen Sie Ihre Romane fort. Ich kann es nicht erwarten, weitere Werke von Ihnen zu lesen. Und versöhnen Sie sich mit Ihrer Familie.« Sie kräuselte die Lippen und zwinkerte ihm zu. »Es ist wichtig, Menschen zu haben, denen man vertrauen kann.«

Boris erhob sich steif. Dass seine Familienverhältnisse stadtbekannt und der Zarin zu Ohren gekommen waren, wunderte ihn nicht. »Mein Großvater ist einer Ihrer größten Bewunderer«, sagte er ausweichend. »Leider ist er, seit die Kälte eingebrochen ist, wieder ans Bett gefesselt. Ich hoffe, dass er noch einmal zu Kräften kommt.«

»Richten Sie ihm Genesungswünsche und Grüße aus.«

Eine halbe Stunde später klopfte Boris widerwillig an die Tür der Villa Mervier. Viel lieber wäre er nach dem Besuch im Winterpalast direkt zu Johanna geeilt, hätte der letzten halben Stunde ihres Unterrichts gelauscht, die sie vor den Schülern in der Galerie hielt, und wäre anschließend mit ihr in das Bett mit dem Baldachin versunken, in dem er in diesen Tagen die glücklichsten Stunden verbrachte. Mit Johanna zusammen zu sein überstieg seine Träume bei Weitem. Genau wie ihre Herzen wie eins schlugen, so schienen ihre Körper zueinanderzupassen wie zwei Puzzleteile. Er konnte nicht genug von ihren Küssen und streichelnden Händen bekommen. Was gäbe er darum, wenn sie endlich reinen Tisch machen würde, sich scheiden ließe und seine Frau werden würde! Solange sie das nicht tat, blieb dieser letzte Zweifel, ob sie wirklich ihn meinte, wenn sie ihm ihre Hüften entgegenbog. Wünschte sie sich heimlich, es wäre Stephan, der sie zum Seufzen brachte?

Aber statt mit Johanna Zärtlichkeiten auszutauschen, verlangte sein Pflichtbewusstsein, dass er sich bei dem Treffen sehen ließ, das Dmitri Woronin einberufen und zu dem er nur den engsten Kreis der Loge gebeten hatte. Dr. Lefevre hatte dennoch abgesagt. Der Arzt hatte sich von seinem Kompagnon Dr. van der Linden getrennt und seine eigene Praxis auf der Wassiljewski-Insel eröffnet. Es hieß, er arbeite an sieben Tage die Woche von morgens früh bis in die Nacht. Einer von vielen, die die Prioritäten im Leben neu geordnet hatten.

Marco Conti war im April gestorben. Sein Geschwür war aufgeplatzt, ihm waren kaum genug Tage geblieben, seinen Nachlass zu regeln. Von Professor Damm hieß es, er hofiere eine geheimnisvolle Dame, was seine gesamte freie Zeit in Anspruch nahm. Boris hatte eine Vermutung, um wen es sich handelte, aber er behielt seinen Verdacht für sich.

Den Geldbeutel aus der kaiserlichen Schatztruhe hatte Boris in seiner schweinsledernen Tasche verstaut, in der er stets Stifte und Papier bei sich trug. Die Münzen schienen durch sie hindurch zu brennen und ihn als Verräter zu enttarnen.

Stephan empfing ihn mit einem knappen Nicken. Ihr Verhältnis zueinander war frostiger geworden, seit Johanna ausgezogen war. Vermutlich ahnte er, dass Boris für seine Frau mehr war als ein guter Freund der Familie. Boris hätte ihm die Wahrheit ins Gesicht gesagt, aber zu privaten Auseinandersetzungen kam es nicht zwischen ihnen. Dass Johanna weiterhin in Kontakt zu ihrem Mann stand und sie sich hin und wieder trafen, um Neuigkeiten auszutauschen, verursachte Boris ein Brennen in seiner Brust. Dieser Schwebezustand zerrte an seinen Nerven. Was, wenn sie sich letzten Endes entschied, einen neuen Anfang in ihrer Ehe zu wagen? Der gemeinsamen Vergangenheit, die Johanna und Stephan verband, hatte Boris wenig entgegenzusetzen. Er konnte nur darauf vertrauen, dass ihre Liebe stärker war als alles, was sie in ihrer Ehe erlebt hatte.

Lorenz und Dmitri saßen am runden Tisch im Salon, auf dem neben einer Flasche schottischen Whiskys und dickbauchigen Gläsern Papiere verstreut lagen. War das ein Manuskript? Boris grüßte in die Runde und trat näher heran, griff wahllos nach einem Blatt, las eine Szene, die in einem Postamt spielte, in dem ein Reisender auf einen stinkend faulen Beamten traf, der ihm die Pferde nicht auswechseln wollte. Tatsächlich. Eine Art Reiseroman. »Was ist das?«

»Ein Werk, das ich veröffentlichen will«, erwiderte Lorenz Hermann, nahm einen Zug aus einer Zigarre und blies den Rauch mit gespitzten Lippen aus.

Boris sah ihm in die Augen. Er war derjenige, der dafür sorgte, dass er mit seinen Büchern Geld verdiente, obwohl es nicht für große Sprünge reichte. Er schätzte seine Art, ihn bei allen Texten zu beraten, aber noch dankbarer war er, dass er die peinliche Annäherung vor mehr als zehn Jahren niemals mehr wieder erwähnt hatte. Oft hatte man Lorenz mit angeblich guten Freunden zusammen gesehen, aber in letzter Zeit zeigte er sich auffällig häufig mit einem deutschen Lehrer der Petrischule, einem hochgewachsenen Mann mit sandfarbenen Haaren, gertenschlank. Es war vermutlich nur eine Frage der Zeit, wann er diesen Albert Bremer ebenfalls in die Loge holen würde, denn Lorenz würde sich nie mit jemandem einlassen, der seine kritische Gesinnung nicht teilte.

»Und was hat das mit uns zu tun?« Boris wandte sich an Dmitri. »Warum hast du das Treffen einberufen?«

Sein Freund wischte sich eine Haarsträhne aus der Stirn. »Dieses Buch ist mehr als ein Reiseroman.«

Boris griff nach weiteren Seiten und überflog sie, und mit jeder Zeile wuchs sein Erstaunen. Was für ein brisanter Stoff. Nein, dem Verfasser lag nicht daran, die Schönheiten Russlands darzustellen. Hier prangerte jemand die Zustände im Land an, und zwar auf eine unterschwellige, kaum zu fassende Art, mit feiner Ironie und Anspielungen, mit denen nur jemand jonglieren konnte, der sich am Zarenhof wirklich gut auskannte. Ergreifende Szenen, erschütternde Details und zahlreiche bildhafte Vergleiche, Appelle und Prophezeiungen reihten sich zu einem vielschichtigen Roman, in dem der Autor den Leser direkt ansprach und zum Vergleichen aufforderte. An manchen Stellen erschienen Boris die Formulierungen zu pathetisch, die Wortmalereien zu blumig, aber war das nicht genau der Stil, der die Leserschaft in Flammen aufgehen ließ?

Je mehr er las, desto größer wurde Boris' Hochachtung vor der Leistung des Schriftstellers. Da hatte einer an jedem Satz gefeilt und jede Szene durchkomponiert, um die maximale Wirkung zu erzielen. Keiner würde von diesem Buch unberührt bleiben. Zu seiner Bewunderung mischte sich der Neid – nicht etwa, weil er nicht selbst imstande gewesen wäre, so etwas zu vollbringen, sondern weil dieser Unbekannte die Aufmerksamkeit seiner Gefährten errungen hatte, wohingegen er selbst für Mittelmäßigkeit stand, wenn es darum ging, das Volk aufzuwühlen.

War es ein solcher Roman, den Lorenz Hermann von Anfang an von ihm erhofft hatte? Nun hatte ein anderer ihn geschrieben, und Boris fühlte sich in die zweite Reihe zurückgedrängt. »Wer ist der Autor?«

Schweigen senkte sich über die Männergruppe, alle Blicke richteten sich auf Dmitri. An seinem Hals sah Boris eine pulsierende blaue Ader. Er beugte sich in seinem Sessel vor, ordnete die Blätter zu einem Packen. »Der Verfasser will anonym bleiben.«

Lorenz Hermann reagierte sofort. »Das nimmt dem Text den größten Teil seiner Schärfe. Hinter der Anonymität kann sich ein verlogener Hetzer verbergen, einer, der sich die Dinge zusammenreimt, um den Menschen zu imponieren.«

»So?« Boris musterte seinen Verleger. »Darf ich dich daran erinnern, dass zahlreiche meiner Texte anonym erschienen sind?«

Lorenz machte eine verletzend abfällige Geste. »Ach, was sind denn diese harmlosen Schriften gegen das, was hier vor uns auf dem Tisch liegt? Hier spricht ein wahrer Kenner der Zustände am Zarenhof, und wenn wir den Roman anonym veröffentlichen, verliert er an Schlagkraft. Dieser Roman ist unsere Chance, dafür zu sorgen, dass von St. Petersburg aus ein Ruck durch das Land geht.«

Die Männer diskutierten nun lautstark darüber, in welcher

Form und in welcher Auflage und mit welchem Urheber sie die *Reise durch Russland* veröffentlichen wollten, und Boris versank in seinem Sessel. Nie zuvor hatte er sich von dem Männerbund weniger akzeptiert gefühlt als in dieser Stunde. War nicht jetzt der richtige Zeitpunkt, um die Fesseln abzustreifen?

Lorenz Hermann hörte nicht auf, Dmitri wegen des Verfassers zu bedrängen, und Stephan stimmte in seine Rede über die Glaubwürdigkeit und Sprengkraft des Geschriebenen ein. Dmitri zog die Schultern hoch, als wollte er sich vor den Angriffen schützen, bis er endlich das Rückgrat durchdrückte. »Also gut.« Er schluckte. »Der Roman ist von mir. Ich habe ihn geschrieben.«

In der Stille danach hätte man eine Stecknadel fallen gehört. »Jetzt wisst ihr es«, fügte er noch hinzu, bevor das Schweigen unerträglich wurde. Er sank zurück in seinen Sessel und wirkte auf einmal so verletzlich, wie Boris ihn als Schuljungen kennengelernt hatte.

Dennoch lachte Boris schallend auf. Keiner stimmte ein. »Das ist ein Witz, oder?« Er tätschelte seinem Freund die Schulter. »Deine musische Begabung kenne ich. Ich habe es immer für einen Fehler gehalten, dass du den Geigenunterricht abgebrochen hast. Aber, mein Lieber, ich weiß auch, wie schwer du dich von jeher getan hast, zwei wohlklingende Sätze aneinanderzureihen. Du müsstest in den vergangenen Jahren unglaubliche Fortschritte gemacht haben.«

Dmitri blitzte ihn aufgebracht an. »Glaub es oder lass es«, zischte er. »Ich werde mich zu meinem Roman bekennen. Ich war oft genug im Winterpalast und kenne die Zarin gut. Mir wird jeder abnehmen, dass ich über intimste Kenntnisse verfüge.«

Die anderen Männer wechselten Blicke. Boris erkannte, dass auch Stephan und Lorenz daran zweifelten, dass sich Dmitri zum Schriftsteller entwickelt hatte. Aber war es nicht egal? Hauptsache, es stand ein Name auf dem Buch.

Die Tragweite wurde Boris erst nach einigen Minuten bewusst. »Die Zarin wird rasen, wenn ihr das Buch zugesteckt wird. Und du wirst der Sündenbock sein.«

Dmitri verschränkte die Arme vor der Brust. »Ich bin auf alles vorbereitet«, behauptete er. »Die Zarin hat mir einmal die schlimmste Demütigung zugefügt. Es wird mir eine Genugtuung sein, wenn sie erfährt, dass ich nicht der Duckmäuser bin, für den sie mich hält.«

Stephan Mervier hatte die Stirn in Falten gezogen. »Sie wird die Verbindung von dir zu unserem Bund ziehen«, stellte er fest. »Wobei ich nicht befürchten würde, dass sie zum Äußersten greift. Sie kann es sich nicht leisten, geistigen Widerstand mit roher Gewalt zu bekämpfen. Das würde im völligen Gegensatz zu dem Bild stehen, das sie von sich verkaufen will. Eine aufgeklärte Herrscherin, die Andersdenkende aufs Schafott schickt? Das traut sie sich nicht.«

Dmitri breitete die Arme aus. »Was soll das Zögern?«, fragte er in die Runde. »Hier bietet sich uns eine einzigartige Chance, und euch fehlt der Mut. Wir sind nicht nur eine Handvoll, wir sind viele. In den vergangenen Monaten haben wir die Menschen in St. Petersburg sensibilisiert. Jetzt sollten wir losschlagen und darauf vertrauen, dass die Zarin dem Druck aus dem Volk nicht standhalten kann.«

Boris biss sich auf die Lippe. Die Idee, sich abzusetzen, war in weite Ferne gerückt. Wenn er jetzt seinen Ausstieg bekannt gab, wurde er den Ruf eines Hasenherzes nicht mehr los.

Nach dem ersten Schock zeigte sich Lorenz von seiner pragmatischen Seite. Er klopfte mit der flachen Hand auf den Tisch, nahm das Manuskript an sich und nickte in die Runde. »Also dann. Deine Entscheidung, Dmitri. Die *Reise durch Russland* von Dmitri Woronin wird noch im Dezember erscheinen. Wir starten mit einer Erstauflage von sechshundert Exemplaren, die ich zum größten Teil in meiner Buchhandlung verkaufen werde. Aber auch befreundete Bibliothekare werde ich beliefern.«

Die Anspannung zwischen den Männern war fast greifbar, als nun alle aufstanden und die Gläser hoben. Lorenz übernahm es, den Toast auszusprechen. »Die Revolution stirbt nicht, wir stehen zusammen, und wir sind viele!«

Boris trank erleichtert und drängte als einer der Ersten zum Aufbruch. Dieser Abend hatte ihm einiges zum Nachdenken aufgegeben. Er spürte, dass eine Veränderung bevorstand. Aber nicht die gesellschaftliche bereitete ihm Sorgen, sondern seine persönliche.

Zum Abschied flüsterte er Dmitri ins Ohr: »Welcher Teufel hat dich bloß geritten?«

Seine Küsse waren an diesem Abend anders als sonst. Weniger verlangend, dafür inniger, Sonja fühlte sich, als würde sie in Stephans Armen schmelzen, nachdem er ihr aus dem vom Schneegriesel übersäten Umhang geholfen und sie die Schuhe abgestreift hatte.

Im Salon legten sie sich auf die Chaiselongue vor dem flackernden Kamin, hüllten sich in eine Decke und hielten sich in den Armen. Es roch noch nach dem Whisky, den Stephans Besuch vor einer halben Stunde getrunken hatten, und nach Zigarrenrauch.

Stephan schien in Gedanken weit weg zu sein, während er sie halb liegend in den Armen hielt und ihre Schulter streichelte. Sein Bein zuckte nervös.

Eine Weile blickte Sonja ihm sinnend ins Gesicht. »Ist etwas vorgefallen?«

»Hm?« Er schrak aus seinen Gedanken auf und küsste ihre Stirn. »Entschuldigung, Liebe, mir gehen noch die Debatten des Zirkeltreffens im Kopf herum.« Er verzog mit einem müden Grinsen den Mund. »Alles starke Männer, die ihren Willen durchsetzen wollen. Da wird es manchmal laut und kompliziert.«

»Du bist bei der Zarin in Ungnade gefallen«, stellte sie fest.

Viel lieber, als mit ihm zu reden, hätte sie ihn geküsst und gestreichelt und ihm Liebesworte ins Ohr geflüstert, aber sie war empfindsam genug, um die Schwingungen zu spüren. Er brauchte an diesem Abend mehr Geborgenheit und Ruhe als Intimität.

Er zuckte bei ihren Worten zusammen und beugte sich ein Stück weit zurück, um ihr in die Augen sehen zu können. Wie sie es liebte, wenn sein Blick in ihrem versank, aber heute war da etwas Vorsichtiges in seinen Zügen und – Furcht? Unvorstellbar für Sonja. Er war für sie nicht nur ein Mann des Wortes und des Intellekts, sondern mit seiner Körpergröße und den breiten Schultern auch einer, der jeder Gefahr gewachsen war.

»Hat sie mit dir darüber geredet?«

»Über solche Dinge spricht sie nicht mit mir. Klatsch und Tratsch verbreiten sich am Hof sowieso wie über ein gut geschmiertes Laufwerk. Es heißt, du hättest den Bogen überspannt.«

Er stieß ein freudloses Lachen aus. »Sie bestellt sich laufend Männer ein, die andere Auffassungen als sie vertreten. Zu ihrem persönlichen Amüsement. Es ist ihr Lieblingsspiel – aber nur, wenn sie am Ende alle auf ihre Seite zieht, sei es durch scheinbar bessere Argumente, finanzielle Zuwendungen oder indem sie die Herzen erobert. Es sollte sie nicht wundern, dass es Menschen gibt, die sich nicht einwickeln lassen. Aber ach, was erzähle ich dir. Du kennst sie besser als ich, und es wird ein Leichtes sein, wieder ihr Wohlwollen zu erringen, wenn ich es für angebracht halte. Lass uns über schönere Dinge reden.«

Sonja richtete sich auf, plötzlich verstimmt. »Fang nicht an, mich wie ein dummes Püppchen zu behandeln«, sagte sie. »Das passt nicht zu dir, Stephan.«

Der Schrecken stand ihm ins Gesicht geschrieben. »Das würde ich niemals tun, Sonja. Meinst du, ich liebe dich wegen deiner seidigen Haare und deiner makellosen Schönheit?

Du bist die erste Frau, von der ich mich wirklich verstanden fühle.« Ein Schatten fiel über seine Züge, und Sonja wusste, dass er an Johanna dachte. Sie beobachtete, wie es in seiner Miene arbeitete, während er um Worte rang. »Mit Johanna ... ja, auch sie habe ich geliebt. Aber damals bin ich ein anderer gewesen. Weißt du, sie wird ein Teil von mir bleiben, selbst wenn wir auf anderen Wegen gehen.«

Sie legte sich wieder zu ihm, lehnte sich an ihn. »Wird sie einer Scheidung zustimmen, wenn es so weit ist?«

»Ach, Sonja.« Er wischte sich über die Augen. »Selbst wenn wir geschieden sind, bekommen wir beide niemals den Segen der Zarin. Vielleicht sind wir dazu verdammt, uns heimlich bis an unser Lebensende zu lieben. Oder weit, weit fortzugehen.«

»Ich gehe überall mit dir hin«, sagte sie mit einem Lächeln, bevor sie wieder ernst wurde: »Die Zarin weiß, dass ich mich nicht verschachern lasse, und meine Zukunft plane ich alleine. Glaub mir, ich werde nicht nur sie überraschen«, fügte sie an und drückte ihm sacht einen Kuss auf den Mund. Ihr Herz pochte, während sie abwägte, was sie zu verlieren hätte, wenn sie den Geliebten in ihre geheime Welt ließ: wenn sie ihm erzählte, wie sehr sie von Anfang an das Leben am Zarenhof gehasst hatte, wie sie sich als Kind in den Schlaf geweint hatte aus Sehnsucht nach Emilios Ehrlichkeit und Geradlinigkeit, mit welcher Abscheu sie allen Höflingen begegnete, die nach oben buckelten und nach unten traten, wie in ihren Jugendjahren die Erkenntnis gewachsen war, von welchem Unrechtssystem ihr geliebtes Russland umklammert wurde, und wie sie sich Erleichterung verschafft hatte, indem sie all ihre Eindrücke und Gefühle, all ihre Hoffnungen und Visionen zu einem Roman verwoben hatte. Dmitri ins Vertrauen zu ziehen war leichter gewesen, als sie befürchtet hatte – einen Mann, den sie mochte, aber nicht liebte, und der ihr aus der Hand fraß. Aber Stephan? Wie sollte sie es verantworten, ihn zum Mitwisser und Mittäter zu machen? Manchmal sehnte sie sich danach, mit ihm in einem Feuer zu verschmelzen. Aber diese umfassende Liebe war neu, ihr Wunsch nach Gerechtigkeit dagegen so alt wie sie selbst.

Sie war dazu verdammt, eine Liebe zu erleben, bei der sie sich niemals vollständig öffnen durfte. Wenn das Volk sich erhoben und die Zarin den Thron freigegeben hatte, um einer neuen Gesellschaft den Weg zu ebnen – wäre das eine Welt, in der sie und Stephan ohne Geheimnisse glücklich werden konnten? Sie hoffte es inständig.

»Küss mich«, sagte sie leise und hob ihm das Gesicht entgegen. Ein paar Sekunden verstrichen, in denen sie seinen Atem hörte und den schwachen Duft nach Whisky roch, der sich mit seinem Moschusduft mischte.

Dann berührte er sanft ihre Lippen mit seinem Mund, einmal, zweimal. Sie spürte seine Finger ihre Wange hinabgleiten, zu ihrem Hals und tiefer, behutsam, tastend, als berührten sie sich zum allerersten Mal. Sein Kuss wurde begieriger, er streichelte über ihr Kleid und nestelte an den Haken und Schleifen.

Von Verlangen überwältigt, legte sich Sonja auf ihn, erwiderte seinen Kuss mit einer Wildheit, die sie selbst überraschte. »Lieb mich, Stephan«, flüsterte sie. »Halt mich und lass mich nie mehr los.«

Seine Antwort ging in ein Stöhnen über, als ihre Hände seinen Leib hinabfuhren. Die Sehnsucht nach seiner Liebe und danach, eins mit ihm zu sein, trieb ihr die Tränen in die Augen. Sie ließ sie die Wangen hinablaufen, als alles Denken ausgeschaltet war und sie nichts mehr waren als zwei Liebende, die sich in den Wirren ihrer Zeit gegenseitig die Erfüllung schenkten.

Kapitel 27

Januar 1775,
in St. Petersburg

Das Weihnachtsfest war das letzte für Gustav Albrecht gewesen. Mit dreiundachtzig Jahren war er gestorben.

Boris weinte an seinem Totenbett. Er weinte um den Menschen, der schon während Boris' Kindheit ein alter weiser Mann gewesen war und der vielleicht in St. Petersburg der letzte Zeitzeuge der Stadtgründung war, einer, der Peter den Großen noch persönlich gekannt hatte.

Boris war dankbar, dass es ihm vergönnt gewesen war, noch ein paar Worte mit seinem Großväterchen zu sprechen.

»Niemand kennt dich besser als du dich selbst, Borja«, hatte Gustav mit rauer Stimme geflüstert. »Lass dir nicht einreden, dass irgendjemand wüsste, was gut für dich ist. Vertrau auf deine Gefühle, vertrau auf deine Talente, und du findest das Glück.«

Boris hatte sich hinabgebeugt und sich seiner Tränen nicht geschämt, als er seinem Opa die Wange küsste.

Sein Tod bedeutete etwas Endgültiges. Das hatte Boris gespürt, als er beim Verlassen der Albrechtvilla an seinem Vater vorbeigegangen war, der ihm stur den Rücken zugekehrt hatte. Hinter ihm lugte die Mutter hervor, müde, resigniert, dem Willen des Hausherrn unterworfen. Sie nickte Boris zu, das zaghafte Lächeln auf ihren Lippen reichte nicht bis zu den Augen. Wie weit sein Vetter inzwischen Karriere in der Seefahrt gemacht hatte, hatte Boris nicht verfolgt. Es interessierte ihn nicht. Aber er war froh, dass er über all die Jahre nie den Kontakt zu seiner Schwester Jelena abgebrochen hatte, die sich mit ihrem Mann in einer eigenen Villa in St. Petersburg komfortabel eingerichtet hatte und sich freute, wenn Boris ihr seinen neuesten Roman brachte.

Aber auch sie wusste nicht, wie lange Boris nun schon eine verheiratete Frau liebte und mit welchen Zweifeln und Geheimnissen sein gesellschaftliches Leben behaftet war. Die letzten Worte des Großvaters hatten Boris darin bestärkt, eine Entscheidung zu fällen.

Vertrau auf deine Gefühle, vertrau auf deine Talente.

Lorenz Hermann hatte inzwischen die dritte Auflage der *Reise durch Russland* gedruckt, die Petersburger rissen ihm den Roman aus den Händen. In den hell erleuchteten Cafés, Bibliotheken und Gaststätten der verschneiten Stadt saßen die Menschen mit gebeugten Köpfen über dem Buch, und diejenigen, die etwas langsamer im Denken waren und annahmen, sie würden sich literarisch an den Schönheiten des Landes erfreuen, wurden von den gewitzteren schnell eines Besseren belehrt. Hinter vorgehaltener Hand, tuschelnd von Mund zu Ohr, tauschte man sich über die ungeheuerlichen Details aus und begann über die russische Gesellschaft zu debattieren, wie sie war und wie sie sein könnte.

Der Zirkel hatte sein Ziel erreicht, Pugatschows Geist war ohne Gewalt in die Köpfe der Petersburger gebracht worden, und zwar in Gestalt eines unschuldig daherkommenden Unterhaltungsromans.

Lorenz hatte seine Buchhandlung in den vergangenen Jahren aus- und neben der Druckerei weitere Filialen aufgebaut, ein gutes Dutzend Männer und Frauen arbeitete für ihn. Ein Geschäftsmann, dessen Gewinne zu einem nicht unwesentlichen Teil auf Boris' schriftstellerische Erfolge zurückzuführen waren.

Es gab keinen Grund zur Reue. Alles war so gelaufen, wie es sich Boris erhofft hatte. Aber nun war es an der Zeit, ein neues Kapitel in seinem Leben zu beginnen. Er brauchte sich schon lange nicht mehr vor Selbstbestimmtheit und Unabhängigkeit zu fürchten. Johanna mit ihrer bedingungslosen Liebe und ihrem unerschütterlichen Glauben an ihn hatte nicht weniger dazu beigetragen als sein Großvater mit seinen letzten Worten.

Von der gegenüberliegenden Seite der Fontanka beobachtete Boris das Kommen und Gehen der Kunden im Buchgeschäft. Die Arme hielt er gegen die Kälte über der Brust gekreuzt und wartete ab, bis sich kein Kunde mehr im Laden befand. Dann überquerte er eiligen Schrittes über die verharschte Schneedecke die Brücke.

Lorenz blickte ihm entgegen, als er das Geschäft betrat und sich den Matsch von den Fellstiefeln abtrat. Boris' Herz schlug in einem ruhigen Takt. Er nahm die Ohrenmütze ab und fuhr sich mit den Fingern durch die Haare.

Ja, er tat das Richtige. Kurz irritierte es ihn, als Albert Bremer aus dem hinteren Bereich des Ladens lugte, ihn neugierig musterte und sich dann demonstrativ neben Lorenz stellte. Anscheinend führten sie nun die Geschäfte zu zweit.

Boris straffte die Schultern. »Lorenz, ich habe eine Entscheidung getroffen.«

Sofort wollte Albert Bremer sich zurückziehen, aber Lorenz hielt ihn auf. »Bleib. Ich habe keine Geheimnisse vor dir«, sagte er.

Boris blickte zwischen beiden hin und her, dann nickte er. »Es ist an der Zeit, dass ich selbstständig werde. Ich danke dir dafür, dass du mir geholfen hast, mit meinen ersten Romanen an die Öffentlichkeit zu gehen. Ich werde dir das nicht vergessen. Aber von nun an werde ich für einen anderen Verleger arbeiten, um mir selbst zu beweisen, dass ich es ohne freundschaftliche Bande schaffe.«

Lorenz' Augen funkelten, aber er hob betont lässig die

Arme. »Wenn du dir mehr Profit davon versprichst?«, sagte er mit leiser Überheblichkeit.

»Mir geht es nicht ums Geld, sondern um meine Weiterentwicklung. Und dazu gehört auch, dass ich unseren Bund verlassen werde. Ich möchte dich bitten, in meinem Namen meinen Austritt zu erklären. Ich gehöre nicht mehr dazu.«

Lorenz stützte die Hände auf der hölzernen Theke ab. »Wie kommt es zu diesem Sinneswandel? Ist es die Eifersucht auf deinen Freund Dmitri, der den Roman geschrieben hat, auf den wir seit Jahren von dir warten?«

Lorenz' Worte trafen ihn wie Faustschläge in den Magen, aber er würde sich nichts anmerken lassen, setzte im Gegenteil eine betont kühle Miene auf. »Tatsächlich hat es mit diesem Roman zu tun, aber keineswegs ist Eifersucht der Grund. Wer auch immer das Werk geschrieben hat – ich wünsche ihm Glück und Erfolg. Ja, ich wäre gern derjenige gewesen, der einen solchen Meilenstein in unserer Arbeit vorlegt, aber es hat sich anders ergeben. Ich habe meinen Dienst geleistet. Jetzt gehe ich eigene Wege.«

Einen Moment lang sah es aus, als wollte Lorenz fortfahren in seinem arroganten Tonfall oder Boris sogar beschimpfen, aber von einer Sekunde auf die andere trat eine Weichheit in seine Züge. Er kam um die Theke herum und nahm Boris in die Arme. Boris erstarrte bei der Berührung, die Hände zu Fäusten geballt, während Lorenz seinen Rücken streichelte und Boris über seine Schulter in Alberts unbewegte Miene sah. Erinnerungen überfluteten ihn, die er längst vergessen gehofft hatte. Doch da ließ Lorenz ihn schon los. »Ich wünsche dir alles Gute, mein Freund«, sagte er. »Und ich weiß, dass das Schweigegelübde nach deinem Austritt weiterhin für dich gilt.« Täuschte er sich, oder sprach er dieses Kompliment tatsächlich mit einer unterschwelligen Drohung aus? Nein, Lorenz Hermann konnte ihn nicht mehr unter Druck setzen.

»Es gibt nichts, was ich der Welt erzählen könnte, was nicht bereits in der *Reise durch Russland* geschrieben steht. Es war eure Entscheidung, das Buch unter das Volk zu bringen. Es ist nur eine Frage der Zeit, wann es der erste Regierungsbeamte liest und es der Zarin vorlegt. Für diesen Fall stehe ich selbstverständlich bereit, um die Schuld gemeinsam mit euch zu tragen.«

Lorenz hob einen Mundwinkel und tätschelte seine Schulter. »So kennen wir dich, Boris. Tapfer bis zur Selbstaufgabe.« Der Sarkasmus war nun nicht mehr zu überhören, aber Boris würde sich nicht provozieren lassen. Es war alles gesagt.

Er presste die Lippen aufeinander und nickte Lorenz zu. Dann wirbelte er herum und verließ den Buchladen. Draußen drosselte er nicht das Tempo, lief, als sei der Teufel hinter ihm her, bis er hinter der nächsten Ecke die Luft ausstieß und sich für einen Moment gegen die Mauer lehnte. Sein Pulsschlag raste, sein Brustkorb hob und senkte sich, aber schließlich glitt ein Lächeln über seine Züge.

Er hatte es geschafft. Er hatte sich losgesagt.

Nach der Trennung von seinem Elternhaus war dies der zweite bedeutende Schritt in seinem Leben. Keine hitzigen Männerdebatten mehr, die ihm Bauchgrimmen verursachten, keine Buchveröffentlichungen mehr als Freundschaftsdienst, keine Geheimniskrämerei mehr Johanna gegenüber.

Vertrau auf deine Gefühle, vertrau auf deine Talente.

Es fühlte sich fantastisch an.

Obwohl es ein später Winterabend war, schien St. Petersburg zu leuchten, als Katharina im kaiserlichen Schlitten ins Zentrum fuhr. Die Glöckchen der drei schwarzen Pferde klingelten vorne, hinten trabten die Pferde ihrer Leibgarde im gleichen Takt. Selbst ohne den Glanz der Sterne und den Schein des Vollmondes fand Katharina von jeher die russische Hauptstadt strahlender als Moskau, das sie vor einer Woche hinter sich gelassen hatte. Sie hielt es nie lange im Kreml aus, sehnte sich zurück nach der Weite und Struktur ihrer Heimatmetropole mit dem europäischen Flair.

Die Stadt schlief unter einer weißen Schneedecke. Im Inneren der Kutsche lagen heiße Steine auf dem Boden, die an jeder Poststation neu erhitzt wurden. Katharina war genau wie ihr Begleiter Alexej Orlow in Felle gehüllt. Der spröde, wortkarge Alexej war noch nie ihr bevorzugter Gesellschafter gewesen, aber ihre Minister waren noch ein paar Tage länger in Moskau geblieben, und Potemkin hatte sich bis vor wenigen Tagen im Osmanischen Reich aufgehalten. Sie hoffte, dass er bald in den Winterpalast zurückkehren würde.

Diesmal war der Besuch in Moskau enorm anstrengend gewesen. Wie sie es angekündigt hatte, hatte Katharina für Pugatschow seine Enthauptung durchgesetzt, statt ihn vor den versammelten Menschen zerstückeln zu lassen. Was für ein schmieriger Kerl, wie er in seinem Käfig gehockt und versucht hatte, sie aus der Entfernung zu bespucken. Er hatte nicht um Gnade gewinselt, hatte sich mit lauter Stimme gegenüber den Richtern zu seinem echten Namen bekannt und sein Schicksal angenommen, aber der Jubel der Menschen, als sein Kopf vor ihre Füße rollte, ließ sie hoffen, dass er nicht zum Märtyrer geworden war. Zumal nun auch der Letzte begriff, dass hier keineswegs Zar Peter sein Leben ließ, sondern der Donkosak Jemeljan Iwanowitsch Pugatschow. Mehrmals hatte er sich bekreuzigt, als das Todesurteil verlesen worden war. Dann hatte er sich zu allen Seiten verneigt und sich von dem Volk verabschiedet, bevor ihn die Knechte packten, seinen Schafspelz zerfetzten und der Henker das Beil hob.

»Es wäre ein stärkeres Zeichen gewesen, wenn du ihn hättest foltern lassen«, bemerkte Alexej in ihre Gedanken hinein. »Er hat es nicht besser verdient.«

Katharina seufzte und wandte den Blick aus dem Fenster. Aus den Schornsteinen der Häuser zog der Ofenqualm in die Nacht. Es hatte wieder angefangen zu schneien. Dicke Flocken segelten auf die weiß zugefrorene Newa und die Peter-Paul-Festung dahinter. »Es war eine wohldurchdachte Entscheidung«, gab sie zurück. Alexej würde nicht verstehen, dass es um ihren Ruf ging. Kurzfristig hätte ihnen das verlängerte Leiden des Rebellen Genugtuung verschafft, aber langfristig profitierte sie mehr von ihrer Barmherzigkeit, die sie gegenüber diesem Mann, der sie fast um ihren Thron gebracht hätte, nicht einmal vortäuschen musste. Sie verabscheute Gewalt, wenn sie vermeidbar war. Ihre flammende Rede an das Volk hatte ihr Übriges dazu beigetragen, dass die Menschen den Glauben an sie, die Alleinherrscherin über Russland, zurückgewannen. Davon war sie überzeugt. »Wir werden nun dafür Sorge tragen, dass die Geheimdienste gestärkt und ausgeweitet werden und dass unsere Soldaten jede Revolution im Keim ersticken. Ich will jedes Gouvernement unter unauffälliger Bewachung haben, und ich will regelmäßig Berichte von den Beamten.«

Am Ende hatte sie diese Rebellion viel zu viel Kraft gekostet. Ob sie ein zweites Mal so siegreich davonkommen würde, stand in den Sternen. Ja, es war beunruhigend, dass es Pugatschow gelungen war, Tausende von Menschen um sich zu scharen. Dieser breite Zuspruch ließ die Stimmung im russischen Volk in einem anderen Licht erscheinen. Sie wusste, in welcher Not viele lebten. Aber mit ihrem unerschütterlichen Optimismus hatte sie vorausgesetzt, sie würden trotzdem hinter ihr stehen und darauf vertrauen, dass sie ihre Situation verbessern würde. Nein, sie hatten sich gegen sie gestellt, und wenn Pugatschow bis nach St. Petersburg gelangt wäre … Katharina fröstelte bei der Vorstellung, dass es der Pöbel bis zu ihrem Regierungssitz geschafft hätte. Wie viele Menschen sich ihnen noch angeschlossen, wie viel Wut sie aufgestaut hätten – vermutlich hätten die Armee und ihre persönlichen Leibwächter nicht ausgereicht, um sie zu beschützen. Alexej würde ihr Leben für sie geben, das wusste sie. Genau wie einst … Sie wandte sich Alexej zu. »Hast du Neuigkeiten von Grigori? Wie geht es ihm in seinem Marmorpalais mit seiner zauberhaften Frau? Haben die Ärzte seine Krankheit besiegt?«

Alexejs Miene verfinsterte sich. »Er war viel auf Reisen, heißt es, aber das Letzte, was ich von ihm gehört habe, ist tatsächlich abscheulich. Er scheint vollends den Verstand zu verlieren, schreit nachts, er werde von Zar Peter verfolgt, und wurde in der Stadt gesehen, das Gesicht mit Kot verschmiert, offenbar um nicht erkannt zu werden.«

Sie kämpfte mit den Tränen. Wie leid er ihr tat. Wie sehr wünschte sie, sie hätte ihn vor solch einem Schicksal bewahren können. Aber wie viel Gold sie auch aus ihren Schatzkammern tragen würde – kein Reichtum der Welt half, wenn das Einzige, was man sich wünschte, die Gesundheit war.

Je näher sie dem Winterpalast kamen, desto mehr fiel die Bedrückung von ihr ab. Grigori und seiner jungen Frau war nicht mehr zu helfen, die Rebellion war besiegt, nun konnte sie sich wieder dem alltäglichen Regierungsgeschäft hingeben und sich hier und da eine süße Stunde mit Potemkin gönnen, um Kraft zu tanken.

Das »Ho!« des Kutschers schallte über den Schlossplatz, als der Schlitten sein Ziel erreichte. Sofort eilten Lakaien herbei, um das Gepäck der Kaiserin abzuladen und ihr aus dem Wagen zu helfen.

Sie trat in den puderigen Schnee, atmete die kristallene Luft ein und hob für einen Moment das Gesicht mit geschlossenen Lidern in die fallenden Flocken. Als sie die Augen wieder öffnete, fiel ihr Blick auf die Freitreppe vor dem Hauptportal, und ihr Herz machte einen Satz. Potemkin! Da stand er in seiner weißen Uniform, als könnte ihm die Kälte nichts anhaben. Sie breitete die Arme aus, strahlte ihn an, aber ihre Freude fand in seiner Miene kein Echo. Dennoch eilte er die Stufen hinab, um sie zu umarmen und zu küssen.

»Du hast mir gefehlt«, sagte sie und küsste ihn auf Wangen, Nase und Mund. Die Lakaien traten diskret einen Schritt zurück und bildeten einen Halbkreis um das Paar. Dann erst bemerkte sie die Sorgenfalten und den verbitterten Zug um seinen Mund.

»Mein Goldfasan, es gibt keinen Grund für Trübsal. Der Rebell ist tot, der Aufruhr ist niedergeschlagen, die Menschen sind auf ihre Höfe zurückgekehrt und haben mit dem Aufräumen begonnen. Es war wie ein böser Traum, in dem das Volk gefangen war, aber nun haben sie erkannt, dass man einen Wandel nicht mit Mistgabeln und Schwertern herbeiführen kann. Ich habe eine bejubelte Rede gehalten, in der ich die Gutsherren ermahnt habe, die Leibeigenen menschlicher zu behandeln. Und ich habe Männer, Frauen und ihre Kinder aufgefordert, die Lehrstätten zu nutzen. Allgemeine Freiheit kann nur aus Bildung erwachsen. Sie wissen, dass ich auf ihrer Seite bin. Alles ist gut, Potemkin.« Sie streichelte seine Stirn und seine Schläfe.

»Nichts ist gut«, widersprach er, und sein Tonfall ließ sie zurückzucken. »In Moskau mögen wir den Pöbel gestoppt haben, aber in St. Petersburg bricht die Revolution gerade aus.«

Katharinas Wangen wurden kalt, ihre Fingerspitzen bebten. »Was ist passiert?«, fragte sie mit tonloser Stimme. Wie konnte das sein? Die Stadt hatte sie in aller Friedlichkeit im Sternenglanz empfangen – keine Spur von Kämpfen oder Verwüstung.

»Die Waffen der Petersburger sind nicht die Messer und Sensen, sondern die Worte.« Er griff sich seitlich in die Uniformjacke und holte ein Buch hervor, das er Katharina reichte.

Verständnislos nahm sie es entgegen. Auf dem Umschlag stand in markanten Buchstaben *Reise durch Russland.* Sie schlug es auf und fand im Innenteil den Namen des Autors. Seit wann hatte Dmitri Woronin einen Hang zur schöngeistigen Literatur? Dies war eindeutig ein Unterhaltungsroman über die Schönheiten des Landes. War nun auch noch Potemkin geistig umnachtet?

Sie hob das Kinn. Die Lust auf zärtliche Vereinigung war ihr gründlich vergangen. Sie kannte Potemkins unberechenbare Launen, aber das führte eindeutig zu weit. Warum erschreckte er sie dermaßen, wo sie doch nichts wollte, als sich in seinen Armen von all dem Schrecklichen in Moskau zu erholen?

»Ich weiß nicht, was dir die Stimmung verhagelt hat, aber ich bin nicht gewillt, diese Farce länger zu ertragen. Was willst du mir mit diesem Roman hier sagen? Er interessiert mich nicht, ich kenne die schönsten Landstriche meines Reiches bereits.«

Endlich wurden seine Züge weicher, und in seine Miene trat ein Ausdruck von … Mitleid? Konnte sie ihren eigenen Empfindungen noch trauen?

Er legte die Hand auf ihre Schulter, drückte sie zärtlich. »Ich wünschte, Liebste, ich könnte dir die Lektüre ersparen. Unter dem Deckmantel der seichten Unterhaltung setzt dieser Roman die Rebellion mit neuen, viel wirksameren Mitteln fort, als sie Pugatschow je besessen hat. Der Verfasser verfügt über die intimsten Kenntnisse aus deiner Regierung.« Er nahm ihr das Buch aus der Hand, schlug wahllos eine Seite auf und las eine Szene vor, in der eine Heilkundige sich der Zarin näherte, um ihr die Augen zu reinigen, da sie mit Blindheit geschlagen sei und die Wahrheit nicht erkenne.

Kalte Wut breitete sich in Katharina aus.

»Willst du mehr hören?«, fragte Potemkin.

Sie hob die Hand und senkte das Kinn auf die Brust, bemühte sich, ihren Atem zu beruhigen.

Sie würde in dieser Nacht nicht eher Schlaf finden, bis sie dieses Blendwerk von der ersten bis zur letzten Zeile gelesen hatte. Sekundenlang fühlte sie sich greisenalt und zum Sterben müde, aber als sie Potemkin ansah, glühte der Kampfeswillen wieder in ihrem Gesicht. »Wir werden diese Schlacht gewinnen. Mit wem auch immer Woronin im Bunde stehen mag, um dieses verlogene Machwerk unters Volk zu bringen: Diesmal werde ich keine Gnade walten lassen, sondern mit äußerster Härte durchgreifen.«

BUCH 3

VERGEBUNG

Kapitel 28

Februar 1775, im Winterpalast

»Ihnen droht eine Anklage wegen Landesverrats. Das ist Ihnen bewusst, nicht wahr?«

Obwohl sich Katharina um Haltung und einen würdevollen Auftritt bemühte, hatte Dmitri sie nie zuvor in einer solchen Verfassung erlebt. Je aufgebrachter sie wurde, desto ruhiger wurde er. Was für ein Triumph, sich dieser Frau nach all den Jahren um Längen überlegen zu fühlen. Der Absatz des Buchs hatte sich unter den Ladentheken verdreifacht, nachdem durchgesickert war, wie sehr es die Zarin aus der Fassung gebracht und dass sie es auf der Stelle verboten hatte. Ihre Beamten hatten die Order, alle Bücher einzusammeln, aber die Leute wurden erfinderisch, um ihre Lektüre zu verbergen, und es kursierten noch Hunderte von Exemplaren, die von Hand zu Hand gingen. Fast wünschte Dmitri, er hätte es tatsächlich selbst geschrieben. Aber dafür einzustehen kam schon nah an das Gefühl heran. Er betete nur innerlich, dass Stephan recht behielt mit seiner Behauptung, die Zarin würde sich nicht trauen, ihre geistigen Kritiker zum Tode zu verurteilen. Das käme für sie einem Rückfall ins Mittelalter gleich, und das konnte sie sich wirklich nicht leisten. Stephan hatte angekündigt, persönlich zu intervenieren, falls es zum Äußersten kam. Mit seiner Verbindung zum Preußenkönig hatte er ein gutes Pfund in der Waagschale. Auch die anderen Männer hatten zumindest das Lippenbekenntnis abgegeben, dass sie ihn nicht allein zum Schafott gehen lassen würden. Wenn die Zarin tödliche Genugtuung wollte, dann müsste sie einen Großteil der Intellektuellen St. Petersburgs hinrichten lassen.

Inwieweit seine Frau Hera auf die Verlässlichkeit seiner Freunde setzte, vermochte Dmitri nicht einzuschätzen. Sie wartete vor dem Winterpalast auf ihn und schickte wahrscheinlich stille Gebete zum Himmel, dass sie ihren Ehemann nicht verlor.

»Ich bin bereit, mein Urteil anzunehmen«, gab er mit eisiger Stimme zurück. »Ich stehe mit meinem Leben hinter all den Ausführungen, die die Ungerechtigkeiten in diesem Land beweisen und die keinen anderen Schluss zulassen, als dass das Herrschaftssystem verändert werden muss.«

»Hören Sie doch auf!«, schrie Katharina ihn an. »Was wissen Sie schon von meinen Plänen? Und wo ist Ihre Dankbarkeit? Haben Sie nicht auf Kosten der Regierung in Leipzig studiert? Habe ich es Ihnen nicht ermöglicht, sich im europäischen Ausland weiterzubilden? Was glauben Sie, warum ich keinen finanziellen Aufwand und keine Mühen scheue, damit die Bildung ein tragfähiger Bestandteil der russischen Gesellschaft wird? Eine solche Entwicklung gelingt nicht von heute auf morgen, es braucht mindestens ein Menschenalter. Sie wissen nichts, Woronin, gar nichts, und ich nehme Ihnen nicht ab, dass Sie diesen Schund alleine fabriziert haben. Dazu fehlen Ihnen nämlich die Fantasie, die Kenntnis und das Handwerk. Also? Mit wem stehen Sie im Bunde?«

Dmitri reckte das Kinn vor und schwieg.

»Sie mögen sich für besonders findig halten«, fuhr Katharina fort, als die Stille unerträglich wurde. »Aber so kommen Sie mir nicht davon. Ich erwarte von Ihnen innerhalb einer Woche eine vollständige Liste aller Beteiligten. Bis dahin werden Sie St. Petersburg nicht verlassen. Sollten Sie es dann immer noch vorziehen zu schweigen, treten Sie am nächsten Tag Ihre Verbannung nach Sibirien an. In den Arbeitslagern dort werden

Ihnen die besten Gründe geliefert, Ihre Kaiserin zu verachten. Für Sie wird in St. Petersburg kein Platz mehr sein, Dmitri Woronin. Raus mit Ihnen! Ich kann Ihre grunddumme Überheblichkeit nicht mehr ertragen.«

Dmitri verneigte sich hölzern und marschierte aus dem Arbeitszimmer. In seinem Magen fühlte er eine unangenehme Leere, seine Knie bebten, aber er schritt hocherhobenen Hauptes. Selbst wenn sie ihn folterte: Er würde Sonjas Namen nicht preisgeben. Er hatte ihr sein Wort gegeben, und er würde mit seinem Leben für ihre Unversehrtheit einstehen.

Kaum war er an den Palastwachen vorbei und am Schlossplatz, stürmte Hera auf ihn zu. Sie packte ihn an den Schultern, schüttelte ihn. »Was ist passiert? So rede doch!«

»Sie glaubt nicht, dass ich das Buch allein geschrieben habe, und will Namen.«

»Sonst?« Hera klang atemlos, während sie ihren Mann mit schreckgeweiteten Augen anstarrte.

Dmitris Hals schmerzte beim Schlucken. »Wenn ich ihr nicht innerhalb einer Woche meine Komplizen nenne, wird sie mich verbannen.«

Instinktiv griff er Hera unter die Arme, als sie vor ihm wegzusacken drohte. Sie begann haltlos zu schluchzen. »Du hast es doch nicht geschrieben! Du schützt jemanden! Glaubst du, ich bin blind und taub?«, schrie sie ihn an.

Dmitri schaute sich nach links und rechts um, ob jemand sie hören konnte. Dann führte er seine Frau untergehakt in Richtung des Flusses.

Was wusste Hera? Sie war sehr aufmerksam, was seine Pläne betraf, fragte stets nach, wenn er länger von zu Hause fernblieb, und ließ sich abends im Bett berichten, wie er seinen Tag verbracht hatte. Sie wusste vom Zirkel, aber wusste sie von seiner besonderen Beziehung zu Sonja? Bloß das nicht! Sie würde es fertigbringen und zur Zarin laufen, um die junge Frau zu denunzieren und ihn zu schützen.

Er räusperte sich, als sie die Uferpromenade erreichten und sich in den Strom der in Wintermäntel eingepackten Spaziergänger einreihten. »Alle im Zirkel stehen hinter mir. Ich werde mich heute Abend mit ihnen beratschlagen. Ich vertraue jedem Einzelnen von ihnen, Hera, und dich möchte ich bitten, mir zu vertrauen. Wir werden das überstehen.«

Ihre Unterlippe zitterte, ihre Schultern bebten. »Warum musst gerade du den Kopf für alle hinhalten?« Sie zog sich ein sauberes Tuch aus dem Mantelärmel und schnäuzte sich die Nase.

Dmitri unterdrückte ein erleichtertes Seufzen. Sonja stand nicht in ihrem Fokus. Er legte den Arm um Hera und zog sie an sich. »Der Zorn der Zarin wird verrauchen, Liebling. Sie ist eine wohlwollende Frau, die sich die Chance nicht entgehen lassen wird, in eine Debatte mit ihren Kritikern einzusteigen.« Er wünschte nur, er würde diese Überzeugung in seinem Inneren fühlen.

»Selbstverständlich bin ich bereit, mit dir vor die Zarin zu treten.« Lorenz Hermann sprang aus dem Sessel im Salon der Villa Mervier hoch und wanderte mit entschlossenen Schritten durch den Raum. Zwischendurch verständigte er sich wortlos mit Albert Bremer, der ihn heute zu Stephan Mervier begleitet hatte, und wies mit dem Zeigefinger auf ihn. »Du wirst dich dem nicht anschließen, Albert. Du hast mit diesem Eklat nichts zu tun.« Er wandte sich an Stephan und Dmitri. »Aber Boris will ich dabeihaben. Obwohl er sich von uns losgesagt hat, ist es seine verdammte Pflicht, sich zu bekennen.«

Dmitri hatte am späten Abend erneut den engsten Kreis des Zirkels in die Villa Mervier geladen, um den Männern von seiner Konfrontation mit der Zarin zu erzählen. Albert zählte er offenbar dazu, obwohl das Vertrauen zu ihm noch wachsen musste.

Draußen versank alles im Schnee. Seit Tagen waren un-

unterbrochen dicke Flocken gefallen, die Schneeräumer waren rund um die Uhr auf den Hauptstraßen im Einsatz. Nun schien sich ein Sturm zusammenzubrauen. Die Holzverschläge der Fenster klapperten leise, und hin und wieder pfiff es durch die Türen der Villa. Die Petersburger hatten geglaubt, dass sie sich allmählich wieder auf die ersten warmen Sonnenstrahlen und Frühblüher freuen konnten, doch der Winter zeigte sich spät im Jahr noch einmal mit voller Kraft und hielt die Stadt im eisigen Griff.

»Ich würde ihm das gern selbst überlassen«, erwiderte Stephan, der sich scheinbar entspannt auf dem Sofa zurücklehnte, die Arme ausgebreitet. Das Kaminfeuer und die Kerzen im Kronleuchter spendeten warmes Licht. »Ehrenhaftigkeit und Loyalität gibt man freiwillig oder gar nicht.«

Lorenz presste die Lippen aufeinander. »Je mehr wir sind, desto geschützter sind wir«, erwiderte er. »Wir sollten den Kreis derer, die sich zu dem Buch bekennen, erweitern. Ich schlage ein Treffen in großer Runde vor, bei dem wir die Angelegenheit erläutern.«

Die anderen nickten zustimmend, und Stephan bemühte sich um äußere Gelassenheit, obwohl seine Nerven zum Zerreißen gespannt waren. Es war gut, dass die Dinge endlich in Bewegung gerieten. Mit dem Buch war eine Welle der Erschütterung und Empörung durch St. Petersburg gerollt, jetzt galt es, diese Stimmung zu nutzen und die Zarin zu zwingen, eine neue Regierung zu formen. Sie standen kurz vor ihrem Ziel! Er glaubte, Katharina gut genug zu kennen: Sie würde sich nicht die Blöße geben und mit despotischer Härte gegen eine rein geistige Rebellion vorgehen, und wenn doch, würde er Katharina zu verstehen geben, dass er nicht davor zurückschreckte, das Buch in Europa verbreiten zu lassen. Pugatschows Mörderbanden mit gnadenloser Härte und Brutalität niederzuschlagen war das eine. Mit einer friedlichen Revolution würde sie sich ohne Barbarei auseinandersetzen müssen.

Sein Plan stand, aber die zahllosen Unwägbarkeiten ließen ihn schaudern.

Lorenz durchschritt immer noch den Raum, starrte einen Moment auf die flackernden Scheite im Kamin, schenkte sich am Serviertisch Whisky ein und schwenkte die goldene Flüssigkeit in dem Glas. Als er den Blick wieder auf Dmitri richtete, schienen seine Augen einen Blitz auf ihn zu schießen. »Und ich werde nicht als Opponent in den Winterpalast marschieren, ohne zu wissen, wer tatsächlich für die Schrift verantwortlich ist. Der Urheber hat an unserer Seite zu gehen, wenn er kein Feigling ist.«

Wie eine Bombe schlugen seine Worte ein, und einen Moment lang schien die Zeit stillzustehen, während Dmitris Gesicht Leichenfarbe annahm. Verzweiflung spiegelte sich in seiner Miene und ein stilles Flehen, aber gerade dadurch weckte er die Neugier der anderen. Stephan hätte ihm nicht die Pistole auf die Brust gesetzt, um die Information zu bekommen, aber ja, auch er fand, dass der Urheber an vorderste Front gehörte. Wie informiert er sich in dem Roman gegeben hatte, wie leidenschaftlich er an das Volk appellierte, aufzustehen und sich zu widersetzen – das hatte kein Duckmäuser geschrieben, sondern ein Mann mit Courage. Warum sollten sie einen solchen Dissidenten nicht in ihrer Mitte willkommen heißen und mit ihm vor den Zarenthron treten?

Dmitri wischte sich Schweißperlen von der Oberlippe. In seinen Augen spiegelte sich das Grausen. »Das geht nicht.« Seine Stimme klang tonlos.

Lorenz machte ein paar Schritte auf ihn zu, fixierte ihn, und Dmitri schien trotz seiner beachtlichen Größe im Sessel zu versinken. »Warum nicht?«

Die Luft im Salon schien zu brennen, während sich draußen der Wind zu einem Sturm entwickelte, der an den Verschlägen rüttelte und durch die Straße heulte.

»Die Gefahr für sie ist ungleich größer als für uns! Die Zarin würde nie …« Dmitri drückte sich die Finger vor den Mund, die Augen schreckgeweitet. »Oh mein Gott«, flüsterte er. »Ich meine, der Verfasser … also, der Autor des Buches …« Es war zu spät.

»Es ist eine Frau.« Eine Ahnung breitete sich wie Gift in Stephans Innerem aus und drohte ihn zu ersticken.

Dmitri nahm einen zitternden Atemzug. »Du irrst dich, nein, ich …« Aber die Mienen der anderen machten ihm deutlich, dass es vergebliche Mühe war. Dmitri griff sich an die Stirn, als könnte er selbst nicht glauben, dass ihm ein solch katastrophaler Fehler unterlaufen war.

»Wer ist sie?« Lorenz' Stimme hallte wie die eines unbezwingbaren Richters zwischen den Wänden.

Stephan war auf dem Sofa bis auf die Kante vorgerutscht und hielt die Hände gefaltet zwischen den Knien. Sein Nacken verspannte sich schmerzhaft, und an seinem Hals pumpte eine Ader, als würde sie jeden Moment platzen. *Bitte nicht, bitte sag den Namen nicht. Lass es nicht sie sein.*

Dmitri stöhnte auf. Sein Gesicht sah aus wie der Tod, als er aufblickte. »Nun gut, wir sind hier unter uns, und was wir bereden, bleibt in diesem Raum.« Er nahm einen tiefen Atemzug. »Es ist Sonja, die Ziehtochter der Zarin. Sie hat die *Reise durch Russland* geschrieben und mich gebeten, ihr bei der Veröffentlichung zu helfen, weil es ihr eine Herzensangelegenheit ist, die Wahrheit ans Licht zu bringen.«

Stephan sackte in sich zusammen, als hätte jemand die Fäden einer Marionette durchtrennt. All die Momente blitzten in seiner Erinnerung auf, in denen Sonja und er sich unendlich nah gewesen waren und trotzdem stets eine Wand wie aus dünnem Glas zwischen ihnen gestanden hatte. Dieses Mysteriöse, das ihn einerseits gereizt, andererseits irritiert hatte. Er hatte gewusst, dass Sonja jeden Schritt der Zarin hinterfragte und keine Jasagerin war, die sich dankbar und demütig dem Wohlwollen ihres Vormunds beugte. Aber dass sie ihr Leben für den Widerstand riskierte, das traf ihn wie ein Schlag. Tausend Gedanken und Strategien kämpften hinter seiner Stirn, aber überschattet wurde sein Verstand von der Todesangst.

War sich Sonja bewusst, in welche Gefahr sie sich begeben hatte? Es war ein gewaltiger Unterschied, ob sich ein paar Dutzend Mitglieder des Zirkels zum geistigen Widerstand gegen den Despotismus aufschwangen oder ob einer der liebsten Menschen der Zarin aus dem Winterpalast heraus zur Verräterin wurde. Alles, alles verlor an Bedeutung bei der Vorstellung, dass die geliebte Frau mit der Veröffentlichung ihrer geheimsten Gedanken ihr Todesurteil selbst gesprochen hatte. Und er hatte daran mitgewirkt.

Blass stieg die Sonne am Vormittag am Himmel auf, die Schneewolken reflektierten schwach das silbrige Licht. Es hatte aufgehört zu schneien, der Sturm hatte sich gelegt, aber die Straßen waren zugeschneit und es würde vermutlich bis zum Abend dauern, bis die Leibeigenen und Bediensteten der Herrschaften sie für die Schlitten, Fußgänger und Pferde geplättet oder frei geräumt hatten. Saschas rotgefrorene Nase lugte unter seiner Fellmütze hervor, als Stephan die Villa Mervier verließ. Der alte Mann hatte die Schneemassen von der Freitreppe und dem Platz vor der Villa bis zur Fontanka zu Türmen an den Straßenseiten aufgehäuft. Er musste bereits in der frühmorgendlichen Dunkelheit begonnen haben. Stephan nickte ihm zu und nahm sich vor, dem Pferdepfleger bei Gelegenheit den Lohn zu erhöhen.

Er hatte sich seine bis zu den Knien reichenden ledernen Winterstiefel angezogen und sich den gefütterten Umhang übergeworfen, obwohl er vermutlich selbst in Hemd und Hose nicht gefroren hätte. Das Fieber unter seiner Haut war seit Dmitris Geständnis nicht gesunken.

In der Nacht hatte sich Stephan nicht ins Bett gelegt – er hätte ohnehin keine Ruhe gefunden. Stattdessen hatte er den

Sonnenaufgang herbeigesehnt, der um diese Jahreszeit nicht vor neun Uhr zu erwarten war. Alles in ihm zog es zu Sonja, aber in den Winterpalast zu eilen war zu gefährlich.

Er stellte sich an den Steg der Pontonbrücke, die im Sommer die Admiralitätsinsel mit der Wassiljewski-Insel verband und jetzt, da die zugefrorene Newa einen natürlichen Übergang bildete, eingezogen war. Hoffentlich würde Sonja genau wie an jedem Morgen in der Woche diesen kürzesten Weg zur Akademie wählen!

Die Arme verschränkt, Kinn und Mund bis zur Nase in den Fellkragen gesteckt, stapfte er auf der Stelle, damit ihm die Füße nicht erfroren. Passanten warfen ihm Blicke zu, keiner blieb bei der Kälte stehen, alle hielten sich in Bewegung. Zahlreiche Studenten strömten zu zweit und in Gruppen an ihm vorbei, viele in Unterhaltungen vertieft. Der Atem bildete Wölkchen um sie.

Wie hatte er so blind sein können! Sonja hatte oft erwähnt, wie sehr sie das Leben im Winterpalast verabscheute und dass sie sich nach ihrer Unabhängigkeit sehnte, am liebsten in einem eigenen Appartement in der Nähe der Akademie. Warum hatte sie ihn bloß nicht ins Vertrauen gezogen? Mit Sicherheit hätte er ihr die Idee, das Buch zu veröffentlichen, ausgeredet, und jäh erkannte er, dass sie genau deswegen geschwiegen hatte. In Dmitri glaubte sie offenbar, einen verlässlichen Freund gefunden zu haben, der ihr nicht widersprach und tat, was sie wollte. Verdammt, Dmitri hätte sie aufhalten müssen! Er war bedachtsam genug, um die Konsequenzen abzuschätzen. Aber nun war es zu spät und es galt, Sonja aus dieser Sache irgendwie heil herauszubekommen.

Er sah auf, als sich eine einzelne Gestalt in einem schwarzgrauen Umhang näherte. Unter der Fellmütze lugte hellblondes Haar hervor, aber auch an ihrem wiegenden Gang und der grazilen Haltung ihrer Schultern hätte er sie sofort erkannt. Mit vier, fünf schnellen Schritten war er bei ihr, packte sie an den Schultern, zog sie an sich, fühlte ihren warmen Atem am Hals. »Sonja, Liebste …«

Sie ließ sich einen Moment lang in den Armen halten, brachte dann Abstand zwischen sich und ihn, um ihm ins Gesicht blicken zu können. »Was machst du hier, Stephan? Du holst dir den Tod in der Kälte.«

»Ich habe auf dich gewartet, ich musste dich sehen, ich …« Er nahm einen langen Atemzug. »Du hast die *Reise durch Russland* geschrieben und Dmitri gebeten, sie zu veröffentlichen. Wie konntest du das tun?«

Ihre Züge nahmen eine wächserne Starre an, als sie sich vollständig von ihm löste und einen Schritt zurücktrat. Sie wirkte abweisend, aber in ihren Augen sah er den Schmerz der Enttäuschung. »Er hatte mir geschworen, es für sich zu behalten.«

»Das hat er versucht. Aber wir haben nicht lockergelassen, bis er mit der Wahrheit herausgerückt ist. Lorenz Hermann hat den Buchdruck übernommen.«

Sie wurde noch eine Spur blasser. »Ich hatte gehofft, er würde die Druckerpressen der Akademie benutzen. Das wäre unauffälliger gewesen.«

»Das hat Dmitri offenbar anders gesehen. Bei uns ist dein Geheimnis gut aufgehoben.« War es das? Dmitri würde Sonja gegenüber immer loyal bleiben, aber Lorenz mit seiner eigenmächtigen Art, die Dinge beim Namen zu nennen? Würde er die Sache im Zirkel an die große Glocke hängen, ohne sie darüber zu informieren? Und Albert Bremer? Er kannte ihn kaum und konnte nicht einschätzen, ob er der Zarin die Informationen geben würde, die sie einforderte, um sich eine goldene Nase zu verdienen. Er griff nach ihren Händen, presste sie. »Du bist in St. Petersburg nicht mehr sicher«, sagte er eindringlich und wünschte sich, sie würde eine Regung in ihrem Gesicht zeigen. Aber ihr Blick blieb nach innen gekehrt.

»Wenn das für mich gilt, gilt es für dich und deine Freunde

schon lange. Die Zarin weiß, dass ihr ihre Regierung in Zweifel zieht.«

Er stieß die Luft aus, als hätte er sie zu lange angehalten. »Das ist nicht zu vergleichen, Sonja! Mit unserer Männergruppe nimmt die Zarin es locker auf, das traut sie sich zu, das weckt ihren Ehrgeiz. Aber dich liebt sie wie eine Tochter, und wenn sie herausfindet, dass du gegen sie opponierst, wird sie das als Hochverrat verurteilen, und dann bleibt ihr kein Spielraum für ein mildes Urteil. Willst du wirklich für deine Überzeugung auf dem Schafott enden?« Er vermochte kaum den Schmerz aus seiner Stimme herauszuhalten und hörte selbst, wie schrill seine Worte klangen.

Endlich kam eine Regung in ihre Mimik. Sie biss sich auf die Lippen und blinzelte ein paarmal. »Ich kann nicht einfach weg. St. Petersburg ist meine Heimat, ich kenne nichts anderes. Ich hasse die Vorstellung, davonzulaufen wie jemand, der Unrecht begangen hat. Ich habe die Wahrheit geschrieben, und die Zarin wird sich dem Druck der Öffentlichkeit beugen müssen. Ich allein habe in all den Jahren nichts bewirken können. Erst war ich zu jung, später zu emotional. Sie ist eine Despotin durch und durch im Deckmantel der Gönnerin.«

»Ich teile deine Meinung, Sonja, aber ich befürworte nicht die Art, wie du an die Öffentlichkeit gegangen bist. Du musst zumindest eine Zeit lang die Stadt verlassen, bis sich die Situation entschärft hat.«

»Aber wo soll ich denn hin?« Auf einmal wirkte sie mit den von der Kälte blassrot gefärbten Wangen verletzlich, und Stephan ging das Herz über vor Mitgefühl und Furcht. Wieder zog er sie an sich, bedeckte ihr Gesicht mit Küssen, und die Blicke der Passanten waren ihm egal. Nichts und niemand hätte ihn an diesem kalten Februartag an der Newa davon abhalten können, dieser Frau seine Liebe zu zeigen und sie in den Armen zu halten, als könnte er sie dadurch vor allem Unheil beschützen.

»Ich werde mich darum kümmern«, sagte er. »Ich will versuchen, mit Dmitris Hilfe ein paar Vertraute in Moskau zu finden, bei denen du vorübergehend unterschlüpfen kannst. Notfalls schicke ich dich nach Preußen oder Frankreich, dort kenne ich selbst genügend Familien. Du musst hier weg. Hier erwartet dich der Tod, und ich würde mit dir sterben, denn ein Leben ohne dich erscheint mir sinnlos.«

Er spürte, wie sie sich an ihn drückte. So beängstigend Sonjas Lage war, so beglückend war dieses Gefühl einer Liebe, die über alles erhaben war. Er hatte nach Russland kommen müssen, um zu erfahren, zu welchen Empfindungen er wirklich fähig war. Er würde es nie bereuen.

Kapitel 29

Am Winterpalast

»Lasst mich durch, ihr Hundesöhne! Fasst mich nicht an!« Marija schlug um sich, drehte sich im Kreis und riss an den Ärmeln ihres Mantels, als die Palastwachen sie packen wollten.

»Scher dich zum Teufel, Weib!«, rief einer der Gardisten, trat einen Schritt zurück und legte seine Muskete an.

»Ihr landet alle vor dem Henker, weil ihr mir den Zutritt verwehrt! Dafür wird Katharina persönlich sorgen!«

Es war ein ungleicher Kampf, der sich um die Mittagszeit vor dem Portal des Winterpalastes abspielte. Vier kräftige Soldaten in ihren maßgeschneiderten Gardeuniformen setzten sich mit einer mageren Frau auseinander, die allem Anschein nach eine streunende Bettlerin war. Das konnte auch der wertvolle Mantel aus Silberfuchs, den sie umgelegt hatte, nicht verbergen.

Marija ließ sich nicht abwimmeln, stieß wieder vor und versuchte, an den Soldaten vorbei in den Palast zu laufen, bis es einem der Männer zu bunt wurde und er die Muskete hob, um der Frau den Kolben über den Schädel zu ziehen.

»Lasst sie los!«, erklang die schrille Stimme einer Frau, die sich im Portal aufgebaut hatte wie ein Racheengel. Auf ihrem Arm schnurrte eine schwarze Katze, die sie unablässig streichelte.

Die Soldaten hielten inne, wandten die Köpfe. »Madame, sie behauptet, von der Zarin empfangen zu werden. Wie es scheint, ist sie nicht ganz richtig im Kopf«, bemerkte der jüngste der Soldaten.

Ein älterer Gardeoffizier grinste die Madame an. »Glaub mir, Inna, dieses ungewaschene Weibsbild willst du nicht im Palast haben.«

Marija stierte abwechselnd von den Soldaten zu der Frau, die ein rostrotes Tageskleid mit langen Ärmeln und aufgestelltem Kragen trug, und erkannte sofort, dass sie ihr die Chance bot, ihr Vorhaben in die Tat umzusetzen. Wieselflink nutzte sie die plötzliche Verwirrung der Männer, zwängte sich an ihnen vorbei und hechtete die Treppen hinauf. Oben fiel sie vor der Frau auf die Knie, nahm ihren Rocksaum und drückte Küsse darauf. »Ich flehe Sie an, Madame, lassen Sie mich zur Zarin! Ich habe Nachrichten von hoher Wichtigkeit für Ihre Majestät.«

»Was sind das für Nachrichten?« Die Frau, die Inna hieß, entzog ihr das Kleid mit einem Ruck. In ihrer Miene spiegelte sich Ekel. Behutsam setzte sie die Katze ab, die mit buschigem Schwanz in Richtung Marija fauchte, bevor sie geduckt in den Palast zurückschlich.

»Das kann ich Ihnen nicht sagen, aber es geht um Katharinas Mädchen, das sie ach so sehr vergöttert. Ich will ihr die Wahrheit sagen über dieses Weibsstück.«

Inna warf einen Blick zu den Soldaten, die bereitstanden, um Marija mit einem Tritt über den Schlossplatz zu schleudern. Marija stieß innerlich ein Stoßgebet aus, dass die Frau ihr glauben möge. Bestimmt beeindruckte sie der Mantel, der inzwischen zwar einige Flecken und Risse hatte, aber immer noch etwas hermachte. Im Gesicht der Frau nahm sie ein Aufblitzen wahr und frohlockte. Vielleicht gehörte sie ja zu den Höflingen, die Sonja nicht zu Füßen lagen, sondern ihr im Gegenteil die Pest an den Hals wünschten. Eine Verbündete war genau das, was Marija in diesem Moment brauchte, und als Inna die Stimme hob, wusste Marija, dass das Glück diesmal auf ihrer Seite war. »Lasst sie in Ruhe«, rief sie und zog sie am Ellbogen auf die Füße, bevor sie sie fest unterhakte. Über die Schulter warf sie den Wachmännern noch hin: »Ich geleite sie persönlich zur Zarin.«

Das empörte Gemurmel der Soldaten verebbte, als Marija sich von Inna in das Foyer führen ließ. Von der hohen Decke hing ein glitzernder Kronleuchter, die Wände waren mit Porträts missmutig aussehender Menschen geschmückt. Marija erschnupperte den Duft nach Parfum, der in den Fenstervorhängen und mit Samt bezogenen Sesseln hing.

»Wenn du gelogen hast, übergebe ich dich persönlich den Soldaten«, zischte Inna Marija zu. »Was weißt du über Sonja?«

»Verzeihen Sie, Madame, alle im Palast werden es erfahren, sobald ich mit der Zarin gesprochen habe. Aber wenn ich sie nicht als Erste unterrichte, wird sie mir grollen, und habe ich nicht schon Unglück genug?«

Inna fiel in ein übellauniges Schweigen, führte Marija aber mit eiligen Schritten durch die Flure des Winterpalastes. Marija stolperte mehrmals über die eigenen Füße, weil ihr Blick nach hierhin und dorthin flog, um die überwältigende Fülle zu bewundern. Spiegel in goldenen Rahmen, deckenhohe Wandgemälde mit exotischen Motiven, mit kunstvollem Stuck verzierte Säulen, Kommoden und Schränke aus dunklen Edelhölzern, auf denen mit Schnittblumen gefüllte Porzellanvasen standen, und überall monströse Kachelöfen, die eine stickige Wärme verströmten und vor denen sich Katzen zusammengerollt hatten. Marijas Blick irrte umher, um all den Prunk aufzunehmen, aber auch, weil sie von jeher mit Ärger aus allen Richtungen rechnete.

In einem Zimmer mit mehreren Sofas und dicht aneinandergehängten Bildern an allen Wänden blieb Inna endlich stehen. »Bleib hier und rühr dich nicht von der Stelle.« Sie hob den Zeigefinger und funkelte Marija an. »Ich riskiere viel für dich. Wenn du mich enttäuschst, wirst du mich kennenlernen.«

Marija grübelte einen Moment lang darüber, womit sie diese Inna wohl enttäuschen könnte. Das wollte sie auf keinen Fall. Sie verneigte sich ungeschickt und vollführte einen wackeligen Knicks, bei dem sie beide Arme ausstreckte, um die Balance zu halten.

Marija wusste, dass sie vom Herrgott nicht mit den größten Geistesgaben ausgestattet war. Hinzu kamen die wispernden Stimmen, die sie mal in die eine, mal in die andere Richtung zwangen. Bei Wortwechseln brauchte sie oft länger als andere, um zu verstehen, worum es ging, und wenn sie bereit war, etwas beizutragen, war das Thema meist schon vergessen. Zum Ausgleich aber hatte ihr Gott ein feines Gespür für die Gefühle anderer Menschen gegeben und ein außergewöhnliches Geschick, Verbindungen, Seilschaften und Feindschaften zu erspüren. Das war von großem Nutzen, wenn sie sich einen Vorteil erschleichen wollte und innerhalb von Sekunden erkannte, mit wem sie sich zusammentun musste.

Diese Inna hatte ihr der Himmel geschickt. Marija hatte ihr den Hass angesehen, als sie Sonja erwähnte, und einen Groll, der vielleicht schon seit Jahren in ihr schwelte. Diese Frau wartete nur darauf, Sonja ins Straucheln zu bringen – weil sie selbst bei der Zarin stets zu kurz gekommen war?

Genau das hatte Marija heute vor: Sonja von ihrem Sockel zu stoßen und die Dankbarkeit der Zarin zu erringen, die sich hoffentlich in klingender Münze zeigen würde. Hatte sie nicht gewusst, dass das Kind irgendwann ihr eigenes Schicksal zum Guten wenden würde? Heute war ein guter Tag, um ein besseres Leben zu beginnen.

In den letzten Wochen hatte Marija bei ihren Streifzügen durch die Straßen manches aufgeschnappt, was sie sich zunächst nicht erklären konnte. Eine sirrende Missstimmung schien sich durch St. Petersburg zu ziehen. Der Wirt in der Herberge fiel in die Schmährede eines Gastes ein, der Katharina am liebsten vom Thron stoßen wollte, die Fischer unten an der Newa steckten die Köpfe zusammen und schmiedeten hoffnungslos, aber hasserfüllt Pläne, sich zusammenzurotten und gegen den Winterpalast zu ziehen, bei den Volksfesten und Märkten standen die Menschen in Gruppen zusammen und debattierten, statt ausgelassen die Krüge klingen zu lassen und das Tanzbein zu schwingen. Eine Ahnung von Umbruch hing in der Luft, und in all den Satzfetzen, die Marija aufgeschnappt, in allen Begegnungen, die sie beobachtet hatte, schien ein Schriftstück die entscheidende Rolle zu spielen. In mühsamen Schritten hatte Marija die Erinnerungsstücke an die Unterhaltung, die Sonja mit diesem studierten Gecken geführt hatte, zusammengeklaubt und mit ihren Eindrücken aus der Stadt zu einem löchrigen Bild zusammengefügt. Ein Energiestoß war durch ihre Knochen geschossen, als sie erkannte, dass sie diejenige war, die das letzte Puzzlestück in den Händen hielt. Sie war diejenige, die der Zarin den Schleier von den Augen reißen und ihr zuflüstern konnte, dass sie eine Schlange an der Brust gesäugt hatte.

Was für ein Leben sie mit dem Lohn der Regentin führen könnte! Die Zarin war für ihre Großzügigkeit bekannt – warum sollte sie das ausgerechnet ihr gegenüber vergessen?

Wie ein Fieber hatte sie die Erregung gepackt, und in ihren Träumen sah sie sich als kostbar gekleidete Dame in einer goldverzierten Kutsche, die dem armen Volk vom Fenster aus vornehm zuwinkte und, wenn es sie gerade überkam, ihnen gnädig ein paar Kopeken vor die Füße warf. Auf jeden Fall aber würde ihr Lohn reichen, um sich vor den Männern und Frauen in den Wirtshäusern hervorzutun. Staunen würden sie, wie weit es die seltsame Marija gebracht hatte, wenn alle auf ihre Kosten trinken konnten. Wer hätte ihr das zugetraut?

Marija reckte den Hals und beobachtete Inna, die mit temperamentvoll gestikulierenden Armen auf die Männer in Livree einsprach, die vor dem nächsten Raum Wache hielten – vermutlich der Zugang zu Katharinas privatem Reich. Unter dem Mantel staute sich die Hitze, aber sie würde ihn nicht ausziehen.

Einer der Wachmänner schlüpfte in den Arbeitsraum der Zarin, Inna wartete davor und knetete ihre Hände. Hin und wieder warf sie einen prüfenden Blick zu Marija, die dann jedes Mal knickste.

Endlich forderte Inna Marija mit einer Handbewegung auf, näher zu kommen. »Du hast fünf Minuten«, zischte sie ihr zu. »Nutze sie.«

Mit ihrem Sohn Paul zu reden hatte Katharina noch nie in Hochstimmung versetzt. Was für ein perfider Zug des Schicksals, dass er seinem offiziellen Vater ähnlich war, obwohl nicht ein Tropfen von Peters Blut in seinen Adern floss. Ein Kümmerling und Jammerlappen, ein debiler Kindskopf, der sich von jedem an der Nase herumführen ließ, bis es aus ihm herausbrach und er das Mobiliar zertrümmerte. Alle am Hof wussten, dass seine Frau einen Liebhaber hatte. Nun war sie schwanger, und man tuschelte hinter vorgehaltenen Fächern, dass das Kind nicht von ihm war. Zudem hatte Paul begonnen, seinen angeblichen Vater zu glorifizieren und Katharina als Mörderin zu bezeichnen. In seinen Geistesgaben war er ihr nicht gewachsen, dennoch zermürbte es sie, sich mit ihm auseinanderzusetzen, wie sie es die letzte halbe Stunde getan hatte.

Wenn sie wenigstens zum Ausgleich Sonja öfter sehen würde! Aber das geschah in den letzten Monaten selten. Der Gedanke, dass sich ihre Ziehtochter von ihr entfremdete, schnürte ihr den Brustkorb zu. Vielleicht sollte sie noch einmal eine Reise mit ihr unternehmen, um ihr näherzukommen. Sie hatte so große Hoffnungen in sie gesetzt, wohingegen sie bei Paul schon in der Kindheit gespürt hatte, dass sie keine Verbindung zu ihm haben konnte.

Sie war fast froh über die Unterbrechung, als der Hofmeister eine Besucherin ankündigte, die sich auf keinem Terminkalender fand. Paul beendete die Debatte offenbar ebenfalls mit Erleichterung – sein Weg über die private Treppe in die oberen Stockwerke erschien fast wie eine Flucht, als Katharina den Empfang für beendet erklärte.

Und nun trippelte eine eigenwillige Erscheinung auf ihren Schreibtisch zu, sank kurz davor auf die Knie und ließ sich mit ausgestreckten Armen flach zu Boden gleiten, die Nase in den Teppich gedrückt. Ein zerfledderter Silberfuchspelz breitete sich wie ein See über sie und bedeckte sie vollständig.

Katharina warf einen Blick zu ihrem Hofmeister, der entschuldigend die Arme hob. Seiner Miene war anzusehen, dass er nicht wusste, was diese Frau von der Zarin wollte. Er verständigte sich durch Zeichen mit der Zarin und befahl die beiden Soldaten, die stumm vor dem Arbeitsraum Stellung bezogen hatten, in den Raum. Katharina nickte. Es konnte in diesen Tagen nicht schaden, vorsichtig zu sein. Nachdem sie die Schundschrift verboten hatte, hatte diese, wie ihr zu Ohren gekommen war, einen wahren Höhenflug erlebt. Die Exemplare wurden zu Höchstpreisen weitergereicht, und mancher Intellektuelle, auf den sie große Stücke gehalten hatte, zahlte einen Tageslohn, um das Buch wenigstens einmal ausleihen und durchblättern zu dürfen. Ein Schwelbrand, den sie mit ihrer despotischen Zensur befeuert hatte.

»Steh auf!«, herrschte Katharina die Frau an. »Was willst du? Was gibt dir das Recht, in den Palast einzudringen, ohne eingeladen zu sein?« Sie wusste, dass es klüger war, Milde und Freundlichkeit gegenüber den Untertanen zu zeigen, aber die Überrumpelung, nachdem Paul sie gerade erst mit seinen dümmlichen Repliken erzürnt hatte, trieb ihre Laune auf einen Tiefpunkt.

Die Frau rappelte sich hoch, ächzte dabei, wischte sich den Staub von den Knien, als sei der Arbeitsraum der Kaiserin nicht das gepflegteste Zimmer im Palast, und drapierte sich den Mantel um die schmale Gestalt.

Katharina stutzte. Dieser Schnitt mit dem bis über die Schultern reichenden Kragen, der weit schwingende Saum … Sie kannte dieses Kleidungsstück! Sie kam um den Schreibtisch herum und befühlte das Fell, begutachtete die verborgenen Schließhaken. »Woher hast du diesen Mantel? Wagst du es wirklich, in Diebesgut vor mich zu treten?« Sie schnappte nach Luft. Sie selbst hatte Sonja dieses kostbare Kleidungsstück zu ihrem sechzehnten Geburtstag geschenkt. Das arme Mädchen hatte sich offenbar nicht getraut, ihr von dem schmerzhaften Verlust zu erzählen! Blitzschnell entschied Katharina, dass sie der Frau das gute Stück wieder wegnehmen würde und welche Strafe sie für den Diebstahl erhalten sollte.

»Ich habe ihn geschenkt bekommen«, antwortete die Frau.

Katharina starrte sie an und überlegte, ob sie es hier mit einer Geisteskranken zu tun hatte. Wenn ja, würden diejenigen, die dafür verantwortlich waren, dass sie ihre wertvolle Zeit stahl, ihre Entrüstung zu spüren bekommen. Sie lehnte sich mit dem verlängerten Rücken gegen das massive Holz ihres Schreibtisches. Der Geruch nach Urin und verdorbenem Fleisch stieg ihr in die Nase, als die Frau einen Schritt auf sie zutrat.

Angewidert wandte Katharina sich ab. »Wer bist du, dass du glaubst, ein solches Geschenk stünde dir zu?«

»Ich bin Marija, Eure Majestät, und das Geschenk habe ich von Sonja.«

Katharina sackte das Blut aus dem Kopf, während sie Marija fixierte. »Woher kennst du meine Ziehtochter? Und warum sollte sie dich so reich beschenken? Verstrick dich nicht in Lügen, Weib, sonst lasse ich dich auf der Stelle in die Festung werfen. Die Kerker dort haben noch jede Wahrheit ans Licht gebracht.«

Marija blieb erstaunlich ruhig, als fürchtete sie nicht das Geringste von ihr, der mächtigsten Frau des Landes. Sie stand mit leicht angewinkelten, hölzchendürren Beinen und nach vorne gebeugt, die Augen auf sie gerichtet. Ihr Grinsen erinnerte an das Fauchen einer Katze. »Keiner kennt Sonja besser als ich«, behauptete sie. »Sie ist ein Mensch mit zwei Gesichtern, und mit diesem Mantel hier«, sie streichelte über das Fell, »hat sie ihr Gewissen erleichtert, weil sie den ihr am nächsten stehenden Menschen im Dreck leben lässt, während sie selbst im Prunk schwelgt.«

Katharina schüttelte den Kopf, während sie versuchte zu verstehen, was Marija da faselte.

Marija beobachtete sie lauernd. »Wissen Sie es wirklich nicht?«, flüsterte sie. »Ich habe Sonja vor achtzehn Jahren in meinem Leib getragen und zur Welt gebracht. Keinen ihrer Schritte habe ich verpasst. Ich habe gesehen, wie Emilio sie aufnahm, und ich war dabei, als er sie zu Ihnen in den Sommergarten brachte. Ich habe miterlebt, wie Sie sie mit Geschenken überhäuft haben und wie Sie sie zum Smolny-Institut gebracht haben. Auf ihren ersten Wegen zur Akademie bin ich ihr gefolgt wie ein Schatten. Ich weiß mehr über meine Tochter als Sie, Eure Majestät.«

Katharina spürte, wie sich ihr Magen verkrampfte. Es gab keinen Grund, an Marijas Worten zu zweifeln. Es passte zu dieser Fremden, ein Kind zu gebären und es allein in den Wäldern zurückzulassen. Möglich, dass sie wirklich Sonjas Mutter war, aber welche Rechte leitete sie daraus ab, nachdem sie sich in all den Jahren nie um sie gekümmert hatte? Eine Handvoll Rubel dürften reichen, um sie zu vertreiben.

Doch Marija fuhr fort, eine scheinheilige Dankbarkeit zeichnete sich in ihren Zügen ab. »Sie haben sich all die Jahre gegenüber meinem Töchterchen nicht lumpen lassen, und wie zahlt sie es Ihnen zurück? Bringt ein Schriftstück unters Volk, um die Menschen gegen die Zarin aufzuhetzen. Die Welt ist ungerecht ...«

Katharina befürchtete, ihre Stimme würde ihr nicht mehr gehorchen. Sie befeuchtete die Lippen, bevor sie sprach. »Von welchem Schriftstück redest du da?«

Marija setzte eine Unschuldsmiene auf. »Sie haben das Buch selbst verboten, aber keiner hält sich daran. Alle lesen es und geben es untereinander weiter. Ich selbst bin leider nicht des Lesens mächtig, aber dafür habe ich Augen wie ein Adler und Ohren wie ein Luchs. Fragen Sie sie, sie wird es nicht leugnen, und vergessen Sie nicht, mich für meine Dienste zu entlohnen. Dieser Gang zu Ihnen ist mir nicht leichtgefallen, es geht um mein eigen Fleisch und Blut, aber um der Gerechtigkeit Genüge zu tun …«

Katharina richtete sich auf und schnitt mit der Handkante durch die Luft. »Schweig!« Sie griff nach ihrem Fächer und wedelte sich Luft zu. Auf einmal glaubte sie zu ersticken, während Bruchstücke von Erinnerungen auf sie einprasselten. Sonjas hartnäckiger Widersinn, das Tagebuch, das sie angeblich seit vielen Jahren führte, ihr Missmut, wenn sie, die Zarin, gebieterisch über das Schicksal der Untertanen entschied … War ihr mit Sonja eine Rebellin im Winterpalast herangewachsen, die ihre geheimsten Kenntnisse nutzte, um die Zarin zu Fall zu bringen? Oder tat sich die Wahnsinnige, die zu ihr vorgedrungen war, nur wichtig und hoffte, ihrem erbärmlichen Dasein eine Wende zu geben?

Katharina ging um Marija herum, musterte sie von allen Seiten. Marija stand da mit hängenden Armen und gab das heuchlerische Bild einer Frau ab, die das Liebste an den Pranger stellte, um sich als treue Untertanin der Zarin zu präsentieren. Die Soldaten an der Tür rührten sich, die Aufmerksamkeit auf Katharina gerichtet, als warteten sie nur darauf, sich auf die Fremde zu stürzen. Katharina schüttelte kaum merklich den Kopf in ihre Richtung.

»Du dringst hier ein und behauptest Ungeheuerliches, ohne einen Beweis zu haben. Was sollte mich davon abhalten, dich für diese abstruse Behauptung noch in dieser Stunde hinrichten zu lassen, bevor du noch größeres Unheil anrichtest mit den Auswüchsen deines Irrsinns?«

»Keine Beweise?« Marija kicherte. Sie folgte mit ihren Blicken dem Gang der Zarin. »Wer, wenn nicht ich, sollte den Beweis kennen? In Sonjas Adern fließt das böse Blut der Rebellen.«

Katharinas Blut gefror.

Marija schob das Kinn vor. »Ich bin nur eine schwache Frau, die unter dem Geburtsschmerz knapp dem Tode entgangen ist und täglich den Hungertod spürt, aber Sonjas Vater war eine Bestie und hat Ihr Reich bis zu seinem letzten Atemzug bekämpft. Seine Besessenheit lebt in seiner Tochter weiter. Sonja ist in ihrer Kraft, ihrer Aufsässigkeit und ihrem unbezwingbaren Willen, Sie zu stürzen, das Ebenbild des Mannes, der sie gezeugt hat: der Donkosak Jemeljan Iwanowitsch Pugatschow.«

Seit dem letzten Gespräch mit Stephan vor vier Tagen hatte Sonja keine ruhige Minute verbracht. Nein, sie bereute es nicht, die *Reise durch Russland* veröffentlicht zu haben. Im Gegenteil erfüllte es sie mit Stolz, wie viele Petersburger das Buch erreichte.

Sich den Menschen zu öffnen war ihr wie eine Mission erschienen, die ihr das Schicksal auferlegt hatte, und kaum eine Minute hatte sie damit verbracht, sich die Konsequenzen auszumalen; und wenn, dann hatte sie Heerscharen von Menschen auf dem Schlossplatz gesehen, die skandierten, die Zarin möge abtreten und den Platz freigeben für eine neue Regierung, die keinen Menschen benachteiligte und die vorhandenen Güter gerecht verteilte.

Aber nun hatte Stephan sie mit seinen Befürchtungen angesteckt und sie in eine permanente Verunsicherung getrieben. In der Akademie vermochte sie sich kaum noch auf den Lernstoff zu konzentrieren, und die Worte in den Büchern, die sie lesen wollte, zerflossen vor ihren Augen.

Stephan wollte für sie mit Dmitris Hilfe einen Unterschlupf

organisieren, weit weg von St. Petersburg. Sie hatte ihn angefleht, sie nicht nach Preußen zu schicken. Russland war ihre Heimat, hier gehörte sie hin. In diesen Tagen wagte sie nicht, zu ihm in die Villa zu schleichen, fühlte sich ständig unter Beobachtung und schrak zusammen, wenn sie jemand unvermittelt ansprach. Aber sie wusste, Stephan würde Wege zu ihr finden, wenn er Pläne geschmiedet hatte.

Wegzulaufen fühlte sich falsch an. Wenn sie die Wahl gehabt hätte, hätte Sonja sich lieber aufrecht der Zarin entgegengestellt.

Hochverrat.

Seltsam, dass ihr dieses Wort bei allem, was sie je geschrieben und gesagt hatte, nie in den Sinn gekommen war. Es ging doch nur um die Wahrheit.

An diesem Nachmittag eilte Sonja von Unrast getrieben durch ihre Zimmer, versuchte vergeblich, sich auf ein Buch zu konzentrieren, nahm eine Näharbeit und legte sie wieder weg, warf einen Blick durch die Fenster auf die im Schneematsch versunkene Promenade und die Newa dahinter. Das Tauwetter hatte eingesetzt und die weiße Pracht zusammensinken lassen. Es war kein Vergnügen, auf den Straßen der Stadt zu gehen, aber wenigstens verhießen die wärmeren Temperaturen, dass das Frühjahr nicht mehr lange auf sich warten lassen würde. Wo würde sie die ersten warmen Tage verbringen? Auf irgendeinem Gehöft an der Moskwa oder Wolga?

Von den Fluren drang Lärm zu ihr. Stimmen wurden in einiger Entfernung laut, Schreie und Befehle hallten zu ihr.

Ihr Blut begann zu rauschen, ihr Puls raste. Einzelne Worte drangen zu ihr, die ihre Beunruhigung verstärkten. »Verrat!« – »Legt sie in Ketten!« – »Beeilt euch!«

Jäh flog ihre Zimmertür auf, Sonja fasste sich unwillkürlich an den Hals, aber es war nur Wladik, der hereinstolperte, die Tür hinter sich verriegelte und eine der Kommoden mit einem Ächzen vor die Tür schob. »Du musst dich beeilen, Sonja! Eine

Frau hat behauptet, dass du das verbotene Buch geschrieben hast«, krächzte er mit seiner heiseren Stimme. Seine Augen waren schreckgeweitet.

Todesangst packte Sonja. Sie schaute von der Tür zu den Fenstern, ohne dass sich ein fassbarer Gedanke in ihrem Verstand formen konnte. Alles schien davon abzuhängen, dass sie ihren Instinkten vertraute. Sie musste hier weg.

Ihr Blick glitt an den Vorhängen aus Leinen hinauf, die an dünnen Haken in Falten gelegt waren. Sie packte den Stoff und riss ihn mit einem Ruck ab.

Sofort war Wladik an ihrer Seite, als er erkannte, was sie vorhatte. »Der Stoff ist nicht lang genug, das wird nicht reichen.«

Sonja hatte das Fenster weit geöffnet. Weit unter ihr begann die Uferpromenade, auf der um diese Uhrzeit und bei diesem feuchtkalten Tauwetter kaum ein Mensch unterwegs war. »Es muss reichen. Halt das Ende fest«, wies sie den Diener an. Sie schnappte sich ihren Wollmantel, den sie achtlos über einen Stuhl geworfen hatte, zog ihn an und setzte in der nächsten Sekunde einen Fuß auf das Fenstersims. Beide Hände umklammerten den Gardinenstoff, als sie sich langsam hinabließ. Ihre Füße in den Stiefeletten suchten an den hervorspringenden Mauersimsen Halt, während sie tiefer sank. Bevor ihr Kopf verschwand, nickte sie Wladik zu, dessen Gesicht voller Bestürzung und Furcht war. »Danke«, sagte sie.

Noch ein paar Griffe krallte sie sich in den Stoff, bis sie den Saum erreichte. Dann schaute sie über die Schulter auf die Straße, von der sie noch gut sieben Fuß trennten, und ließ los. Wie eine Katze landete sie mit angewinkelten Beinen und Armen auf dem Pflaster. Sie wandte sich um und begann, in einem gleichmäßigen Takt zu laufen, dem sich ihr Atem anpasste. Sie warf keinen Blick zurück.

Kapitel 30

Mai 1775,
auf dem Newski-Prospekt

Obwohl an den Birken und Kastanien, die die Petersburger Hauptstraße säumten, bereits das Grün an den Ästen heranwuchs und die schräg am Himmel stehende Sonne an Kraft zugenommen hatte, fühlte sich Stephan, als wate er durch dichten grauen Nebel. Seine Beine schienen nicht ihm selbst zu gehören und von unsichtbaren Fäden bewegt zu werden. Am liebsten vergrub er sich in seiner Villa, aber hin und wieder musste er sie verlassen, um sich irgendetwas zu essen zu besorgen.

Dass ihm sein Leben entglitt, verlor an Bedeutung angesichts der zwei Monate, in denen keine Minute vergangen war, ohne dass er sich gefragt hatte, wo Sonja war und wie es ihr ging. Sie war einfach verschwunden und hatte alles hinter sich gelassen.

Sie hatten gewusst, dass sie in Gefahr war, er hatte alles in die Wege geleitet, um sie an einen sicheren Ort zu bringen. Dmitri hatte ihm einen Vetter genannt, dem ein Landgut bei Moskau gehörte, ein verschwiegener, zarenkritischer Vertrauter, der keine Fragen gestellt und Sonja Unterschlupf geboten hätte. Stephan hatte bereits Sascha instruiert, ihm die Kutsche bereitzustellen, aber bevor er Sonja über seine Pläne benachrichtigen konnte, war die verstörende Meldung aus dem Winterpalast gedrungen, dass das Mündel der Zarin geflohen war und keiner ihren Aufenthaltsort kannte.

Die Zarin hatte die Männer, von denen sie wusste, dass sie sich im philosophischen Zirkel verbündet hatten, zu sich einbestellt. Stephan war mit Lorenz und Dmitri vor sie getreten, obwohl er sich kaum auf den Beinen halten konnte vor Sorge darum, wie es Sonja auf ihrer kopflosen Flucht erging.

Die Zarin hatte grob zusammengefasst, was die Männer in Bruchstücken bereits aus den Gerüchten wussten, die sich aus dem Palast in der Stadt fortpflanzten: »Es gibt keinen Zweifel, dass meine eigene Ziehtochter für die Rebellion verantwortlich ist, die sich im Untergrund entwickelt hat. Es passt, dass sie Pugatschows Tochter ist. Ich habe ihn gesehen. Hinter seiner Erbärmlichkeit verbergen sich die gleichen ebenmäßigen Züge mit der spitzen Nase.« Unter der Schicht aus Puder, das sich in den Falten an den Schläfen und über ihrem Mund körnig sammelte, sah man ihre Blässe und die braunen Augenringe. Ihre Stimme klang seltsam gepresst, als würde ihr Brustkorb zusammengedrückt. »Ich brauche Ihnen nicht auseinanderzusetzen, wie sehr ich mich getäuscht und betrogen fühle.« Sie schluckte, senkte für einen Moment den Kopf und hatte sich dann wieder in der Gewalt. »Warum Sie, Dmitri, sich bereit erklärt haben, die Urheberschaft auf Ihre Schultern zu nehmen, bleibt mir ein Rätsel, und nichts liegt mir ferner, als mich bei Ihnen für meine Reaktion zu entschuldigen. Niemandem in diesem Land haben Sie mehr Loyalität zu erweisen als Ihrer Zarin.« Sie hob das Kinn, während Dmitri vor ihr auf ein Knie sank.

»Welche Rolle Ihr sogenannter Zirkel in dieser Katastrophe gespielt hat, wird ein Untersuchungsausschuss herausfinden, aber das ist zweitrangig, solange Sonja auf der Flucht ist. Meine Soldaten sind angewiesen, alle Häuser in der Stadt und näheren Umgebung nach ihr abzusuchen, und ich verspreche Ihnen: Ich werde sie finden und das gerechte Urteil über sie fällen.«

Nie war ihm die Zarin grausamer erschienen als in diesen

Minuten, die sich qualvoll in die Länge zogen, bis sie sie endlich entließ. Ob der berüchtigte Rebell ihr Vater war oder nicht – für Stephan machte es keinen Unterschied.

Zum Abschluss trat die Zarin auf Stephan zu. Er erwiderte ihren Blick, erkannte den Schmerz und die Enttäuschung in ihrem Gesicht. »Ich bedauere, dass sich unsere vielversprechenden Debatten letztendlich so unglücklich entwickelt haben. Ich schätze Sie sehr, Mervier, obwohl ich Ihnen nie über den Weg getraut habe.«

Er verspürte den Impuls, ihr seine Hochachtung auszusprechen, aber er schluckte die Worte hinunter.

Die drei gestandenen Männer hatten sich von Katharina behandeln lassen müssen wie Bengel, die zu weit gegangen waren. Keiner von ihnen hatte es gewagt, der Herrscherin zu widersprechen: Dmitri, weil er vermutlich seine Rolle in dem gefährlichen Spiel nicht offenlegen und seine Zuneigung zu Sonja geheim halten wollte; Lorenz, weil jedes Wort aus seinem Mund zu einer Eskalation geführt hätte; und Stephan, weil in seinem Denken für nichts anderes Platz war als für die Erkenntnis, dass Sonja in tödlicher Gefahr schwebte.

Während er nun über die Prachtstraße in Richtung Handelshof ging, ohne die exquisiten Auslagen in den teuren Läden zu beachten, überlegte er zum wiederholten Mal, ob Sonja Kontakte zu anderen Menschen gepflegt hatte, von denen sie ihm nur beiläufig erzählt hatte. Er wünschte, es wäre so, denn dann wäre sie vielleicht in Sicherheit. Er hatte auf Dmitri eingeredet, er möge ihm alles verraten, was Sonja ihm anvertraut hatte, aber der Jurist war nicht weniger verzweifelt als er selbst über das ungewisse Schicksal seiner Studentin und erklärte beharrlich, nichts zu wissen.

Stephan erwog die Möglichkeit, dass sie irgendwo im Wald untergekrochen war. Die frühe Kindheit hatte sie in der Wildnis verbracht, aber halfen ihr die Erfahrungen von damals heute noch, inmitten der Kälte und Kargheit zu überleben? Ihn schauderte bei der Vorstellung, dass sie sich irgendwo unter Büschen im Unterholz versteckt hielt.

Stündlich rechnete er mit der Mitteilung, dass die Soldaten das Mündel der Kaiserin gefunden und zum Palast geschleppt hatten. Ohnmächtiger Zorn wallte bei diesem Gedanken in ihm hoch, und er glaubte, dass er sich auf die Männer stürzen würde, wenn sie ihr nur ein Haar krümmten.

Die Beziehung zur Kaiserin hatte diese Katastrophe noch stärker gestört. Seit Sonjas Flucht hatte sie ihn nur dieses eine Mal zu sich gerufen, in Begleitung seiner Freunde. Mit mühsamer Disziplin hatte er sich gezwungen, noch drei Briefe an Friedrich zu schreiben, in denen er ihm erklärte, dass die Zarin ihn ausschloss und dass er hoffte, dass sich die Lage normalisieren würde. Das schrieb er gegen sein besseres Wissen, denn normal würde die Situation in diesem Leben nicht mehr werden. Nicht, nachdem Sonja verschollen war, und falls sie wiederauftauchte, erst recht nicht. Die Antwortbriefe des Preußenkönigs blieben aus, woraus Stephan schloss, dass er für Friedrich tatsächlich an Bedeutung verloren hatte.

Auf der Straße kam ein Pferd ins Straucheln und stürzte zu Boden. Dabei riss es den offenen Wagen, den es hinter sich herzog, mit sich, und das Gefährt kippte zur Seite. Sofort gab es Geschrei und einen Menschenauflauf, und viele halfen dem Kutscher, seinen Wagen wieder aufzurichten, während sich das Pferd von alleine aufrappelte. Zahlreiche Hände sammelten die Ladung von Rundhölzern ein, aber Stephan nahm das alles nur unberührt aus dem Augenwinkel wahr, während er seinen schleppenden Gang in Gedanken versunken fortsetzte.

Er hatte auf der ganzen Linie versagt. Er hatte seinen König enttäuscht, er hatte seine Geliebte nicht beschützen können, und die Frau, die er geheiratet hatte und die stets seine beste Freundin gewesen war, hatte sich von ihm abgewandt. Die Stadt, die ihm in den vielen Jahren stets hell und schön erschienen war, hatte in den letzten Wochen all ihre Strahlkraft eingebüßt. Wenn nicht die Hoffnung wäre, dass man Sonja lebend fand und er sie ein letztes Mal in die Arme schließen konnte, wäre er vielleicht schon nach Hause gereist. Nach Hause? War seine Heimat wirklich noch Preußen?

In diesem Wirrwarr aus Ängsten und Zweifeln, Hoffnung und Mutlosigkeit vermisste er Johanna – und schämte sich gleichzeitig für diese irrationale Sehnsucht. Er war derjenige gewesen, der sich einer anderen zugewandt hatte, der Johanna nicht davon abgehalten hatte, sich ein eigenes Leben aufzubauen, als sie es von ihm erwartet haben mochte. Er erinnerte sich an ihre Zeit in Wien und Paris, in anderen Kulturen, in denen sie eisern zusammengehalten und sich gegenseitig Halt gegeben hatten. St. Petersburg hatte ihre Beziehung zerstört und gleichzeitig Platz geschaffen für etwas, das so groß und fragil war wie seine Liebe zu Sonja.

Die Freundschaften zu den Männern im Zirkel waren ihm wichtig, aber sie konnten ihm nicht den Halt bieten, wie es Johanna geschafft hätte. Seit das Eis dünn geworden war, auf dem die Regimekritiker wandelten, hatte sich ihr Bund stark dezimiert. Männer, die ohnehin nie kompromisslos dabei gewesen waren, blieben fern.

Hatten sie umsonst für einen gesellschaftlichen Neubeginn gekämpft? Stephan presste die Lippen aufeinander und schlug den Mantelkragen hoch, weil es ihn plötzlich fröstelte. Nein, sie hatten die Saat ausgebracht. Irgendwann würde sie aufgehen, vielleicht nicht in diesem Jahrzehnt und nicht im nächsten, aber die absolutistische Monarchie in Russland hatte zu bröckeln begonnen. Inständig hoffte er, dass dies in St. Petersburg auch für die kommenden Generationen bedeutete, kein Blut zu vergießen. Die rohe Gewalt, die aus dem Süden fast bis zu ihnen gedrungen wäre, brachte nur neue despotische Machthaber und Befehlsempfänger hervor, wohingegen die Revolution im Geiste die Wesensart einer Nation verändern konnte.

Inzwischen hatte er den Handelshof erreicht. Ein Duftgemisch aus orientalischen Gewürzen, rohem Fisch, Hefegebäck und Bratwürsten hüllte ihn ein, ohne dass sein Appetit geweckt wurde. An allen Ständen feilschten die Händler und Kunden, Waren wurden verpackt und über die Auslagen gereicht, Kaufleute priesen ihr frisches Gemüse und flatternde Hühner in kleinen Käfigen an, ein fahrender Bäcker verteilte Zuckerkringel an Kinder, die ihm die Hände entgegenreckten. Ein Schuhputzer polierte mit Bürste und Lappen die Stiefel eines elegant gekleideten Kunden, der auf seinem Podest hockte, und am nächsten Stand drängelten sich plaudernd eine Handvoll Frauen, um die Ballen von Stoffen, Bordüren, Knöpfe und Bänder zu begutachten. Das Gewirr machte ihn schwindelig. Rasch wollte er sich ein Stück Hartwurst, einen Laib Brot, ein kleines Fässchen Gurken besorgen, doch da fiel sein Blick auf eine Gestalt, die ihm so vertraut war, dass es schmerzte. Sie verhandelte mit einer korpulenten, in Bauerntracht gewandeten Frau mit einem im Nacken gebundenen Kopftuch, die Flaschen voller Essig und Öl feilbot und zum Probieren auf Brotbrocken einlud.

Wie aufrecht Johanna stand. Königinnengleich mit einem Ausdruck heiterer Gelassenheit auf den Zügen. Die Haare trug sie hochgesteckt, an den Ohren glitzerte Silberschmuck. Sie trug einen hellblauen Mantel, der ihrem weichen Teint schmeichelte.

Erinnerungen stürmten auf ihn ein. Wie ihr erster Kuss geschmeckt hatte, ihre Bestürzung bei seiner Ankündigung, dass sie nach St. Petersburg reisen würden, das warme Glücksgefühl, als er sie gebeten hatte, seine Frau zu werden, die unausgesprochenen Fragen und die Trauer, wenn er sie allein zurückgelassen hatte, um mit seinen neuen Freunden Pläne zu schmieden, ihre existenzielle Verunsicherung, nachdem sie betrunken im Hotel Metropol aufgetaucht war … Wie sie jetzt dastand und mit der Verkäuferin scherzte, sah sie aus wie eine

Frau, die aus ihren Krisen gestärkt hervorgegangen, eine Frau, die in St. Petersburg über sich selbst hinausgewachsen war.

Er trat auf sie zu. »Johanna.«

Sie fuhr zu ihm herum und hätte fast die Flasche fallen gelassen, die sie begutachtete. Goldgelber Essig mit einem Zweig Rosmarin. »Aufgepasst, junge Frau!« Die dicke Verkäuferin nahm ihr lachend die Ware aus der Hand. »Wollen Sie den? Drei Flaschen zum Sonderpreis?«

Johanna antwortete ihr nicht, starrte ihn an, während sich die Kauffrau der nächsten Kundin zuwandte.

Sie standen sich gegenüber, und er fühlte sich inmitten der Menschenmenge wie unter einer Glaskuppel. Die Geräusche und Gerüche drangen nur noch schwach zu ihm, und er verspürte das fast übermenschliche Bedürfnis, Johanna zu umarmen und sein Gesicht in ihrer Halsbeuge zu bergen, um Kraft zu tanken und durchzuatmen. Aber sie durchbrach den Moment, indem sie seine Hände nahm, sie in ihren hielt und drückte. Wie erstaunlich, dachte er. Es fühlte sich an, als wären sie aus zwei verschiedenen Universen aufeinandergetroffen, dabei wohnten sie nur einen knapp halbstündigen Fußmarsch voneinander entfernt.

»Stephan, wie schön!« Ihr Lächeln wich einer besorgten Miene, als sie ihn musterte. »Was ist passiert?«

Er hatte sie hintergangen und im Dunkeln gelassen, aber in diesem Moment schien es, als blicke sie direkt in sein Herz. Er zog einen Mundwinkel hoch. »Sehe ich dermaßen übel aus?«

Sie nickte, berührte seine Wange. »Bist du krank? Hast du Fieber?«

Er schmiegte das Gesicht einen Moment in ihre Hand. »Nein, mir geht es gut«, log er, »ich habe nur seit gestern vergessen zu essen.«

»Möchtest du, dass Dunja wieder für dich arbeitet? Oder sollen wir für dich eine andere Haushaltshilfe besorgen?«

Wieder verneinte er. »Ich komme schon zurecht«, behauptete er. So viel brannte ihm auf der Seele. Dass er sie vermisste, obwohl er eine andere liebte. Dass er sich wünschte, sie wäre wieder bei ihm, obwohl dieser Wunsch der egoistischste war, den er jemals verspürt hatte.

Er musterte sie langsam, jeden Moment auskostend, von oben bis unten. »Du siehst fantastisch aus, Johanna. Die Selbstständigkeit bekommt dir glänzend. Man hört, dass du deine Gemälde jetzt in die höchsten Kreise verkaufst und es lange Wartelisten für deine Schüler gibt.«

Die Röte auf ihren Wangen ließ sie fast jugendlich wirken, aber sie hielt seinem Blick stand und nickte. »Ja, ich habe mich endlich etabliert. Viele Petersburger sind erfreulich kunstsinnig und für alle neuen Richtungen offen.« Sie lachte auf. »Das hätte ich nach den ersten Porträts, die ich damals in Peterhof vor unserem Antrittsbesuch bei der Zarin betrachten musste, nicht vermutet. Ich …«

Die Glaskuppel hob sich, die Geräuschkulisse schwoll an, als in diesem Moment Boris Albrecht auf sie zutrat. Er begrüßte Stephan mit einem Nicken und stellte sich wie selbstverständlich dicht neben Johanna, berührte sie am Ellenbogen. »Hast du gefunden, wonach du gesucht hast?«, fragte er sie leise.

Sie nickte und wies auf die Frau in der bunten Tracht. »Sie überlässt sie mir sogar mit Rabatt.«

Er lachte. »Du schaffst es immer, den besten Preis herauszuholen. Wie machst du das bloß?« Er zog eine Flasche französischen Wein aus einem Stoffbeutel. »Während ich bei den Halsabschneidern lande.« Sie lachten sich an, und in Stephan stieg eine Welle der Empörung auf. Was dachte sich dieser Kerl! Wie vertraulich tat er mit der Frau, die noch immer mit ihm verheiratet war? Wie konnte er es wagen, seine Verbundenheit mit Johanna dermaßen zur Schau zu stellen und ihn auszuschließen. Die Gefühle drohten Stephan zu überwältigen, aber seine Vernunft gewann die Oberhand. Johanna hatte alles Recht der Welt, mit einem anderen Mann ihren Alltag zu teilen.

Stephan schaffte es nicht, gelassene Freundlichkeit vorzutäuschen, aber er verbeugte sich knapp vor Boris und nahm Johannas Hand, um einen Kuss darüber zu hauchen. »Es hat mich gefreut, zu sehen, dass es dir gut geht, Johanna. Au revoir.« Er wandte sich um und hastete davon.

»Stephan?«

Er war schon fünf Schritte weiter, als er sich noch einmal umdrehte. Boris hatte besitzergreifend den Arm um ihre Schultern gelegt. »Viel Glück«, rief sie ihm mit ernster Miene zu.

Manchmal träumte sich Alexej Orlow in die Seeschlachten zurück, in denen das Blut der türkischen Feinde das Meer rötete und die Schiffe im Kanonenhagel funkensprühend und ohrenbetäubend zerbarsten. Diese Mischung aus unermesslichem Triumph, strategischer Planung und Kampfesmut befeuerte seine Lebendigkeit und die Sinnhaftigkeit seines Seins. Ha, Kopfkratzer hatten die Türken die Russen genannt, weil sich die Läuse unter ihren Mützen so lebhaft vermehrten, aber am Ende war ihnen das Lachen vergangen. Die Krummsäbel waren besiegt, und man gönnte niemandem mehr als ihm, dem ruhmreichen Admiral, eine Zeit des Friedens und der Opulenz.

Die Zarin mochte annehmen, dass er dies in ihrer Gesellschaft fand, wenn es hieß, man möge sich ungezwungen zum Kartenspielen, im Theater oder zum Maskenball einfinden, aber Alexej konnte sich in Wahrheit nichts Öderes vorstellen als die herausgeputzten Herrschaften und das kultivierte Ambiente. Nach Möglichkeit verbrachte er seine Abende deswegen am liebsten in einer der rustikalen Herbergen auf der Wyborger Seite, in denen schon die Soldaten unter Peter dem Großen die Wodkagläser gehoben hatten. Hier lachten die Männer lauter und dreckiger, hier zerbrachen allabendlich bei von heillos Besoffenen angezettelten Faustkämpfen die

Stühle und Tische. Hier rochen die rotgewandeten, aufreizend dekolletierten Weiber verführerischer und erwarteten weder Rosenbuketts noch Handküsse oder in wohlfeilen Worten geheuchelte Komplimente: Sie hoben die Röcke und spreizten die Beine, wenn er es ihnen befahl.

Bedauerlicherweise war Grigori nicht mehr in der Lage, in Gesellschaft zu zechen. In den vergangenen Zeiten seiner geistigen Gesundheit war Grigori zwar stets der Geschicktere gewesen, wenn es um höfische Etikette und eitles Getändel ging, aber einem ordentlichen Besäufnis unter Gleichgesinnten war er nie abgeneigt gewesen.

Es war ein Trauerspiel mit seinem dem Wahnsinn verfallenen Lieblingsbruder, der ihn nicht erkannte, als er ihn zuletzt vor ein paar Wochen besucht hatte. Mit Wehmut erinnerte sich Alexej an die wilden Zeiten, als sie die freien Stunden mit Reiten und Trinken, Spielen und Kämpfen verbracht hatten. Aber Grigoris Zustand hinderte Alexej nicht daran, selbst bei jeder Gelegenheit in die verrufenen Wirtshäuser einzukehren. An Saufkumpanen herrschte kein Mangel.

An diesem Abend leerte er die Wodkaflasche mit Artjom und Witalij, zwei schrägen Vögeln ohne militärischen Rang, weit unter seinem Stand, aber wen kümmerte es, wenn der kahl geschorene Artjom mit den Schlitzaugen die schmutzigsten Witze erzählen konnte und Witalij mit der wulstigen Narbe auf der Nase und den erdfarbenen Haarfransen noch jeden in Grund und Boden gesoffen hatte?

In der Wirtsstube hing der Rauch aus den Pfeifen und dem Ofen dick unter der Decke, der brodelnde Lärm aus drei Dutzend Männerkehlen, unterbrochen nur von dem Klirren, wenn die leeren Gläser im Kaminofen zerschellten, und dem Kichern und Juchzen der Huren, war bereits am späten Nachmittag dermaßen angeschwollen, dass kaum noch eine Unterhaltung möglich war.

Alexej rülpste laut und senkte das Kinn auf die Brust. Eigentlich hatte er genug, aber er würde sich nicht vor dem Protzer Witalij die Blöße geben, vor ihm mit dem Trinken aufzuhören. Alexej hob drei Finger, um dem Wirt zu signalisieren, dass sie Nachschub brauchten, da flog die Tür des Wirtshauses jäh auf und ein spargeldünner Jüngling stolperte herein. »Ich habe ihn gesehen! Leibhaftig habe ich ihn gesehen!« Spucketropfen flogen von seinen feuchten Lippen, hinter denen gelbe, absurd schief stehende Zähne zu sehen waren. Die Lider des Jungen hingen herab, was ihm nicht nur ein dümmliches Aussehen verlieh, sondern auch noch auf beständige Schläfrigkeit hindeutete. Von der gab es aber in diesem Moment keine Spur, in seinen von Pockennarben entstellten Zügen lag ungläubiges Staunen.

Alle Wirtshausgäste wandten sich ihm zu, die Gespräche erstarben, bis einer laut lachend krächzte: »Gebt dem Kerl was zu trinken, damit er das Maul hält.«

Alexej trat vor, packte den Jungen am Hemdkragen und verpasste ihm eine Ohrfeige. Sein Kopf flog nach links, aber der erschreckte Ausdruck in seinen Augen blieb. »Was tust du dich hier wichtig? Hat dich jemand eingeladen, uns zu belästigen?«

Ein Greis mit einem grauen Bart bis zur Brust trat vor. »Lass ihn, Alexej. Das ist mein Enkel Daniil, er tut keiner Seele was zuleide.«

»Ihr müsst mir glauben!«, schrie der Junge und zappelte mit seinen knochigen Gliedmaßen, weil Alexej den Griff an seinem Kragen nicht lockerte. Schließlich befreite er sich mit einem Ruck und richtete grimmig sein Leinenhemd. »Es ist Zar Peter!« Er starrte seinen Großvater an, wohl in der Hoffnung, seine Aufmerksamkeit zu wecken und ernst genommen zu werden, was angesichts seines offen stehenden Mundes, in dessen Winkeln Schaum stand, schwerfiel.

Alexej trat wieder einen Schritt auf ihn zu, aber diesmal war Daniil vorbereitet, sprang zurück und schützte mit beiden Händen seinen Kopf. Nach all den Querelen, die der letzte Kerl verursacht hatte, der sich als Zar Peter ausgegeben hatte, besaß Alexej nicht mal einen Hauch von Geduld bei derartigen Meldungen. Es gab nach dem Pugatschow-Aufstand immer noch viel zu viele, die nicht von dem Glauben abzubringen waren, dass der angeblich rechtmäßige Zar unter den Lebenden weilte. Würde das nie aufhören? Es war wirklich eine Schande! Die Bemühungen der Zarin, den Aberglauben aus dem Volk zu verbannen, zeigten bei denjenigen, die bei klarem Verstand waren, durchaus Erfolge, aber wenn der Geist vernebelt war und die Stimmung düster, war es ein Leichtes, die alten Gespenster wieder aufzuschrecken.

Er bereitete sich darauf vor, den Jungen zu packen und durch die geschlossene Wirtshaustür wieder nach draußen zu befördern, doch da spürte er die Finger des Alten an seinem Arm. »Wo hast du ihn gesehen und was hat er getan?«, fragte das Großväterchen.

Daniil schluckte, bevor er mit sich überschlagender Stimme anhob: »Nicht weit von hier, auf der Wyborger Seite, direkt am Flussufer.« Er senkte die Stimme. »Er … er ist in Gestalt eines Bären zu uns zurückgekommen, und … und sein Schicksal liegt in der Hand eines uralten Zauberers, der ihn tanzen lässt und … stellt euch vor! … der ihn Petjenka ruft!«

Alexej starrte den Jungen an, während um ihn herum Gemurmel anschwoll. Den Männern war der Schreck in die Glieder gefahren. Flüsternd tauschten sie sich aus, wie sie dieser mysteriösen Angelegenheit begegnen sollten. Messer wurden gezückt, manche sprangen auf. Daniil schaute sich besorgt um und schien sich zu fragen, ob sie es auf ihn abgesehen hatten.

Alexej glaubte keine Sekunde an die Mär vom auferstandenen Zaren. Dennoch hatte die Geschichte sein Interesse geweckt. Er hob einen Arm, und Stille legte sich über die Männer. »Wann hast du den Mann mit dem Bären gesehen? Sind sie noch da?«

Daniil schüttelte den Kopf, dass die Haare flogen. »Er war

schon am Mittag da … und ich bin eingenickt und träumte, wie sich Zar Peter das Bärenfell abstreifte und in all seinem Glanz vor uns erschien, hier in St. Petersburg! Es war der schönste Tag meines Lebens, und der Zauberer …«

»Schweig!«, fuhr Alexej ihn an. »Und hör auf mit deinen Waschfrauengeschichten!« Obwohl es Alexej schwerfiel, mit seinem vom Alkoholdunst umwaberten Verstand nachzudenken, gelang es ihm, Schlüsse zu ziehen: Konnte es sein, dass Emilio noch lebte? Mit seinem Bären irgendwo in der Wildnis an der Straße nach Wyborg? Und wenn dies der Fall war: Wie wahrscheinlich war es, dass die Verräterin aus dem Winterpalast zu ihrem alten Vertrauten geflohen war? In den vergangenen beiden Monaten hatte er Tag für Tag mit zahlreichen Gardisten sämtliche Häuser abgeklappert auf der Suche nach Sonja, bis er es irgendwann leid war und akzeptierte, dass sie ihnen entkommen war. Das schmeckte zwar wie Galle auf seiner Zunge, aber Alexej wusste, wann ein Kampf verloren war. Und nun tat sich ihm hier eine winzige Chance auf, der Zarin doch noch den Kopf der Rebellin auf einem Silbertablett zu servieren.

Er trat vor und wischte die dürre Gestalt des Jungen mit einer Armbewegung zur Seite. Daniil taumelte, stützte sich auf den Großvater, der ihm zur Seite gesprungen war. Alexej warf einen Blick über die Schulter. »Was ist, Artjom und Witalij? Lust auf eine Bärenjagd?«

Hinter ihm brach Tumult los, als Alexej mit weit ausgreifenden Schritten das Wirtshaus verließ und zu seinem vor der Schenke angebundenen Pferd eilte. Mit einer geschmeidigen Bewegung schwang er sich in den Sattel und spürte, wie sich hinter seiner Stirn der Nebel lichtete und einer erstaunlichen Wachheit Raum gab. Er zog an den Zügeln und wendete sein Pferd, als Artjom und Witalij, die Musketen umgeschnallt, die Schwerter in den Scheiden, hinter ihm her hetzten und die eigenen Pferde bestiegen. Weniger elegant als Alexej, aber als sie im Sattel saßen, gab es kein Halten mehr für den kleinen

Trupp. Alexej stieß ein Jauchzen aus und ließ die Faust in der Luft kreisen, als sie am Flussufer entlang und ins Innere des bewaldeten Gebietes vorpreschten.

Sie hatten die Sonne im Rücken, die an diesem späten Nachmittag bereits die Wipfel der Waldung zu berühren schien, aber ihr Licht würde noch eine Weile durch die frisch begrünten Zweige und Äste der Birken und über die moorige Sumpflandschaft leuchten.

Alexej drosselte das Tempo und nahm sich mehr Zeit, die Gegend auszuspähen.

Es war allgemein bekannt, dass Emilio seit Jahrzehnten in diesem Landstrich hauste, aber die letzten Jahre war er nicht mehr in der Stadt aufgetaucht. Man vermutete, dass seine Leiche irgendwo in der Wildnis verrottete. Ein Jüngelchen wie dieses Pockengesicht, das nicht bis drei zählen konnte, kannte die Petersburger Legende wahrscheinlich nicht, aber seine beiden Begleiter sollten sich an Emilio erinnern.

»Dass das vorher niemals jemandem aufgefallen ist, dass Emilio seinen Bären nach dem Zaren benannt hat«, sagte Artjom sinnend neben Alexej und kratzte sich am Kinn. »Ich habe schon immer vermutet, dass irgendwas mit dem Alten nicht stimmt.«

Alexej sog die Luft ein. Es war heute sein Los, sich mit Spatzenhirnen abgeben zu müssen, aber die Muskete führte Artjom besser als die meisten Soldaten, und nur das zählte an diesem Nachmittag.

Witalij auf seiner anderen Seite bekreuzigte sich dreimal und starrte angespannt geradeaus.

»Was machen wir mit dem Bären, wenn wir ihn erwischen?« Der kahlköpfige Artjom blieb hartnäckig und klang auf einmal ungewohnt kleinlaut.

»Wir erschießen ihn.« Ob das Thema damit endlich erledigt war?

»Und wenn es wirklich der Zar ist?«

Alexej stieß die Luft aus. »Dann erst recht, du Kretin.«

Endlich entdeckten sie Bärenspuren, auf die Alexej vom Pferd herab mit dem Finger deutete. Große Tatzen hatten sich in den weichen Boden gedrückt, daneben weniger ausgeprägt die Umrisse von menschlichen Füßen in groben Bastschuhen. »Wir sind ihnen auf der Fährte«, flüsterte Alexej erregt, ließ sich aus dem Sattel gleiten, führte sein Pferd am Zügel hinter sich her und band es schließlich an den Stamm einer Fichte. Die anderen beiden taten es ihm nach, schlichen jetzt angespannt umher und spähten die Landschaft nach irgendwelchen Erhebungen, Behausungen oder Höhlen aus. Artjom legte die Muskete an. Wenn der Alte gegen Mittag zu Fuß aufgebrochen war, konnte er nicht viel weiter gekommen sein.

Plötzlich tat sich vor ihnen eine Lichtung auf, gut verborgen hinter eng beieinanderstehenden Bäumen und hohem Gebüsch. Alexej trat atemlos vor, ohne ein Geräusch zu verursachen, die anderen beiden hielten sich dicht hinter ihm.

Und dann sahen sie Emilio. Er hockte vor einer klapperigen Hütte, die vermutlich nicht mehr als einen Sommer lang hielt, und schürte ein Feuer. Die langen grauen Haare hatte er zu einem Zopf gebunden. Links von ihm sprangen in einem Pferch zwei Ziegen umher, dazwischen zwei Schafe und ein Lamm. Eine mit Gesträuch bedeckte Erhebung im Boden, aus der ein Kaminrohr herausragte, deutete auf eine Erdhöhle hin. Zu Emilios Füßen schlief der Braunbär, der genau in diesem Moment witternd den Kopf hob. Verdammt, wo war das Mädchen? Ob sie sich in der Bruchbude verschanzt hielt?

Mit Handzeichen gab Alexej seinen beiden Genossen zu verstehen, dass sie sich verteilen und aus unterschiedlichen Richtungen angreifen sollten. Er selbst schlich sich gebückt auf die gegenüberliegende Seite. Ob er sich getäuscht hatte? War Sonja doch woanders? Oder hielt sie sich in der Semljanka versteckt? Die Vorfreude darauf, der Zarin die Hochverräterin zu präsentieren, erregte ihn und schärfte seine Sinne.

Die Flammen des Feuers züngelten und verbreiteten Hitze. Emilio rückte ein Stück ab und ließ sich auf einen Schemel fallen. Er streckte sein krankes Bein aus, beugte sich mit einem Ächzen vor und wickelte die Leinenstreifen ab, mit denen er die offenen Stellen abgedeckt hatte. Die Wunden waren inzwischen groß wie Handteller, manchmal, nach starker Belastung wie an diesem Tag, nässten sie und eiterten, aber er hatte sich darauf eingestellt. Nur wurde er nicht jünger, und die Wanderung nach St. Petersburg kostete ihn inzwischen alle Kraft, die er noch aufzubieten imstande war. Seine Kleidung klebte an der Haut, sein Herz schlug stolpernd.

Er war aufgebrochen, als Sonja noch schlief, weil sie ihn sonst zurückgehalten hätte. Er wusste, dass sie sich um ihn sorgte, aber Himmel, eine feine Dame wie sie konnte sich doch nicht mit dieser Kargheit abgeben, nur mit einem halbwilden Kerl wie ihm als Gesellschaft! Sie brauchte Seife für ihre weiche Haut und ihre Wäsche und eine Bürste, damit ihr seidenes Haar nicht verfilzte. Sie konnte sich nicht allein von Ziegenmilch, Pilzen und Rebhühnern ernähren, sie brauchte Früchte, die aus den südlichen Provinzen nach St. Petersburg gebracht wurden, Eier, Brot, Speck. Und Zeitungen und Bücher brauchte sie, er selbst war keiner, der ihrer würdig war, und das Musizieren auf der Harfe und das Spielen mit Petjenka konnten ein Mädchen wie sie nicht ausfüllen. Emilio hatte eigenmächtig entschieden, dass er nach St. Petersburg aufbrechen musste, um mit Petjenkas Tanz vor den Menschen ein paar Kopeken zu verdienen und von diesen alles Notwendige zu besorgen. Sein früherer Stammplatz war die Strelka gewesen, wo sich die meisten Menschen an den Markttagen herumtrieben, aber die Strecke war ihm zu weit geworden. Deswegen hatte er Petjenka auf der Wyborger Seite auftreten lassen, und ein paar Dutzend Männer, Frauen und Kinder hatten sich um ihn geschart. Sie waren freigiebig, die Petersburger, wenn sie sich gut unterhalten fühlten. Von dem verdienten Geld nahm er nach seinen Einkäufen noch einen guten Teil mit nach Hause. Wer wusste, ob die Rubel dem Mädchen nicht noch von Nutzen sein würden. Sie konnte sich schließlich nicht bis in alle Ewigkeit bei ihm verstecken.

Emilio lehnte sich zurück und seufzte. Die frische Luft tat den offenen Wunden gut. Als er bei Sonnenaufgang mit Petjenka losgezogen war, hatte Sonja in der Semljanka geschlafen, jetzt war die Erdhöhle leer, und er vermutete, dass sie wie jeden Nachmittag in den Wäldern ringsumher unterwegs war, um die Tierfallen zu überprüfen. Mit etwas Glück würden sie zum Abendessen einen Hasen über dem offenen Feuer braten und als Nachtisch die eingelegten Pfirsiche verschmausen können, die er aus der Stadt mitgebracht hatte.

Es war schön, das Kind wieder bei sich zu haben. Nachdem er sie bei der Zarin abgegeben hatte, hatte er viele Monate an seiner Entscheidung gezweifelt, vor allem in den dunklen Wintermonaten, wenn er manchmal wochenlang kein Wort mit einem Menschen wechselte. In den ersten Jahren hatten sie sich hin und wieder auf den Marktplätzen, im Sommergarten oder an der Newa getroffen, aber als ihm der Weg zu beschwerlich wurde und ihre Besuche im Wald seltener wurden, verloren sie den Kontakt, und Emilio betete, dass Sonja ihr Glück im Winterpalast gefunden hatte. Er fragte sich, ob sie sich inzwischen verliebt hatte und ob die Zarin ihr wohl ein eigenes Schloss schenken würde, möglicherweise irgendwo an der Straße nach Wyborg, nicht weit von ihm entfernt, sodass er manchmal nach ihr und ihren Kindern sehen konnte. In seinen Visionen war sie eine wunderschöne, glückliche Frau geworden, bis sie an jenem Tag im März zu Tode erschöpft und völlig aufgelöst auf die Lichtung gestolpert war und sich in seine Arme geworfen hatte.

In der Semljanka hatte Emilio das Feuer entzündet und einen Kräutertee für sie zubereitet, sodass sie sich wärmen konnte. Sie erzählte ihm, dass sie sich bei ihm verstecken müsse, weil sie bei der Zarin in Ungnade gefallen war. Ihr drohe der Tod, wenn sie zurückkehre, und sie brauche Zeit, um sich einen Plan zu überlegen. Schweigend hatte Emilio gelauscht und sich gewundert, wie sehr er sich in der Zarin getäuscht zu haben schien. Er hatte wirklich angenommen, dass Katharina denjenigen, die sie liebte, nicht von heute auf morgen ihre Gunst entziehen würde, aber wer blickte schon hinter die Stirn der von Gott bestimmten Herrscherin? Es war keine Frage für ihn, dass er Sonja bei sich aufnehmen würde, obwohl er spürte, dass der Wald mit seinen Geheimnissen und Schätzen nicht mehr ihre Welt war. Sie war ein Fremdkörper auf seinem Territorium, aber er würde ihr Schutz gewähren, solange sie ihn benötigte, und würde sie mit seinem Leben verteidigen, falls ihr Unheil drohte.

Emilio beugte sich hinab und tätschelte Petjenkas Fell, als der Bär erwachte und die Nase hob. Um die Schnauze herum war er schon grau, weite Strecken strengten ihn nicht weniger an als Emilio. Hoffentlich waren ihnen noch zwei oder drei gemeinsame Jahre vergönnt.

Aus dem Augenwinkel nahm Emilio einen Schatten drüben an den Fichten wahr. Er wandte den Kopf – und sprang jäh auf, als ein kahlköpfiger Soldat mit angelegter Muskete aus dem Unterholz brach. Das Gesicht des Eindringlings trug mongolische Züge und war weiß wie die Birkenrinden. Seine Schritte, als er auf ihn zukam, wirkten hölzern, das Gewehr zitterte in seiner Hand.

»Was willst du?«, rief Emilio ihm zu. Gleichzeitig sprang Petjenka auf und stellte sich auf die Hinterläufe zu voller Größe auf. Der Bär hob die Schnauze in den Himmel, stieß ein weithin hallendes Knurren aus und tapste auf den Eindringling zu.

Dem Kahlköpfigen knickten die Beine ein. Er warf das Gewehr zur Seite und fiel auf die Knie. »Oh, Eure Majestät, der einzig wahre, von Gott berufene Herrscher über die Russen, verschont einen treuen Untertanen wie mich!«, stammelte er mit der Nase in Moos und Laub.

Petjenka stieß ein weiteres bedrohliches Brummen aus und näherte sich der im Dreck liegenden Gestalt. Da sprang ein zweiter Mann mit schmutzig brauner Mähne und einer auffallenden Narbe hinter Emilio hervor, hob eine Muskete, zielte, und ein donnernder Schuss hallte durch den Wald.

Petjenka sackte in derselben Sekunde in sich zusammen. Blut quoll aus seinem Ohr und ergoss sich in sein Fell. Die Erde schien zu erbeben, als das schwere Tier zu Boden stürzte. Auch aus seiner Schnauze floss das Blut in Strömen, als er röchelnd seinen letzten Atem ausstieß. Die Kugel hatte ihn mitten in den Schädel getroffen.

Nach dem dröhnenden Schuss hörte Emilio alles um sich herum wie durch dicke Watte. Hinter seiner Stirn schien ein Feuerwerk zu explodieren, und der Schmerz, als er seinen treuen Freund zu Boden sinken sah, schoss wie eine Stichflamme durch seinen Leib. Er streckte die Arme nach dem Bären aus, stolperte auf ihn zu, als ihn ein Gedanke aus der Trance riss. Er verharrte, sog die Luft in die Lungen. »Lauf, Sonja, lauf!«, schrie er in die Wipfel der Bäume, als würden die Vögel den Warnruf weitertragen.

Mit dem nächsten Schuss, der an sein Ohr drang, umfing ihn die Dunkelheit. Den Aufprall, als er neben dem Bären zu Boden stürzte, spürte Emilio nicht mehr.

Seit dem frühen Morgen war Sonja von Unruhe erfüllt. Sie hatte den Teekessel fallen gelassen, als sie sich einen Becher einschenken wollte, und kaum einen Löffel voll von dem Haferbrei runterschlucken können, den Emilio für sie vorbereitet hatte. Emilio und Petjenka waren weg, und Sonja wusste, dass er nicht zur Jagd oder zum Fischen aufgebrochen sein konnte, denn dazu nahm er den Bären für gewöhnlich nicht mit. Das bedeutete, dass er vermutlich gegen ihren ausdrücklichen Willen in die Stadt gezogen war. Er ahnte nicht, wie gefährlich das war. Wenn ihn jemand dort sah, der von seiner Beziehung zu Sonja wusste, waren sie beide in Lebensgefahr. Sie hatte alle Menschen, mit denen sie zu tun gehabt hatte, glauben lassen, dass Emilio tot war, und das Wissen darum, dass er noch lebte, wie ein Geheimnis in ihrem Herzen getragen. Als hätte sie schon vor vielen Jahren gespürt, dass der Tag kommen würde, an dem ihr alter Ziehvater ihre letzte Rettung sein würde.

Auf Dauer konnte sie sich nicht im Wald verbergen. Aber von Emilio beschützt, konnte sie sich Zeit lassen, um Pläne zu schmieden.

Hätte sie gewusst, dass Emilio sich nicht aufhalten ließ, hätte sie ihm zumindest eine Nachricht für Stephan mitgegeben. Du lieber Himmel, er war vermutlich krank vor Sorge um sie, und ihr ging es nicht besser, wenn die Bilder von ihm in ihr hochstiegen und sie meinte, seine Küsse und seine Hände auf ihrer Haut zu spüren. Vor Sehnsucht stiegen Tränen in ihr auf, und sie fragte sich, wie es ihr gelingen sollte, in absehbarer Zeit Kontakt zu ihm aufzunehmen. Er hatte einen Plan für sie ausgetüftelt, aber die Ereignisse hatten sich überschlagen, und ihr war nichts als die heillose Flucht geblieben.

Manchmal fragte sie sich, ob das Davonlaufen wirklich ihre einzige Chance gewesen war. Hätte sie es auf eine Konfrontation mit der Zarin ankommen lassen sollen? *Hochverrat.* Nein, selbst wenn es eine Annäherung zwischen ihr und Katharina gegeben hätte – die Zarin hätte keine Gnade walten lassen können, wollte sie vor ihrem Hofstaat nicht ihr Gesicht verlieren. Wenn Hochverrat nicht mit erbarmungsloser Härte bestraft wurde, öffnete das den Widersachern der Zarin Tür und Tor, um gegen sie Ränke zu schmieden.

Mit fahrigen Händen hatte Sonja an diesem Morgen die Feuerstelle gereinigt und die Bettstoffe ausgeschüttelt, sie hatte die Ziegen gemolken und das Gatter geflickt, an dem ein paar Hölzer vermodert waren. Immer wieder hatte sie ungeduldig Ausschau gehalten, in der Hoffnung, Emilio würde auftauchen, bis sie sich schließlich am frühen Nachmittag das Messer in den Gürtel gesteckt und einen ledernen Beutel umgehängt hatte, um die Fallen abzusuchen. Hoffentlich würde es sie beruhigen, diesen alltäglichen Pflichten nachzugehen, und vielleicht erwies sich ihre Furcht als völlig unbegründet.

Ihr an vielen Stellen eingerissenes Kleid hatte sie mit Schere, Nadel und Faden aus Emilios Handwerkskiste gekürzt, weil ihr die Länge bei ihren Streifzügen durch den Wald lästig war. Ständig verhedderte sich der Stoff um ihre Schuhe. Statt ihres Mantels trug sie inzwischen lieber die Jacke aus Wolfsfell, die Emilio für sie angefertigt hatte. Ihre Haare entwirrte sie mit dem aus einem Stück dünnem Holz angefertigten Kamm, den Emilio besaß, und hielt sie mit einem Band aus Jute im Nacken fest. In einem nahen Bach wusch sie mit dem klaren Wasser notdürftig ihre Wäsche, aber dennoch war sie inzwischen grau und fleckig. Emilio besaß keinen Spiegel, aber als sie sich in der glatten Oberfläche des Wassers betrachtete, erkannte sie, dass sie mit dem Schmutz in ihrem Gesicht und den von Furcht geprägten Zügen kaum noch Ähnlichkeit mit der Frau hatte, in die Stephan sich verliebt hatte. Zunächst hatte Panik sie ergriffen, aber sie rang sie mit bewussten Atemzügen nieder. Dann erkannte sie, dass darin eine Chance lag: Würde sie ein flüchtig vorübergehender Passant erkennen, wenn sie in die Stadt und an die Fontanka schlich, in der Hoffnung, Stephan zu treffen? Bei ihm anzuklopfen würde sie nicht wagen. Möglicherweise wurde sein Haus bewacht, weil irgendjemand dahintergekommen war, dass sie sich liebten. Sie könnte die Haare abschneiden, sich mit Moorschlamm einschmieren und Emilios weiten gefütterten Mantel ausleihen … Emilio würde ihr ein Messer zu ihrem Schutz mitgeben, wie das, mit dem sie nun einen Fasan aus einer Netzfalle herausschnitt. Das Tier zappelte noch schwach, und Sonja erlöste es mit einem

Genickbruch, bevor sie es in den Lederbeutel zu dem bereits eingesammelten Hasen stopfte.

Ihr Blick ging zum Himmel, und sie sah, dass die Sonne in etwa einer Stunde untergehen würde. Zeit, zu Emilios Behausung zurückzukehren, bevor sich die Dunkelheit über den Wald senkte. Hoffentlich war Emilio zurück! Sie würde ihm noch einmal eindrücklich zureden, dass er sich von der Stadt fernhielt. Und sie würde ihn in ihren Plan einweihen, sich unkenntlich zu machen und selbst nach St. Petersburg zu gehen. Der Gedanke schmerzte in ihrem Magen, dass St. Petersburg die längste Zeit ihre Heimat gewesen war. Mit Stephans Hilfe würde sie es vielleicht schaffen, nach Moskau zu gelangen, und es hieß, auch dort gebe es hervorragende Akademien. Mit ihm an ihrer Seite war es ohnehin egal, ob sie an der Newa, der Moskwa oder der Wolga lebte.

Von neuem Mut durchdrungen und beseelt von der Idee, die Tatenlosigkeit abzustreifen und ihr Schicksal wieder in die Hand zu nehmen, begann sie zu laufen. Hier und da bückte sie sich unter tief hängenden Zweigen, sprang über einen morschen Baumstamm und zerkratzte sich die Hände an dornigem Gestrüpp. Der Duft nach Harz und Moos wehte ihr um die Nase, das warnende Kreischen der Vögel im Geäst, das Rascheln ihrer eigenen Schritte und ihre regelmäßigen Atemzüge begleiteten ihren Lauf.

Dann hörte sie den Schuss, dessen Klang zwischen den Bäumen widerzuhallen schien und jedes andere Geräusch zum Ersterben brachte. Tödliche Stille senkte sich über den Wald, als sie stehen blieb und herauszubekommen versuchte, aus welcher Richtung er abgegeben worden war. Sie wagte kaum zu atmen.

Wenige Sekunden später hörte sie das mit unmenschlicher Kraft hervorgestoßene Krächzen Emilios. *Lauf, Sonja, lauf.* Eine Eisenklammer umschloss ihr Herz, während sie nach links und rechts schaute und fieberhaft überlegte, was sie tun sollte. Da erklang der zweite Schuss. Sonjas Denken setzte aus. Sie griff nach dem Messer an ihrer Seite. Im Rennen zückte sie es, kampfbereit wie eine Wölfin.

Endlich kam die Lichtung in Sicht. Sonja duckte sich und schlich von der Gatterseite auf Emilios Behausung zu. Sie hielt sich hinter einem Baumstamm, preschte vor zum nächsten, bis sie die Lichtung überblicken konnte.

Die Männer bei Emilio und Petjenka sahen sie nicht, obwohl sie nur einen Katzensprung von ihnen entfernt stand. Ein braunhaariger stand breitbeinig über dem Bären, aus dessen Kopf Unmengen von Blut strömten, während ein kahlköpfiger sich auf allen vieren dem Tier näherte, als sei er nicht bei Sinnen. Emilio lag lang ausgestreckt auf dem Bauch, die Wange auf Petjenkas Fell ruhend. Sein Rücken war rot von Blut.

Blind vor Wut und Schmerz, hob Sonja das Messer und setzte an, um auf die Mörder zuzuspringen und ihnen die Klinge in die Leiber zu treiben, wieder und wieder, weil sie es nicht besser verdient hatten und weil es sonst nichts gab, was ihre Trauer lindern konnte. Sie wollte sich die Seele aus dem Leib brüllen und nicht damit aufhören, bis die Barbaren in Stücke zerhackt waren. Doch der Schrei erstarb in ihrer Kehle, als sich in diesem Moment ein Arm wie eine Eisenzwinge um ihren Hals schloss. Die Spitze eines Messers ritzte in die Haut an ihrem Hals und verstärkte den Druck, als sie sich mit Tritten und Stößen befreien wollte. »Lass das Messer fallen, oder ich schneide dir die Kehle durch, Verräterin«, zischte eine Stimme in ihr Ohr.

Es brauchte drei Männer, um Sonja zu überwältigen. Sie trat um sich, spuckte, stieß und biss, aber irgendwann hatten die drei ihr Beine und Arme zusammengebunden und ihr einen stinkenden Knebel in den Mund gesteckt. Inzwischen hatte sie Graf Orlow erkannt und daraus geschlossen, dass sie nicht irgendeiner Räuberbande zum Opfer gefallen waren, sondern den Schergen der Zarin. Ihre Augen brannten, und sie wand sich wie besessen unter Orlows Griff, als der sie auf sein Pferd heben wollte. Einen Wimpernschlag später klatschte seine Hand so heftig auf ihr Ohr, dass sie glaubte, ihr Trommelfell sei geplatzt, während sich der Schmerz auf ihrer Wange und Schläfe wie Feuer ausbreitete. Es wurde dunkel um sie, und sie erwachte erst wieder, als die Pferde über eine hölzerne Brücke trabten, die die Hufschläge dumpf hallen ließ. Sie hing kopfüber wie ein Bündel vor Orlows Sattel und versuchte, etwas zu erkennen. Wo waren sie? Brachte er sie zum Palast? Nein, in der nächsten Sekunde sah sie die hohen Mauern der Peter-Paul-Festung.

Stimmen wurden laut. Orlow war der Befehlshaber, seine Stimme schnitt durch die Nacht. »Witalij, Artjom, reitet zum Winterpalast und gebt Meldung, dass die Verräterin gefangen ist und in Ketten gelegt wird.«

Die Angesprochenen wendeten sofort ihre Pferde und galoppierten davon.

Sie passierten ein Tor, und Orlow wechselte ein paar Worte mit den wachhabenden Offizieren, bevor er in den gepflasterten Innenhof ritt. Vor dem lang gezogenen, halbrunden Gebäude mit den eisernen Stäben vor den Fenstern glitt er aus dem Sattel und packte Sonja. Er warf sie sich über die Schulter wie einen Sack Lumpen, während er erneut mit Soldaten sprach, die das Gefängnis beaufsichtigten. Einer der Männer schritt ihm mit weit ausholenden, gleichmäßigen Schritten, die von den Backsteinen widerhallten, und einem klimpernden Schlüsselbund an einem Ring voran.

Sonja stieg der Geruch nach Moder und Schimmel in die Nase, als sie durch aus rohem Stein gehauene Flure tiefer in das Gebäude drangen. Mit jeder Faser ihres Körpers sehnte sie sich nach reiner Luft in ihren Lungen. Der Stoff in ihrem Mund ließ sie fast ersticken. Sie passierten zahlreiche Türen aus schwerem Eichenholz, mit Eisen behauen, aus einigen drang Stöhnen und Wimmern, übertönt von dem Wehklagen eines Gefangenen, der offenbar hinter verschlossenen Türen gefoltert wurde und um Gnade schrie.

Eiseskälte durchzog Sonjas Körper. Hier im Verborgenen waren die Methoden gegenüber den Kriminellen mittelalterlich wie eh und je, hier hatte Zar Peter seinen Sohn zu Tode gefoltert, hier hatten Unmengen von Menschen auf qualvolle Weise ihr Leben gelassen und ihr letztes Gebet gesprochen, bevor sie zum Schafott geführt wurden. Alle waren sie abhängig gewesen von den Launen eines Herrschers. In diesem Moment war sich Sonja sicher, dass sie es nicht mehr erleben würde, wie das Volk diesen Wahnsinn beendete.

Sie hörte, wie ein Schlüssel knarrend in einem Schloss gedreht wurde und wie sich eine Tür quietschend öffnete. In der nächsten Sekunde warf Orlow sie von seiner Schulter. Ein stechender Schmerz raste durch ihre Hüfte, als sie auf dem feuchten Kellerboden auftraf. Der Graf bückte sich und riss ihr den Knebel aus dem Mund.

Röchelnd und hustend sog Sonja die Luft ein und starrte ihren Häscher mit glühenden Augen an. Sie reckte ihm die Arme hin, damit er die in ihr Fleisch schneidenden Seile löste, aber er gab ihr nur mit einem bösen Grinsen einen Tritt in die Seite. Unter der erneuten Qual krümmte sie sich zusammen wie ein Säugling im Bauch der Mutter, drehte Orlow und dem Wächter den Rücken zu. Endlich flog die Tür hinter ihr zu und Dunkelheit umhüllte sie. Aus einer Ecke drang das Fiepen von Ratten, aus einer anderen ein stetiges Tropfen und Plätschern. Sonja blinzelte und nahm einen schwachen Lichtschein wahr. Er kam aus einem vergitterten Loch, das in die armdicken Mauern eingelassen war und durch das der aufgehende Mond hinter dünnen Wolken schwächlich schimmerte.

Da war sie also wieder in St. Petersburg. Nur durch die Palastbrücke über die Newa getrennt von ihrem früheren Leben. Mit der Erinnerung an die Geborgenheit in Stephans Armen und die Sanftheit in seinem Blick legte sie entkräftet die Stirn auf ihren Oberarm, während die Feuchtigkeit auf dem Boden durch ihr Kleid und bis in die Knochen drang.

Es hätte so nicht enden dürfen. Sie hätte sich eine letzte Umarmung, ein geflüstertes »Ich vergesse dich nie« und einen Kuss gewünscht, damit sie trotz der Trauer um Emilio und den Bären mit einem Lächeln auf den Lippen sterben konnte. Und mit dem Geheimnis um diese Liebe. Nie würde je eine Menschenseele erfahren, was sie beide miteinander verbunden hatte. Denn sonst, das wusste sie, würde auch über Stephan das Todesurteil gesprochen werden.

Katharinas Tage waren in diesem Frühjahr nach dem Krieg gegen die Türken und der blutigen Niederschlagung der Rebellion angefüllt mit innenpolitischen Debatten und Erlassen zur neu geplanten Verwaltungsstruktur des Reiches. Jetzt endlich ließ ihr die Außenpolitik Zeit, wenigstens einen Teil ihres viel beachteten und gescheiterten Gesetzesentwurfs umzusetzen. Es war an der Zeit, die alte, brüchige Ordnung über den Haufen zu werfen.

Adelige und Kaufmänner wurden ernannt, um neue Aufgabenfelder in vierzig Gouvernements zu übernehmen. Die Zarin regelte die Armenfürsorge, die Volksbildung und die ärztliche Versorgung, die Regierungsgewalt etablierte sie in allen Orten Russlands. Nichts wollte sie dem Zufall überlassen, keine Provinz sollte länger ihre eigenen Gesetze aufstellen. Eine zersetzende Welle, wie sie mit Pugatschow durch das Land gezogen war, durfte es nicht mehr geben.

Die Vielfältigkeit der Aufgaben hinderte Katharina tagsüber daran, sich mit den aufrührerischen Machenschaften in ihrem direkten Umfeld auseinanderzusetzen und sich in zornige Grübeleien darüber zu verlieren, ob sie Sonja jemals finden würden. Zum Glück hatte dieses abscheuliche Weibsstück, Marija, sie kein weiteres Mal belästigt, obwohl sie den Sack

Rubel, den sie ihr mit Widerwillen zugeworfen hatte, vermutlich längst verprasst hatte.

Nachts gelang es Potemkin manchmal, ihre Gedanken fliegen zu lassen, aber viel zu oft fühlte sie sich verspannt und zermürbt, verdrossen von den unzähligen Problemen, mit denen sie sich auseinandersetzen musste, und fand es entspannender, Voltaire in gewählten Worten von ihren Plänen zu berichten, als sich von Potemkin in die Arme nehmen zu lassen.

Sie versiegelte gerade einen Umschlag, der nach Paris reisen sollte, als die Tür zu ihrem Arbeitszimmer nach kurzem Klopfen aufflog. Verärgert über die späte Störung, runzelte sie die Stirn und setzte zu einer Maßregelung an, aber der Gardeoffizier, der sich am Hofmeister vorbeigezwängt hatte, baute sich außer Atem vor ihr auf. »Bitte verzeihen Sie, Eure Majestät. Ich habe soeben Meldung bekommen, dass Ihre Ziehtochter gefangen genommen und in den Kerker geworfen wurde. Ich dachte, diese Nachricht duldet keinen Aufschub, deswegen mein ungebührliches Verhalten.« Er senkte den Kopf.

Katharina erstarrte, während sie auf den Mann blickte und die Gedanken hinter ihrer Stirn zu rasen begannen. Sie stützte sich auf der Arbeitsplatte ab, weil sie einen Halt brauchte in dem Schwindel, der sie ergriff. Sie rang um ihre Fassung. Als sie endlich sprach, klang ihre Stimme messerscharf. »Bringt mich zu ihr!«

»Ihr solltet nicht allein ins Verlies gehen. Es heißt, sie führe sich auf wie eine Furie.«

Katharina nahm dem Offizier die Fackel ab, die er genau wie fünf weitere Leibgardisten für sie beim Gang durch die Kerkerflure gehalten hatte, und wies den Wächter an, die Tür zu öffnen.

Der moderige Geruch war kaum zu ertragen, aber sie verzichtete darauf, sich ein parfümiertes Tuch vor die Nase zu halten. Der Fackelschein beleuchtete das Verlies und fiel auf die

Gestalt zu ihren Füßen, die sich nun regte. Mühsam richtete sich Sonja mit ihren gefesselten Gliedmaßen auf und rutschte auf dem Gesäß bis an die Wand, als sie die Zarin erkannte.

Katharina verbarg ihren Schrecken. Das Mädchen sah aus wie eine Wilde mit ihren schmutzigen Haaren, der grauen Haut und dem Wolfsfell. Ihre linke Gesichtsseite war angeschwollen. Die Finger einer Hand hatten brandrote Male hinterlassen. Eine Welle des Mitleids durchströmte sie. Für einen Moment war sie versucht, in die Knie zu gehen und sie zu streicheln und zu trösten, aber der Anflug verebbte. Nie war Sonja ihrer Mutter ähnlicher gewesen als in diesem Verlies, obwohl sie von ihrem Vater die ebenmäßigen Züge, die Form der Nase und das verdorbene Blut geerbt hatte.

»Warum bist du geflohen? Warum hast du nie versucht, mit mir zu reden?« Ihre Stimme klang blechern in dem Verlies.

Sonja hielt ihrem Blick stand, und Katharina erkannte die Kälte darin. Wie hatte sie jemals annehmen können, dass aus diesem Mädchen ihre Vertraute würde, ihre Tochter im Geiste? »Ich werde bis zum letzten Atemzug darum kämpfen, dass ich gehört werde«, erwiderte Sonja. »Der Kampf ist noch lange nicht vorbei.«

»Du weißt, wer deine Eltern sind?«

Sonjas Augen weiteten sich, während sie die Zarin fragend anstierte.

»Deiner Mutter hast du den Mantel überlassen, den ich dir zum sechzehnten Geburtstag geschenkt habe. Trauere nicht um die verlorene Zeit mit ihr, sie war diejenige, die dich verraten hat. Und dein Vater …«

Sonja schüttelte den Kopf, und Katharina sah, wie sehr sie diese Nachricht schockierte. Aber sie war noch nicht fertig. »Dein Vater ist der Donkosak Pugatschow, der Tausende Menschen ermordet hat. Er hat als Verbrecher gelebt und ist als Memme gestorben. Hätte er sich nur gegen mich versündigt, hätte ich ihm verziehen. Das Gleiche gilt für dich.«

Die Kälte wich aus Sonjas Gesicht, und auf einmal liefen ihr Tränen über die Wangen. Unwillig wischte sie sie mit den gefesselten Handgelenken weg. »Ich habe seine Taten nie gutgeheißen«, sagte sie endlich, als sie sich gefasst hatte. »Aber die Welt ist im Aufbruch. Ich bin stolz darauf, meinen Beitrag geleistet zu haben.«

»Du bist verbohrt und gefühllos, Sonja. Der Aufbruch, den du heraufbeschwören willst, braucht keine Verräter und Märtyrer, sondern Herrscher, die die Menschen lieben, die sie sanft geleiten und ihnen die Richtung weisen.« Sie wandte sich in Richtung Tür. Mehr gab es nicht zu sagen.

Sonja stieß hinter ihr ein Lachen aus, das fremd in Katharinas Ohren klang. »Und eine solche Zarin bist du, Maman?«

Katharina drehte sich noch einmal zu ihr um, Verbitterung zeichnete scharfe Falten an den Wangen und abfallende Linien an ihren Mundwinkeln. »Auf Hochverrat steht die Todesstrafe. Morgen wirst du auf dem Schlossplatz hingerichtet werden.« Sie trat aus dem Verlies. Bevor die Tür geschlossen wurde, traf ihr Blick ein letztes Mal Sonjas undurchdringliche Augen. »Und nenn mich nie wieder Maman.«

Kapitel 31

Noch in der Nacht verbreitete sich die Neuigkeit von Wirtshaus zu Wirtshaus, durch die Salons, Hotels, Galerien und Restaurants. In den frühen Morgenstunden gab es kaum einen Petersburger, der nicht davon wusste, dass das Mündel der Zarin am Vormittag auf dem Schlossplatz enthauptet werden sollte. Der Henker und seine Gesellen hatten bereits damit begonnen, das Blutgerüst aufzubauen. Das Schafott galt immer noch als außergewöhnlich wirkungsvoll, um die Macht der Herrschenden zu demonstrieren und um andere von ähnlichen Vergehen abzuschrecken. Besonders spektakulär war die Enthauptung einer schönen Frau, die höchstes Ansehen am Hof genossen hatte und abgrundtief gefallen war.

Ein paar kluge Köpfe stellten den Zusammenhang zwischen dem verbotenen Buch und der Ziehtochter der Zarin her, und bald wussten die meisten, dass es Sonja gewesen war, die als Feindin der Regierung die Menschen aufwiegeln wollte. Unter das Entsetzen und die Abscheu mischte sich bei manch einem Hochachtung für den Mut und die Klugheit, die aus jeder Zeile des Buches sprach.

Die Zarin war in den frühen Morgenstunden für niemanden zu sprechen. Pausenlos meldete der Hofmeister Bittsteller, die um Gnade für das Mädchen ersuchen wollten, aber Katharina ließ sie alle wegschicken.

Dmitri gehörte zu den hartnäckigsten Männern, bis die

Leibgardisten vor dem Winterpalast ihn mit angelegten Musketen vertrieben.

Der Schlossplatz begann sich rund um das Holzgerüst bereits mit Neugierigen zu füllen, die die besten Plätze ergattern wollten. Dmitri rannte hin und her auf der Suche nach seinen Freunden. Sie mussten doch etwas tun! Vielleicht würde der angesehene Professor Damm etwas ausrichten können oder Boris, der hochgelobte Dichter. Und wo, verdammt noch mal, war Stephan Mervier? Über viele Jahre hatte der Philosoph zum engsten Kreis um die Zarin gehört. Obwohl ihr Verhältnis von Unstimmigkeiten geprägt war, schätzte sie möglicherweise noch sein Urteil und respektierte seinen Einspruch? Dmitri schwindelte es bei der Vorstellung, dass Sonjas Haupt in weniger als einer halben Stunde dem jubelnden Volk zu Füßen rollen würde.

Er wünschte, er könnte zu ihr in die Festung, aber die Wachsoldaten ließen niemanden ein, selbst als er ihnen eine hohe Entlohnung anbot.

Über den Schlossplatz zogen inzwischen Händler mit ihren Bauchläden, die Getränke und Gebäck anboten. Die Menschen plauderten und schmausten wie bei einem Volksvergnügen, und nichts anderes war die Vollstreckung des Todesurteils. Dmitri hatte oft genug selbst als Zuschauer die Darbietung mit gruseliger Erregung verfolgt, aber es waren fremde Männer gewesen, die den Tod fanden, üble Subjekte, die gemordet, gestohlen oder betrogen hatten. Nun war es eine einzigartige Frau wie Sonja, und Dmitri befürchtete, den Verstand zu verlieren ob dieser Ungeheuerlichkeit. Während er noch hysterisch überlegte, wie er die Tötung verhindern konnte, fühlte er auf einmal zwei Hände, die sich in seine Schultern krallten und ihn schüttelten. »Dimotschka, Liebster, um Himmels willen, was tust du?«

Er tauchte wie aus trüben Wassern auf. In Heras Miene zeichnete sich die Verzweiflung ab. »Du kannst sie nicht retten, Dimotschka«, sagte sie mit tränenerstickter Stimme. Er wusste nicht, ob sie um Sonja trauerte oder darum, dass es eine Frau in seinem Leben gab, die ihm vielleicht mehr bedeutete als sie selbst.

Dmitri stieß die Luft aus, als hätte er sie minutenlang angehalten. »Du solltest hier nicht sein.« Er umarmte Hera, zog sie an sich und spürte die Rundung ihres Leibes, in dem sein Kind heranwuchs.

»Du auch nicht«, erwiderte sie mit der Nase an seiner Wange. Ihr Körper zitterte.

»Ich … ich kann nicht zulassen, dass … eine meiner Studentinnen hingerichtet wird.« Er schluchzte auf. »Es ist so ungerecht.«

Sie löste sich von ihm. »Ich weiß, wie viel dir diese Frau bedeutet. Aber sie wird sterben, und wir, Dimotschka, dein Kind und ich, wir werden leben.«

Er erkannte ihre Furcht, sie könnte ihn am Ende verlieren, und eine Welle der Zuneigung durchströmte ihn. Er nahm ihr Gesicht in beide Hände und küsste sie. »Ich liebe dich, Hera, aber ich bin es Sonja schuldig, dass ich alles tue, um ihr zu helfen. Sie hatte nie etwas Böses im Sinn, sie wollte eine bessere Zukunft für Russland. Was für eine Schande, dass sie dafür sterben soll. Es ist nicht recht, und ich habe mich dem Recht verschrieben.«

Sie musterte ihn skeptisch, aber, wie es ihm schien, auch besänftigt. »Lass mich nicht allein«, flüsterte sie.

»Niemals«, erwiderte er. »Geh nach Hause und warte dort auf mich.«

Sie nickte, ließ die Tränen laufen, und er küsste sie ein letztes Mal auf die Wange, bevor er sich umwandte und loslief. Hera und sein ungeborenes Kind waren das Wichtigste, aber Sonja stand für all das, worum er in den vergangenen Jahren gerungen hatte.

Sonja durfte nicht sterben und mit ihr der Geist der Rebellion. Eines konnte er noch tun, seine letzte Chance, und die würde er nicht vergeuden.

Pechschwarze Melancholie hatte sich über Stephan gesenkt. Seit zwei Wochen hielt er die Vorhänge in der Villa Mervier geschlossen und öffnete keinem Menschen die Tür. Nur Sascha brachte ihm hin und wieder Brot und Käse oder eine Schale Haferbrei und musterte ihn mit zusammengezogenen Brauen, ohne dass ein Wort über seine Lippen kam. Anscheinend hielt der alte Russe es für nicht ungewöhnlich, dass es Zeiten im Leben eines Mannes gab, in denen er sich von allen abschotten musste und mit seinen Gedanken und einer Flasche Wodka allein blieb. Aber Stephan verzichtete auf den Alkohol, weil er wusste, dass ihn das Trinken nur noch tiefer in das Elend ziehen würde. Keine Stunde verrann, in der er sich nicht ausmalte, was mit Sonja geschehen war, und sich fragte, ob sie noch lebte.

Seine Suche nach ihr war zermürbend gewesen. Tagelang war er durch die Straßen gelaufen und hatte alle Orte abgeklappert, die im Entferntesten in Frage kamen. An mehreren Nachmittagen war er mit seinem Pferd in die Umgebung geritten, hatte sich, von Hilflosigkeit durchdrungen, umgeschaut. Wo um alles in der Welt sollte er sie in den Weiten dieses Reiches finden? Vielleicht war sie längst tot. Wie war es sonst zu erklären, dass sie ihm nicht wenigstens eine Nachricht schickte?

Die meiste Zeit schlief er, weil er dann in Träumen versinken und die Wirklichkeit ausblenden konnte. Wenn er aufstand, um den Kamin anzufeuern oder sich einen Happen zu essen zu holen, blieb er im Morgenmantel, nur um sich gleich wieder hinzulegen. Manchmal schaffte er es, sich für ein paar Stunden auf ein Buch zu konzentrieren, aber über den Seiten verfiel er wieder in dumpfe Grübeleien, die sich wie hartnäckiger Juckreiz anfühlten und die stets mit der Frage endeten: Was soll ich jetzt bloß tun? Wie sollte ein Mann wie er, der auf allen Ebenen gescheitert war, wieder auf die Füße kommen?

Ob er darum ersuchen sollte, an der Akademie Philosophie unterrichten zu dürfen? Dmitri hatte seinem Leben auf diese Art wieder einen Sinn gegeben, nachdem die Zarin ihm einen Strich durch die Planung gemacht hatte, und inzwischen durfte er sich sogar mit dem Doktortitel schmücken. Konnte eine akademische Karriere noch eine Option für ihn sein? Sobald er den Gedanken greifen wollte, breitete sich eine erschöpfende Müdigkeit in ihm aus. Alles schien belanglos zu sein, solange er nicht wusste, was aus Sonja geworden war, solange er sie nicht in die Arme nehmen konnte und so festhalten, dass sie ihm niemals mehr wieder entglitt. Mit ihr zusammen war er zu allem bereit – nach Moskau zu ziehen, nach Frankreich oder nach Preußen.

Nein, er würde nicht jammern und um Hilfe ersuchen, irgendwann würde er sich aus diesem Trübsinn befreien und einen neuen Anfang wagen. Aber er brauchte Zeit, viel Zeit, und er brauchte seine Ruhe.

Er hatte sich seine Bettdecke auf die Chaiselongue vor dem Kamin gelegt, der Ort, an dem sie sich zuletzt geliebt hatten. Bis zu den Ohren deckte er sich zu, lauschte auf die knisternden Holzscheite und den anschwellenden Lärm von draußen. Vermutlich stand ein Jahrmarkt bevor. Er hörte durch die geschlossenen und verdunkelten Fenster die Händler ihre Waren feilbieten und das Gelächter und Geschnatter der Passanten.

Dann zuckte er zusammen, als jemand mit der Faust gegen seine Haustür wummerte. Verdammt, vermutlich irgendwelche Betrunkenen, die sich einen Spaß erlaubten. Das Holz der Tür vibrierte, als jemand drei weitere Male dagegen hämmerte. Stephan stieß einen Fluch aus und schwang die Beine auf den Boden. Es sollte ihm recht sein, wenn da jemand Prügel wollte. Er war bereit.

»Stephan! Ich bitte dich, öffne! Es ist wichtig! Bitte, Stephan!«

Er runzelte die Stirn. Dmitri? Was mochte er wollen? Er

war bestimmt nicht in der Verfassung für ein Zirkeltreffen. Sie sollten ihn in Ruhe lassen.

»Es geht um Leben und Tod! Wir müssen Sonja retten!«

Stephan sprang auf. Es war, als legte sich etwas Schweres, Kaltes auf sein Herz und nähme ihm die Luft zum Atmen. Er eilte zur Tür und schloss im Laufen den Gürtel des Morgenmantels, bevor er die Tür aufriss. Vor ihm stand Dmitri mit wirren Haaren. Er atmete mit offenem Mund.

»Du liebe Zeit, was ist mit dir?«, brachte Dmitri hervor, während er den Freund von oben bis unten betrachtete.

Stephan fasste sich ans Kinn, wo sein Bart seit zwei Wochen wucherte, und strich sich die Haare aus der Stirn. Sein Morgenmantel war fleckig, seine Beine nackt, und er war barfuß. Er ahnte, dass er ein Bild der Verwahrlosung abgab, aber war das jetzt von Bedeutung? »Was ist mit Sonja? Wo ist sie?«

Dmitri zwängte sich an ihm vorbei und zog die Nase kraus, als drängen unangenehme Gerüche zu ihm. Stephan erinnerte sich vage, dass er sich vor vier Tagen zuletzt gewaschen hatte. Dmitri schloss die Tür hinter sich und sperrte damit den Lärm von draußen aus. »Bekommst du gar nichts mehr mit?«, fuhr er Stephan an.

Fahrig wischte sich Stephan über die Stirn. »Mir … mir ging es nicht gut in den letzten Tagen. Wahrscheinlich etwas mit dem Magen.«

Dmitri schob die Nase vor wie ein Adler. »Mit dem Magen? Sonja hat wirklich schlimmere Sorgen.«

Stephan fasste ihn hart an den Oberarmen und schüttelte ihn. »Was ist passiert?«

Endlich begann Dmitri zu erzählen: Davon, wie Alexej Orlow mit zwei Saufkumpanen auf Bärenjagd gegangen war und wie sie Sonja bei Emilios Hütte überwältigt hatten. Wie sie sie gefesselt und geknebelt in den Kerker der Peter-Paul-Festung geworfen hatten und dass die Zarin noch am selben

Abend das Urteil über sie gesprochen hatte: Hinrichtung auf dem Schafott.

Um Stephan begann sich alles zu drehen. Er musste sich am Türrahmen halten, um das Gleichgewicht wiederzufinden. Sonja im Kerker! Womöglich gefoltert! Und nun drohte ihr der Tod! »Wann soll das Urteil vollstreckt werden?«, brachte er schließlich hervor. In seinen Blutbahnen schienen Ameisen zu krabbeln.

»Jetzt!«, schrie Dmitri ihn an und wies mit dem Arm zur Tür. »Hörst du, was da draußen los ist? Sie alle strömen zum Schlossplatz, um zu sehen, wie Sonja enthauptet wird.«

Für einen Moment hielt sich Stephan die Hand vor Augen, nahm einen zitternden Atemzug. Sonja durfte nicht sterben! Ihn würde die Schuld treffen: Statt bei der Zarin um Gnade für sie zu bitten, hatte er sich die Decke über den Kopf gezogen und nichts von der Welt mitbekommen. Jetzt war es zu spät.

Er rannte zurück in den Salon, wo Hosen, Hemd und Strümpfe verstreut herumlagen. Innerhalb weniger Minuten war er angezogen und schaffte es sogar, sich mit zwei Händen Wasser aus einer Schüssel ins Gesicht zu werfen.

»Wo willst du hin?«, schrie Dmitri ihm hinterher, als er sich an ihm vorbeidrängte und zur Haustür hinauspreschte.

»Zur Zarin!« Stephan drehte sich nicht um, spurtete in Richtung Winterpalast.

Hinter sich hörte er, wie Dmitri ihm folgte und zu ihm aufschloss. Er griff nach seinem Arm. »Nicht so kopflos, Stephan, wir müssen uns etwas überlegen …«

Stephan riss sich von ihm los und lief weiter. Die Menschen, die zum Schlossplatz strömten, sahen ihm empört hinterher, weil er sie anrempelte und sich mit den Ellbogen durchkämpfte. Alles in seinem Kopf war erloschen. Er hörte nicht die fluchenden Stimmen, sah nicht die erbosten Gesichter, und Dmitri schien er abgehängt zu haben. Den Blick nach vorne gerichtet betrat er den Schlossplatz – und ihm stockte der Atem.

Es war zu spät, denn genau in diesem Moment brandete Applaus und Jubel auf, als der Scharfrichter Sonja aufs Blutgerüst führte. Das Kleid hing ihr in schmutzigen Fetzen am Leib, ihr Gesicht war grau, die Haare wirr.

»Sonja!« Sein Schrei tönte über die Köpfe des Publikums hinweg. Sie wandte sich halb um, entdeckte ihn inmitten der Menschenmenge, aber wenn er gehofft hatte, in ihrer Miene die Liebe zu ihm zu erkennen, sah er sich enttäuscht. Ihre Augen funkelten beschwörend, während sie unmerklich den Kopf schüttelte.

Für Stephan gab es kein Halten mehr. Mit aller Kraft kämpfte er sich durch die Menschenmasse, stolperte und fing sich und hielt den Blick nur auf die zum Tode Verurteilte gerichtet. Wie hatte er sich danach gesehnt, sie zu halten und zu wiegen und ihr ins Ohr zu flüstern, dass alles gut werden würde, wenn sie nur zusammenblieben. Nun stand sie auf dem Podest hoch über ihm und wartete darauf, dass der Henker das Beil hob, während eine Gruppe von Trommlern einen rhythmischen Wirbel schlug.

Er steckte Boxhiebe und Schläge auf den Rücken ein, weil die Leute glaubten, er wollte sich einen Vorteil erkämpfen und vorne stehen, wenn der Kopf der Schönen rollte. Aber er machte vor dem Gerüst nicht Halt. Er stemmte die Arme gegen das Holz, wuchtete sich empor und stand mit zwei Schritten vor der geliebten Frau, ließ sich vor ihr auf die Knie sinken, umklammerte sie. »Ich liebe dich, Sonja, ich liebe dich mit all meiner Kraft. Für das, was du getan hast, hast du die Anerkennung aller Russen verdient, nicht das Todesurteil.«

Der Scharfrichter und seine Gesellen waren im ersten Moment überrumpelt von Stephans Unverfrorenheit, aber nun besannen sie sich, und zwei Männer stürzten sich auf ihn, packten ihn an den Armen und zerrten ihn auf die Beine. »Ich liebe dich, Sonja, vergiss das nie.«

»Ich kenne diesen Mann nicht!«, schrie Sonja, und ihre

Stimme überschlug sich vor Verzweiflung. »Schafft ihn weg, ich weiß nicht, was in ihn gefahren ist!« In ihren Augen loderte die Panik, und er erkannte, dass sie ihn in den letzten Minuten ihres Lebens schützen wollte. Als würde dies alles noch einen Sinn ergeben, wenn er sich nicht wenigstens im Angesicht des Todes zu seiner Liebe bekannte.

Die Menge johlte und pfiff, weil Stephan die Attraktion aufhielt. Ein Knüppel sauste auf seinen Hinterkopf nieder, dann spürte er einen Tritt in den Kniekehlen, der ihn zusammensacken ließ. Plötzlich senkte sich Schweigen über den Schlossplatz, und die Henkersgesellen hielten inne wie zu Stein geworden.

Stephan rappelte sich hoch, den Blick auf Sonja gerichtet, in deren Zügen sich all die Qual spiegelte, die sie empfand. Er wusste, dass ihre Angst nicht ihr selbst galt, sondern ihm, der sich öffentlich zu ihr bekannt hatte. Der Gedanke, gemeinsam mit Sonja zu sterben, war der reizvollste seit sehr langer Zeit.

Rechts nahm er eine Bewegung wahr. Auf einer Tribüne erhob sich inmitten ihrer Minister und Vertrauten die Zarin. Ihr königsblaues Kleid schimmerte im Licht des warmen Maitages, die Diamanten an ihrem Hals und an ihrem Diadem auf der kunstvoll hochgesteckten Frisur blinkten. Was für ein unpassend blendender Schmuck, was für ein unpassend schöner Frühsommertag. Stephan schaffte es, wieder auf die Füße zu kommen, war sofort wieder an Sonjas Seite, legte den Arm um sie und zog sie an sich, obwohl sie sich sträubte. »Bitte tu das nicht, Stephan«, flüsterte sie. »Du musst weiterleben.«

Der Scharfrichter packte sie und führte sie zu dem Holzklotz, vor dem sie knien sollte. Das Handbeil umfasste er mit der Rechten.

Die Henkersgesellen hielten Stephan zurück, er richtete den Blick auf Katharina, die einen Arm hob und damit auch den Letzten auf dem Schlossplatz zum Schweigen brachte. Nichts war mehr zu hören, nur das sanfte Rauschen der Brise im Grün der Bäume und das Schwappen der Wellen am steinernen Ufer der Newa.

Mit äußerer Gelassenheit beobachtete Katharina das Geschehen auf dem Podest, während es in ihr brodelte. Sie hatte einen Fehler gemacht, als sie Sonja als gefühllos eingeschätzt hatte. Vielleicht hatte sie die falschen Rückschlüsse gezogen, nachdem sie erfahren hatte, wer ihre Eltern waren. Ein Vater, der mordend durchs Land zog, eine Mutter, die für einen Sack Rubel das eigene Kind verriet. Selten zuvor hatte Katharina mehr Abscheu einem Menschen gegenüber empfunden als gegenüber dieser Marija. Sie hatte ihr die Augen geöffnet über ihre Ziehtochter und hatte sie damit gezwungen zu handeln. Auf ihre Dankbarkeit hatte Marija vergeblich gehofft. Mit dem Sack voller Münzen hatte sie sie aus dem Palast scheuchen lassen und ihr befohlen, sich niemals mehr auch nur in der Nähe aufzuhalten.

In den Nächten hatte sie kaum Schlaf gefunden. Hin- und hergerissen fühlte sie sich in ihren Gefühlen für Sonja. Wie stolz sie auf ihre Klugheit gewesen war, auf ihre Originalität, ihre Schönheit. Was hatte sie falsch gemacht, dass Sonja sich am Ende gegen sie auflehnte? Gab es so etwas wie ›rebellisches Blut‹? Gab es das Erbe der Väter und Mütter, das in den Kindern weiterlebte?

Nein, Sonja war nicht gefühllos. Sie war zur Liebe fähig, nur hatte sie – die Zarin – nie davon profitiert. Was unendlich bedauernswert war. Wie viel brillanter war Sonja als ihr leiblicher Sohn Paul. Aber was nützte alle Intelligenz, wenn sie sich dem Widerstand gegen das Zarenregime widmete?

Und ihr deutscher Philosoph … Herr im Himmel, wie hatte sie dermaßen blind sein können, nicht zu erkennen, was er und ihr Mündel füreinander empfanden? Was für eine ungewöhnliche Verbindung, und doch schienen die beiden, wie sie sich auf dem Schafott umklammert hielten, Seelenverwandte zu sein, von der Liebe zueinander getragen und beschützt. Sie, die Zarin, war die Erste, die unterschreiben würde, dass die Liebe über allem stand. Konnte sie eine solche Verbindung, die über den Tod hinauszugehen schien, in einem barbarischen Akt zerstören lassen? Nein, das brachte sie nicht fertig. Die Sonja, die ihr im Kerker unerschrocken entgegengestarrt und nicht den Hauch von Reue verspürt hatte, ja, die hatte es verdient, hingerichtet zu werden. Aber diese junge Frau da vor dem Henker, die den Mann, den sie liebte, mit letzter Kraft zu beschützen versuchte, statt sie um Gnade anzuflehen – nein, diese Frau hatte den Tod nicht verdient. Doch sie würde nie wieder unter dem Schutz der Zarin stehen, und St. Petersburg konnte nicht länger ihr Zuhause sein.

»Meine geliebten Petersburger, ihr seid heute gekommen, um der Hinrichtung einer Verräterin beizuwohnen«, hob Katharina an und ließ den Blick über die Menge schweifen. Alle richteten ihre Aufmerksamkeit auf sie. »Das Urteil ist gerechtfertigt, und dennoch werde ich an diesem Tag Gnade walten lassen und das Todesurteil aufheben.«

Empörtes Gemurmel ging durch die Reihen. Die Leute hatten sich auf ein Schauspiel gefreut. Aber darauf würde sie keine Rücksicht nehmen. Stephan und Sonja starrten sie an, wieder aneinander festhaltend.

»Die Verräterin wird nach Sibirien zu fünf Jahren Zwangsarbeit verbannt und hat auf Lebenszeit das Recht verwirkt, sich in St. Petersburg anzusiedeln. Und Sie, Stephan Mervier«, sie wies auf den Philosophen, der sich zu voller Größe aufrichtete. Sein Bart war ungepflegt, das Gesicht bleich und fleckig. »Sie verweise ich aus der Stadt. Kehren Sie heim nach Preußen und berichten Sie Ihrem König, welch Ansehen Verräter in unserem Land haben. Sie sind hier nicht länger willkommen.«

Der Henker ließ das Beil sinken, die beiden Gesellen wechselten Blicke und hoben die Schultern, Sonja und Stephan umarmten sich innig. Katharina winkte grüßend der Menge zu, die sich maulend und fluchend auflöste. In dieser Stunde zürnten sie ihr, weil sie sie um die Sensation gebracht hatte, aber in ein paar Tagen würden sie den Edelmut anerkennen. Sie würden sie mehr lieben als zuvor und wissen, dass der Weg der Russen nur mit Menschenliebe und einer Vordenkerin wie ihr in eine bessere Zukunft führte.

An diesem Morgen hatte Johanna ihre Galerie geschlossen und Boris gebeten, sie auf den Schlossplatz zu begleiten. Es war in aller Munde, dass das frühere Lieblingskind der Zarin hingerichtet werden sollte. Johanna zog es nicht aus Sensationslust dahin. Sie wollte nur einen Blick auf die Frau werfen, der die Zarin Hochverrat vorwarf. Sie würde sich abwenden, wenn der Henker zur Tat schritt.

Der Reiz von Hinrichtungen hatte sich ihr nie erschlossen. Als Kind hatte sie an Bäumen aufgeknüpfte Mörder gesehen, und einmal hatte ihr der Vater nicht schnell genug die Augen zugehalten, als ein Verbrecher enthauptet wurde. Die Bilder von damals hatten sich in ihr Gedächtnis gebrannt, und sie meinte den Schrecken noch heute in den Knochen zu spüren. Aber ihre Neugier überwog.

Sie erinnerte sich, Sonja in ihren Anfangsjahren in St. Petersburg kennengelernt zu haben. Ein aufgewecktes, ernstes Mädchen, das die Nase am liebsten in Bücher gesteckt und stets diesen Ausdruck von Trotz in ihren hübschen Zügen gezeigt hatte. Johanna hatte wie so viele angenommen, dass Sonja im Lauf der Jahre vernünftiger und diplomatischer werden würde, aber sie alle hatten sich getäuscht. Sie wollte sie ein letztes Mal sehen und versuchen, in ihrem Gesicht zu lesen, was sie getrieben hatte, das Todesurteil in Kauf zu nehmen. Was man auch von ihren Ansichten halten mochte, die sie in der *Reise durch Russland* formuliert hatte – sie hatte Courage und Beharrlichkeit bewiesen.

Boris begleitete sie, als sie sich dem Strom der Menschen

anschloss, die zum Schlossplatz drängten. In den hinteren Reihen blieben sie stehen, mussten die Köpfe recken, um das Geschehen auf dem Schafott beobachten zu können. Da führte gerade der Henker die junge Frau heran. Aus der Entfernung konnte Johanna sehen, wie bleich sie war. Ihre Züge wirkten wächsern, emotionslos. Verspürte sie keine Todesangst? Was für eine außergewöhnliche Person, dachte Johanna. Gleichzeitig spürte sie Mitgefühl. Sie hätte ihr Leben noch vor sich gehabt. Ein grausames Gesetz, das es den Herrschenden gestattete, Menschen nur dafür zu töten, dass sie eine andere Meinung vertraten. Johanna hakte sich bei Boris ein und drückte sich an ihn. Seine Körperwärme, die sie durch seine Jacke fühlen konnte, tröstete sie ein bisschen.

Plötzlich kam Bewegung in die Menge, Rufe wurden laut, und was war das? Da kämpfte sich einer nach vorne, stieß die Umstehenden mit den Ellbogen fort und hielt nicht an, bis er das Gerüst erreicht hatte. Himmel, er stemmte sich hoch! In der nächsten Sekunde blieb Johannas Herz fast stehen, als sie Stephan erkannte. Was tat er denn da? Sie krallte sich in Boris' Arm. »Was geht da vor?«, wisperte sie und spürte eisige Kälte in ihrem Gesicht, obwohl die Maisonne den Schlossplatz beleuchtete und wärmte.

Auch Boris verspannte sich und wollte sie wegziehen. »Lass uns gehen, Johanna. Das sollten wir uns nicht ansehen.«

Sie riss sich von ihm los, hielt ihre Aufmerksamkeit unverwandt auf das Schafott gerichtet. Dort fiel Stephan vor Sonja auf die Knie, und die Henkersgesellen rissen ihn fort, packten ihn, aber er befreite sich, zog Sonja in die Arme, und seine Stimme tönte laut genug über die wie in Schockstarre schweigende Menge.

Ich liebe dich, Sonja, vergiss das nie.

»Stephan und diese junge Frau?« Sprachlos starrte sie vom Gerüst zu Boris und wieder zurück. Tränen brannten in ihren Augen.

Ja, sie und Stephan hatten sich auseinandergelebt, aber was ihren Mann mit Sonja verband, das war keine blinde Verliebtheit. Das war etwas Großes, so bedeutsam, dass Stephan in Kauf nahm, mit ihr zusammen verurteilt zu werden.

Sie schickte ein Gebet in den Himmel, die Zarin möge Gnade walten lassen, und als hätte sie sie erhört, erhob sich Katharina in diesem Moment wie eine Schicksalsgöttin in Königsblau und änderte das Todesurteil in die Verbannung nach Sibirien. Und Stephan sollte das Land verlassen.

Johanna schlug die Hände vors Gesicht. Boris zog sie in seine Arme. Die Umstehenden beachteten sie nicht, alle Blicke waren auf die Zarin gerichtet. Ein Wirrwarr an Gefühlen durchflutete Johanna. Die Erkenntnis, getäuscht worden zu sein, die Erleichterung, dass Stephan leben würde, die Trauer um all das, woran sie sich noch geklammert und das sie längst verloren hatte.

In ihrem Innersten wusste sie, dass Sonja nicht die Frau war, mit der sich Stephan getröstet hatte, sondern die, die der Grund für ihre Entfremdung war. Da vorne auf dem Gerüst hielten sich zwei, deren Seelen im Einklang miteinander verbunden waren.

Hatten sie und Stephan jemals auf diese Art zueinander gehört? Wie viel war ihre Liebe wert gewesen? Hatte sie in all den Jahren an einem Trugbild gehangen?

»Ich hätte es wissen müssen«, murmelte Boris an ihrem Ohr. »Vieles deutete darauf hin, dass die beiden die gleichen Ziele verfolgen.«

Sie löste sich von ihm, sah ihm durch den Schleier ihrer Tränen in die Augen. »Euer philosophischer Zirkel … Gehörte Sonja dazu?«

»Nein, aber ihre Ansichten sind … waren auch unsere. Wir haben viel dafür getan, um die Russen wachzurütteln mit Flugschriften und Büchern. Einige von uns wollten sich radikalisieren, sympathisierten mit Pugatschow. Das war nicht mehr meine Welt. Sonjas Buch war der Höhepunkt unserer Arbeit. Ich wusste, dass es das Ende bedeuten würde.«

Johanna schüttelte den Kopf. Jahrelang hatte Stephan also ein Doppelleben geführt. Tagsüber der kultivierte Philosoph, mit dem die Zarin zu plaudern und zu debattieren liebte, und abends und nachts der Revolutionär, der die Monarchie bekämpfte. Sie einzuweihen hatte er nicht gewagt, lieber hatte er ihre Ehe geopfert.

Wie dumm sie gewesen war, wie gutgläubig und hoffnungsvoll.

Die Menge um sie herum löste sich auf. Boris nahm Johannas Hand. »Komm, lass uns nach Hause gehen.«

Sie ließ sich von ihm führen. »Was soll ich bloß tun?«, fragte sie mit Verzweiflung in der Stimme, während sie gebeugt neben ihm schlich.

»Dein Leben leben«, erwiderte er, ohne zu zögern. »Ich bin für dich da.«

Kapitel 32

Drei Tage später,
im Winterpalast

»Ich habe nie einen Hehl aus meinen Ansichten gemacht.« Mit durchgedrücktem Kreuz stand Stephan vor der Zarin, die zu ihm aufblicken musste.

Mit einer Geste bat sie ihn in ihrem Arbeitszimmer zu den Samtsesseln am Fenster, in denen sie sich gegenübersitzen konnten. Auf dem Tisch zwischen ihnen lag die *Reise durch Russland.*

»Sie haben sehr wohl einen Hehl daraus gemacht, dass Sie die Menschen gegen mich aufwiegeln. Ihr Ziel war es, mich vom Thron zu stoßen, und Sie sind gescheitert.« Ein blasser Triumph flog über ihr Gesicht.

Er schüttelte den Kopf. »Ich schätze und respektiere Sie, Eure Majestät. Das ändert aber nichts daran, dass es kein gutes Ende nehmen wird, wenn in Russland weiterhin eine Alleinherrscherin über Wohl und Wehe des Landes entscheiden soll. Ich habe mir einen gesellschaftlichen und politischen Wandel gewünscht, nicht Ihren Untergang. Genau wie Denis Diderot, nur auf meine Art.«

»Und genau wie Sonja.«

Er nickte. »Ja, wie Sonja.«

»Was für eine Überraschung, so viel Feuer in Ihrem Preußenherz. Ich habe Sie unterschätzt.« Der Spott in ihrer Stimme klang ätzend. »Und der Hass auf mich hat Sie und Sonja zueinander geführt?«

Er sog die Luft ein. »Was Sonja und mich verbindet, ist über jede Politik erhaben. Ich liebe sie, wie ich nie eine Frau geliebt habe.«

Katharina kräuselte die Lippen. »Sie haben mich nicht nur politisch, sondern auch persönlich hintergangen, Mervier. Niemals hätte ich einer Verbindung mit Sonja zugestimmt.«

Er nickte und sah ihr furchtlos in die Augen. »Das wusste sie.«

»Nichtsdestoweniger rühren mich wahrhaftige Gefühle. Ihr Auftritt auf dem Schafott war sehr bewegend. Wie konnte ich es über mich bringen, zwei Liebende durch den Tod zu trennen?«

Er senkte den Kopf. »Ich danke Ihnen von ganzem Herzen, dass sie Sonja verschont haben.«

»Sie werden sie dennoch nicht wiedersehen«, fügte sie mit einem Achselzucken hinzu. »Sibirien ist zu weit für ein nächtliches Stelldichein.«

Er räusperte sich in die Faust. Die Luft wurde ihm knapp. Was er jetzt zu sagen hatte, würde über sein Glück entscheiden. »Ich kann verstehen, dass Sie mich nicht mehr sehen wollen …«

»Ihre Aufgabe hier ist ohnehin erledigt«, unterbrach sie ihn. »Es wird Ihnen nicht gelingen, mich bei Ihrem König ins falsche Licht zu setzen. Wussten Sie, dass er mir die Ehrenmitgliedschaft in der Königlich-Preußischen Akademie der Wissenschaften angeboten hat? Friedrich zumindest scheint von meiner Gesinnung überzeugt, während Diderot und Sie in Ihrem ach so heiligen Zorn gefangen bleiben. Ich finde Ihre Verbohrtheit unerträglich, aber meine Geduld ist grenzenlos, und sehen Sie selbst«, sie nahm Sonjas Buch von dem Tisch und blätterte die Seiten vor ihm durch. An allen Rändern standen in enger Handschrift Notizen, viele Abschnitte waren unterstrichen und mit Fragezeichen versehen. »Wir können jeden einzelnen Punkt in diesem Machwerk diskutieren, ich bin dazu bereit, aber ich habe den Verdacht, dass ich vor Wände spreche, wenn ich mit Ihnen oder den Mitgliedern Ihres Männerbundes debattiere. Es ist simpel, mit dem Finger auf Missstände zu zeigen. Dagegen ist es unmöglich, Menschen Verantwortung und Selbstbestimmung zu geben, die damit nichts anzufangen wissen.«

»Alles für das Volk, nichts durch das Volk«, bemerkte er resigniert.

Sie nickte mehrfach. »Leider, ja. Ich wünschte, es wäre anders. Erzählen Sie das in Preußen. Erzählen Sie die Wahrheit.«

Er schluckte, rückte auf seinen Sessel vor und verschränkte die Finger ineinander. »Preußen ist nicht mehr meine Heimat. Ich brenne für Russland, ich liebe dieses Land, auch wenn Sie mich in St. Petersburg nicht mehr sehen wollen, Eure Majestät.«

Sie hob eine Braue.

»Dmitri Woronins Schwiegervater, der Biologe Kaminer, plant eine Forschungsexpedition, der ich mich gern anschließen würde.«

»Wohin führt diese Reise?«

Er nahm einen langen Atemzug. »Nach Irkutsk.«

Sie stutzte, bevor ein ungläubiger Ausdruck über ihre Züge glitt. »Sie wollen Ihre Leidenschaft, die Philosophie, aufgeben, um Pflanzen und Gestein am Baikalsee in Sibirien zu sammeln? Und das alles aus Liebe?«, fügte sie spöttisch hinzu.

Er blieb ernst. »Ja, ich will Sonja nah sein. Ohne sie kann ich nicht weiterleben.«

Die Zarin schnalzte und erhob sich, schritt durch das Zimmer, die Hände auf dem Rücken, den Kopf gesenkt. »Ich habe Sie des Landes verwiesen. Warum sollte ich mein Urteil zurücknehmen?«

»Weil Sie die Menschen lieben, Eure Majestät, und weil niemand in Russland besser versteht als Sie, welch untrennbares Band zwei Menschen aneinander fesseln kann.«

»Hören Sie auf, mir zu schmeicheln. Ich habe Sie stets dafür geschätzt, dass Sie Ihren eigenen Kopf haben. Was erhoffen Sie sich davon, nach Irkutsk zu reisen? Sonja wird die nächsten fünf Jahre Zwangsarbeit leisten müssen. Das ist einer zarten Liebe nicht förderlich, möchte ich meinen«, fügte sie süffisant hinzu.

»Ich habe mich erkundigt. Ich werde nicht der erste Deutsche in der Stadt sein, und nein, ich werde meine Zeit nicht nur mit der Flora und Fauna verbringen.«

»Vielleicht planen Sie ja die nächste Rebellion? Weit weg von der Hauptstadt, wo Sie unbehelligt agieren können?« Ihre Mimik war unergründlich.

»Sie fürchten sich nicht wirklich davor, oder? Im Grunde Ihres Herzens wissen Sie, dass Ihnen niemand etwas anhaben kann. Sie werden in die Geschichte eingehen als die Wohltäterin der Russen, als große Europäerin, die ihr Volk teilhaben lassen wollte an den epochalen Veränderungen. Als Katharina die Große.«

Schweigen senkte sich über den Raum, während die Zarin ihren Gang fortsetzte und die Stirn furchte. Endlich blieb sie vor ihm stehen, er erhob sich. Sie sah ihm in die Augen. »Gehen Sie nach Sibirien, und kehren Sie nie wieder zurück«, sagte sie. »Ich werde Ihnen und Sonja nicht den Glauben an die ewige Liebe nehmen. Liebe heilt, und Hass zerstört.«

Stephan sank auf die Knie, griff nach ihrer Rechten und beugte sich über die Ringe aus Gold und Smaragdsteinen. »Danke, Eure Majestät.«

Die Freude, die Stephan über das Zugeständnis der Zarin empfand, war eingetrübt von Zweifeln und Ängsten angesichts dessen, was ihn in Sibirien erwartete. Aber alles würde er ertragen, solange er bei Sonja sein konnte.

Die gleißende Sonne empfing ihn, als er den Palast verließ und sich an den Kutschen vorbeizwängte, auf die Lakaien

Gepäck verluden. Der Sommer kam früh dieses Jahr, in den nächsten Tagen würde der Zarenhof wie in jedem Jahr nach Peterhof umziehen und mit ihm ein Teil der Magie, die zu St. Petersburg gehörte.

Auf dem Schlossplatz erwarteten ihn Dmitri und seine schwangere Frau Hera. Auch Lorenz Hermann und Albert Bremer waren neugierig erschienen, um unter den Ersten zu sein, die erfuhren, ob Stephan Erfolg mit seiner Vorsprache bei der Zarin gehabt hatte. Und wer näherte sich da von der Flussseite her? Stephan erkannte Professor Damm, der ein sattes Grinsen zeigte und an seiner Hand eine apfelbackige Frau hielt, deren Augen im Sonnenlicht glitzerten. Als Stephan heran war, stellte er sie als seine Verlobte vor: die Diplomatenwitwe Friederike Bündner, die lange Zeit Boris Albrechts Hauswirtin gewesen war und mit der der Professor ein spätes Glück gefunden hatte.

Dmitri war zu ungeduldig, um sich lange mit Glückwünschen aufzuhalten. »Wie hat die Zarin reagiert? Was hat sie gesagt?«, bedrängte er Stephan.

Stephan konnte sein Grinsen nicht verbergen. »Sie hat zugestimmt. Bis nächste Woche habe ich meine Koffer für Sibirien gepackt.«

Dmitri zog ihn an sich und klopfte ihm ergriffen auf den Rücken.

Seine Frau Hera strahlte. »Mein Vater wird begeistert sein. Einen Philosophen hatte er noch nie in seinen Forschungsgruppen. Er hält dich für eine Bereicherung unter den Wissenschaftlern.«

»Ich danke euch beiden, dass ihr mich ihm empfohlen habt.«

»Wie du deine Liebe zu Sonja vor uns geheim halten konntest …«, murmelte Lorenz. »Und ich dachte, wir vertrauen uns.«

Stephan löste sich von Dmitri. »Sonja wäre in immenser

Gefahr gewesen, wenn unsere Verbindung bekannt geworden wäre. Es war am sichersten, niemanden einzuweihen.«

»Alles rational durchdacht, und am Ende stürmst du das Schafott und schreist eure Liebe in die Welt hinaus«, bemerkte Professor Damm mit einem Schmunzeln.

»Vielleicht fängt die wahre Liebe da an, wo das Denken aufhört«, bemerkte Hera, und alle blickten sie an, bis sie errötete, als hätte sie etwas Dummes gesagt. Dmitri küsste sie auf die Wange.

»Ohne dich wird unser Bund nicht mehr derselbe sein«, erklärte Lorenz mit Bedauern in der Stimme und schaute aufmunternd in die Runde. »Wir sollten uns bald treffen, um über die Zukunft des Zirkels zu beratschlagen.«

»Dietrich hat beschlossen, sich wieder mehr auf die Lehre an der Akademie und aufs Familiäre zu konzentrieren, nicht wahr, Dietrich?« Friederike Bündner schaute ihren Verlobten auffordernd an, und Professor Damm nickte mit dünn aufgetragener Begeisterung. Sein Blick flackerte, als fragte er sich, ob das forsche Auftreten seiner Verlobten den anderen behagte. Er jedenfalls schien froh zu sein, nicht mehr alle Entscheidungen selbst treffen zu müssen.

Dmitri legte den Arm um Hera. »Und wir freuen uns auf unser erstes Kind. Der Nestbau wird meine Zeit voll beanspruchen. Wir haben viele Pläne.« Die bevorstehende Vaterschaft schien Dmitri zu verändern. Er schien zur Ruhe zu kommen. Stephan hatte ihn noch nie entspannter erlebt.

Lorenz und Albert sahen sich an. »Als wäre unsere Sache erledigt …«, murrte Lorenz. »Wir haben gerade erst begonnen. In unserer Buchhandlung geben sich die Regimekritiker die Türklinke in die Hand. Wir dürfen jetzt nicht alles hinwerfen.«

Stephan legte ihm eine Hand auf die Schulter, drückte sie. »Ich wünsche dir nur das Beste, Lorenz. Die Zarin wird eine Gruppe von Intellektuellen um sich scharen, mit denen sie ihre handschriftlichen Notizen zu Sonjas Buch debattieren will. Unser Geist wird durch dich weiterleben.«

Als sich die Gruppe zerstreute, schlug Stephan den Weg zum Newa-Ufer ein, von wo aus er die hohen Mauern und Kanonen der Peter-Paul-Festung sehen konnte. Irgendwo da drinnen saß Sonja und wartete darauf, in den Osten Russlands gebracht zu werden. Was würde sie sagen, wenn sie erfuhr, dass sie nicht allein gehen musste?

Auf einmal durchströmte ihn ein Hochgefühl und löschte alle Ängste aus. Niemand hatte es geschafft, sie auseinanderzureißen. Sie würden ein Leben miteinander führen, ein hartes mit unzähligen Unwägbarkeiten. Aber sie waren vereint. Nichts anderes zählte.

Epilog

Herbst 1775,
an der Newa

Der Himmel wölbte sich grauschwarz über St. Petersburg und spiegelte sich in den aufgepeitschten Fluten der Newa. Das Herbstlaub flog durch die Straßen, die Bäume am Ufer und in den Straßen schienen sich vor dem aufkommenden Sturm zu ducken. In den Fischerhütten am Fluss rückten die Menschen dicht aneinander, wärmten sich an den Öfen und beteten dafür, dass das steinerne Bett die Wassermassen zurückhalten würde. Viele konnten sich nicht mehr daran erinnern, wann es die letzte Überflutung gegeben hatte. Das Eindämmen der Newa schien ein wirkungsvoller Schutz zu sein.

Nun aber tuschelten die Menschen am Fluss angstvoll miteinander. Die Fischersfrau Rodja wollte Wodjanoi gesehen haben, und nicht nur sie. Überall hörte man, dass der Wassergeist aufgetaucht sei, zeitgleich mit dem Tod des alten Emilio und seines Bären. War Zar Peter in Gestalt des Bären wieder zu ihnen gekommen? Und hatten sie Wodjanoi erzürnt, indem die Schergen der Zarin den Bären erschossen hatten? Den Sommer über hatten sich die Armen von St. Petersburg die Gerüchte und Geschichten erzählt. Mit dem beginnenden Sturm verdichteten sich die Anzeichen, dass Wodjanois Rache drohte. Wie hässlich und furchterregend der Geist war. Einige beschrieben ihn wie eine aufgedunsene Wasserleiche, andere erzählten von einem schuppigen Fischschwanz, einem nackten fetten Körper voller Warzen und klingenscharfen Zähnen und Klauen.

Das Kreischen heller Mädchenstimmen alarmierte die Fischer. »Mama, Papa, schnell, kommt!«

Aus mehreren Häusern eilten die Menschen herbei, und Rodja erkannte ihre Töchter, die viel zu dicht am Ufer standen.

»Martotschka, Lesjenka!«, schrie Rodja über das Brausen des Sturmes hinweg und knotete sich das wollene Tuch unter dem Kinn. Der Wind zerrte an ihrem Rock. »Geht in die Hütte! Es ist zu gefährlich am Fluss!«

»Hier liegt ein totes Tier!«, riefen sie zurück.

Im Nu hatten sich mehr als ein Dutzend Männer und Frauen um die beiden Mädchen versammelt. Alle stierten auf das nasse grauweiße Fell zu ihren Füßen, während der Sturm heulte und die Wassermassen gegen die Steinmauern wüteten. Manche bekreuzigten sich, schlangen dann zitternd vor Kälte die Arme um die Leiber.

Der Fischer Lew hockte sich hin und drehte das Pelzwesen auf die andere Seite. Die Frauen schrien auf, die Männer sogen scharf die Luft ein, manche flüsterten ein Gebet. Vor ihnen lag ein Mensch, dem das Wasser die Gesichtszüge aufgeschwemmt hatte, aber dass es Marija war, erkannten alle. Und auch die Schnittwunde, die sich über ihren Hals zog.

»Wahrscheinlich war sie Wodjanoi zu alt. Er holt nur die frischen Mädchen zu sich, die alten spuckt er wieder aus«, brummte ein Bärtiger.

Lew wickelte sie aus dem Pelz. Die Kleider darunter waren Lumpen, das Fleisch weiß und aufgedunsen. »Zur Hölle mit Wodjanoi«, sagte er. »Jemand hat ihr die Kehle aufgeschlitzt, und zwar ein Halunke aus Fleisch und Blut. Wahrscheinlich hat sie einmal zu oft mit ihrem neuen Reichtum geprahlt und die Kerle in den Schenken freigehalten. Irgendein Galgenvogel dachte sich wohl, dass das Geld bei ihm besser aufgehoben ist.« Er durchwühlte ihre Taschen und fand keine Kopeke, wie er es vermutet hatte. »Ein Wunder, dass er ihr den Mantel gelassen hat. Vielleicht hat sie ihn noch im Tod beschützt.« Er legte das kostbare Kleidungsstück zur Seite und packte Marija an den Füßen.

»Helft mir«, rief er und sofort standen zwei Fischer bereit, die den Oberkörper der Toten anhoben. Sie schwangen die Leiche hin und her, sie war puppenleicht, und schleuderten sie zurück ins Wasser. »Der Sturm wird sie nach draußen in die Ostsee spülen«, murmelte Lew.

Als wollte die Newa die Leiche wieder zurückwerfen, trat in der nächsten Sekunde eine Welle über die Uferbegrenzung und überschwemmte die Menschengruppe, die nun bis zu den Knien im Wasser stand. Panik breitete sich aus, die Kinder und Frauen begannen zu heulen und wollten zu ihren Hütten zurücklaufen, als verhießen die jetzt noch Sicherheit.

»Wir müssen weg vom Fluss!«, schrie Lew über den Lärm hinweg. Er machte eine ausholende Armbewegung, klemmte sich den Mantel unter den Arm und stapfte voran durchs Wasser, so schnell es seine vollgesogenen Stiefel zuließen. Wenn sie das hier überleben sollten, würde er den Mantel sorgfältig reinigen und trocknen. Der Verkaufserlös würde die Vorratskammern mindestens die nächsten zwei Jahre füllen.

Alle schlossen sich ihm an, Rodja packte ihre Töchter fest an den Händen, aus den Hütten drängten verängstigte Familien, die ihr Hab und Gut in Bündeln über der Schulter trugen. »Lauft!«, schrie Lew. »Lauft um euer Leben!«

Mit der nächsten Welle schon konnten sie fortgeschwemmt werden, aber sie schafften es, die Hauptstraße zu erreichen, wo das Wasser in Bächen auslief. Sie sahen die Bürger, wie sie in die oberen Etagen ihrer Steinvillen flüchteten und ihresgleichen einließen. Den flüchtenden Fischern würde keiner die Tür öffnen, damit sie sich unter den Dächern verschanzen konnten.

Lew rannte den anderen voran, wies ihnen den Weg aufs

Land, wo sie irgendwo in den Wäldern unter Büschen und Bäumen Schutz finden würden. Wenn sie zurückkehrten, würden ihre Hütten in Trümmern liegen. Duldsam und schicksalsergeben würden sie sie wieder aufbauen.

Es gab die da oben, die alles besaßen, es gab sie da unten, ohne Eigentum und Rechte, und es gab die über alle herrschende Zarin, ihr Mütterchen. Alles, was geschah, war von Gott gewollt und Fügung. Daran konnte niemand ernsthaft zweifeln, oder?

In Johannas Galerie stand das Wasser inzwischen hüfthoch, floss unentwegt weiter herein durch die Ritzen der Fenster und der Tür. Doch sie hörte nicht auf, hin und her zu waten und die Bilder von den Wänden zu nehmen, die sie Boris anreichte, der sie auf der Treppe stehend entgegennahm.

»Hör auf, Johanna, ich bitte dich! Das Wasser steigt viel zu schnell, wir müssen nach oben!«

Sie stapfte ein weiteres Mal durch die trübe eisige Brühe. Ihre Zähne schlugen aufeinander, der Geruch nach Algen und Fisch zog ihr in die Nase, die Haare fielen ihr in nassen Strähnen um die Wangen. All die Werke ihrer Schüler und ihre eigenen! Sie konnte sie nicht den Fluten überlassen. Sie nahm die letzten beiden Gemälde, reichte sie außer Atem an Boris weiter und wandte sich ein letztes Mal um. Oben auf einem Schrank stand die hölzerne Schatulle, in der sie ihre persönlichsten Dinge aufbewahrte. Den Siegelring ihres Vaters, den Verlobungsring von Stephan, den er ihr in Wien auf den Finger gesteckt hatte, das erste Buch, das Boris ihr gewidmet hatte, das Empfehlungsschreiben der Zarin, in dem sie ihr Talent lobte, und den Brief von Stephan, der im Juni aus Perm bei ihr eingetroffen war. Er schrieb ihr, wie sehr die Deportierten litten in ihren Holzwagen, die nur von einer Plane bedeckt waren, während er selbst und die Forschungsgruppe in komfortablen Kutschen unterwegs waren. Die Strecke sei unfassbar lang, und schon jetzt seien viele mit ihren Kräften am Ende. Sie hatte seine Schilderungen atemlos gelesen, bis zum letzten Absatz, in dem er sie um Verzeihung bat für alles, was er ihr angetan hatte, und in der er ihr alles Glück der Welt wünschte, dass sie als Malerin zu internationalem Ruhm kommen und mit Boris ein erfüllendes Leben führen möge. Er schloss mit den Worten, dass er auf den Tag hoffe, an dem sie mit Wärme in ihrem Herzen an die guten gemeinsamen Jahre zurückdenken würde. Er würde sie nie vergessen, auch wenn er eine andere liebe und sie beim Abschied um die Scheidung gebeten hatte.

Sie konnte sich Zeit lassen mit ihrer Antwort. Erst wenn Stephan eine Unterkunft in Irkutsk gefunden hatte, konnte sie einen Brief an ihn adressieren. Gut, dass ihr diese Frist blieb.

»Johanna, was machst du!« Boris war die Treppe hinuntergesprungen, weil Johanna mit der Schatulle in der Hand dastand, während Stühle und Kissen, Leinwände und Rahmen um sie herumschwammen. Mit wenigen Schritten war er bei ihr, atmete stoßweise, entriss ihr die Holzkiste, umfasste ihren Arm und zog sie mit sich. Endlich schien sie zur Besinnung zu kommen, wandte sich um und ließ sich von ihm zur Stiege führen, während draußen die vom Wasser eingeholten Menschen schrien und um Hilfe riefen. Die ganze Stadt schien fortgeschwemmt zu werden. Sie konnten nur beten, dass der Pegel nicht über das zweite Stockwerk hinaus stieg.

In der nächsten Sekunde spürte Johanna einen dröhnenden Schmerz an der Schläfe, der ihr den Atem nahm. Ein Tischbein war gegen ihren Kopf gestoßen. Sie strauchelte und tauchte gurgelnd unter, versank in der schmutzigen Brühe, spürte Wasser in ihren Atemwegen. Dann Boris' Hände unter ihren Armen, ein Rucken. Mit geöffnetem Mund sog sie die Luft ein, bevor ein Hustenanfall sie schüttelte. Boris zog sie hinter sich her und erreichte endlich die Stufen, schob Johanna hinauf, stemmte sie höher und höher, bis sie immer noch hustend auf allen vieren nach oben krabbelte. Eine weitere Flutwelle ließ die Scheiben der Fenster und der Tür bersten und das Wasser überflutete das Erdgeschoss.

Boris, die Schatulle unter seinem Arm, kämpfte sich hinter Johanna hoch und trieb sie an, ins nächste Stockwerk zu steigen, wo bereits die Dienerschaft und einige Schüler Zuflucht gefunden hatten.

Johanna hatte kaum noch Kraft in den Beinen und konnte nicht so schnell atmen, wie sie Luft brauchte. Ihre von Wasser vollgesogene Kleidung zwang sie in die Knie, aber sie lief weiter und die nächste Treppe hinauf.

Oben unter dem Dach hockten in Gruppen die Hausangestellten und die jungen Maler in den Sesseln und auf den Sofas zusammen, hielten sich in Decken gewickelt an den Händen und starrten aus dem Fenster hinab auf den reißenden Fluss, der die Menschen wie Blätter im Sturm umherwirbelte. Viele weinten vor Hilflosigkeit und Mitleid, manche starrten mit grauen Gesichtern vor sich hin.

Hier oben unter dem Dach hatte Boris seinen Künstlersalon eröffnet, in dem er seine Bücher vorstellte und in dem sie Gäste empfingen, die sich für Johannas Bilder interessierten. Die Zarin persönlich war schon bei ihnen zu Gast gewesen und hatte ihnen nach anfänglicher Skepsis, weil sie Stephans Frau gewesen war, ihre Hochachtung ausgesprochen. Menschen wie sie, sagte sie, seien die Stützen der Kultur in St. Petersburg, und Boris mit einem Stipendium zu unterstützen sei ein sehr vorausschauender Zug von ihr gewesen. Auf ihre Vermittlung hin hatte Johanna mehrere Aufträge in Adelshäusern übernommen, und ihr Ruf als Malerin, die die Wirklichkeit nicht übertünchte, ging bis weit über die Stadtgrenzen hinaus. Katharina hatte Boris auch sein Elternhaus zu einem stattlichen Preis abgekauft, nachdem alle männlichen Verwandten in den blutigen Seeschlachten gegen die Türken Ruhm und Ehre verdient, aber auch ihr Leben gelassen hatten und seine

Mutter wenig später an einem Herzschlag gestorben war. Von dem Geld hatten Johanna und Boris das Haus gekauft, in dem sie sich in diesen Stunden in Sicherheit zu bringen versuchten. Beiden gefiel der Gedanke, dass Katharina die ehemalige Albrecht-Villa dafür auserwählt hatte, ein Hospital für junge Mütter und ihre Kinder einzurichten. Frauen, die uneheliche Kinder zur Welt brachten, konnten die Säuglinge, statt sie aus Scham zu töten oder auszusetzen, anonym in einen Korb legen, den die mildtätigen Krankenschwestern an einem Seil in die oberen Stockwerke zogen. Dort wurden sie dann gewickelt, gefüttert und versorgt. War es nicht ein wunderbarer Gedanke, dass sich jedes Neugeborene in St. Petersburg willkommen fühlen durfte?

Johanna stellte sich an das Fenster, nahm die Bilder in sich auf, die sie später in grauschwarzen Farben auf die Leinwand bringen würde, und ließ den Tränen freien Lauf. Der Fluss riss alles mit sich, was nicht sturmsicher befestigt war, dazwischen Männer, Frauen und Kinder, die nicht schnell genug gewesen waren und es nicht ins Trockene schaffen würden, bevor ihre Kräfte sie verließen. Drüben klammerte sich ein Vater mit seinem Kleinkind an einen Baum, an manchen Fassaden waren Menschen hochgeklettert und krallten sich in die Fenstersimse, schrien nach ihren Liebsten.

Die Stadt würde diesem Sturm trotzen. Im Dezember würde sie wieder ein funkelndes Wintermärchen sein, und später im Juni würden sich die Liebespaare wieder in den weißen Nächten unter blühenden Bäumen am Ufer des Flusses ewige Liebe schwören. Sie würden diese Katastrophe hier überstehen, mit Blessuren und Verlusten, aber gestärkt.

Boris trat von hinten an sie heran, legte die Arme um ihre Taille und sein Kinn auf ihre Schulter. Sie fühlte seinen warmen Atem an ihrer Wange, schloss die Augen und lehnte sich zurück. »Ja, ich liebe dich, Boris«, sagte sie, als hätte er die Frage gestellt. »Ich liebe dich schon lange, und ich kann mir ein Leben ohne dich an meiner Seite hier in St. Petersburg nicht mehr vorstellen. Ich will deine Frau werden.«

Er drehte sie zu sich herum, und in seinem Gesicht spiegelte sich die innige Zuneigung, die ihn durch die Jahre des Wartens und der Hoffnung getragen hatte. »Das bist du schon lange, Herzensmensch«, wisperte er, streichelte ihre Wangen und küsste sie.

Nachwort

Über Katharina die Große zu schreiben bedeutet: eine Auswahl treffen. Jedes einzelne Jahr ihres Lebens bietet hinreichend Stoff, aus dem sich Romane entwickeln könnten. Auch unter diesem Aspekt steht sie ihrem Vorbild Peter dem Großen, der in meinem Roman *Die Stadt des Zaren* die Hauptfigur war, nicht nach. Es ist kaum zu ermessen, was beide Herrscher in ihrer jeweiligen Epoche für Russland und Europa geleistet haben. Ich habe mich auf Katharinas Rolle zur Zeit der Aufklärung konzentriert und historische Fakten mit Fiktion verwoben.

Um fiktiven Figuren maßgebliche Rollen zukommen lassen zu können, habe ich mich in Katharinas Umfeld auf wenige historische Vertraute konzentriert: Grigori und Alexej Orlow sowie Grigori Potemkin. Letzteren habe ich im Roman stets nur bei seinem Nachnamen genannt, um keine Verwechslungen mit Grigori Orlow heraufzubeschwören. Ihre tatsächlichen Zofen und Minister spielen in meinem Roman bewusst eine untergeordnete Rolle, um den Hauptfiguren mehr Raum zu geben.

Katharinas Verhältnis zu Voltaire ist legendär. Ihren geistreichen und vergnüglichen Briefwechsel findet man zum Beispiel in dem Buch »Monsieur – Madame« (Zürich: Manesse Verlag, 1991). Während der Austausch mit dem großen Philosophen von Zuneigung und gegenseitiger Wertschätzung geprägt war, hielt sich Katharinas Sympathie für Denis Diderot in Grenzen. In der Beschreibung ihrer Beziehung habe ich mich weitgehend an die Quellen gehalten. Um den größtmöglichen Spielraum zu haben, habe ich mit Stephan Mervier einen fiktiven Philosophen an den Zarenhof geschickt, der die Züge diverser Intellektueller der Aufklärung trägt. Einen wunderbaren Fundus für Anekdoten und Hintergründe bietet das Buch »Böse Philosophen« von Philipp Blom (München: dtv, 2013).

Wie im Roman beschrieben, stehen in der Epoche der Aufklärung nicht nur Katharina in Russland, sondern auch Friedrich der Große in Preußen und Maria Theresia in Österreich an der Spitze der europäischen Politik. Das Verhältnis der drei Regenten untereinander beschreibt Dieter Wunderlich sehr übersichtlich und unterhaltsam in »Vernetzte Karrieren« (Regensburg: Verlag Friedrich Pustet, 2000). Ob Friedrich allerdings tatsächlich einen als Philosophen getarnten Spion am Zarenhof platziert hat, ist mir nicht bekannt – ich finde, es hätte zu ihm gepasst.

Johanna Caselius in meinem Roman hat Ähnlichkeiten mit der historischen Porträtmalerin Anna Dorothea Therbusch (1721–1782). Wer sich für die Malerei in dieser Epoche unter genderspezifischen Aspekten interessiert, dem empfehle ich »Die Portraitmalerin« von Cornelia Naumann (Messkirch: Gmeiner, 2014). Therbusch musste sich tatsächlich sagen lassen, dass ihr Gemälde, mit dem sie sich an der Pariser Akademie bewarb, zu gut sei, es könne »unmöglich von einer Frau stammen«.

Die Enzyklopädie, die Denis Diderot und Jean-Baptiste le Rond d'Alembert unter Mitarbeit der größten Denker der Aufklärung herausgegeben haben, war zur damaligen Zeit ein Werk von großer geistesgeschichtlicher Bedeutung. Sie gilt als das Hauptwerk der Epoche und stellte erstmals das gesamte europäische Wissen dar, um zur Bildung der nachfolgenden Generation beizutragen. Eine Auswahl der Artikel findet man in dem Buch *Enzyklopädie*, herausgegeben von Günter Berger (Frankfurt: S. Fischer Verlag, 1989).

Dem Pugatschow-Aufstand wurden mehrere literarische Werke gewidmet. Ich habe mich weitgehend an die historischen Quellen gehalten und meine fiktiven Figuren Andrej, Iwan und Darja hautnah teilhaben lassen. Es gibt zahlreiche Berichte über diesen ersten Klassenkampf in Russland, er gehört praktisch zu jeder Biografie über die Zarin. Neben vielen anderen habe ich mit besonderem Interesse *Katharina die Große* von Gina Kaus gelesen (Stuttgart: Deutscher Bücherbund).

Einen revolutionären Reiseroman, wie ich ihn Sonja schreiben lasse, gab es tatsächlich: *Reise von Petersburg nach Moskau* von Alexander Radischtschew (Leipzig: Philipp Reclam jun., 1982) erschien erstmals 1790 und zeichnet ein realistisches Bild der zeitgenössischen russischen Gesellschaft. Den Autor verbannte Katharina nach Sibirien. Wie in meinem Roman Dmitri studierte Radischtschew auch an der juristischen Fakultät der Universität Leipzig.

Den Höhepunkten der russischen Zarengeschichte werde ich auch in kommenden Büchern treu bleiben. Manchmal werden wie bei *Die Stadt des Zaren* und *Die Zarin und der Philosoph* Generationen zwischen den Romanen liegen, was unweigerlich zu Lücken in den Schicksalen der fiktiven Figuren führt. Die Historie bietet aber ausreichend dramatischen Stoff, um dies in Kauf zu nehmen. Aufmerksame LeserInnen werden allerdings in jedem Roman Bezüge zu lieb gewonnenen Figuren, ihren Kindern und Enkelkindern finden.

Mein großer Dank geht an Michael Meller und die gesamte Meller Agency. Ich fühle mich dort als Autorin bestens aufgehoben. Genauso hervorragend betreut fühle ich mich vom List-Verlag, allen voran von Monika Boese, die mit ihrer Akribie und ihrer Leidenschaft, das Beste aus jedem Manuskript herauszuholen, erheblichen Anteil daran hat, dass die Sankt-Petersburg-Romane zu meinen Herzensbüchern werden.

Danken möchte ich auch meinem Mann Frank, der mein allerliebster Kritiker ist und ohne den gar nichts ginge.

Einer der wunderbaren Nebeneffekte beim Schreiben meiner Russland-Bücher ist, dass es immer wieder Anlass gibt, nach St. Petersburg zu reisen. Diese Stadt hält mich mit ihrer Schönheit in ihrem Bann und hat mir noch so viel zu erzählen.

Ich freue mich, wenn Sie mir auch in kommenden Romanen gerne folgen. Aktuelle Informationen bekommen Sie auf meiner Homepage www.martinasahler.de und wenn Sie sich mit mir bei facebook verbinden. Ihr Feedback ist mir jederzeit willkommen.

Martina Sahler im Dezember 2018